Vrouwen van gewicht

Ria van de Ven

Vrouwen
van gewicht

Manteau

Voor mijn vier zussen en mijn schoondochter
en
voor al de andere vrouwen die mij hun vriendschap gaven en geven.

Zij weten waarom!

Geen van jullie heeft model gestaan voor een van de karakters in dit boek.
Maar de totaalsom van jullie heeft me geholpen dit boek te schrijven.
Bedankt, allemaal!

Ria

© 2003 Uitgeverij Manteau / Standaard Uitgeverij nv
en Ria van de Ven
Standaard Uitgeverij nv, Belgiëlei 147a, B-2018 Antwerpen
www.manteau.be
info@manteau.be
Omslagontwerp Gestalte
ISBN 90 223 1793 5
D 2003/0034/304
NUR 301

DE HOOFDPERSONAGES

Marie-Anne Goossens, 32 jaar
>   Doctor in de Rechten
>   Gehuwd met Hugo Van Dijck, 38 jaar, ondernemer en
>   hoofdsponsor van F.C. Taxandria.

Emma Roeland, 52 jaar
>   Huisvrouw
>   Gehuwd met Fred Verbist, 56 jaar, ambtenaar,
>   verantwoordelijke voor de jeugdwerking bij
>   F.C. Taxandria.
>   Moeder van Nick en Katja.

Carla Pieters, 43 jaar
>   Huisvrouw
>   Gehuwd met Jos Voets, 46 jaar, stadsarbeider, werkt mee
>   aan het onderhoud van het grasveld van F.C. Taxandria via
>   de groendienst van de stad.
>   Moeder van Erik, Ilse, Hilde en Mieke.

Tamara Zaman, 39 jaar
>   Actrice
>   Gehuwd met Werner Bekaert, 41 jaar, kinesitherapeut,
>   verzorger bij F.C. Taxandria.

Els Coppens, 25 jaar
>   Verpleegster
>   Woont samen met Koen Dewitte, 26 jaar, profvoetballer
>   bij F.C. Taxandria.
>   Bevriend met Johan Baert, 26 jaar, collega-verpleger.

Hoofdstuk 1

'Waarom doe je jezelf dit elke maand opnieuw aan? Ik begrijp het niet. Stop er toch mee!'

Marie-Anne antwoordde niet. Ze voelde zich te ellendig om weer eens ruzie te maken over hetzelfde onderwerp. Hugo kon of wilde haar niet begrijpen. Ze zou deze nieuwe teleurstelling alleen moeten verwerken. Al had een troostend woord of een klein gebaar van begrip een groot verschil kunnen maken.

'In ieder geval ga je vanmiddag mee. Buikpijn of niet, ik heb je nodig. Neem een pijnstiller en ga wat op bed liggen. Ik kom je wel waarschuwen wanneer het tijd is.'

Ze keek even vertwijfeld naar de ontbijttafel die ze gister-avond al had gedekt. Met extra zorg en een feestelijk tintje. Want tijdens het ontbijt zou ze het aan Hugo vertellen. Drie weken! Zelfs met haar onregelmatige cyclus was dat een uitzondering. Eenentwintig dagen had ze de droom gekoesterd. Had ze dage-lijks ongeduldig gezocht naar de eerste zichtbare sporen van zwangerschap in haar lichaam. De test lag klaar in haar nacht-kastje, maar ze had zichzelf opgelegd te wachten. Ze wilde dat Hugo erbij was! Haar vreugde met hem delen. Zo zeker was ze geweest. Tot daarnet. Nu bleef er alleen het gevoel van wanhoop en de pijnlijke buikkrampen. Haar kinderwens was opnieuw weggezonken in het drijfzand van de realiteit.

Bang om te spreken knikte ze. In de slaapkamer zou ze alleen zijn en moest ze haar tranen niet langer bedwingen. Toen ze langs Hugo liep, nam hij haar even vast. Op het moment dat ze dacht dat zijn medeleven haar verdriet draaglijker zou maken, dat het delen van hem in haar teleurstelling hen dichter bij elkaar zou kunnen brengen, verknoeide hij het. Zijn woorden maakten de pijn nog erger.

'Je weet heel goed dat het niet het moment is om ons met een kind bezig te houden. De volgende jaren zijn cruciaal voor het bedrijf. Het is nu dat we de doorbraak moeten forceren. En daar heb ik jou bij nodig. Jij alleen kunt ons toegang verschaffen tot de hogere financiële kringen. Een zwangerschap zou onze kans op succes jaren achteruit zetten.'

Hij voelde hoe ze verstijfde bij deze woorden die aan de basis lagen van hun herhaaldelijke ruzies. Haar kinderwens tegenover zijn bezetenheid om het bedrijf dat ze samen hadden opgebouwd op internationaal niveau te tillen. Voordat ze zich, boos, kon losmaken uit zijn omarming voegde hij er sussend aan toe: 'Ik kan het niet langer aanzien dat je jezelf zo kwelt. Door je te fixeren op het zwanger worden, maak je het alleen maar moeilijker, voor jezelf én voor mij. Zet het uit je hoofd. Als we kinderen moeten krijgen, dan krijgen we die wel. Maar stop met die maandelijkse cyclus van hoop en wanhoop. Je maakt jezelf ziek. Ik wil dit niet meer hebben.'

De tranen kwamen nu toch, hoe ze er ook tegen vocht.

'En hou op met dat gejank! Straks zie je er niet meer uit. Vooruit, ga wat rusten. Ik heb vanmiddag een paar interessante mensen uitgenodigd en ik reken op je. Ik wil dat je er op je best uitziet. Begrepen!'

De pijnstiller spoelde ze door in het toilet. Ze wilde de pijn én de bitterheid blijven voelen. Het enige dat van haar droom overbleef.

Goed, ze zou haar rol spelen vanmiddag. Om niet opnieuw te verzeilen in een dagenlange ruzie waarin ze koel zakelijk naast elkaar zouden leven en waarin ze nog eenzamer zou zijn. Een eenzaamheid die ze niet aankon en waarmee Hugo haar strafte telkens wanneer ze hem ergerde of, althans in zijn ogen, tegenwerkte.

Was haar kinderwens dan echt zo onredelijk? Ze was tweeëndertig en al zeven jaar getrouwd. De vrouwenartsen die ze had geraadpleegd, hadden geen enkel beletsel gevonden. Maar ze werd niet zwanger. Toen ze Hugo eens voorzichtig had voorgesteld dat hij misschien met haar kon meegaan naar de vrouwenarts, was hij woest geworden. Als er iets mis was, lag het probleem bij haar! Hij had niets meer te bewijzen. Dat wist ze heel goed. Hij wilde er geen woord meer over horen!

Ze had het daarna nooit meer durven aan te kaarten. In het begin van hun verkering had hij haar opgebiecht dat hij ooit getrouwd was geweest en een kind had gehad. Een tienerhuwelijk met een meisje uit de arbeidersbuurt waar zijn ouders woonden. Het kindje had slechts enkele weken geleefd. De scheiding volgde minder dan een jaar later. Het was allemaal één grote, spijtige vergissing geweest.

Hugo was erin geslaagd zich los te werken uit het milieu van zijn jeugdjaren en het leek zelfs alsof hij de herinneringen eraan volledig had uitgewist. Hij zag zijn ouders, broers of zussen nooit. En ook elke suggestie van Marie-Anne om weer contact met hen op te nemen, was een directe aanleiding tot ruzie. Uiteindelijk had ze zich bij de situatie neergelegd.

De enige met wie hij goed had kunnen opschieten was haar vader. Maar die had in hun conflict over haar zwangerschapsproblemen helaas de kant van Hugo gekozen. Als hij nog geen kind wilde, moest ze er zich maar in schikken, was het onveranderlijke oordeel van haar vader. Trouwens, ze moest trots zijn op haar man. Van niks tot Ondernemer van het Jaar! Besefte ze dan niet dat de zaak hem helemaal in beslag nam? En dat zij, Marie-Anne, van cruciaal belang was en een noodzakelijke pion in zijn toekomstplannen? Trouwens, als ze een kind had, zou ze de zorg ervoor aan vreemden moeten overlaten. Had ze niet zelf als kind ondervonden wat dat betekende? Wilde ze haar eigen kind dat soms aandoen? Nee, Marie-Anne deed er beter aan geduldig te zijn en de natuur haar gang te laten gaan. Als er een kind moest komen, zou dat er wel komen. Ze was nog jong genoeg. Haar gezeur zou haar huwelijk alleen maar schaden.

Aan haar vader had ze geen bondgenoot gehad. Zelfs nu, acht maanden na zijn overlijden, kon ze nog steeds zijn afkeuring voelen.

Marie-Anne vroeg zich dikwijls af of haar eigen moeder, die ze zich heel vaag herinnerde, haar nu had kunnen helpen. Hoe zou het zijn als volwassen vrouw een moeder te hebben en als dochter over je schrijnend verlangen met haar te kunnen praten?

Ze was pas drie toen haar moeder aan kanker stierf. Het verdriet om het verlies kon ze zich niet meer herinneren. De opeenvolgende huishoudsters die de populaire dorpsarts geholpen hadden met de opvang van zijn dochtertje, hadden van haar een teruggetrokken en in zichzelf gekeerd kind gemaakt. Ze had geleerd haar vreugde, haar angsten, pijn en verdriet alleen te dragen en voor de buitenwereld te verbergen. Op die manier was ze minder kwetsbaar en vermeed ze koel te worden afgewezen. Niet dat ze ongelukkig was opgegroeid. Eenzaam, dat wel.

Toen Hugo Van Dijck in haar leven kwam, was hij voor haar dan ook een openbaring. Zijn levenslust, zijn niet in te tomen energie, het gemak waarmee hij iedereen achter zich kon krijgen overrompelden haar, het rustige, bescheiden meisje. Voor het eerst leerde ze gevoelens delen. Voor het eerst ontdekte ze hoe troostend het kon zijn over angst of verdriet te praten. Ze was pas tweeëntwintig en studeerde nog aan de universiteit toen ze hem leerde kennen. Sindsdien had ze enkel en alleen voor Hugo geleefd. Hij was de kern van haar leven, de spil waar alles om draaide. Hij had haar aangemoedigd opdat ze na hun huwelijk haar doctoraat zou behalen. Maar in haar kinderwens kon of wilde hij haar niet volgen. Hij begreep niet waarom ze die nu per se in vervulling wilde zien gaan in plaats van doelbewust en toekomstgericht samen de zaak te runnen.

Het bedrijf liet hen maar weinig tijd voor elkaar. Langzaam maar zeker was ze, zonder het te beseffen, even eenzaam geworden als in haar kinderjaren. Zelfs nog eenzamer omdat ze nu wél iemand had van wie ze mocht verwachten dat hij, al was het maar af en toe, naar haar zou luisteren. Misschien lag daarin wel de reden van haar steeds groter verlangen. Een kind zou haar eenzaamheid definitief doorbreken. En het zou haar en Hugo opnieuw dichter bij elkaar brengen. Ze was vastbesloten haar kinderwens nooit op te geven, al stuitte ze nog op zoveel onbegrip bij Hugo. Ze zou blijven hopen. Eens zou het lukken.

* * *

'Maar waarom altijd ik? Waarom zeg jij nooit eens iets tegen haar?'

Fred probeerde zich onzichtbaar te maken achter de zondagskrant die hij bij de bakker meegenomen had. Het lukte hem natuurlijk maar gedeeltelijk. Waarom had hij, toen het zoveelste getwist tussen Emma en Katja begon, naar dit stomme, kleine krantje gegrepen terwijl de sportpagina's van zijn zaterdagkrant binnen handbereik lagen? Die krant had tenminste een formaat waarachter hij zich had kunnen verschuilen. Nu zou Emma hem niet met rust laten voor hij een antwoord gegeven had. Zeker niet nu Katja de kamer was uitgestormd en zij haar wrevel alleen nog op hem kon afreageren.

'Vind jij het misschien normaal dat een meisje van eenentwintig nooit uitgaat, niet geïnteresseerd is in mooie kleren en niets geeft om jongens? Ze heeft nog nooit een vriendje meegebracht!'

Voordat ze verder kon gaan met haar gebruikelijke klachtenlitanie over haar dochter en zichzelf in een staat van lichte hysterie bracht, besloot hij in te grijpen.

'Laat haar met rust. Katja is gewoon een laatbloeier. Wees blij. Toen Nick op zijn zestiende meisjes meebracht, was het huis te klein.'

'Ik begrijp het niet. Nu ze niet meer studeert, kan ze toch uitgaan? Op een zaterdag de hele avond samen met ons naar tv zitten kijken, dat is niet normaal! Wat heeft ze daar nu aan?'

'Op haar vrije avond doet ze wat ze wil, ja?'

Prompt legde hij dat krantje weg en spreidde met veel gekraak zijn sportkrant voor zich uit. Het was Katja die met Emma in conflict lag, hij niet. Hij wilde genieten van zijn zondagochtend. Dat was toch niet te veel gevraagd, of wel?

Het was duidelijk dat Fred er ook dit keer niet op in wilde gaan. Het had geen zin aan te dringen als hij zo deed. Maar ze ging het daar niet bij laten. Ze zou straks, wanneer ze gekalmeerd was, Katja opnieuw onder handen nemen. Ze was een schat van een kind maar het was niet gezond zoals ze altijd in huis rondhing. Emma maakte er zich echt zorgen over.

Emma begon met veel drukte de tafel af te ruimen. Ze vond snel haar goede humeur terug toen ze tevreden vaststelde dat er zo goed als niets overbleef van haar uitgebreide ontbijt. Alle vier hadden ze een gezonde eetlust en er werd in haar huishouden niet gezeurd over calorieën. Hoewel ze moest toegeven dat zijzelf de laatste jaren nogal wat kilo's was aangekomen en ze er eigenlijk iets aan zou moeten doen. Alleen Nick lette een beetje op zijn gewicht vanwege zijn ambitie om ooit in de eerste ploeg van Taxandria te worden opgesteld.

In de keuken haalde ze de voetbalspullen van Fred en Nick uit de wasmachine. Daarna propte ze de van slijk ontdane en gewassen voetbalschoenen vol met krantenpapier en zette ze buiten op het kleine binnenplaatsje te drogen in de zon. Elke zaterdag had Nick een lichte training en een match. Fred moest dan ook voetballen, maar in een veteranenploegje. Van trainen was er voor hem geen sprake meer. Hij trainde nu op café, zei hij lachend. In ieder geval brachten haar twee sportievelingen extra werk met zich. Want als ze er niet de hand in hield, zou het vlug een smerig boeltje worden. Gelukkig moest ze zich nu niet meer bekommeren om de was van een hele jeugdploeg. Hoewel ze dat altijd met veel plezier gedaan had. Maar nu er meer geld beschikbaar was voor de jeugdwerking, werd dat uitbesteed.

Zelf was ze niet zo sportief aangelegd. Ze had er ook nooit de kans toe gekregen. Maar vanaf het moment dat ze Fred Verbist had leren kennen, was voetbal deel gaan uitmaken van haar leven. Fred was van kindsbeen af een hevig supporter en bijgevolg bijna logischerwijze speler bij F.C. Taxandria geworden. Hun zoon Nick voetbalde er nu bij de reserven en had alle jeugdafdelingen doorlopen. Fred en Emma hadden hem altijd trouw vergezeld. Fred was een paar jaar geleden door het bestuur aangesteld tot verantwoordelijke voor de jeugdwerking. Sindsdien miste de familie geen enkele thuismatch. Kortom, F.C. Taxandria was alomtegenwoordig in hun huwelijk en in hun gezin. Als Katja geen meisje was geweest, was ze ongetwijfeld in de voetsporen van Fred en Nick getreden. Ze was altijd gek geweest op voetballen, maar jammer genoeg had F.C. Taxandria geen vrouwenploegen. Katja was een trouwe supporter en hielp af en toe achter de bar in de kantine.

Emma vond het best leuk dat alles in hun gezin om F.C. Taxandria draaide. Door hun intensieve betrokkenheid bij de jeugdafdeling werden ze uitgenodigd op de meeste sportevenementen van de stad en op de bijbehorende feestjes. En als Emma één hobby had, dan waren het wel feestjes! Ze genoot met volle teugen van elke receptie, elk bal en elke viering. Ze was Fred dankbaar dat hij haar, door met haar te trouwen, had weggehaald uit het sombere milieu waarin ze vroeger had gevreesd voor altijd vast te zitten. Een milieu waarin lachen een misdaad leek. Nu was haar lach in heel Herentals bekend. Fred had haar eens verteld dat men hem soms vroeg hoe het was te leven met iemand die altijd zo vrolijk was. Zij had het even als een compliment opgevat. Maar hij had het herhaald in een van hun steeds terugkerende ruzies en zijn bittere ondertoon had haar haar mening doen herzien. Ze zette vlug de donkere gedachten aan die ruzies van zich af. Vandaag zou het een leuke dag worden. Geen dag om te piekeren.

Op het programma van F.C. Taxandria stond niet alleen een belangrijke thuismatch maar ook de plechtige ingebruikneming van de eerste VIP-loges, die dankzij Hugo Van Dijck, de hoofdsponsor, onlangs aan de kantine waren aangebouwd. Fred was als voorzitter van de jeugdwerking natuurlijk bij de genodigden! Ze wist dat de loges er schitterend uitzagen. Veel te chic en te duur voor een ploeg in derde nationale, werd er in de stad rondverteld. Maar ze zouden dit jaar kampioen spelen. Daarna kon het, volgens Hugo, hoogstens drie jaar duren voor ze in eer-

ste nationale speelden! Dan zouden ze zelfs loges moeten bij-
bouwen!

Kon Nick maar in de eerste ploeg raken. De jongen stak al zijn
tijd en energie in het voetballen. Hij was er nog meer van bezeten dan Fred en had ook meer talent dan zijn vader. Toch was het
hem nog altijd niet gelukt zich door de trainer van de eerste
ploeg in gunstige zin te laten opmerken.

'Zal de trainer ook naar de loges komen?' vroeg ze terwijl ze op
de eetkamertafel die ze alleen op zondag gebruikten een zelf
geborduurd tafelkleed legde en de vaas met gedroogde bloemen
erop zette.

'Natuurlijk niet. Die zit waar hij altijd zit, op de trainersbank.'

'Dat weet ik ook wel, Fred. Ik bedoel na de match.'

'Mogelijk. Hugo zal hem wel uitgenodigd hebben. Maar je
weet, de trainer is een stille. Die houdt niet zo van druk gedoe en
gefeest. Waarom?'

'Zomaar.' Fred zou woest op haar zijn mocht hij weten hoe ver
ze zou durven te gaan om haar zoon onder de aandacht van de
trainer te brengen.

'Doe geen stommiteiten, Emma. Laat die trainer met rust.
Nick zijn tijd komt wel.'

Verdomme, kon ze nu nooit iets voor hem verborgen houden?
Fred zag er misschien gemoedelijk en zelfs wat suffig uit, maar
dat was maar schijn. Hij las haar als een open boek. Nijdig ging
ze terug naar de keuken. Maar het duurde niet lang of haar goede humeur haalde weer de bovenhand. Als de trainer er niet was,
tot daar aan toe, Hugo Van Dijck zou er zeker zijn! De loges
waren immers zijn initiatief. Ze had al ondervonden dat hij haar
appreciëerde. Hij hield van vrolijke mensen, had hij haar eens
gezegd. Emma wist dat hij in zijn jeugd veel ellende had gehad.
Weinig mensen in Herentals waren daarvan op de hoogte, maar
ze had zijn moeder gekend. Ze was een paar jaar ouder dan zijzelf
en nu al enkele jaren overleden. Ze vermoedde dat Hugo niet
wist dat ze zijn familie kende en zweeg er dus angstvallig over.
Iemand in de positie van Hugo, topindustrieel van België,

Ondernemer van het Jaar, die dikwijls de media haalde, wilde immers niet geconfronteerd worden met zijn donkere verleden. En Emma wilde dat trouwens ook niet. Ook haar jeugd was een periode die ze liever volledig zou willen vergeten. Hugo kon gerust zijn, bij haar waren zijn geheimen veilig. Maar dat belette niet dat ze hem eens kon polsen of hij Nick niet zou kunnen helpen. Aangezien hij de belangrijkste geldschieter en sponsor van de club was, zou de spelleiding zeker naar hem luisteren. Officieel had Hugo natuurlijk geen inspraak in de opstelling van de ploeg. Maar ook bij F.C. Taxandria gold de regel 'Wiens brood men eet...'

Dus nam ze zich voor vandaag wat extra aandacht aan Hugo te schenken. Ze verstond de kunst om elk feestje op te vrolijken en wist exact hoe ze hem met haar stralende lach en een flinke dosis dubbelzinnige praat ging aanpakken. Want dat hij niet veel plezier beleefde aan dat ernstige vrouwtje van hem, had ze al meer dan eens opgemerkt. Hij flirtte met elke vrouw die hem de kans bood. Die Marie-Anne van hem leek haar wel een braaf kind, daar niet van. Maar stijf en ontoegankelijk. Ze kwam van een of ander stom dorp uit de Noorderkempen. Stug volk, nog stugger dan hier in de streek en die kenden er ook wat van. Ze was heel ouderwets opgevoed door haar vader, een dorpsdokter die zo uit een oude tv-serie leek weggelopen.

Emma hoopte maar dat ze de kans zou krijgen om eventjes met Hugo te praten. Want nu zijn bedrijf zoveel aandacht kreeg in de pers, zouden weinig mensen een uitnodiging van hem terzijde leggen. Het zou dus druk worden in de VIP-loge.

* * *

Met een bezorgd gezicht masseerde Els de plek waar ze de pijnstiller, die normaal alleen postoperatief gebruikt werd, had ingespoten. Ze wilde niet dat de verzorger of de teamgenoten van Koen sporen van blauwe plekken bij hem zagen.

'Het zal maar een paar uur de ergste pijn tegenhouden. En

daarna zal die nog tien keer erger terugkomen. Je zou beter niet spelen en naar de dokter gaan.'

'Ik denk er niet aan. Op de bank zitten er een paar kerels te dringen om mijn plaats in de eerste ploeg in te nemen. Trouwens die inspuiting is alleen vandaag nodig. Winnen we deze match dan is de kampioenstitel zo goed als binnen en kan ik het wat rustiger aan doen.'

Terwijl ze haar verpleegsterstasje opborg, dacht ze aan al de pillen die ze voor hem de voorbije week had meegebracht. Ze maakte er zich echt zorgen over. Toegegeven, die medicijnen waren niet zo zwaar als de inspuiting die ze hem nu had gegeven, maar het viel haar op dat Koen er steeds meer van nodig had. Als die verwonding hem zoveel last bleef bezorgen, zou hij zich beter opnieuw laten behandelen.

'Die kinesitherapeut... Hoe heet die ook weer?

'Werner. Werner Bekaert.' Zijn stem klonk geërgerd. Waarom kon ze de namen van die mensen van Taxandria toch niet onthouden? Zo moeilijk was dat toch niet?

'Wat zegt hij ervan dat je zoveel pijn hebt?'

'Ik val hem daarmee niet lastig. Hij heeft al werk genoeg om de ploeg in optimale conditie te houden. Ik wil in de kern blijven tot het einde van het seizoen, daarna zal ik me in alle rust en kalmte verzorgen. Maar ik zal intussen vragen of ik nog eens mag langskomen voor een reeks behandelingen. Zogezegd voor de vorm, zonder het over die verwonding te hebben. De laatste keer heeft die behandeling me veel goed gedaan. Vergeet jij maar niet morgen nieuwe pillen mee te brengen. Het doosje is bijna leeg.'

Els zuchtte. Toen ze besloten had naar Herentals te verhuizen en met Koen te gaan samenwonen, had ze zich niet kunnen voorstellen dat het hele voetbalgebeuren zo zwaar in hun relatie zou doorwegen. Altijd was Koen ermee bezig. Het leek wel of heel hun leven om voetbal draaide en ze voelde zich steeds eenzamer worden.

Het was een moeilijke stap geweest om het ouderlijk nest te verlaten. Er was altijd leven en drukke gezelligheid. Ze had vier zussen en schatten van ouders. Voor hen was voetbal zo goed als niet bestaand. Ze herinnerde zich niet dat haar vader er ooit met een woord over had gerept, laat staan er zich druk over had gemaakt.

Maar voor Koen stond voetbal altijd op de voorgrond. Kranten, tv, radio, F.C. Taxandria, allerlei cups en finales... Zelfs hier in hun dakappartement kon je er niet naast kijken. Trofeeën op de kasten, voetbalspullen in de kasten, overal persartikelen en magazines over voetbal en een professionele homegym die de tweede slaapkamer volledig in beslag nam. Ze moest wel toegeven dat zij die toestellen ook intensief gebruikte. Ze genoot ervan haar lichaam af te beulen. Maar dat had niets met voetbal te maken.

Soms kwam het in haar op dat ze nooit met Koen zou zijn gaan samenwonen als ze geweten had hoe weinig van zijn tijd er voor haar zou overblijven. En af en toe dacht ze er wel eens over om terug naar huis te gaan, naar Antwerpen. Hoe goed het zou zijn weer opgenomen te worden in de warme kring van hun hartelijke, zij het dan ietwat rumoerige gezin. Maar dat was onmogelijk. Ze kon en mocht niet toegeven dat ze gefaald had. Haar zussen hadden zo naar haar opgekeken. Zij, de stilste van het vijftal, de middelste, die altijd als bumper diende tussen de oudsten en de jongeren, was er niet alleen in geslaagd een man te veroveren, maar ook nog een soort van BV aan de haak te slaan, Koen Dewitte, een profvoetballer die regelmatig de kranten haalde. Dat Els, het vroegere lelijke eendje, dit voor elkaar had gekregen, was wekenlang hét onderwerp van elk gesprek geweest. Vooral haar oudere zussen waren toch wel een beetje jaloers. Dat was haar nooit eerder overkomen. Nu met hangende pootjes naar huis terugkeren, was haar nederlaag toegeven. Ze zou zich oneindig belachelijk maken.

Maar inmiddels zat ze hier toch maar. In een dakappartement dat door de voetbalclub werd betaald en waarin ze haar draai niet kon vinden. In een provinciestadje dat haar klein en bekrompen leek. Weg van iedereen en alles dat zij heel haar leven had gekend. Genoodzaakt haar vrije tijd te besteden aan voetbal, iets waar ze niets van kende en waarvoor ze niet de minste interesse had.

Alleen in het ziekenhuis, waar ze verpleegster was, kreeg ze het gevoel dat ze belangrijk was. Johan Baert, een collega, gaf haar dat gevoel ook. Hij werkte op dezelfde dienst en had haar een keer huilend aangetroffen toen ze in die eerste weken helemaal erdoor zat. Johan was lief en steeds bereid met haar te praten. Ze waren goede vrienden geworden. Als man kon hij weliswaar de vergelijking met Koen niet doorstaan. Vrouwen keken om als Koen voorbijkwam. Die had dat charisma van iemand die weet dat hij bijzonder is. Ze begreep trouwens nog altijd niet waarom hij voor haar had gekozen. Johan daarentegen was heel gewoontjes en hij wist dat ook van zichzelf. Een verpleger die nog altijd thuis bij zijn ouders woonde. Gewoon een toffe collega die niemand opviel. Toch dacht Els de laatste tijd dikwijls aan hem. De reflex van 'dit moet ik Johan vertellen' of 'wat zou Johan hiervan vinden' was steeds nadrukkelijker aanwezig. En tijdens de uren die ze tegen haar zin op F.C. Taxandria moest doorbrengen, alleen in een totaal vreemde omgeving, waar ze te verlegen was om haar mond open te doen, wenste ze dikwijls dat ze met Johan mee was op een van zijn landelijke fietstochten. Zoals vandaag. Het was een mooie lentedag en het feit dat ze de rest van de zondag haar rol als partner van een speler moest spelen, haatte ze als de pest. Ze hoopte vurig, maar dat zou ze nooit hardop durven te zeggen, dat Koen weer geen twee goals zou maken. De sportjournalist van de regionale tv-zender had haar onlangs nog wat vragen gesteld over het 'goalgettersinstinct' van Koen toen hij na de match nog wat sfeerbeelden sprokkelde. Ze was totaal overdonderd geweest en had heel stuntelig gereageerd. Maar vandaag zou ze zich ergens in een rustig hoekje van die nieuwe loges terugtrekken. Tot Koen na de match bij haar zou zijn. Dan werd het allemaal een stuk gemakkelijker. Want

Koen stond erop het bestuur te laten zien hoe goed hij en zijn partner het samen hadden. Hoe stabiel hun relatie was. Dat waren voor haar de beste uren van de week. Dan kreeg ze wat aandacht van hem en was ze er trots op met hem samen te zijn.

Maar niemand kon vermoeden, ook Johan niet, hoe zij – als ze eenmaal in hun appartement waren – ernaar snakte te ontsnappen uit de gevangenis die haar relatie met Koen was geworden.

* * *

Zoals altijd als ze ergens arriveerden, bleven mensen staan kijken als ze uit de wagen stapte. Mannen stonden te gapen, een en al bewondering, en kinderen kwamen aangelopen met stukjes papier of bierviltjes voor een handtekening. Tamara zette onmiddellijk haar professionele glimlach op en schudde met een door alle soapkijkers overbekend gebaar haar wilde, blonde haren. Tamara Zaman, beter bekend als 'Bianca' uit de soap *Passie en Ontrouw* was enorm populair. Terwijl ze zonder verpinken lachend op enkele stomme vragen antwoordde, keek Werner toe hoe ze handtekeningen bleef uitdelen. Tot het ogenblik dat ze vanuit haar ooghoek ergens een persfotograaf zag opduiken. Vlug stapte ze, sexy heupwiegend, naar een wat ouder heerschap toe die gretig naar haar stond te kijken. Voor de arme man wist wat hem overkwam, gaf ze hem onder luid applaus een zoen, er wel voor zorgend dat het zo knap fake gedaan was dat het net een intieme omhelzing leek. Ze speelt haar rol van onweerstaanbare mannenverslindster weer voortreffelijk, dacht Werner. Hij was erg gespannen omdat hij vroeg bij de spelers wilde zijn voor de noodzakelijke opwarming. Er waren er altijd wel een paar die nog een extra behandeling of verzorging nodig hadden. Maar hij moest bij Tamara blijven tot ze voldoende omringd was of hij zag haar goed in staat haar enige vrije dag nooit meer op te offeren voor zijn 'stomme' voetbalploeg. Bovendien had hij Hugo persoonlijk verzekerd dat de populaire Bianca bij de inhuldiging van de VIP-loges van F.C. Taxandria aanwezig zou zijn.

Wat hem nog altijd verwonderde was dat de mensen geen verschil maakten tussen de echte Tamara en Bianca van de soap, de vamp die op zoveel covers te zien was in een uitdagend niemendalletje en in allerlei tv-spelletjes en talkshows een gegeerde gaste was. Door de nu al tien jaar lopende soap die half Vlaanderen dagelijks aan de buis kluisterde, was Bianca publiek bezit geworden.

De echte Tamara kende alleen hij. De vrouw die vocht tegen elke kilo en die tegelijkertijd als de dood was om haar rondingen te verliezen. Tamara die dikwijls uitgeput thuiskwam na een draaidag van meer dan tien uur. Die kon huilen als een klein kind als een of ander tv-blad negatief over haar schreef. Tamara, de vrouw van wie hij hield. Die vroeger graag thuis was en dan rondliep in oude kleren en op blote voeten. Maar die nu jammerde over de mediadruk en de hoge eisen van de tv-bonzen, maar ook doodsbang was dat ze haar uit de reeks zouden schrijven en dat ze onherroepelijk in de vergeethoek zou belanden, in het immense zwarte gat. De vrouw die hij langzaam maar zeker aan het verliezen was omdat Bianca meer en meer zijn Tamara ging overheersen.

Eindelijk! Daar was Hugo Van Dijck, samen met zijn vrouw Marie-Anne. En zoals altijd was hij omringd door een aantal min of meer belangrijke mensen.

Hoe kreeg die vent dat toch voor mekaar? Overal waar hij kwam, wrong iedereen zich in bochten om hem te benaderen. Of het nu de pers was, of het bestuur en de spelers van F.C. Taxandria. De supporters zagen in hem alle heil voor hun ploeg en de vrouwen waren niet van hem weg te slaan. Werner begreep niet wat ze in hem zagen. Oké, hij was een geslaagd zakenman. Maar was zijn succes wel op een solide en duurzame basis gebouwd?

Hugo mocht zich gelukkig prijzen dat hij een vrouw had als Marie-Anne, doctor in de rechten en ze had haar titel cum laude behaald. Niet dat Hugo dat ooit vermeldde, maar Werner had het toevallig ergens gelezen. Marie-Anne was mooi. Geen opvallende schoonheid zoals Tamara, maar een klassieke schoonheid. Een Cathérine Deneuve-type. Een beetje mollig, maar dat vond Werner juist echt vrouwelijk. Hugo, die door Tamara op haar opvallende manier was begroet, gaf Werner een teken dat hij verder wel voor haar zou zorgen. Eindelijk kon hij naar zijn spelers. Voor hij wegging, wuifde hij nog even naar het groepje maar alleen Marie-Anne sloeg er acht op en wuifde vriendelijk terug. Wat een stel slaafse zakken, dacht hij.

Hij stormde de trappen naar de kleedkamers nog maar af, of hij dacht al niet meer aan die onbenullen. De bezorgdheid om de fitheid van zijn spelers en de voorbereiding van de match namen hem helemaal in beslag. Want ondanks de schitterende prestaties en de ontspannen sfeer die er in de spelersgroep heerste, had hij de laatste tijd het onbehaaglijke gevoel dat er iets mis was met de ploeg. Hij zou niet rusten voor hij ontdekt had wat dat wel kon zijn.

* * *

Het was kwart voor drie. De tribunes begonnen vol te lopen en voor de laatkomers was het zoeken naar een plaatsje.

'Vooruit. Een beetje vlugger. Jullie gaan naar ingang B. Die controleur is een collega van me en hij heeft beloofd jullie gratis binnen te laten. Ik kom straks ook. Je gaat in het midden van de zijdelingse tribune staan, tegenover de kantine en de loges. Hou een plaats voor me. Begrepen!'

De vier kinderen knikten, al keek Mieke, hun jongste, wel sip. Ze bleef liever bij mama.

'Erik, jij let op je zussen. Ilse, jij bent verantwoordelijk voor de twee kleintjes.' Hilde, die zestien was en dus maar twee jaartjes jonger dan Ilse, trok een lelijk gezicht toen ze samen met de achtjarige Mieke als 'de kleintjes' werd bestempeld. Maar ze zouden doen wat papa hen vroeg. Jos was een strenge vader die nog geloofde in het nut van lichamelijke straffen indien de situatie dat vereiste. Opstandigheid was in het gezin Voets dan ook een zeldzaamheid.

Carla liet hem rustig begaan. Ze verdeelde zakgeld en snoep onder haar kroost en gaf nog wat moederlijke raad. Daarna drukte ze hen allemaal nog eens stevig tegen haar nu toch wel erg omvangrijk wordende boezem aan. Ook de twintigjarige Erik, die angstig rondkeek of niemand het gezien had, ontsnapte niet aan de stevige knuffel. Voor hij er voorzichtig een opmerking over kon maken, stuurde ze hen met een brede glimlach weg. Ze genoot ervan haar kinderen samen te zien. Vier mooie kinderen hadden ze. Brave kinderen ook, vond ze. Al kon het voor Jos nooit braaf genoeg zijn. Als het aan hem lag, zouden ze hun mond niet mogen opendoen. Het zou thuis niet te harden zijn als zij er niet was om met haar vrolijke karakter en haar gevoel voor humor alles weer goed te maken. Soms voelde ze zich zelf nog een kind tussen haar kinderen. Maar terwijl ze moeizaam haar te strakke jurk in de juiste plooi trok en pijnlijk over de kiezelstenen stapte met haar te smalle en te hoge schoenen, besefte ze dat ze met haar drieënveertig snel naar de middelbare leeftijd ging. Jos had geluk. Hij zag er nog altijd jong en gespierd uit, met nauwelijks een beginnend bierbuikje. Toch vond ze dat hij in korte tijd meer verouderd was dan zij. Hij was een zeurpiet geworden en dikwijls, onterecht, te veeleisend. Gelukkig was hij niet veel thuis. Voetbal, zijn werk als ploegleider van een aantal stadsarbeiders, de talrijke clubs en verenigingen waar hij lid van was, waren daar de oorzaak van. Carla had al die drukte niet nodig, al ging ze af en toe wel eens mee. Zoals nu, ter gelegenheid van die receptie hier. Jos had haar gevraagd of ze wilde helpen om met toastjes rond te gaan en drankjes aan te bieden. Zo kreeg hijzelf er ook toegang en gratis drank en eten tijdens de rust en na de match. In ieder geval zou ze bekende mensen zien, zelfs mensen van tv zoals Tamara Zaman, en sportjournalisten van VRT en VTM en van de regionale zender. Een mooiere gelegenheid kon ze zich niet dromen, had hij haar gezegd.

Ze was dus op Jos zijn verzoek ingegaan. Maar dat zwarte jurkje dat nog niet zo lang geleden als gegoten zat, was toch wel erg nauw geworden. En die hoge schoenen vormden nu al een rode rand op de bovenkant van haar voeten, het vlees lag er als een kussentje bovenop. Straks, als haar voeten van het rondlopen fel gezwollen waren, zou ze van schoenen moeten veranderen. Heel vervelend allemaal. Ze moest zonder het te weten toch weer een paar kilo zijn aangekomen. Toen ze daarstraks in haar bescheiden garderobe naar een geschikte outfit zocht, had ze ontsteld maar ook giechelend vastgesteld dat alleen haar winterlaarzen nog prima pasten. Tamara Zaman zou zielig afsteken bij haar eigen weelderige vormen! Twiggy versus Rubens, dacht ze vrolijk terwijl ze haar hand opstak naar Emma en Fred Verbist, die net aankwamen met de kinderen. Emma kwam zeker ook helpen. Dan zou het in ieder geval een leuke middag worden. Want waar Emma Verbist kwam, was plezier verzekerd. Dat wist iedereen in Herentals.

* * *

Carla was blij dat de match begonnen was. Wat een drukte was het geweest. Er waren veel te veel mensen uitgenodigd of ze kwamen ongenodigd de mooie VIP-loges bekijken. Emma en Katja hadden haar geholpen, maar gelukkig had het bedrijf dat caterde ook extra mensen meegebracht. Nu was het eindelijk rustig. Een aantal genodigden was binnen gebleven om de wedstrijd te volgen en ze zaten of stonden aan de grote brede ramen die uitkeken op het veld. Kelners liepen af en aan en zorgden ervoor dat ze niets tekortkwamen. Andere gasten hadden er daarentegen voor gekozen bij dit mooie lenteweer de match tussen de echte supporters te volgen. Daarom stonden Jos, Emma, Fred en Nick samen buiten. Zelfs bij slecht weer zouden ze er niet aan gedacht hebben om binnen te blijven kijken. Supporters moeten hun ploeg luidkeels kunnen aanmoedigen en vooral de arbiter de huid volschelden als ze het niet eens zijn met zijn beslissing. Dat was een deel van de pret, vonden ze. Hugo Van Dijck had samen met de trainer en Werner bij de reservespelers op de bank plaats-genomen, waarschijnlijk met de hoop zo in beeld te komen in de media, die deze cruciale match volgden.

In de VIP-loge zat Bianca, of liever Tamara Zaman, aan een gro-te ronde tafel er wat verloren bij omdat alle aandacht van de mannen nu naar de match ging. Naast haar zat Marie-Anne Van Dijck-Goossens. Twee zodanig van elkaar verschillende types van vrouwen tref je niet gauw samen, dacht Carla. Marie-Anne ernstig, verstandig en onderlegd terwijl de frivole Tamara abso-luut een intellectueel pluimgewicht was. Marie-Anne moet gevoeld hebben dat Carla in hun richting keek, want ze draaide zich om en wenkte haar. Ze aarzelde of ze er wel op in zou gaan, maar ze had geen zin om nog verder te bedienen. Trouwens, er waren nu kelners genoeg. Een beetje onwennig ging ze naar hen toe.

'Kan ik iets voor je doen, Marie-Anne?'

'Nee, toch niet. Ik heb niks nodig. Je hebt trouwens al genoeg geholpen. Ik dacht alleen dat je misschien graag wat zou gaan zitten. Je zult wel moe zijn. Of wil je de match volgen?'

Carla lachte. 'Nee. Dat laat ik aan Jos en de kinderen over. Ik blijf liever rustig hier. Maar stoor ik niet?'

Ze keek vragend naar Tamara, die ze wel kende van vroeger maar met wie ze al jaren geen contact meer had. Als ze haar toe-vallig ergens zag, wist ze nooit goed welke houding aan te nemen. Die vrouw werd al zo vaak aangestaard en aangesproken.

'Natuurlijk niet. Kom erbij zitten.'

De ongedwongen toon van Tamara stelde Carla meteen op haar gemak en ze schoof aan tafel bij.

'Zat jij ook niet op Onze-Lieve-Vrouw van Smarten?'

'Dat klopt, Tamara. Ik ben Carla Voets, vroeger Carla Pieters, weet je nog wel? Ik zat een paar jaar hoger. Mijn dochters gaan daar nu ook. Er is nog niet veel veranderd. Aan het gebouw in elk geval niets. Alleen volgen er nu ook jongens les en zijn er leraren. In onze tijd was het al een hele gebeurtenis als er een leerkracht kwam die geen kloosterlinge was.'

'Ik vond het er vreselijk en ik heb het niet afgemaakt. Jij wel?'

'Ja. Maar ik heb er later niets meer mee gedaan. Ik heb voor mijn opa gezorgd en toen ben ik getrouwd. Vier kinderen later doe ik dat nog altijd. Ik bedoel, voor opa zorgen. Hij is drieën-negentig nu en nog heel kras.'

Marie-Anne had het gesprek tussen Tamara en Carla rustig zijn gang laten gaan, en maakte van een ogenblik stilte gebruik om ook wat te zeggen. 'Ik heb altijd het gevoel dat iedereen hier iedereen kent. In het begin had ik het daar erg moeilijk mee. Ik bedoel, om erbij te horen.'

'Ja, dat is waar. Wij zijn niet snel geneigd om buitenstaanders op te nemen. Kijk maar eens naar de vriendin van Koen Dewitte ginder. Ze woont hier nu toch al een dik half jaar maar ze heeft blijkbaar nog altijd geen contact met de andere spelersvrouwen.'

'Niet moeilijk. Die zitten allemaal buiten op de tribune hun mannen aan te moedigen. Els Coppens, zo heet ze, zal niets voor voetbal voelen. Net zoals wij!' De stem van Marie-Anne werd overdonderd toen de supporters opgewonden begonnen te roepen. Ze keken elkaar hoofdschuddend aan als wilden ze zeggen: mannen!

'Ik zou me niet tussen die bende durven te begeven', zuchtte Tamara.

'Om niet lastiggevallen te worden door je fans?'

'Nee. Ik zou op de verkeerde momenten beginnen te juichen, of per abuis voor de tegenstander supporteren. Als Werner op tv een match volgt, vraagt hij me vriendelijk maar dringend om iets anders te gaan doen. Ik ben volgens hem een voetbalanalfa-beet! En jij Marie-Anne?'

'Ik weet er wel iets van af maar dat het me echt interesseert, nee. Hugo kijkt zelden naar voetbal op tv. Bij gebrek aan tijd. Maar hij is wel altijd een echte supporter van F.C. Taxandria geweest. Al toen ik hem leerde kennen in Gent had hij het erover. En nu hij hier hoofdsponsor is, volgt hij elke match. Meestal blijf ik thuis, maar vandaag...'

'...werd je opgetrommeld net zoals wij', vulde Tamara haar zin aan. En alsof ze elkaars gedachten lazen, kwam hun commentaar los.

'Als onze mannen met hun vingers knippen, dan buigen wij!'

'Ondanks de emancipatie!'

'En de goede raad uit *Flair*!'

Ze proestten het uit zodat enkele blikken vragend in hun richting keken. Carla zag dat ook Els met een verschrikt gezicht naar hun tafel keek. Misschien dacht ze dat ze om haar aan het lachen waren, omdat ze daarnet nog alledrie naar haar gekeken hadden.

'Zouden jullie het erg vinden als ik Els aan onze tafel uitnodig? Ze zit daar zo zielig alleen.'

Marie-Anne leek opgelucht. 'Wil je dat doen? Ik had er ook al aan gedacht, maar durfde het niet voor te stellen. Geen bezwaar, Tamara?'

'Natuurlijk niet.'

Carla stond op. Toen ze dichter bij het tafeltje kwam, draaide het nog jonge meisje – ze kon niet veel ouder zijn dan Erik dacht ze – verlegen haar hoofd weg. Ze kon zich vergissen, maar had ze daar geen tranen in haar ogen gezien?

'Dag. Els, is het niet? Ik ben Carla Pieters, de vrouw van Jos Voets. Mevrouw Van Dijck vraagt of je niet bij ons komt zitten. Wij zijn ook alledrie geen echte supporters. En jij zit hier zo op je eentje.'

Els aarzelde. Stom natuurlijk dat ze zo nadrukkelijk naar dat gezellig pratende groepje had zitten gapen. Maar ze kon het niet helpen. Het had haar doen denken aan de gezellige gesprekken die ze thuis met haar zussen had en die ze zo erg miste. Maar wat moest ze in godsnaam zeggen tegen deze drie vreemde vrouwen...

'Komaan. Ik weet dat je ons niet kent, maar dat is vlug verholpen. Ik ben Carla en heb je daarjuist toastjes geserveerd. Mijn man Jos zorgt ervoor dat de terreinen er goed bij liggen. Hij werkt aan de stad. En die twee andere dames zijn de echtgenotes van de sponsor en van de verzorger.'

'De kinesitherapeut?'

'Ja. Werner Bekaert. Hou jij ook niet van voetbal?'

'Nee... Niet echt.'

'Goed zo! Dan hoor je bij ons clubje. Kom maar mee.'

En voor ze het goed en wel besefte, werd Els voorgesteld aan Tamara, die haar vaag bekend voorkwam, en aan Marie-Anne.

Toen het een goed halfuurtje later rust was, en iedereen naar binnen kwam gestuwd en luidruchtig commentaar gaf op de eerste speelhelft, stelde ze tot haar aangename verrassing vast dat ze voor het eerst sinds ze in Herentals woonde, een gesprek had gehad dat niet over het ziekenhuis of over voetbal ging.

* * *

Toen Emma op het einde van de match weer de kantine binnenkwam, in de hoop Hugo Van Dijck te kunnen spreken over een plaatsje voor Nick in de eerste ploeg, zag ze Hugo druk in gesprek met iemand van het bestuur en de trainer. Pech dus. Ze wilde net op haar stappen terugkeren toen ze Carla aan een ronde tafel zag zitten samen met drie andere vrouwen, onder wie de vrouw van Hugo! Emma kende Carla heel goed en die zou haar zeker bij Marie-Anne Van Dijck introduceren. Dat was een buitenkansje! Als ze Hugo vandaag niet te pakken kon krijgen zonder ongewenste toehoorders in zijn buurt, dan kon ze misschien via Marie-Anne iets bereiken. Zonder aarzelen stapte ze op het groepje af.

'Wat zitten jullie hier gezellig bij mekaar! Toch leuk die nieuwe loges, niet? Dag Carla, alles oké met jou en de kinderen? Jos zei dat je hier zat.'

'Ik zit hier al van het begin van de match. Heb jij buiten staan kijken?'

'Ja. Maar het werd op het einde wel frisjes. Ik denk dat ik iets ga bestellen om me weer wat op te warmen. Ik stoor toch niet?' Voor iemand een bezwaar kon uiten, was ze al gaan zitten op de enige nog vrije stoel. 'Emma Verbist, echtgenote van Fred, de

verantwoordelijke voor de jeugdwerking. Wie wil er nog iets?'
Terwijl ze dit zei, wenkte ze al een van de kelners die onmiddellijk naar hun tafel kwam om de bestelling op te nemen. Toen de kelner verdwenen was, voelde ze zich al helemaal op haar gemak in het groepje. Wat zou Fred jaloers zijn als hij zag dat ze hier bij Bianca aan tafel zat! Maar ze nam zich voor heel gewoon te doen tegen haar, en zich niet zo stom en opdringerig te gedragen als al die onbehouwen soapfans. Al moest ze bekennen dat ze geen aflevering van 'Passie en Ontrouw' miste.

Marie-Anne en Tamara waren in een gesprek gewikkeld over een of ander dieet. Belachelijk dat die Tamara daar zo mee bezig was, dat mens was zo mager als een sprinkhaan! Ze keek even naar Carla, die naast haar zat. Die kon het dieet beter gebruiken, zo te zien. Het was alsof Carla haar gedachten las.
   'Ja, Emma. Wij zouden dat beter ook eens proberen. Als je ziet hoe slank deze dames zijn.'
   'Slank?' onderbrak Marie-Anne haar gesprek met Tamara. 'Was dat maar waar! Hugo klaagt er altijd over dat mijn heupen te zwaar worden.'
   'Brede heupen zijn een goed teken. Dat wijst erop dat je gemakkelijk kinderen zult baren.' Een oud gezegde van haar grootmoeder, herinnerde Emma zich. 'Daarbij, je heupen zijn niet te zwaar', haastte ze zich er vlug aan toe te voegen omdat ze de indruk had dat Marie-Anne het moeilijk kreeg. Zou ze zich de kritiek van haar man zo erg aantrekken? 'De mannen moeten niks zeggen over ons. Die krijgen allemaal een bierbuik en een kaalkop vóór hun veertigste. Sommigen zelfs al veel vroeger.'
   'Koen niet. Die traint elke dag. Hij is als de dood voor een bierbuikje.'
   'Daar hoeft hij niet voor te trainen. Niet drinken helpt ook', merkte Tamara droog op en iedereen was het daar volmondig mee eens. 'Maar dit dieet is echt goed. Ik gebruik het niet zozeer om te vermageren, wel om niet aan te komen. Ik eet altijd warm op de set, en tussendoor een broodje of iets uit de snoepmachine.

Geloof me, als ik de dagen dat ik thuis ben niet zou diëten, zou ik vlug een nieuwe garderobe moeten bestellen voor Bianca.'

'Moet je die kleren allemaal zelf kopen?' vroeg Emma verbaasd. Ze vond dat die actrices uit *Passie en Ontrouw* altijd zo mooi gekleed waren, en zeker de sexy Bianca.

'Nee, gelukkig niet. De kleding krijgt de producer van sponsors. Maar daar staat natuurlijk wel een limiet op.'

'Kun je die kleren na een tijdje zelf kopen?'

'Ja. Maar dat doe ik nooit. Dan maken de mensen helemaal geen verschil meer tussen mij en Bianca. En, die kledingstukken hebben ook erg te lijden. Schmink en zweet, geen ideale combinatie.' Dat ze geregeld als bekende soapactrice gekleed werd door enkele boetieks, vertelde ze er wijselijk niet bij. Dat zou een reden te meer zijn om veel vrouwen jaloers te maken. Ze dachten nu al dat actrices schatrijk waren. Terwijl de waarheid was dat de meesten van hen tussen twee rollen in gewoon moesten gaan aanschuiven aan het stempellokaal. Hopelijk ging 'Bianca' nog lang mee in *Passie en Ontrouw*.

Een geanimeerd gesprek over het soapwereldje kwam op gang en Tamara genoot zichtbaar van de hoofdrol die ze ook hier weer eens kon spelen. Er werd heel wat afgelachen met de gekke verhalen over gemiste cues en grappen die op de set werden uitgehaald.

Marie-Anne was blij dat ze meegekomen was. Gelukkig had ze die buikpijn als geldig excuus om rustig in de kantine te blijven zitten. Met Hugo zou ze zich op de match zoals gewoonlijk steendood verveeld hebben. Ze voelde zich al wat beter en kon zonder tranen te voelen opkomen haar zoveelste ontgoocheling opzij zetten. Het had geen zin te blijven treuren, dacht ze. Ze keek even rond in het kringetje van de vijf vrouwen, die allemaal zo verschillend waren maar nu gezellig zaten te kletsen. Van Tamara wist ze dat ze geen kinderen had – wegens haar carrière, had ze daarstraks nog gezegd. Emma en Carla hadden er wel. Els nog niet. Ze vond dat het meisje er maar pips uitzag. Misschien was ze ook net ongesteld?

Aan de lange toog hadden de spelers en hun partners, na hun schitterende overwinning, de grootste lol. Ze hieven een hele reeks zegeliedjes aan – het leek allemaal meer op gebrul – die ze telkens herhaalden. De supporters zongen uit volle borst mee.

'Het probleem is mager blijven maar toch nog borsten en billen houden. In mijn vak is dat noodzakelijk, zie je.'

'Borsten en billen? Zoals bij de kippenboer?'

Emma schaterde om haar eigen grap. De hilariteit aan hun tafel was zo groot dat iedereen naar hen keek. Ook aan de toog werd *We are the Champions* even onderbroken, om vervolgens weer met des te meer enthousiasme door te gaan. Marie-Anne hoopte maar dat Hugo het haar niet kwalijk zou nemen dat ze een middag met deze vrouwen had doorgebracht. Hij wilde immers dat ze zich bezighield met zijn relaties en was van oordeel dat ze in Herentals een zekere standing hoog hadden te houden, wat ze nogal pretentieus vond. Intussen waren de andere dames volop in discussie geraakt over wel of niet vegetarisch eten.

'Akkoord, het mag gezonder zijn, maar ik moet af en toe een stuk rood vlees op mijn bord. Ik kan het niet laten. Geef toe, er is toch niets zo lekker als een dikke biefstuk met frietjes, met veel saus en mayonaise!'

Deze bekentenis van Carla werd op gejoel onthaald. Toen ze daarna ook nog met de nodige pikante opmerkingen vertelde dat ze vanmorgen had vastgesteld dat alleen haar winterlaarzen nog pasten, zat zelfs Els, weliswaar met een hand voor de mond, mee te lachen. Mensen lief, wat was ze daarstraks zenuwachtig geweest toen ze bij de vrouw van de hoofdsponsor aan tafel was komen zitten. De hele tijd was ze bang geweest iets verkeerd te zeggen. Iets waaruit zou blijken dat ze noch voetbal, noch Herentals in haar hart droeg. En van het bedrijf van de sponsor wist ze enkel de naam, meer niet. Maar nu leek het wel of ze samen met haar vier zussen aan het praten was over allerlei zaken die alleen vrouwen bezig kunnen houden, doorspekt met schuine opmerkingen, plagerijtjes en grappen. Ze had het zelfs aangedurfd het verhaal te vertellen van die patiënt die haar om een glas water had gevraagd omdat hij de zetpil die ze hem gebracht had niet doorgeslikt kreeg. Alleen wanneer ze over diëten spraken, hield ze zich wat afzijdig. Ze moest er niet aan denken dat een van deze schijnbaar complexloze vrouwen te weten zou komen wat dat woord voor haar betekende. Alleen al door eraan te denken voelde ze zich bloednerveus worden. Els spande zich dan ook in om de draad van het gesprek weer op te nemen.

Emma vertelde net een grap die haar zoon samen met enkele collega's van de belastingdienst had uitgehaald. Haar man werkte blijkbaar op dezelfde dienst en was er het slachtoffer van geweest. Zo te horen leek het er in het gezin van Emma vrolijk aan toe te gaan.

* * *

'Vind je niet dat je jezelf daar opgedrongen hebt?'

Jos was slechtgehumeurd wakker geworden na zijn dutje. Ze waren vrij laat thuisgekomen en hij had niet met haar en de kinderen willen eten. Te veel bier waarschijnlijk. Ook nu wilde hij niet dat ze iets voor hem klaarmaakte. De nieuwsuitzending was bijna ten einde en hij wachtte op het sportnieuws om daarna in bed zijn roes uit te slapen.

'Ik heb het je al gezegd. Marie-Anne heeft me zelf gevraagd erbij te komen zitten. De enige die zichzelf heeft uitgenodigd, was Emma. Je kent haar, die zit daar niet mee in.'

'Wat vertelde die Bianca allemaal?'

'Gewoon. Ze heet trouwens Tamara. Ze kende me nog van op school. Weet je wat ik gek vind? Ze praat over die Bianca alsof het iemand anders is.'

'Vertelde ze iets over die andere acteurs en actrices?'

'Niet zoveel. Dat ze wel eens grappen met mekaar uithalen en zo. Maar vooral dat ze heel hard moeten werken. Daarna hebben we vooral gekletst over diëten, en...'

'Dat zal dan wel voor jou en Emma bedoeld zijn. Die anderen

hebben dat niet nodig. Het lijkt wel of jij tegenwoordig studeert voor olifant.'

Carla beet op haar tanden. Oké, ze had zich misschien wat laten gaan de laatste jaren, maar daarom moest Jos nog niet zo hatelijk doen. Ze had vier kinderen. Het was niet eerlijk haar te vergelijken met iemand als Tamara of Els.

'Nee. Iedereen was erin geïnteresseerd. Ook Marie-Anne en zelfs Els, dat liefje van Koen Dewitte. Tamara had het over een nieuw soort dieet. Ze heeft beloofd ons allemaal een kopie te bezorgen.'

'Daar zul je lang op kunnen wachten. Die is dat vergeten voor ze thuis is.'

'Mogelijk. Maar we hebben wel afgesproken dat we bij de volgende thuismatch ook samen gaan zitten. Het was echt plezierig. We hebben veel gelachen.'

'Dat heb ik gezien, ja. En ook dat Hugo met die Tamara aan het flirten was.'

'Toen was het al laat. Trouwens, dat is allemaal maar komedie. Je had er beter ook bij komen zitten, dan had je wel gemerkt dat het maar voor de lol was.'

'Dat zal wel. Trouwens, ik kon er niet bij komen zitten. Jij hebt mij er niet bij geroepen.'

Carla zweeg. Jos had gelijk. Toen de kantine stilaan leegliep en de mannen weer naar de loges afzakten, waren Hugo, Werner en Koen bij hen komen zitten op verzoek van hun vrouwen. Maar zij noch Emma hadden hun man een teken gegeven. Emma had wel Nick geroepen, die daarna de hele tijd met Koen had zitten kletsen. Fred, die duidelijk te diep in het glas had gekeken, had zich daar allemaal niet veel van aangetrokken. Maar Jos, die altijd kwaad werd als hij dronk, had met een zuur gezicht naar haar zitten staren terwijl hij met de kinderen aan een andere tafel had gewacht tot ze eindelijk wilde vertrekken.

'Die Hugo is een vrouwenzot', grommelde hij.

'Welke man is dat niet?'

Dat vond hij zelfs te stom om op te antwoorden. 'Wat had Werner Bekaert te vertellen?'

'Geen idee. Die praatte hoofdzakelijk met Els. Ik geloof dat het ging over een oude blessure van Koen waar die nog een beetje mee sukkelt.'

'Die blessure heeft hem vandaag dan blijkbaar toch niet belet een prachtgoal te maken! Klasse gewoon!'

Opgelucht dat zij hem van zijn gezeur over haar zogezegd slechte gedrag had kunnen afbrengen, luisterde ze naar de technische en zeer gedetailleerde uitleg waaraan de meeste mannen zich op sportgebied zo graag bezondigen. Door hier en daar een vraagje te stellen zou ze het proberen te rekken tot het sportprogramma begon. Ondertussen dacht ze met plezier terug aan de voorbije middag en hoopte dat alle vijf de vrouwen de belofte om elkaar over veertien dagen terug te zien, zouden nakomen. Ze zou in ieder geval deze week al beginnen te diëten, want dat hadden ze afgesproken. Maar dat hoefde Jos niet te weten.

* * *

'Je had het recht niet om met Werner Bekaert over mij te spreken.'

Els begreep het niet. Net nu zij voor het eerst een prettige middag had gehad op Taxandria en heel wat nieuwe mensen had leren kennen, was Koen boos. Die verzorger had gewoon even met haar gebabbeld, meer niet.

'Hij vroeg of je soms nog pijn had. Dus dacht ik dat jij er met hem over gesproken had. Ik heb alleen bevestigd dat je er inderdaad af en toe nog last van had. Werner beloofde dat hij er deze week tijdens de verzorging extra aandacht aan zou besteden.'

'Heb je hem iets gezegd over die spuit of de pillen?'

'Natuurlijk niet! Denk je dat ik gek ben? Ik kan er mijn job door verliezen! Als zoiets op mijn cv komt, vind ik nooit meer werk in een ziekenhuis. Die medicijnen kun je uitsluitend op voorschrift krijgen. Ik sta elke keer doodsangsten uit wanneer ik er nieuwe voor je moet meebrengen. Vandaag of morgen word ik betrapt. Maar jij trekt je dat niet aan. Ik zou er beter mee stoppen voor het te laat is.'

33

'Maar nee, schatje. Rustig maar. Zo erg is dat toch allemaal niet. Iedereen die in een ziekenhuis werkt, neemt wel eens een pilletje mee naar huis, daar ben ik zeker van. Bovendien, als ik een contract kan krijgen bij een grotere ploeg hoef jij niet meer te gaan werken.'

Els antwoordde niet. Het viel haar steeds meer op dat Koen toekomstplannen maakte zonder haar erin te kennen.

'Na mijn schitterend seizoen en nu ik vandaag de goal heb gemaakt die ons zo goed als zeker de titel bezorgt, is de kans groot dat een ploeg uit eerste klasse een bod op mij doet. Ze hadden me erover ingelicht dat er scouts aanwezig waren vandaag. Als ze me hier willen laten vertrekken natuurlijk, want mijn contract loopt nog twee jaar.'

'Moeten we dan verhuizen?'

Koen antwoordde niet onmiddellijk. Hij wist hoe moeilijk Els het had om zich hier in Herentals aan te passen en hij had er al dik spijt van dat hij haar toen gevraagd had om mee te komen. Tijdens de eerste gesprekken met het bestuur en de sponsor was het hem echter duidelijk geworden dat ze liever een speler kochten die gesetteld was. Els was toen het enige meisje dat hij kon overtuigen vrij snel met hem te gaan samenwonen. Ze kenden elkaar pas enkele maanden en er was veel kans dat hun relatie niet lang zou standhouden. Ze was altijd zo gespannen en onzeker. Hij raakte er soms vreselijk door geïrriteerd.

Of hij haar nog mee zou transfereren naar een volgende club, betwijfelde hij. Voorlopig moest hij haar zien te sussen. Zolang die blessure hem bleef kwellen had hij haar nodig om hem de nodige medicijnen te bezorgen. Als hij daarvoor naar een sportdokter ging, zou het bestuur dat snel te weten komen. En dat moest hij koste wat het kost vermijden. Een eventuele transfer zou ervan kunnen afhangen.

'Nee, verhuizen zal niet nodig zijn. Er zijn nogal wat ploegen in eerste nationale die ik van hieruit met de auto kan bereiken. Maar misschien gaan we wel terug naar Antwerpen. Dat zou je toch graag hebben, niet? Pieker er maar niet over, zover is het nog niet.'

Gelukkig, dacht Els. Vandaag had ze voor het eerst sinds ze hier woonde gewoon zichzelf kunnen zijn. Of toch bijna. Ze keek nu al uit naar de volgende thuismatch. Als Tamara dat dieet meebracht, zou ze het eens proberen, en mocht het lukken dan kon ze de laxatieven wat verminderen. De telkens door buikkrampen verstoorde nachtrust begon toch wel zwaar door te wegen. Ze moest al zo vroeg opstaan nu ze de vroege had. En zolang ze samen met Koen moest eten of in het ziekenhuis met Johan, zou het opvallen als ze niets at. Dus kon ze zich niet veroorloven de laxatieven niet te nemen en aan te komen. Ze was zo vreselijk dik. Al sprak iedereen dat natuurlijk tegen. Vooral haar zussen. Maar zij wist wat ze in de spiegel zag.

* * *

Hugo liep nerveus rond in de woonkamer, hij kon maar niet tot rust komen. Dat effect had drank altijd op hem. De meeste mannen kregen er slaap van, hij werd er alleen maar wakkerder en heter van. En net nu Marie-Anne haar regels had, verdomme!

Tamara had hem opgehitst. Hij was er zeker van dat hij die vrouw kon krijgen wanneer hij haar afzonderlijk zou kunnen ontmoeten. In aanwezigheid van dat vrouwenclubje had ze zich moeten inhouden natuurlijk. Enfin, die indruk had hij toch. Of zou haar geflirt maar show geweest zijn omdat ze hoopte dat hij een goed woordje voor haar zou doen bij enkele invloedrijke mensen uit de reclamewereld? Zelfs al had ze een hoofdrol in een goedlopende soap, ze kon blijkbaar nog extra opdrachten gebruiken. Wel, dat kwam hem goed uit. Hij zou dat goed woordje voor haar doen en daarna de rekening presenteren!

Wat een lichaam had die vrouw! Haar kleding was er blijkbaar op gericht niet veel verborgen te houden. Marie-Anne had ook stevige borsten, maar ze had niet dat slanke lijf dat zich rond een man kon kronkelen tijdens wilde seksbeurten. Marie-Anne was meer het moederlijke type. Als ze een kind kreeg, zou ze waarschijnlijk direct gaan uitzetten. Ze moest nu al opletten dat haar heupen en billen niet de allures van een Vlaamse merrie kregen. Maar ze kleedde zich gelukkig goed en met smaak en ze had die aangeboren elegantie van de betere klasse meegekregen van haar moeder. Bloed kruipt dus inderdaad waar het niet gaan kan, want haar moeder had haar door haar vroege dood nooit als voorbeeld gediend.

Zijn schoonvader had hem eens verteld dat de familie van zijn vrouw destijds haar huwelijk met hem beschouwde als een mesalliance, al was hij toen al een gereputeerde huisarts. Daarom vroeg Hugo zich soms af wat de familie van de moeder van Marie-Anne zou denken van zijn huwelijk met Marie-Anne. Want dát was pas een echte mesalliance! Hij, zoon van een dronken nietsnut, een smerige rotzak die alleen naar huis kwam om zijn vrouw nog maar eens zwanger te maken, getrouwd met een meisje dat aan moederszijde van adellijke afkomst was. Ongelooflijk! Spijtig genoeg was alle contact met die kant van de familie verbroken nadat de moeder van Marie-Anne gestorven was. Ook met de vader van Marie-Anne hadden ze weinig contact gehad. De man was een echte eenzaat geweest en leefde enkel voor zijn praktijk.

Toen hij haar in Gent had leren kennen en ze voor zijn charmes viel, wist hij direct dat hij het groot lot had gewonnen. Zij was dé vrouw die hem de glans en beschaving kon geven die hij nodig had om in de betere kringen aanvaard te worden. Om zaken te doen op hoog niveau waar een selfmade man als hij zo moeilijk toegang toe kreeg. Bovendien studeerde Marie-Anne rechten en had hij dus gratis advies bij de hand. Niet nodig om derden te betrekken in sommige van zijn deals. Hij kon altijd rekenen op Marie-Anne om alles een legaal tintje te geven en niemand werd er wijzer van.

Hij zou wel moeten oppassen indien hij iets met Tamara begon. Gewoonlijk beperkte hij zijn avonturen tot luxebordelen en callgirls, liefst zo ver mogelijk van huis. Maar het aanbod van deze vamp was verdomme te aanlokkelijk. Afwachten hoe het zou evolueren, stoppen kon hij nog altijd. Maar dit keer had hij het gevoel dat hij zich enig risico kon permitteren. Tamara zou haar carrière niet in gevaar willen brengen door een schandaal, daar was hij zo goed als zeker van. Zolang hij geen stommiteiten deed en Marie-Anne goed bezighield op het bedrijf, zou ze niets in de gaten krijgen.

Doordat hij opnieuw aan Tamara dacht, deed het verlangen naar seks zich weer voelen. Zou Marie-Anne...? Nee, toen hij haar vroeger eens seks had voorgesteld tijdens haar maandstonden had ze geschokt gereageerd. Dat was een van de hinderpalen die zij niet had kunnen overwinnen, al viel het voor de rest wel mee. Hij herinnerde zich nog maar al te goed hoe voorzichtig hij te werk had moeten gaan om haar seksueel in te wijden. Ze wist van niets. Zelfs masturberen was haar totaal vreemd en nog altijd stond ze er weigerig tegenover, ook al moedigde hij haar daartoe aan. Maar voor de rest gaf ze hem voldoening, al moest hij nog steeds het initiatief nemen.

Toch was de investering van geduld en zelfcontrole de moeite waard geweest. Marie-Anne was emotioneel én lichamelijk afhankelijk van hem. En zonder haar had hij nooit kunnen bereiken wat hij nu had. Genietend keek hij rond in de woonkamer van de prachtige villa die ze vorig jaar gebouwd hadden. En dat was nog maar een begin! Zijn plannen reikten veel verder...

Hij dronk zijn glas whisky leeg en besloot voor hij ging slapen nog een lijntje te snuiven. Dat zou hem, beter nog dan seks, de nodige ontspanning bezorgen.

Hoofdstuk 2

Voor hij het café verliet en naar huis reed, liep Jos nog vlug naar het toilet op het achterplaatsje. Voor de zoveelste keer al die avond, vloekte hij. Het was of elke pint die hij naar binnen kieperde gewoon losweg doorspoelde. En al woonde hij maar een paar kilometers verderop, met een pijnlijk volle blaas zou hij niet thuis raken.

De mannen van zijn werkploeg, waaronder de jarige die getrakteerd had, waren al lang vertrokken. Hij was blijven hangen. Zo een dorpscafé, dat beviel hem wel. In Herentals werd hij al scheef bekeken als hij een vierde pint bestelde. Want iedereen kende daar de grootvader van zijn vrouw Carla. Die vent leek wel over een spionagenet te beschikken. Wanneer hij het dus eens te bont maakte en te veel dronk, of voor de lol wat slagen uitdeelde in een caféherrie, wist de oude het al de dag daarop en riep hij Jos als een stoute schooljongen op het matje.

Crepeerde die klootzak dan nooit, verdomme? Hij was zijn constante tirannie kotsbeu. En dat Carla meer ontzag had voor de ouwe Pieters dan voor hem lag hem ook al jaren zwaar op de maag. Om van de kinderen niet te spreken. Hij was godverdomme hun vader en had dus, meer dan wie ook, recht op hun aandacht en respect. Maar ja, Carla was te stom om dat de kinderen bij te brengen. Ze werden door haar rot verwend. Maar hij hield ze stevig onder de duim. Desnoods timmerde hij er het ontbrekende ontzag wel in. Dat durfde Carla toch niet aan opa te vertellen.

Gisteren was ze volledig van streek thuisgekomen. Ze had de ouwe ziek in bed gevonden en hem met veel moeite kunnen overtuigen de dokter te roepen. Ze was ijlings teruggegaan en zou vannacht bij hem blijven want ze vreesde dat er iets met zijn hart was.

Jos had zich verkneukeld. Vooral toen ze wat later belde dat opa in het ziekenhuis moest worden opgenomen. Eindelijk zou hij van die tiran verlost zijn, én erven. Veel erven! Want die kerel had geld. Hij woonde in zijn eigen huis en bezat veel landbouwgrond die hij verpachtte. Carla was zijn oogappel en bovendien enige erfgename!

Gelukkig, want dat was ooit anders geweest. Carla was het resultaat van een ongewenste zwangerschap van haar ongehuwde moeder, de ouwe zijn enige dochter. Jarenlang had hij haar als straf de duivel aangedaan en Carla, zijn kleinkind, slechts met de grootste tegenzin in huis geduld. Volgens Carla zei hij heel die tijd tegen hen geen woord méér dan absoluut noodzakelijk was. Een verbitterde weduwnaar, die zich schaamde voor dochter en kleinkind maar hen uit morele verplichting in huis had genomen. Tot de moeder van Carla overleed en de sociale dienst hem voorstelde het meisje in een pleeggezin te plaatsen. Verontwaardigd had hij die mensen de deur gewezen en gezegd dat hij wel voor zijn eigen bloed kon zorgen. En sindsdien waren Carla en haar grootvader wonderwel naar elkaar toe gegroeid en later zelfs onafscheidelijk geworden. Jos was nog altijd niet vergeten dat Carla op hun trouwdag meer aandacht had gehad voor de ouwe dan voor de man met wie ze voor het altaar stond.

En dan al de ruzies en toestanden die aan die dag vooraf waren gegaan. Jos Voets deugde niet, had hij altijd moeten horen. Trouwens, niemand was goed genoeg voor zijn kleinkind. Jos had dat probleem heel simpel opgelost. Toen Carla drie maanden zwanger was van Erik, waren de bezwaren van de oude tegen het huwelijk noodgedwongen moeten verdwijnen. Maar Jos wist dat hij, zelfs na meer dan twintig jaar huwelijk, slechts getolereerd werd, en op financiële hulp helemaal niet hoefde te rekenen.

Hij had destijds natuurlijk gehoopt vlug van die vijandige klootzak verlost te worden. Maar die vertikte het te creperen! Hij was intussen al drieënnegentig! Straks haalde hij de honderd nog!

Zijn ziekenhuisopname was dus heel goed nieuws. Voor korte tijd, helaas. Want toen Carla vanmorgen van het ziekenhuis thuiskwam, was blijkbaar alle gevaar alweer geweken. Een kleine hartstoornis, niets ernstigs. Opa kon nog jaren meegaan had ze opgelucht verteld. Bijna had Jos zelf een hartaanval gekregen, maar dan van opgekropte woede.

Daarom had hij zich vanavond bedronken. Al dat geld waar die vent niets mee deed en dat hij zo hard nodig had. En dan altijd die kritiek en afkeuring. De impact die de rotzak had op zijn gezin! God, wat haatte hij die ouwe vent. Hij rukte van mateloze ergernis aan zijn stuur. De auto begon te slingeren en miste bijna de bocht. Vloekend en tierend kreeg hij de auto weer in zijn baan. Een scherp licht scheen in zijn ogen. Hij schudde met zijn hoofd in een poging dat licht te ontwijken. Toen werd het beeld scherper en zag hij plots de wagen die uit de andere richting kwam. Te laat! De slag was oorverdovend.

* * *

Els deed samen met Johan Baert de ochtendronde. De meeste patiënten waren nog erg slaperig en zo konden ze tijdens de routinehandelingen van ochtendtoilet en bed verschonen rustig met elkaar praten.

Johan was terug na een weekje vakantie zodat Els nog niet de kans had gehad hem uitgebreid te vertellen over haar leuke middag op F.C. Taxandria, nu al bijna tien dagen geleden. Aan het einde van haar verhaal maakte ze haar beklag dat Koen al een paar dagen slechtgehumeurd was omdat hij niets meer had gehoord van de mensen die hem hadden komen scouten. Zij begon hier in Herentals nu eindelijk te wennen.

'Dus Bianca viel mee?' vroeg Johan om haar gepieker over die eventuele transfer te stoppen. Hij mocht er trouwens niet aan denken dat ze weg zou gaan. Al had hij volgens hem geen kans op meer, haar vriendschap wilde hij voor geen geld missen.

'Tamara bedoel je, want ze wil dat we haar bij haar echte naam noemen. Wel, ze was heel gewoon en dat waren de anderen eveneens, heel gewoon en vriendelijk. Zelfs Marie-Anne Van Dijck, de vrouw van de sponsor. Die mensen zijn nochtans schatrijk. Je moet die loges zien die ze op Taxandria hebben laten inrichten! En vorig jaar hebben ze een prachtige villa gebouwd vertelde Emma me nog. Die vond ik trouwens de aardigste. Ik heb nog nooit iemand ontmoet die zo'n lol kan maken. Een onwaarschijnlijk vrolijke vrouw! En...'

'Wat vond Koen ervan dat je in de loges was blijven zitten?' onderbrak hij haar enthousiaste woordenvloed.

'Dat viel mee. Alleen wil hij niet dat ik nog met de verzorger, Werner Bekaert, de man van Tamara, praat.'

'Waarom niet?'

Els aarzelde. Ze begaf zich op gevaarlijk terrein als ze over de problemen van Koen vertelde. Ze moest vandaag haar voorraad pillen nog aanvullen. 'Weet ik veel. In ieder geval heb ik me reuze geamuseerd en ik hoop dat ze allemaal woord houden.'

'Om weer bij elkaar te zitten bij de volgende thuismatch?'

'Ja. Iedereen gaat intussen proberen gewicht te verliezen. Dan gaan we de meest succesvolle diëten uitwisselen. We zijn allemaal te dik.'

'Jij toch niet!'

Weer moest ze opletten wat ze zei. 'Natuurlijk niet. Maar de anderen wel. Vooral Carla en Emma. Tamara dieet omdat ze voor haar rol hyperslank moet blijven.'

'En de vrouw van Hugo Van Dijck dan? Je gaat me toch niet vertellen dat zij ook moet diëten. Ik heb haar op tv gezien toen haar man die prijs kreeg. Een vrouw met klasse.'

'Ja, ze is heel mooi. Maar ze heeft blijkbaar aanleg om dik te worden. Ze klaagde in ieder geval over haar buik en billen. Ze moet er natuurlijk altijd goed uitzien. Die mensen gaan om met heel chic volk.'

'Daar hoef je alleen rijk voor te zijn, niet slank.' Hij knipoogde naar de man die ze net aan het verschonen waren en die het gesprek mee volgde. 'Vrouwen!'

'Niks "Vrouwen!" Het zijn de mannen die altijd over ons gewicht zeuren. Alleen Fred Verbist, de man van Emma, blijkbaar niet. En als hij dat al deed, zou Emma zich daar niet veel van aantrekken, denk ik. De man van Carla, Jos Voets heet die, dat is wat anders. Op een gegeven moment maakte hij heel hatelijke opmerkingen over haar gewicht. Nog wel in het bijzijn van hun kinderen. Vernederend vond ik het. Maar ja, hij had te veel gedronken.'

'Zolang jij maar niet begint te diëten. Sinds je hier werkt ben je al genoeg vermagerd.'

'Vind je?'

'Ja.'

'Dat komt van het harde werk', probeerde ze het gevaarlijke onderwerp te omzeilen.

'Komaan, niet overdrijven, Els. Je zegt altijd dat het hier veel aangenamer werken is dan waar je vroeger was.'

Dat kon ze niet ontkennen. Over het grote ziekenhuis in Antwerpen waar ze haar opleiding had gevolgd en ook even had gewerkt, had ze hem meer dan eens verteld. Vooral hoe stresserend het er daar dikwijls aan toeging.

'In elk geval, mijn zussen zijn alle vier te dik. Ik moet dus uitkijken.'

'Onzin! Je bent het type niet om dik te worden.'

'O nee? Je had me moeten zien toen ik de verpleegstersopleiding beëindigde.' Ze beet op haar lip. Johan mocht zeker niets over haar problemen weten. Stel je voor dat ze hem ooit moest vertellen wat er met haar gebeurd was. Nooit! Zeker aan Johan niet! Ze lachte eens geheimzinnig om zijn aandacht af te leiden. 'Maar het was leuk om zo met vrouwen over allerlei dingen te praten. We hebben het natuurlijk ook over onze mannen gehad.' Ze wist dat hij jaloers was op Koen.

'O ja? Wat heb je dan wel verteld?'

'Over Koen kon ik niet veel zeggen. Zeker niet met de vrouw

van de sponsor én van de verzorger erbij! Zelfs de trainer zat vlakbij. Koen zou het me nooit vergeven. Ik heb ze dan maar over jou verteld!'

'Dat lieg je!' Maar hij kon niet verbergen dat hij het leuk vond. Els die over hem praatte met haar nieuwe vriendinnen. 'En wat heb je dan precies gezegd?'

'Dat ik een luie kletsmajoor van een collega heb die mij al het werk alleen laat doen.'

Ze stopte Johan de stapel vuil beddengoed in zijn handen en wuivend naar de patiënten verliet ze lachend de zaal!

* * *

Ze begreep niet dat Hugo, die als zakenman zo koel en berekend kon zijn, op mensen van de overheidsdiensten reageerde als een stier op een rode lap.

'Of je het nu prettig vindt of niet. Je moet tijd vrijmaken.'

'Ik zie niet in waarom. Handel dat zelf af met de hoofdboekhouder. Zeg maar dat ik op zakenreis ben.'

'Doe niet idioot! Wees blij dat ze ons eerst belden. Die inspecteur had ook totaal onverwacht voor de deur kunnen staan.'

'Dat recht hebben ze niet.'

'O nee? Als we niet meewerken, zouden ze ons wel eens met allerlei controles kunnen lastigvallen. Dat is niet alleen vervelend maar ook puur geldverlies want daar kruipt enorm veel tijd in. En stel dat ze vermoeden dat er wat scheelt, dan doen ze gewoon een inval met alle ploegen tegelijkertijd: BTW, belastingen, RSZ, arbeidsinspectie, noem maar op. Verkies je dat soms?'

'Wat zouden ze vermoeden? De administratie is clean.'

Gelukkig zat daar het risico niet, wist Hugo. Maar hij wilde niet dat zijn bedrijf te veel onder de loep genomen werd. Natuurlijk moet je als je zaken doet nu eenmaal bepaalde trucs gebruiken. Zeker als je te succesvol bent geworden. Vooral de onderbetaalde ambtenaartjes stak dat de ogen uit. Het werd echter steeds moeilijker om die mannen met een extraatje te sussen.

Sommige van die kerels wilden zelfs niet meer uitgebreid gaan eten. Vroeger was dat het middel bij uitstek om de controle tot een minimum te beperken. De ambtenaar in kwestie arriveerde op het bedrijf rond tien uur en genoot eerst van een aangename koffiepauze. In het bijzijn van een uiterst charmante Marie-Anne natuurlijk, van wie hij vooraf niet had nagelaten haar adellijke afkomst te belichten. Na een korte aanzet tot controle was het dan tijd voor een bezoek aan een select restaurant, waar de copueuze maaltijd vergezeld ging van aperitief, goede wijnen en een stevige aantal pousse-cafés. Daarna was de voortzetting van de controle louter kinderspel.

Dat waren nog goede tijden. Maar tegenwoordig pakte die tactiek blijkbaar niet meer. Bij de laatste inspectie had die idioot zelfs zijn eigen boterhammen meegebracht! Hij wist niet wat hij zag en had dat ventje duidelijk laten voelen wat hij van hem dacht. Toegegeven, dat was een stomme reactie geweest. Marie-Anne had misschien gelijk als ze beweerde dat ze juist daarom alweer controle kregen. Toch maar beter uitkijken vandaag.

'Goed. Ik kom even binnen en ik hou me gedeisd en onderdanig. Maar meer dan tien minuten krijgt hij niet. Ik heb wel wat beters te doen.'

'Meer hoeft ook niet. Ik handel het verder wel af. Tot straks dan.'

Hugo knikte en vertrok.

Marie-Anne wist dat hij een hekel had aan die kloteboel, zoals hij in één woord reglementen, voorschriften en beperkingen samenvatte. De ergerlijke regelgeving die volgens hem zakendoen zo goed als onmogelijk maakte, was hem een doorn in het oog. Daarom had hij haar de administratie van het bedrijf opgedragen. Ze had er haar droom om aan de balie te werken voor moeten opgeven, maar nu ze dit werk deed, deed ze het graag en goed.

Voor controles had ze geen angst. Onder haar leiding hielden ze zich in het bedrijf, buiten de toegelaten manieren om de belastingdruk te verminderen, aan de regels. Als je slim genoeg was, kon je binnen die regels genoeg bezuinigen. Vooral nu ze zo zwaar investeerden. Hugo moest er dus alleen voor zorgen dat de rest van het bedrijf goed draaide. En af en toe eens opdraven om die kerels van de inspectie het gevoel te geven dat ze belangrijk waren, kostte toch niet zoveel moeite, vond ze.

Ze had wel een vaag vermoeden dat Hugo eens buiten de schreef ging. Vooral in zaken met het voormalige Oostblok, waar het niet moeilijk was de officiële wegen te vermijden. Hun bedrijf was snel gegroeid en de handel in leder was niet zo gemakkelijk te controleren. De laatste jaren hadden ze ook nog-al wat aanverwante bedrijven opgekocht in het buitenland en ze betwijfelde of dat allemaal was verlopen zoals het uit de officiële documenten bleek. En mocht er soms iets gebeurd zijn dat niet helemaal door de beugel kon, dan wilde ze daar niets over weten. Zo kon ze elke inspecteur met kinderlijke onschuld in de ogen blijven kijken. Ze wist dat Hugo nooit iets zou doen dat hun bedrijf in gevaar kon brengen. Zo dom was hij niet.

In zijn kantoor keek Hugo nog steeds ontstemd naar de loskade waar de grote vrachtwagens hun ladingen afzetten. Hij wist wel dat Marie-Anne gelijk had. Het had geen nut om inspecteurs en controleurs voor het hoofd te stoten. Maar hij was bang dat een van hen, louter bij toeval, ooit toch op iets zou stoten dat de bal aan het rollen zou brengen.

De grote winstcijfers van zijn bedrijf waren heel eenvoudig te verklaren. Sommige verschillen in kwaliteit kunnen alleen door experts in leder vastgesteld worden en zeker niet door grensposten of controleurs. Maar die verschillen maakten soms een meer-winst uit van meer dan vierhonderd procent. Internationale lederhandel in grote hoeveelheden was dus een ideale cover om geld wit te wassen. Met de hulp van door de Russen betaalde experts had hij een prachtig fraudesysteem van in- en uitvoer uitgebouwd dat nu al jaren zonder problemen draaide. Geluk-kig was Marie-Anne daar niet van op de hoogte en leidde ze die vervloekte pottenkijkers argeloos om de tuin. De cover van zijn lederhandel dekte ook zijn andere activiteiten in het Oostblok mooi af. De winsten daarvan belegde hij in het buitenland. Ook daar wist Marie-Anne niets van. Een beetje gesjoemel kon hij haar wel doen aanvaarden. Maar de zaken waarin hij inmiddels betrokken was, zou ze hem nooit vergeven.

Hij moest dus voorzichtig blijven. Misschien was hij de laatste tijd zelfs een beetje te ver gegaan met zijn gulle sponsoring van Taxandria en had hij daardoor slapende honden wakker gemaakt. Hij had er natuurlijk wel een deel van zijn officiële winst voor gebruikt, maar niet uitsluitend. In de voetbalsector gebeurde er altijd heel wat dat met zwart geld geregeld kon worden, zoals extra premies voor de spelers. Ook de aannemer van de VIP-loges was daar niet vies van geweest. Het probleem was dat de overheidsdiensten die praktijken natuurlijk ook kenden en zonder enige twijfel zouden gebruiken als hefboom bij hun controles.

Misschien was het tijd om eens na te gaan of er geen nieuwe dekmanteloperatie kon worden geregeld. Hij zou zijn partners zo spoedig mogelijk weer eens opzoeken. Zijn vrienden in Wit-Rusland, Georgië en Oekraïne wisten perfect hoe hij ingewikkelde constructies moest opzetten om de controleurs op een dwaalspoor te brengen. Zoals met die buitenlandse bedrijfjes die hij de laatste tijd opgekocht had. Hoe ingewikkelder hij de totaliteit van zijn bedrijf maakte, hoe minder die controleurs er wijs uit werden.

Maar die reisjes naar het vroegere Oostblok werden voor zijn persoonlijke veiligheid steeds riskanter en gevaarlijker. Gelukkig hadden zijn vrienden hem een wapen bezorgd dat hij in het Oostblok altijd bij zich droeg. Hij was niet van plan zich door een of andere smerige hoteldief of schooier te laten ombrengen voor een paar duizend dollars of euro's.

Hij zou ook het sponsoren wat voorzichtiger aanpakken, wat terugschroeven. Tijdelijk natuurlijk. Want pas als F.C. Taxandria volledig afhankelijk van hem was én in eerste speelde, zou hij zijn doel bereikt hebben.

Dat talent niets te maken had met je afkomst of met het milieu waaruit je kwam, had tweeëndertig jaar geleden het toenmalig bestuur van F.C. Taxandria niet beseft. Trillend van de zenuwen had hij toen, achter de rug van zijn dronken nietsnut van een vader om, geprobeerd in het team van de miniemen opgenomen te worden. Een tenger, ondervoed en onverzorgd kereltje van zes met slechts één passie: voetbal! Maar ze hadden hem uitgelachen met zijn schamele turnpantoffeltjes en versleten T-shirtje. Dacht die snotneus misschien dat zij zich bij Taxandria met uitschot bezighielden? Ze hadden hem weggestuurd.

Hij was teruggekeerd naar de ellende van zijn thuis, had er met niemand over gesproken en geen voetbal meer aangeraakt. Maar de gedachte aan wraak had hem nooit verlaten.

* * *

'Hoe is het in godsnaam mogelijk? Niet alleen krijg je moeilijkheden met het gerecht en verlies je misschien je job, maar de auto is volledig in de prak en we hebben geen geld voor een nieuwe. Zelfs niet voor een tweedehandse! Bovendien draaien we waarschijnlijk ook nog op voor de kosten aan die andere auto.'

'Hoe dikwijls moet ik herhalen dat hij aan mijn kant van de weg reed! Ik kon hem niet ontwijken. De politie moet maar bewijzen dat hij niet in fout was. Het is mijn woord tegen het zijne.'

'Je was dronken, Jos! Al de rest is onzin.'

'Een goede advocaat...'

'We hebben geen geld voor een advocaat.' Ze zag onmiddellijk aan zijn gezicht wat hij wilde antwoorden. 'Nee! Ik vraag geen geld aan opa. Je weet zelf heel goed hoe hij zou reageren.'

'Zeg hem dat je het ergens anders voor nodig hebt. Voor de kinderen. Dan gaat hij waarschijnlijk door de knieën.'

Carla zuchtte en zweeg wijselijk. Elke ruzie eindigde er toch altijd mee dat al hun geldproblemen haar schuld waren. Want zij had vier kinderen gewild en zij wilde die kinderen niets ontzeggen. Maar vooral: zij vertikte het geld aan opa te vragen. Jos moest nog op enkele papieren wachten voor hij mocht vertrekken en ze wilde niet dat de dienstdoende politieagent getuige was van een van hun echtelijke scheldpartijen. Jos verloor zo vlug zijn zelfcontrole.

Toen de federale politie vannacht had aangebeld, was ze helemaal over haar toeren geraakt. Niet zozeer door het feit dat Jos in dronken toestand een ongeluk veroorzaakt had, wel doordat ze, al was het maar heel even, gehoopt had dat hij er het slachtoffer van was. De agenten dachten dat ze in shock was en hadden haar getroost, terwijl zij daarentegen huilde omdat de deur van haar gevangenis even op een kier had gestaan. Maar Jos was er nog goedkoop van afgekomen, in tegenstelling tot de andere persoon, die zwaar gewond was. Nu zou de toestand alleen nog erger worden. Want waar moesten ze het geld halen om deze problemen op te lossen en om Ilse naar de universiteit te kunnen laten gaan? Stel dat Jos zijn werk verloor of gevangenisstraf kreeg!

'Goed. Ik zal proberen het bij opa aan te kaarten. Werk jij nu zo goed mogelijk mee met de politie en word asjeblieft niet brutaal. Daar schiet je niets mee op.'

Terwijl ze allebei zwijgend zaten te wachten tot ze het politiekantoor konden verlaten, piekerde ze erover hoe ze opa eventueel zou kunnen overtuigen hen deze keer toch te helpen. Toen ze destijds, ondanks zijn weigering, met Jos was getrouwd, had opa haar gezworen dat zij op geen cent zou moeten rekenen zolang ze met hem getrouwd bleef. Maar opstandig als ze toen was, had ze gedacht dat hij het er alleen op aanstuurde haar en het kind dat ze verwachtte bij zich te houden, zoals hij dat vroeger met haar en haar moeder gedaan had. Een gemakkelijke oplossing voor een lastige weduwnaar die geen vreemden in huis duldt, had Jos haar telkens weer opnieuw ingefluisterd, tot ze zijn versie zonder nadenken slikte.

Carla had nooit anders geweten dan dat haar moeder volledig ten dienste stond van haar grootvader. En indien Jos haar niet overtuigd had dat zijzelf ook rechten had, zou ook zij, net als haar moeder, nooit bij opa zijn weggegaan. Dan zou ze nu geen eigen gezin hebben. Ze aanbad opa, toen en nu nog, en ze was dankbaar voor elk miniem gebaar van warmte of liefde van hem. Want ze herinnerde zich maar al te goed haar eenzame, verdrietige kinderjaren toen hij haar nog volkomen negeerde. En in zekere zin had ze zijn stugge, veeleisende houding altijd aanvaard. Opa was nu eenmaal opa.

Maar toen ze Jos had leren kennen, wees hij haar tijdens hun stiekeme verkering telkens op heel andere aspecten: opa gaf haar niet de kans om uit te gaan, om vriendinnetjes mee naar huis te brengen of om zich bij verenigingen aan te sluiten. Opa ontnam haar de jeugd waar ze recht op had. Haar wereld moest zich tot die van opa beperken en dat was volgens Jos misdadig.

Ze was pas gaan beseffen dat er ook een ander leven bestond nadat Jos haar veroverd had. Hij werkte bij een melkfabriek en opa had nog enkele koeien waarvan de melk dagelijks werd opgehaald. Ze had aan zijn ruwe charme en verleidingspogingen niet kunnen weerstaan. Ze zou trouwens niet geweten hebben hoe ze zijn seksuele avances moest weigeren, zo onnozel was ze. Toen het te laat was en ze zwanger was, had ze wel voor Jos moeten kiezen. Opa had het haar nooit helemaal vergeven. Niet dat ze zich had laten verleiden, maar dat ze het had laten gebeuren door wat, in zijn ogen, een nietsnut en een bruut was.

Nu zou het dronken veroorzaken van een ongeluk door haar man, voor opa het zoveelste bewijs zijn dat hij gefaald had in de opvoeding van zijn kleindochter. Anders zou ze zich nooit aan iemand als Jos gegeven hebben. Dit nieuwe besef van zijn falen zou hem nog bitterder maken. En haar leven nog moeilijker.

De enige troost vond ze in haar kinderen, zo niet had de halsstarrige weigering van opa om haar te vergeven en Jos te aanvaarden al lang het einde van haar huwelijk betekend. En over diens brute geweld waarmee hoe langer hoe meer ruzies gepaard gingen, mocht ze nooit met iemand praten. Beslist niet! Want als opa dat te weten kwam, zou hij het recht in eigen handen nemen. Daar was Carla zeker van.

* * *

'Waarom heb je me die zondag niet gezegd dat je naar hier zou komen?'

Marie-Anne was nog altijd niet van de verrassing bekomen. De aangekondigde controleur was niemand anders dan Fred Verbist, de man van haar nieuwe kennis Emma.

'Ik wist dat toen zelf niet. Ik heb jullie dossier pas gekregen, met de opdracht meteen een controle uit te voeren. De ambtenaar die het normaal behandelt, is voor een lange tijd arbeidsongeschikt. Aangezien we kampen met een enorm personeelstekort, kon ik het niet weigeren. Het spijt me.'

'Je hoeft je niet te excuseren. Het is je werk.'

'Ik zat er nochtans een beetje mee in. Vooral omdat Hugo zo vrijgevig is geweest voor de jeugdwerking. We hebben nog nooit een sponsor gehad die daar zoveel aandacht aan schonk.'

'Laat dat nu maar allemaal los staan van ons bedrijf en van jouw werk. Wat verkies je: onmiddellijk beginnen met je controle of mag ik je iets te drinken aanbieden? Geen omkoperij hoor! Ik heb die zondag zo'n leuk gesprek gehad met Emma dat ik het gevoel heb dat ik je al een beetje persoonlijk ken.'

Fred koos met plezier voor het drankje. Het betrof slechts een beperkte controle en hij was er zo goed als zeker van dat het bedrijf van Hugo geen opvallende fouten zou maken. Bovendien, Marie-Anne was een knappe en charmante vrouw. Hij zou wel gek zijn de kans te laten liggen om een praatje met haar te maken. Emma zou opkijken als hij haar dat vanavond vertelde. Ze was in de wolken geweest van haar middag en sprak er zelfs over de volgende keer de volledige match in de loges te volgen. Hij wist niet wat hij hoorde toen ze dat zei. Zijn Emma, die anders op de tribune het hoogste woord voerde.

Marie-Anne had ondertussen voor het drankje en ook voor enkele knabbels gezorgd want Fred, een grote en zware man, zag eruit alsof hij altijd wel iets kon eten. Het was haar bovendien opgevallen dat hij heel vriendelijke ogen had waarvan op een of andere manier iets kinderlijks uitging.

'Zit je al lang op die dienst?'

'Al een paar jaar. Nick, mijn zoon, zit er trouwens ook.'

'Dat moet fijn zijn.'

'Och, we zien elkaar zelden tijdens de kantooruren. En het is louter toeval dat hij op die dienst is terechtgekomen. Hij was liever naar de BTW-administratie gegaan.'

'Praten jullie thuis samen veel over het werk?'

'Nooit. Emma is daar allergisch voor.'

Tot haar verrassing stelde Marie-Anne vast dat het gesprek heel vlot verliep. In andere omstandigheden zou ze het niet in haar hoofd hebben gehaald om een lange babbel met hem te beginnen. Maar die man was aangenaam gezelschap. Helemaal anders dan ze had kunnen opmaken uit de commentaren van Emma. Maar die waren waarschijnlijk grappig bedoeld. Zij nam altijd alles veel te serieus, had Hugo haar al vaker verweten.

'Emma vertelde me dat ze uitkijkt naar een volgende bijeenkomst.'

Marie-Anne reageerde verbaasd. Ze had die afspraak niet echt ernstig genomen. Ze had zich laten meeslepen door de onverwachte sfeer van vrouwelijke samenhorigheid. En waarschijnlijk was ze er op dat ogenblik extra gevoelig voor geweest na haar teleurstelling die morgen. Maar Emma verwachtte dus wel dat ze elkaar weer zouden zien, en de anderen misschien ook.

'Emma let zelfs op haar eten. Ik weet niet hoe jullie dat gelukt is. Ik zou het haar nooit hebben durven suggereren. Hoe zijn jullie eigenlijk op dat idee gekomen?'

'We hadden het er gewoon over omdat wij toevallig allemaal met gewichtsprobleempjes worstelen. En toen werden dieetmethodes vergeleken. Meer niet.'

Fred bekeek haar even discreet terwijl ze zijn glas bijvulde.

Welke gewichtsproblemen konden deze prachtvrouw nu bezighouden? Ze was de elegantie zelf. Met enige moeite bedwong hij zijn drang haar al te vrijpostig te observeren.

'In ieder geval zal het dieet Emma goed doen, ze is de laatste jaren nogal wat aangekomen. Heeft iets met hormonen te maken, veronderstel ik. De leeftijd weet je.' Hij keek verlegen weg.

'Stoort het je?'

Hij bekeek haar verschrikt. 'Wat bedoel je?'

'Dat je vrouw dikker wordt.'

'Natuurlijk niet. Zolang ze maar gezond en tevreden is. Gelukkig heeft ze verder geen last van... je weet wel.'

Marie-Anne knikte maar kon een glimlach nauwelijks onderdrukken. Waarom was menopauze toch zo'n moeilijk woord voor mannen? Het leek wel iets waarover ze zich schaamden. Maar toch vond Fred de gevolgen ervan blijkbaar niet zo erg. Waarom kon Hugo ook niet zo goedmoedig aanvaarden dat haar heupen en billen uitdijden. Ze was van vaderskant erfelijk belast met die typische Vlaamse lichaamsbouw. Voor het ogenblik kon ze het nog met kleding camoufleren. Maar ze vermeed het de laatste tijd naakt in huis rond te lopen, want ze had al een paar keer een onderzoekende blik van Hugo onderschept die erop wees dat de extra rondingen hem niet ontgaan waren.

'Emma heeft geluk met een man als jij.' Zonder erbij na te denken verwoordde ze haar gedachten. Geschrokken besefte ze dat ze nu wel iets te persoonlijk werd. Maar Fred had blijkbaar geen bezwaar.

'Daar kan ik moeilijk op antwoorden', zei hij ietwat nerveus. 'Emma is een eigenzinnig type en laat zich niet veel aanpraten. Ze is heel optimistisch en weigert gewoon om zich zorgen te maken. Je zult al wel gemerkt hebben dat lachen haar liefste bezigheid is.'

'Thuis ook?'

Hij aarzelde. Nee, hij kon moeilijk deze aantrekkelijke vrouw gaan vertellen over het probleem dat zijn huwelijk al jarenlang overschaduwde. 'Thuis ook, ja. Maar vooral op feestjes en dergelijke ontpopt ze zich als gangmaker. Nodig haar uit en je hebt gegarandeerd een geslaagde avond.' Hij bond vlug in. 'Sorry. Dat wil ik natuurlijk niet zeggen... Ik bedoel...'

Marie-Anne lachte zijn verwarring weg. 'Maak je geen zorgen, Fred. Ik weet dat je niet vist naar een uitnodiging. Ik had al van verschillende kanten gehoord dat Emma leuk gezelschap is en ik ben blij dat ik haar eindelijk heb leren kennen. Zullen we nu naar het kantoor van de hoofdboekhouder gaan?'

Terwijl hij haar liet voorgaan en langs de lokalen liep waarin de administratie gevestigd was, stelde Fred tot zijn ontzetting vast dat hij voor het eerst in zijn huwelijksjaren een ogenblik de behoefte had gevoeld iemand deelgenoot te maken van zijn pijnlijke geheim. Maar dat zou hij Emma nooit kunnen aandoen.

* * *

Els sloeg de deur van haar auto dicht en bleef met bonzend hart en met het hoofd op het stuur geleund even zitten. God, dit keer was het bijna fout gelopen! Ze had niet gezien dat de hoofdverpleegster er aankwam. Maar gelukkig was die nog volop bezig met het verwerken van de uitbrander die ze zojuist van een of andere dokter had gekregen en stelde ze geen vragen toen Els de medicijnkast weer op slot deed nadat ze de pillen en de injectie voor Koen in haar schortzak gestoken had. Met klamme handen had ze nauwelijks geluisterd naar haar opgewonden verhaal over de arrogante dokter. Kort daarna werd de hoofdverpleegster weggeroepen en Els was ijlings en met trillende benen vertrokken.

Hier op de parking van het ziekenhuis kon ze zeker niet blijven staan. Iedereen kon haar zien zitten en men zou zich misschien afvragen of er iets scheelde. Nee, ze moest vertrekken, en dadelijk! In een zijstraat kon ze dan even parkeren. Want zolang ze nog zo overstuur was, durfde ze het stadscentrum niet inrijden.

Even later parkeerde ze bij een parkje met een kleine speeltuin en ging tussen de druk pratende moeders die met een half oog hun kroost in de gaten hielden, op een van de banken zitten. Het ging er zo gewoon, zo ongedwongen aan toe dat ze de tranen achter haar ogen voelde branden. Waarom kon haar leven zo niet zijn?

Volgens haar zussen ging Els nochtans probleemloos door het leven en zou ze alles bereiken wat haar hartje maar wilde. Ze had nooit moeilijkheden gehad op school, wist reeds op haar twaalfde dat ze verpleegster wilde worden en was goedlachs en populair bij haar klasgenoten en in de jeugdbeweging. Thuis was ze wel een beetje een zorgenkind geweest. Ze had altijd geleden onder het feit dat ze minder aandacht kreeg dan haar twee oudere en twee jongere zusjes.

Pas op de verpleegstersschool was ze een beetje tot rust gekomen. Het internaat was een echte verademing. Voor het eerst een eigen kamertje en niemand die haar vergeleek met een van haar zussen. Ze was populair en hielp iedereen met de studie, die haar helemaal niet moeilijk leek. Ze hield ervan de patiënten te verzorgen en genoot van elke minuut die ze doorbracht in het grote ouderwetse ziekenhuis.

Tot die avond. De avond die haar verdere leven verknoeide. Volgens de politie had de hele toestand maar tien minuten geduurd. Tien minuten in het slecht verlichte gedeelte dat men aan het verbouwen was en dat ze, om tijd te winnen, tegen het verbod in vlug doorliep om naar het internaat te gaan. Tien minuten van ultieme vernedering en brutaal geweld gevolgd door een nooit te wissen schaamte en pijn.

Maar ze had het overleefd en mocht daar volgens de politie blij om zijn. De bijkomende, onvermijdelijke vragen waren niet bedoeld om haar te vernederen, hoewel ze dat als zodanig ervoer, maar om haar te helpen. De doktersonderzoeken, de verklaringen, de betuttelende vriendelijkheid van de directrice van de verpleegstersopleiding, het werd allemaal gedaan om haar bij te staan. Op haar verzoek, ze was gelukkig meerderjarig en kon er dus zelf over beslissen, had de directrice noch de politie haar ouders geïnformeerd. Omdat het gebeurd was binnen het terrein van het ziekenhuis was het ook gelukt om de pers erbuiten te houden, zo niet had ze niemand meer onder ogen durven te komen. En ze hoopte dat niemand het ooit te weten kwam. Niemand! Ze had zich verscholen achter een moedige en relativerende houding, die zo goed gespeeld was dat zelfs de psycholoog die haar op verzoek van slachtofferhulp had opgevangen, er was ingelopen. De schuldige werd nooit gevonden en de zaak werd al vlug geklasseerd. Voor Els was de enige manier om deze gruwelijke verkrachting te verwerken er nooit of nooit meer over te praten.

Maar stel dat ze daarnet betrapt was geworden terwijl ze die medicijnen stal. Dan zou ze natuurlijk door de politie ondervraagd worden en die zou misschien haar naam in hun computersystemen terugvinden. Misschien zouden ze datgene wat haar overkomen was, openbaar maken. Of aan haar ouders en zussen, zelfs aan Koen vertellen.

Nee, dat risico kon ze niet meer lopen. Ze moest ermee ophouden Koen die medicijnen te bezorgen. Als hij te veel pijn had, moest hij maar een tijdje niet spelen. Niemand zou hem dat kwalijk nemen. Ze besloot hem dit straks te zeggen en zich op geen enkele manier meer door hem over te laten halen. Het risico was te groot. Niet alleen om betrapt te worden en om haar job te verliezen, maar ook om opnieuw geconfronteerd te worden met de politie.

* * *

'We nemen nog zelden belastinginspecteurs mee uit eten. Maar voor jou maak ik graag een uitzondering. Iemand die zich zo belangeloos inzet voor de jeugdwerking, kan ik niets tekortdoen. Ik ben trouwens blij dat we eens rustig kunnen praten. De jeugdwerking ligt me na aan het hart, weet je.'

Het etentje verliep gezellig en Fred ontspande zich. Aanvankelijk had hij geaarzeld de uitnodiging te aanvaarden. Op de dienst werd dat tegenwoordig afgeraden. Verdenkingen over mogelijk corrupte ambtenaren en omkoperij moesten absoluut vermeden worden en er was het feit dat hij Hugo kende via Taxandria. Maar men had er van hogerhand op aangedrongen dat hij het dossier overnam omdat er haast bij was. Bovendien was de controle tot nu toe perfect verlopen en Hugo vond het bijzonder prettig dat de inspecteur iemand was die hij kende. Marie-Anne had het enthousiasme van Hugo verklaard door erop te wijzen dat haar man een grondige hekel had aan al die controles. Toen Fred daarop voorzichtig had geopperd dat hij het dossier wegens de connectie tussen hem en Hugo misschien beter aan een collega kon doorgeven, hadden zowel Hugo als Marie-Anne zijn voorstel weggewuifd. Welke connectie was er die hem kon beletten zijn werk correct te doen? Hugo was sponsor, geen lid van het bestuur. Hij had nauwelijks contact met Fred. Marie-Anne zei dat hij natuurlijk moest doen wat voor hem het beste was, ze wilde niet dat hij problemen kreeg. Maar het was wel plezierig werken met iemand als Fred. Een galantere en hoffelijkere inspecteur had ze nog niet ontmoet.

'Pas maar op, Marie-Anne, dat hij niet wekelijks op controle komt als je Fred zo blijft bewieroken.'

Ze lachten alledrie om het grapje, maar daar zou hij helemaal geen bezwaar tegen hebben, dacht Fred terloops. Hugo sprak verder op zijn joviale toon. 'Ik veronderstel dat we nu wel een tijdje gerust zijn, niet Fred?'

Hij wist even niet wat te antwoorden. 'Kijk, normaal gezien mag ik daar niets over kwijt, maar de controle van vandaag is een deel van een grootschalig onderzoek bij bedrijven die veel met het voormalige Oostblok handel drijven.'

'Hoezo? Heeft men daar dan iets tegen?' lachte Hugo enigszins nerveus.

'Natuurlijk niet. Maar men vermoedt dat hier en daar onregelmatigheden gebeuren. Trouwens, we werken wel meer per sector.

Onlangs hebben we de nachtwinkels grondig aangepakt. Met succes, moet ik zeggen.'

'Werken jullie dan met andere inspecties samen?'

'Dat kan. Als er zware vermoedens zijn, doen we wel eens een gezamenlijke inval.'

'Maar dan alleen bij het bedrijf waarvan jullie vermoeden dat het knoeit. Niet bij een hele sector, veronderstel ik?'

'Dat hangt ervan af. Dikwijls betreft het onregelmatigheden waarvan we meer dan één bedrijf verdenken. Dan durven we wel eens bij een aantal bedrijven van de sector in kwestie tegelijkertijd binnenvallen.'

'Wat spannend!' Marie-Anne schrok van haar eigen overdreven reactie. Maar ze had gezien dat Hugo zich aan het verloop van het gesprek danig begon te ergeren. Het idee alleen al een grote controle op zijn dak te krijgen maakte hem helemaal van streek, merkte ze. Daarom wilde ze vlug de situatie met een kwinkslag redden. 'Maar bij ons zal zoiets niet vlug gebeuren. Daar zijn wij veel te braaf voor.'

'En jouw perfect uitgevoerde administratie veel te doorzichtig. Is het niet, Fred?'

Iets in zijn stem klonk waarschuwend, dreigend zelfs. Of verbeeldde ze zich dat? Fred knikte zwakjes.

'Mochten jullie het ooit van plan zijn, waarschuw je ons dan, ja? Ik zou niet graag hebben dat Marie-Anne zich in het nauw gedreven voelt door een stel onvriendelijke ambtenaren. Dat verdient ze niet, wat jij, Fred?'

'Natuurlijk niet. Maar...' Hij wilde uitleggen dat hij, zelf ambtenaar, onmogelijk een dergelijke tip kon geven, maar Hugo liet hem de kans niet.

'Dat denk ik er ook van. Genoeg over controles. Hoe is het met je zoon? Ik zie dat de trainer hem nog altijd niet in de eerste ploeg heeft opgesteld.'

Fred zat er nog over te piekeren dat hij misschien ooit deel zou moeten nemen aan een inval in het bedrijf van Hugo en dat de mogelijkheid hen daar op voorhand van te verwittigen, uitgesloten was. Net voor Hugo zijn vraag over Nick wilde herhalen, antwoordde hij. 'Nee. Hij speelt nog altijd met de reserven.'

'Ik zal eens kijken of ik daar iets aan kan doen. Ik heb natuurlijk niets te zeggen in de opstelling van de ploegen, dat is zaak van de trainers. Maar het bestuur is niet ongevoelig voor mijn suggesties.'

'Bedankt, Hugo. Dat zou mij een groot plezier doen. Nick leeft voor het voetbal. Emma zou je er nog een veel groter plezier mee doen.' Ze moesten eens weten, dacht hij, hoe ze hem op het hart gedrukt had van deze controle gebruik te maken om de voetbalkwaliteiten van haar zoon extra in de verf te zetten. Nu stelde Hugo zelf voor hem te helpen zonder dat hij er één woord over had gezegd. Dat was een hele opluchting. Wat een aardige mensen. Vooral Marie-Anne. Telkens als zij naar hem glimlachte, was het alsof zijn hart een slag oversloeg. Hij was nu al bang dat er ooit een dag zou komen dat hij haar niet tegen het onbehouwen optreden van collega's zou kunnen beschermen.

* * *

'Ik haat dergelijke feestjes. Dat weet je heel goed.'

'Moet ik dan alleen gaan?'

'Vraag aan Cedric om je te begeleiden. Dan hebben ze meteen twee vedetten in één klap. Succes verzekerd.'

Tamara trok met een luide zucht boos haar schouders op. Het had geen zin verder met Werner te discussiëren. Hij haatte feestjes en hij haatte het met haar mee te gaan wanneer zij werd uitgenodigd als Bianca van de soap en niet als Tamara, zijn vrouw. Normaal stelde ze hem zelfs de vraag niet. Maar nu die uitnodiging via Hugo kwam, had ze gehoopt dat hij een uitzondering zou maken. Niet dus. Ze zou er zich maar bij neerleggen en Cedric nog eens met haar doen opdraven.

Na de lange draaidagen die ze uiteraard in elkaars gezelschap doorbrachten, hadden zij en Cedric niet veel zin om ook nog gezamenlijk op allerlei gelegenheden acte de présence te geven. Al was het voor haar tegenspeler wel aangewezen zich regelmatig in vrouwelijk gezelschap te laten zien. Het zou voor het grote publiek een shock zijn als ze te weten kwamen dat de grootste vrouwenverleider uit de soap een homo was.

Maar vanavond zou ze liever niet te veel Bianca spelen. De hele tijd verliefd in de ogen van Cedric te moeten kijken, paste helemaal niet in haar planning. De meeste mensen verwachtten dat blijkbaar van hen wanneer ze als tv-paar samen hun opwachting maakten. Als ze met Werner naar een party ging, was het voor haar veel leuker én interessanter. Hij trok zich meestal terug in een of ander rustig hoekje met een biertje en wachtte geduldig tot zij uitgefeest was. Als ze zich verveelde, had ze het excuus bij de hand om te vertrekken. Amuseerde ze zich, dan kon ze onbeperkt haar gangen gaan want ze kon altijd naar Werner vluchten als het geflirt uit de hand liep.

En dat was ze deze avond van plan, zich eens goed laten gaan. Want ze had die zondag op Taxandria heel goed aangevoeld dat Hugo meer dan gewone interesse voor haar had. Hugo, een mooie en viriele man met de juiste connecties! Ze mocht deze kans niet aan haar neus laten voorbijgaan.

Goed. Ze zou met Cedric gaan maar hem duidelijke instructies geven. Ze zouden net als in de soap elk een slachtoffer zoeken en elkaar in het bijzijn van iedereen jaloers maken. Het publiek was daar gek op. Het werd het maar niet beu dat Bianca en haar tegenspeler al jarenlang van elkaars leven een hel maakten, terwijl ze volgens de ingewikkelde verhaallijnen niet zonder elkaar konden. Deze act zou haar de vrijheid geven om uit te testen wat Hugo met haar voorhad.

Het was haar droom om te gaan filmen. Ze wilde van dat soapimago af en eindelijk als een echte actrice aanvaard worden door het 'betere' publiek. Maar voor de film had ze wat voorspraak nodig van een of andere gezaghebbende bron of beter nog, de steun van een gulle sponsor. De Vlaamse filmwereld had immers voortdurend behoefte aan geldelijke steun. Dus leek Hugo de aangewezen persoon om de deur naar een filmcarrière voor haar open te gooien.

* * *

Els trilde van top tot teen. Dit was hun eerste grote ruzie geweest. Ze had nooit gedacht dat Koen zo gemeen kon doen. Waarom wilde hij toch niet verstaan dat ze het risico niet meer kon lopen? Als hij naar een goede sportdokter ging, zou die toch ook de nodige medicijnen tegen de pijn voorschrijven. Ze begreep niet dat hij bleef weigeren en dat hij haar daarbovenop van egoïsme en gebrek aan interesse voor zijn carrière beschuldigde. Hij had haar verweten dat ze voetbal, zijn sport en het allerbelangrijkste in zijn leven, slechts met moeite tolereerde. Voor haar telde alleen die onnozele job in het ziekenhuis, terwijl er van dergelijke jobs dertien in een dozijn waren. Volgens hem had een goede verpleegster altijd werk. Zelfs als ze betrapt werd op het wegnemen van een paar onnozele pilletjes of een spuitje. Trouwens, ze was slim genoeg om zich daar uit te praten. Die medicijnen waren het minste dat ze voor hem kon doen als ze van hem hield zoals ze beweerde. Had hij haar niet weggehaald uit Antwerpen, waar ze naar haar eigen zeggen zo ongelukkig was? Ze moest eens ophouden zich als een klein kind te gedragen en eindelijk volwassen worden. Ze had voor hem gekozen en moest nu met die keuze leren leven.

Uiteindelijk had ze toegegeven en beloofd dat ze hem tot het einde van het voetbalseizoen van de nodige pillen en inspuitingen zou voorzien. Daarna zou het niet meer nodig zijn, overtuigd als hij was dat na de competitiestop zijn problemen van de baan zouden zijn. En mocht ze het toch in haar hoofd halen hem niet helpen, dan zou hij wat hun relatie betrof zijn conclusies trekken. En nog voor ze haar belofte kon herhalen, verliet hij met slaande deur het appartement.

Ondanks haar toegeving wist ze dat Koen haar hun ruzie niet vlug zou vergeven. Maar misschien kon ze, om hem mild te stemmen, volgende zondag doen alsof ze heel blij was met hem mee te mogen naar de match. Ze hoopte maar dat de vrouwen hun woord zouden houden en dat ze bij hen kon gaan zitten. Als Koen dan zag hoe goed ze zich bij hen voelde, en dat ze zich eindelijk in Herentals thuis begon te voelen, zou hij misschien niet meer zo boos zijn. Want ze was doodsbang dat hij, als straf, geen woord met haar zou wisselen de eerstvolgende dagen. Hij wist dat ze daar gek van werd. Gek van de verstikkende eenzaamheid, waarin ze haar probleem niet onder controle zou kunnen houden. Net nu het wat beter ging en ze dacht zichzelf weer in de hand te hebben.

* * *

Het was een schitterend feest. Het begon met een uitgebreid fijnproeversdiner gevolgd door een gezellig samenzijn met mogelijkheid tot dansen. Een goed orkestje, lekker eten en drank in overvloed én iedereen in avondkledij! Tamara en Cedric waren met de nodige bravoure verschenen.

In het begin werd hun aanwezigheid met steelse blikken gadegeslagen. Maar dat waren ze gewoon. Bij dergelijke gelegenheden wilden de meeste mensen, en zeker die van betere komaf, niet de indruk wekken dat ze geïnteresseerd waren in soapvedetten. Het duurde echter niet lang of ze stonden in het middelpunt van de belangstelling. Cedric werd omringd door een stel koketterende dames en Tamara door een hoop drukdoende en opdringerige heren die elkaar de loef probeerden af te steken om haar gunsten.

Hugo had haar succes bij de andere mannen een tijdje met lede ogen aangekeken. Hij had er waarschijnlijk op gerekend dat hij haar die avond alleen voor zich zou hebben, dacht Tamara. Wel dan had hij het mis! Wanneer ze met Cedric ergens kwam dan was ze Bianca, de verleidelijke vamp. De mannenverslindster met nooit te stillen honger!

Ze genoot dat Hugo zoveel concurrentie had. Hoe moeilijker

de prooi, hoe gretiger het roofdier zou toehappen. Ze moest wel uitkijken voor Marie-Anne. Een jaloerse echtgenote die een scène maakte, was boeiend om naar te kijken in de soap, maar in het gewone leven te mijden als de pest. De media zouden er maar al te graag op springen en haar met plezier de grond inboren.

'Deze dans is voor mij.' Hugo duwde de man die aanstalten maakte om met haar te dansen, haast omver. Hij pakte haar resoluut bij de arm en trok haar mee naar het midden van de dansvloer. Ze was eerst een beetje uit haar lood geslagen door zijn bijna brutale aanpak, maar onmiddellijk daarna maakte zich een triomfantelijk gevoel van haar meester. Ze deden een paar passen zonder een woord met elkaar te wisselen. Maar dan kon hij zich blijkbaar niet meer bedwingen. 'Vergis ik me, of probeer je me al de hele avond te mijden, mijn mooie Tamara?' vroeg hij hees fluisterend.

Ze lachte fijntjes. Niet alleen om het compliment, maar omdat hij slim genoeg was om te doorzien dat ze voor de anderen Bianca was, terwijl ze voor hem liever zichzelf bleef.

'Ik moet Bianca toch het werk laten doen dat van haar verwacht wordt? Maar dat had je natuurlijk al begrepen.'

'Inderdaad. Ik verkies Tamara. Alleen met haar wil ik dansen.'

Hij danste erg goed. Het was een slow en hij trok haar nog iets dichter naar zich toe.

'Wel, schoonheid? Blij dat je gekomen bent?'

'Ja. Bedankt voor de uitnodiging. Werner vroeg me hem te excuseren.'

'Daar had ik een beetje op gehoopt. Ik ken zijn reputatie van gezellig huisdier. Klopt, niet?'

'Werner is een schat', verdedigde ze haar man. 'Maar hij is inderdaad een huismus. Jij niet, veronderstel ik?'

Hugo grinnikte. Haar vraag behoefde geen antwoord. Aan hem was niets huiselijks. Een man met glamour, bedacht ze, met een haast dierlijke elegantie.

'En jij, Tamara. Ben jij huiselijk?'

'Als het nodig is. Maar ik denk dat avontuurlijk me beter

omschrijft.' Door een lichte beweging van haar heupen liet ze hem verstaan welk avontuur ze bedoelde. Maar ze hield de beweging heel miniem zodat het eventueel als een toevallige aanraking kon worden geïnterpreteerd. Ze wilde niet te hard van stapel lopen. Hugo had echter geen handleiding nodig.

'Dat wist ik van het eerste ogenblik dat ik je zag. Al verstop je Tamara prima achter Bianca, dat moet ik toegeven. Maar ik zag meteen de vrouw van vlees en bloed die je echt bent. Dat is de vrouw die mij aantrekt. Niet dat stomme soapmens.'

'Het is mijn middel van bestaan.'

'Jij bent meer waard. Je moet ermee stoppen.'

'Misschien. Maar het is moeilijk om vanuit het soapmilieu hogerop te raken. Je draagt een stempel.'

'Niet als je de juiste mensen kent.'

Hij hield haar wat verder van zich af, als om te kijken of ze hem wel goed begreep, maar ze liet zich niet vangen. Hij zou iets duidelijker moeten zijn.

'Na tien jaar soap krijg ik geen kans in een serieuze serie. En bij de film kom je enkel met een stevige ruggensteun. Er zal mij dus niets anders overblijven dan verder mijn leven te blijven delen met Bianca.'

'Ik wil met Tamara te maken hebben. Misschien kunnen we iets voor Tamara doen? Ik ben er zeker van dan zij en ik verwante zielen zijn.'

'Ik betwijfel of onze verwantschap op dat niveau ligt.' Hij bekeek haar vragend. 'Dat van de ziel, bedoel ik.'

Hij lachte tevreden en trok haar nu dicht tegen zich aan, terwijl Tamara schichtig rondkeek uit vrees dat Marie-Anne in de buurt was.

'Je hebt gelijk. We moeten elkaar niets wijsmaken. Maar we moeten wel voorzichtig blijven. Ik wil je spoedig terugzien, Tamara. Ik ben geen geduldig man.'

Ze antwoordde niet meteen. Het ging plots allemaal zo vlug. Te vlug misschien. Maar Hugo was blijkbaar iemand die ze niet aan het lijntje kon houden. Als ze hem wilde, mocht ze niet aarzelen. Even moest ze aan Werner denken, die nu thuis in de fauteuil zat met de hond lang uitgestrekt naast hem, zappend van het ene sportprogramma naar het andere.

'Geduld is ook niet mijn sterkste kant. Op dat gebied passen we dus prima bij elkaar.'

'Goed. Dan vissen we volgende week uit of we ook op andere gebieden bij elkaar passen. Vóór donderdag, want dan moet ik op reis. Bel me op mijn gsm, ik geef je straks het nummer.'

Zonder verder nog een woord te wisselen, beëindigden ze de dans en bracht hij haar terug naar een groepje mannen dat stiekem had staan toekijken.

* * *

De voetbalmatch was gestart en het vijftal, verzameld aan dezelfde grote tafel als vorige keer, begon zich stilaan relaxed te voelen. Want nadat ze een voor een waren aangekomen en elkaar begroet hadden, was het er even stroef aan toe gegaan. Vorige keer waren ze eerder toevallig bij elkaar terechtgekomen. Maar nu leek het in het begin allemaal wat geforceerd. Gelukkig was er Emma, die er met de nodige kwinkslagen in slaagde iedereen op zijn gemak te stellen. En nu de mannen eindelijk allemaal buiten naar de match waren gaan kijken, kwamen ze vlug in de gewenste sfeer.

'Hoe gaan we het doen met de consumpties, maken we een pot of trakteren we om beurten?' vroeg Emma, die het initiatief nam. Op kaartavonden waar zij en Fred graag naartoe gingen, was het gebruikelijk vooraf af te spreken. En het was juist omdat er een paar chique dames bij waren, zoals Marie-Anne bijvoorbeeld, dat er vooraf een financiële regeling getroffen moest worden. Ze was de woorden van haar moeder zaliger – hoe chiquer het volk, hoe gieriger – indachtig.

'Ik ga akkoord dat we een pot maken, en stel voor dat we beginnen met vijf euro de man. Sorry, vijf euro de vrouw!' Iedereen knikte bevestigend naar Tamara. Blij dat dit geregeld was, ging die op haar elan door. 'Maar eerst de gewichtskwestie. Dat was de afspraak. Ik geef een bierviltje door, en iedereen schrijft erop of zij al dan niet afgevallen is, en zo ja, hoeveel. Elke gram telt, dames!'

Het geld werd bijeengelegd en het bierviltje rondgegeven. Els aarzelde toen zij het voor zich had liggen. Door die ruzie met Koen was ze inderdaad afgevallen, dus zou ze het eerlijk opschrijven. Haar nieuwe vriendinnen wilde ze niet beliegen. Ze zouden haar anders te vlug doorhebben.

De ober bracht de drankjes net op het moment dat het bierviltje met het resultaat weer bij Tamara kwam. Ze wachtte even terwijl ze het discreet met haar hand bedekte tot Carla met hem had afgerekend. Toen de ober vertrokken was, schraapte ze overdreven haar keel.

'Here are the votes of the Belgian jury! The Netherlands, two points.'

Deze keer had Tamara geen succes met haar grapje, daarvoor was iedereen te gespannen. Ze vervolgde, ernstig nu: 'Resultaat van de eerste twee weken van ons dieet. Marie-Anne: min een halve kilo!'

'Op de verkeerde plekken, helaas. Ik wil zo graag op mijn billen en buik afvallen, en als ik dan na veel moeite wat afval, is het altijd op mijn borsten. Hugo haat dat.'

Ze werd meewarig bekeken.

'Carla: min één kilo en een half!'

Het groepje applaudisseerde en Carla glimlachte bescheiden. Ze moesten eens weten waarom ik afgevallen ben, dacht ze. Na de autocrash van Jos en de toestand met opa had ze trouwens geen moment meer aan dat dieet gedacht. En kijk, vanmorgen had ze tot haar grote verbazing vastgesteld dat ze zonder te diëten anderhalve kilo kwijt was. Toch één kleine meevaller bij al die ellende.

'Emma: min een halve kilo!'

Tot groot jolijt van iedereen had ze al onmiddellijk haar commentaar klaar.

'Waar ik die kwijtgeraakt ben, weet ik niet. Ergens moet er een vetrolletje dunner geworden zijn, denk ik. Op al die kilo's die ik te veel heb, is dat niet zo eenvoudig te vinden. Maar weg is weg! Alleluja!' glunderde ze trots. Ook zij kreeg een applausje.

Tamara gaf een teken dat zij nu zelf aan de beurt kwam.

'Tamara: een halve kilo. Maar ik kan jullie verzekeren dat ik heb afgezien', voegde ze eraan toe. 'Sit-ups, been- en buik-spieroefeningen én een bijna strikt vegetarisch dieet.'

'Over dat vegetarisch eten moet je straks maar iets meer vertellen,' zei Marie-Anne, 'want dat is het soort dieet dat ik nodig heb. Voor buik en billen! Niet voor: weg met die borsten!'

Wat iedereen naar eigen borsten deed kijken, met uitwisseling van meningen daaromtrent. Tamara moest de vrolijke bende tot de orde roepen.

'Els: min één kilo!'

Even bleef het stil, en toen begonnen ze allemaal door elkaar te praten. Ze vonden het niet eerlijk dat iemand die geen overge-wicht had zonder moeite afviel. Vooral toen Els zwoer dat ze helemaal geen dieet had gevolgd. Gewoon een zware week in het ziekenhuis gehad. Ze kreeg dan ook meteen de opdracht die kilo volgende week weer aan te komen. Gelukkig vroeg Tamara om stilte en werd hun aandacht van haar afgeleid. Het had niet veel langer moeten duren of ze was er onpasselijk van geworden. Het zweet stond in haar handen.

'Alles samen dus...' Tamara telde het vlug bij elkaar. 'Vier en een halve kilo!'

Ze bekeken elkaar verrast! Zoveel? Dat hadden ze nooit ver-wacht. Was het dan toch eenvoudig om af te vallen?

'Heeft niemand een beetje gelogen?' Emma vroeg het speels maar bekeek hen toch een voor een argwanend. Haar gewichts-verlies was bitter tegengevallen, maar ze was er ook veel te laat aan begonnen, maakte ze zichzelf het stille verwijt. Ze had gedacht dat een paar dagen ruimschoots zouden volstaan om een kilo of twee af te vallen en had het diëten zo lang mogelijk uitgesteld. Nadat ze de drie laatste dagen honger had geleden, was het resultaat maar pover en haar teleurstelling groot. Zij had het misschien het hardst nodig en ze viel het minste af. Want die halve kilo van de slanke Tamara was niet hetzelfde. In verhouding tot haar gewicht vertegenwoordigde dat veel meer dan het halve kilootje vet dat zij kwijt was.

Iedereen ontkende in alle toonaarden. Trouwens, liegen had geen nut. Daar bedrogen ze alleen zichzelf mee. Maar ze waren het erover eens dat het interessanter zou zijn als het gewichtsverlies samen gecontroleerd kon worden. Want wie zei dat alle weegschalen correct wogen? En een weegschaal meebrengen naar de loges van F.C. Taxandria waar iedereen hen op de vingers kon kijken, was crazy. Ze zouden zich nogal belachelijk maken.

'Dan houden we onze volgende bijeenkomst gewoon ergens anders', besloot Emma. 'Kom volgende keer bij mij thuis. Ik nodig jullie allemaal uit op...' Ze zweeg plots en proestte het uit van het lachen. Ze keken haar niet-begrijpend aan. 'Ik wilde net zeggen dat ik jullie uitnodig op een etentje! Maar dat kan niet natuurlijk. Of wel?' Ze zou zo graag laten zien hoe lekker ze kon koken.

'Om direct het verloren gewicht weer bij te winnen?' klonk het verontwaardigd.

'Grapje, dames, grapje. We doen het zo: ik nodig jullie allemaal uit op water, dieetcola en fruit. En iedereen gaat natuurlijk op de weegschaal. Akkoord?'

Het voorstel werd unaniem aanvaard. 'Ik stel ook meteen voor dat we om beurten bij iemand van ons bijeenkomen én op een vaste avond in de week.' Na wat over-en-weergepraat werd beslist in het vervolg telkens op maandagavond samen te komen, te beginnen vanaf maandag over acht dagen. Zelfs voor Tamara, met haar onregelmatige uren, schikte dat aangezien ze 's maandags in de opnamestudio hun vrije dag hadden.

'Ik wil geen spelbreker zijn, maar zullen de echtgenoten of partners hiermee akkoord gaan?' vroeg Marie-Anne.

Ze bekeken elkaar afwachtend. Marie-Anne besloot dan maar zelf het initiatief te nemen.

'Persoonlijk weet ik zeker dat Hugo het niet prettig zal vinden, maar ik ben niet van plan om het mij aan te trekken.' Ze schrok zelf van haar kordate toon, maar liet niets merken. Ze achtte zich gesterkt door het feit dat hij waarschijnlijk toch niet thuis was die week. Had hij gisteren niet iets gezegd over een nieuwe zakenreis naar Georgië? Wel, dat was dan al een eenzame avond minder, helemaal alleen in hun grote villa.

Door haar vastberaden aanpak van de kwestie kwamen de tongen los.

'Koen heeft 's maandags tactische training, dus voor mij is er geen probleem.' Hij was trouwens nog altijd boos op haar en zou niet eens merken dat ze ergens naartoe was geweest.

'Fred moest het eens riskeren een opmerking te maken. Maar wat ik me wel afvraag, is wat ik met hem doe? Mag hij erbij blijven? Ik kan hem toch niet aan de voordeur zetten bij de vuilnisbak?'

Met nog grotere hilariteit tot gevolg verzekerde Carla het gezelschap dat je man met het huisvuil meegeven, voor het huwelijk van heel veel vrouwen de ideale oplossing zou zijn! Veel goedkoper ook dan scheiden! En wie weet, misschien konden sommige mannen nog gerecycleerd worden ook! Ze lachte er zelf hartelijk om maar diep in haar hart wist Carla dat het in haar eigen huwelijk daarop neerkwam. Ja, Jos had zich geëxcuseerd, bij haar en bij opa. En hij had ook gezworen dat hij het drinken definitief zou laten en dat hij extra uren zou kloppen om de financiële schade goed te maken. Hij was zelfs, zij het schoorvoetend, ermee akkoord gegaan dat Carla werk zou zoeken als schoonmaakster. Voor iets anders was ze volgens hem toch niet geschikt. Dat waren allemaal wel positieve punten, maar hoe lang zou Jos zijn beloftes gestand doen? Carla schudde die beangstigende gedachten van zich af en stelde Emma gerust.

'Mij maakt het niet uit of Fred in de buurt blijft. Maar liefst niet als we op de weegschaal staan. Dat is een zaak onder vrouwen, vind ik. En wat die maandagavond betreft, zie ik geen enkel bezwaar. Alleen...' Ze aarzelde, maar ze mocht deze kans niet laten voorbijgaan, ze hadden het extra geld dringend nodig. 'Ik zoek werk. Zoals jullie waarschijnlijk al wel vernomen hebben heeft Jos een zwaar auto-ongeluk veroorzaakt en ik zie geen andere uitweg dan tijdelijk te gaan werken, ik bedoel schoonmaken, om de kosten te dekken. Kennen jullie toevallig iemand die een schoonmaakhulp kan gebruiken?'

Marie-Anne herinnerde zich dat Hugo haar inderdaad iets over dat ongeluk had verteld. Jos Voets had dronken achter het stuur gezeten. Ze kreeg opeens diep medelijden met Carla. Ze leek haar zo'n lieve en warme vrouw en eigenlijk de sympathiekste van het groepje. Misschien kon zij haar helpen? Ze zou haar straks even apart nemen.

'Werner is 's avonds altijd in zijn praktijk. Het merendeel van zijn patiënten werkt immers tijdens de dag. Voor mij is maandag dus oké.'

'En jij, Marie-Anne, ben je zeker dat je de toestemming krijgt van je man om 's avonds alleen op stap te gaan? Je stelde de vraag wel, maar hebt voor jezelf geen duidelijk antwoord gegeven.'

Het kwam er iets scherper uit dan bedoeld, maar gelukkig had niemand iets in de gaten. Ze was daarnet spinnijdig en jaloers geweest toen Hugo voor de match alleen aandacht aan Marie-Anne had besteed en haar links had laten liggen. Akkoord, ze wist dat hij voorzichtig moest zijn, maar toch...

'Hugo gaat op reis. Maar ook als hij niet op reis ging, zou het geen probleem zijn.'

'Dan is de afspraak definitief. Maandag over acht dagen, bij Emma, om 19 uur. Akkoord?'

Iedereen knikte instemmend. 'Het is misschien nuttig', ging Tamara verder, 'dat we allemaal onze bodymass-index berekenen om precies te weten of je overgewicht hebt of niet. Voor wie dat Chinees is, zal ik even uitleggen hoe het werkt.'

Met de hulp van Tamara was het voor iedereen vlug berekend. Daarna vergaten ze de gewichtsproblemen en werd er druk gepraat. Iedereen had wel iets te melden.

Emma had het met Marie-Anne over het gekke toeval dat uitgerekend Fred in hun bedrijf controle moest gaan doen. En of het waar was dat Hugo zou informeren over een eventuele plaats voor Nick in de eerste ploeg? Carla vertelde over de hartaanval en de ziekenhuisopname van haar opa en was blij verrast toen bleek dat hij op de dienst lag waar Els werkte. Dat ze elkaar daar nog niet hadden gezien, kwam waarschijnlijk doordat de bezoekuren voor de verpleegsters vaak de rustigste waren. De zieken waren dan afgeleid door hun bezoek, zodat ze niet vaak om een verpleegster belden. Els zou haar collega's vragen extra goed voor opa te zorgen.

Er was blijkbaar gefloten voor de halftime want een aantal mannen, onder wie Hugo, kwam de VIP-loge binnen. Werner moest als kinesist natuurlijk bij de spelers blijven en Fred en Jos zaten liever in de kantine. Tamara hield Hugo zo discreet mogelijk in de gaten. Op een bepaald moment zag ze dat hij naar de toiletten ging. Van die gelegenheid moest ze profiteren. Ze beëindigde haar gesprek met Marie-Anne met het excuus dat ze even naar de toog een stuk chocolade ging halen. Gelukkig zat Marie-Anne met haar rug naar de deur van de toiletten en kon ze niet zien dat ze Hugo volgde. Voor ze binnenging, keek ze veiligheidshalve om en zag dat Marie-Anne in gesprek was met Carla.

In de gang stond Hugo warempel op haar te wachten.

'Hoe wist je verdomme dat ik op komst was?' fluisterde ze opgewonden.

'Ik zag je daarstraks al kijken. Je vond dat ik je niet genoeg aandacht gaf, geef toe.'

'Onzin.'

'Zo beter?' vroeg hij, en voor zij wat dan ook kon doen, kuste hij haar alsof hij haar wilde opvreten. Ze voelde haar hart wild tekeergaan en haar knieën knikten. Net op het moment dat ze dacht gek te worden van verlangen, liet hij haar los, knipoogde naar haar als een kwajongen en ging weer naar binnen. Shit, wat overkwam haar? Ze keek vlug en totaal overdonderd in de spiegel en zag dat de hitsigheid op haar gezicht te lezen stond. Ze

was Werner al die jaren redelijk trouw gebleven, maar te oordelen naar wat ze zopas gevoeld had, was ze met Werner hopeloos
in seksuele sleur verzeild. Die onweerstaanbare drift had ze al
jaren niet meer gekend. Ze wist nu met zekerheid dat een slippertje met Hugo niet alleen haar honger naar avontuur voor een
tijd volledig zou bevredigen, maar ook haar carrière in één klap
een nieuwe, triomfantelijke wending zou geven. Als ze eenmaal
de top had bereikt, zou ze zich weer met alle liefde over haar
schat van een man ontfermen. Want ze wilde Werner voor geen
geld missen. Hoe saai hij ook was, ze hield van hem. Ze droogde
haar handen af die ze onder de kraan had gehouden om af te koe-
len en ging op haar beurt weer naar binnen.

Toen ze weg was, kwam Emma voorzichtig uit een van de toiletten tevoorschijn. Uit schrik dat ze zich zou verraden, had ze
daar met kloppend hart al een tijdje staan wachten, tot Hugo en
Tamara weg waren. Ze nam zich voor te zwijgen over wat ze toevallig gezien en gehoord had. Zelfs tegen Fred zou ze er met geen
woord over reppen. Marie-Anne had daarnet beloofd nog eens
met Hugo te praten over een plaats voor Nick in de eerste ploeg
en ze wilde nu zeker geen herrie tussen hen veroorzaken. Bovendien werd niemand beter van dergelijke schandaaltjes. Wat niet
weet, wat niet deert, dacht ze. Maar toch was ze heel blij dat ze
van deze verrassende ontmoeting een stille getuige was geweest.
Je wist maar nooit waar ze het ooit voor kon gebruiken.

Carla, die even in de kantine bij Jos was geweest, ging weer bij
Marie-Anne aan tafel zitten. Ze vertelde dat hij er niet van wilde
weten dat ze in het bedrijf van Hugo ging werken.

'Geloof me. Jos heeft ongelijk. Wat ik je daarnet voorstelde, is
geen liefdadigheid. Ik zoek al een tijdje naar een oplossing voor
de schoonmaak van de kantoren. De firma waarmee we werken,
voldoet niet. Hun personeel werkt steeds minder goed. Gebrek
aan toezicht, vermoed ik.'

'Maar denk je dat ik het alleen aankan?'

'Kom morgen eens langs. Dan bekijken we het en maak je een

schatting van het aantal uren dat je ongeveer nodig hebt. Het zijn alleen de kantoren, de industriële ruimtes worden door een gespecialiseerde firma onderhouden en door onze eigen werkmannen. Je mag je werk zelf indelen en organiseren, op de momenten die jou het beste schikken. En ik kan je inschrijven, dat is toch ook mooi meegenomen.'

Carla had moeite om de opwellende tranen te bedwingen. Jos had haar daarnet in de kantine toen ze hem van het voorstel van Marie-Anne op de hoogte had gebracht al meteen afgesnauwd. Ze had hem eerst trots verteld dat zij het meeste was afgevallen van allemaal en hij had daarop venijnig geantwoord dat, hoe dan ook, een olifant altijd een olifant bleef! Iedereen had het gehoord en ze zag dat ze heimelijk lachten. Met het aanbod van Marie-Anne had zij hem de mond willen snoeren. Hij had er de pest aan dat iedereen zou weten dat zij mee moest gaan werken voor het geld.

'Luister, Carla', probeerde Marie-Anne haar tot rust te brengen. 'Je hoeft nu niet beslissen. Ik snap ook wel dat je het momenteel erg moeilijk hebt. Je opa die zo ziek is, dat auto-ongeval. Maar kom gewoon even langs als je tijd hebt. Ik neem niemand anders in dienst tot je langs bent geweest. Goed?' Ze stond op en liet Carla even alleen. Wat een schat van een mens, dacht Marie-Anne.

Maar Tamara zou ze in de gaten moeten houden. Ze had wel gemerkt dat ze Hugo, van het ogenblik dat hij in de loges was gekomen, constant met de ogen had gevolgd. Het was niet de eerste keer dat vrouwen voor hem vielen, en ze wist dat hij van een avontuurtje niet vies was, maar dat hij in dit groepje, haar groepje, ook een slachtoffer zou uitpikken, zou ze met alle middelen beletten. En dat zou ze hem vanavond heel duidelijk maken.

Carla herademde en vatte moed. Dat Jos het een publieke vernedering vond dat zijn vrouw moest gaan schoonmaken en dan nog in de kantoren van Hugo, naar wie hij zo opkeek, kon haar

73

geen barst schelen. Eigen schuld, dacht ze opstandig. Dan had hij maar niet zo stom moeten zijn om dronken achter het stuur te kruipen. Ze moest eerst aan de kinderen denken, en voor hen was het beter dat ze haar eigen uurregeling kon bepalen, zoals Marie-Anne beloofd had. Als opa nu nog wat beter werd, was dat toch al een zorg minder, want de laatste week was om gek te worden. Maar vanaf nu kon het alleen maar beter gaan.

Hoofdstuk 3

'Ik ben hier al dikwijls voorbijgereden, maar ik had er geen idee van dat het zó groot was.' Carla keek verbaasd uit het raam van het kantoor van Marie-Anne. Op de grote binnenplaats was het een en al bedrijvigheid en aan de loskades stonden een vijftal vrachtwagens te wachten.

'Wees gerust. Je hoeft niet alles schoon te maken. Alleen deze vleugel. De kantoren bevinden zich op de verdiepingen en beneden is een toonzaal zoals je daarnet kon zien.'

'Het lijkt meer een museum dan een toonzaal.'

'Klopt', lachte Marie-Anne, die Carla een rondleiding had gegeven. 'Aangezien we tussenhandelaar zijn, hebben we geen afgewerkte producten die we kunnen tentoonstellen. Wij leveren voornamelijk grondstoffen aan verwerkende bedrijven. Met ons museum, zoals jij het noemt, heeft Hugo willen tonen hoe leder bewerkt wordt en van waar het overal ter wereld naar hier komt. En hoeveel verschillende soorten er zijn.'

'Maar ik heb eens in een magazine een advertentie gezien voor een heel mooi bankstel. Met jullie firmanaam. Dat is toch een afgewerkt product?'

'Ja. We produceren er wel, maar op zeer beperkte schaal. Originele designspullen die je onder de noemer topkwaliteit en luxe kunt plaatsen. Heel arbeidsintensief. Meer een soort hobby van Hugo, die ervan houdt aan zijn cliënteel te bewijzen dat hij weet waarover hij spreekt. Het is tevens een investering in research, werkmethodes en materialen.' Ze wees naar het zithoekje. 'Deze stoelen bijvoorbeeld zijn een model dat hier werd ontworpen en vervaardigd. Ga zitten, ik laat koffie komen.'

'Dat is niet nodig, Marie-Anne. Doe geen moeite.'

'Natuurlijk wel. Dan kunnen we rustig praten en zien of we tot een overeenkomst kunnen komen.'

Ze nam de telefoon en belde haar secretaresse om koffie voor twee. Carla keek genietend rond. De kantoren waren vrij recent en de inrichting was sober maar elegant. De grote ramen lieten veel licht door en er was door de inrichters efficiënt gebruikgemaakt van kunstlicht om sfeer te scheppen en de ruimtes in vlakken te verdelen. Maar hier en daar zag ze sporen van slecht onderhoud. Het grote, pluizige tapijt onder de zithoek bijvoorbeeld kon een grondige beurt gebruiken. En de metalen onderstellen van de designstoeltjes zaten onder een dun laagje stof. Ook de vensterbank. Ja, hier zou ze zich nuttig kunnen maken en met plezier werken. Tussen mooie spullen in grote luchtige kantoren. De keuken was prachtig en het sanitair zo goed als nieuw. Alleen die grote ramen, die vond ze wel wat griezelig. Ze waren zo hoog.

Marie-Anne zag haar bedenkelijke uitdrukking. 'Maak je geen zorgen over de ramen aan de buitenkant. Ze worden door een ruitenwassersbedrijf gedaan. Als jij de binnenkant schoonhoudt, is dat meer dan genoeg. Wat denk je ervan? Durf je het aan?'

'Ik zou het heel graag doen. Maar dat allemaal schoonmaken in een of twee halve dagen, zie ik niet zitten. Of ik zou slecht werk leveren en dat wil ik niet.'

'Natuurlijk niet! Dit is een voltijdse baan. Had je dat niet zo begrepen?' Ze merkte haar verwarring en wilde niks opdringen. 'Als je het aankunt natuurlijk. Anders zou je bijvoorbeeld alleen de ochtenden kunnen werken en misschien 's avonds nog een paar uur. Dan ben je 's middags thuis voor de kinderen. Maar je mag ook gewone werkdagen doen zoals de rest van het personeel. Sorry dat ik het niet duidelijker had gesteld.'

Carla was sprakeloos. Een voltijdse baan! Jos beweerde altijd dat niemand haar nog werk zou willen geven. Ze was afgeschreven op de arbeidsmarkt wegens te oud, te onervaren en niet bekwaam genoeg volgens hem. Ze had dus slechts durven hopen op enkele uren zwartwerk. Alhoewel ze er zeker van was dat, wanneer ze ergens kon beginnen en ze daar tevreden over haar waren, andere aanbiedingen zouden volgen. Want ze zou haar werk goed doen. Haar veeleisende opa had van toen ze nog een kind was daarop gehamerd.

'Maar als je het liever niet zo druk hebt, Carla, dan zoek ik nog iemand. Dan worden het twee deeltijdbanen.'

'Nee hoor! Ik wil graag een volle week werken. Het is een geschenk uit de hemel! Ik weet gewoon niet hoe ik je moet bedanken!'

'Laten we het eerst maar eens over je loon hebben. Zoals ik je al zei, moet ik je inschrijven en gaat er natuurlijk een deel van je loon naar sociale zekerheid en belastingen. Maar het heeft ook voordelen. Na een tijd werken kom je in aanmerking voor werklozensteun of een ziekte-uitkering.'

'Daar had ik zelfs nog niet aan gedacht!'

'Je krijgt dus maar net iets meer loon in handen dan je zou verdienen in het zwartwerkcircuit bij particulieren, alhoewel je brutoloon veel hoger lijkt. Ik zou niet willen dat je bij de eerste uitbetaling teleurgesteld bent.'

De secretaresse kwam met de koffie, er was zelfs een klein gebakje bij. Toen ze weg was maakte Carla Marie-Anne er plagend op attent. 'Je denkt er toch aan dat we volgende maandag allemaal op de weegschaal moeten! Ik heb me vast voorgenomen de hele week te diëten. Voor jou is het misschien niet echt een probleem, maar ik schaam me dood.'

'Moet je niet doen. Akkoord, je bent iets te mollig. Maar je hebt besloten eraan te werken en je was vorige week toch al afgevallen? We hebben allemaal een gewichtsprobleem. Behalve Els misschien. Alhoewel zij te mager is, vind je ook niet?'

'Ze ziet er in elk geval erg gespannen uit en ze heeft iets kwetsbaars over zich. Je hebt de neiging om haar in bescherming te nemen. Ze geeft mij het gevoel dat ze niet veel ouder is dan mijn oudste dochter, Ilse, en die is nog maar net achttien.'

'Een knap ding. Al je kinderen mogen er trouwens zijn, dat

valt me telkens op. Maar het jongste is een echt schatje.'

Met pijn in het hart herinnerde Marie-Anne zich die eerste zondag toen ze een bijna onweerstaanbare drang had gevoeld om het kind te knuffelen en aan te halen. Laat me deze maand zwanger worden, laat het lukken, bad ze onwillekeurig, de godsdienstige gewoontes uit haar jeugd indachtig. Wat had ze toen gebeden opdat mama zou terugkomen. Met kinderlijke overgave en in blind vertrouwen. Maar God had niet geluisterd.

'Ze zijn braaf,' eindigde Carla een loflied op haar gezinnetje, 'maar vier kinderen is geen sinecure. Niet wat werk betreft, daar zie ik nooit tegenop. Maar ik maak me zorgen of we hen zullen kunnen geven waar ze recht op hebben. Studeren is zo duur tegenwoordig.'

'Er zijn toch studiebeurzen, niet?'

'Ilse heeft er net een aangevraagd. Maar dat dekt slechts een deel van de kosten. Gelukkig stelde het probleem zich niet voor Erik, die in opleiding is voor onderofficier bij het leger. Dat was van jongs af zijn droom.'

'Misschien kunnen de groten later helpen de kleintjes te laten studeren?'

Carla knikte maar bedacht hoe onrealistisch de opmerking van Marie-Anne was. Je kon de oudsten toch niet belasten met de opvoeding van hun jongere zussen. Jos en zij – vooral zijzelf moest ze eerlijkheidshalve toegeven –, hadden die kinderen gewild, het was dan ook hun plicht ervoor te zorgen. En bleef Jos in gebreke, dan moest zij ervoor instaan. Maar Marie-Anne had geen kinderen, die begreep niet hoe dat allemaal zat. Die had genoeg aan haar bedrijf. En geldzorgen had ze zeker nooit gekend. De kleding die ze vandaag droeg, kostte zeker meer dan haar gezinsbudget van een week voor zes personen.

'Zullen we het contract opstellen? Dan kunnen we nog even bij Hugo langs. Hij heeft vanavond een afspraak en moet vroeg weg.'

'Hij gaat er toch mee akkoord dat je me in dienst wilt nemen?'

'Ik beslis over het kantoorpersoneel, hij over de arbeiders

en de chauffeurs. Maar natuurlijk gaat hij akkoord, waarom niet?'

'Ik weet niet, zomaar. Ik denk dat Jos, als hij in de plaats van Hugo zijn, liever een jong, fris ding in dienst zou hebben.' Carla probeerde er zich met een grapje vanaf te maken, bang als ze was dat Hugo zou vinden dat zij te oud en te dom was.

Marie-Anne stelde haar gerust. 'Maak je geen zorgen, je zult met Hugo weinig te maken hebben.'

'Kende jij Tamara al voor je haar die zondag ontmoette?' vroeg ze Carla daarna een beetje aarzelend.

'Van op school. Ze is een jaar of vijf jonger dan ik, dus ik ken haar maar oppervlakkig. Ik herinner me wel dat ze toen al een schoonheid was. Maar van studeren bracht ze niet veel terecht. Ze vertelde me dat ze de middelbare school niet heeft afgemaakt. Waarom vraag je dat?'

'Zomaar. Waarschijnlijk omdat ze een bekende Vlaming is. Stom van me, natuurlijk.'

Ze mocht Carla nu vooral niet laten horen hoe kinderachtig jaloers ze wel was. Stel je voor dat Hugo te weten kwam dat ze dergelijke vragen stelde. Ze wist dat hij jaloezie niet kon hebben. Hij had er de pest aan.

'Ach, je moet dat bekende-Vlamingsyndroom sterk relative-ren,' antwoordde Carla, 'ze danken hun succes niet zozeer aan hun uitzonderlijke talent, dan wel aan het feit dat de mensen aan hen gewend raken. Een dagelijkse, flinke portie soap werkt verslavend. Tamara is eigenlijk heel gewoon, wat onzeker zelfs. Haar man, Werner, is een schat, heel rustig en bescheiden. Als ze echt vedettestreken had, zou ze met zo iemand niet getrouwd blijven.'

'Misschien vindt ze bij hem de nodige rust?'

'Mogelijk.'

Marie-Anne wilde vlug van onderwerp veranderen. 'Vind jij het een goed idee dat we maandag bij Emma samenkomen?'

'Ja, liever dan in die loges. Jij niet?'

'Toch wel. We werden zondag raar bekeken, vond ik. Daarbij

komt nog dat ik op zondagmiddag graag thuis ben. We wonen hier al een jaar en nog is alles thuis niet zoals ik het wil. Dus maandagavond is voor mij beter.'

Ze dronken allebei van hun koffie. Carla had er een goed gevoel bij hier te komen werken. Ze glimlachte dankbaar naar Marie-Anne.

'Gek hé. Iets meer dan twee weken geleden kenden we elkaar nog niet. Nu kom ik voor jou werken en zitten we samen in een soort clubje. Ik ben benieuwd hoe het verder met ons zal verlopen.'

'We zien wel. Maar eerlijk gezegd ben ik bang dat het clubje vlug uit elkaar zal vallen. We zijn allemaal zo verschillend. Zullen we dan nu het contract opstellen en ondertekenen? Dan kun je wat mij betreft morgen al beginnen! En wat er ook met het clubje gebeurt, Carla, ik hoop dat je heel lang bij ons in dienst blijft.'

* * *

'Is Cedric er vandaag weer bij?'

Werner stond vanuit de slaapkamerdeur naar haar te kijken terwijl ze aarzelde om te beslissen wat ze zou aantrekken. Iets sexy, maar met klasse! Hugo zou haar mee uit eten nemen en ze ging hem laten zien dat ze meer in zich had dan de ietwat hoerige Bianca uit de soap.

'Nee. Deze mensen hebben alleen Bianca geboekt.'

Ze wenste dat Werner naar beneden zou gaan. Ze had een heerlijk schuimbad genomen en was al opgemaakt. Maar ze wilde niet dat hij zag welke lingerie ze van plan was te dragen. 'Moet je nog niet naar de praktijk? Hoe laat komt je eerste patiënt vanavond?'

'Over een kwartiertje. Moet ik je echt niet brengen? Ik kan het wel allemaal even aan de stagiair overlaten.'

'Nee, doe jij je werk. Ik bel een taxi.'

'Je moet je producer eens duidelijk maken dat je al genoeg

uren klopt. Die actes de présence zou je beter weigeren. Voor het geld moet je het niet doen en je bent bijna nooit meer thuis.'

'Ik ben wel veel thuis. Maar dan zit jij bij je patiënten of bij Taxandria. Je merkt het niet eens wanneer ik thuis ben.'

Waarom ging hij nu niet naar beneden? Straks kwam ze te laat en ze wilde dat vanavond alles perfect verliep. Ze had haar plannetje goed klaar. Nog deze avond zou ze Hugo tot haar slaaf maken, aan haar voeten zou hij kruipen. En eenmaal in haar greep, zou hij voor haar de weg naar een filmcarrière vrijmaken, een carrière waarin geen plaats meer zou zijn voor Bianca. Ze werd langzamerhand ziek van de denigrerende manier waarop de zogeheten betere pers en zoveel van haar collega's op soapacteurs neerkeken. Jaloers op haar succes waren ze, dat stelletje navelstaarders! Wat bleef Werner daar nu staan treuzelen?

'Let op je tijd. Er staan misschien al patiënten voor de deur.'

'Ik ben al weg! En wees voorzichtig straks. Je weet nooit met wat voor soort mensen je te maken krijgt. Als ze problemen maken, moet je me bellen of je verwittigt gewoon de politie. Soms is het gedrag van die fans echt niet meer normaal.'

'Wees gerust, schat. Ik kan ze allemaal aan!'

Ze gooide hem een vluchtig kushandje toe en concentreerde zich op wat ze vanavond het best zou aantrekken.

* * *

Opa zat wat rechter en, al lag het zuurstofmasker nog binnen handbereik, hij ademde zelfstandig en had opnieuw wat kleur. De biep van de hartmachine klonk geruststellend en de groene grafiekjes die over het scherm liepen, zagen er regelmatig uit.

'Eerst had ze me gezegd dat ik niet zo veel zou verdienen. Maar het is een echt maandloon, opa. Ik ben zo blij met deze kans. Het lost al de problemen op', besloot ze enthousiast haar verhaal over haar sollicitatiegesprek.

'Je zou die problemen niet hebben als je niet met die nietsnut getrouwd was. Daarbij, schoonmaken! Moet je daar zo opgetogen over zijn? Je hebt gestudeerd tot je achttiende, verdomme! Als die smeerlap je niet zwanger had gemaakt, had je zoveel meer kunnen bereiken. Maar nee, je moest de stommiteit van je moeder overdoen.'

Carla zuchtte. Hoe dikwijls had ze dit al moeten horen. En het had geen zin ertegen in te gaan, opa zou zich alleen nog meer opwinden. Dus negeerde ze zijn opmerking.

'Het is een heel mooi gebouw, gemakkelijk te onderhouden. Marie-Anne vroeg me of ik bereid was ook voor de koffie te zorgen. Voor het personeel en voor de bezoekers. Het is allemaal zo spannend!'

Ze deed haar best om nog enthousiaster te klinken dan ze al was, maar zonder resultaat. Zijn stem bleef bitter en verwijtend.

'Meid spelen voor vreemden. Mijn kleindochter! Ik wil niet dat je dit doet, hoor je! Als die man van je niet meer voor jullie kan zorgen, dan heb ik plaats genoeg voor jou en de kinderen.'

En mij weer meid voor jou laten spelen! Maar dat durfde ze hem natuurlijk niet te antwoorden. 'Ik kan Jos toch niet in de steek laten, opa. We zijn meer dan twintig jaar getrouwd.'

'Wat heeft hij ooit voor je gedaan buiten je vier keer zwanger maken? Eenentwintig jaar getrouwd en nog sta je nergens. Geen eigen woning, elke maand geldzorgen en kinderen die geen fatsoenlijk voorbeeld krijgen en leven onder constante dreiging en spanning. Nu moet je nog gaan schoonmaken voor vreemden ook.'

'De kinderen stellen het goed, opa, en Jos werkt hard.'

'Ik weet meer dan jij denkt, Carla. Ik ben oud maar niet blind of seniel. De kinderen zijn bang voor hem. Het is een dronkaard en een bruut. De enige job die hij heeft kunnen houden, is er een aan de gemeente. We weten allemaal hoe hard daar gewerkt wordt! Hij zal je nooit iets anders dan ellende brengen.'

'Hij heeft gewoon pech.'

'Noem jij dronken achter het stuur kruipen pech hebben! Vrouw en kinderen terroriseren! Schulden maken! Dronken vechtpartijen uitlokken! Hou toch op met al die belachelijke excuses. Ik wil ze niet meer horen.'

Hij draaide zijn hoofd weg, duidelijk makend dat het gesprek voor hem hiermee afgelopen was. Carla liet hem begaan. Maar de vreugde om de job die haar nieuwe energie en levenslust had bezorgd, leek nu door al haar poriën weg te sijpelen. Ze voelde zich intens moe. Te moe om Jos te blijven verdedigen. Tegen beter weten in, zoals ze hem al die jaren verdedigd had. Tegenover opa, tegenover de kinderen, tegenover zichzelf. Wanneer zou ze zich er eindelijk kunnen bij neerleggen dat ze het gevecht had verloren, en toegeven dat ze vroeger een enorme fout had gemaakt. Een fout die niet alleen haar geluk, maar de laatste tijd ook dat van de kinderen bedreigde.

De uitweg die opa voorstelde, kon Carla echter niet aanvaarden. Hoe kon zij, die ooit als kind het slachtoffer van haar moeders beslissing was geweest om bij opa te gaan inwonen, haar kinderen hetzelfde aandoen? Dag in dag uit samenleven met een bittere, rancuneuze, oude man. Dat wilde ze haar eigen kinderen besparen.

Het was allemaal zo unfair van opa. Jos was met haar getrouwd. Haar situatie was anders dan die van haar moeder toen. Carla wist zelfs niet wie de kerel was die haar verwekt had. Ze had er geen idee van of hij in Herentals woonde en of hij nog leefde. Vroeger had ze veel over hem gedagdroomd. Hoe het zou zijn om hem te ontmoeten. Hoe hij bij opa en mama zou binnenkomen en die ijzige stilte die er heerste, zou verbreken met een gulle lach. Hoe hij haar bij de hand zou nemen en hoe ze zich voor altijd veilig zou voelen.

Stomme kinderdromen, want ze zou haar vader nooit kennen. Mama had haar geheim meegenomen in het graf. Een paar jaar later had zij gekozen voor Jos, omdat hij erin geslaagd was de rol die haar onbekende vader in haar dagdromen speelde, over te nemen. Nadat ze jarenlang geleefd had met het besef ongewenst te zijn, had iemand bewust voor haar gekozen. Toen ze tot de vaststelling kwam dat Jos niet gekozen had voor haar, maar voor het geld en de bezittingen van opa, was het te laat.

Er was geen uitweg. De twee mannen in haar leven waren

blind voor haar hunkering naar wat liefde en waardering. En hoe hard ze ook zwoegde om hen beiden tevreden te stellen, haar pogingen liepen steeds uit op nieuwe teleurstellingen en conflicten.

* * *

Werner keek even op de lijst van de afspraken. Nog een uurtje goed doorwerken en zijn lange werkdag zat erop. De laatste patiënt was juist binnengekomen en hij gaf de nodige instructies aan zijn stagiair. Dan ging hij terug naar het hokje waar hij Koen Dewitte behandelde. Terwijl hij de massage van de voetballer hervatte, maakte hij zich zorgen. Er was iets dat hij niet kon verklaren. De oude blessure was volgens hem nog altijd niet genezen. Toch speelde Koen elke match volledig uit en scoorde hij regelmatig. Wanneer hij informeerde naar pijn of moeilijkheden, werd zijn bezorgdheid weggewimpeld. Maar hij observeerde Koen nu al een tijdje aandachtig en had meer dan eens kunnen waarnemen dat hij op trainingen een grimas van pijn soms niet kon onderdrukken. Nu kwam Koen al meer dan twee weken bij hem voor een algemene behandeling. Toch klaagde hij niet over die oude blessure. Ze veroorzaakte blijkbaar niet echt pijn, of Koen had een verrassend hoge pijndrempel. Hij onderging de behandeling gelaten en beweerde zich goed te voelen. Een beetje moe van het zware seizoen, maar voor de rest geen probleem.

En toch... Hij voelde gewoon dat er iets niet pluis was. Zoals de reactie van Els over de pijnlijke nasleep van een verwonding. Meteen nadat ze die opmerking had gemaakt, had ze verschrikt een einde gemaakt aan hun gesprekje en had verder elke toenadering gemeden.

Koen was trouwens niet de enige over wie hij zich zorgen maakte. Een andere voorspeler had bij de vorige thuismatch een blessure opgelopen die hem normaal toch wel een week of drie zou beletten te spelen. Toch stond hij vorige zondag weer op het veld, zo te zien zonder noemenswaardige hinder te ondervinden.

Het bestuur had hem deze week op de vergadering zelfs weggelachen. Hij wilde zeker de twee goalgetters invalide verklaren, alleen om gemakkelijk aan patiënten te komen! De stekelige opmerking was weliswaar als grap bedoeld, maar de insinuatie dat hij F.C. Taxandria als melkkoe voor zijn praktijk gebruikte, was allesbehalve welkom.

Toch voelde hij instinctief aan dat de spelers iets voor hem verborgen hielden. Dat er dingen achter zijn rug gebeurden, dingen die het daglicht niet mochten zien. De vraag was of hij kon ingrijpen zonder het vertrouwen van het bestuur te verliezen. Want als hij als verzorger ontslagen werd, zou dat voor zijn praktijk zeker een financiële aderlating betekenen.

Hij besloot voorlopig voorzichtigheidshalve te zwijgen en zijn ogen en oren goed open te houden. Pas als hij zeker wist wat er gaande was, zou hij ingrijpen.

* * *

Ze realiseerde zich dat ze morgenochtend met spierpijn zou opstaan. Maar dat had ze graag over voor de beste seks die ze in jaren had gehad. Niet alleen was Hugo een enorm viriele vent die er maar niet genoeg van scheen te krijgen, maar haar eigen drift had haar waanzinnig doen tekeergaan.

In het begin was ze nochtans geschrokken van zijn ruwe, bijna brutale aanpak. De seks met Werner was rustig, teder. Hugo daarentegen had haar telkens opnieuw genomen als een heerser die een vreemd land plunderend verovert en tot volledige overgave dwingt. Hongerig verkende hij elk plekje van haar lichaam, liet er zijn diepe sporen achter, alsof hij de herinnering aan vroegere bezitters volledig wilde uitwissen.

De seks was zo overweldigend geweest, zo verscheurend ook, dat ze de grens tussen genot en pijn niet meer had gevoeld, tot uiteindelijk de totale uitputting haar had geveld. Haar lichaam gloeide nog altijd na en voor het eerst sinds jaren voelde ze zich totaal bevredigd.

Hugo was in slaap gevallen. Zijn been lag zwaar over haar heen maar ze durfde zich niet te verroeren. Ze moest nadenken hoe het nu verder moest. Haar plan hem met een combinatie van Tamara en Bianca te verleiden was schitterend gelukt. Maar ze besefte dat ze, door zich aan hem te geven, onderworpen aan zijn wil en zijn eisen, de controle over de situatie had verloren. Ze had hém de macht in handen gegeven en dat was niet de bedoeling geweest. Hij had smekende partij moeten blijven, zij degene die enige afstand creëerde en hem aan het lijntje hield. Maar ze was aan het uitzinnige genot ten onder gegaan. De steeds terugkomende golven van extase hadden haar willoos gemaakt.

Ze was vastbesloten haar relatie met Hugo voort te zetten, los van het feit of hij nuttig was voor haar carrière. Ook los van haar angst om Werner te kwetsen, ja zelfs te verliezen. En dat de media haar relatie op het spoor konden komen, liet haar koud. Het enige wat ze nu wilde, was optimaal profiteren van haar lichaam. En later, wanneer ze haar drift weer onder controle had en met Hugo kon neuken zonder zichzelf te verliezen, zou ze de relatie beëindigen en in de veilige armen van Werner terugkeren. Werner, haar grote liefde, haar zielsgenoot en kameraad, maar die de vergelijking met de seksdrift van Hugo niet kon doorstaan.

'Ben je al lang wakker?'

Ze schrok alsof hij haar gedachten had geraden. Maar ze beheerste zich vlug.

'Wie zegt dat ik geslapen heb?'

Hij lachte en draaide zich op zijn rug, leunde op zijn elleboog en keek toe hoe ze zich kronkelend, voldaan uitrekte. Wat een lichaam! En een temperament dat Marie-Anne in het niet liet verzinken. Het was lang geleden dat hij zich zo leeg had geneukt. Maar nu moest hij oppassen. Zich niet te gretig tonen. Voor je het wist, zou ze voelen dat ze hem in haar macht had en daar misbruik van maken. Hij stond op en ging naar de badkamer om een douche te nemen. Wat hij haar vooral aan het verstand moest brengen, was dat hij aan romantische ontboezemingen zijn tijd niet wilde verspillen. Seks kon ze bij hem hebben zoveel ze maar wilde, maar aan romantische poespas had hij niet de minste behoefte. Sommige vrouwen begonnen zich dan aan je vast te klitten, en dat bracht alleen maar moeilijkheden met zich.

'Is er nog plaats voor mij? Dan kun je me inzepen.'

Zonder zijn antwoord af te wachten, stapte ze bij hem in de douche. Het was of het water plots een paar graden warmer werd. Hij draaide daarom de koudwaterkraan verder open, maar ze gaf geen krimp. Ze liet het koude water over zich heen stromen terwijl haar tepels puntiger werden en haar huid dezelfde roze kleur kreeg als bij haar orgasme. Zijn penis werd hard bij de herinnering. Hij drukte zich tegen haar aan.

'Spijtig dat we geen tijd meer hebben.'

'Pech!'

'Je kunt het misschien straks met Werner verder afmaken?'

Ze wilde hem met vlakke hand in zijn gezicht slaan maar hij greep haar hand vast.

'Grapje!'

'Laat Werner hierbuiten, Hugo.'

Hij haalde zijn schouders op en begon haar in te zepen, ervoor zorgend dat hij haar intieme plekjes extra aandacht gaf. Dan nam zij de zeep van hem over en gaf hem een massage waar zijn penis van steigerde.

'Je zou in pornofilms moeten spelen!'

Ze wilde hem weer een klap in het gezicht geven, maar hij suste haar terwijl hij zacht haar schaamlippen streelde. 'Kalm maar, ik bedoel het als compliment. Jij weet wat een man nodig heeft.'

'Mogelijk. Maar ik ben niet geïnteresseerd in porno. Je hebt me een echte film beloofd.'

'Beloofd is veel gezegd. Maar ik heb connecties en zodra ik terugkom uit Georgië, zal ik ze erover polsen.'

'Wanneer?'

'Over iets meer dan een week ben ik terug.'

'Goed.'

Ze dachten allebei aan de lange dagen en nachten voor ze elkaar weer zouden ontmoeten.

* * *

'Je gaat er morgen naartoe en je zegt haar dat je die baan niet kunt aannemen. Dat ik het niet wil.'

'Nee.'

'Je zult doen wat ik je zeg, of anders...'

Hij kwam dreigend voor haar staan.

'Of anders wat, Jos? Mij nog maar eens slaan? Jij hebt ons in deze financiële problemen gebracht. Je hebt dus het recht niet mij te verbieden te gaan werken.'

'Ik heb alle rechten.'

'Nee. Je hebt alleen de grootste mond. Maar ik pik het niet langer, en de kinderen ook niet. Vergeet niet dat Erik en Ilse allebei meerderjarig zijn.'

'Wat wil je daarmee zeggen?'

'Dat ze jouw gewelddadige houding niet meer hoeven te tolereren. Als je me, al is het maar met één vinger aanraakt, zullen ze bij de politie een klacht indienen.'

'Alleen als jij ze ertoe aanzet.'

Ze antwoordde niet maar bleef hem strak aankijken. Hij wendde zijn blik af.

'Je hebt je weer laten bepraten door opa, stomme geit! Denkt de ouwe zak nog steeds dat je beter af geweest zou zijn zonder mij? Wel, hij mag blij zijn dat ik je van straat geholpen heb. Zie je daar staan. Stom, vet wijf.'

Carla bleef onbeweeglijk staan en zag dat de opgeklopte drift gelukkig langzaam uit hem wegtrok als de lucht uit een lekke bal. Ze wist dat hij bang was dat de politie betrokken zou worden in hun echtelijke problemen, zeker na dat ongeval in dronken toestand. Maar Jos was onberekenbaar. Als ze hem in zijn woedeaanvallen kon stoppen voor hij een bepaald punt had bereikt, liep het meestal goed af. Maar als hij eenmaal voorbij dat punt was, kon zelfs politie hem niet meer afschrikken. Vanavond scheen ze geluk te hebben. Hij draaide zich om en wilde de woonkamer verlaten. Even vreesde ze voor de kinderen.

'Waar ga je naartoe?'

'Waarom zou ik hier blijven? Je hebt me weer eens duidelijk gemaakt voor wie je kiest. Maar vergeet niet, Carla, ik ben je man en zonder mij ben je niets en kun je niets. Je opa zal je niet lang meer beschermen, hij kan elk ogenblik creperen. Daarna reken ik met je af. Ik kan wachten. En denk niet dat de kinderen je zullen kunnen helpen. Daar steek ik wel een stokje voor.'

Pas na een tijdje kon ze de rugleuning van de stoel waarachter ze als povere bescherming had gestaan, loslaten. Haar benen trilden, en een golf van misselijkheid deed haar zwijmelen. Langzaam haalde ze diep adem en kreeg zich opnieuw onder controle. De kinderen! Zouden ze de ruzie misschien gehoord hebben? Ze moest naar hen gaan kijken. Terwijl ze met bevende handen haar kapsel en kleding fatsoeneerde in de spiegel van de buffetkast, zag ze in haar ogen dat ze het eindpunt bereikt had. De herhaaldelijke woedeaanvallen van Jos, de angst en de machteloosheid én de financiële zorgen hadden haar huwelijk vernietigd. Het werd tijd dat ze inzag dat het nooit meer beter zou worden.

Maar ze had werk nu, dankzij Marie-Anne. Zo vlug ze genoeg gespaard had, zou ze Jos kunnen verlaten. Erik kwam steeds minder thuis en Ilse ging binnenkort op kot in Leuven of Antwerpen. Ze zou dan tijdens de week alleen voor de kleintjes hoeven te zorgen. Dat zou ze aankunnen. Eerst moest ze van haar werk een succes maken zodat ze niet afhankelijk werd van opa.

* * *

Het gebeurde niet dikwijls dat ze de krant als eerste kon inkijken. Hugo was gisteren erg laat thuisgekomen en was nog in de badkamer. Ze hoopte dat hij vanavond niet weer afspraken had. Haar vruchtbare periode was begonnen en daar hij nog deze week op reis vertrok, moest ze gebruikmaken van elke kans om hem tot seks aan te zetten. Toen ze daarstraks in bed wakker werd, had ze zich dicht tegen hem genesteld in de hoop hem te kunnen verleiden. Maar hij scheen nog vast te slapen en had zich zonder wakker te worden van haar afgewend.

Terwijl ze de krant diagonaal doornam en aan haar caloriearm ontbijt begon, overliep ze haar dagplanning. Het was de eerste werkdag van Carla en ze keek ernaar uit om haar terug te zien. Ze hadden na het ondertekenen van het contract nog samen wat gezellig nagepraat en het was haar opgevallen dat ze zo gemakkelijk en vrijmoedig met Carla kon omgaan. Bijna had ze haar verlangen naar een kind ter sprake gebracht, maar ze had zich nog net op tijd kunnen inhouden. Nu Carla elke dag op het bedrijf zou rondlopen, was de kans reëel dat ze er terloops iets tegen Hugo over zou zeggen en dat mocht ze niet riskeren. Hij had haar immers bezworen met niemand over haar kinderwens te spreken. En ze hield zich daaraan, want toen ze destijds haar vader over haar probleem geraadpleegd had, was dat aanleiding geweest tot een felle en dagenlange ruzie.

'Krijg ik de sport?'

Ze had niet gehoord dat Hugo was binnengekomen. Ze gaf hem de sportpagina's, schonk koffie in en liet hem rustig lezen. 's Morgens was hij nooit erg spraakzaam. Toen hij na het lezen van de artikelen over Taxandria de krant terzijde schoof en een boterham nam, achtte ze het moment geschikt om iets te ondernemen. Ze stond op en ging achter zijn stoel staan. Ze legde haar handen op zijn schouders en, terwijl haar vingers naar zijn tepels zochten en ze streelden, ging ze met haar mond naar het plekje net onder zijn linkeroor. Op dat plekje kon ze, alleen met haar adem, zijn verlangen naar seks wakker maken, zo had ze hem al vaak doen steigeren. Maar Hugo grommelde iets onverstaanbaars en trok zich ruw los. Marie-Anne schrok en ging verbouwereerd weer zitten. Het duurde even voor ze zelfverzekerd genoeg was om te spreken.

'Ben je moe? Heb je slecht geslapen?'

'Nee. Het was laat gisteren. Trouwens, je had me tijdig moeten wakker maken. Ik heb nog heel wat te regelen voor ik vertrek.'

'Ik heb geprobeerd, maar je reageerde niet.'

Hugo hoorde het verwijt in haar stem. Natuurlijk had hij gevoeld dat zij had willen neuken. Het gebeurde niet dikwijls dat Marie-Anne 's ochtends seksuele toenadering zocht en normaal zou hij er zeker op ingegaan zijn. Maar niet nu. Tamara had gisteravond voor de eerstvolgende dagen geen greintje drift meer in zijn lijf overgelaten.

'Ben je vanavond vroeg thuis?' vroeg Marie-Anne op een bijna smekende toon.

'In elk geval vroeger dan gisteren maar ga toch maar slapen.' Hij zag dat ze diep teleurgesteld was en vroeg zich af wat er eigenlijk aan de hand was. Plots drong het tot hem door.

'Verdomme Marie-Anne! Is het weer zover? Het is genoeg om alle zin in seks met jou te doen verliezen! Is het dat wat je wilt bereiken?'

Ze verbeet de tranen en trachtte de opstandigheid en de bitterheid in haar stem te milderen maar dat lukte maar gedeeltelijk. 'Je weet heel goed wat ik wil. Je vertrekt donderdag. Dan gaat er weer een maand voorbij zonder een kans. Asjeblieft, Hugo.'

'Nee! Hoe dikwijls moet ik het nog zeggen. Hou ermee op! Als je een kind moet krijgen, zal dat er komen zonder dat je geobsedeerd let op vruchtbare periodes, de juiste houding en nog meer van die onzin. Ik ben geen fokstier!' Hij stond op en grabbelde grimmig de krant bij elkaar. 'Ik zie je straks wel op het bedrijf.'

Aan de deur draaide hij zich om. Toen hij haar zo ineengekrompen op haar stoel zag zitten, vechtend tegen haar tranen, zwakte hij zijn uitval wat af. 'Luister, schat. Ik ben moe en ik sta onder spanning door die trip naar het Oostblok. Sorry dat ik zo uitviel, maar het is nu niet het juiste moment. Oké?'

Ze knikte gelaten.

'Tot straks?'

Weer knikte ze, want spreken kon ze niet. Wat zou het trouwens zin hebben? En dat ze haar tranen de vrije loop liet, daar kon hij helemaal niet tegen. Toen hij weg was, werd ze wat kalmer. Ze voelde zich ontzettend eenzaam. Eenzaamheid die almaar beklemmender werd. De eenzaamheid zonder kind.

* * *

De ochtend was voorbijgevlogen en tot nu toe was alles prima verlopen. Ze had op aandringen van Marie-Anne een lijst gemaakt van de schoonmaakproducten die nog in de keuken aanwezig waren. Daarna had ze een lijstje opgesteld van alles wat ze nodig had voor een goede kantoorhuishouding. Want zo noemde men haar functie hier, de kantoorhuishoudster! Marie-Anne had haar een bedrag gegeven en gezegd dat ze met het geld die dingen zelf maar moest kopen of bestellen per telefoon. Zolang ze haar uitgaven maar kon verantwoorden en de kassabonnetjes als bewijs bewaarde. Ze had al besloten een eenvoudig kasboek aan te leggen. Zo zou haar handelsopleiding dan toch nog van pas komen.

Haar taak was ook de broodjes te bestellen voor het personeel waarvan de lijst in de keuken lag. Er werd een klein bedrag aangerekend boven op de door de leveranciers aangerekende prijs, en dat mocht Carla houden. Een extraatje, had Marie-Anne er knipogend aan toegevoegd. Ze had gevraagd welke kantoren eerst schoongemaakt moesten worden, maar daar was ze totaal vrij in. Ze mocht haar eigen werkindeling bepalen. Toen ze met de broodjeslijst en de ochtendkoffie rondging, had ze in elk kantoor geïnformeerd wanneer ze het minst zou storen. Het bleek dat het niet moeilijk was haar werk aan dat van het personeel aan te passen, want elke dienst had wel eens vergadering waardoor ze de lokalen verlieten. De andere uren kon ze dan de gemeenschappelijke ruimtes en de keuken doen. Het sanitair zou ze elke avond onder handen nemen. Ze wilde goed werk leveren, zo weinig mogelijk storen en vooral niemand op de zenuwen werken.

Ze werd overal heel vriendelijk onthaald als nieuwe collega en ze mocht iedereen voortaan gerust bij de voornaam noemen. Ze had de voornamen stiekem genoteerd om zich niet te vergissen en er zo vlug mogelijk aan te wennen. Toen ze Hugo en Marie-Anne hun koffie bracht en hen aansprak met mijnheer en mevrouw, hadden ze hartelijk gelachen. In hun bedrijf was de sfeer ongedwongen en werden ook zij door het personeel bij de voornaam genoemd, zei Hugo. Het respect voor elkaar lag niet in de naamgeving, maar in de manier waarop men samenwerkte, verzekerde Marie-Anne haar.

Ze had zich al lang niet meer zo gelukkig gevoeld. Zenuwachtig, maar ook een beetje trots deed ze in haar spierwitte schort haar werk. Ze had de tafels klaargezet in de refter en waarderende opmerkingen gekregen over het feit dat ze het er zo gezellig had gemaakt. Nochtans had ze alleen maar de servetjes mooi gevouwen en wat bloemen die ze gerecupereerd had van enkele verlepte boeketten, verdeeld over de tafels. Stel je voor, er kwam wekelijks een bedrijf langs dat in elk kantoor al de bloemen verving, zelfs de bloemen die nog goed waren!

Kortom, ze had het gevoel dat ze in een paradijs terechtgekomen was. Als opa haar aan het werk zou kunnen zien, zou hij weten dat ze geen minderwaardige baan had. Een van de boekhouders die daarstraks in de gang een praatje met haar had gemaakt, zei dat haar functie even belangrijk was als gelijk welke andere hier. Door haar toedoen werd het immers voor iedereen aangenaam werken.

Voor het eerst besefte ze dat haar leven heel anders had kunnen verlopen als ze niet meteen getrouwd was maar eerst werk had gevonden, ja zelfs verder had kunnen studeren. Als ze andere mensen had leren kennen, los van opa, weg van al die enggeestige schoolvriendinnetjes van toen. Als Jos haar niet zwanger had gemaakt en haar sindsdien niet geterroriseerd had en tot onderdanigheid gedoemd. Nu begreep ze de bitterheid van opa iets beter, al bleef ze even zwaar om dragen.

'Heb je toevallig nog een broodje voor me?' Hugo stond in de keukendeur met een dossier in zijn hand. 'Sorry, ik weet dat ik te laat ben, maar ik moet weg en zou graag eerst iets eten. Anders komt het er waarschijnlijk niet meer van tot vanavond laat.'

'Natuurlijk. Ik zal een broodje of twee klaarmaken en naar je kantoor brengen.'

'Nee, hier maar vlug.' Carla schoof onmiddellijk een stoel bij de tafel en legde een bordje, bestek en een servetje klaar. 'Koffie? Ik heb er net verse gezet.'

'Goed idee. Je bent het hier blijkbaar al goed gewend.'

Hij keek waarderend hoe ze in een handomdraai een broodje voor hem klaarmaakte met beleg dat ze voor thuis had gekocht.

'Nog niet helemaal. Maar het valt best mee. Ik wilde je nog bedanken dat ik dit werk gekregen heb.'

'Daar heb ik niks mee te maken.'

'Dat zei Marie-Anne ook, maar toch. Als ik iets voor je kan doen, dan moet je het me maar zeggen. Oké?'

'Oké.'

Toen ze zag dat hij gretig in zijn broodje hapte terwijl hij het dossier doorbladerde, liet ze hem alleen.

Marie-Anne schijnt gelijk te hebben, dacht Hugo. Die vrouw is uit heel ander hout gesneden dan haar man, die hij een onbehouwen, afgestompte krachtpatser vond. Hugo was eerst helemaal niet happy geweest met haar indienstneming en alleen hun strikte taakverdeling had hem belet zijn veto te stellen. Maar dit vrouwtje was aardig en wist zich te gedragen. Had zelfs, in al haar eenvoud, een zekere aangeboren klasse. Dus, als het Marie-Anne gelukkig maakte, wat kon het hem schelen wie de kantoren schoonhield. Hij had andere dingen aan zijn hoofd.

Doodjammer dat hij net nu naar het Oostblok moest terwijl hij liever zijn tijd met Tamara wilde doorbrengen. Nog altijd werd hij een zekere zwakte in zijn onderrug gewaar van het neuken. Sinds zijn jeugdjaren had hij deze aan pijn grenzende loomheid niet meer gevoeld. Verdomme, die reis kwam niet op het goede moment! Hij wist uit ervaring dat je vrouwen niet te lang mocht laten nadenken over hun ontrouw, dan begonnen ze zichzelf verwijten te maken of ze kregen romantische fantasieën. Maar goed, het kon niet anders. Al die controles van overheidswege de laatste tijd baarden hem steeds meer zorgen, hij moest op zijn tellen passen. Over Tamara moest hij zich niet ongerust maken aangezien ze hem duidelijk had gemaakt dat het voor haar net als voor hem uitsluitend om de seks ging en dat ze Werner nooit zou willen verlaten. Van haar kant waren er dus geen problemen te verwachten.

Dat Marie-Anne zich maar wat bezighield met haar vrouwenclubje. Misschien zou het haar afleiden van haar fixatie om zwanger te worden. In ieder geval, tot hiertoe had het alleen voordelen gehad: zijn vrouw had afleiding, hij had een maîtresse die neukte als een godin en last but not least, het bedrijf had een fatsoenlijke en charmante poetsvrouw in dienst! Hij zou verdorie dat clubje moeten sponsoren!

* * *

Werner deed de kast met de dossiers van de spelers dicht. Het was stil in de lokalen van Taxandria de dagen dat er geen trainingen waren. Hij nam de medische fiches die hij uit de dossiers had gehaald en begon ze door te nemen. Vooral de bloedanalyses en de verslagen van behandelende geneesheren en sportdokters controleerde hij grondig. Als spelers pijnstillende middelen innamen, was het gebruikelijk dat dit gemeld werd. Hij vroeg zich ook af of sommigen een bepaalde dokter meer raadpleegden dan een andere. Want vannacht had hij weer liggen piekeren over de vreemde toestand met Koen Dewitte en die andere voorspeler. Plots was er bij Werner een vermoeden gerezen. Die twee kerels gebruikten wellicht medicijnen of drugs om de pijn van hun blessures te onderdrukken? Maar zoiets kon via bloedstalen worden opgespoord. Wanneer was de laatste controle op drugs en doping gebeurd? Hij wist dat die controles bij Taxandria slechts een formaliteit waren. De spelers wisten trouwens op voorhand wanneer ze plaatshadden. Degene die iets te verbergen had, kon dus voorzorgsmaatregelen nemen. Een paar dagen voor de controle clean blijven, en het bloedstaal was ook clean. En omdat ze nog maar in derde nationale speelden, waren de door de voetbalbond opgelegde dopingcontroles niet zo frequent.

Hij werd van de medische dossiers echter niet veel wijzer. Als die jongens pijnstillers gebruikten, dan kregen ze die duidelijk niet van hun arts. Maar spul dat sterk genoeg was om ondanks een blessure toch te spelen, kreeg je nergens zonder voorschrift. En de theorie over drugs, daar had hij zelf zijn twijfels over. Deze jongens ambieerden een sportcarrière en drugs waren daar niet mee te combineren. Dat ze pijnstillers namen om hun plaats in de eerste ploeg niet te verliezen, was dus het meest waarschijnlijk. Maar hoe kwamen ze aan die pijnstillers?

Moment! Els kon als verpleegster gemakkelijk aan sterke pijnstillers komen. Nee, zo dom zal ze niet zijn om haar carrière daarvoor op het spel te willen zetten. En als verpleegster weet ze bovendien dat ze Koen daar niet mee helpt. Integendeel, het zou hartstikke ongezond zijn als die kerel dat deed. Maar als zij nu toch...

Werner zuchtte. Hij kwam er niet uit. Kon hij er maar met iemand van het bestuur over praten. Maar het bestuur had al een paar keer bijzonder kribbig gereageerd toen hij ervoor gepleit had om spelers met blessures wat langer aan de kant te laten. Kon hij zich tot Hugo wenden achter de rug van het bestuur om? Hij wist natuurlijk dat Hugo de aankopen van verschillende spelers had gefinancierd en hun huisvesting en salaris sponsorde, maar als er geknoeid werd met medicijnen, of nog erger, met drugs, dan zou het bestuur hem dat misschien kwalijk nemen. Hij was de verzorger en hij moest zoiets tijdig kunnen opmerken en aan hen meedelen. Inmenging van de sponsor in een dergelijk probleem zouden ze zeker niet dulden.

Beter eerst voorzichtig bij Hugo polsen. Tamara had hem toevallig tweemaal ontmoet bij gelegenheden waar ze naartoe moest voor haar werk en sprak heel enthousiast en lovend over hem. Al geloofde hij natuurlijk niet in de hulp die Hugo aan Tamara beloofd had voor het promoten van een filmcarrière voor haar. Een lederhandelaar, laat het dan een van de grootste van Europa zijn, had immers niets te maken met de filmwereld. Maar het maakte Tamara dolgelukkig erover te dromen, dus had hij geen bezwaar.

Wat hij kon doen was Hugo en Marie-Anne eens thuis uitno-digen. Dan kon hij proberen uit te vissen wat Hugo dacht over de spelers in kwestie, zonder slapende honden wakker te maken bij het bestuur. Hij wist zeker dat Tamara onmiddellijk zou toe-stemmen. Zeker nu ze rotsvast geloofde in de droom die Hugo haar voorspiegelde.

* * *

Marie-Anne wachtte aan het loket. De ietwat suffige loketbe-ambte had beloofd zo snel mogelijk inspecteur Verbist voor haar te gaan zoeken. Ondertussen stond ze hier al bijna tien minuten. Als die man terugkomt, overwoog ze, geef ik het dossier gewoon af met de boodschap het aan Fred te bezorgen. Maar die loketbe-ambte was nu ook spoorloos verdwenen.

Ze snapte trouwens niet hoe ze het in haar hoofd had gehaald naar Fred te vragen. Misschien had ze hem gewoon even willen terugzien omdat hij zo vriendelijk was geweest tijdens de con-trole, zo hoffelijk ook en ouderwets charmant.

'Marie-Anne! Sorry. Ik was in vergadering.'

Fred kwam naar haar toe en even was er wat verwarring toen hij haar de hand wilde geven terwijl zij hem het dossier wilde aanreiken. Ze lachten allebei onwennig.

'Ik ben het die sorry moet zeggen. Ik had je niet mogen sto-ren.'

'Zeker wel. Je komt als geroepen. Een beter excuus om uit die vervelende vergadering te ontsnappen, kon ik niet bedenken.

Heb je tijd voor een koffie? Hier om de hoek is een rustige taverne waar we even kunnen praten.'

Ze knikte en volgde hem tot haar eigen verbazing zonder de minste aarzeling. Hier in de kantoren van het ministerie van Financiën leek hij veel zelfverzekerder dan toen die keer op hun bedrijf. Die controles waren voor die inspecteurs natuurlijk geen pretje, veronderstelde ze. Logischerwijze waren ze niet overal welkom en op veel plaatsen zou men hen dat zeker laten merken. Wie kiest er nu zo'n beroep! Hoe kom je erbij?

In de taverne kende men Fred, want de ober sprak hem beleefd aan met 'meneer de inspecteur' en ze kregen een rustig plekje toegewezen. Hij bestelde koffie en toen die gebracht was, viel er een stilte. Ze hield zich bezig met het zorgvuldig opvouwen van het papiertje van het koekje om het dode moment te overbruggen. Net toen ze iets wilde zeggen, eender wat, deed ook Fred zijn mond open. Ze lachten weer allebei heel onwennig.

'Zeg jij maar eerst, Fred.'

'Nee, jij eerst.'

'Eigenlijk niets bijzonders. Ik voel me een beetje gegeneerd en schuldig dat ik je zomaar van je werk afhoud.'

'Kom zeg. Voor die ene keer dat iemand me zo maar wenst te zien. Dat gebeurt niet dikwijls. Als men mij wil zien, is het gewoonlijk met klachten en bezwaarschriften.'

'Precies wat ik daarnet ook al dacht. Hoe houdt een man als jij het vol in dit voor het grote publiek onsympathieke en hatelijke beroep?'

'Het beroep zelf is niet onsympathiek of hatelijk. Maar zij die knoeien en dat ten koste van alles en iedereen willen verbergen, zijn dat wel. Het is in België niet moeilijk de fiscus te bedriegen en het is helaas een algemeen aanvaarde en verspreide gewoonte. Maar niemand staat erbij stil dat de kleine werkman, de gepensioneerde en de gewone bediende mee het gelag betalen en dat er door al dat geknoei minder geld is voor het algemeen welzijn. De Belgische economie gaat gebukt onder de zware belastingdruk. Maar als er minder geknoeid werd, zou dat misschien veel van die druk wegnemen.'

'De belastingdruk kun je toch niet alleen de knoeiers verwijten?'

'Natuurlijk niet. Maar het verhelpen doen zij zeker niet. Er zijn genoeg mogelijkheden om belastingvoordelen op een wettige manier te verkrijgen. Word je toch betrapt op iets onwettigs, dan moet je dat de inspecteur niet verwijten, maar op eigen borst kloppen. De inspecteur doet zijn plicht en beschermt de zwakkeren in de samenleving. Dat is mijn standpunt.'

'En ik treed dat volledig bij. Gelukkig hoef ik me niet op de borst te kloppen.'

Fred had plezier in haar antwoord en enigszins verwonderd vroeg ze zich af hoe het kwam dat ze zich bij hem zo op haar gemak voelde.

'Zien we je maandagavond bij ons thuis?'

'Natuurlijk! Maar pas nadat we allemaal op de weegschaal hebben gestaan! Op dat cruciale moment mag geen man in de buurt zijn.'

'Emma is serieus aan het diëten. Ik doe mee want ik mag ook wel wat gewicht verliezen. Ze kookt zo heerlijk lekker, weet je.'

'Dat is een talent dat ik helemaal niet heb', bekende ze.

'Jij hebt andere talenten, daar ben ik zeker van.'

'Denk je?'

Waarom zwegen ze nu plots? Fred keek even door het raam. Het was mooi weer. Maar dat kon hem eigenlijk niet veel schelen. Hij zat hier met Marie-Anne en dat alleen was belangrijk. Hij glimlachte naar haar.

'Carla sprong gisteravond even bij ons binnen. Zij en Emma kennen elkaar al lang, al hadden ze tot nu toe weinig contact met elkaar. Ze bracht een of ander dieetboek en toen ging het er ook over hoe goed je het bedrijf runt en dat het personeel altijd met zoveel lof over je spreekt.'

'Zei ze dat?'

'Ja. Ze raakte niet over je uitgepraat, ook niet over haar nieuwe baan.'

'Ze doet het goed. Ik ben heel blij dat ik haar heb gevraagd.'

'Je hebt haar er enorm mee geholpen, weet je. Die man van haar...' Hij zweeg. Het was niet aan hem om Jos te bekritiseren.

'Ik heb de indruk dat ze het moeilijk heeft.'

'Ze heeft zeker een moeilijke jeugd gehad. Heeft ze je daar al iets over verteld?'

'Nee.'

'Wel, misschien doet ze dat wel eens. Maar neem van mij aan dat ze een sterke vrouw moet zijn om zoveel te kunnen verwerken.'

'Dat clubje van ons lijkt mij alleen uit sterke vrouwen te bestaan. Tamara met haar veeleisende beroep, jouw vrouw die, ondanks haar eigen zorgen neem ik aan, altijd iedereen aan het lachen krijgt, Carla die haar problemen niet de overhand laat krijgen. Alleen ik en Els lijken me niet in het rijtje van "sterkhouders" te passen.'

'Jij niet sterk! Om je naast een man als Hugo staande te houden, moet je beresterk zijn. Kom nou.'

Ze zweeg en wenste dat ze hem kon vertellen van haar twijfels en angsten. Van haar dromen en hoe bitter weinig ze daarvan gerealiseerd had.

'Heb ik iets verkeerds gezegd?' informeerde Fred voorzichtig. 'Dat was dan niet mijn bedoeling.'

'Nee, toch niet. Gewoon...' Ze aarzelde even. 'Heb jij nooit het gevoel dat je ergens de verkeerde weg bent ingeslagen en dat je voor een muur komt te staan waar je telkens opnieuw tegenaan loopt?'

Nu was het Fred die zweeg. Kon hij haar maar vertellen wat zijn hart belastte. Hoe hij al die jaren in zijn huwelijk met hetzelfde probleem geworsteld had. Een probleem dat hij niet kon oplossen zonder Emma te verliezen.

'Ja. Dat gevoel ken ik ook. Maar ik vraag me dan af of wat achter die muur ligt, wel echt de moeite waard is. Deze kant van de muur ken je, aan de andere kant ligt onzekerheid. Misschien is het veiliger voor zekerheid te kiezen, zelfs al maakt je dat niet gelukkig.'

'Zo had ik het nog niet gezien. Maar stel dat je één droom koestert die al je andere dromen ver overstijgt, een droom die je als mens totaal zal maken. Moet je dan die droom uit angst voor onzekerheid opgeven?'

'Dromen geven meestal een verkeerd beeld van de realiteit, Marie-Anne. Misschien is jouw droom wel verkeerd voor je. Of misschien zou je hem te duur moeten betalen.'

Inderdaad, Fred kon wel eens gelijk hebben. Indien ze Hugo nog langer onder druk zette met haar kinderwens zou ze hem kunnen verliezen. Niet dat hij zou willen scheiden, maar hij zou haar even eenzaam kunnen maken als haar vader vroeger had gedaan. Was het haar dat waard?

'Bedankt, Fred. Het is lief dat je naar mijn gezeur wilt luisteren. Sorry dat ik je met mijn zorgen heb lastiggevallen.'

'Je hoeft geen sorry te zeggen. Ik wou alleen dat ik je meer hulp kon bieden. Ik ben maar een eenvoudig man. Praten is jullie sterkte, niet de onze.'

* * *

Terwijl Els naar de ingang van het ziekenhuis ging, speelden de gebeurtenissen van de voorbije nacht zich als een film voor haar ogen af. Koen was erg lang blijven hangen na de match en was razend kwaad thuisgekomen. Omdat Taxandria deze week uit speelde en ze zich niet al te best voelde, was ze thuisgebleven. Maar het positieve effect van die rust was na de thuiskomst van Koen vlug verknoeid. Haar handen trilden en haar benen waren als lood. Ze vroeg zich af hoe ze haar dienst vandaag zou doorkomen. 's Maandags was het altijd zo druk.

Koen had zo geroepen en getierd dat ze beschaamd was dat buren het zouden horen.

'Ik ben zeker dat jij Werner toen stommiteiten hebt verteld. Waarom vroeg hij mij anders of ik pijnstillers neem?'

'Ik heb hem niks gezegd. Ik riskeer mijn job als ik dat wel zou doen.'

'Mijn carrière ook, stomme geit! Hij heeft trouwens ook vragen gesteld aan andere spelers. Wat heb je hem gezegd? Heb je namen genoemd?'

Telkens weer had ze moeten herhalen wat ze toen in de VIP-loge tegen Werner gezegd had. Steeds opnieuw trachtte ze hem te overtuigen dat ze niets verraden had. Maar ze wist dat ze zich versproken had, verrast als ze was toen Werner haar vroeg of Koen dikwijls pijn had. Had ze dan moeten liegen? Koen ging trouwens voor behandeling naar Werner en die was niet blind. Bovendien liet je je toch niet behandelen als er niets scheelde.

Koen was niet te kalmeren geweest en had haar luid tierend verweten dat ze zijn carrière wilde kapotmaken. Dat hij het moe was dat zij als een dood gewicht aan hem hing. Zijn carrière kwam op de eerste plaats. Daar lag haar plicht. Ze moest niet altijd maar mekkeren over haar eigen stomme job en aan iedereen stommiteiten vertellen. Na die felle uitbarsting was hij naar de slaapkamer getrokken en had de deur met een enorme klap achter zich dichtgegooid. En toen overviel haar weer die drang waartegen ze nu al zo lang en zo hard gevochten had.

Vreten had ze gedaan. Geschrokt en geschrokt, had ze. Gezwolgen in de drang zich vol te stoppen met voedsel. Restjes, koeken, roomijs, chips, alles wat ze vond dat eetbaar was, had ze verslonden. Zonder iets te proeven, zonder te weten wat ze at. Walgend van zichzelf, maar niet in staat om te stoppen.

Daarna begon het braken en na het braken kwamen de krampen van de purgeermiddelen. Ze was vreselijk ziek geweest. Toen ze vanmorgen, na slechts een paar uur onrustige slaap, wakker werd, had ze zich ellendig en helemaal leeg gevoeld.

Maar ze was gelukkig niet aangekomen door haar nachtelijke uitspatting. Ze moest zich vanavond immers wegen in het bijzijn van de anderen, een vooruitzicht dat haar nu al ziek maakte want ze zouden allemaal kunnen vaststellen hoe dik ze was. Iedereen zei wel, net als haar zussen thuis altijd beweerden, dat ze mager was. Maar dat was gelogen. Zij wist dat ze dik was en dat het haar eigen schuld was.

'Hoi, Els!'

Ze keek geschrokken op. Johan greep haar lachend bij de arm. Dan bekeek hij haar wat beter.

'Wat zie jij eruit? Zeker een woeste nacht gehad met Koentje!' Hij lachte maar ze zag de bezorgdheid in zijn ogen.

'Ik heb buikkrampen gehad.'

'Zou je daar eens niet met de dokter over spreken? Misschien heb je wel een maagzweer. Je klaagt zo dikwijls van buikkrampen. Misschien is het gynaecologisch. Een cyste of zo?'

'Probeer niet voor doktertje te spelen, daar word ik zenuwachtig van. Ik haat dokters.'

'Niet erg logisch voor een verpleegster!'

'Ik bedoel dat ik me niet graag laat onderzoeken, uilskuiken.'

'En ik maar denken dat jij als zo velen van je collega's dit vak hebt gekozen om een dokter aan de haak te slaan!'

Ze gaf hem speels een duw.

'En toch raad ik je aan een dokter te raadplegen. Je mag zoiets niet laten aanslepen.'

Els haalde haar schouders op en begon over het mooie weer te praten. In de verpleegsterskamer aangekomen, bekeek ze het rooster.

'Shit! Kijk eens hoeveel patiënten er vandaag geopereerd worden. Het wordt een zware dag. Die overleef ik niet.'

'Ik zal je wel helpen. Als je te moe wordt, geef je me maar een seintje.'

'Doe niet zo beschermend. Het zal straks wel beter gaan.'

Ik zou wat graag een beroep doen op je hulp, dacht ze, toen hij zich gekwetst afwendde. Maar ze had vannacht besloten voortaan voorzichtiger te zijn in haar vriendschap met Johan, hoe moeilijk het ook zou gaan en hoeveel pijn dat ook zou doen. Het was beter zo. Als de diefstal van de pijnstillers ooit uitkwam, wilde ze niet dat de enige vriend die ze had door haar fout zou worden meegesleurd in het schandaal.

* * *

Emma legde de laatste hand aan haar voorbereidingen. In de koelkast stond een grote kom vruchtensalade, met dieetsuiker en vers fruit klaargemaakt. De magere yoghurt die als dieetslagroom dienst zou moeten doen, had ze gekocht bij de beste zuivelhandel van de stad en was verrassend lekker. Voor degenen die iets stevigers wilden, had ze kerstomaatjes gevuld met magere kruidenkaas. En ze had vruchtentaart gebakken, met een dun laagje deeg en veel fruit. Volgens het dieetboek dat ze van Carla geleend had, moest je, als je er toch niet aan kon weerstaan gebak te eten, kiezen voor vruchtentaart. Ze had ook een heerlijk wit wijntje gekocht, want witte wijn was van alle alcoholische dranken, altijd volgens hetzelfde boek, het minst nadelig voor de lijn.

Ze moest er zelf om lachen dat uitgerekend zij, die in de verste verte nooit aan diëten gedacht had, dit boek nu te pas en te onpas citeerde. Het was al zover gekomen dat Fred besloten had om mee te doen. Nick en Katja lachten hen wel uit, maar toch had ze gemerkt dat ook zij geen bezwaar maakten nu de roomsauzen vervangen werden door lichte vinaigrettes. Haar inspanningen hadden dan ook succes gehad. Ze kon bijna niet wachten tot ze straks, in het bijzijn van iedereen, op de weegschaal zou gaan staan. Ze zouden opkijken!

Ze kon de opkikker van de bijeenkomst van het clubje trouwens wel gebruiken. De laatste dagen was het hier in huis niet altijd een pretje geweest. Nick liep te kniezen omdat Hugo op zakenreis vertrokken was zonder de trainer en het bestuur aan te spreken over een plaats voor hem in de eerste ploeg. Katja had op al haar toenaderingen negatief gereageerd. Ze begon te vrezen dat haar angstig vermoeden bewaarheid zou worden. In ieder geval was haar dochter, die altijd een zonnig en open karakter had gehad, de laatste weken totaal veranderd.

Dan was er nog Fred, die altijd zo gelijkmoedig was. De enige man die haar aanvaardde zoals ze was. Fred die, al las ze soms de innerlijke pijn in zijn ogen, haar nooit verwijten maakte dat ze hem tekortdeed. Haar Fred, haar kalme en rustige Fred, was de laatste dagen onderhevig aan wisselende stemmingen, dan weer uitgelaten en druk, dan kniezerig en bezorgd. Toen ze hem vroeg of hij misschien over Katja piekerde, had hij haar gezegd dat ze geen problemen moest zoeken waar er geen waren, ze hadden er al genoeg. Hij wilde er verder geen woord meer aan toevoegen en had nog meer tijd bij Taxandria doorgebracht dan hij gewoonlijk deed.

Nu hoopte ze maar dat de aanwezigheid van haar gezin vanavond voor hun clubje niet storend zou zijn. Ze had daarom iedereen op het hart gedrukt dat het haar avond was en dat de woonkamer gedurende enkele uurtjes min of meer verboden terrein was en dat onder geen beding iemand mocht binnenkomen op het ogenblik dat ze hun gewicht controleerden!

Eigenlijk zag ze de rest van de avond liever niemand van haar gezin in huis. Ze was bang dat de vrouwen anders nooit helemaal los zouden komen. Fred en de kinderen moesten hun heil maar elders zoeken.

* * *

'Die yoghurt is ongelooflijk lekker. Ben je zeker dat die caloriearm is? Of wil je ons gewoon vetmesten terwijl jij verder vrolijk afslankt?'

Emma was trots. Al haar recepten hadden succes. De vruchtensalade werd verslonden, de taart en de kerstomaatjes waren al op en de lege flessen wijn stonden als soldaatjes op de buffetkast. De avond was nu al geslaagd.

'Alles wat ik jullie heb geserveerd, is caloriearm. Maar als je er te veel van gebruikt, zoals Tamara nu doet, helpt dat natuurlijk niet meer.' Tamara legde met gespeelde afschuw, tot jolijt van iedereen, vlug haar lepel vol fruit en yoghurt neer. Het was duidelijk dat er meer plezier gemaakt werd, nu er geen pottenkijkers waren, zoals op Taxandria.

'Ik vind toch dat we, gezien de goede resultaten, tijdens onze volgende bijeenkomsten ons dieet even mogen vergeten,' stelde Carla voor, 'zolang we het tijdens de week maar volhouden.'

Iedereen leek daarmee akkoord te kunnen gaan. De euforie om de verloren kilo's was nog niet geluwd en niemand dacht nog aan de moeite die het gewichtsverlies de voorbije week had gekost.

'Wij zijn gewoon onwaarschijnlijk!' riep Tamara uit. 'Onze mannen beseffen niet wat voor prachtvrouwen ze in huis hebben!'

Carla had het moeilijk vanavond. De toestand met Jos speelde voortdurend door haar hoofd. Maar ze liet niets merken en lachte vrolijk mee met de grappen en de verhaaltjes van Tamara over haar dolverliefde mannelijke fans en de manier waarop ze die soms voor de gek hield en afwimpelde. Het is jammer, dacht ze, dat ik dit groepje niet eerder heb leren kennen. Dan zou ze veel vlugger ingezien hebben dat de manier waarop haar huwelijk verliep, niet de norm was. Het huwelijk in het algemeen kwam trouwens uitgebreid aan bod. Nadat Fred de woonkamer had verlaten, waren ze als vanzelf hun respectievelijke mannen en de gezagsverhouding in hun gezin gaan vergelijken, weliswaar met een flinke dosis humor, maar tegelijkertijd heel open en oprecht. Vooral als je tussen de regels door kon lezen, dat had Carla wel begrepen. Alleen van Els kreeg ze geen hoogte. Ze voelde dat er iets fout zat tussen haar en Koen, maar wat precies kon ze voorlopig niet duiden. Els had alleen maar zitten klagen over al de tijd die Koen besteedde aan zijn sportoefeningen en sport in het algemeen. Maar ze voelde dat er veel meer achter schuilde. Het was haar opgevallen dat Els tijdens het wegen de enige was die erg nerveus deed, alhoewel zij juist niet hoefde te vermageren. Toch was ze ook deze week weer afgevallen, al beweerde ze bij hoog en laag van niet. Nochtans herinnerde ze zich het gewicht van Els heel goed, om de eenvoudige reden dat zij precies twintig kilo meer woog!

Het waren vooral Tamara en Emma die de hele avond het hoogste woord voerden. Marie-Anne genoot, maar was eerder gereserveerd. Ze hadden wel veel plezier beleefd aan een verhaal uit haar advocatenopleiding. Een geval van huwelijksontrouw waarbij de beide bedrogen partners die de echtscheiding hadden aangevraagd, uiteindelijk samen hun overspelige partners zelf begonnen te bedriegen. Het drama werd een klucht toen het eindigde in een beklonken partnerruil! Maar over haar huwelijk met Hugo zei ze weinig of niets. Slechts wat vage algemeenheden.

Zelf had Carla over haar huwelijk meer gezegd dan eigenlijk haar bedoeling was geweest. Tot nu toe had ze nooit openlijk over Jos geklaagd. Ze had voor hem gekozen en vond dus dat ze daartoe niet het recht had. Maar toen ze naar de grappige verhalen over kleine onbegrippen en kortstondige ruzies zat te luisteren, besefte ze maar al te goed hoe Jos haar al jaren lang terroriseerde. Ze was dan toch beginnen te vertellen over zijn drinken en zijn zware eisen tegenover de kinderen, maar de verbaasde, bezorgde blikken van haar vriendinnen hadden haar verder doen zwijgen. Wat zouden ze wel denken als ze zou spreken over het geweld dat Jos soms gebruikte, geweld waar hij, volgens zijn eigen zeggen, als echtgenoot en vader, het recht toe had? Het had geen nut haar ellende hier op tafel te gooien, ze konden haar toch niet helpen. Ze slaagde er nog net op tijd in een diepe zucht om te zetten in een geeuw.

'Zit je nu al te geeuwen, Carla? Jos zal niet tevreden zijn, hoor! Van witte wijn wordt gezegd dat het sexy maakt, niet slaperig! Wie wil er dus nog een glaasje? Fun vannacht verzekerd!' Emma maakte wulpse bewegingen met de fles wat op luid applaus werd onthaald. Seks was die avond al een paar keer aan de orde geweest en meestal gaven Emma of Tamara de aanzet.

'Komaan, Emma. Ik dacht dat op jouw leeftijd seks niet meer zo belangrijk was.'

'Ben je gek! Pas maar op! Ik zou jouw Werner heel wat dingen kunnen leren! Vergeet het spreekwoord niet van die oude soepketel en die jonge wortel!'

'Ik zal hem eens langs sturen. Lessen in variatie zullen hem geen kwaad doen.'

'Doe maar! Ik heb nog veel witte wijn over.'

Door de uitdagende manier waarop Tamara en Emma over seks spraken, lag iedereen dubbel van het lachen, hoewel het aantal glazen witte wijn er waarschijnlijk ook wel voor iets tussen zat, dacht Marie-Anne. Behalve met Hugo had ze nog nooit met iemand over seks gesproken. Tamara en Emma die praatten erover als over... koken of onkruid wieden. Onvoorstelbaar!

'Maar ik geloof wel dat de menopauze een spelbreker kan zijn. In ieder geval, leuk is anders. Ik dacht vroeger altijd dat vrouwen die over de menopauze klaagden, sterk overdreven. Maar ik kan jullie verzekeren, het is nog veel erger dan men altijd beweert. Je moet die vrouwenboekjes die zeggen dat het alleen maar in je hoofd zit, niet geloven!'

Een tijd lang werd er met ernst gesproken over de symptomen van opvliegers en gewichtstoename, kwalen die hen ooit te wachten stonden. Emma had het ook nog over de onzekerheid en de onhandigheid bij alledaagse handelingen bijvoorbeeld. Over de ongemakken waar nooit over gesproken werd, zoals geïrriteerde slijmvliezen, nachtmerries en slapeloosheid. Maar vooral dat ellendige gevoel dat je als vrouw afgedaan had, zei ze, dat vond ze nog het ergste. Alsof je eigen lichaam verraad pleegt. De ogenblikken dat je jezelf niet meer herkent in de spiegel. Of dat je beseft dat het gefluit van de bouwvakkers op straat niet meer voor jou bestemd is. Maar Emma zou Emma niet zijn als ze niet zou eindigen met een positieve noot.

'Gelukkig heeft mijn seksleven, om daar op terug te komen, er niet onder geleden. Dat is nog net zoals vroeger!'

Dat was koren op de molen van Tamara. Ze probeerde de anderen over te halen op te biechten hoe het met hun seksleven stond. Een mini-enquête, noemde ze het. Na veel aandringen maakten Marie-Anne en Carla er zich van af door te zeggen dat ze geen klachten hadden. Tamara protesteerde dat ze enthousiaste, pikante verhalen verwachtte, en wel wat meer wenste te horen dan het feit dat er geen klachten waren.

'Misschien zal ons dieet er wat aan veranderen? Misschien hebben mannen geen zin in seks met dikke vrouwen?'

De opmerking van Carla werd op luid protest onthaald. Niemand van hen was zo dik dat het eventueel een hindernis of handicap bij seks kon zijn. Als Jos haar dat wijsmaakte of als excuus gebruikte, dan moest Carla maar eens naar zijn bierbuikje wijzen. Of vond hij dat dan zo sexy?

'Ik denk dat Hugo en ik het dikwijls te druk hebben met het bedrijf', voerde Marie-Anne als excuus aan. Hugo had de laatste dagen voor zijn reis geen initiatieven meer genomen, en zij had er hem niet meer over durven aan te spreken. Hopelijk was hij na zijn thuiskomst wat meer relaxed.

'Dat is geen excuus', weerlegde Tamara. 'Van ons aanvaarden ze ook niet dat we wel eens hoofdpijn hebben.'

'Els, jij hebt nog niets gezegd. Maar ik veronderstel dat met die jonge adonis van jou en op jullie leeftijd er zich geen problemen voordoen.'

Els schudde verlegen het hoofd. Dat het al een hele tijd geleden was dat zij met Koen nog had gevrijd, verzweeg ze liever. Niet dat ze het miste, maar in het begin van hun samenwonen hoorde het er gewoon bij.

Tamara had vlug haar conclusie klaar.

'Dus op de vijf vrouwen hebben slechts Emma en Els geen klachten! Voor de anderen geen rozengeur en maneschijn! Of heeft rozengeur en maneschijn juist niets met seks te maken?'

Tijdens de daaropvolgende discussie, waarin het gebrek aan romantiek van de heren gehekeld werd, prees Els zich gelukkig, ook al loste het haar probleem niet op, dat niemand wist dat ze gelogen had.

Emma van haar kant was wat blij dat ze Fred kordaat de kamer had uitgestuurd. Haar leugens vanavond zouden zelfs zijn oneindige geduld en begrip ver te boven zijn gegaan.

Hoofdstuk 4

Het geluid van zijn stokkende ademhaling weerkaatste als een echo tegen de witte muren van de ziekenhuiskamer. Het deed haar hoofd bonzen, duizelen. Ze werd er gek van. Eerst dat gorgelende misselijk makende uitademen van de zich met vocht vullende longen. Dan de angstaanjagende stilte als een teken dat dit het einde was. Daarna, net wanneer de spanning ondraaglijk werd, het raspende snakken naar levensnoodzakelijke zuurstof, gevolgd door een nieuwe wanhopige poging van de longen om het vocht eruit te pompen. Steeds opnieuw, met een martelende regelmaat. Carla betrapte zich erop dat, wanneer opa tussen twee tergend langzame ademhalingen naar zuurstof snakte, zij ook haar adem inhield. Haar hele wereld bestond uitsluitend nog uit dit machteloze aanhoren van zijn doodstrijd. Een doodstrijd die nu al meer dan een dag en een nacht duurde.

Els had haar gisterenmorgen gebeld. Het ging plotseling veel slechter met opa en ze zou beter zo vlug mogelijk komen. Maar Carla mocht in het ziekenhuis niet zeggen dat Els haar ingelicht had, want dan zou ze problemen kunnen krijgen met de hoofdverpleegster. Opa had longontsteking. Volgens Els was het in dat stadium een normaal verschijnsel en was het zeker niet te wijten aan nalatigheid of wat dan ook, waarvan familieleden in hun radeloosheid het ziekenhuispersoneel soms betichtten. Opa was oud en totaal verzwakt.

Carla, die net op punt stond te gaan werken, had in allerijl Marie-Anne gebeld dat ze vandaag niet kon komen werken, de kinderen gauw naar school gestuurd en Jos gesmeekt dat hij hen vanavond zou opvangen. Zelf probeerde ze haar paniek onder controle te houden. Hoe kon opa nu plots longontsteking gekregen hebben? De laatste keer dat ze hem gezien had, leek hij te herstellen van zijn hartaanval. Maar dat was eergisteren, en ze voelde zich al onmiddellijk schuldig, want gisteren was ze niet tot bij hem geraakt. Ze was dat nochtans van plan geweest, ondanks haar intense vermoeidheid. Jos was echter dronken thuisgekomen van zijn werk en ze kon niet riskeren dat hij zijn frustraties zou uitwerken op de kinderen. Hij was woedend omdat ze, naar zijn zin, te dikwijls naar het ziekenhuis ging. Ze moest zich zo geen zorgen maken, de ouwe werd daar beter ver-zorgd dan zij thuis ooit zou kunnen, zei hij. Bovendien, nu ze ging werken moest ze 's avonds maar haar huishouden op orde zien te houden. Gaan werken was haar keuze en hij wenste er niet het slachtoffer van te zijn.

Voor de toestand met Jos uit de hand dreigde te lopen, had ze toegegeven en was thuisgebleven. Ze had zich getroost met het feit dat opa inderdaad goed verzorgd werd en niets tekortkwam.

Jos had veel fouten en ze was beter nooit met hem getrouwd, maar opa had niet het recht om haar exclusief voor zich alleen op te eisen. Vroeger had ze dat normaal gevonden. De laatste weken was ze echter gaan beseffen dat Jos niet helemaal ongelijk had met zijn verwijten aan opa. Hij had haar een gelukkige jeugd onthouden als straf voor de door zijn dochter gemaakte fout, als je in haar geval al van een fout kon spreken. Want indien mama destijds door opa was opgevoed op dezelfde veeleisende en bekrompen manier als hij met haarzelf later had gedaan, dan had ze waarschijnlijk ook niet kunnen weerstaan aan de charmes van de eerste de beste die haar wat waardering en warmte gaf.

Vroeger zou ze nooit ook maar een seconde getwijfeld hebben aan het gelijk van opa en elke negatieve gedachte over hem onmiddellijk hebben ontkend. Maar de laatste weken was daar verandering in gekomen. Voor het eerst sinds lang kreeg ze waardering voor hetgeen ze deed. Van Marie-Anne en Hugo, maar ook van de rest van het personeel. Sommigen kwamen zelfs af en toe bij haar in de keuken een praatje maken. Toen ze met zijn allen vorige week na het werk iemands verjaardag gingen vieren met een drink, hadden ze teleurgesteld gereageerd omdat ze niet meeging. Zij, Carla, meegaan met al die slimme mensen? Als collega? Nee, dat had ze niet gedurfd. Maar ze was wel trots geweest dat ze haar hadden uitgenodigd. En de volgende keer zou ze er zeker bij zijn. Toen ze er opa iets over had verteld, had hij haar kortaf gezegd dat ze haar plaats moest kennen en niet hoger springen moest dan haar stok lang was.

Zoals gewoonlijk had ze hem niet tegengesproken. Ze had zich nooit tegen opa of Jos durven te verzetten en ze had altijd gedaan wat ze haar opdroegen. Het beetje geluk en ontspanning, dat vond ze bij haar kinderen en daar nam ze vrede mee. Maar sinds ze in dat gekke clubje was terechtgekomen, keek ze er anders tegenaan.

Ze sprong af en toe eens binnen bij Emma en genoot van de vriendschap die ze er kreeg, en niet alleen van haar, maar ook van Fred en de kinderen.

Els, die ze beter had leren kennen door haar bezoeken aan opa, was altijd vriendelijk tegen haar. Ze had Carla zelfs bij de andere verpleegsters voorgesteld als haar vriendin!

Ook Tamara had haar al een paar maal thuis gebeld, gewoon om een praatje te maken of om te informeren hoe het ging op haar werk. Ze vroeg honderduit over Hugo en Marie-Anne.

Maar het was vooral die laatste, Marie-Anne, die haar een begin van zelfvertrouwen had gegeven door haar in dienst te nemen en door haar te behandelen als een gelijke. Nee, meer dan dat. Als een vriendin, die toevallig ook bij haar werkte. Marie-Anne kwam soms in de keuken een kopje koffie drinken en praatte dan over haar dagelijkse problemen. Ze zei het te appreciëren dat Carla haar niet alleen hielp door haar luisterbereidheid maar ook door haar eenvoudige en efficiënte manier om de dingen te bekijken. Marie-Anne, een doctor in de rechten die een internationaal bedrijf leidde, werd door haar, Carla, geholpen!

Jos en opa hadden gelijk wanneer zij haar verweten dat ze veranderd was. Maar het was in positieve zin. Ze begreep dus niet waarom ze er zo slecht op reageerden. Gunden ze haar dat beetje vriendschap en waardering dan niet? Ze bedelde er niet om, zoals ze allebei smalend beweerden. Ze kreeg die vriendschap spontaan en ze gaf er opa noch Jos minder aandacht door, meende ze.

Maar ze had haar mening moeten herzien. Haar werk met haar huishoudelijke plichten combineren kon ze blijkbaar niet aan. Anders had ze opa nooit een dag alleen in het ziekenhuis gelaten. Als het uit werken gaan haar belette om voor hem te zorgen, had ze dat werk dus niet mogen aannemen. Haar eerste plicht was opa en haar gezin.

Voor opa was het nu te laat. Toen ze gisteren in het ziekenhuis aankwam, lag hij in een coma. Tijdens de laatste vierentwintig uur was daar geen verandering in gekomen en de dokter had haar geen hoop gelaten. Opa was stervende en zij had hem op het cruciale moment in de steek gelaten. Misschien was het zelfs haar schuld dat hij in een coma was geraakt. Toen ze even op de gang was gegaan om te ontsnappen aan het geluid van de stokkende ademhaling dat haar tot wanhoop dreef, had een patiënte van de kamer ernaast gezegd dat opa gisteren heel de dag haar naam geroepen had en dat de verpleegsters hem iets hadden moeten inspuiten om hem te kalmeren. Sindsdien was hij niet meer bij bewustzijn geweest. Geschokt had ze Els om uitleg gevraagd. Ze beweerde dat opa toen al niet meer wist wat hij zei door de morfine die ze hem toedienden. Carla mocht bijgevolg aan dat roepen, veroorzaakt door koortsdromen, geen belang hechten. Opa zou haar zelfs niet herkend hebben als ze wel had kunnen komen.

Carla wist beter. Ze besefte dat ze in gebreke was gebleven en dat ze met dat enorme schuldgevoel zou moeten verder leven. Hoe zou ze zich ooit kunnen vergeven dat ze, wat opa altijd voorspeld had, zijn liefde niet waard was geweest?

De eerste uren van haar wake had ze nog geprobeerd met hem

te praten en om vergeving te smeken omdat ze hem teleurgesteld had. Ze wilde hem vertellen, ondanks het feit dat hij zich altijd geschaamd had over haar bestaan, hoe dankbaar ze was voor al wat hij voor haar had gedaan. Maar hij gaf geen enkel teken van herkenning en zijn hopeloze strijd om te ademen had haar doen zwijgen. Urenlang had ze daarna stil naast het bed gezeten terwijl ze af en toe zijn mond bevochtigde, waaruit een geur van verderf kwam die de longontsteking met zich bracht. Of was het al de geur van de dood?

De tijd was tergend langzaam voorbij gekropen. Ze durfde de kamer niet meer te verlaten uit vrees dat ze opa ook op het ultieme ogenblik in de steek zou laten. Ze durfde ook niet meer te praten. Bang hem wakker te maken. Bang dat boosheid het laatste zou zijn dat hij voor haar zou voelen.

Tegen de morgen aan, terwijl ze duizelig van vermoeidheid vocht tegen de slaap, zag ze over het verweerde gelaat van opa tranen glijden die langzaam een weg zochten in de rimpels. Dikke tranen als die van een intriest, wenend kind. Een zondvloed van tranen. Het had haar hart gebroken. Haar tranen hadden zich met de zijne vermengd terwijl ze die radeloos probeerde weg te deppen. Kon ze hem maar bereiken, hem troosten. Kon ze hem maar zeggen hoeveel ze van hem hield, ondanks alles. Kon ze hem maar smeken haar vergiffenis te schenken voor alles wat ze fout had gedaan. Maar ze was machteloos. Daarna, wanneer de hartverscheurende tranen van opa waren gestopt, was het hortende ritme van zijn ademhaling het enige dat het voorbijgaan van de tijd markeerde.

Plots realiseerde ze zich dat er verandering in het ritme van de ademhaling was. Die stilte duurde te lang! In paniek drukte ze op de bel voor de verpleging. Asjeblief God, smeekte ze, laat opa niet sterven voor ik afscheid heb kunnen nemen. Voor ik hem nog één keer heb kunnen zeggen dat ik van hem hou.

De verpleegster riep meteen de dokter die, na een blik op opa, haar vroeg om even buiten te gaan. Als verstard bleef ze aan de

deur staan kijken terwijl de dokter en de verpleegster het opge-
hoopte slijm uit zijn neus en keel verwijderden. Dan hervatten
ze de zuurstoftoediening en gaven hem een injectie. Eindelijk
hoorde ze weer de hortende ademhaling. De dokter controleerde nog even de polsslag en gaf dan een teken dat ze dichterbij
mocht komen.

'Mevrouw, het gaat niet lang meer duren. Als u uw man wilt
verwittigen?'

Ze knikte van ja, maar ze dacht nee. Ze wist dat opa niet zou
willen dat Jos naar hier kwam. Wel de kinderen, maar die waren
te jong om dit te moeten meemaken. Al snakte zij naar hun aanwezigheid, ze mocht nu niet aan zichzelf denken.

'Weet hij dat ik hier ben, dokter?'

'Twijfelachtig. Misschien kan hij u nog voelen. U mag hem
aanraken, hoor. Pijn of ongemak heeft hij niet. Wij hebben morfine toegediend.'

Hij maakte plaats voor haar bij het hoofdeinde. Even keken ze
samen naar de zwoegende ademhaling. Ze streelde langzaam
zijn gezicht terwijl ze met haar andere hand zijn hand vasthield.
Plots veranderde er iets. Door haar tranen verblind had ze het
bijna niet gemerkt. Maar dan zag ze dat opa haar aankeek. Terwijl ze zich naar hem toe boog, de walging voor de stank van de
ziekte negerend, om hem toe te fluisteren dat ze van hem hield,
veranderde zijn blik. Het was geen blik van liefde, maar van diepe, intense haat en kwaadaardigheid die haar de adem benam.
Toen viel er een schaduw over de starende ogen. De ademhaling
stopte met een zucht en dan slechts stilte.

* * *

'Komt ze vandaag weer niet werken?' Hugo bekeek haar verwijtend net alsof het haar schuld was.

Carla had zich in korte tijd op het bedrijf onmisbaar gemaakt.
Ze bereidde voor het personeel dagelijks lekkere broodjes, zorgde voor hun koffie met een koekje of een snoepje en hield de
kantoren onberispelijk schoon.

'Nee, Hugo. Jos heeft daarnet gebeld dat haar opa deze morgen gestorven is. Ik heb het interimkantoor gevraagd dat ze meteen iemand zouden sturen.'

'Is de oude Pieters dood? Was die niet dicht tegen de honderd?'

'Drieënnegentig. Ik wist niet dat je hem kende. Iedereen in Herentals schijnt hem trouwens te kennen.'

'Ja. Een heel autoritaire, bijna zonderlinge figuur. De verhalen die over hem de ronde doen! Een echte tiran. Het heeft me daarom altijd verbaasd dat Carla met iemand als Jos, hetzelfde tirannieke type als die ouwe Pieters, getrouwd is. Het lijkt wel of ze niets geleerd heeft uit haar slechte ervaringen met haar opa.'

Marie-Anne ging er niet verder op in. Hugo kon sinds hij terug was uit Georgïe niet veel hebben en ze hoedde er zich dus voor om met hem in discussie te gaan. Wat kon ze trouwens zeggen? Zelf had ze ook niet geleerd uit haar eigen ervaringen. Hugo behandelde haar op identiek dezelfde autoritaire manier als haar vader, die haar slechts aandacht gaf als het hem goed uitkwam of wanneer hij met haar kon uitpakken tegenover anderen. Misschien was het wel deze gemeenschappelijke factor die maakte dat zij en Carla zo goed met elkaar konden opschieten.

'Ik ben benieuwd of ze nog komt werken. Haar grootvader zal haar wel heel wat nalaten.'

'Is dat zo?'

'En of. Pieters zat er warmpjes in, leefde gierig en heeft gewerkt tot hij niet meer kon. Carla is zijn enige erfgenaam voor zover ik weet.'

Het verbaasde haar altijd dat Hugo zo goed op de hoogte was van het reilen en zeilen in Herentals. Behalve via Taxandria had hij eigenlijk weinig contact met de bewoners zelf.

'Ik denk wel dat ze terugkomt als de begrafenis eenmaal achter de rug is. Ze doet het werk graag. Vreemd, want ze kan veel beters aan. Ze heeft een handelsopleiding, weet je. Volgens mij zou ze best kantoorwerk kunnen doen.'

'Begin daar niet mee. Laat haar waar ze is. Ze doet het uitstekend.'

Typisch, dacht Marie-Anne. Hij denkt alleen aan wat het hém opbrengt. Maar Carla zou er misschien wel verder mee raken. Ze was aan Marie-Anne trots komen vertellen dat de boekhouder haar, bij de controle van haar kasboek, geprezen had. Marie-Anne besloot toch maar eens uit te vissen hoe Carla zelf tegenover kantoorwerk zou staan. Misschien kon ze haar wat opleiding geven. Hugo had gelijk dat ze als kantoorhuishoudster prima werk leverde. Toch zou ze er eens met haar over praten.

'Ik kom pas heel laat thuis vannacht. Wacht dus niet op me.'

'Alweer? Je bent pas op reis geweest. Overdrijf je nu niet een beetje?'

'Luister, Marie-Anne, jij hebt misschien tijd zat om je te amuseren met vriendenkransjes en dergelijke onzin, maar vergeet niet dat we hier ook nog een bedrijf hebben. Als je dat, ook maar even, uit je handen laat slippen, kan dat het begin van het einde betekenen. Dus wees blij dat een van ons zich op de zaak concentreert.'

Marie-Anne hield wijselijk haar mond. Hij was nog altijd nukkig omdat ze na zijn thuiskomst weer begonnen was over zwangerschap. Ze had hem nochtans alleen maar gevraagd dat hij geen reis meer zou plannen tijdens haar volgende vruchtbare periode, meer niet. Maar ze had het tegendeel bereikt. Nog nooit was Hugo zo uithuizig geweest als nu. Misschien moest ze maar naar een andere vader uitkijken voor haar kind.

Als het niet zo treurig was, zou ze om die gekke gedachte kunnen lachen. Kon ze het inderdaad maar aan die lieve Fred vragen! Hij had wel tijd voor haar. Tot tweemaal toe had hij gebeld met vraagjes over het bedrijf en het waren telkens leuke en lange gesprekken geworden. Ze vermoedde zelfs dat Fred verliefd op haar was! Alhoewel het niet in haar hoofd zou opkomen hem daarin aan te moedigen, deed zijn aandacht voor haar en zijn verdoken verliefdheid haar deugd. Het was lang geleden dat ze zich nog zo vrouwelijk en aantrekkelijk had gevoeld als tijdens die enkele momenten die ze met Fred had gedeeld.

* * *

De begrafenisondernemer nam plechtstatig de folders en mappen met de modellen van doodskisten, -prentjes en -brieven van de tafel en stak ze in zijn koffertje. Keuzes maken was een uitstekende afleiding om het verdriet van de meeste klanten even te milderen. Je moest hen geen tijd laten maar hen overstelpen met het nemen van beslissingen. Op die manier verdween de hevige emotionaliteit door de praktische noodzaak van budgettaire besprekingen. Dit was echter een moeilijk geval. Maar dankzij de aan zijn beroep eigen discrete diplomatie was hij er toch in geslaagd een compromis te sluiten. De vrouw verlangde maar één ding: haar opa alsnog bewijzen hoe belangrijk hij voor haar was geweest en ze wilde daarvoor kosten noch moeite sparen. Terwijl de echtgenoot daarentegen alles zo vlug en zo goedkoop mogelijk wilde afhandelen. Slechts met zijn voorzichtige suggesties over de slechte indruk die een te slordige – te goedkope kon hij natuurlijk niet zeggen – begrafenis zou maken, had uiteindelijk de zaak gered. Mensen veroordelen zo vlug, mijnheer, had hij gewaarschuwd, zeker als de overledene een gerespecteerd mens was.

De keuzes waren uiteindelijk gemaakt en hij wist dat er in dit geval genoeg geld zou zijn om de hoge rekeningen te betalen. De kleindochter van de oude Pieters zou heel wat erven.

'U mag me altijd bellen mocht u nog iets over het hoofd gezien hebben of wanneer u iets wilt wijzigen. Maakt u zich verder nergens zorgen over, onze firma regelt alles. De brieven breng ik u vanavond nog, maar u kunt de enveloppen al schrijven.' De vrouw knikte als verdoofd. Het was duidelijk dat het merendeel van de discussie niet echt tot haar was doorgedrongen. 'Nogmaals mijn innige deelneming, mevrouw, mijnheer.' Na een laatste handdruk begeleidde de echtgenoot hem naar de deur.

'Bel nu direct naar de notaris.' Jos liep naar de ijskast om een biertje terwijl hij met moeite de vreugde kon bedwingen die in hem opwelde. Hij had zich hard moeten inhouden om die sul van een begrafenisondernemer niet te laten merken hoe hij zat te popelen. 'Vraag of we vandaag nog kunnen langskomen.'

'Niet voor de begrafenis voorbij is.'

'Waarom niet? Wat is dat nu voor onzin?'

'Onzin? Opa is amper een paar uur dood en jij wilt het geld al gaan tellen? Heb je dan geen schaamtegevoel? Wat moet die notaris wel denken? Je kunt toch nog een paar dagen wachten.'

'Ik heb lang genoeg gewacht. Ik dacht dat de ouwe nooit zou creperen.' De blik van Carla verraadde zo een intense minachting dat hij er even van schrok. 'Maar het is toch waar. Hoeveel mensen worden er zo oud?' zwakte hij zijn gretigheid af.

Ze antwoordde niet maar begon met onzekere gebaren de koffiekoppen af te ruimen. Hij merkte dat haar handen nog steeds trilden. Van het ogenblik dat hij was aangekomen in het ziekenhuis tot nu had ze nauwelijks iets gezegd. Ze zag lijkbleek en leek te bewegen als een automaat. Hij had die dokter in het ziekenhuis misschien beter gevraagd haar een kalmeerspuitje te geven. Maar hij kon zonder haar onmogelijk naar de notaris gaan. Zij was de erfgename, hij niet. De ouwe had destijds pas zijn akkoord voor het huwelijk gegeven nadat er een huwelijkscontract was opgesteld waardoor de erfenis uitsluitend op haar naam bleef. Maar eens het geld binnen was, kon dat contract hem niets meer maken. Carla zou zich tegen hem niet durven te verzetten, daar zou hij wel voor zorgen. Hij wist immers hoe hij haar moest aanpakken.

'Komaan, Carla, hij was drieënnegentig! Je had het al een hele tijd kunnen verwachten. Of dacht je misschien dat hij het eeuwige leven had!' Hij lachte om zijn eigen grapje. 'Denk liever aan het einde van onze geldzorgen. Ik ga morgen al brochures halen bij een paar autodealers. Wat denk je van een monovolume? Dan hebben we eindelijk plaats genoeg voor iedereen.'

'Ik wil nu niet over geld praten.'

'Pech. Ik wel. Je gaat ogenblikkelijk die notaris bellen en een afspraak maken. Dicht bij de markt is een café over te nemen, ideaal gelegen, vlak bij het stadhuis, vaste klandizie en in de zomer plaats genoeg voor een mooi terras. Daar wil ik een bod op doen. Het is niet goedkoop, maar dat is geen probleem.'

'Wie zegt dat?'

'Hoe, wie zegt dat? Doe nu niet nog onnozeler dan je bent. De ouwe bulkte van het geld. Je zegt je werk op en we beginnen dat café. Binnen vijf jaar zijn we binnen en kan ik gaan rentenieren.'

'Ik wil geen café en ik wil mijn werk niet opzeggen.'

'We nemen dat café over voor een ander ermee weg is, begrepen! Of denk je dat ik tot het eind van mijn dagen arbeider bij de stad blijf? Je weet hoe de mensen daarover praten. Alsof we allemaal luiaards zijn.'

'Een café openhouden is niet gemakkelijk. Wie zegt dat wij dat kunnen?'

'Iedereen kan een pint tappen en wat flauwe toogpraat vertellen. Of had je misschien gedacht dat we dat geld op de bank zouden laten staan? Voor wat of voor wie? Voor de kinderen? De kinderen moeten hun plan maar trekken en wachten tot wij er niet meer zijn. Ik heb ook geduld moeten hebben tot de ouwe eindelijk wilde creperen.'

'Zwijg, Jos. Ik wil er niet meer over praten. Een café dat is niets voor ons.'

'Godverdomme, stom wijf! Nu ik eindelijk van het gezeur van de ouwe af ben, ga jij toch niet beginnen zeker!'

'Hou op met hem zo te noemen. Hij was honderd keer meer man dan jij.'

'Wat?'

'Hij zou nooit gewild hebben dat ik in een café stond. Nooit!'

Jos kwam dreigend naar haar toe. 'Het wordt tijd dat je beseft dat hij niets meer te willen heeft. Dat hij je niet meer kan beschermen en dat jij dus van nu af aan gaat doen wat ík zeg.'

'Je wilt alleen een café om te kunnen zuipen!'

Ze zag de slag niet aankomen omdat ze verblind was door de tranen en kon zijn hand dus niet ontwijken. Terwijl ze onder een resem slagen ineenzakte met de armen om het hoofd in een poging om minstens haar gezicht te beschermen, voelde ze haar hart ijskoud worden. Nooit zou ze het geld aan Jos afstaan. Nooit! Dat was ze opa verplicht.

* * *

'Bedankt, mijnheer Van Dijck. Ik zal ervoor zorgen dat u zich niet hoeft te schamen.'

Hugo wuifde de zoveelste bedanking weg. 'Genoeg daarover. Het werd tijd dat je in de eerste ploeg je kans kreeg, Nick. Veel overtuigingskracht heb ik dus niet hoeven te gebruiken.' Het was grappig te zien hoe overdonderd die jongen was. Nu nog even zijn kaarten juist uitspelen. 'Maar je zou me een groot plezier kunnen doen.'

Nick bekeek hem verbaasd. Wat zou hij, kleine garnaal, nu kunnen doen voor een man als Hugo Van Dijck?

'Gun mij het plezier het aan je ouders te vertellen. Zij doen zo hun best voor onze jeugdwerking.'

'Natuurlijk.'

'Goed. Dan ga ik even bij jou thuis langs. Want het nieuws zal snel genoeg uitlekken. Doe je best maar op de training!'

'Daar mag u op rekenen! Nogmaals bedankt, meneer Van Dijck.'

'Niks te danken. Je verdient het.'

Terwijl hij de gebouwen van Taxandria verliet, dacht Hugo dat hij nog juist de tijd had om het goede nieuws aan Fred en Emma te vertellen vóór zijn afspraak met Tamara. Want die liet hij liever niet wachten. Hun seks was zo hartstochtelijk en zo wild, dat hun passie niet veel nodig had om helemaal uit de hand te lopen. Hij wilde niet op een keer thuiskomen met verdachte sporen op zijn lichaam. Marie-Anne was al zo gespannen de laatste tijd. Het was net of ze iets vermoedde. Altijd dat gezeur over die zwangerschap en over het gezin waaraan ze nu dringend moesten beginnen. Soms wenste hij dat hij haar kon vertellen dat ze van hem nooit zwanger zou worden. Hij wilde geen kinderen en had zich na die stommiteit in zijn jeugdjaren laten steriliseren. Toen ze eenmaal getrouwd waren, had hij haar nooit over die sterilisatie gesproken omdat kinderen in het begin geen prioriteit waren. Ze hadden zoveel andere plannen samen. Dus als er geen kinderen kwamen, was er genoeg om haar leven mee te vullen, meende hij toen.

Hij besefte dat nu de waarheid vertellen een te groot risico was. Te lang had hij het spel van een mogelijke zwangerschap meegespeeld in de hoop dat ze het zelf beu zou worden. Marie-Anne zou hem nooit vergeven dat hij haar die sterilisatie verzwegen had en de kans bestond dat ze hem in de steek zou laten. Ze was echter onmisbaar voor het bedrijf. Zeker nu de overheid aanstalten maakte om het serieus onder de loep te nemen.

Zijn bange vermoedens waren tijdens zijn reis bevestigd. Er was recent iets misgelopen met een van de coveroperaties die vanuit het Oostblok georganiseerd werden en de overheid ginder had de Belgische overheid blijkbaar gewaarschuwd. De talrijke controles van de laatste tijd waren dus geen toeval geweest. Gelukkig hadden zijn connecties in het Oostblok hem beloofd alles in het werk te stellen om de zaak daar zo snel mogelijk toe te dekken. Maar hij moest het hier in België ook slim spelen. Het bezoek dat hij nu ging afleggen was een stap in de goede richting.

Hij parkeerde zijn wagen voor de bescheiden rijwoning. Wat vroeger een voortuintje was, was onlangs geasfalteerd tot een parking voor een tweede wagen. Waarschijnlijk die van hun zoon Nick. Het huis zag er netjes uit, maar fantasieloos. Een rijhuis zoals er duizenden in België zijn. Hij belde aan en hoorde vlugge voetstappen en een lach die hij meteen herkende.

'Dag Emma. Het is altijd een plezier jouw lach te horen. Mag ik binnenkomen?'

'Hugo? Natuurlijk!' Ze wees naar Katja, die halverwege de trap was blijven staan met een stapel gestreken wasgoed waar ze nog maar net bovenuit kon kijken. 'Achter die veel te hoge stapel wasgoed zit Katja, mijn dochter. Maar die ken je al zeker?'

'Dag Katja.'

Het meisje mompelde iets en verdween snel naar de bovenverdieping.

'Ze is nogal verlegen van aard. Kom binnen. Heb je Fred nodig? Er is toch niets mis met de jeugdploegen?'

'Nee, hoor.'

Hij volgde haar naar wat ogenschijnlijk de mooie kamer was. Stijf, kil en ongezellig! Het rook er duf, alsof de kamer al in maanden niet meer gebruikt was. Hij kon zijn afkeer met moeite verbergen.

'Ik breng goed nieuws.'

'Dan zal ik Fred vlug halen. Hij is nog aan tafel.'

'Laat hem maar eten. Ik ga wel even mee naar de keuken.'

Hij zag haar aarzelen maar stapte kordaat naar de deur die, zoals hij vermoedde, uitkwam in de ruime eetkeuken annex veranda. Het was er heel wat gezelliger. Fred zat, met de open krant naast zijn bord, een indrukwekkende portie salade te verorberen.

'Dag, Fred. Sorry dat ik stoor. Nee, blijf zitten en eet verder. Ik blijf maar even.' Hij zag hoe Fred en Emma een vragende blik wisselden en besloot meteen van wal te steken. Hij moest die man aan zijn kant krijgen. 'We hadden vanmiddag een bestuursvergadering bij Taxandria en ik heb verkregen dat Nick vanaf zondag in de eerste ploeg staat!'

Emma uitte een juichkreet maar Fred bleef verstard zitten, de vork onbeweeglijk tussen bord en mond. Even dacht Hugo dat hij zich verslikt had, maar dan zag hij de ogen van de grote, zware man zich vullen met tranen. Even voelde hij zelf ook iets als emotie. Emotie die je, zo besefte hij, zou kunnen voelen als je zoon dát bereikte wat jezelf altijd geambieerd hebt. Een emotie die hij nooit zou voelen maar die ook niemand vroeger voor hem gevoeld had. Het enige dat hij thuis had gekregen, waren slagen en schoppen, genoeg om alle emoties definitief uit hem te krijgen.

'De jongen verdient die plaats, Fred. Je mag er trots op zijn.'

Fred had zich inmiddels hersteld. 'Zonder jouw tussenkomst zou hij die niet gekregen hebben. Toch niet hier in Herentals. Ik weet hoe dat gaat met spelers uit de jeugdploegen. Is er zo geen spreekwoord dat zegt dat je...'

'...geen sant bent in eigen land?' maakte Hugo het af. Fred knikte. 'Er was inderdaad een beetje tegenwerking omdat jij voor de jeugdwerking staat. Men zou de keuze van Nick als nepotisme kunnen beschouwen.'

Hij zag de onbegrijpende blik van Emma en herstelde zich meteen. Hij moest deze mensen het gevoel geven dat ze op gelijke voet met hem stonden.

'Maar ik weet natuurlijk dat jij je zoon nooit bevoordeeld hebt. Hij is zo ver geraakt omdat hij talent heeft, én doorzettingsvermogen.'

'Dat laatste heeft hij van mij!' glunderde Emma. 'Wat wil je drinken? Dit moet gevierd worden.'

Hij koos voor een pintje en een tijdje luisterde hij geduldig naar de enthousiaste lofbetuigingen van de trotse ouders. De uitingen van dankbaarheid wuifde hij weg, maar niet te nadrukkelijk. Heel diplomatisch liet hij voelen dat zijn verzoek de doorslag had gegeven bij het bestuur. Als hoofdsponsor wilde men hem natuurlijk niet tegenwerken. Maar, Nick zou goed moeten presteren. Eigenlijk nog beter dan de anderen, omdat hij met voorspraak in de ploeg gekomen was.

'Ik hoop maar dat de andere spelers hem accepteren. Vooral de profspelers.'

'Nick zal gewoon moeten bewijzen dat hij mijn voorspraak waard was, Emma.'

'Ik weet niet hoe we je moeten bedanken, Hugo. Je had ons geen beter nieuws kunnen brengen. Als ik ooit iets voor jou kan doen.'

'Wel, er is iets dat me erg dwarszit, Fred, en waarmee je me misschien een kleine wederdienst kunt bewijzen. We hebben de laatste maanden nogal wat controles gehad en Marie-Anne is daardoor erg nerveus geworden. Zij is verantwoordelijk voor de administratie en zij voelt zich een beetje schuldig tegenover mij. Alsof het haar schuld is dat we die controles krijgen. Alsof ze haar administratie niet goed doet.'

'Ze moet zich daar geen zorgen over maken. Ik heb niets negatiefs opgemerkt.'

Nee, dacht Hugo, daar moet je dieper voor graven en jij zat te veel in haar ogen te kijken. 'Och, je weet hoe dat is. Er doen in onze kringen zoveel verhalen de ronde van onverwachte en vrij agressieve invallen van alle overheidsdiensten tegelijkertijd. Onheuse behandelingen, uit de lucht gegrepen beschuldigingen, voorlopige hechtenis die weken kan duren, de media die je de grond in schrijven... Die dingen treffen helaas zowel schuldigen als onschuldigen. Marie-Anne is niet zo sterk en zou dat niet aankunnen. Ik maak me echt zorgen over haar. Ze heeft zich in haar hoofd gezet dat wij een dergelijke controle mogen verwachten omdat we te succesvol zijn. Weet jij misschien of er inderdaad zoiets op komst is?' Hij zag dat Fred twijfelde. 'Sorry, ik zou je zoiets misschien niet mogen vragen. Dat valt waarschijnlijk onder beroepsgeheim. Maar onze firma is clean en het is toch normaal dat ik mijn vrouw wil beschermen. Net zoals jullie willen dat je zoon de plaats in de eerste ploeg krijgt én behoudt. Vergeet maar dat ik je de vraag gesteld heb.'

'Nee. Er is niets mis met je vraag. Maar...'

'Je kunt me geen antwoord geven. Jammer. Als ik alleen al maar wist wanneer er een dergelijke controle gepland zou worden, dan kon ik ervoor zorgen dat ik op dat ogenblik niet in het buitenland was. Daar is toch niets verkeerd mee? Ze was zo ongerust toen ik onlangs op reis ging, al is haar administratie tiptop in orde. Ze is helaas niet zo sterk als jouw vrouw. Is het niet, Emma? Jij kent haar nu toch ook?'

'Dat is waar, Fred. Marie-Anne is heel zacht, en lief. Je moet Carla over haar horen praten! Kun je echt niets doen? Gewoon even melden aan Hugo als er een speciale controle zou zijn gepland. Waarschijnlijk komt het er toch nooit van. Daar doe je toch niets verkeerds mee.'

Fred aarzelde.

'Je moet Fred niet onder druk zetten, Emma. En vertel er zeker niets over aan Marie-Anne. Ze beschouwt je als een vriendin en ze heeft er bij mij erg op aangedrongen dat ik voor Nick bij het bestuur een goed woordje zou doen. Ze spreekt vol lof over jou en Fred.'

Zijn strategie werkte perfect want hij zag hoe Emma met haar blik haar man probeerde te overtuigen toe te geven. Hij wist dat hij het pleit gewonnen had. Nog één extra schepje als toemaatje. 'Maar als alle controles zo vlot en zo prettig verlopen als die van jou, Fred, stelt het probleem zich natuurlijk niet. Ik heb haar nog nooit zo enthousiast gezien over een inspecteur. Je moet haar wel gecharmeerd hebben.'

Bingo, dacht hij! Want Fred boog zich over zijn bord sla. Hij kon echter niet verbergen dat hij rood werd. Zijn vermoeden was dus juist. Die sukkelaar had een boontje voor Marie-Anne. Net of Marie-Anne zich met zo iemand zou inlaten. De idioot!

'Sinds we dat clubje hebben, zijn we vriendinnen. En je vrienden kun je niet in de steek laten. Dat begrijp je toch, Fred.'

Fred knikte, zonder op te kijken. Dan keek hij naar Hugo en knikte nogmaals. Hugo besloot het daarbij te laten. Hij moest er nu alleen nog voor zorgen dat Emma Fred verder onder druk zette om met zijn verzoek rekening te houden.

'Ik zal bij Taxandria een oogje houden op je zoon, Emma. Wees gerust, de ene vriendendienst is de andere waard. Of niet soms?'

* * *

'Wat kwam die Van Dijck hier doen?' Katja stond in de keukendeur en keek toe terwijl Emma de tafel afruimde. 'Is papa met hem meegegaan?'

'Nee. Die is naar Taxandria, naar de training.'

'De jeugdploegen trainen toch niet vandaag?'

'Klopt. Maar de reserven en de eerste ploeg wél. Daarom is je vader gaan kijken.'

'Naar Nick?'

'Ja. Zo meteen ga ik ook. Ga je mee? We gaan daarna nog iets drinken. We hebben iets te vieren.'

'Te vieren?'

Emma bekeek haar glunderend maar antwoordde niet. Ze was zo opgewonden en blij dat het aanvoelde of de vreugde zo meteen als zweet uit al haar poriën zou springen.

'Dus het heeft iets te maken met die Van Dijck. Daarvoor was er niets aan de hand. Alleen dat gezeur van jullie over salades en calorieën.'

'Hugo kwam goed nieuws brengen.'

'Hugo! Ik moet er nog aan wennen dat jij nu bevriend bent met dat soort mensen. Allemaal door dat idiote vrouwenclubje.'

'Dat clubje heeft ons toch al wat opgebracht!'

'Hoezo? Hou nu eens op in raadsels te praten, ma. Wat is er aan de hand?'

'Nick speelt vanaf zondag in de eerste ploeg. Pa en ik zijn zo trots!' Ze kreeg niet de enthousiaste respons die ze verwacht had. Integendeel. Het gezicht van Katja betrok. 'Wat is er? Ben je niet blij voor Nick?'

'Natuurlijk wel. Maar ik vind het niet zo leuk dat die Van Dijck ermee te maken heeft. Dat zal Nick door de andere spelers kwalijk genomen worden.'

'Wat is dat nu voor onzin?'

'Bovendien moet ik die kerel niet.'

Het feit dat Emma daarnet juist hetzelfde gedacht had en dat ze zich zorgen maakte dat het verzoek van Hugo zwaar op Fred zou wegen, veroorzaakte dat ze zeer boos reageerde. 'Niet moeilijk. Jij moet geen enkele kerel!'

Katja nam onmiddellijk die verbitterde uitdrukking aan die duidelijk maakte dat ze zich weer eens onbegrepen voelde. Als kind al had ze steeds het gevoel gehad in de schaduw te staan van haar broer. Ze deed dan ook alles om hem de loef af te steken. Ze was een echte jongen geworden, aangemoedigd door Fred, die nooit zo erg op zijn gemak was met alles wat té vrouwelijk was. Emma had dit vroeger niet erg gevonden. De laatste tijd was het onvrouwelijke gedrag van Katja echter een zorg geworden. Het was een voortdurende bron van ruzie tussen haar en haar dochter. Die had inmiddels een blikje cola uit de koelkast genomen en wilde de keuken verlaten.

'Ga nu mee. Het zal Nick plezier doen.'

'Dat is alles wat voor jou telt, is het niet? Wat ik denk of voel, dat maakt niet uit.'

'Dat is niet waar en dat weet je. Ik probeer al zo lang met je te praten. Maar het enige dat ik bereik is dat je me verwijten maakt. Ik begrijp je niet meer.'

'Dat heb je nooit gedaan, ma. Maar je deed er ook nooit moeite voor.'

'Maar Katja...'

'Geen uitvluchten. Geef antwoord. Waarom kon je mij niet geven wat je Nick wél gaf? Waarom is alles wat ik doe voor jou een bron van ergernis?'

Emma antwoordde niet maar ging naar de afwasmachine en begon die luidruchtig in te laden.

'Daar heb je geen antwoord op, is het niet?' Katja lachte wrang. 'Je kunt moeilijk toegeven dat je helemaal geen dochter wilde maar een tweede zoon.'

'Dat is niet waar!'

'Je voelt je altijd beter bij mannen. Ik wist niet wat ik zag toen ik je plots met dat vrouwenkliekje zag optrekken. Of zijn het hun echtgenoten die je aantrekken. Die kwal van een Hugo misschien?'

'Je vertelt onzin.'

'Misschien. Maar dan moet je het me eens uitleggen. Heel mijn leven heb ik gedacht dat je een hekel had aan vrouwen en dat ik daarom niet gewenst was. En nu heb je plots vriendinnen. Nog wel vier tegelijkertijd. Waarom kun je met hen wél praten maar niet met mij?'

'Je gedroeg je nooit als een meisje en nu ook niet als een vrouw.'

'Dat is jouw schuld.'

De bittere toon waarop ze dit verwijt maakte, gaf het gesprek plots een veel diepere betekenis. Emma draaide zich langzaam om.

'Nee, Katja. Ik ben zeker niet de schuld van wie of wat je bent. Dat word je niet omdat je je verwaarloosd voelt. Durf de waarheid eindelijk eens onder ogen te zien.'

Ze bleven elkaar heel strak aankijken tot Katja, als eerste, haar blik afwendde. Emma ging met trillende benen op de eerste de beste stoel zitten. Haar vermoeden was dus juist. Ze had zo gehoopt dat ze zich vergiste.

'Je wilt de waarheid weten? Je kunt ze krijgen. Ja, ma, ik ben lesbisch. Mannen interesseren mij niet. Maar ik ben er niet minder vrouw om. Ik had jouw aandacht en liefde dus wel nodig.'

'Ik heb altijd van je gehouden. Je kunt de schuld niet bij mij leggen.'

'Is het mijn schuld dan misschien? Ik heb hier godverdomme ook niet voor gekozen!' Boos stormde ze de keuken uit en de trap op naar haar kamer.

Emma zuchtte. Ze had zo dikwijls over een confrontatie met haar dochter gepiekerd en het uiteindelijk toch volledig verkeerd aangepakt. Nochtans had ze zich voorgenomen positief te reageren mocht haar vermoeden kloppen. Maar ze kon het niet helpen. Ze was geschokt en zelfs meer dan ze had verwacht. Wat zouden de mensen denken? Er waren nog zoveel vooroordelen, zeker in een provinciestadje als Herentals. En hoe zou Fred reageren? Hij was de laatste weken al zo melancholiek en prikkelbaar. Stel dat hij ook de fout bij haar zou leggen. Lag de fout misschien bij haar? Ze wist dat haar echte persoonlijkheid heel anders was dan degene die ze aan de buitenwereld toonde. Alleen Fred wist wie ze echt was. Nu moest ze hem vertellen dat ook Katja niet was voor wie ze zich uitgaf. De kans was dus groot dat hij de schuld daarvan bij haar zou leggen. Zoals Katja dat blijkbaar deed. Indien de schuld inderdaad bij haar lag, zou ze dat ook aan zichzelf moeten toegeven.

* * *

'Ik ben echt blij dat je gekomen bent, Marie-Anne, maar je had dat niet moeten doen. Je hebt het al zo druk.'

Carla zag er verschrikkelijk uit. Niet alleen droef, zoals te verwachten was, maar ook totaal uitgeput, leeg. Alsof ze niet alleen haar opa maar ook haar bestaansreden verloren had.

'Je mag je niet laten gaan, Carla. Het is heel normaal dat je verdriet hebt, maar je hebt je gezin nog. De kinderen hebben je nodig.'

Ze vernoemde opzettelijk Jos niet want die had heel raar gereageerd toen ze aanbelde om te komen condoleren. Ze had zelfs gemerkt dat hij stond te twijfelen of hij haar wel zou binnenlaten. Maar dan veranderde hij plots van gedachte en was onmiddellijk daarop vertrokken.

'Weten de kinderen het al?'

'De groten heb ik gebeld. Die hebben een gsm, je weet hoe dat gaat tegenwoordig. De kleinsten vertel ik het later wel. Op die leeftijd is dat anders. Dan besef je niet hoe definitief de dood wel is.'

'Dat klopt. Het duurt een hele tijd voor je het kunt vatten', zei Marie-Anne. Carla bekeek haar even verbaasd. Dan glimlachte ze begrijpend.

'Sorry. Ik vergat dat ook jij je moeder vroeg verloren hebt.'

'Nog iets dat we gemeen hebben, is het niet?'

Carla knikte. 'Daarom komt het zo hard aan. Opa was niet alleen mijn opa, hij was mijn vader en mijn enige familie. Hij was alles voor mij. Tot ik Jos leerde kennen, wist ik niet dat er nog iets anders was. Plezier maken was me onbekend. Opa was altijd heel ernstig. Hij had...' ze aarzelde even, 'erge dingen meegemaakt. Hij was bitter, teleurgesteld in wat het leven hem gebracht had.'

Carla zweeg en keek afwezig voor zich uit alsof ze zich in een ver verleden had teruggetrokken. Marie-Anne wachtte even tot Carla haar hart verder zou uitstorten maar ze bleef treurig voor zich uit staren. Daarom ging ze zelf verder.

'Hugo was voor mij ook een openbaring. Alhoewel de universiteit al een eerste stap was, met al die studentikoze losbandigheid en drukte, was het toch Hugo die me leerde wat liefde was.'

Op bittere, bijna cynische toon speelde Carla daar op in. 'Ik kan niet zeggen dat ik wist wat liefde was toen ik trouwde. Ik was zwanger en moest trouwen. Een onnozel wicht van drieëntwintig dat nooit buitenkwam. Jos heeft niet veel moeite moeten doen om mij te veroveren.'

'Gelukkig had je de kinderen. Je hebt een prachtig gezin. Telkens als ik jou met hen zie, ben ik zo jaloers.'

Voor het eerst leek het of er echt iets tot Carla doordrong. 'Jaloers op mij? Jij? Jullie hebben toch alles wat je maar kunt wensen, jij en Hugo. Jullie hebben elkaar, een prachtige villa, een bloeiende zaak en succes! Ik kan me best voorstellen dat jullie nog niet aan kinderen denken.'

'Ik denk aan niets anders, Carla. Ik verlang zo verschrikkelijk naar kinderen dat het een obsessie is geworden. Ik zou er alles voor opgeven. Het moet nu snel gaan gebeuren. Mijn kansen op een normale zwangerschap worden steeds kleiner. Ik ga eraan kapot.'

Carla bekeek haar volkomen verrast. Ze had geen idee dat Marie-Anne hiermee zat. Zij en Hugo konden zich toch gemakkelijk een gezin veroorloven? Desnoods via een behandeling.

'Ben je al bij een dokter geweest?'

'Eén dokter? Tientallen! Er is geen enkele reden om niet zwanger te worden. Als je eens wist wat ik er allemaal al voor gedaan heb. Het is nu al zo ver gekomen dat Hugo me verwijt dat ik hem nog enkel zie als "verwekker". Niet bepaald gunstig voor ons seksleven, dat kun je wel denken.'

'Dat zegt hij waarschijnlijk zo maar. Hij is wellicht even bezorgd en verlangt evenzeer naar kinderen als jij. Maar mannen kunnen dat niet zo uiten.'

'Nee. Hij vindt dat we nog tijd genoeg hebben. Maar ik ben er al bijna drieëndertig!'

Voor ze het kon stoppen, kwamen de tranen haar in de ogen. Carla wist eerst niet wat te doen, maar stond dan vlug op en legde troostend haar arm om haar schouder.

'Stil maar, het zal wel in orde komen. Jullie zijn beiden gezond en de dokters zeggen dat alles in orde is.'

'Maar Hugo keert zich van mij af. Ik vermoed zelfs dat hij een vriendin heeft. Hij is bijna nooit meer thuis. Hoe wil je dat ik zwanger word als mijn man geen seks meer met me heeft!'

Marie-Anne liet haar tranen nu de vrije loop. Carla wiegde haar zacht als een klein, hulpeloos kind en sprak haar rustig toe.

'Je moet er met Hugo over praten. Mannen begrijpen niet hoe die biologische klok ons vrouwen overstuur maakt. Ben je trouwens zeker dat hij je bedriegt? Is het geen inbeelding omdat je zo wanhopig bent?'

'Ik weet het niet meer.' Marie-Anne herstelde zich, beschaamd dat ze zich zo had laten gaan. Zij kwam hier om Carla te troosten en nu was het Carla die haar moest troosten. 'Sorry, ik had je hier niet mee mogen lastigvallen.'

'Natuurlijk wel. Daar zijn we toch vriendinnen voor.'

'Maar je hebt het al moeilijk genoeg.'

Carla knikte en dan, tot haar eigen verbazing, vertelde ze Marie-Anne hoe erg de problemen wel waren. Alles vertelde ze. De verwijten van opa, de dronkenschap en brutaliteit van Jos, de geldproblemen en de erfenis. Dat Jos die erfenis zou verbrassen en dat zij hem niet zou kunnen tegenhouden. De angst dat Jos haar of de kinderen iets zou misdoen wanneer ze hem tegenwerkte.

Marie-Anne kon alleen maar luisteren, te geschokt om iets te zeggen. Hoe kon Carla, die altijd zo opgewekt was, die altijd voor iedereen in het bedrijf zo loyaal in de weer was, de verschrikking van haar leven verborgen houden en doen alsof er niets aan de hand was? Marie-Anne schaamde zich dat zij Carla met haar eigen problemen lastigviel.

'Ik had er geen flauw vermoeden van wat je doormaakt. Je moet wel erg van Jos houden dat je niettegenstaande alles bij hem blijft.' De blik van Carla sprak duidelijke taal. Ze hield dus niet van haar man. 'Waarom hield je het dan vol?'

'De kinderen. Wat kon ik anders? Ik heb geen geld. Waar moest ik naartoe? Naar opa kon ik niet terug. Hij wilde maar al te graag dat ik met de kinderen bij hem kwam wonen, want dan kon hij mij, in hun bijzijn, dag in dag uit met mijn falen confronteren, zoals hij dat met mijn moeder heeft gedaan.'

'Maar ik dacht dat je zoveel van je opa hield. Ben je zeker dat hij je niet wilde helpen?'

'Ik hield echt van hem. Maar ik was het kruis dat hij te dragen had. Een kruis dat hij niet kon neerleggen. Hij kon niet anders dan mij tolereren.'

Marie-Anne begreep maar al te goed wat dat betekende. Ze probeerde Carla te troosten.

'Je ziet het allemaal te somber nu. Hugo vertelde me dat je opa geen gemakkelijk mens was. Misschien kon hij zijn liefde voor jou gewoon niet uiten.'

'Zelfs niet op zijn sterfbed?'

Daar vond zelfs Marie-Anne geen antwoord op.

'Zijn laatste blik was er een vol haat, Marie-Anne. Hij haatte me. Daar moet ik verder mee leren leven en ik weet niet of het mij zal lukken.'

Eindelijk kwamen de niet te stoppen, verlossende tranen. Op haar beurt legde Marie-Anne haar arm troostend om Carla's schouders.

* * *

Gezien de overledene in Herentals een bekende figuur was, was de dekenale Sint-Waldetrudiskerk goed gevuld. De dienst was sober maar toch aangrijpend. Carla zag erg bleek en het zwart van haar rouwkledij accentueerde dat nog meer. Het was ontroerend te zien hoe haar kinderen hun best deden om zich over hun moeder te ontfermen, terwijl Jos meer bezig was met bekenden te begroeten. Marie-Anne kon een zekere walging niet onderdrukken toen hij haar een hand gaf. Haar gesprek met Carla de dag van het overlijden had nog een hele tijd geduurd en de verhalen die ze te horen had gekregen, hadden haar diep geschokt. Die man was een bruut, een tiran. Ze moest Carla helpen zich van hem los te maken. Maar eerst moest deze begrafenis achter de rug zijn.

De vriendinnen hadden afgesproken om samen de begrafenis bij te wonen. Door het overlijden hadden ze hun bijeenkomst, die net bij Carla zou plaatsvinden, uiteraard verdaagd. Maar ze hadden besloten na de mis toch even samen te komen. Zonder Carla evenwel. Omdat Tamara het dichtst bij de kerk woonde, had ze hen uitgenodigd bij haar te komen koffiedrinken.

Het was een mooie woning. Eigenlijk een verbouwde boerderij. De praktijk van Werner was ondergebracht in wat vroeger de stal of schuur moet zijn geweest.

In het begin was de stemming somber. Iedereen was onder de indruk van de begrafenis en van het ontroostbare verdriet van Carla. Maar langzaam kwamen de tongen los. Ze hadden zich gewogen en Tamara had, in een daartoe speciaal aangekocht boekje, hun statistieken aangevuld. Het resultaat was prima. Iedereen was afgevallen en Tamara sloot dit officiële gedeelte af door het boekje op te bergen.

'Ik weet niet of we volgende week al bij Carla kunnen bijeenkomen. Wat denken jullie?'

'Dat zal misschien nog wat vroeg zijn', vond Marie-Anne. 'We moeten haar de nodige tijd laten.'

Tamara wachtte even op een of ander voorstel, maar blijkbaar had niemand daar voor het ogenblik zin in en ze ging dan maar zelf verder. 'Het schijnt dat ze veel geld gaat erven.'

Iedereen had daar wel iets over gehoord. Er werden fabuleuze bedragen genoemd. Ze gunden het Carla, want ze hadden wel in de gaten gekregen dat ze het niet altijd zo gemakkelijk had. Ze waren elk afzonderlijk op condoleancebezoek geweest en vonden dat Jos zich uitermate onaangenaam had gedragen. Zonder rekening te houden met het verdriet van Carla had hij allerlei opschepperige verhalen gedaan over wat hij met het geld zoal ging doen.

'In ieder geval, als Carla niet oppast, zal ze niet veel plezier van haar geld hebben. Ik had helemaal niet de indruk dat zij akkoord ging met de plannen van Jos', besloot Emma het onderwerp. Dan wendde ze zich tot Marie-Anne. 'Ik moet je nog bedanken. Nick speelt morgen voor het eerst met de eerste ploeg. Hugo vertelde me dat je hem daarover aangesproken had.'

Marie-Anne glimlachte ongemakkelijk want ze herinnerde zich helemaal niet dat ze er ooit met Hugo over gesproken had. Ze wist immers maar al te goed dat hij zich aan zoiets zou ergeren. Emma had er wel ooit eens met haar over gesproken, maar daar was het bij gebleven. Ze wilde haar echter niet tegenspreken. Dat was nergens voor nodig. Trouwens, deze opmerking was waarschijnlijk alleen maar bedoeld om indruk te maken op het groepje dat inderdaad verrast reageerde op het nieuws. 'Ik ben zeker dat Nick het goed zal doen. Ga je kijken morgen?'

'Natuurlijk! Zou jij dat niet doen als je in mijn plaats was?'

Marie-Anne knikte overdreven instemmend om Emma zeker niet teleur te stellen. Ze dacht aan het gesprek met Carla over haar kinderwens. Carla had gelijk, mannen begrepen dat allemaal niet zo. Indien ze verder ging met hem er telkens mee te confronteren, zou ze Hugo misschien verliezen.

En ze had zich misschien vergist. Werner had gebeld en hen uitgenodigd voor een etentje. Er was dus waarschijnlijk niets aan de hand tussen Tamara en Hugo, anders zou Werner hen toch niet uitnodigen?

'Bij wie komen we nu volgende week bijeen?' vroeg Tamara ongeduldig. 'Bij mij liever niet. Ik geef deze week hier al een etentje. Dat wordt wat te druk met mijn overladen agenda. Wie stelt zich kandidaat?'

Marie-Anne keek naar Els. 'Heb jij er zin in? Dan neem ik de volgende keer. Deze week schikt mij ook niet zo.' Ze wilde niet vertellen dat ze uitgenodigd was op het etentje waarover Tamara het daarnet had. Misschien had ze dat liever niet.

'Bij mij dan maar', antwoordde Els. 'Wanneer? Nu maandag of maandag over acht dagen?'

Na een korte discussie werd er besloten een weekje te wachten. Dan kon Carla er misschien ook weer bij zijn. Daarna werd er zo druk over en weer gepraat en gelachen dat niemand merkte dat Els er erg bleek en zenuwachtig bij zat. Hoe moest zij in de gespannen toestand tussen haar en Koen gasten ontvangen? Hij deed niet anders dan ruzie maken. Zeker nu die jongen van Emma in de eerste ploeg was gekomen. Nick speelde bij de reserven op dezelfde plaats als Koen en die voelde zich nu door zijn komst bedreigd. Telkens als ze iets zei over hun vrouwenclubje maakte hij schampere opmerkingen. Maar zelfs als het haar lukte Koen die avond naar buiten te krijgen, wat moest ze dan klaarmaken? Ze kon niet koken, ze wist niets over gasten ontvangen.

* * *

Het etentje was prima verlopen. De traiteur had prachtig werk geleverd en het personeel dat hij gestuurd had om te bedienen, deed zijn taak goed en discreet. Natuurlijk hadden Werner en Hugo heel de tijd zitten praten over Taxandria, tot ergernis van de vrouwen, die geen van beiden echt interesse hadden voor voetbal. Maar zij hadden hun eigen onderwerpen om over te praten, zoals Carla en haar opa. Tamara herinnerde zich de vele verhalen uit haar schooltijd die toen over Carla de ronde deden. Zo werd beweerd dat er iets mis was met haar. Carla bleef bijvoorbeeld nooit hangen na schooltijd en zelfs schooluitstappen deed ze niet mee. Als er al iemand de moed vond om toch eens bij haar thuis aan te bellen, opende opa de deur op een kier en zei dat ze moesten ophoepelen. Het was dan ook niet te verwonderen dat Carla geen echt vriendinnetje had, alhoewel ze op school niet ongeliefd was. Maar haar klasgenootjes distantieerden zich toch een beetje van haar. Toen haar moeder stierf, zogezegd een ongeluk maar de geruchten gingen dat het zelfmoord was, zorgde opa voor Carla. Maar nooit kwam hij op school, zelfs niet op de prijsuitreikingen. Nooit had iemand Carla ooit gezien op een feestje, een dansavond of een kermis.

Tijdens haar gesprek met Marie-Anne was Tamara erin geslaagd Hugo af en toe extra aandacht te geven. Toen Werner Marie-Anne rondleidde in de tuin, hadden zij en Hugo zelfs al enkele kussen gestolen en tijdens het eten had ze regelmatig haar voet gebruikt om hem geniepig onder tafel op te hitsen. Verrassend hoe dit overbekende spelletje haar heet maakte. Werner en Marie-Anne wisselden ondertussen verhalen uit over hun studietijd. Oersaai allemaal. Ze hadden blijkbaar toevallig in dezelfde straat op kot gezeten. Niet in dezelfde periode natuurlijk, Werner was zeker tien jaar ouder.

'Zal ik je mijn praktijk even laten zien? Dan kunnen de vrouwen zich even opfrissen.'

Hugo kreeg de kans niet om nee te zeggen. Wat interesseerde hem in godsnaam die praktijk? Maar hij kon moeilijk weigeren zonder grof te zijn. Hij vroeg zich ondertussen nog steeds af waarom Werner hem en Marie-Anne had uitgenodigd. Misschien was het idee niet van Werner geweest, maar van Tamara en ze had kosten noch moeite gespaard. Hij moest verdomme oppassen of die relatie liep uit de hand. Ze had hem al de hele avond gek gemaakt met haar geraffineerde gedoe. Het was een mirakel dat Werner en Marie-Anne niets gemerkt hadden. Als hij verstandig was, maakte hij een eind aan de affaire. Maar aan de andere kant kon hij eindelijk eens volop genieten van seks, zijn gangen gaan zonder te stuiten op vooroordelen of bekrompenheid. Ongebreidelde seks waaraan hij bij Marie-Anne zelfs niet moest denken. Hij kon er gewoon niet genoeg van krijgen. Maar hij moest Tamara wat zien in te tomen anders zouden er problemen van komen, daar was hij zeker van.

Werner haalde in zijn praktijk een fles cognac en twee cognacglazen uit een kast.

'Zin in een lekkere cognac?' Hugo knikte. Dat was precies wat hij kon gebruiken om wakker te blijven.

'Stoort het je dat ik er eentje opsteek?'

'Ik wist niet dat je rookte. Sorry, dan had ik je na het eten al een sigaartje moeten aanbieden.'

'Normaal rook ik niet, nee. Maar ik heb op mijn vorige reis wat lekker spul te pakken kunnen krijgen. Ik vind dat er niets zo relaxerend werkt na een lange dag als even te blowen.'

Werner kon zijn oren niet geloven. Maar hij liet niets merken. Integendeel, gewoon doen alsof het de normaalste zaak van de wereld was, leek hem het verstandigste. 'Doe gerust. Maar ik pas. Ik heb veel te veel wijn gedronken. Het zou mij niet bekomen.'

'Zonde. Dit is goed spul. Niet van die versneden rommel die ze hier verkopen.' Hij rolde een puntige, breed uitlopende sigaret en stak ze met een zucht van opluchting op. De geur die de kamer vulde, was indringend. Dit moest inderdaad sterk spul zijn.

'Gebruik je veel?' vroeg Werner en hij deed zijn best om zijn vraag zo neutraal mogelijk te doen overkomen.

'Af en toe. Om te relaxen.'

'En breng je het altijd mee van het buitenland?'

'Als ik goed spul wil, ja. Voor de gewone rommel moet je hier maar even de grens met Nederland over. Doe je dat zelf nooit?'

'Moeilijk voor me. Ik moet zo oppassen. Mijn praktijk, snap je. Als het gerucht rond zou gaan dat ik gebruik, kwam er geen hond meer over de vloer.'

Werner legde zoveel spijt in zijn stem dat Hugo in de val trapte.

'Wil je dat ik je wat goed spul bezorg?'

'Kun je dat?'

'Je noemt het, ik lever het. Pure vriendendienst natuurlijk. Inkoopprijs.'

Nog even verdergaan, dacht Werner. Dan heb ik zekerheid.

'Wat kun je zoal leveren? Ook zwaardere stuff?'

'Geen probleem en geen limiet. Daar in het Oostblok ligt het bij wijze van spreken voor het grijpen. Maar omdat ik het koop via mijn relaties, is het veiliger dan wat je hier op straat kunt kopen.'

'Laat me maar iets weten wanneer je nog eens naar ginder gaat.' Hij schonk nog wat cognac bij. 'Wat denk jij van de match van zondag?'

Hiermee bracht hij het gesprek op een veiliger onderwerp en na een tijdje gingen ze terug naar de woonkamer, waar de vrouwen een van de vele plakboeken aan het bekijken waren die Tamara van haar carrière bijhield.

* * *

'Alles is goed verlopen, niet?' Tamara rekte zich lui uit terwijl Werner de laatste glazen naar de keuken bracht. 'Ze vallen echt mee. Al begrijp ik nog altijd niet wat een boeiend man als Hugo in die saaie Marie-Anne gezien heeft.'

'Niet iedereen kan zijn zoals jij, schat. Voor jou is het leven één grote uitdaging. Anderen willen rust en veiligheid.'

'Wat had Hugo allemaal te vertellen toen jullie zo lang in de praktijk bleven? Ik dacht een ogenblik dat jullie ervandoor waren. Grapje, Werner!'

Wat ik je nu ga vertellen, is geen grapje, dacht Werner.

'We hebben over het voetbal gepraat. Over Taxandria en de toekomst. En Hugo heeft een joint gerookt. Het zou mij niet verwonderen als hij ook harddrugs gebruikt.'

Tamara sprong kwaad op, alle moeheid was op slag uit haar verdwenen. 'Hoe durf je zoiets zeggen! Ben je gek geworden? Als iemand eens een shagje rookt, wil dat nog niet zeggen dat hij een drugsverslaafde is. Hugo is iemand die constant onder spanning staat. Met die vrouw van hem zal hij niet veel ontspanning krijgen. Gun het hem dan minstens eens te blowen om te relaxen.'

Hij bekeek haar verbaasd. Tamara die druggebruik verdedigde? Ze kon niet ophouden met kankeren op collega's die gebruikten.

'Wist je dan dat hij gebruikte?'

'Natuurlijk niet. Hoe kom je erbij?'

Ze draaide hem de rug toe en begon de kussens van de sofa te herschikken.

'Omdat je hem zo verdedigt. Heeft Marie-Anne er misschien iets over gezegd?'

'Nee. Die zat vooral te zeuren over haar werk. Wat een burgerlijke trut is dat.'

'Dan nodigen we hen niet meer uit. Punt.'

'Natuurlijk wel. Hugo is een relatie die we niet mogen laten vallen. Hij kan me bij een heel stel belangrijke mensen introduceren. Hij kent iedereen die iets te betekenen heeft.'

'Maar hij gebruikt drugs. Misschien zelfs harddrugs.'

'Dat kun je niet zeker weten. Heeft hij zoiets gezegd?'

'Nee. Maar...'

'Hou dan je stomme kop. Stel je voor dat iemand je zou horen.'

'Wie kan ons hier nu horen?' Hij vond nu echt wel dat Tamara overtrokken reageerde. Ze had nochtans niet veel gedronken.

'Hugo is een zeer sympathiek iemand die me echt wil helpen. En jij gaat dat niet verpesten door je enggeestige mentaliteit van bekrompen provinciekinesitherapeutje.'

Werner bleef haar onderzoekend aankijken. Wat was hier aan de hand? Dit was heel abnormaal gedrag voor Tamara. Tenzij... God, ze viel toch niet voor die man?

'Ik herhaal het nog eens. Ik begrijp niet waarom je hem zo verdedigt. Je bent tegen druggebruik. Je vindt het trouwens al vreselijk als ik een sigaartje rook en een cognacje drink! Laat staan drugs.'

Tamara voelde dat ze moest inbinden. Maar ze kon niet verdragen dat Werner die dingen over Hugo vertelde. Stel je voor dat hij dat te weten kwam, hij zou haar onmiddellijk links laten liggen. Ze kon niet zonder hem. Nu nog niet.

'Je moet altijd voorzichtig zijn met dergelijke beschuldigingen. Hugo is door zijn succes een gemakkelijk slachtoffer van roddel, begrijp je dat dan niet? Maar hij is een lieve man die bereid is mensen te helpen. Zie maar eens hoe hij die zoon van Emma geholpen heeft.'

Dat had Werner ook verbaasd toen hij het vernam. Die jongen was niet slecht, maar om in de eerste ploeg te staan ontbrak het hem toch wel aan vechtlust!

'Oké. Maak je niet druk, schat. Mij maakt het niet uit wat Hugo doet in zijn privé-leven. Zolang hij die vuiligheid maar voor zich reserveert en ze niet begint rond te delen.'

'Wat bedoel je daar nu weer mee? Hoe kun je zoiets nog maar denken?' Tamara was van streek. Zij dacht wellicht dat hij Hugo ervan verdacht haar van drugs te voorzien. God, er was dus inderdaad iets tussen haar en Hugo! En hij was nog zo stom die rotzak gastvrij te ontvangen in zijn eigen huis! Al was het dan om hem uit te horen. Dat laatste was trouwens schitterend gelukt. Maar nu moest hij het heel voorzichtig aanpakken. Hij mocht Tamara niet kwijtspelen.

'Ik bedoel dat Herentals nog niet veel last heeft van dergelijke dingen. Als hij in het Oostblok zo gemakkelijk aan dat spul kan raken, wil dat niet zeggen dat hij het hier moet beginnen uit te delen. Hij bood mij er aan tegen inkoopprijs. Dat is alles.'

Ze reageerde opgelucht en kort daarna gingen ze naar boven.

Toen ze even later in slaap gevallen was, lag Werner te piekeren. Natuurlijk had zij niet aan die smeerlap kunnen weerstaan. Hij zou voor haar immers de moeilijke weg naar een filmcarrière effenen. Hoe kon hij, eenvoudige middenstander, nu concurreren met een geslaagd en invloedrijk zakenman als Hugo Van Dijck? Hopelijk ging haar relatie met Hugo niet verder dan seks, dan kwam ze na een tijd wel terug tot haar zinnen. Als Hugo haar echter aan drugs hielp, dan zou hij hem kapotmaken. Tamara was al zo onzeker dat drugs haar binnen de kortste tijd hopeloos in de vernieling zouden jagen. Werner was vastbesloten haar de komende dagen over het dreigende gevaar aan te pakken. Hij wist immers beter dan wie ook welke moeilijke tijden ze had doorgemaakt vóór de rol in die soap haar het lang verhoopte succes had gebracht. Haar carrière, dat was misschien het enige argument dat haar ervan zou kunnen weerhouden stommiteiten te doen.

Voor de rest hoopte hij maar dat wanneer Hugo haar dumpte – wat hij op een dag ongetwijfeld zou doen –, Tamara bij hem zou komen uithuilen zodat hij haar kon opvangen.

Eén ding stond vast: als er in Taxandria drugproblemen waren, diende de leverancier niet ver gezocht. En als hij dat kon bewijzen, zou hij Hugo kunnen uitschakelen.

* * *

De training was al bezig toen hij het administratief gebouw verliet. Hij keek op zijn klok en zag dat hij nog even tijd had. Een beetje later stond hij aan de zijlijn toe te kijken en moedigde de spelers aan. Hugo wist dat ze altijd extra hun best deden wanneer hij in de buurt was.

'Dag Hugo. Hij doet het goed, hé!'

Geschrokken keek hij op. Hij had haar helemaal niet zien aankomen.

'Dag Emma. Je gaat toch zeker niet naar elke training komen kijken? Straks noemen ze hem nog een moederskindje.'

'Maar nee. Fred is bij het bestuur voor een probleempje met de tombola voor de jeugdwerking. Ik kan net zo goed hier wachten als in de auto.'

Samen keken ze naar de match die de voetballers onder elkaar speelden onder de aanwijzingen van de trainer. Al vlug stonden ze allebei te roepen alsof het om een echte match ging. Ze bekeken elkaar lachend.

'Spijtig dat de scheidsrechter ontbreekt, anders konden we ook nog beginnen te schelden.'

Hugo knikte. Dat was precies wat hij miste de laatste tijd, zich eens lekker laten gaan tijdens een match. Hij zat tegenwoordig ofwel in de loges ofwel bij het bestuur om de matchen te volgen en hij benijdde de echte supporter die moegeschreeuwd naar huis ging.

'Alles goed met Marie-Anne?'

'Ja. Een beetje moe. We hadden gisteren een dineetje bij Werner en Tamara.'

Emma bekeek hem met een eigenaardige blik in haar ogen die hem niet beviel.

'Daar heb je toch niets op tegen zeker? Of gaat jullie vrouwenclubje zo ver dat de mannen elkaar niet meer mogen ontmoeten?'

'Natuurlijk niet. Maar ik had niet verwacht dat jij en Tamara elkaar ook bij haar thuis ontmoetten.'

'Wat bedoel je met "ook"?'

'Die zondag. De tweede thuismatch nadat de loges geopend werden. Ik zag jou en Tamara in de gang naar de toiletten.' Ze pinkte om hem te laten verstaan dat wat ze gezien had, haar helemaal niet geshockeerd had. Hugo en Tamara waren volwassen mensen.

'Wat heb je gezien? Wat bedoel je?'

'Maak je niet druk, Hugo. Ik zal daar nooit met iemand over praten. Maar de volgende keer dat je met haar stoeit, zou ik toch een wat discretere omgeving opzoeken. Al veronderstel ik dat jullie die inmiddels al lang gevonden hebben. Je hebt toen toch een afspraak met haar gemaakt, of niet?'

Verdomme, dacht Hugo! Hoe kon hij zo stom geweest zijn.

'Maar nee. Dat was maar een flirt. Je weet zelf hoe dat gaat.'

'Natuurlijk! Maar mocht het toch meer geworden zijn, wees gerust, ik kan zwijgen! Jullie geheim is veilig bij mij. Ik kan de voorspreker van mijn zoon toch niet gaan zwartmaken zeker.'

Hugo bekeek haar zo nijdig dat het op haar lachspieren begon te werken.

'Grapje! Komaan, Hugo. Je weet heel goed dat ik kan zwijgen. Jij misschien beter dan eender wie hier in Herentals.'

Ze zag dat hij de boodschap begrepen had. Hij wist wel degelijk dat zij zijn moeder gekend had. Maar daar zou ze met geen woord over praten. Dergelijke dingen kon je beter laten rusten.

Hugo spitste zijn aandacht weer toe op het veld. Na een tijdje keek hij zijdelings naar Emma, die opnieuw helemaal opging in het spel. Ja, Emma zou discreet zijn. Ze had er zelf te veel bij te verliezen. Maar hij moest in de toekomst zijn relatie met Tamara iets voorzichtiger aanpakken. Ondertussen had hij met Nick in de eerste ploeg het ideale middel om Emma lange tijd zoet te houden.

Hoofdstuk 5

'Hoe durft hij ons te laten wachten alsof we schooiers zijn! We hebben een afspraak!'

'Stil! Straks horen ze je nog!'

Jos was vreselijk gespannen en onhandelbaar. Carla moest toegeven dat ze zelf ook nerveus was. Sinds de ondertekening van haar huwelijkscontract was ze niet meer in de wachtzaal van de notaris geweest. Jos had destijds erg gemeen tegen haar gedaan, terwijl zij toen juist opgewonden en blij was. Na de ondertekening van het contract stond immers niets hun huwelijk nog in de weg.

Wat was dat toen een moeilijke tijd geweest! Opa die haar smalend behandelde, de ochtendmisselijkheid, de angst dat Jos haar in de steek zou laten als ze niet steeds zijn kant koos.

En wat was ze toen stom geweest! Ze had moeten beseffen dat hun huwelijk weinig kans op slagen had. Maar ze geloofde vast dat het kind dat ze verwachtte alles zou veranderen. Dat opa zou bijdraaien en haar zou vergeven en Jos als haar echtgenoot zou aanvaarden. En dat Jos tot rust zou komen als ze eenmaal in hun eigen huurhuisje woonden, zonder de constante afkeurende aanwezigheid van opa.

Vier kinderen en eindeloze vernederingen verder, besefte ze dat haar hoopvolle verwachtingen van destijds niet waren ingelost en haar situatie nu moeilijker was dan ooit tevoren. Ze sloot de ogen en leunde tegen de ongemakkelijke stoelleuning. Ze was zo moe dat ze in dit schemerige vertrek moeite had om niet in slaap te vallen. Urenlang wakker liggen, afgewisseld met vreselijke dromen, het verdriet en de woede, maar vooral de onzekerheid hadden haar de laatste tien dagen volledig uitgeput.

Vandaag zou er tenminste aan de onzekerheid een einde komen.

Maar ze had ongelooflijk veel steun van Marie-Anne gekregen. Eerst had die Jos kunnen overtuigen dat Carla haar job moest behouden. Beter bezig zijn dan thuis te zitten kniezen, had ze hem gezegd. Haar ontslag geven kon ze immers nog altijd, ná de lezing van het testament. Jos had gelukkig toegegeven en iedereen was zo vriendelijk voor haar geweest toen ze na de begrafenis het werk hernam. Marie-Anne had haar ook nog voorgesteld om haar kantoorvaardigheden weer op te frissen en haar gezegd dat ze haar talenten ten nutte moest maken. Ze was zelfs bereid om tijd te maken om Carla les te geven en ook de boekhouder beloofde haar te helpen. Carla had het voorstel gretig aanvaard, al was ze in het begin bang geweest domme dingen te doen. Maar het was verrassend hoeveel ze zich nog herinnerde van wat ze op school had geleerd. De gedachten aan de volgende lessen hadden een positieve invloed en deden haar de moeilijke momenten met Jos en de slapeloze nachten beter verdragen. Want Jos was onaanspreekbaar geweest vanaf het moment dat de notaris hen had gezegd dat het testament pas tien dagen na het overlijden bekend mocht worden gemaakt. Gelukkig had ze tot nu toe zijn agressie kunnen opvangen. De kinderen vluchtten direct naar hun kamers wanneer hij thuiskwam. Maar hoe zou het straks verlopen, na de voorlezing van het testament? Jos was er gerust op dat, eens ze officieel erfgenaam was, hij haar het geld afhandig kon maken. Ze betwijfelde echter dat opa hiertegen geen maatregelen zou hebben genomen. In dat geval zou de strijd voor haar pas goed beginnen.

Wat er ook gebeurde, ze zou de laatste wensen van opa naleven. Dat was ze hem verplicht. Zeker nadat ze hem in zoveel andere dingen had teleurgesteld, tot in zijn allerlaatste ogenblikken toe. Ze had die dag voor zijn dood haar vermoeidheid en de spanningen met Jos moeten negeren en hem toch gaan bezoeken. Misschien hadden ze in een laatste gesprek in vrede afscheid kunnen nemen van elkaar. Maar ze had gefaald en nu was het te laat.

'Mevrouw, mijnheer, de notaris verwacht u.'

'Dat werd tijd ook!' gromde Jos, opzettelijk luid genoeg terwijl hij haar ongeduldig een teken gaf hem te volgen.

Moeizaam stond ze op alsof ze naar haar doodvonnis werd geleid. De notaris zou de laatste boodschap van opa voorlezen en meteen zijn laatste, onverbiddelijke oordeel over zijn kleindochter uitspreken. Ze hoopte dat ze zich in die blik net voor hij stierf, vergist had en dat uit het testament zou blijken dat hij wél van haar gehouden had.

* * *

'Kamer zeventien heeft al tien minuten geleden gebeld. Zou je misschien zo goed willen zijn om daar eindelijk eens iets aan te doen!'

De toon van de hoofdverpleegster droop van het sarcasme. Ze stond ostentatief te wachten terwijl ze de deur van de verpleegsterskamer wijd openhield. Vlug glipte Els langs haar heen, terwijl ze haar handen afdroogde aan haar schort, wat de hoofdzuster niet ontging en een diepe zucht van ergernis ontlokte voor deze inbreuk op de smetteloze staat van het uniform. Het was Els duidelijk dat ze alle krediet voor deze week al had opgebruikt. Bij de volgende misstap of vermeende misstap zou ze een officiële uitbrander niet meer ontlopen.

'Zestien minuten al! Jullie staan liever samen te kletsen dan ondersteken uit te delen, is het niet?'

Ze antwoordde de boze patiënt niet maar voelde de tranen opwellen. Alles ging verkeerd deze week. Koen behandelde haar nog altijd als een lastig meubel dat te veel plaats innam. Hoe meegaand ze ook was en wat ze ook probeerde, de stemming tussen hen beterde er niet op. Terwijl overmorgen het clubje bij haar zou komen vergaderen! Ze had zich al suf gepiekerd op welke manier ze Koen met het feit moest verzoenen, over wat ze ging serveren, hoe ze het gezellig kon maken. Kortom, hoe kon ze, zowel voor Koen als voor het clubje, blijven verbergen wat voor een mislukking ze wel was?

Hoe dan ook, vandaag moest ze de knoop doorhakken of de bijeenkomst afgelasten. Waarschijnlijk kon ze het hele clubje dan wel vergeten, ze zouden haar niet meer uitnodigen. Terwijl ze zich juist door de bijeenkomsten beter voelde. Ze hielpen haar zelfs om haar probleem binnen de perken te houden. Al had ze nog steeds angst dat iemand iets in de gaten kreeg. Maar de laatste keer waren ze zo bezig geweest met het overlijden van de opa van Carla dat het niet was opgevallen dat ze weer vermagerd was. Niemand had er een opmerking over gemaakt. Misschien zou het haar een volgende keer lukken wel op gewicht te blijven. Ze zou er haar best voor kunnen doen en zonder angst naar de bijeenkomst gaan.

Het probleem was de laatste weken weer erg acuut aanwezig. Ze wist dat het te maken had met haar onzekerheid over haar relatie met Koen. Maar het hielp niet dat ze de reden wist indien ze er niets aan kon doen. Ze bleef vastzitten in de tredmolen van hongerlijden afgewisseld met schransbuien en de pijnlijke behandelingen met laxeer- en braakmiddelen. De angst dat ze nog dikker zou worden, beheerste de hele tijd haar leven. Want niemand zou haar dan nog willen en iedereen zou beseffen wat voor een mislukking ze was.

De laatste dagen begon ook nog alles fout te gaan op de enige plek waar ze zich tot nu toe goed had gevoeld. Ze beging op de dienst de ene stommiteit na de andere en was de onhandigheid zelve. Johan had haar gestuntel zoveel mogelijk opgevangen, maar hij moest nu al twee dagen iemand gaan vervangen op een dienst die onderbemand was. Met het resultaat dat het haar gelukt was de hoofdverpleegster tegen zich in het harnas te jagen! Nu zou ze nog zenuwachtiger worden en de schransbuien zouden nog verergeren. De vicieuze cirkel leek niet meer te doorbreken.

Ze was naar de spoelkamer gegaan om de ondersteek te reinigen. Net op het ogenblik dat de deur van het lokaal openging, stootte ze onhandig tegen de rand van de spoelbak en de schoongemaakte metalen ondersteek kletterde met een oorverdovend

lawaai op de tegels. Ze bleef verstijfd staan kijken tot de ondersteek luid rammelend tergend langzaam stopte met kletteren, te
angstig om de hoofdverpleegster aan te kijken.

'Ben je het kot hier zo een beetje aan het afbreken?'

Els kon bijna huilen van opluchting. 'Johan! Ik ben zo blij dat
je terug bent.'

'Dat doet me plezier.'

'Moest je niet op zaal twee blijven?'

'Hun personeelsprobleem is opgelost. Hoe is het hier? Alles
oké met je? Je ziet er maar pips uit.'

Ze begon te huilen. Bij de eerste vriendelijke woorden in twee
dagen schoot haar gemoed vol.

'Maar meisje toch, wat scheelt er? Hangt Koen het weer uit
met die stomme voetbal van hem?'

'De hoofdverpleegster heeft me zojuist een uitbrander gegeven.'

'Is dat alles? Ze zal een slechte dag hebben.'

'Nee. Ik doe alles verkeerd. En ik pieker mij een ongeluk.'

'Waarover? Wat scheelt er?'

Els flapte het er allemaal uit. Dat het clubje bij haar kwam eten
en dat zij en Koen al veertien dagen amper spraken met elkaar.
Dat ze hem daarom nog niet had durven zeggen dat haar vriendinnen kwamen. Hij moest diezelfde avond wel naar de training
maar wat als hij thuiskwam en hij zijn huis vol vrouwen vond en
een scène maakte?

'En ik heb geen flauw idee wat ik moet opdienen. Ik wil iets
origineels, maar het moet caloriearm zijn', jammerde ze.

Johan begon te lachen. Dat deed hij zo aanstekelijk dat ook Els
begon te lachen, eerst door haar tranen heen, maar daarna
omdat ze zich zo onnozel had aangesteld. Er was niemand op de
wereld die haar zo kon doen ontspannen als Johan.

'Sorry, Johan. Ik stel me weer aan, hé. Maar het was ook zo
druk hier op de dienst en dan die ruzie met Koen... Je kunt je dat
niet voorstellen, maar het is een hel.'

'Ik kan het me best voorstellen. Maar die ruzie lost zich wel op.

Beken nu maar dat je mij miste, want dat is het, of niet?'

Els lachte zijn bewering weg, maar besefte dat ze Johan niet helemaal ongelijk kon geven. Maar dat kon ze natuurlijk niet zeggen.

'Ik beken niets, maar als je me uit de nood helpt met die bijeenkomst van ons clubje, krijg je wel heel veel goede punten!'

'En een dikke kus?'

'Twee!'

'Afgesproken!'

Terwijl ze samen verder werkten, bespraken ze allerlei mogelijke magere hapjes en drankjes. Johan beloofde zelfs bij haar thuis te komen om alles klaar te maken. Maar nog voor de eerste gast aanbelde, zou hij moeten verdwijnen, daar stond Els op.

'Je zou kunnen zeggen dat ik de butler ben! Dat zou zeker indruk maken.'

'Zolang je de hapjes maar niet opdient in een bedpan!'

Toen ze een paar uur later moe maar opgekikkerd thuiskwam, was Koen een reistas aan het inpakken. Als versteend bleef ze in de deur van de slaapkamer naar hem kijken, te geschrokken om vragen te stellen. Hij bekeek haar even maar ging verder met inpakken. Een ogenblik wenste ze dat hij voor altijd zou vertrekken, dan kon ze eindelijk tot rust komen. Dan moest ze niets meer bewijzen. Maar wat zouden haar zussen wel zeggen! Dat ze niet in staat was een man als Koen te boeien en dat ze altijd wel gedacht hadden dat het niet zou lukken? Ze slikte de angst weg die haar keel toesnoerde.

'Waar ga je naartoe?' vroeg ze met hese stem.

'Naar mijn ouders.'

'En de match dan?'

'Ik ben niet opgesteld. Sinds jij je mond niet kon houden tegen Werner, houdt die me constant in de gaten. Toen ik op de training licht begon te manken, was hij er meteen bij. Ik kon niet anders dan bekennen dat ik inderdaad pijn had en werd prompt vervangen door die stomme zoon van die vriendin van jou uit dat clubje! Je bent bedankt, Els.'

'Daar kan ik toch niets aan doen!'

'Dat weet ik zo nog niet. Sinds je bij dat clubje bent, gaat alles mis. Je durft geen inspuitingen meer meebrengen omdat de hoofdverpleegster je zogezegd in de gaten houdt...'

'Maar dat is waar! Ik heb daarnet nog een uitbrander van haar gekregen.'

'Kan zijn. Maar de verzorger, de man van die Bianca van je clubje, houdt mij tegenwoordig constant in de gaten. En Nick, de zoon van weer een ander clublid, komt in de eerste ploeg via voorspraak van de sponsor, nota bene de echtgenoot van nog een ander clublid! Dat is toch net iets te veel om toeval te zijn.'

'Met al die dingen heb ik niets te maken. Je zoekt alleen maar een zondebok. Ik heb je al honderd keer gewaarschuwd dat je hoe langer hoe meer pijn zou krijgen als je die blessure geen rust gunde.'

'Wel, nu zal ik rusten. Maar bij mijn ouders. Daar word ik ten-minste goed verzorgd.'

Els antwoordde niet. Ze wist dat zijn moeder hem verschrikkelijk verwende maar dat hij met zijn vader niet kon opschieten. Langer dan een week of twee zou hij het thuis niet volhouden. Misschien zou hij daarna zelfs blij zijn haar terug te zien. Bovendien, als hij nu naar zijn ouders ging was ze gerust tot na de bijeenkomst.

'Het is inderdaad beter dat je naar huis gaat. Ik kan je niet verzorgen als ik in het ziekenhuis ben.'

Hij bekeek haar even verbaasd want hij had een heel andere reactie van haar verwacht, en gromde dan iets dat op instemming moest lijken. Maar blijkbaar had haar instemming toch indruk gemaakt, want toen hij een tijdje later klaar was om te vertrekken, was hij in een betere bui. Hij gaf haar zelfs een vluchtige kus.

'Ik bel nog wel.'

'Oké. De groetjes thuis!'

Toen ze even later zijn wagen zag wegrijden, ging ze het appartement weer binnen en sloot voor de eerste keer sinds lange tijd met een gevoel van tevredenheid de deur achter zich. Net of ze een beetje thuiskwam!

Op weg naar de autosnelweg begon Koen zich stilaan te ontspannen. Hij had scènes verwacht want Els was de laatste tijd onberekenbaar. Maar het was goed meegevallen. Het leek bijna of ze blij was hem de deur uit te hebben. Hij zou toch eens werk van haar moeten maken als hij weer thuiskwam, anders raakte hij haar nog kwijt en dat was niet de bedoeling. Voorlopig kon hij haar nog niet missen. Sinds ze die laatste keer bijna betrapt was door de hoofdverpleegster, had ze, buiten wat lichte pijnstillers, niets meer durven meebrengen. Maar zodra de schrik over was, zou ze hem opnieuw moeten bevoorraden. Hij kon er niet op rekenen dat Hugo hem regelmatig bleef voorzien van dat spul dat hij meebracht uit het Oostblok. Spul dat even efficiënt was om geen pijn te voelen als pijnstillers!

Het was allemaal begonnen toen hij en twee andere spelers Hugo waren tegengekomen in Antwerpen tijdens een wild nachtje uit. Nochtans was hun eerste reactie paniekerig geweest. Als de club te weten kwam dat ze zich in dat soort gelegenheden ophielden tijdens het speelseizoen, zouden ze in de problemen komen. Maar Hugo was heel inschikkelijk geweest. Hij had ettelijke keren getrakteerd en in de vroege uurtjes had hij hen zelfs wat stuff toegestoken! Toen ze 's ochtends niet meer in staat waren auto te rijden, had hij hen een lift gegeven. Ze zouden hun auto later wel ophalen. Maar mondje toe in Herentals, ze hadden elkaar in Antwerpen niet gezien, voegde hij eraan toe.

Achteraf had hij wel begrepen dat de gulheid van de sponsor waarschijnlijk te maken had met het feit dat Hugo ook niets te zoeken had in die club. Je kon er met de stripteaseuses naar boven gaan en de zaak had een zeer dubieuze reputatie. Er werd gezegd dat ze in handen was van de Russische maffia. Een paar dagen later had hij er Hugo eens over gepolst, maar die had zijn vragen weggewimpeld en iets gezegd over een zakenrelatie die hij die avond happy moest houden. Maar Koen voelde dat hij loog en Hugo had dit waarschijnlijk gemerkt. Sindsdien had hij Koen nog een paar maal voorzien van stuff voor hem en zijn vrienden. Goede stuff, om eens lekker mee uit de bol te gaan, zei hij dan met een knipoogje. Koen snapte natuurlijk dat het zwijggeld was, maar dat kon hem niet schelen. De stuff van Hugo kwam goed van pas, nu Els hem uit het ziekenhuis geen morfine meer wilde bezorgen. Gelukkig kon hij nu even rust nemen. Daarna zou hij die idiote verzorger laten zien dat er niets ernstigs aan de hand was en die onnozele zoon van de jeugdtrainer spoedig terug naar de reserven spelen.

Hopelijk kwam hij nog een tijd toe met het voorraadje van Hugo want hij was slim genoeg geweest om het dit keer niet te delen met de anderen. Daarna zou hij het wel verder bekijken. Als Hugo niet meer over de brug kwam, moest Els hem opnieuw depanneren. Zolang hij haar onder druk kon zetten, en dat was een koud kunstje, zat hij dus safe! Het enige wat hij daarvoor moest doen, was haar straal negeren. Iemand die zo bang en onzeker was als Els, had hij nooit onmoet!

* * *

De dokter en de politie waren vertrokken en Marie-Anne betaalde de slotenmaker. Toen de deur eindelijk ook achter hem in het slot viel, haalde ze opgelucht adem.

Wat een afschuwelijke toestand! Een paar uur geleden had ze een telefoontje gekregen van een radeloze Carla. Jos was, na de voorlezing van het testament, volledig door het lint gegaan. Hij had haar bont en blauw geslagen en ging nu de kinderen van school halen om hen ook een lesje te leren. Carla had hem niet kunnen tegenhouden en wist zich geen raad. Haar hele lichaam deed pijn, ze bloedde hevig uit haar neus en was niet in staat om iets te ondernemen.

Een telefoontje van Marie-Anne naar de politie had volstaan om Jos aan de schoolpoort te laten oppakken voor hij zijn woede ook op de kinderen kon botvieren. Hij had zich zo gewelddadig tegen de politie verzet dat ze hem op het bureau in de cel hadden gestopt. Marie-Anne had de meisjes zelf opgepikt en hen naar huis gebracht. Ze hadden, tot haar verbazing, zelfs geen uitleg over het dramatische voorval nodig maar zochten steun bij elkaar en vroegen of het niet te erg was met mama. Alleen het kleinste meisje had gehuild en toen Marie-Anne die betraande ogen vol vertrouwen op zich gericht zag, had ze gezworen dat ze, hoe dan ook, Carla en haar gezin uit deze ellende zou halen. Dit was geen huwelijk meer, dit was terreur!

Carla, die verzorging had gekregen van de huisdokter, zag er ellendig uit maar keek opgelucht toen Marie-Anne en de kinderen binnenkwamen. Even later was een agent een verklaring komen opnemen en de dokter had kregelig opmerkingen gemaakt over de laksheid van de politie bij huiselijke geweldplegingen. Moesten er verdomme eerst doden vallen?

De verklaring voor het geweld was eenvoudig, opa had Carla niets nagelaten. Zij kreeg alleen het vruchtgebruik van het oude huis. De naakte eigendom en alle gronden, effecten en andere financiële waarden, waren door hem in een trust gebracht op naam van de kinderen. Elk van hen zou pas in het bezit komen van zijn deel op zijn vijfentwintigste verjaardag of bij zijn huwelijk. Wel zou de trust zorgen voor de kosten van studies en opleidingen. Jos, die wel vermoedde dat opa hem niets zou nalaten maar erop gerekend had dat hij Carla als erfgename volledig in zijn macht zou hebben, was woest geworden. Eerst had hij schandaal geschopt bij de notaris maar was door enkele klerken overmeesterd en aan de deur gezet. Daar had hij Carla na een scheldpartij op de stoep achtergelaten en was naar het café getrokken. Een paar uur later kwam hij stomdronken thuis.

Marie-Anne durfde niet aan te denken wat er vroeger gebeurd zou zijn, toen ze mekaar nog niet zo goed kenden. Want de politie bellen, daaraan had Carla zelfs niet gedacht. De gewoonte om alles zoveel mogelijk toe te dekken zat veel te diep.

'Ik weet niet hoe ik je moet bedanken.'

Carla had zich omgekleed en kwam, met de bebloede kleding die ze gedragen had in de hand, de kamer binnen.

'Hoe dikwijls heb je dergelijke waanzinnige toestand al meegemaakt, Carla?'

'Het was nooit zo erg als nu. Vroeger was hij bang dat ik alles aan opa zou vertellen.'

'Dus je opa had gelijk wanneer hij het geld veiligstelde voor de toekomst van de kinderen?'

'Ik zou het nooit aan Jos afgegeven hebben! Nooit! Al had hij mij doodgeslagen.'

Marie-Anne schrok van de heftige toon maar reageerde kalm. 'Dat zou de kinderen niet veel verder gebracht hebben.'

Carla antwoordde niet maar liep naar de keuken. Toen ze terugkwam, zag ze er rustiger uit maar Marie-Anne merkte dat ze ten einde raad was, ging naar haar toe en omarmde haar. Het eenvoudige gebaar was genoeg om Carla in snikken te doen uitbarsten. Wat later zaten ze samen aan de grote tafel.

'Sorry. Ik had me zo niet mogen laten gaan.'

'Natuurlijk wel. Wat Jos je aandoet is vreselijk.'

'Dat is het niet. Ik vind het vooral zo verschrikkelijk dat opa mij niet vertrouwde.'

'Dat mag je niet denken. Je opa kende Jos maar al te goed.'

Carla zweeg. Het had geen nut aan een buitenstaander de ingewikkelde verhoudingen uit te leggen. Maar toen ze deze ochtend de notaris met eentonige stem het testament hoorde voorlezen, had ze tussen de regels de afkeuring van opa luid en duidelijk gehoord.

'Wat ga je nu doen? Ze gaan Jos niet lang kunnen vasthouden volgens die agent.'

'Hij kan hier toch niet binnen. Je hebt de sloten laten veranderen.'

Carla had zich daar eerst erg over opgewonden. Ze kon haar echtgenoot toch zomaar niet de toegang ontzeggen? Maar zowel de dokter als de agent hadden erop gestaan dat ze het toch liet doen. Jos zou wel ergens onderdak vinden, hij had familie in

Herentals. Carla en de kinderen waren dan tenminste voorlopig veilig.

'Je moet nu beslissingen nemen. Ga je op deze manier verder of ga je de kans grijpen en eindelijk aan jezelf en de kinderen denken?'

'Hij is mijn man. Wat kan ik doen?'

Ze zag aan de radeloze uitdrukking van Carla dat die echt niet besefte dat ze een unieke kans had om een eind te maken aan deze wantoestand.

'Carla! Je hebt het vruchtgebruik van het huis. Dat wil zeggen dat je daar mag gaan wonen, samen met de kinderen en dat je dat niets kost. Je hebt dus een veilige en gratis woning ter beschikking. Voor de opvoeding van de kinderen is financieel gezorgd via de trust en je hebt werk! Het is nu hét moment om een keuze te maken. Een beter moment komt er niet meer.'

Carla bekeek haar wezenloos. Zo had ze het helemaal niet begrepen. Het enige dat ze eigenlijk gehoord had, was dat ze geen geld kreeg en dat Jos dus razend zou zijn omdat zijn plannen in het water vielen en dat niemand haar nog zou kunnen beschermen tegen zijn wraakacties. Maar wat ze er vooral uit geconcludeerd had, was dat opa haar niet vertrouwde. Hij was gestorven in de overtuiging dat zij niet in staat was haar erfdeel te beheren en te bewaren voor haar kinderen. Maar nu ze rustiger werd, begon het langzaam tot haar door te dringen dat Marie-Anne gelijk had! Het huis van opa was oud, maar perfect in orde. En er was ruimte zat! De buren kenden haar al van toen ze klein was en zouden haar zeker graag zien terugkomen.

'Zou het mogen van die notaris? Ik bedoel in dat huis gaan wonen?'

'Jij beslist wat er met het huis gebeurt. Niet de notaris. Je kunt het niet verkopen, maar wel bewonen of verhuren. Je mag het zelfs leegstaand laten verkommeren. Wat er met dat huis gebeurt, is jouw keuze en jouw keuze alleen.' Ze liet dit even bezinken en ging dan verder. 'Ik wil je mijn visie niet opdringen, maar het is duidelijk dat je zo niet verder kunt. De volgende keer loopt een van zijn driftbuien verkeerd af. Misschien moet je nu overwegen om, wat je huwelijk betreft, definitieve stappen te ondernemen.'

'Je bedoelt niet alleen weggaan, maar ook scheiden?'

Marie-Anne knikte. 'Je hebt er gegronde redenen voor. Je huisarts kan getuigen en er is een politiedossier. We kunnen de zaak binnen de kortste tijd erdoor krijgen. Als je wilt, kun je al onmiddellijk beschermende maatregelen aanvragen. Dan krijgt Jos voortaan verbod om in jouw buurt en in die van de kinderen te komen, en worden er voorlopige afspraken vastgelegd voor bezoekrecht en onderhoudsgeld.'

Haar opleiding als advocate kwam goed van pas. Maar ze was hier in de eerste plaats als vriendin.

'Luister, Carla. Ik wil je niet opjagen of tot een beslissing drijven. Er is zoveel gebeurd de laatste dagen om te verwerken. Maar indien je dit gewelddadige huwelijk wilt beëindigen en jezelf en je kinderen leefruimte wilt geven, moet je dat volgens mij nu doen en je niet opnieuw laten strikken door ijdele beloftes van beterschap.'

'Kan ik mijn werk houden?'

'Natuurlijk. En we gaan door met je opleiding, zodat je in de toekomst er zelfs veel beter van wordt.' Ze legde haar arm om de schouders van Carla in een beschermend en troostend gebaar. 'Je opa heeft voor jou de knoop doorgehakt. Hij heeft je via zijn testament de kans gegeven uit deze ellende te raken en je toch de vrijheid van keuze gelaten. Je moet hem dankbaar zijn, hij moet veel van je gehouden hebben.'

Carla drukte zich snikkend in de armen van Marie-Anne. Misschien was het dan toch waar dat opa haar niet veroordeeld had, maar genoeg om haar gegeven had om haar toekomst en die van haar kinderen veilig te stellen. Maar die laatste, vijandige blik van hem zou haar altijd bijblijven. Of had ze die in al haar immense verdriet alleen maar ingebeeld?

* * *

'Ik geloof je niet.'

'Ze heeft het me zelf gezegd, Fred. We zullen het moeten aanvaarden. Lesbisch zijn is tegenwoordig geen schande meer. Iedereen out zich, zelfs belangrijke mensen. In de showbizz krioelt het van de lesbiennes, de tijdschriften staan er vol van.'

Emma wilde het allemaal extra overdrijven en met een kwinkslag Fred aan het lachen brengen. Maar dat deed hij niet. Integendeel, hij reageerde bijna in paniek.

'Katja gaat dat toch niet in Herentals rondvertellen?'

Nu moest Emma zelf glimlachen. Was haar Fred dan werkelijk zo naïef?

'Maar nee. Ze wilde zelfs niet dat ik het je vertelde. Zelfs mij wilde ze het niet vertellen!'

Het kwam hard aan voor Fred, die Katja altijd als zijn oogappel beschouwde terwijl Nick meer zijn toevlucht bij haar zocht.

'Denk je dat wij iets verkeerd gedaan hebben?' vertolkte Fred haar gedachten hardop.

'Jij zeker niet.' Ze hield zijn blik slechts enkele tellen vast en keek dan weg.

'Dat heeft er niets mee te maken, Emma. Laten we daar nu niet over beginnen. Dat heeft ons al genoeg pijn bezorgd. Laat het rusten.'

Emma knikte, te ontroerd om iets te zeggen. Fred verdiende een betere vrouw dan zij. Maar hij had haar aanvaard zoals ze was. Ze wist dat hij het er nog altijd moeilijk mee had, maar nooit had hij het als argument tegen haar gebruikt. Ze kon het immers ook niet helpen, zei hij altijd, nadat hij zijn teleurstelling voor de zoveelste keer had verbeten. Als er iemand schuld had, dan was het haar moeder.

Ze zuchtte en keek naar Fred, die wezenloos naar zijn handen zat te staren. 'Ga je er met haar over praten?'

'Niet als ze er niet zelf over begint. Ik zou niet weten wat te zeggen. Ze zal dat toch niet van me verwachten?'

'Nee. Ik denk dat ze blij zal zijn als we gewoon doen of er niets aan de hand is. En eigenlijk is er niets aan de hand. Alleen zal ze geen vriendjes meebrengen en zal ze waarschijnlijk nooit trouwen of kinderen hebben.'

'Arme Katja!'

'Het is haar keuze. Of liever, het is wie ze is of wat ze wil zijn. Wij moeten dat aanvaarden. Hoe moeilijk het ook is.'

Zij legde haar hand op die van Fred, die nog altijd onbeweeglijk aan de tafel zat, verpletterd door hetgeen ze hem verteld had. Zijn hele houding verraadde hoe moe hij plotseling was, hoe zwaar het nieuws op zijn schouders drukte. Van haar Fred, die altijd zo vitaal was, bleef slechts een hoop ellende over. Ze voelde de tranen opkomen maar verbeet ze. Niemand was ermee gebaat dat ze zich gingen gedragen als rouwende ouders. Hun kind was gezond. Het was alleen anders dan de meerderheid van de kinderen van andere ouders. Maar Katja was niet alleen en zolang zij en Fred leefden, zou ze nooit alleen hoeven te zijn.

* * *

'Morgen doen we samen de boodschappen, daarna kom ik met jou naar hier en maken we alles klaar.'

Els glunderde. Het menuutje dat ze hadden opgesteld was caloriearm maar geniaal. Johan had gebruikgemaakt van allerlei gezonde producten waar zij zelfs het bestaan niet van vermoed had. Hij was dan ook een echte gezondheids- en natuurfreak. Vanavond had hij van alles wat bereid om haar te laten proeven zodat ze een keuze kon maken. Ze hadden erg veel plezier gehad en het ene hapje smaakte al beter dan het andere. Hij wist van alle producten het aantal calorieën, het vetgehalte en zo meer! Ze zou haar vriendinnen kunnen doen verstomd staan. In plaats van gewone witte wijn had hij een wijntje op de kop getikt dat gemaakt werd van op biologische wijze geteelde druiven, en het was nog lekker ook! Om af te sluiten was er een likeurtje, dat zeker de tongen zou doen loskomen, indien ze op dat ogenblik nog niet los genoeg zouden zijn. Ze zouden het serveren met een klein bolletje citroensorbet in leuke Italiaanse glaasjes die hij had meegebracht. Haar avondje zou een succes worden en ze had het allemaal aan hem te danken!

'Eigenlijk zou ik liever hebben dat je op het feestje bleef. Je hebt alles zo prachtig uitgedacht, het is jammer dat je niet zult zien hoeveel succes het heeft.'

'Aanwezigheid van mannen is tegen de regels van je clubje.'

'Misschien maken ze voor jou wel een uitzondering?'

'Zou je het leuk vinden?'

Niet alleen leuk, dacht ze. Ik zou me heel wat beter voelen als Johan bij me kon blijven. Zodra hij in haar buurt was, werd ze rustiger en zelfverzekerder. Waarschijnlijk omdat hij helemaal geen eisen stelde. Ze hoefde zich niet anders voor te doen dan ze was. Als ze gewoon zichzelf was, was dat voor hem goed genoeg.

'Als jij je fatsoenlijk gedraagt wel, natuurlijk. Maar kan ik daar zeker van zijn?' plaagde ze.

'Ik, de schrik van Herentals, omringd door vijf vrouwen die een glaasje te veel op hebben! Dat is om problemen vragen. Dat wil je niet op je geweten hebben, schat.'

Ze genoten van hun plagerij, die de kameraadschappelijke sfeer tussen hen beiden nog intenser maakte. Johan was blij dat Els er weer wat beter uitzag. Hij was echt geschrokken toen hij terug op hun dienst kwam. Het leek wel alsof ze in weken niet gegeten had. Hij vermoedde al lang dat er een probleem was, maar zo had hij haar nog niet gezien.

'Ik heb toch niet de indruk dat er echt veel belang gehecht wordt aan het gewicht. Anders zouden jullie geen hapjes organiseren.'

'Toch ging het om ons gewicht toen het clubje gesticht werd. Maar het klopt dat we daar al vlug van afgeweken zijn. Vooral de dood van de opa van Carla bracht ons op een andere manier dichter bij elkaar. We zijn niet langer alleen maar een vrouwenclubje maar ook echte vriendinnen geworden. Zeker wat mij betreft en ondanks het feit dat ze allemaal veel ouder en vooral veel slimmer zijn dan ik.'

'Slimmer? Ben jij zeker dat die Tamara slimmer is dan jij? En

Emma? Je vertelde me toch dat die allebei zelfs hun middelbare studies niet afmaakten. En Carla die gaat schoonmaken om bij te verdienen, dus zo slim zal die ook wel niet zijn al maakte zij dan wel haar middelbare af.'

'Carla is moeten trouwen omdat ze zwanger was en daarom kon ze niet verder studeren. Maar volgens Marie-Anne kan ze veel meer aan. Ze heeft gewoon pech gehad.'

'Als je iets wilt bereiken, kun je dat altijd. Al heb je tien kinderen.'

'Meen je dat?'

'Ja. Het verwondert mij altijd dat vrouwen zich zo vlug bij hun lot neerleggen. Alleen Marie-Anne en Tamara, dat lijken me vechters. Die weten wat ze willen.'

'Je kent ze alleen van horen zeggen en je geeft al je oordeel. Ik weet niet of ik dat kan appreciëren. Ik vind het juist zo lief van je dat je niet vlug een oordeel velt.'

'Ik oordeel, maar veroordeel niet. Je moet afleren elke mening als een afkeuring te zien. Daarom ben je altijd ook zo bang iets fout te doen. Dat is nergens voor nodig. Je bent perfect zoals je bent. Het enige wat je nodig hebt, is een beetje meer zelfvertrouwen.'

Els zuchtte. Kon ze Johan maar vertellen waarom ze altijd zo bang was.

'Ik hoop maar dat je clubje je niet aanzet tot nog meer vermageren.'

'Hoe bedoel je?'

'Kom, doe nu niet of je niet weet waar ik het over heb. Ik ben niet blind en we hebben dezelfde opleiding gehad. Eetstoornissen werden daarin uitgebreid besproken.'

Ze zweeg. Was het zo doorzichtig? Ze had altijd zoveel moeite gedaan om in aanwezigheid van anderen normaal te eten. Het overgeven naderhand deed ze zo discreet mogelijk. In het ziekenhuis ging ze er zelfs speciaal voor naar de toiletten van de bezoekers, uit angst dat een van de collega's iets zou merken.

'Je hebt een eetprobleem, niet?'

'Hoe kom je daarbij?'

'Je bent enorm nerveus als erover eten gepraat wordt. En je wilt niet inzien dat je mager bent.'

'Maar ik ben niet mager!'

'Zie je wel!'

'Oké. Ik kan de laatste tijd niet goed eten. Maar het is ook allemaal zo moeilijk. De problemen met Koen, het ziekenhuis...'

Hij bleef haar strak aankijken. Ze moest het probleem zelf onder ogen zien, anders kon hij haar niet helpen. Maar ze wendde koppig haar blik af. Blijkbaar was de tijd daar nog niet rijp voor.

'Oké, trek het je niet aan. Als je maar weet dat ik je zou helpen indien er een probleem was.'

'Bedankt. Je bent een schat.' Ze wilde Johan niet verliezen. Hij was de enige, echte vriend die ze had. 'Er is geen probleem. Ik wist alleen niet hoe ik die bijeenkomst van het clubje moest organiseren. Maar nu kijk ik er zelfs naar uit.'

Toen ze zich die nacht ellendig voelde van de laxatieven, dacht ze hoe het zou zijn als ze aan Johan haar probleem kon bekennen en hem om hulp kon vragen.

* * *

Ze kon het niet geloven. Zij die altijd zo stipt was! Ze had zich er al lang geleden bij neergelegd dat een zwangerschap niet voor haar bestemd was. Bovendien leken kinderen én carrière haar moeilijk te combineren. Ze had er dus geen punt van gemaakt. Eerst had ze een tijd de pil genomen maar toen ze merkte dat er bij toevallige vergetelheid helemaal niets met haar gebeurde, was ze ermee gestopt. Soms vroeg ze zich wel eens af of ze toen niet heel stiekem de hoop had gekoesterd, misschien onbewust maar toch... In ieder geval, ze had geen voorbehoedsmiddelen meer gebruikt en ze was niet zwanger geworden. Na een tijd stopte ze zelfs met erover na te denken. Werner sprak er nooit over, waarom zou zij er dan mee inzitten? Zeker sinds haar rol van Bianca haar volop in beslag nam. Met een zwangerschap riskeerde ze natuurlijk voor een tijd uit de soap geschreven te worden. Misschien zelfs definitief! Vaag had er, ergens in haar achterhoofd, nog altijd de gedachte gespeeld dat ze dit later misschien nog wel kon proberen. Maar intussen was ze negenendertig en had ze die gedachte zonder meer begraven. Ze waren gelukkig zonder kinderen én er waren kinderen genoeg op de wereld.

Een paar dagen liep ze nu al rond met het maandverband, ongebruikt in haar veel te ruime handtas. Ze merkte verder niets, alleen voelde ze zich een beetje opgezwollen, maar dat had ze wel meer, zo vlak voor ze ongesteld werd. Toch werd ze stilaan een beetje onzeker.

Maar nee. Het zou wel toeval zijn. Ze kon niet zwanger zijn. Indien ze zwanger had kunnen worden, dan was dat jaren geleden al gebeurd. Want zelfs indien het aan Werner lag dat ze in haar huwelijk niet zwanger werd, ze had vóór Hugo nog andere avontuurtjes gehad. Niet zo intens als de relatie met Hugo, maar toen had ze ook de pil niet genomen. De meeste mannen veronderstelden dat je de pil nam en stelden geen vragen, of ze gebruikten een condoom. En zo dikwijls gebeurde het niet dat ze een avontuurtje had. In ieder geval niet dikwijls genoeg om daarvoor wél de pil te nemen.

Met Hugo had ze het nog nooit over voorbehoedsmiddelen gehad. Hun samenzijn was zo geladen met een ontembare seksuele drift dat het onderwerp nog nooit aan de orde was gekomen. Trouwens, als volwassen en verantwoordelijke mensen mochten ze er redelijkerwijze van uitgaan dat het nodige gedaan werd.

Hugo was zó verrassend. Net als ze dacht dat ze hem een beetje begon te kennen, reageerde hij onverwachts weer helemaal anders. Ze zagen elkaar zoveel mogelijk en verspilden niet te veel tijd aan nutteloze, overbodige gesprekken. Al hadden ze het wel eens over zijn gedurfde toekomstvisie voor zijn bedrijf, en over de plannen in verband met haar filmcarrière. Want daar begon nu eindelijk schot in te komen. Het was onwaarschijnlijk hoeveel deuren er voor je opengingen als je zoveel geld en invloed had als Hugo.

Gelukkig had Werner nog altijd niets in de gaten. Hij wist wel dat ze Hugo af en toe ontmoette, maar dacht dat het te maken had met haar filmplannen en daar hij wist hoe belangrijk die voor haar waren, dacht hij er niet aan haar de omgang met Hugo te verbieden.

Maar wat als ze inderdaad zwanger zou zijn? De kans was groot dat het kind dan van Hugo was. Alhoewel, het kon natuurlijk ook van Werner zijn...

Eigenlijk zou ze liever hebben dat het van Hugo was, dan zou ze iets hebben om hem aan haar te binden mocht zijn belangstelling voor haar afkoelen. Werner hoefde het nooit te weten. Ze was er zeker van dat heel wat kinderen niet door hun wettige vader verwekt waren. Je zag op tv en in films wel dikwijls dat zoiets uitkwam bij een bloedtransfusie of een ernstige ziekte, maar in het gewone leven bleef zoiets meestal verborgen.

Maar stel dat het toch uitkwam en dat ze Werner dan zou verliezen. Hij was de stille kracht in haar leven, haar veilige haven, om het met enkele van die stereotiepe uitdrukkingen te zeggen waarmee haar soapscripts doorspekt waren. Ze kon zich haar leven zonder Werner gewoon niet voorstellen.

Maar ze wilde ook haar relatie met Hugo niet stopzetten.

Misschien was het alleen de vermoeidheid die haar cyclus ontregeld had? De draaidagen waren erg lang, ze deed nog altijd haar deel van de talrijke aanvragen voor representatie van Bianca én ze had een intense seksuele relatie die al haar energie opslorpte. Je hormoonhuishouding zou van minder in het honderd lopen, dacht ze geamuseerd.

Ze besloot er zich voorlopig niet te veel zorgen over te maken. Waarschijnlijk was er toch niets aan de hand, en als dat wel zo was, dan zou ze er zich pas zorgen over maken als ze zekerheid had. Op dat ogenblik kon ze haar opties rustig overwegen. Want er was natuurlijk ook nog de mogelijkheid van abortus. Alhoewel ze dat voor Werner absoluut moest zien verborgen te houden. Ze wist dat hij een abortus nooit zou aanvaarden. Er waren middelen genoeg om ongewilde zwangerschappen te voorkomen, beweerde hij altijd als het onderwerp ter sprake kwam.

Misschien was er een kansje dat Hugo voor haar koos als ze zijn kind droeg. Zou hij zijn braaf vrouwtje dan verlaten? Misschien wilde hij wel een erfgenaam voor het imperium dat hij aan het opbouwen was en kon zijn vrouw hem die niet bezorgen? Ze had er geen idee van hoe hij tegenover kinderen stond. Dat zou ze eerst eens moeten uitvissen.

Stel dat Hugo haar vroeg met hem te trouwen. Dan zou ze als echtgenote van een rijke industrieel haar soapverleden eindelijk van zich af kunnen schudden en interessantere aanbiedingen krijgen. Ze zou dan in de juiste kringen verkeren.

Hoe dan ook, zolang ze geen zekerheid had zou ze het hele zaakje uit haar hoofd zetten. Ze had een lange draaidag vandaag en vanavond nog die bijeenkomst van het clubje. Ze zou vandaag al haar energie kunnen gebruiken zonder bijkomende stress over een eventuele zwangerschap!

* * *

Ze zaten in de taverne vlak bij het gebouw waar hij werkte en waar ze al eens geweest waren toen ze hem die papieren had gebracht in verband met de controle. Sindsdien telefoneerden ze af en toe met elkaar. Een enkele keer waren ze elkaar toevallig in een winkel tegen het lijf gelopen. Ze hadden toen bij de auto een heel tijd staan babbelen. Ze praatte graag met Fred. Hij was altijd zo rustig en hartelijk. En grappig genoeg, het leek wel of elk woord dat uit haar mond kwam voor hem een openbaring was en ze was er nu zo goed als zeker van dat hij verliefd op haar was. Hij was echter zo lief en hoffelijk dat ze zich er onmogelijk aan kon storen, laat staan ergeren.

Toen hij haar vandaag gebeld had en om een afspraak vroeg, was ze er toch niet gerust op, want Hugo deed bijzonder zenuwachtig over eventuele extra controles. Maar Fred had haar onmiddellijk gerustgesteld: zijn verzoek had niets met het bedrijf te maken, hij had gewoon raad nodig. Een luisterend oor om zijn nood te klagen. Ze hoorde onzekerheid in zijn stem, ja zelfs pijn en was onmiddellijk bereid geweest hem te ontmoeten. Ze maakten 's middags een afspraak. Nu zaten ze wat onwennig naast elkaar.

'Vind je het echt niet erg dat ik je zo maar gebeld heb?'

'Helemaal niet. Hopelijk kan ik je helpen. Wat scheelt er, Fred?'

Hij antwoordde niet maar frutselde verlegen aan een biervilt-je.

'Je zei dat je je nood wilde klagen. Dus is er iets. Vooruit, voor de dag ermee!'

'Het is Katja, mijn dochter.'

Ze zag hoe zijn ogen zich met tranen vulden. 'Is ze ziek? O Fred, toch niet ernstig, hoop ik?'

'Nee. Ze is...'

Geduldig wachtte ze tot hij verder ging.

'Ze denkt dat ze lesbisch is.' Hij boog het hoofd en er drupte een traan op de kleine snippers die hij van het bierviltje scheurde.

Arme schat! Hoe vreselijk voor hem! Niet dat ze de geaardheid van Katja veroordeelde, maar ze begreep dat het voor Fred verschrikkelijk moest zijn. Zijn enige dochter!

'Sorry, Marie-Anne.' Hij probeerde haar toe te lachen maar het bleef bij een krampachtige poging.

'Waarom? Het is toch normaal dat je dit moet verwerken. Je weet het nog maar pas, veronderstel ik?' Hij knikte. 'Heeft ze het je zelf verteld?'

'Nee. Aan Emma. Gelukkig maar, ik zou niet geweten hebben wat te zeggen.'

'Gewoon. Dat je haar graag ziet.'

Hij bekeek haar verbaasd.

'Dat doe je toch, is het niet? Je ziet haar toch graag?'

'Natuurlijk!' Hij klonk een beetje boos omdat ze een domme vraag stelde.

'Wel dan is er toch geen probleem?'

Natuurlijk hield hij nog evenveel van Katja. En Katja van hem, daar was hij zeker van. Hij glimlachte nu, al bleven zijn ogen droef kijken.

'Je hebt gelijk. Dan is er geen probleem. Voor ons toch niet. Ik bedoel, voor Emma en voor mij.' Hij begon opnieuw aan bierviltje te prutsen. 'Maar Katja gaat het zo moeilijk hebben. Ik had een beter leven voor haar gewild.'

'Beter? Zoals Carla met Jos? Of zoals ik met Hugo, die meer met het bedrijf getrouwd is dan met mij? Of...'

'Al goed, al goed. Oké, het huwelijk is geen garantie voor geluk, dat heb ik zelf ook wel ondervonden. Maar...' hij zocht moeizaam naar een juiste omschrijving, 'dergelijke vrouwen worden toch dikwijls behandeld als paria's?'

'Denk je? Vrouwen als Katja die er leuk uitzien? Een beetje jongensachtig misschien, maar fris en stralend? Die een prachtbaan hebben en een heleboel vrienden en sociaal engagement? Kom Fred, geef toe dat je het te somber inziet.'

'Akkoord. Je hebt weer gelijk.'

Het bleef even stil.

'Maar toch zal ze veel moeten missen.'

'O ja? Wat dan bijvoorbeeld? En kom niet meer aandraven met de vele voordelen van "de huwelijkse staat", want daar trap ik niet in.'

Hij lachte zowaar, wat de bedoeling was, maar werd dan weer ernstig.

'Ik bedoel, kinderen. Een normaal gezinnetje.'

Marie-Anne zweeg. Dit lag moeilijker. Niet omdat Katja er geen kon hebben omdat ze lesbisch was. Tegenwoordig was dat geen probleem via donorsperma. Maar het hele onderwerp was te pijnlijk voor haar om er zo maar met Fred over te spreken. Zeker nu Hugo haar de laatste tijd zo goed als links liet liggen. Alleen op de zaak had hij nog tijd en oog voor haar. Als ze hem niet meer kon boeien, dan was haar kans op kinderen helemaal verkeken want haar biologische klok tikte de tijd weg. Ze probeerde kalm en opgewekt te blijven om Hugo niet nog meer te ergeren, maar ze was de wanhoop nabij.

Fred bekeek haar verschrikt. Het was net of Marie-Anne met haar gedachten mijlenver van hem vandaan was. Ze zou toch niet boos zijn omdat hij bleef doorgaan over zijn verdriet? Hij kon het zo moeilijk aanvaarden dat zijn Katja... Plots realiseerde hij zich dat er iets anders mis was. De droefheid in haar blik was te intens opdat het iets met Katja te maken zou hebben.

'Wat is er, Marie-Anne? Heb ik iets verkeerds gezegd?'

Ze beet op haar lip om haar emotie de baas te kunnen.

'Nee. Maar getrouwde vrouwen hebben ook geen garantie op een zwangerschap. Je kunt je gewoon niet voorstellen hoe ik snak naar een kindje.'

Fred nam voorzichtig haar hand in de zijne en probeerde haar op zijn beurt te troosten. Hoe kon hij weten dat er een probleem was? Hugo en Marie-Anne leken een gelukkig paar, succesvol met hun zaak en omringd door alle luxe.

'Je bent nog jong. En de dokters zijn tegenwoordig zo handig in die dingen. Je mag de moed niet opgeven.'

'En jij moet Katja aanvaarden zoals ze is. Alle twee zullen we het nog dikwijls moeilijk hebben met ons probleem, maar we moeten verder, is het niet?'

Hij knikte haar bemoedigend toe.

Er ging zoveel troost en begrip van hem uit dat ze haar hand niet terugtrok. Integendeel, ze leunde even tegen hem aan, en dan, bijna gelijktijdig, namen ze weer wat meer afstand van elkaar.

'Ik wou dat ik meer voor je kon doen.'

'Je hebt genoeg gedaan. Ik voel me al veel beter. Bedankt dat je wilde komen.'

'Je mag me altijd bellen, Fred. Voor een goede vriend maak ik altijd tijd.'

'En als die goede vriend meer voor je zou voelen dan alleen maar vriendschap?'

Ze ontweek zijn vragende blik niet. 'Ook dan. Zolang hij er maar begrip voor heeft dat ik getrouwd ben en Hugo trouw blijf.'

'Je bent niet boos op me?'

'Waarom zou ik? Je gevoelens vleien me.'

'Dus mag ik je nog bellen?'

'Zeker.'

'En nog eens afspreken? In alle eer en deugd, je moet niet bang zijn. Ik denk zoveel aan je. Enkele minuten in jouw bijzijn maakt voor mij zoveel uit.'

'Dat is heel lief van je, maar overdrijf je nu niet een beetje?'

'Nee, ik meen het. Elk ogenblik met jou samen koester ik als een kostbaar moment. Ik begrijp dat het niet verder mag gaan. En ook al was ons huwelijk niet altijd zo eenvoudig als op het eerste gezicht lijkt, ik heb Emma nooit bedrogen. Maar...'

Hij aarzelde en ze knikte hem aanmoedigend toe.

'Als ik je af en toe zou mogen zien, zou dat mijn leven opvrolijken. Niet zomaar gewoon met plezier, maar met echte levensvreugde.'

'Bedankt, Fred. Een mooier compliment kon je me niet geven.'

Terug in haar kantoor stond ze voor het raam te mijmeren of Hugo haar ooit had gezegd dat zij hem levensvreugde schonk.

* * *

'Zo weinig calorieën en zo lekker? Het is bijna niet mogelijk!'

Emma stak nog maar eens een van de hapjes in haar mond. Zoals gewoonlijk had ze de dag voor de bijeenkomst extra streng op haar dieet gelet. Kortom, ze had honger geleden. Na het schitterende resultaat van de weging, kon ze zich eens goed laten gaan.

'Zie ons hier nu zitten!' Tamara keek glunderend rond en wees op de tafel waarop de sporen van een overvloedig maar gezond festijn te zien waren. 'Dit is geen dieetclubje maar een vreetclubje aan het worden!'

'Niks daarvan. We zijn bijna allemaal weer eens vermagerd. Alleen jij niet, Tamara. Maar nóg een kilo afvallen zonder je beroemde "Borsten en Billen" te beschadigen, ik zou niet weten hoe je dat aan boord zou moeten leggen.'

Ze lachten uitgelaten. Iets te uitgelaten misschien, maar de avond was zo gezellig en de gezonde drankjes mochten dan caloriearm zijn, hun alcoholgehalte was niet te versmaden.

Carla knipoogde naar Marie-Anne, die haar overtuigd had toch te komen. Al was het maar even, had ze gezegd. Om alle problemen eens een paar uur volledig te vergeten. Ze genoot van de gezelligheid, maar haar zorgen lieten zich niet verdrijven.

Gisteren had ze met de hulp van Marie-Anne de echtscheidingsprocedure ingezet. Jos was op het politiebureau blijkbaar zwaar aangepakt, want toen ze het hem voorzichtig aan de telefoon uitlegde en hem vertelde dat hij niet meer welkom was tot ze met de kinderen verhuisd was naar het huis van opa, had hij vrij gelaten gereageerd, weliswaar bitter en beledigd maar zonder dreigementen. De reactie van de kinderen, die samen met Katja en Nick hun spulletjes aan het inpakken waren, was er een van opluchting geweest. En haar vriendinnen, die vonden dat ze de juiste beslissing genomen had.

Alleen zijzelf twijfelde nog. Was het inderdaad opa zijn bedoeling geweest dat ze Jos verliet, zoals Marie-Anne beweerde? Of was het vruchtgebruik van het huis een nieuwe test waar ze in gefaald had?

Heel haar leven had opa dat gedaan. Haar voor een keuze stellen en een beslissing afdwingen, om haar daarna te kennen te geven dat ze hem weer eens teleurgesteld had. Daarna deed ze nog meer moeite om zijn goedkeuring te winnen, tot de volgende test. Het was een niet te doorbreken vicieuze cirkel.

Nu zou ze zijn goedkeuring nooit meer krijgen. Ze stond er alleen voor. Als ze doorging met de scheiding zou ze ook alleen voor de kinderen moeten zorgen. Kon ze die verantwoordelijkheid wel nemen? Zou ze die scheiding niet beter stopzetten? Misschien had Jos nu eindelijk zijn les geleerd?

Ja, dat kon ze doen! Hem over een paar weken verzoeken terug te komen. Hij zou dan de teleurstelling over de erfenis hebben verwerkt en inzien dat ze in het huis van opa goedkoper en ruimer konden wonen. Ze zouden het ook financieel gemakkelijker hebben nu de trust de studie van de kinderen financierde. Misschien zouden ze toch nog iets van hun huwelijk kunnen maken. Misschien was het juist dat wat opa met zijn testament had willen bereiken, als een soort laatste test. Dat ze haar huwelijk nog een kans zou geven om te slagen...

Plots realiseerde ze zich dat het stil was geworden rond de tafel. Ze keek op en zag alle blikken op haar gericht.

'Was je in slaap gevallen?' grapte Emma. 'Te veel sorbet met tic?'

'Sorry. Ik heb een heel moeilijke week achter de rug.'

Ze keken haar zo begrijpend en met zoveel sympathie aan dat ze er op slag van opkikkerde. Hier was tenminste niemand die haar bekritiseerde, die eisen stelde of haar kleineerde. Integendeel, iedereen was bereid om haar te helpen en te steunen.

'Ik heb een voorstel.' De altijd zo keurig verzorgde spraak van Tamara vertoonde lichte slordigheidjes. Ze hoorde het blijkbaar zelf. 'Hoor mij! Die tic op de sorbet is heel lekker, maar verdomd sterk, Els.'

Die schrok meteen, bang dat ze iets verkeerds had gedaan, maar ze werd vlug gerustgesteld. Het was een heerlijk nagerechtje én het maakte de tongen los.

Tamara wachtte tot ze over de sorbet uitgepraat waren. Was het feit dat ze nu sneller reageerde op alcohol misschien een symptoom? Waren zwangere vrouwen gevoeliger voor drank? Ze had geen idee. Eigenlijk wist ze helemaal niets over zwanger zijn, ze had er zich nooit mee beziggehouden. Ze voelde een lichte paniek in zich opkomen, maar ze schudde die onmiddellijk van zich af. Dat ijsdrankje was gewoon lekker en zij was moe van een lange draaidag. Die zwangerschap bestond alleen in haar hoofd.

'Dus, dames!' riep ze iedereen tot de orde. 'Ik heb, zoals gezegd, een voorstel.'

Het getater viel stil en ze bekeken haar vragend.

'Ik heb kaartjes kunnen bemachtigen voor een concert van Koen Wauters in het Sportpaleis van Antwerpen. VIP-kaartjes. Wat denken jullie, trekken we er als club voor het eerst op uit?'

Het was alsof er op slag een troep jonge meisjes rond de tafel zat, zo luidruchtig gingen ze tekeer. VIP-kaarten voor Koen Wauters!

'Zullen we hem en zijn broer persoonlijk kunnen ontmoeten?' riep Emma boven de commentaren uit.

'Dat betwijfel ik. Maar er zullen wel wat BV's in de VIP-sectie zitten.'

'Wanneer is het concert?' Voor Emma kon het niet snel genoeg zijn. Thuis was het maar een sombere boel sinds de outing van Katja.

'Volgende week woensdag. Ik heb maar vijf kaarten, dus de partners zijn niet mee uitgenodigd.'

'Alsof ik Fred zou meenemen. Ben je op je kop gevallen?' Emma wachtte even tot het gelach bedaard was. 'Ik wil die avond onbeheerst kwijlen voor die twee knappe jongens. Wie heeft daar nu zijn man bij nodig?'

'Ik heb geluk', glunderde Els. ' Koen is dan nog bij zijn ouders. Én ik heb ochtenddienst. Ik ben al jaren fan. Ooit hing er een poster van Clouseau boven mijn bed.'

Ook de anderen haalden herinneringen op en kort daarna zongen ze allemaal uit volle borst. 'Daar gaat ze, en zoveel...'

'Nee', riep Emma hen druk gesticulerend het zwijgen opleggend. 'Daar gaan wij! En zoveel schoonheid is nog nooit gezien.'

Ze schaterden het uit en Els dacht verschrikt wat de buren beneden zouden denken. Stel dat ze aan Koen vroegen of het een leuk feestje was geweest. Gelukkig bracht Tamara er weer wat kalmte in.

'Oké. Dus ikzelf, Emma en Els gaan al zeker. Hoe zit het met jullie?' Ze keek vragend naar Marie-Anne en Carla.

'Graag! Ik ben nog nooit naar een concert in het Sportpaleis geweest, ik vind het erg spannend. Als jullie willen, kan ik rijden met de monovolume van de zaak. Dan kunnen we heel comfortabel alle vijf te samen met één wagen.'

'Prachtig. Daarmee is het vervoer ook geregeld. Maar denk eraan, Marie-Anne, jij bent BOB, dus je drinkt niet.'

'Geen probleem. Ik zal wel dronken worden bij het zien van de twee romantische broers.'

Hierop volgde een discussie of de zanger nu wel of niet romantisch was, maar Marie-Anne merkte dat Carla er maar stil bij zat. Ze raakte heel even haar arm aan.

'Jij gaat toch ook mee?'

'Ik weet het niet. Zo kort na het overlijden van opa? En dan is er nog die verhuizing.'

Prompt stonden ze allemaal op de bres.

Emma beloofde tijdens de dag te komen helpen om het huis van opa in orde te brengen. En ze was er zeker van dat Katja bereid zouden zijn de avond van het concert te komen babysitten.

Marie-Anne beloofde een extra vrije dag en de hulp van twee werkmannen de dag van de verhuizing.

Els en Tamara konden geen praktische hulp bieden, maar deden hun best om Carla aan te moedigen om mee te gaan. Zonder haar zou het maar half zo leuk zijn, zeiden ze. De eerste uitstap van het clubje vereiste dat ze voltallig zouden zijn.

Carla bezweek, ondanks haar twijfels en schuldgevoelens. Toen ze de beslissing genomen had, werd ze even enthousiast als de anderen.

'Ik heb ooit een concert bijgewoond op goedkope plaatsen', vertelde ze. 'Zonder verrekijker kon je bijna niks zien. Ik heb het allemaal op de schermen moeten volgen. Toch was het grandioos. Ik werd gewoon meegesleept door het enthousiasme van de duizenden aanwezigen. Toen ik er buitenkwam, ontdekte ik pas dat ik helemaal geen stem meer had. Ik was gewoon high van het lawaai en de sfeer. Het duurde uren voor ik kon slapen.'

'Wij gaan na het concert het nachtleven van Antwerpen uittesten', stelde Tamara voor. 'Ik wed dat we ons daar ook kunnen amuseren.'

Het voorstel deed Emma nog meer glunderen. Dit was iets voor haar. Uitgaan, plezier maken, uit de bol gaan! Hoe gekker, hoe liever!

'Is er nergens geen mannenstriptease? Zoiets als de Chippendales?'

Zelfs Carla nam deel aan het geplaag dat hierop volgde. Emma wilde dan ook het onderste uit de kan en de anderen reageerde uitgelaten op die gretigheid.

Maar eigenlijk waren ze vooral opgelucht omdat Carla zich voor het eerst zichtbaar ontspande. Ze waren erg geschrokken toen ze zagen hoe ellendig ze eruitzag toen ze binnenkwam. Niet alleen de sporen van het fysieke geweld die ze nog altijd vertoonde, maar vooral het verdriet en de onmacht in haar ogen, hadden geen van hen onberoerd gelaten. De traktatie van Tamara kon niet beter getimed zijn.

'Wat draag je om naar een massaconcert te gaan?' vroeg Marie-Anne. Haar garderobe was nogal zakelijk, ze wilde niet uit de toon vallen.

'Gewoon. Casual. Wat je graag draagt en gemakkelijk zit. De temperatuur kan aardig oplopen met zoveel volk.'

'Mogen we handtekeningen vragen aan de BV's? Of brengt dat je in verlegenheid? Je bent immers zelf een BV.'

Tamara lachte. 'Jullie doen maar. Zolang je er geen aan mij vraagt.'

Ze begonnen te speculeren welke bekende Vlamingen er zoal aanwezig zouden zijn. Al vlug bleek dat ze allemaal verschillende voorkeuren hadden, maar één ding hadden ze gemeen, een kinderlijk verwachtingsvolle vreugde voor deze onverwachte uitstap.

Tamara genoot ervan dat haar aanbod zoveel succes had. Ze kon het niet nalaten ondertussen Marie-Anne te observeren, die geanimeerd aan het gesprek deelnam. Waarom had Hugo haar als echtgenote gekozen? Echt mooi vond ze haar niet, ze was er zeker van dat zijzelf mooier was, en zeker meer sexy. Maar Marie-Anne straalde wel een innerlijke schoonheid en klasse uit. Een natuurlijke gratie die je soms ook zag bij heel mooie rashonden of paarden. Tamara wist dat ze daarmee niet kon concurreren. Noch met het verstand van Marie-Anne. Alleen als ze Hugo door seks kon blijven boeien, zou ze hem aan zich kunnen binden.

Verdomme, nu zat ze weer te piekeren! Hopelijk zou ze nu vlug ongesteld worden. Want de onrust liet zich niet helemaal wegdrukken. Gek genoeg was het niet alleen negatieve onrust, er zat ook een deel vreugdevolle spanning in. Zou ze dan toch zwanger willen zijn?

Marie-Anne vroeg zich inmiddels af wat er eigenlijk mis zou zijn met het huwelijk van Fred en Emma. Hij had nu al een paar maal melding gemaakt van een probleem, zonder in details te gaan. Maar als je Emma hoorde, dan was haar huwelijksleven een opeenvolging van feestjes, uitgaan en andere drukke sociale activiteiten. Van een probleem werd er niet gesproken. Toch vermoedde ze dat de vrolijkheid van Emma een schaduwzijde had. En Emma was blijkbaar niet in staat geweest Fred op te vangen toen hij zo geschokt was over de outing van Katja. Fred was liever naar haar toe gekomen.

Wat bezielde haar toch! Hoe durfde ze Emma te bekritiseren als haar eigen huwelijk hoe langer hoe ongelukkiger werd? Ze wist immers dat ze niet vrij van kritiek was in de problemen van haar huwelijk. Daarom voelde ze zich juist zo gelukkig met de lovende aandacht van Fred. De bewondering die ze in zijn ogen zag, de onderliggende emotionaliteit van hun schijnbaar oppervlakkige gesprekken.

Meteen dwong ze zich die gedachtegang te stoppen. Ze was getrouwd en Fred ook. Emma was een vriendin, iemand van het clubje en ze zou de vriendschap van Emma eerbiedigen. Ze moest Fred zo vlug mogelijk duidelijk maken dat hun vrij onschuldige gevoelens voor elkaar toch gevaar inhielden. Emma zou immers aan hun ontmoetingen een heel andere verklaring kunnen geven en erdoor gekwetst worden.

Ze wilde niemand pijn doen. Voor het eerst sinds ze hier in Herentals woonde, had ze vriendinnen. De pijn door de afstand die Hugo tussen hen creëerde, werd door die vriendschap draaglijker, de angst om zonder kinderen te blijven had ze een klein beetje meer onder controle.

Plots realiseerde ze zich dat Tamara haar al een tijdje zat te bekijken met een rare uitdrukking. Ze keek snel weg en een paniekgevoel schoot door haar heen. Had Tamara haar misschien met Fred gezien in de taverne?

Toen ze weer durfde op te kijken zag ze opgelucht dat ze zich blijkbaar vergist had. Tamara was in druk gesprek met Els. Stom zo paniekerig te reageren. Ik zoek altijd problemen waar er geen zijn. Hugo heeft me daar al zo dikwijls voor gewaarschuwd. Hij wilde dat ze minder ernstig en paniekerig was, dat ze van het leven genoot en gelukkig was met wat ze samen bereikt hadden. Maar zij had het gevoel dat het geluk als zand tussen haar vingers weggleed en dat ze met lege handen zou achterblijven. Wanneer ze met Fred samen was, verdween dat gevoel.

Toch zou ze in het vervolg wat voorzichtiger zijn. Indien Fred haar nog eens wilde spreken, zou ze een discretere plek moeten voorstellen. Stel je voor dat Tamara of Els haar zag en het aan Emma vertelde! Of Carla, die zo naar haar opkeek. Nee, ze zou dat niet laten gebeuren. Ze voelde zich goed in dit groepje. En ze hoopte dat dit nog heel lang zo zou blijven.

Hoofdstuk 6

Dankzij de VIP-tickets van Tamara en het feit dat zij door de parkeerwachter onmiddellijk werd herkend en ze hem in een oogwenk om haar vinger had gewonden, konden ze op een ideale plek de auto kwijt. Lachend en joelend stapten ze uit. De rit naar Antwerpen was in een uitgelaten, meisjesachtige stemming verlopen. Het leek wel of ze op schoolreis waren, had Carla gezegd. In ieder geval was het van in haar jeugd geleden dat ze nog zonder allerlei spanningen en toestanden aan een uitstap begonnen was. Jos kon zo irritant doen als zij een uitstapje organiseerde voor de kinderen. Nog deze week ging ze verhuizen en ze had zich voorgenomen Jos minstens één maand te laten wachten voor ze een toenadering zou wagen. Hopelijk had hij dan zijn les geleerd en konden ze opnieuw proberen hun huwelijk op gang te krijgen. Maar nu wilde ze zoveel mogelijk genieten van dit buitenkansje en van de vriendschap die ze in hun groepje van iedereen kreeg.

Marie-Anne sloot de wagen af en borg de sleutel veilig op in haar handtas. 'Indien we elkaar uit het oog verliezen, stel ik voor dat we hier afspreken een halfuur na het einde van het concert. Dat geeft iedereen tijd genoeg.'

'Elkaar uit het oog verliezen? Ben je gek! We blijven samen! Samen is het veel leuker.'

'Je weet nooit wat er gebeurt, Emma. Er is hier een massa mensen. Stel dat we elkaar kwijtraken, dan moeten we ons niet nodeloos zenuwachtig maken. We weten waar en wanneer we elkaar kunnen terugvinden.'

Iedereen begreep dat de praktische Marie-Anne gelijk had. Maar ze zouden toch goed op elkaar letten.

'We zijn als club vertrokken, we rijden als club terug naar huis. En voor de rest: plezier maken!' joelde Emma. De anderen stemden daarmee in en na een laatste inspectie of ze er wel goed uitzagen, begaven ze zich als een bende losgelaten pubers naar de ingang.

Met de VIP-tickets konden ze via een afzonderlijke ingang naar binnen en hoefden ze dus niet aan te schuiven. Ze maakten kennis met een paar collega's van Tamara, maar die scheen niet geneigd om langer met hen te praten dan collegiaal noodzakelijk. Toch was de ontmoeting voor de vrouwen een hele belevenis. Want ook al zagen ze in Tamara niet langer een BV, haar collega's daarentegen kenden ze alleen als 'Bekende Vlaming'. Het was fijn te ervaren dat het heel gewone mensen waren die zich net zoals zij verheugden op het concert.

Omdat ze nog ruim de tijd hadden, gingen ze naar de VIP-bar. Een van de obers stond al direct klaar om Tamara te bedienen. Nog voor ze er erg in hadden, zaten de vijf dames gezellig geïnstalleerd aan de toog met een alcoholisch drankje en wat knabbelnootjes.

'Wat een geluk dat we ons pas vrijdag moeten wegen, zo kunnen we de calorieën van vanavond nog wegwerken', zei Emma terwijl ze gretig een grabbel deed in de nootjes.

'Die zul je straks vlug kwijt zijn. Als het concert aan de gang is, stijgt de temperatuur snel. We zweten het allemaal weer uit.'

'Alsof jij dat nodig hebt, Tamara. Je "B en B's" zien er vanavond in ieder geval fantastisch uit.'

Tamara knikte en lachte flauwtjes. Ze had daarstraks gemerkt dat haar borsten iets groter leken. Ze had in elk geval haar beha pas na een paar pogingen kunnen sluiten. Zou ze dan toch...? Gelukkig onderbrak Carla haar onrustige gedachten.

'Ik ben blij dat ik de laatste weken heel wat ben afgevallen. Voordien voelde ik me niet op mijn gemak als ik ergens kwam. Ik had altijd het gevoel dat iedereen kritisch naar me keek. Maar wat nog leuker is, mijn kleren passen weer!'

'Je ziet er inderdaad schitterend uit. Is dat een nieuw jurkje?'

Carla wreef haar zwarte jurkje glad en voelde dat het inderdaad nergens meer spande. 'Nee, ik heb het al een tijdje. Ik droeg het die eerste dag dat we elkaar ontmoet hebben. Weet je nog, bij de opening van de VIP-loges? Toen spande het nog aan alle kanten. Ik durfde bijna niet te gaan zitten, bang dat het zou scheuren. Nu past het me als gegoten. Net als al mijn andere kleren trouwens. Al stelt mijn garderobe niet zoveel voor', voegde ze er met een verlegen glimlachje aan toe terwijl ze onwillekeurig naar Tamara keek.

'Je ziet er knap uit. Kijk maar, die man ginder heeft je voortdurend in de gaten.'

Een wat oudere man stond in de richting van hun groepje te kijken met meer dan normale interesse.

'Hij kijkt niet naar mij maar naar jou. Een van je talrijke fans natuurlijk.'

'Toch niet. Ik zag hem duidelijk naar jou kijken.'

Tamara liet de man voor wat hij was en richtte zich wuivend naar iemand die met een brede glimlach op haar toekwam. Els kreunde van opwinding want ze herkende in hem een zanger die regelmatig optrad in Vlaamse musicals, een van haar grote idolen. Ze stootte Marie-Anne, die naast haar op een barkrukje zat, pardoes aan zodat die even haar evenwicht dreigde te verliezen. Maar dat nam Marie-Anne er graag bij want de jongeman in kwestie was immers niet onaardig om naar te kijken. Hij zag er echt mannelijk uit en toch kwetsbaar. Toen hij dichterbij kwam, voelde Els zich vuurrood worden. Moet ik me weer belachelijk aanstellen, verwenste ze zichzelf. Gelukkig kon ze zich achter Marie-Anne verschuilen.

'Hoi! Mag ik je voorstellen: Emma, Marie-Anne, Carla en Els, mijn beste vriendinnen. Jullie kennen Günther toch, veronderstel ik?'

En of ze hem kenden! Het duurde niet lang of ze waren met hem in een geanimeerd gesprek. Günther was niet alleen een goed zanger, hij was ook nog uiterst charmant en onderhoudend, stelde Els vast. Ze kon haar ogen niet van hem afhouden.

Keek hij nu niet meer naar haar dan naar de anderen, of was dat maar inbeelding? Een geluk dat Koen er niet bij was want als ze samen ergens naartoe gingen, kreeg hij altijd alle aandacht terwijl zij er maar toevallig leek bij te horen. Nu was zij het die aandacht kreeg. En dan nog van haar lievelingszanger! Omringd door haar vier vriendinnen voelde ze zich zelfverzekerd genoeg om aan het gesprek deel te nemen en ze genoot met volle teugen.

Nog enkele andere VIP's voegden zich bij hun groepje en telkens stelde Tamara hen aan haar vriendinnen voor. Het was dan ook niet te verwonderen dat rond hen een groepje BV's samentroepte en deelnam aan het plezier. Onder impuls van een allesoverheersende Tamara natuurlijk, een situatie die haar lag. Zij was het middelpunt, de ster van het groepje. Bovendien lukte het haar haar vriendinnen het gevoel te geven dat ook zij belangrijk waren, zonder daarom minder aandacht voor zichzelf op te eisen.

Toen het tijd werd voor het concert namen ze samen met de VIP's pratend en lachend hun plaatsen in. Zelfs als het concert zou tegenvallen, kon hun avond niet meer stuk. Marie-Anne, die naast Emma had plaatsgenomen, zuchtte.

'Is er iets?'

'Nee. Ik voel me prima, en tevreden. Het is lang geleden dat ik nog zoveel plezier gemaakt heb. Als ik met Hugo ergens naartoe ga, moet ik altijd een rol spelen, die van sterke vrouw achter de prominente echtgenoot, weet je wel? Nu kan ik gewoon mezelf zijn.'

'Ik ben altijd mezelf,' lachte Emma, 'genieten en plezier maken doe ik overal.'

Terwijl Emma reikhalzend en vol ongeduld naar het podium keek, twijfelde Marie-Anne eraan of ze aan de optimistische levensvisie van Emma geloof moest hechten. Even had ze een schuldgevoel. Zij en Emma zaten hier vanavond als vriendinnen naast elkaar maar dat belette haar niet om in gedachten aan het volgende afspraakje met haar man te denken. Louter vriendschappelijk, suste ze haar geweten. Ze wist zeker dat zowel zij als

Fred het niet anders wilden. Vriendschap tussen verwante zielen. Elk met een geheim. Een geheim dat, wat haar betrof, te zwaar was om dragen. Het pijnlijke verlangen naar een kind werd de laatste tijd zo sterk dat het haar geen moment meer losliet. Maar de warme attentie van Fred zou haar helpen sterk te blijven. En ze zou Fred ook helpen om zijn probleem met Emma te verwerken.

Dan begon het concert. Ze vergat alles en gedroeg zich, net als haar vriendinnen, als een tiener die voor de eerste keer haar idolen aan het werk ziet.

* * *

Werner was blij dat Tamara vanavond met haar clubje op stap was, ook al was ze de laatste tijd te veel uithuizig naar zijn zin. Volgens haar eigen zeggen meestal naar de door haar producer opgelegde afspraken, maar ergens knaagde het onbehagelijk gevoel dat zij en Hugo elkaar in het geheim ontmoetten. Als zijn vermoeden klopte, kon hij alleen hopen dat haar interesse voor hem vlug zou overwaaien. Daarom vond hij het goed dat ze dat groepje vrouwen had leren kennen dat niets te maken had met het milieu van vedetten en would-be vedetten en waarmee ze zich kennelijk naar hartelust kon uitleven. Ze had die uitstap naar het concert helemaal zelf georganiseerd en het had hem verbaasd hoe ze zich erop verheugd had. Eigenlijk lag het aan hem dat ze geen gezamenlijke vriendenkring hadden. Maar tussen zijn praktijk en Taxandria bleef hem niet veel vrije tijd over. En die bracht hij liever thuis door tussen zijn cd's en zijn verzameling boeken over sport. Het liefst van al in gezelschap van Tamara, in nonchalante, losse kleding en niet opgemaakt. Dan zag hij dat ze weer helemaal van hem was. Dat hij haar niet moest delen met haar carrière, haar vele slippertjes en haar talrijke aanbidders.

Een andere meevaller was dat hij vanavond na de training en de aansluitende bespreking kon blijven hangen in de kantine.

De meeste bestuursleden waren al naar huis. Gezeten op een rustig hoekje aan de toog genoot hij van zijn biertje. De spelers stonden een beetje verder met hun gebruikelijke branie seksistische praat te verkopen. Als je die troep zo bezig hoorde, waren ze een voor een de grootste macho's die de ene griet na de andere versierden. Hij wist echter dat het merendeel nog braaf bij zijn ouders inwoonde en nog te bleu was om aan een lief te raken. Hoewel de enkele vedetten die de eerste ploeg telde, stilaan wat meer bekendheid kregen, met het bijbehorende succes bij de vrouwen als logisch gevolg. Er werd algemeen aangenomen dat Taxandria spoedig in eerste klasse zou spelen en de spelersgroep kreeg daarom ruim aandacht van de media. Het was ook een unicum dat een ploeg uit een lage afdeling zoveel profvoetballers in dienst had. Hugo had een aantal spelers aangekocht en betaalde hun lonen, anders zouden ze hun beste spelers al lang aan een van de grote ploegen uit eerste zijn kwijtgeraakt. En niettegenstaande zijn hartgrondige hekel aan Hugo, moest hij toegeven dat het dankzij Hugo was dat Taxandria nu een ploeg had die naar eerste kon doorstoten.

Werner vroeg zich af hoe Hugo dit allemaal financieel kon verantwoorden. Natuurlijk werd een deel van de vergoedingen in het zwart uitbetaald. Maar toch...

Waar maakte hij zich ook druk over? Eigenlijk waren het zijn zaken niet en voor Taxandria was het een zegen. Het had het team nooit ontbroken aan inzet en talent, en Hugo's geld had hen nu tot een grote ploeg gemaakt. Een perfecter combinatie was niet denkbaar. Maar af en toe had hij heimwee naar het eenvoudige provincieploegje dat ze vroeger waren. Met fervente supporters en spelers die iedereen kende omdat ze in Herentals werkten en woonden. De tijd toen iedereen alles wist over iedereen en een communie- of een trouwfeest en de jaarlijkse kermis de belangrijkste sociale gebeurtenissen waren.

Zijn dagdromerij werd verstoord door de stem van een van de spelers die luid boven de andere uitkwam. Hij keek in hun richting en zag dat het een van de door Hugo aangekochte spelers was die blijkbaar wat te veel gedronken had. Hij voerde een hevige discussie met een andere speler, ook eentje van Hugo's stal, die hem tevergeefs aanmaande zich stil te houden. Die twee vormden samen met Koen Dewitte een apart kliekje, wist Werner. Hij zat hier al een tijdje rustig achter zijn glas en waarschijnlijk hadden ze zijn aanwezigheid uit het oog verloren. Nu zijn aandacht was gewekt, trachtte hij zo onopvallend mogelijk het gesprek te volgen.

'Ik heb Hugo niet verkeerd verstaan. Hij sprak niet over de stuff die hij ons gegeven had in Antwerpen maar over latere geschenkjes. Die eerste stuff heeft hij trouwens zelf onder ons drieën verdeeld.'

'En ik zeg dat als Hugo stuff voor ons zou hebben meegegeven, Koen dat aan ons zou hebben doorgegeven. Hij zou niet durven die voor hemzelf te houden, man.'

'Toch is het waar. Hugo dacht dat wij erg blij waren met zijn nieuwe traktaties. Dat had Koen hem verteld toen hij ernaar informeerde.'

'Shit, man! Dan heeft die rotzak ons inderdaad geflikt. Die stuff was voor ons alle drie. Hij had het recht niet die alleen op te gebruiken.'

'Niet voor niks dat hij de laatste tijd geen last meer had van zijn blessure. Die liep zo high te voetballen dat hij niks meer voelde.'

'Tot de voorraad op was en Koentje in mekaar stortte. Ik hoop dat ze hem voor lang uit de eerste ploeg zetten. Dat zal hem leren.'

'Zei Hugo nog iets over een nieuwe traktatie? Het hoeft desnoods niet gratis, ik wil er graag genoeg voor betalen. Dat spul dat hij ons in Antwerpen gaf, was goed! Die kwaliteit vind je hier nergens.'

'Hij zei dat hij zou zien of hij nog wat had liggen en zou het dan rechtstreeks aan ons bezorgen. Eigenlijk had hij er nog plezier in ook dat Koen ons geflikt had. Het was net of hij ruzie wilde stoken. Ik vertrouw die vent eigenlijk niet. Toen we hem in Antwerpen tegenkwamen, had hij iets te verbergen, man.'

'Hou je mond. Hij betaalt ons goed. Zonder hem ligt Taxandria plat. Of je hem nu vertrouwt of niet, een toffe knul vindt of een klier, hij is onze sponsor en broodheer en het beste is dus dat je hem naar de mond praat. En over die nacht in Antwerpen zwijg je in alle talen, begrepen! Hugo lijkt misschien iemand met heel goede manieren, maar ik denk dat je niet zou weten wat je overkwam als hij zou ontdekken dat je hem verklikt had.'

Toen de andere speler door deze waarschuwing verontrust en geschrokken rondkeek of iemand iets gehoord had, had Werner al ongemerkt de cafetaria verlaten. Hij had genoeg gehoord. Hugo bracht dus regelmatig drugs in de ploeg. Dat was natuurlijk het probleem dat hij al een tijd had aangevoeld. Hoe kon die kerel zo stom zijn! Een drugsschandaal zou de toekomst van Taxandria als club in gevaar brengen. Dat kon hij niet laten gebeuren, dan nog liever hun grootste sponsor verliezen. Maar hoe moest hij het aanpakken? Hij kon niet zo maar naar het bestuur stappen zonder afdoend bewijsmateriaal. En in hoever hing het bestaan van Taxandria af van de goodwill van Hugo? Hij zou in heel de zaak uiterst voorzichtig moeten handelen. Eén ding stond al vast: hij wist nu zeker dat Koen en die twee andere spelers erin betrokken waren. Van die wetenschap moest hij handig gebruikmaken om het bestuur onder druk te zetten.

Hoe was het mogelijk dat hij niet eerder had ingezien dat het probleem van Koen met drugs te maken had? Want daarom kon hij natuurlijk de pijn zo goed verdragen. Drugs hadden immers hetzelfde effect als pijnstillers. Een tijdje had hij trouwens Els ervan verdacht dat ze hem pijnstillers toediende, aangezien ze als verpleegster toegang had tot die dingen. Maar hij had niet verder in die richting durven doordenken uit vrees dat Tamara het niet prettig zou hebben gevonden als hij een van haar nieuwe vriendinnen betichtte. Hijzelf zou het zelfs jammer gevonden hebben, want hij mocht Els wel. Hij vergeleek haar met een lief, maar heel bang vogeltje, altijd klaar om weg te vliegen als je ook maar één vinger naar haar zou uitsteken. Gelukkig lag het probleem dus niet bij haar.

Dat Hugo aan de basis lag van het kwaad, verbaasde hem allerminst. Het laagje glazuur dat hij over zich had sinds zijn succes als bedrijfsleider oogde heel fraai en Marie-Anne had daar waarschijnlijk dankzij haar aangeboren klasse veel toe bijgedragen. Maar onder dat dunne laagje had hij al een paar keer een heel andere Hugo gezien. Het was verrassend hoe je langs een voetbalplein gevoelens en frustraties in mannen naar boven zag komen die je normaal nooit in hen zou vermoeden. Vulgariteit, agressie, minachting en zelfs haat. Ze gingen zo op in de match dat ze vergaten zichzelf onder controle te houden. Zo had hij al korte flitsen van minachting en ja, zelfs haat gezien bij Hugo, gericht tegen zijn eigen Taxandria nog wel, op de weinige ogenblikken dat hij vergat dat hij geobserveerd kon worden.

Waarom Hugo de ploeg sponsorde als hij dergelijke gevoelens koesterde, was voor Werner een raadsel. Misschien was het hem alleen te doen om het aureool van weldoener en de populariteit die hij er in Herentals mee verkreeg. Plots besefte hij dat indien Hugo smeerlapperij in de ploeg bracht, hij daar een welbepaalde bedoeling mee had. Want wie riskeert nu zijn eigen spelers de vernieling in te jagen als hij achter de ploeg staat? Dom was Hugo niet, hij zou het gevaar van drugs niet onderschatten. Nee, die kerel was iets van plan. Hij moest dit tot op de bodem uitzoeken.

Paniek sloeg hem om het hart toen hij zich realiseerde dat niet alleen Els en Koen, Tamara en hijzelf maar ook Marie-Anne in die drugszaak kon betrokken worden. Dat maakte het verdomd heel wat moeilijker om stappen te ondernemen. Hij moest heel voorzichtig handelen om geen onschuldige slachtoffers te maken. Eerst en vooral moest hij Tamara in bescherming nemen, haar losmaken van Hugo en van dat clubje. Hij had haar vroeger al, zonder dat ze het wist, uit netelige situaties gehaald.

Een avontuurtje dat dreigde de pers te halen had hij, zonder dat zij het wist, op een kordate manier beëindigd. Die kerel durfde nooit meer in haar buurt te komen. Hij liet niemand toe zijn Tamara te kwetsen. Hij mocht dan een zachtaardig man lijken, als ze aan Tamara raakten, raakten ze hem en kende hij geen genade.

Voorlopig zou hij zich dus moeten beperken tot voorzichtig observeren en het verzamelen van bewijzen. Spioneren in de ploeg en Tamara uithoren of ze iets meer wist.

In ieder geval was hij vastbesloten Koen, bij diens terugkeer, en die twee andere spelers stevig aan de tand te voelen. Een ogenblik dacht hij eraan Nick te betrekken in het spionagewerk. Die jongen was zo happig om vast in de eerste ploeg te komen dat hij er veel voor over zou hebben. Maar dan sleurde hij ook Emma en Fred mee in het verhaal. Het leek wel of al die vriendinnen van Tamara op de een of andere manier in de affaire betrokken waren.

* * *

Het was al de derde trendy zaak in Antwerpen waar ze na het concert binnenvielen en de sfeer zat er nu zo goed in dat alle remmingen overboord werden gegooid. Nog voor de drankjes besteld waren, stonden ze samen op de dansvloer. Ze hadden geen partner nodig, ze hadden elkaar en dansten als een stel losgeslagen schoolmeisjes. Mannen die het toch aandurfden zich in dat uitbundige gedoe te mengen, werden met luid gejuich onthaald maar verloren hun zelfverzekerdheid zodra de vijf vrouwen zich plagend met hen inlieten. Het werd hen vlug duidelijk dat geen van de vijf een partner zocht en dat ze alleen geïnteresseerd waren in plezier maken.

Vooral op Emma stond geen maat en ze was onbetwistbaar de leading lady op de dansvloer. Haar dynamisme werkte als een stroomstoot op de andere aanwezigen en hun glazen werden meermaals gratis bijgevuld. Ook de uitbater van deze zaak had direct door dat hij dergelijke klanten extra in de watten moest leggen. Want dit groepje vrouwen deed niet alleen de stemmingsthermometer in zijn zaak met ettelijke graden stijgen, maar ook het verbruik.

Els was dan wel de jongste van het vijftal, toch was ze de eerste om af te haken. Ze voelde dat ze erbij ging neervallen als ze niet even wat ging zitten.

'Sorry, meisjes. Ik kan niet meer.'

Ze verliet de dansvloer. Emma en Tamara dachten niet aan ophouden en porden haar aan om verder te dansen, maar Marie-Anne en Carla hadden er blijkbaar ook genoeg van. Samen met Els gingen ze naar hun tafeltje en lieten zich in de niet erg stabiele stoeltjes vallen met het gevolg dat Carla er bijna afdonderde, zodat ze het zich bescheurden. Ze namen een flinke slok van hun bier om te bekomen.

'Ongelooflijk! Ik kan me niet herinneren dat ik ooit zoveel lol heb gehad!'

Carla knikte beamend naar Marie-Anne, nog niet bij machte iets uit te kunnen brengen. Al was ze dan heel wat kilootjes vermagerd, het overgewicht had zich duidelijk doen voelen op de dansvloer. Maar ze had zich reusachtig geamuseerd. Schandelijk eigenlijk, nu opa pas overleden was en terwijl ze die echtscheiding had ingezet.

Marie-Anne bemerkte haar bezorgdheid en om te verhinderen dat Carla de avond in mineur zou eindigen, begon ze te vertellen dat ze, toen ze drankjes ging bestellen, aangeklampt was door een knappe man die haar, ongelooflijk maar waar, doodleuk een soort van aanzoek had gedaan! Stel je voor, een huwelijksaanzoek midden in al die gekte alsof het de meest romantische plek op aarde was. Het moet je maar overkomen, proestte Marie-Anne het uit. De treurige en bezorgde blik verdween meteen uit de ogen van Carla en Marie-Anne moest aanwijzen wie die romanticus was. Maar ook Carla had, volgens wat Els had opgemerkt, een aanbidder. Een oudere man die hen, toevallig misschien, van de ene zaak naar de andere was gevolgd.

Toen ze hem aanwees en ze alledrie naar hem keken, draaide hij zich vlug om, dronk zijn biertje uit en verliet prompt de zaak. Ze hadden er plezier in dat ze met één enkele blik die man hadden doen afdruipen. Jammer, want hij zag er wel aardig uit, vond Carla. Waarop de andere twee haar ongenadig begonnen te jennen.

'Wat zitten jullie hier zo te lachen?' Tamara en Emma hadden er dan toch eindelijk genoeg van en kwamen puffend zitten.

Els haastte zich om te vertellen dat Carla een geheimzinnige aanbidder had die daarnet was afgedropen en dat Marie-Anne een aanzoek gekregen had en wees de man aan die eenzaam aan de toog zat.

'Weten jullie wel wie dat is?' Tamara was plots weer een en al energie.

Niemand had een idee.

'Dat is een zanger, ik kan niet meteen op zijn naam komen. Maar een paar jaar terug had hij enkele grote successen. Ik geloof dat hij nu vooral op cruiseschepen zingt. Vooruit, spring aan boord, Marie-Anne, en je ziet straks een heel stuk van de wereld.'

'Om van het andere "stuk" maar te zwijgen!' voegde Emma eraan toe.

Typische praat van haar waarop de drie anderen gretig inpikten om Marie-Anne nog meer in verlegenheid te brengen. Toch genoot die van haar succesje en ze nam zich voor om het aan Hugo te vertellen. Misschien kon ze hem een beetje jaloers maken.

Het was Els die als eerste de avond voor bekeken hield. 'Ik wil niet vervelend doen. Maar het is halfdrie en mijn dienst begint om zes uur. Ik moet echt naar huis. Als jullie verder willen fuiven, neem ik wel een taxi.'

Daar wilden de anderen niet van horen. Samen uit, samen thuis, hadden ze afgesproken en daar hielden ze zich aan.

De rit naar huis verliep in het begin in een nog luidruchtige, opgewonden stemming. De voorbije avond werd opgerakeld en iedereen had wel iets grappigs over de ander te vertellen zodat ze om beurt het mikpunt waren van elkaars plagerijtjes. Maar stilaan sloeg de vermoeidheid toe en een voor een vielen ze in slaap. Tamara, die naast Marie-Anne zat en die even was ingedut, ging met een schok rechtop zitten toen ze gewaar werd dat alle stemmen stilgevallen waren.

'Sorry dat we je zomaar laten rijden zonder tegen je te praten, Marie-Anne. Gaat het nog?' Tamara kon een geeuw nauwelijks onderdrukken.

'Valt wel mee. Maar ik zal toch blij zijn als we in Herentals zijn. Ze zijn zo stil vanachter?'

Tamara keek om. 'Ze slapen als roosjes. Je hoeft niet ongerust te zijn als je een raar geluid hoort. Aan de wagen scheelt niets. Het is Emma die snurkt.'

Marie-Anne glimlachte. Weer werd het stil in de auto. En omdat Tamara zo te zien niet geneigd was tot een babbel, zette ze zacht de radio aan. Gelukkig was het programma van de nachtradio geen marteling voor je oren. Ze gunde vooral Els een beetje rust. Het kind zag er altijd zo pips uit en dan te bedenken dat ze binnen enkele uurtjes al op haar werk moest zijn. Dat kun je alleen als je jong bent, dacht ze. Ze geeuwde en vocht tegen de vermoeidheid die op haar ogen begon te drukken. Plots week ze uit omdat ze dacht dat er iets op de weg lag. Maar het was slechts inbeelding, en ze herademde opgelucht.

'Wat was er?'

Tamara was door de bruuske beweging opgeschrikt.

'Niks. Ik viel bijna in slaap en schrok van iets dat er niet was. Praat tegen me voor ik roze olifanten zie.'

'Wil je dat ik het stuur overneem? Ik voel me kiplekker.'

'Ben je zeker?'

'Anders zou ik het niet voorstellen.'

Marie-Anne stopte op de pechstrook en Tamara nam het stuur over. Ze was best in staat om te rijden. Wanneer ze, zoals vanavond, succes had gehad, was ze altijd te zeer opgedraaid om zich moe te voelen. Misschien lichtjes dronken, dat wel. Maar ook dat had ze geleerd te verbergen. Marie-Anne was, nog maar enkele kilometers verder, leunend tegen de deur, al in slaap gevallen. Tamara kon het niet laten haar even te bekijken. Het frappeerde haar hoe jong en kwetsbaar Marie-Anne er nu uitzag. Eigenlijk moet Hugo een smeerlap zijn om deze vrouw te bedriegen. Maar dat ging ze hem zeker niet verwijten, want ze kon hem niet missen. Nog niet. Op dit ogenblik mocht ze dan door schuldgevoelens worden overvallen, de eerstvolgende keer dat ze in zijn armen lag, zou ze die vlug vergeten zijn.

Ze zong stilletjes mee met de muziek om wakker te blijven. Als ze nachtopnames had, reed ze dikwijls rond dit uur naar huis. Helemaal alleen en hondsmoe en dan zong ze ook.

De avond was een succes geweest. Ze had aan haar collega's van BV-land getoond dat ze hen niet nodig had om iemand te zijn, dat ze populair was en vrienden had met wie ze ontzettend veel plezier kon maken. En dat haar vriendinnen vanavond ook succes hadden gehad, was mooi meegenomen.

Terwijl ze via de afrit Herentals de autoweg verliet, was ze volop aan het fantaseren over Hugo en over haar filmcarrière. Toen ze op het punt stond Herentals binnen te rijden, stonden er plots lichten op de weg. Ze remde verschrikt af en de wagen begon te slingeren door het ABS-systeem dat ze niet gewend was. Niemand werd wakker en stapvoets reed ze verder langs de verlichte verkeerskegels.

Verdomme! Wegcontrole! Nu hing ze! Dat werd rijverbod. Ze was niet echt dronken maar had zeker meer alcohol in het bloed dan toegelaten was. En met de vier anderen in de wagen zou de geur van alcohol de politie tegemoet komen zodra ze het raampje opendeed. Opeens herinnerde ze zich dat ze nog maar enkele weken geleden een scène had gedraaid waarin ze een agent moest verleiden. Als ze dat nu ook eens probeerde. Ze besloot het erop te wagen. Ze toetste haar raampje open en door de plotselinge frisse lucht werd iedereen verdwaasd wakker.

'Wat is er?'
'Wat doe je?'

'Zijn we er al?'

'Goedenacht, dames!'

De agent scheen met zijn zaklamp in de wagen en richtte ze van de een op de ander. Op dat moment hikte Emma zo hard dat iedereen begon te giechelen, Tamara incluis.

'Op stap geweest?'

'Ja! En lol gehad. Nu gaan we allemaal braaf naar huis naar onze mannen. Jammer! Vooral als er nog zo van die knappe jongens vrij rondlopen in de Herentalse nacht.' Tamara had wel gezien dat de agent haar herkend had.

'Ach zo! Bianca, is het niet?'

Voor de agent verder kon praten, zei Emma op de achterbank plots: 'Dag Frans, hoe is het? Herstelt je moeder goed van haar speenoperatie?' Carla stopte haar hand voor haar mond om haar giechelen te smoren, wat niet helemaal lukte.

'Ze herstelt goed. Bedankt.' De agent was duidelijk verlegen.

'Doe haar de groetjes. Ik zal deze week eens langskomen en een taart meebrengen. Ze zal het dan wel weer zien zitten.'

Weer klonk er gegiechel op de achterbank.

De agent keek eerst boos maar begon toen te lachen. Hij had zich al de hele week geërgerd aan het gejammer van zijn moeder, die bang was dat iemand zou weten waaraan zij geopereerd werd.

'Ik hoop het, Emma.' Hij aarzelde even terwijl hij de vrouwen onderzoekend opnam. Dan keek hij naar de patrouillewagen die wat verderop geparkeerd stond en naar de agenten die een andere wagen controleerden.

'Gaan jullie meteen naar huis?'

Allen knikten ze met volle overtuiging.

'Zullen jullie voorzichtig zijn?'

'Ja, mijnheer!'

Het klonk als een klasje van de lagere school en weer begonnen ze te giechelen.

'Goed. Rij maar verder. Maar langzaam aan, begrepen!'

'Bedankt, Frans', zei Tamara met haar beste sexy stem. 'Als ik jou nog eens tegenkom in Herentals, weet ik dat ik te doen heb met een rasechte gentleman.' Ze knipoogde en wierp hem een handkus toe. De agent grinnikte eens complotterend en gaf een teken dat ze mocht doorrijden.

Pas toen ze een straat verder waren, durfden ze weer te praten en ontlaadde de spanning zich in zo'n lachbui dat Tamara de wagen moest parkeren voor ze van het lachen de controle over het stuur verloor. Gierend werden flarden van het gesprek met de brave agent geparodieerd. Na een tijdje kwamen ze weer tot rust.

'Dit is een schitterend einde van een heerlijke avond!'

'Dat is waar. Bedankt, Tamara.'

Tamara wees alle dankbetuigingen af.

'Het is heel lang geleden dat ik me zo goed heb geamuseerd. Dit is voor herhaling vatbaar. Oké?'

Daarmee ging iedereen akkoord en een voor een werden ze thuisgebracht. Telkens stapten ze allemaal uit en namen ze op de stoep fluisterend en giechelend afscheid.

Toen Marie-Anne haar wagen startte nadat ze Tamara als laatste thuis had afgezet, was ze dan ook opnieuw klaarwakker. Wat een avond! Sinds ze in dat vrouwenclubje was terechtgekomen, maakte ze de gekste dingen mee. Het aanzoek van die zanger bijvoorbeeld! Idioot natuurlijk, maar toch was het prettig te weten dat ze nog succes had en dat ze nog plezier kon maken als een tiener. Wat moest die agent wel denken van hun uitbundige gedrag. Hun reputatie in Herentals was waarschijnlijk naar de vaantjes. Maar het kon haar niet schelen! Ze kon in het groepje gewoon zichzelf zijn en daarom was die vriendschap zo belangrijk voor haar.

De stilte in hun protserige, veel te grote villa viel haar, meer dan anders, erg zwaar.

* * *

Je kon het vanaf de straat niet zien omdat het achter een hoge haag lag en afgesloten was met een poort, maar het huis van opa

194

was mooi, een echt pareltje van het einde van de negentiende eeuw. Het was gebouwd met de smalle kant naar de straat en achter het huis werd de tuin steeds breder. Er waren een aantal schuren en stalletjes en een appel- en perenboomgaard die je zo dicht bij het centrum van het stadje niet zou verwachten. Het deed je denken aan de huizen in Engelse televisieseries. Een pannendak, pastelkleurige gevels begroeid met klimop, geschilderde luiken aan de ramen en een tuin vol bloemen. Het huis zelf was een wirwar van kamers en kamertjes, met gekke trapjes en opstapjes, elegant oud sanitair dat nog goed functioneerde, brede overlopen en doorkijken én overal prachtige oude vloeren. Beneden tegels, boven eiken planken. Iedereen was laaiend enthousiast. Carla kon niet anders dan gelukkig worden in dit huis, beweerden ze.

Het enthousiasme van haar clubgenoten was zo aanstekelijk dat ook Carla het huis met andere ogen ging bekijken. Terwijl ze samen met haar kinderen en haar vriendinnen muren schoonmaakte en verfde, vloeren schrobde, meubels opboende en spinnenwebben verwijderde, verdwenen de droeve herinneringen die altijd aan dit huis verbonden waren geweest. De alles en iedereen overheersende, strenge figuur van opa schoof naar de achtergrond en af en toe meende ze zelfs de warme aanwezigheid van haar moeder te voelen.

De kinderen vonden de verhuizing een spannend avontuur en ontdekten overal wel dingen die hen interesseerden. Alleen de zestienjarige Hilde deed moeilijk. Al haar vrienden en vriendinnen woonden in de sociale woonwijk waar ze tot dan toe hadden gewoond. Zoals een tiener het bij wijze van spreken bijna aan zichzelf verplicht was, pleegde ze koppig verzet tegen de verhuizing. Elke opdracht was er een te veel, ruzies met haar oudere en jongere zus waren schering en inslag en de huilbuien volgden elkaar steeds vlugger op. Ze had zelfs al een paar maal gedreigd dat ze na de verhuizing bij papa ging wonen. Carla maakte zich er zorgen over maar haar oudste dochter, Ilse, die na de vakantie op kot zou gaan om te studeren, vond dat ze er niet te veel aandacht aan moest schenken. Gewoon tienerstreken, argumenteerde ze met de wijsheid van een achttienjarige. Hilde zou wel bijdraaien. Bovendien, hier zou ze een eigen kamer krijgen. Ze moest blij zijn. Ilse had die luxe nooit gehad.

Het meeste werk was nu gedaan en op het einde van de week kwamen de verhuizers. Marie-Anne had woord gehouden en er zouden twee werkmannen komen helpen om alles op de juiste plaats te zetten. Want zelfs met de meubels van opa erbij had Carla er niet genoeg om het hele huis te vullen. Opa had een aantal kamers jaren geleden blijkbaar leeggemaakt en afgesloten. Het huis was dan ook erg groot. Ze liet een deel van haar eigen meubilair achter voor Jos. Emma had haar meubels voor de slaapkamer beloofd die ze niet meer gebruikte en die in de garage in de weg stonden. Marie-Anne gaf haar een oude tafel met stoelen voor de grote keuken.

Die keuken zou haar lievelingsplekje worden, dat wist ze nu al. Ze keek uit op de tuin en van hieruit kon ze de prachtige rozenstruiken zien, die ze om de een of andere reden steeds verbond met haar moeder. Tamara was bijna gek geworden toen ze de bloemenpracht in de tuin had gezien. Volgens haar waren het zeldzame oude exemplaren, nu nergens meer te vinden. Ze had niet veel geholpen in het huis, maar was al een keer of twee komen tuinieren. Gek dat iemand als Tamara talent had voor tuinieren. Ze had het verwaarloosde kruidentuintje al opgeknapt en in de keuken hingen bundeltjes kruiden te drogen tussen de koperen ketels, die Carla vandaag na haar werk was komen oppoetsen.

Carla had het huis eindelijk eens voor zich alleen. Haar dochters waren vandaag toevallig alle drie bij vriendinnetjes. Ze was overal in het huis gaan rondkijken en ze had ervan genoten. Naast haar slaapkamer had ze een kamertje ingericht als kantoortje. Dat zou haar privé-plekje worden. Ook het meubilair hiervoor kreeg ze van Marie-Anne in bruikleen uit de stock van het bedrijf. Hier zou ze 's avonds kunnen werken aan haar les sen. Want ondanks alle drukte ging ze trouw door met haar opleiding. Zowel de boekhouder als Marie-Anne waren erg tevreden over haar vorderingen. Ze begon stilaan beter te begrijpen hoe de verschillende afdelingen van het bedrijf werkten. Maar voorlopig beperkte ze zich strikt tot schoonmaken. Het zou nog wel een tijd duren voor ze zich in staat voelde om kantoorwerk te doen.

Gelukkig wilde Katja babysitten tijdens Carla's lesavonden. Eigenlijk had ze niet echt een babysit nodig. Ilse was oud genoeg om op haar twee kleinere zussen te passen. Maar Jos was al een paar keer herrie komen maken voor hun huis in de sociale wijk en Ilse voelde zich veiliger als Katja er was. Katja was lief en hoewel ze een paar jaar ouder was dan Ilse waren ze echte vriendinnen geworden. Carla was erg ontroerd geweest toen Katja haar aarzelend in vertrouwen had genomen over haar geaardheid. Ze wilde niet dat Carla er later achter zou komen en spijt zou krijgen dat ze haar dochtertjes aan haar had toevertrouwd. Als Carla bezwaren had in verband met haar geaardheid en de mogelijke invloed ervan op de meisjes, zou ze dat jammer vinden maar er toch alle begrip voor hebben. Carla had haar bedenkingen weggewuifd. Ze wist dat ze Katja kon vertrouwen. Bovendien was Carla blij dat Ilse goed kon praten met Katja. De scheiding en al de spanningen die daarmee gepaard gingen, waren ook voor haar oudste dochter zwaar om dragen. Katja kwam inmiddels geregeld binnen, ook wanneer ze niet hoefde te babysitten en Carla waardeerde haar steeds meer.

Uit haar gesprekken met Katja had ze begrepen dat Emma en Fred de geaardheid van hun dochter moeilijk konden aanvaarden. Sinds Katja zich ge-out had, werd er niet meer over gepraat. Dat maakte haar diep ongelukkig maar ze had besloten er zelf niet meer over te beginnen. Haar ouders zouden het vroeg of laat toch moeten accepteren. Het babysitten was ook een goede reden om niet te veel thuis te hoeven zijn. Ze voelde er zich niet gelukkig meer. Carla nam zich voor eens te proberen er met Emma over te praten. Dan kon ze Katja helpen om de afstand tussen haar en haar ouders te overbruggen. Maar eerst moest die verhuizing achter de rug zijn.

Ze was zo diep in gedachten verzonken dat ze pas na een poosje besefte dat het metalige geluid niet kwam van de koperen ketel die ze aan het oppoetsen was, maar van de bel. Ze vroeg zich af wie haar antieke deurbel zo durfde te mishandelen.

* * *

Tamara staarde ontzet naar het resultaat van de tweede zwangerschapstest. Ze wist dat de uitslag niet honderd procent betrouwbaar was en had zich dus van een controle-exemplaar voorzien. Maar de uitslag was duidelijk. Ze was zwanger. Geen twijfel meer mogelijk.

Waarom moest dit haar overkomen? Juist nu Hugo de nodige contacten had gelegd om haar filmcarrière op gang te krijgen. Nu ze zich zo gelukkig voelde met de combinatie van de warme huiselijkheid van Werner en de wilde passie van Hugo. Juist nu ze een vriendenkring had gevonden en Tamara hoe langer hoe meer overwicht begon te krijgen op haar tweede ik, Bianca. Een paar maanden geleden nog was ze de wanhoop nabij geweest omdat ze vreesde dat ze schizofreen werd. Dat Bianca haar langzaam maar zeker opslorpte en dat ze die bitch nooit meer zou kwijtraken.

Zwanger! Ze moest proberen de opkomende paniek onder controle te houden want op zich was het misschien geen onoverkomelijke ramp. Er waren wel meer actrices die zwanger werden. De filmplannen, indien die er al kwamen, zouden zeker niet meer voor dit jaar zijn. De opname van een film startte niet zomaar van de ene dag op de andere. Daar ging een lange voorbereidingstijd aan vooraf. En wat de soap betrof, daar kon men haar personage tijdelijk uit schrijven, dat werd wel meer gedaan.

Het grote probleem was dat ze niet wist wie de vader was en hoe de vader in kwestie zou reageren. Werner zou waarschijnlijk geen probleem zijn, zolang hij maar geen argwaan kreeg dat het kind eventueel van Hugo kon zijn. Als zij gelukkig was met een kind zou hij dat ook zijn, bedacht ze.

Maar hoe zou Hugo reageren? Het kon een kind van hem zijn en dat zou hij beseffen. Zou ze in staat zijn Werner te verlaten als Hugo dat zou vragen? Ze had de indruk dat Hugo en Marie-Anne niet echt gelukkig waren, maar ze was niet zeker of hij zijn vrouw omwille van een kind in de steek zou laten. Het was ook goed mogelijk dat hij haar zou laten vallen. Zelf zou ze dat wel overleven, maar ze twijfelde eraan dat ze na haar passionele verhouding nog genoeg zou hebben aan de rustige Werner. Allemaal vragen waarop ze voorlopig niet kon antwoorden.

Dan waren er nog haar vriendinnen! Stel dat ze te weten kwamen dat het kind van Hugo kon zijn! Ze zouden haar unaniem veroordelen, want Marie-Anne was erg geliefd in het groepje. Ze zouden haar meteen uit het clubje zetten.

Weer verjoeg ze de paniekgedachten. Hoe zouden zij het in godsnaam te weten kunnen komen? Zij en Hugo keken wel uit waar ze elkaar ontmoetten. Aangezien de opnamestudio bij Brussel lag, spraken ze normaal daar ergens in de buurt af. Dus ver van Herentals. En indien ze dan toch ergens opgemerkt zouden worden, had ze altijd het excuus van haar samenwerking met Hugo in verband met haar filmcarrière.

Kortom, het was niet nodig nu al in paniek te raken. De zwangerschap zou geen groot probleem zijn als ze twee simpele vragen kon beantwoorden. Wie was de vader en wat dacht zij er zelf van om moeder te worden?

Ze legde haar hand op haar nog volledig platte buik en stelde zich voor hoe het zou zijn wanneer binnen nog geen negen maanden het kindje in haar armen zou liggen. Dit was geen rol in een serie waar ze zomaar uit kon stappen. Een kind was een engagement voor altijd en dat was niet meteen haar sterkste kant.

* * *

Ze bleef maar beven. Aan de voordeur was er niemand te zien geweest en ze dacht dat ze zich toch vergist had door het lawaai bij het schoonmaken van de koperen ketel. Maar toen ze weer in de keuken kwam, stond Jos daar. Hij was om het huis gelopen en via de keuken binnengekomen zoals hij dat vroeger altijd deed wanneer hij bij opa de melk kwam afrekenen.

Nu stond hij met de rug naar haar toe met zijn handen in zijn broekzakken. Ze hoorde hoe hij speelde met de muntstukjes die hij altijd los in zijn zakken had zitten. Het gerinkel maakte haar nog zenuwachtiger. Het had op een of andere manier iets bedreigends.

'Ik was totaal vergeten hoe mooi het hier is. De ouwe heeft me dan ook nooit meer binnengelaten vanaf het ogenblik dat hij wist dat je zwanger was. Zelfs niet nadat ik je reputatie had gered met een huwelijk. De klootzak.'

Ze reageerde niet. Ze was doodsbang dat zijn schijnbaar rustige stemming plots zou omslaan in een ongeremde agressie. Hier zou niemand haar horen wanneer ze om hulp riep. Het was nu al weken dat hij zijn woede had opgespaard, buiten die enkele scheldpartijen voor hun deur. Jos was woedend. Dat zag ze aan de snelle bewegingen van zijn kaken terwijl hij tandenknarste.

'Alles is opnieuw geschilderd! Hoe heb je dat klaargespeeld in die korte tijd?'

'Ik heb hulp gehad.'

Hij fronste zijn wenkbrauwen.

'Van de vrouwen van het clubje. We komen nog altijd bij elkaar en ze zijn me allemaal komen helpen.'

'Ook die Marie-Anne voor wie je werkt?'

Carla knikte. Zou Jos weten dat Marie-Anne haar geholpen had die dag na de voorlezing van het testament? Dat zij het was die haar had aangeraden de scheiding aan te vragen?

'Je bent vermagerd.'

'Ja. Daar is het in het clubje om te doen, weet je nog? We helpen elkaar met diëten.'

'Vrouwelijke solidariteit. Mooi!'

Plots draaide hij zich om. Ze zag dat een uitbarsting niet lang meer uit zou blijven en klemde zich vast aan de leuning van de stoel waarachter ze zich veiligheidshalve had opgesteld. Gelukkig waren de kinderen niet hier!

'Helpen ze je ook met je scheiding en met het opzetten van de kinderen tegen hun vader? Met verhalen rond te strooien in Herentals over mijn zogezegde geweldplegingen en dronkenschap?'

Hij kwam langzaam dichterbij. 'Mooi clubje. Hoe heet het? De Echtbrekers Club? Geëmancipeerde vrouwen die elkaar helpen de mannen aan de kant te schuiven. Wie is de volgende? Misschien kloppen die geruchten wel over Tamara dat ze die zak van een Werner binnenkort gaat verlaten.'

Het drong niet tot Carla door waar Jos het over had. Het enige waar ze op lette, waren zijn handen. Zijn handen die hij zo meteen zou gebruiken als wapens. Ze veronderstelde dat hij gedronken had al zag ze er niet onmiddellijk de sporen van. Maar Jos kon heel wat drank hebben voor hij zichtbaar dronken was. God, wat moest ze doen?

'Zowel Hugo, Werner, Fred als Koen brengen liever hun tijd door bij Taxandria dan bij hun vrouwen. Dat spreekt voor zich, of niet soms? Ze zullen het bij hun vrouwen dus niet zo goed hebben. Toch genieten jullie er ondertussen van om samen af te geven op de mannen. Want je moet mij niet wijsmaken dat jullie over iets anders spreken tijdens die bijeenkomstjes. Het zijn allemaal gefrustreerde wijven!'

'We hebben het vooral over calorieën, over de kinderen en ons werk.'

'Dat zal wel. En seks? Hebben jullie het daar ook over? Wat doe je nu voor seks, Carla? Of heeft Marie-Anne je daarvoor ook al een oplossing gegeven. Je mag van haar misschien op Hugo kruipen want die sukkelaar heeft toch niet genoeg aan die stijve trut van hem.'

'Laat Marie-Anne erbuiten.'

'Waarom? Zij heeft zich ook met ons bemoeid. Maar wees

gerust, ze krijgt daarvoor de rekening nog wel gepresenteerd, net zoals iedereen die jou helpt die echtscheiding door te drijven. Wees daar maar zeker van.'

Plots stond hij naast haar en greep haar ruw beet met zijn gezicht heel dicht bij het hare. Ze zag de witte vlekken rond zijn ogen die zijn woede verraadden, de open poriën van zijn neus. Zijn adem was inderdaad één stinkende walm van alcohol.

'Hoe voel jij je nu, Carla? Niet zoveel praat meer als in je clubje of bij de notaris, is het niet?' Hij schudde haar wild door elkaar. Toen liet hij haar plots los, zodat ze bijna omviel. Wankelend liep ze naar de gootsteen. Hij lachte krampachtig. Een lach waarin ze zijn machteloze razernij hoorde.

'Je dacht toch niet dat ik me moe ging maken met je een pak slaag te geven? Vandaag kom ik je alleen maar waarschuwen. Ik ben niet zo dom dat ik niet zou weten dat ik, dankzij jouw beste vriendin, Marie-Anne, door de politie in de gaten word gehouden. Ik kom je alleen een ultimatum stellen. Ben je geïnteresseerd?'

Met moeite kon Carla de energie opbrengen ja te knikken.

'De politie houdt mij in de gaten in verband met gezinsgeweld en ze hebben geen weet van het feit dat die wijven van je clubje er wat mee te maken hebben. Geen hond dus die aan mij zal denken als een van je vriendinnen een ongelukje overkomt. Je weet waartoe ik in staat ben en ik hoef daar zeker geen details aan toe te voegen. Als je wilt dat je vriendinnen geen gevaar lopen, doe je dus wat ik je zeg. Begrepen!'

Hij zag met sadistische tevredenheid de panische angst in haar ogen.

'Geef me maar een seintje wanneer je de procedure hebt stopgezet. De andere instructies breng ik je daarna wel.'

Hij ging naar de deur en draaide zich om. Zijn stem klonk ijzig. 'Denk eraan. Hoe langer je wacht, hoe gevaarlijker het wordt voor je vriendinnen. Ik wens je nog een heel plezierige verhuizing. Het zal mij een ongelooflijk genoegen zijn dit huis voor een flink bedrag te kunnen verhuren zonder zelf ook maar één vinger te hoeven uitsteken. Bedank je vriendinnen alvast van me en vergeet niet te zeggen dat ze nog iets van me te goed hebben.'

* * *

Hilde zat in het oude schuurtje dat helemaal achteraan gebouwd was en waar het terrein van het huis van opa grensde aan een oud weggetje. Het was er eenzaam en een beetje eng. Mama dacht dat ze bij haar vriendinnetje was maar ze had hier met Jurgen afgesproken. Ze hoopte in ieder geval dat hij zou komen want hij had lang geaarzeld voor hij ten slotte toch toestemde. Het was gek en ze had er vroeger nooit bij stilgestaan, maar haar vrienden en vriendinnetjes verlieten bijna nooit de wijk waar ze woonden. Ze kwamen bij elkaar op bepaalde straathoeken of bij het bushokje. Het merendeel van hen kwam haast nooit in het centrum van Herentals en zeker niet in deze buurt. Maar toen ze verteld had dat ze elkaar in het schuurtje alleen zouden kunnen zien, had hij beloofd te komen.

Eigenlijk was het hier mooi. Maar ze vertikte het om dat toe te geven. Ze werd tegen haar zin uit de wijk weggehaald en moest al haar vrienden en vriendinnen achterlaten en zou hen niet meer zien. Want mama zou het haar nooit toestaan dat ze 's avonds nog naar de andere kant van Herentals zou gaan. Dat ze hier dood zou gaan van verveling, stond voor haar vast. Na de vakantie vertrok Ilse op kot en aan haar achtjarige zusje Mieke had ze niets.

En dan was er Jurgen! Als ze niet naar de wijk kon, zou hij haar vlug laten vallen. Hij was een paar jaar ouder en tot voor kort had hij haar zelfs niet zien staan. Maar toen ze onlangs vertelde dat Bianca regelmatig bij hen over de vloer kwam, had ze blijkbaar zijn aandacht getrokken. Vorige week hadden ze voor het eerst gekust en ze hoopte dat ze daarbij niks verkeerds had gedaan, want het was haar eerste, echte kus. Eigenlijk wel een beetje griezelig zelfs. Ze had nooit gedacht dat er speeksel bij te pas kwam.

Ze wist nog altijd niet of ze het nu vies vond of niet. Maar iedereen deed het, dus moest het wel leuk zijn. In ieder geval was ze nu geen klein kind meer zoals haar vriendinnen wel eens smalend beweerden. Haar vriendje was zelfs ouder dan hun vriendjes. Hij werkte al, in een garage, en reed met een zware motor.

Maar eigenlijk maakte hij haar ook een beetje nerveus. Ze had voortdurend het gevoel dat hij haar op de proef stelde. Omdat het haar eerste vriendje was, had ze geen vergelijkingsmateriaal. Met Ilse kon ze er niet over praten, die zou haar gewoon uitlachen. En aan haar vriendinnen kon ze natuurlijk niet toegeven dat ze het allemaal wat eng vond. Maar wat als Jurgen meer zou vragen dan een kus? Hoe moest ze nee zeggen zonder dat hij haar meteen liet stikken?

Jammer dat ze er niet met mama over kon praten. Maar ze was boos op mama. Oké, het huis was niet ongezellig en ze zou een mooie kamer krijgen, maar dat kon niet op tegen het gevoel bij de groep te horen. Ze zou zich dus zo lang tegen de verhuizing verzetten tot mama erin zou toestemmen dat ze elke avond naar de wijk ging. Zogezegd om met een vriendinnetje te studeren. De ouders van haar beste vriendin uit het groepje hadden geen telefoon, dus mama kon het niet controleren. Bovendien had ze het de laatste tijd toch te druk met die bijscholing voor dat stomme bedrijf en met haar belachelijke dieetclub. Goed dat niemand op school dat wist. Wie had er nu een moeder die studeerde en in een vrouwenclub zat?

Papa wilde ook niet verhuizen. Hij wilde dat mama het huis van opa verhuurde en het geld aan hem gaf, dat ze allemaal weer in hun oude huis zouden gaan wonen en dat alles weer werd als vroeger. Dat had hij haar allemaal in vertrouwen verteld toen hij haar 's avonds in de wijk was tegengekomen. Maar ze mocht thuis niets zeggen over hun ontmoeting. Blij dat hij niet boos was dat ze op straat rondhing, had ze het hem plechtig beloofd. Sindsdien kwam hij af en toe terug om een praatje met haar te maken. Maar niet als hij zag dat Ilse erbij was, want die gaf hem geen seconde de kans om iets te zeggen of te vragen.

Al genoot ze van het feit dat hij haar bijna als een volwassene behandelde en beloofde dat ze weer in de wijk zouden gaan wonen als het weer goed kwam tussen hem en mama, toch wilde ze niet dat alles weer werd zoals vroeger. Ze was een beetje bang geworden van papa. Vooral sinds hij mama zo had toegetakeld na het bezoek aan de notaris. En als papa niet thuis was, had ze meer vrijheid. Mama kon ze veel meer wijsmaken en die was lang niet zo streng. Ze hoopte dus dat mama met de scheiding zou doorgaan, maar ze moest haar wel toestaan naar de wijk te gaan wanneer ze daar zin in had.

Toen hoorde ze Jurgen aan komen rijden. Terwijl hij zijn motor uit het zicht zette, streek ze zenuwachtig haar jurk glad. Zag ze er niet te kinderachtig uit? Het was goed voor haar imago het vriendinnetje van Jurgen te zijn en ze hoopte dat het nog een tijdje zou duren, al wist ze niet goed hoe ze moest omgaan met zijn hevige liefkozingen. Even flitste het door haar hoofd of het wel verstandig was geweest om met hem hier op deze verlaten plek af te spreken. Maar om daar op door te denken kreeg ze geen tijd. Jurgen trok haar overeind en nam haar in zijn armen.

* * *

Els was hevig geschrokken. Ze was voor de televisie in slaap gevallen en midden in de nacht wakker geworden toen ze iets hoorde in de hal. Er was die week in de buurt ingebroken en ze tikte net het noodnummer in op haar gsm toen Koen de kamer binnenkwam. Opgelucht sloot ze de oproep af voor hij beantwoord kon worden. Bijna had ze zich weer eens belachelijk aangesteld.

'Ben jij nog op? Heb je geen ochtenddienst morgen?'

'Toch wel. Maar ik ben op de sofa in slaap gesukkeld.'

'Dat is dan heel dom van je. En morgen maar klagen dat je moe bent.'

Els stond op om hem naar de slaapkamer te volgen. Ze dacht er plots aan dat hij niet eens de moeite gedaan had om haar dag te zeggen, laat staan een zoen te geven. Het verblijf bij zijn ouders had zijn stemming blijkbaar niet veel verbeterd. Ze kon best zo vlug mogelijk gaan slapen. Morgen was hij hopelijk beter gehumeurd.

'Hoe was het thuis? Alles in orde?'

Hij knikte nors. 'Maar wat een stom gat is dat dorp. Daarmee vergeleken is het brave Herentals een poel van ondeugd. Ze hebben daar maar één stom café, en dat sluit dan nog om twaalf uur. Ik heb mij doodverveeld.'

'Hoe is het met je been?' Ze zag dat hij mankte terwijl hij de vuile was naar de badkamer bracht en meer naast de wasmand kieperde dan erin.

'Slecht. Je moet dringend spul uit het ziekenhuis voor me meebrengen. Ik heb gehoord dat die Nick goed begint te functioneren in de ploeg. Dat kan ik niet laten gebeuren. Het is essentieel dat ik dit seizoen eindig in de eerste ploeg én dat ik nog een paar maal scoor. Dus morgen breng je het nodige mee.'

'Dat gaat niet. Ik heb problemen gehad met de hoofdverpleegster. Ik voelde me niet al te best en toen heeft ze me uitgekafferd. Sindsdien houdt ze me constant in de gaten.'

'Je moet, hoor je! Vraag maar aan dat vriendje van je haar af te leiden. Verzin maar wat. Ik moet trainen en spelen of ik verlies mijn transferwaarde. Of ben je te dom om dat te snappen?'

De tranen sprongen in haar ogen. Ze had weinig aan Koen gedacht toen hij weg was en omdat ze meer tijd met Johan had doorgebracht, had ze zelfs haar probleem vrij goed onder controle kunnen houden. Heel die tijd had ze maar één enkele keer een vreetbui gehad en de laxatieven en braakmiddeltjes had ze met de helft verminderd. Nu voelde ze plots de symptomatische paniek opkomen die aan een vreetbui voorafging. Ze ging snel terug naar de woonkamer in de hoop zo aan de ruzie en de paniek te ontsnappen. Maar hij volgde haar en greep haar hardhandig bij de pols.

'Je brengt die spullen mee of je komt hier niet meer binnen. Begrepen? Dan kun je aan je ouders en je zussen gaan vertellen dat je vriend Koen, de voetbalvedette, je niet interessant genoeg vond en dat hij je daarom eruit heeft gegooid. Wat ze trouwens altijd hebben verwacht', sneerde hij.

Ze voelde haar maag ineenkrimpen omdat hij haar zwakke plek zo goed kende. Als hij haar in de steek liet, zou ze niemand meer onder ogen durven te komen.

'En dan nog iets. Ik hoorde dat je hier achter mijn rug feestjes bouwt? De flat staat op mijn naam, vergeet dat niet. Ik wil dus niet dat je er hier achter mijn rug een boeltje van maakt, of je kunt gaan.'

Een meevaller dat hij Hugo vanavond nog gezien had. Hij had hem niet alleen van genoeg stuff voorzien om een tijd voort te kunnen tot Els de moed had gevonden om nieuw spul mee te brengen, maar hij had terloops ook verteld dat Marie-Anne zo genoten had van de bijeenkomst van hun clubje in zijn flat. Hij had zich de pineut gevoeld omdat hij er niets van wist. Els diende om zijn leven naar buiten uit een respectabele allure te geven, zeker in de ogen van het bestuur. Maar ze moest niet beginnen op eigen houtje dingen te organiseren en hem voor lul te doen staan.

'Blijf maar op de sofa slapen. Zolang mijn been me die pijn bezorgt, heb ik het bed voor mij alleen nodig. Ik kan je rusteloze gewoel best missen.' Zonder haar nog een blik te gunnen, verliet hij de woonkamer.

Een uurtje later had ze in de keuken al wat eetbaar was naar binnen geschrokt en wachtte ze, bibberend van ellende, op de werking van de laxatieven en braakmiddelen die ze had genomen.

* * *

'Dank je dat je hebt willen komen.'

Marie-Anne haalde lichtjes de schouders op om hem duidelijk te maken dat ze geen dank hoefde. Maar eigenlijk was ze wat blij dat Fred haar had opgebeld om te vragen of ze geen zin had in een babbel.

De voorbije dagen had ze Hugo tot vrijen proberen te verleiden maar hij had telkens botweg geweigerd. Ze moest hem met rust laten. Te veel problemen en stress. Nadat hij in de vroege avond vertrokken was voor de zoveelste afspraak over wat dan ook, had ze op haar bed liggen huilen. Ze zou ook deze maand weer geen kans hebben op een zwangerschap, en bovendien was er duidelijk iets mis met haar huwelijk. Nog nooit was Hugo zo koel en afstandelijk geweest. Ze wist zich geen raad meer en toen ze aan de telefoon de vriendelijke stem van Fred hoorde, die vroeg of ze niet wilde komen, had ze zonder aarzelen ja gezegd. Nu zaten ze samen in een cafeetje een eind buiten Herentals.

'Hoe kom je aan dit adres? Ik wist zelfs niet dat het bestond.'

'Vroeger fietste ik veel. En als ik hier dan langskwam, dronk ik hier wel eens een biertje. Het ligt wat afgelegen en door de week is het erg rustig. En het valt buiten mijn gebied als controleur. Minder kans dus dat ze mij kennen.'

'Het is gezellig. Een beetje rommelig, maar leuk.'

'Is die verhuizing gisteren goed verlopen?'

'Ja. Carla woont nu heel mooi. Maar ze zag er gisteren erg gespannen uit. Ik vermoed dat er meer aan de hand was dan alleen die verhuizing. Waarschijnlijk iets met Hilde. Die was erg overstuur en stelde zich vreselijk aan.'

'Ze zal er wel wennen. Ik hoop dat Jos hen daar met rust laat. Hij verkoopt agressieve praat in het café.'

'Echt? Wat zegt hij dan zoal?'

'Dat hij de schuldigen zal straffen. Allemaal! God weet wie hij daarmee bedoelt. Die notaris misschien? Of de advocaat van Carla? Hij vertelt ook dat hij binnenkort het huis van haar opa gaat verhuren aan mensen van een van de internationale bedrijven in de industriezone. Voor heel veel geld! En dat zij dan met z'n allen weer in hun vroegere huis gaan wonen.'

'Wat is dat nu voor onzin? Waarom zou Carla heel die verhuizing doen als ze met zoiets akkoord zou gaan?'

'Dat dacht ik ook. Het zal dus wel zattenpraat zijn. Hij is naar het schijnt alle dagen stomdronken.'

'Ik zal Carla eens polsen. Hopelijk houdt ze voet bij stuk. Terug naar Jos gaan en het huis opgeven, dat zou het stomste zijn dat ze kan doen. Dat huis betekent haar zelfstandigheid. Ze is veel meer waard dan Jos, maar ik geloof niet dat ze dat ten volle beseft. Hij is een gemene en gewelddadige kerel.'

'Let jij dus ook maar goed op. Als het Jos ter ore komt dat je Carla hebt geholpen met die echtscheiding, richt hij zijn agressie misschien op jou.'

'Dat zou hij niet durven.'

Maar terwijl ze het zei, voelde ze al twijfel opkomen. Waartoe zou een dergelijke geweldenaar niet in staat zijn? Als hij zijn vrouw genadeloos aframmelde en zijn eigen kinderen bedreigde, waar lagen dan zijn grenzen?

'Maar toch bedankt, Fred. Ik zal voorzichtig zijn en ik beloof je plechtig dat ik 's nachts niet alleen door de straten van Herentals zal dwalen.'

Ze probeerde zich er met een grapje van af te maken maar ze was er helemaal niet gerust op.

'Ik dacht daarstraks even dat je al iets ondervonden had. Je zag er zo bleek en onrustig uit toen je binnenkwam. Er scheelt toch niets?'

Ze wilde vlug over iets anders praten. Hij zag hoe ontredderd en hulpeloos ze reageerde op zijn vraag en legde kalmerend zijn hand op die van haar. Voor ze het wist vertelde ze hem alles. Haar wanhopige verlangen naar een kind dat haar niet meer losliet. De onverschilligheid van Hugo. Al de dokters die ze al geraadpleegd had en die haar aanmaanden niet meer te lang te wachten omdat haar vruchtbaarheid met de jaren zou afnemen. Haar angst dat het al te laat zou zijn...

Ze kon niet meer verder spreken want de tranen liepen over haar wangen en ze boog het hoofd, beschaamd als ze was dat Fred haar in die erbarmelijke toestand zag. Ze trachtte met de rug van haar hand de tranen weg te vegen tot Fred, zonder te spreken, haar zijn zakdoek gaf alsof hij zich over haar wilde ontfermen als over zijn eigen kind. Na een poosje herstelde ze zich, werd kalmer. Ze was niet alleen bang voor de eenzaamheid, zei ze, maar vooral voor de eenzaamheid zonder kind. Ze verlangde naar een kind dat van haar zou houden, zonder voorwaarden, zonder eisen. Voor altijd.

Toen ze was uitgepraat, bleef het een tijdje stil. Fred had haar hand weer in de zijne genomen en liet haar rustig tot zichzelf komen. Hij streelde haar hand. Ze probeerde naar hem te glimlachen door haar tranen heen.

'Sorry.'

'Waarom?'

'Dit was helemaal niet de bedoeling van ons afspraakje.'

'Ik ben blij dat je me in vertrouwen hebt genomen. En al kan ik je niet echt helpen, één ding moet je geloven. Je hebt al iemand die van je houdt zonder voorwaarden en zonder eisen.'

Ze wilde hem tegenspreken maar voor ze besefte wat er gebeurde, omhelsde hij haar. Eerst aarzelend. Daarna, toen ze zich niet verzette, met meer hartstocht. Diep in haar borrelden gevoelens op die ze gedacht had nooit meer te zullen voelen. Misschien had Hugo ongelijk en was ze niet frigide zoals hij soms smalend beweerde.

Na de kus bleven ze rustig hand in hand zitten tot Fred het eindelijk aandurfde zijn gedachten onder woorden te brengen.

'Marie-Anne, ik hou van je en ik ben je dankbaar voor je vertrouwen. Het doet me enorm pijn dat ik je niet kan helpen. Het enige wat ik je kan aanbieden, zijn mijn gevoelens voor jou. En zelfs die kan ik je niet zonder beperkingen aanbieden. Emma heeft me nodig, ik zal haar nooit in de steek laten.'

Ze wilde hem onderbreken maar hij hield haar tegen.

'Laat me verder spreken voor ik de moed verlies.'

Ze knikte en hij ging verder.

'Ik wil jou ook niet opgeven. We zijn allebei volwassen. We hebben gewoon pech dat we elkaar te laat ontmoet hebben. Daarbij komt ook nog dat ik veel te oud voor je ben.'

Ze wilde protesteren maar weer liet hij haar de kans niet.

'Nee, laat me... Je weet dat ik gelijk heb. Maar het weinige dat ik je kan geven, bied ik je hierbij aan. Mijn liefde, mijn vriend-schap en mijn gezelschap wanneer je me maar nodig hebt. Ik beloof je dat ik de door jou gestelde grenzen nooit zal overschrij-den. We zijn verstandig genoeg om te weten dat we voorzichtig moeten zijn. Wat we voor elkaar voelen is goed, daar ben ik zeker van. Dat mogen we niet opgeven, niet verloren laten gaan.'

Twee uur later reed ze terug naar Herentals, moe van al de doorstane emoties. Ze nam zich voor Fred nooit op te geven, maar verder dan deze dankbare ontmoetingen en zoete liefko-zingen zou ze niet gaan. Eerst moest ze zwanger worden van Hugo. Dat ging voor alles. Ze zou haar kinderdroom niet opge-ven en haar kind moest opgroeien in een gezin. Ze kon en wilde haar huwelijk met Hugo niet in gevaar brengen. Haar kind had een thuis nodig. Een thuis zoals zij zelf nooit had gehad.

Maar zolang haar kinderwens niet in vervulling ging, zou ze haar relatie met Fred koesteren. En eigenaardig genoeg voelde ze zich helemaal niet schuldig tegenover Hugo. Hij was het die haar alleen liet en verwaarloosde. Zij had recht op warmte en als Fred haar die wilde geven, zou ze die niet weigeren. Ook tegen-over Emma had ze geen schuldgevoelens. Uiteindelijk deden zij en Fred, buiten enkele romantische omhelzingen, niets ver-keerds. Emma flirtte zo dikwijls, voor de fun, zoals ze altijd beweerde. Trouwens, ze wilde Fred helemaal niet van Emma afpakken. Ze had behoefte aan zijn aandacht en aan de troost die van hem uitging. Alleen kon ze de pijn van het verdrietig wach-ten op een zwangerschap niet meer aan.

* * *

Ze was zo wild en passioneel tekeergegaan dat ze overal pijn voelde. Zou het de baby kunnen schaden, vroeg ze zich af? Maar nee, de baby was nog maar een miniem bundeltje cellen ergens diep weg in haar. Trouwens, misschien was een miskraam geen slechte oplossing. Al vond ze het toch wel een akelige gedachte.

'Lig eens stil! Waarom kun jij nu niet even je ogen dichtdoen na een partijtje seks?'

'Omdat je me zo opwindt dat zelfs het meermaals klaarkomen me niet helemaal ontspant. Als je het aankunt, kunnen we er, wat mij betreft, meteen opnieuw aan beginnen.'

Hugo kreunde bij de gedachte, het zou meer op een marteling voor hem uitdraaien, maar toch kon hij er om lachen. Hij wist dat ze het als grap bedoelde en dat ze net zo voldaan en uitgeput was als hij. Het kostte hem veel energie en verbeeldingskracht om deze seksueel hongerige vrouw te bevredigen. Ze putte hem lichamelijk helemaal uit en zijn werk begon er onder te lijden. En wat het nog erger maakte, seks met haar begon verslavend te werken. Hoe meer hij het deed, hoe meer hij ernaar verlangde. Het was nu al zover gekomen dat hij de dagen dat hij Tamara niet zag tegen de muren opliep van frustratie. Hij wist dat zijn rothumeur Marie-Anne ongelukkig maakte en dat zijn personeel met een grote bocht om hem heen liep tijdens die hondsdagen. Hij nam zich voor om bij de volgende beurt tot het uiterste te gaan, om haar eens en voor altijd uit zijn systeem te krijgen. Maar bij elke volgende ontmoeting werd hij meer afhankelijk van haar. Het was of ze een grote spin was die alle kracht uit hem zoog en hem helemaal in haar web verstrikte. Maar een vlieg zou zich wanhopig proberen los te wrikken, hij niet. Hij genoot ervan zich te laten verslinden. Hij wou dat er nooit een einde aan zou komen. Kortom, Tamara had hem volledig in haar macht.

'Wanneer zien we elkaar weer?'

Tamara zuchtte een tikkeltje verveeld. Werner was al enkele dagen slechtgehumeurd als ze 's avonds wegging en in de studio was ze al een paar keer met excuses komen aandraven om haar opnames te verplaatsen. Dat zouden ze niet blijven slikken.

'Deze week niet meer, vrees ik.'

'Maar het is pas maandag!'

'Mijn vrije dag dus, ja. Gelukkig dat ik op zaterdag werk zodat we elkaar tenminste op maandag kunnen ontmoeten zonder dat Werner iets vermoedt.'

'Zijn er problemen?'

'Nee. Maar ik wil ook niet dat er problemen komen. Dus volgende maandag, eerder niet.'

Hij pruilde als een verwende schoolknaap en lachend gaf ze hem een klap op de billen die iets harder aankwam dan ze had bedoeld.

'Sorry! Maar wanneer je je als een kleuter gedraagt, dan krijg je slaag.' De toevallige kastijding bracht haar ertoe om wat meer over hem aan de weet te komen.

'Weet je wat ik zo gek vind? Dat ik elke millimeter van je lichaam ken, maar voor de rest heel weinig van je weet. We maken nooit tijd om te praten, behalve over mijn werk misschien. Toen je daarnet die pruillip trok, vroeg ik me bijvoorbeeld af of jij van kinderen houdt? Jullie zijn al lang getrouwd, niet? Willen jullie misschien geen kinderen?'

Hij vloekte inwendig, maar uiterlijk beheerste hij zich. 'Sorry, maar dat zijn jouw zaken niet. Bovendien, jij en Werner hebben er toch ook geen.'

'Nee. Het is er gewoon nooit van gekomen. Mijn carrière en zo. Niet omdat er problemen waren of omdat we geen kinderen wilden. Is het zo ook bij jou en Marie-Anne of willen jullie er bewust geen?'

Dit keer vloekte hij hardop en stond op om zijn spullen bij elkaar te zoeken.

'Sorry. Je hebt gelijk, het zijn mijn zaken niet. Daar moet je toch niet kwaad om worden en weglopen. We hebben nog alle tijd.'

Hij antwoordde niet en ze besloot niet verder aan te dringen. Maar ze ging liggen in een houding waarvan ze wist dat hij het onbeschrijfelijk sexy vond. Haar strategie had het gewenste effect want hij kwam terug naar bed, hoewel hij nog steeds een beetje boos keek.

'Je moet niet zo boos kijken. Het is toch een normale vraag. Ik vind trouwens dat jij echt het type bent om een dynastie te beginnen. Je bent intelligent, je hebt talent én je hebt geld. De Van Dijck-dynastie! Klinkt toch goed, niet?'

'Kan zijn. Maar hou er nu maar over op. Niet iedereen wenst over het krijgen van kinderen te praten. Dat is heel privé en heeft niets met onze relatie te maken. En ik verbied je er met Marie-Anne over te praten! Dat onderwerp ligt uitermate gevoelig bij haar.'

Omdat ze zag dat hij van streek was, begon ze hem te strelen en al vlug voelde ze dat zijn ergste vermoeidheid verdwenen was. Terwijl ze tergend langzaam zijn drift verder opwekte, dacht ze met een gevoel van tevredenheid dat ze toch iets te weten was gekomen: hij wilde er niet over praten en bij Marie-Anne lag het gevoelig.

Dus, dacht ze, hij wilde wel kinderen maar Marie-Anne kon ze niet krijgen. Prachtig. Als het kind van hem was, had ze dus een kans dat hij voor haar zou kiezen. Dan had ze alles, een boeiende en rijke man, een kind én een filmcarrière! Maar voor ze het risico nam met hem over haar zwangerschap te praten, zou ze zeker moeten zijn dat haar conclusie juist was. Ze zou er met Marie-Anne over praten. Niet rechtstreeks, want dat had Hugo haar daarnet uitdrukkelijk verboden.

Maar dat waren zorgen voor later. Te oordelen naar de versnelde ademhaling van Hugo en de hardheid die plots heel haar hand vulde, had ze nu andere dingen die haar aandacht verdienden.

Hoofdstuk 7

Carla zat op Emma te wachten om naar Marie-Anne te gaan. Emma bracht trouwens Katja mee, die samen met Ilse de kleintjes in de gaten zou houden tijdens de bijeenkomst van het vrouwenclubje.

Sinds een paar dagen had ze het onbehaaglijke gevoel dat de nukkige buien van Hilde niet alleen te maken had met de verhuizing. Iets maakte haar zo van streek dat ze zelfs haar jongste zusje niet meer ontzag. Ruzie met een vriendinnetje of een eerste verliefdheid waarschijnlijk. Ze besefte dat ze tijd zou moeten maken om eens rustig met haar te praten. Maar de eerste dagen met zijn allen in dit huis waren hectisch geweest. Omdat ze zich zorgen maakte over de bedreigingen van Jos, sliep ze ook heel slecht. En dan was er nog haar werk en de bijscholing. En een moeizaam gesprek met een koppige en weerbarstige tiener was nu niet meteen iets waar je als moeder naar uitkeek. Toch besloot ze er deze week werk van te maken. Ze zou trouwens ook al haar kinderen moeten polsen om te horen hoe zij stonden tegenover een eventuele verzoening tussen haar en Jos. Want er bestond voor haar geen twijfel dat ze zou moeten ingaan op zijn eisen. Ze kon niet riskeren dat Jos zijn bedreigingen uitvoerde en Marie-Anne en haar andere vriendinnen in gevaar bracht. Ook de kinderen waren niet meer veilig. Ze wist dat hij tot alles in staat was als ze niet toegaf. Ze had alleen tijd nodig om te aanvaarden dat ze haar vrijheid weer zou moeten inleveren en hoopte dat ze hem nog wat aan het lijntje zou kunnen houden. Misschien kon ze hem zelfs overtuigen om hier in dit huis te komen wonen. Er was tenminste ruimte en de buren woonden veraf zodat ze niet van elke ruzie of probleem onmiddellijk op de hoogte zouden zijn. Ze zou al blij zijn als ze de ellende binnenshuis kon houden.

Gelukkig was Mieke nog te klein om al deze wantoestanden ten volle te beseffen. Ze was tevreden en blij als ze haar knuffelbeesten rond zich verzameld zag en zich in een eigen hoekje met tekenen en schilderen kon bezighouden. Het liefst tekende ze dieren en naderhand kleurde ze die dan zorgvuldig in. Het leek wel of ze op die manier een droomwereld creëerde zonder mensen. Carla had dozen vol tekeningen en toch kon ze er geen enkele weggooien. Ze besefte maar al te goed dat Mieke haar laatste kindje was en probeerde op allerlei manieren haar kindertijd nog wat te rekken uit angst voor de leegte wanneer ook Mieke op eigen benen zou staan. Maar ze had vier prachtige kinderen en dat was het belangrijkste, troostte ze zichzelf. Het enige waar ze zich nu zorgen over moest maken was hoe ze die kinderen kon beschermen tegen de agressie van hun vader nu opa er niet meer was.

De bel ging en, sinds de dag dat Jos was komen binnenvallen, was dat genoeg om in paniek te raken, maar tot haar grote opluchting hoorde ze de stemmen van Katja, Emma en Ilse. Ze sloot de lade waaruit ze haar oorbellen had genomen en bekeek zich nog een keer in de grote spiegel van opa's kamer. Ze constateerde dat ze er veel beter uitzag dan vóór het dieet, ondanks al haar zorgen en verdriet. Ze draaide zich van alle kanten om te zien of ze zichzelf niet wat voorloog. Maar nee, het resultaat mocht gezien worden.

Ze had nog geen idee hoe ze zich moest redden uit de situatie met Jos, maar één ding stond vast. Nooit of nooit meer zou ze zich nog laten gaan wat haar gewicht betrof, hoe moeilijk alles in de toekomst ook zou worden.

Ze ging vlug naar beneden, waar de uitbundige lach van Emma haar al tegemoetkwam.

* * *

'Magnifiek! Ik had al wel iets buiten het gewone verwacht, maar dit overtreft al mijn verwachtingen'

Emma stond in het midden van de woonkamer en wist niet wat ze eerst moest bewonderen. De kamer was prachtig, eigenlijk was het veel meer dan een woonkamer. Er stond niet één salon maar er waren er drie, plus een reusachtige boekenkast, een vleugelpiano en een barmeubel dat je alleen in een hotel van eerste klasse aantrof. En nog was er plaats genoeg om er een uitgebreid diner of een receptie te geven. Wat voor Marie-Anne kennelijk de gewoonste zaak van de wereld was, want op een bijzettafel stond een verzameling zilveren schotels met allerlei salades, hapjes en nagerechtjes. Genoeg voor vijfentwintig man leek het wel. Het zag er allemaal even lekker uit en Marie-Anne had zich dan ook gehaast om hen ervan te overtuigen dat het klaargemaakt was met light ingrediënten. Speciaal op haar verzoek vervaardigd door een traiteur. Maar zelfs het copieuze buffet kon Emma niet afleiden van de pracht en praal van de villa.

'Wat een huis!'

Ze keek naar Carla als om bevestiging te vragen en die kon niet anders dan ermee instemmen. Carla was hier al vaker geweest. En de eerste keer had ze net zo verstomd gestaan als Emma nu. Die zou trouwens nog opkijken. De rest van het huis was zó mogelijk nog indrukwekkender.

'Wanneer Tamara en Els er zijn, zal ik, als jullie dat willen, een rondleiding geven. Maar ik kan nu al verklappen dat ik het huis eigenlijk te groot en te pompeus vind. Het is erg moeilijk om het gezellig te maken.'

Er werd gebeld en ze liet Emma en Carla even alleen.

'Dit interieur moet een hoop geld gekost hebben!' Emma raakte voorzichtig en vol ontzag een van de beeldhouwwerken aan dat imposant de ruimte beheerste. 'Ik wist niet dat Hugo een kunstverzamelaar was. Het lijkt hier wel een museum.'

'Ze zijn allebei harde werkers. Marie-Anne vertelde me daarstraks nog dat Hugo de laatste weken zelden voor middernacht thuis is.'

Emma had zo haar twijfels of het vele, harde werk de enige reden was waarom Hugo de laatste tijd zo laat thuiskwam. Voor haar was het duidelijk dat er tussen Hugo en Tamara meer aan de hand was dan alleen maar een slippertje.

Ook Tamara en Els stonden te kijken van zoveel weelde. Els stak haar bewondering niet weg en feliciteerde Marie-Anne met de inrichting van hun grandioze villa, zoals ze die wild enthousiast noemde. Het viel Tamara op dat Marie-Anne eerder onverschillig reageerde op al de lofbetuigingen, waardoor haar eerste indruk werd bevestigd dat het huis niet volgens haar smaak dan wel volgens de smaak van Hugo was ingericht. Ze herkende ook hier en daar zaken waarover hij pocherig gesproken had. Kunst die hij aankocht via zijn relaties. Een perfecte belegging, volgens hem, vooral wanneer het discreet moest gebeuren, had hij er geheimzinnig aan toegevoegd.

'Ik zal jullie nu ook de rest van de villa laten zien', stelde Marie-Anne op een bijna gelaten toon voor. Niemand die daar natuurlijk bezwaar tegen had en ze drumden achter Marie-Anne aan, die hen als een gids door het huis begeleidde. Toen het groepje in de slaapkamers van Hugo en Marie-Anne, elk met eigen dressing en badkamer, bewonderend rondliepen, had Tamara binnenpretjes. Indien zij met Hugo getrouwd zou zijn, zou slechts één kamer gebruikt worden, daar was ze zeker van.

Marie-Anne was blij dat de noodgedwongen rondleiding eindelijk achter de rug was en het tijd was voor de weegschaal, vóór het eerste glas en het eerste hapje. Zoals altijd werd het verdict van de weegschaal gretig afgewacht.

Nadat iedereen zijn beurt had gehad, werd het resultaat bekendgemaakt. Tot ieders voldoening waren ze allemaal afgevallen. Tamara voelde zich opgelucht, want al waren haar borsten wat gezwollen en pijnlijk, tot nu toe was er van de zwangerschap niets te merken. Ze vulde, zoals gebruikelijk, op elke individuele grafiek het nieuwe gewicht in. Toen ze de kaart van Els invulde, schrok ze. Els was veel afgevallen en stond nu, voor iemand van haar grootte, op een wel erg laag gewicht. Bovendien stelde ze tot haar niet geringe verbazing vast dat Els sinds hun weegschaaldiscipline maar één week niet vermagerd was. Nochtans had ze in het begin helemaal geen overgewicht en beweerde ze niet te diëten. Tamara twijfelde even of ze er iets over zou zeggen, maar toen ze zag dat iedereen al druk bezig was met het buffet besloot ze er niet op in te gaan. Ze rammelde trouwens van de honger. Vlug stak ze de fiches terug in haar tas. Die honger overviel haar de laatste dagen wel vaker en ze had iedere keer het gevoel te zullen flauwvallen als ze niet direct iets at.

Op het moment dat ze naar de tafel wilde gaan, waar iedereen al aan het eten was, zag ze de zware BMW van Hugo stoppen voor het bordes van de villa. Waarschijnlijk kwam hij van het bedrijf en ging hij van hieruit onmiddellijk naar een zakelijke afspraak. Paniek sloeg haar om het hart toen ze zag dat hij de brede trappen van de villa opliep. Voor het eerst sinds hun relatie zo intens was geworden, zou ze Hugo ontmoeten in het bijzijn van Marie-Anne! Maar ze zou er zich niets van aantrekken. En aangezien een man op hun bijeenkomsten niet gewenst was, zou hij vlug weer de deur uit zijn.

Maar het verliep heel anders. Hugo had nog niet gegeten en in zijn eigen huis konden ze hem natuurlijk niet weigeren aan te schuiven. Al vlug had hij het hoogste woord en vertelde over zijn wedervaren in het Oostblok. Waar de wodka goedkoop was en de hoertjes de mannen uit het Westen niet met rust lieten. Waar je als zakenman een bodyguard in dienst moest nemen om veilig zaken te kunnen doen en wat je met die kerels allemaal meemaakte.

Toen ze klaar waren met eten, was er niemand die er nog aan dacht hem weg te sturen. De sfeer was helemaal anders nu er een man bij was. Hugo sloofde zich dan ook uit om het iedereen naar de zin te maken en ontplooide daarvoor al zijn charmes. Het leek wel of hij met alle vrouwen tegelijk flirtte. Toen hij plots, tot groot jolijt van iedereen, Emma uitnodigde om het gezelschap te tonen hoe je een gewaagde tango moest dansen, kon de pret niet meer op.

Tamara voelde een onweerstaanbare jaloezie opkomen. Maar Hugo gaf haar een geruststellend knipoogje. Ze begreep dat hij de sfeer opzettelijk zwoel wilde houden om haar op te jutten en zo samen onderhuids te genieten van hun lichamelijke verbondenheid. Zich gedekt voelend door de uitbundige manier waarop Emma zich liet gaan, deed ze ongeremd aan het spelletje mee. Zoals altijd wanneer het over seks ging, was het geplaag van de vrouwen niet van de lucht en Hugo speelde gewillig de rol van slachtoffer.

Alleen Marie-Anne deelde niet in de pret en verschuilde zich achter haar taak als gastvrouw. Ze was bitter gestemd omdat Hugo zich zo nodig moest laten gelden als passionele man terwijl hij haar de laatste weken seksueel volledig negeerde. Hij zou heel wat minder praatjes hebben als ze haar vriendinnen zou vertellen dat hij haar niet voldeed en dat al zijn stoer gedoe momenteel één grote luchtbel was, dacht ze wrang.

Tamara betreurde het dat ze in deze hitsige sfeer het gesprek onmogelijk op kinderen kon brengen, zoals ze aanvankelijk van plan was geweest. Daarom zou ze deze week, louter toevallig, met een of ander stom excuus bij Marie-Anne aanlopen om haar te polsen. Ze moest het wel voorzichtig aanpakken, anders zou Hugo razend zijn. Waarschijnlijk wilde hij zijn vrouw beschermen omdat ze geen kinderen kon krijgen en ze eronder leed. Wat de reactie van Marie-Anne zou zijn indien ze vernam dat zij een kind van haar man verwachtte, daar wilde ze op dit ogenblik nog niet aan denken.

Tenminste, als het kind van Hugo was. Zekerheid had ze niet en zou ze niet kunnen hebben voor de geboorte. Maar al haar instincten vertelden haar dat haar zwangerschap begonnen was in een van de stormachtige neukpartijen met Hugo en niet tijdens een vertrouwde en bezadigde seksbeurt met Werner.

Het werd laat en stilaan tijd om naar huis te gaan. De volgende keer zouden ze weer naar Emma gaan, die erop stond dat Fred erbij mocht blijven. Geen uitzonderingen voor Hugo, had ze geëist! Na een kort overleg werd er besloten dat de heer des huizes voortaan aanwezig mocht zijn indien hij dat wenste, mits het officiële gedeelte, de controle van hun gewicht, achter de rug was.

Alhoewel Marie-Anne niet goed raad had geweten met de aanwezigheid van Hugo en zijn geflirt met de vrouwen met gemengde gevoelens had aangezien, was ze blij dat ze op de volgende bijeenkomst bij Emma ook Fred zou zien. Ze hoopte dat de gesprekken dan niet de hele tijd over seks zouden gaan. Maar met Fred in hun midden, die verlegen was en geen machotrekjes had als Hugo, was daar minder kans op.

* * *

Haar handen trilden zo erg dat ze er slechts na vier pogingen in slaagde de infuusnaald bij de bejaarde patiënte aan te brengen. Al was het vrouwtje erg moedig en verontschuldigde ze zich zelfs voortdurend omdat ze zoveel last bezorgde, toch verliet Els totaal overstuur en huilend de ziekenzaal. Wat moest ze beginnen? Ze was ten einde raad. Haar eetstoornissen, want ze wist nu dat ze die had, beheersten haar leven. Vannacht was ze tot tweemaal toe in de badkamer flauwgevallen en de gedachte alleen al dat Koen haar in die toestand zou hebben gevonden, maakte haar doodziek.

Gelukkig had ze nu pauze en ze besloot de tuin van het ziekenhuis op te zoeken. Een beetje frisse lucht zou haar goed doen, ze moest nog drie uur werken. Het drukke gepraat in de verpleegsterskamer was haar echt te veel.

Rillend zat ze op een bank. Sinds ze zo vermagerd was, kon ze zich haast niet meer verwarmen. Ze voelde weer een flauwte opkomen en boog vlug voorover, hoofd tussen de opgetrokken knieën. Als verpleegster wist ze hoe je een flauwte kon proberen te voorkomen.

'Ochtendgymnastiek?'

Ze keek geschrokken op terwijl ze, indien mogelijk, nog bleker werd.

'Johan?'

'Nee, kabouter Plop.'

'Hoe kom jij hier?'

'Ik werk hier ook, weet je wel?' Hij bekeek haar aandachtig. 'Heb je die bank in exclusiviteit of mag ik erbij komen zitten?'

Haastig zette ze haar voeten weer op de grond en schoof een eindje op om plaats te maken. Het gevoel dat ze ging flauwvallen was verdwenen maar ze had er een barstende hoofdpijn aan overgehouden.

'Waarom ben je hier naartoe gekomen? Je zat toch in de verpleegsterskamer met de anderen?'

'Een van onze dierbare collega's wist te vertellen dat je had staan knoeien met een infuus. Dus ik dacht dat je over je toeren zou zijn en ergens een veilig onderkomen had gezocht.'

Hij bekeek haar zo lief dat ze in tranen uitbarstte.

'Ik kan het niet meer.'

'Doe niet flauw, dat oud vrouwtje heeft hopeloze aders en jij hebt gewoon een slechte dag. Zoiets overkomt ons allemaal wel eens.'

'Dat bedoel ik niet.'

Hij bekeek haar vragend, wachtend op meer uitleg.

'Ik kan het niet meer aan. Het werk, de patiënten, Koen, alles...'

Johan knikte. Hij had dit al lang zien aankomen. Zou nu eindelijk het moment gekomen zijn waarop ze zijn hulp zou aanvaarden?

'Weet je ook hoe het komt dat je zo uitgeput bent, Els?'

Ze wilde eerst zijn vraag ontwijken, maar de angst dat Johan weer naar binnen zou gaan en dat ze helemaal alleen de moed zou moeten opbrengen om zich bij het diensthoofd ziek te melden, doorbrak de muur van stilzwijgen die ze rond zichzelf had opgetrokken. Plots kwam het er allemaal uit. Haar eetprobleem. Haar minderwaardigheidsgevoel. De verkrachting. Het feit dat ze sindsdien een afschuw had van zichzelf en van haar lichaam, dat ze zichzelf genadeloos strafte met vreetbuien, braken en laxatieven. De slapeloze nachten, de ontelbare ruzies met Koen.

Johan liet haar praten. Langzaamaan verdween haar wanhoop en maakte plaats voor opluchting, bevrijding. Het enige dat ze verzweeg, waren de medicijnen die ze stal. Dat zou Johan immers nooit begrijpen. Zijzelf durfde nauwelijks haar onvergeeflijke daad onder ogen te zien. Hoe kon ze zo laag gevallen zijn? Uitsluitend om een beetje goedkeuring te krijgen van Koen, die slechts minachting voor haar had en haar alleen gebruikte wanneer het hem te pas kwam.

Na haar biecht viel er een stilte. Ze durfde niet op te kijken. Zou Johan opstaan en weggaan zodat ze haar laatste houvast zou verliezen? Maar Johan sloot haar in zijn armen en zonder enige schroom liet ze zich door hem wiegen als een baby en huilde hartverscheurend uit tegen zijn schouder. Het was of ze al die tranen jaren had opgespaard.

Na een tijd bedaarde ze en kwam ze met een diepe zucht tot rust. Ze voelde zich leeg, ijl.

'Kom, Els. We gaan je ziek melden en bellen een taxi. Ik geef je de sleutel van mijn flatje. Na mijn werk kom ik zo vlug mogelijk naar je toe en dan praten we verder. Geen enkel probleem is zo groot dat er geen oplossing voor bestaat. Je mag de moed niet opgeven. De grootste stap is nu trouwens gezet.'

'Hoezo?'

'Je hebt eindelijk toegegeven dat je een eetprobleem hebt en je weet waarom je het hebt. Nu kunnen we er iets aan gaan doen.'

'Wij?'

'Ja. Of liever, jij zult het moeten doen, maar ik zal je helpen. Je moet goed beseffen dat je totaal uitgeput bent en dat je reddeloos ten onder gaat als je je lichaam geen kans geeft om te herstellen.'

'Maar ik kan mijn probleem niet overwinnen. Begrijp dat dan toch. Het is sterker geworden dan mezelf.'

'Misschien. Maar is het ook sterker dan jij en ik samen?'

Ze aarzelde. 'Dat weet ik niet.'

'Ik wel. Samen kunnen we het spookbeeld verjagen. Maar...'

Johan nam echter haar hand en kneep er bemoedigend in.

'Je zou misschien ook jouw vriendinnen kunnen vertellen dat je een eetprobleem hebt. Zij zullen je ook willen helpen. Dan sta je nog sterker.'

'Maar dan moet ik hen alles vertellen! Dat kan ik niet. Nooit!'

'Niet alles. Je vertelt hen gewoon van het eetprobleem en dat je van nu af aan gaat proberen je gewicht te houden en zelfs wat aan te komen. Waarom en hoe het probleem ontstaan is, dat hoef je hen niet te vertellen als je niet wilt. Al zou het misschien beter zijn ook dat niet langer meer geheim te houden. Kijk maar eens hoe dat verschrikkelijke geheim al die jaren aan jou heeft gevreten.'

'Toch kan ik het niemand vertellen. Alleen jou. Omdat ik weet dat jij mij er niet om zult verachten.'

'Els, niemand zal je erom verachten. Niemand. Integendeel. Je bent heel sterk geweest dat je het al die jaren helemaal alleen hebt gedragen. Men zal je bewonderen voor je moed en doorzettingsvermogen.'

'Denk je?'

'Ik ben er zeker van. En in het clubje zul je alle steun vinden in je strijd tegen je eetprobleem. Ze zullen naar je opkijken voor je moed, niet op je neerkijken zoals jij altijd denkt dat iedereen doet.'

'Als je eens wist wat mijn zussen...'

'Die bedoelen dat waarschijnlijk niet zo. Ook met hen zul je ooit eens alles moeten uitpraten. Zij voelen aan dat je al die jaren afstand hebt genomen en ze begrijpen niet waarom. Nogal logisch dat ze daar niet gelukkig mee zijn en jou dan proberen te raken met allerlei verwijten. Maar dat ze op je neerkijken, dat geloof ik nooit.'

Els zat nog vol twijfels, dat was duidelijk. Johan wist dat er nog veel overredingskracht nodig zou zijn en dat het beter was als Koen uit haar leven verdween. Hoe een zachte, gevoelige vrouw als Els, na die gebeurtenis in Antwerpen en juist daardoor zo kwetsbaar, in de handen kon vallen van iemand als Koen, was hem een raadsel. Maar die vent was een zorg voor later. Eerst moest hij haar overtuigen een dokter te raadplegen. De weg zou lang en moeilijk zijn, maar hij zou haar bij iedere stap helpen. Daarom dat de hulp en de steun van het clubje goed van pas zou kunnen komen. Alleen als ze zich door de buitenwereld aanvaard zou weten, zou ze ook zichzelf weer aanvaarden. Pas dan zou hij haar zeggen dat hij van haar hield en haar nooit meer loslaten.

* * *

Het voetballertje werd met de ziekenwagen afgevoerd en Fred besloot de training van de jeugdploegen stop te zetten. De ploegmaatjes van de ongelukkige jongen waren te zeer onder de indruk van het ongeval. Het ventje had een open beenbreuk na een onvrijwillige trap en had liggen kermen van de pijn. Uit het kleine fonds dat hij als jeugdvoorzitter ter beschikking had voor extra activiteiten, trakteerde hij als troost al de spelertjes op een drankje in de kantine. Ondertussen werden de ouders gebeld dat ze hun kinderen al konden ophalen.

Werner begeleidde enkele geblesseerde spelers uit de eerste ploeg bij een afzonderlijke training na revalidatie. Aangeslagen kwam hij de kantine binnen. Ze hadden hem geroepen toen het ongeluk gebeurd was en hij had het gewonde spelertje bijgestaan tot de dokter en de ambulance er waren. Zijn onmacht om het huilende kind gerust te stellen en de pijn weg te nemen had hem ontreddderd en hij voelde dat hij iets moest drinken voor hij weer aan het werk ging. Hij schudde meewarig het hoofd toen hij het luidruchtige commentaar hoorde van de spelertjes die al bekomen schenen te zijn van hun eerste emotie na het voorval, en zich nu met hun drankje in de hand gedroegen als stoere helden die elkaar tot in de kleinste details wel iets over de breuk te vertellen hadden. Kinderen, dacht hij en ging naar de toog en bestelde een biertje. Fred kwam naar hem toe.

'Wat denk je?'

'Het komt wel goed, maar niet zonder operatie. En dit seizoen hoef je niet meer op hem te rekenen.'

'Dat is het probleem niet. Ik hoop alleen dat het geen ouders afschrikt om hun kinderen hier te laten trainen.'

'Die breuk had om het even waar kunnen gebeuren. De trap is gewoon ongelukkig terechtgekomen. Maak je geen zorgen. Binnen de kortste tijd is alles vergeten.'

Fred reageerde min of meer opgelucht, nam ook iets en ze gingen samen buiten gehoorsafstand van de andere aanwezigen aan een tafeltje zitten.

'Onze vrouwen hebben deze week weer veel plezier gemaakt. Emma kan er maar niet over zwijgen', begon Fred.

'Tamara zei er terloops ook iets over, maar niet veel. Ze moest die ochtend al vroeg naar de opnames en ging direct naar bed. Wel vertelde ze me dat wij nu hun bijeenkomsten mochten bijwonen.'

'Alleen de heer des huizes, welteverstaan. Mij valt die dubieuze eer de volgende keer te beurt. Wat denk jij ervan?'

'Meer herrie dan die bende hierachter zullen ze wel niet maken zeker?'

'Onderschat onze vrouwtjes maar niet.'

Dat ze even zwegen, was het bewijs dat ze dat ook niet deden.

'Heb je goed materiaal in de jeugdploegen?'

'Enkele spelertjes houden belofte in. Maar of die later nog een kans krijgen bij Taxandria?'

Fred fronste zijn zware wenkbrauwen waarmee hij duidelijk te kennen gaf dat hij de mogelijkheid daartoe zeer klein achtte.

'Hoezo?'

'Onze sponsor koopt toch liever vreemde spelers. Hij heeft er een of andere wettelijke en fiscale structuur voor uitgedokterd. Die spelers zijn eigenlijk zijn eigendom, als ik dat zo mag stellen, en hij verhuurt ze aan Taxandria. Op die manier blijven de kosten en het risico voor de club beperkt.'

'Dat zijn er toch maar een paar. Het bestuur zal wel zo slim zijn onze eigen talentjes een kans te geven.'

'Als het bestuur daar nog iets over te zeggen heeft.'

Werner bekeek Fred verbaasd. In zijn functie had hij uiteraard meer contact met de trainers van de eerste ploeg en de reserven dan met het eigenlijke bestuur.

'Hoe bedoel je?'

'Ik begin hoe langer hoe meer te vrezen dat de sponsoring van Hugo uitgroeit tot een soort dictatuur. Hij blijft geld steken in Taxandria, wat natuurlijk positief is, maar heeft daardoor overal greep op. Als het bestuur een beslissing neemt die hem niet zint, wordt ze naderhand gewoon geannuleerd. Ik betreur dat. Taxandria was altijd een democratische club en gaf spelers uit eigen streek altijd een kans.'

'Zie je het niet te somber? Je zoon Nick is nu toch opgesteld.'

'Ja. Omdat Hugo dat wilde. Ikzelf was niet zo gelukkig met de manier waarop het gebeurde, achter de rug van de trainer om. Maar Emma was zo trots dat ik mijn twijfels voor mezelf heb gehouden. Ze geven Hugo hier veel te veel inspraak en dat veroorzaakt spanningen. Wat vind jij daarvan?'

Werner gaf niet onmiddellijk antwoord. Hoe kon je wat Fred vertelde rijmen met het feit dat Hugo drugs in de eerste ploeg introduceerde? Enerzijds spendeerde hij grof geld om Taxandria helemaal in handen te krijgen en sportief te doen groeien, maar anderzijds maakte hij de ploeg rot van binnenuit! Maar over die flagrante ongerijmdheid wilde hij liever, voorlopig althans, zwijgen. Sponsoring was één zaak, drugs een andere. Daarom kaatste hij de vraag terug.

'Waarom denk jij dat Hugo zo gul sponsort?'

'Volgens mij gaat het om fiscale voordelen. Ook een vorm van belegging. Aangezien hij die spelers onder contract neemt, kan hij zijn begininvestering bij eventuele transfers naar gerenommeerde ploegen op zijn minst vertienvoudigen. Hij vertelt ook aan al wie het horen wil dat hij sinds zijn jeugd een fan van Taxandria is geweest, alhoewel hij hier nooit zelf gespeeld heeft en pas de laatste jaren de wedstrijden volgt. Die binding met

Taxandria heeft hem hier in Herentals trouwens geen windeieren gelegd. Om maar te zwijgen van de populariteit die hij ermee gewonnen heeft.'

'Populariteit zal niet veel uitmaken voor iemand die zo succesvol is als Hugo.'

'Vergis je niet, Werner. Herentals is maar een klein provinciestadje. Geen enkele instantie hier die niet weet wat de steun van Hugo voor Taxandria betekent. Dat levert hem heel wat goodwill op.'

Werner was intelligent genoeg om goodwill vast te knopen aan mogelijkheden van corruptie. Maar ook daar wilde hij voorlopig niet op ingaan en liet Fred zelf zijn vermoeden bevestigen.

'Zelfs bij ons op de belastingen bezorgt het hem voordeel. Een firma als de zijne met ingewikkelde buitenlandse connecties zou veel meer controles krijgen in een grootstad. Hier zijn ze bang de grootste ondernemer en weldoener uit de streek op de tenen te trappen. Hugo sponsort niet alleen Taxandria, weet je. In het ziekenhuis hebben ze nu een schooltje voor langdurige patiëntjes dat volledig door hem gesponsord is. Maar misschien was dat meer een initiatief van Marie-Anne.'

Hun gesprek werd onderbroken door de komst van een groepje ouders die over het spijtige voorval enige uitleg verwachtten.

Wat Fred hem verteld had, versterkte bij Werner nog meer het nare gevoel dat hij al had over de motieven van Hugo. Waarom wilde die koste wat het kost een ploeg promoten als hij tegelijkertijd de spelers ervan ernstig in gevaar bracht door als een sinterklaas drugs uit te delen? Er klopte iets niet en daarom mocht hij niet langer aarzelen om het bestuur op de hoogte te brengen van die drugstoestanden. Maar eerst ging hij dat kliekje rond Koen daarover eens aan de tand voelen en vervolgens Marie-Anne voorzichtig polsen over die sponsoring. Misschien zou hem dat iets wijzer maken over de ware motieven van Hugo.

* * *

Carla had besloten vandaag de archiefruimte onder handen te nemen. Niet dat het er vuil was. Ze poetste regelmatig de vloer van dit lokaal. Maar ze had ondervonden dat het personeel de slechte gewoonte had de dozen niet altijd terug op hun plaats te zetten of zelfs opgezochte documenten niet terug in de dozen te steken. Ze zou Marie-Anne eens vragen of ze er een tafeltje mocht zetten met een leeslamp en een bureaustoel. Misschien dat met wat comfort het personeel meer moeite zou doen om het archief in orde te houden.

Ze begon de her en der rondslingerende documenten te verzamelen en op te bergen. Geen eenvoudige klus want sommige lagen niet meer bij hun oorspronkelijke rekken. Maar al vlug kreeg ze door hoe het archief was ingedeeld. Vanaf dat ogenblik ging het vlugger.

Het was er stil en zelfs een beetje eng, vond ze. Ze was net van plan om haar radiootje in de keuken te gaan halen omdat ze hier zeker wel een uur werk had, toen ze iets hoorde. Ze stond op het punt te roepen om de persoon te laten weten dat ze er ook was, maar hield zich tijdig in. Jos had haar eens verteld dat het archief op het stadhuis soms ook gebruikt werd voor heel andere doeleinden. Het was de plek bij uitstek voor seksuele intimiteiten tussen het personeel. Heel wat buitenechtelijke relaties ontstonden volgens hem op het werk en in het archief vonden die paartjes een veilig en gratis onderkomen voor een vluggertje. Jos had zo eens een gemeenteraadslid betrapt met een van de typistes. De man durfde hem nog altijd niet recht in de ogen te kijken.

Dus wachtte ze maar af om, zodra ze vermoedde dat er iets dergelijks ging gebeuren, te beginnen hoesten en lawaaierig druk bezig te zijn. Dat zou het stel de tijd geven om stilletjes weer te verdwijnen.

Toen hoorde ze een stem die duidelijk aangaf dat de persoon in kwestie een telefoongesprek voerde. Ze gluurde tussen de rekken en zag tot haar opluchting dat het Hugo was. Maar ze vond het wel vreemd dat hij hier in het archief met zijn gsm kwam telefoneren. En hij sprak ook met gedempte, gejaagde stem alsof hij bang was dat iemand hem zou horen. Geïntrigeerd kwam ze behoedzaam dichterbij. Ze was nu maar door één rek van hem gescheiden en kon woordelijk het gesprek volgen.

'Ben je daar zeker van, man? Shit! Als dat uitlekt, barst hier de bom!'

Carla schrok en durfde niet te bewegen, bang dat Hugo haar aanwezigheid zou horen. Maar hij ging op dezelfde nerveuze en gespannen toon gewoon verder met het gesprek.

'Natuurlijk zal de firma een schandaal van die omvang niet overleven. Je weet zo goed als ik dat onze resultaten niet zijn zoals ze in de balans staan. Je hebt verdomme zelf de camouflage bedacht.'

Hij luisterde blijkbaar ongeduldig naar wat de persoon aan de andere kant hierop antwoordde, want hij probeerde hem een paar maal vruchteloos te onderbreken. Uiteindelijk lukte het hem.

'Maar daar kan ik niet mee aankomen! Dat is witwasgeld uit Oekraïne. Je denkt toch niet dat ik ga riskeren dat ze de connecties vinden tussen mijn zaak en de drugmaffia uit het Oostblok. Dan ben ik er helemaal geweest. Die mannen kijken niet op een lijk meer of minder.'

Nu durfde Carla nog amper te ademen. Als Hugo haar nu mocht ontdekken...

'Nooit! Marie-Anne mag hier niet in betrokken worden. Zij heeft helemaal geen idee waar ik mee bezig ben. Ze zou het nooit accepteren. Als er een schandaal van komt, verlies ik niet alleen alles, maar ga ik ook de gevangenis in! Je houdt dus mijn vrouw en haar privé-kapitaal erbuiten, begrepen! Ik wil niet het risico lopen dat ze me door loslippigheid de das omdoet.'

De argumentatie van de andere persoon bleek Hugo woedend te maken want hij vloekte voor hij antwoordde.

'Indien ze een inval willen doen kan ik dat niet beletten, maar ik betwijfel dat er zoiets gepland is. Ik heb hier in Herentals een mannetje bij de belastingen die me een seintje zal geven als er iets op til is. Tot nu toe heeft hij me niets gemeld.'

Een korte pauze, toen ging hij verder.

'Nee, ik kan die kerel vertrouwen. Ik heb hem op twee manieren in mijn macht. Via het voetbal en privé. Dus we hebben nog tijd. We gaan gewoon verder met alles zo goed mogelijk te camoufleren tot we het seintje van de inval krijgen, mocht die er komen. We zijn er in ieder geval op voorbereid en met een beetje geluk overleven we het dus wel.' Het polshorloge van Hugo gaf een signaaltje. 'Luister, ik moet naar boven voor ze me komen zoeken. Ik heb een vergadering. Volg mijn instructies naar de letter. Ik waarschuw Oekraïne. In het ergste geval laat ik alles hier achter want daar word ik met open armen ontvangen en begin ik opnieuw. Oké? Dus geen paniek en gewoon doen wat je wordt opgedragen.'

Hij verbrak abrupt de verbinding en haastte zich weg.

Nog een hele tijd bleef Carla, verlamd van schrik en onthutst over wat ze had gehoord, onbeweeglijk staan. Toen ze eindelijk van de eerste schok bekomen was, ging ze zuchtend op een van de dozen zitten. Alles wat Hugo daarnet aan de telefoon gezegd had, tolde door haar hoofd. Ze snapte er niet het fijne van maar begreep wel dat de firma betrokken was in louche zaken en dat er drugsgeld werd witgewassen. En erger nog, Marie-Anne dreigde hiervan het slachtoffer te worden, niet vermoedend wat Hugo allemaal uitspookte. Misschien zou zij zelfs voor alles opdraaien als hij haar hier achterliet.

Ze moest nu beslissen of ze Marie-Anne alles zou vertellen. De vraag was echter of die haar zou geloven, het hele verhaal leek zo onwaarschijnlijk. Toch moest ze Marie-Anne helpen. Zij had haar ook geholpen met haar echtscheiding. Of proberen te helpen, want ze had Marie-Anne nog niet durven vertellen dat ze de draad van haar huwelijk weer ging opnemen. Marie-Anne zou diep teleurgesteld zijn in haar.

Ze vroeg zich af wie die persoon in Herentals was die Hugo beschermde bij de belastingen. Het moest iemand zijn die hij goed kende. Iemand van het bestuur van Taxandria dus, daar had hij het meest contact mee. Ze overliep in gedachten de mensen van Taxandria die ze via Jos allemaal wel kende. Toen besefte ze plots wie Hugo bedoelde. Fred! Fred zat in het bestuur als verantwoordelijke voor de jeugdafdeling én werkte bij de belastingen.

Hugo beweerde echter dat hij zijn beschermer op twee manieren in zijn macht had. Dat leek haar belachelijk want Fred en Emma hadden geen duistere geheimen en Fred hield zich ook weinig bezig met bestuurszaken. Dat was algemeen geweten. Hij spendeerde al zijn tijd aan zijn voetballertjes in de hoop ze later in de eerste ploeg te krijgen.

Moment! Dat was het! Nick, de zoon van Emma en Fred, stond onlangs van de ene dag op de andere plots in de eerste ploeg. Er werd beweerd dat hij dat aan de sponsor te danken had. Dat was dus de greep die Hugo op Fred had natuurlijk, voetbal én privé gecombineerd in de opstelling van Nick!

Verdomme, Hugo was een smeerlap. Niet alleen liep Marie-Anne gevaar, maar nu ook nog Fred en Emma. Ze moest proberen iets te doen om haar vrienden tegen Hugo te beschermen. Maar hoe moest ze dat in 's hemelsnaam doen?

* * *

Tamara wachtte tot Marie-Anne met de drankjes klaar was. Vanmiddag op de set was haar het perfecte excuus voor een bezoek te binnen gevallen. Het productiehuis dat de soap produceerde, was voortdurend op zoek naar mooie locaties voor opnames en omdat de soap zich afspeelde in het milieu van de jetset, moesten die locaties er duur en chic uitzien. Toen ze iemand van de crew hoorde klagen over het tekort aan bruikbare locaties, was haar meteen de villa van Hugo en Marie-Anne te binnen geschoten. Ze kon er zelfs twee vliegen in één klap mee slaan. Een privégesprekje met Marie-Anne én goede punten scoren bij de productieleider.

'Het is maar een vraag hoor. Als je er echt geen zin in hebt, zeg je gewoon nee. Maar ik dacht dat jullie het misschien prettig zouden vinden dat het huis in beeld kwam. De soap haalt hoge kijkcijfers, weet je.'

'Brengt het niet veel troep mee?'

'Iedereen is erg voorzichtig en we zijn verzekerd tegen eventuele schade.'

'Het probleem is dat we weinig tijd hebben.'

'Jullie moeten er niet bij blijven. Maar nogmaals, je hoeft je niet verplicht te voelen.'

'Ik zal het Hugo vragen.'

Ze hoorde aan de toon dat Marie-Anne er niks voor voelde. Maar Tamara moest en zou haar aan het praten krijgen over kinderen én het moest nog toevallig lijken ook. Dus moest het nu gebeuren.

'Prima. Ik hoor het dan wel. Het was me, toen ik hier was, vooral opgevallen dat jullie boven zoveel ruimte hebben. In de meeste huizen zijn de slaapkamers te klein om er met camera's te werken. En dan spreek ik nog niet van de badkamer! Bij jullie zou dat geen enkel probleem zijn. Enfin, dat dacht ik toch, want zo goed heb ik er toen niet op gelet. Zou je het erg vinden als ik nog even een kijkje zou komen nemen? Dan hoef je Hugo niet lastig te vallen mocht ik de mogelijkheden toch overschat hebben.'

Ze stond op voor Marie-Anne iets kon antwoorden waardoor die moeilijk anders kon dan voorgaan. Als ze eenmaal boven waren, zou ze het gesprek veel gemakkelijker in de goede richting kunnen sturen, dacht Tamara.

In de slaapkamers gooide ze kwistig met allerhande vaktermen en vertelde ondertussen een aantal anekdotes over de opnames. Het scheen Marie-Anne meer op haar gemak te stellen. Nu of nooit, dacht ze.

'Jammer dat jullie geen kinderkamer hebben. Voor de sequenties die ik in gedachten heb, zou die nodig kunnen zijn. Is er een kamer die er voor in aanmerking zou kunnen komen en die we misschien zelf zouden kunnen inrichten?'

Marie-Anne aarzelde. Tamara zag haar onderlip trillen.

'Sorry. Stom van me. Het zijn natuurlijk mijn zaken niet.'

'Er is een kinderkamer voorzien. Maar niet ingericht. Hugo vond dat we daar nog tijd genoeg voor zouden hebben als het ooit zover was.'

'Is het die kamer daar?' Tamara had haar naar de deur zien kijken en negeerde opzettelijk de ontreddering bij Marie-Anne. 'Mag ik ze even zien?'

Zonder het antwoord af te wachten opende ze de deur en keek binnen. Het was een mooie kamer in lichte zonnige kleuren met een erkerraam waar een schommelstoel stond en een eenzaam speelgoedbeertje lag te treuren.

'Dit is prachtig! Wat een droomkamer!'

Ze draaide zich om en zag dat Marie-Anne de tranen nabij was. Even voelde ze zich schuldig, maar ze moest aan haar baby denken. Het was noodzakelijk dat ze wist hoe Hugo tegenover kinderen stond.

'Dit wordt een mooie kinderkamer! Ik snap gewoon niet dat jullie nog kunnen wachten.'

Marie-Anne werd lijkbleek en Tamara was bang dat ze te ver was gegaan.

'Sorry, Marie-Anne! Ik wil je niet kwetsen. Maar je lijkt me echt een vrouw om kinderen te hebben. Sorry! Ik wilde niet indiscreet zijn.'

Haar strategie lukte, alhoewel Tamara de hartverscheurende huilbui natuurlijk niet had voorzien, laat staan gewild.

Het hele verhaal kwam eruit. Haar wanhopige verlangen, haar visites aan de dokters, de behandeling, zelfs de vernederende bezoeken aan kwakzalvers. Tamara leidde haar naar de schommelstoel, waar Marie-Anne het speelgoedbeertje tegen zich aandrukte terwijl ze haar pijn en verlangens uitsnikte. Tamara nam plaats op de vensterbank van de erker. Het kwam er nu op aan Marie-Anne te troosten zodat ze niet meer overstuur zou zijn als Hugo straks thuiskwam, dacht ze, terwijl ze haar verder liet uitpraten. In ieder geval wist ze nu wat ze wilde weten. Hugo wilde wel kinderen, maar het lukte niet. Marie-Anne twijfelde er niet aan dat het aan haar lag en hoopte blijkbaar dat het door een of ander mirakel toch nog in orde zou komen, al voegde ze eraan toe dat Hugo de laatste tijd afstand leek te nemen van hun kinderdroom.

Tamara kon het niet geloven! Dit was het beste nieuws dat ze had kunnen dromen. Hij wilde kinderen maar probeerde zijn vrouw te sparen door te doen of hij die wens had opgegeven. Nog even probeerde Tamara nog meer zekerheid te krijgen met een ultieme vraag.

'Maar zijn jullie wel zeker dat het aan jou ligt, Marie-Anne?'

Ze knikte, niet in staat om te spreken. Ze mocht trouwens niets vertellen over zijn eerste, prille huwelijk en het overleden kindje. Had Hugo dat kindje kunnen houden, zou ze het al haar liefde gegeven hebben. De gedachte dat het lot haar zelfs die kans niet gegund had, werd haar ook nu weer te machtig.

Tamara had echt medelijden met haar, maar mocht er niet te veel aan toegeven, bang dat hun gesprek Hugo bij zijn thuiskomst ter ore zou komen. Daarom drong ze erop aan terug naar beneden te gaan. Een drankje zou Marie-Anne goed doen, verzekerde ze haar. Gelukkig lukte dat en vond ze na een tijdje haar kalmte terug. Even later kon ze met een gerust gevoel afscheid nemen in de overtuiging dat haar indiscretie geen nare gevolgen zou hebben voor haar relatie met Hugo.

Ze wilde zo snel mogelijk naar huis en nadenken over wat haar volgende stap zou zijn. Een ernstige beslissing die misschien zelfs het einde van haar huwelijk met Werner kon betekenen.

* * *

Dit ontbrak er nog aan. Er waren niet alleen de problemen met Hilde, de zorgen over het afgeluisterde telefoongesprek van Hugo en het feit dat ze de moed moest vinden om haar huwelijk met Jos weer op te nemen, er was ook nog een stalker die haar achtervolgde!

Eerst dacht ze dat ze zich vergiste, maar ze had hem nu al vier keer opgemerkt. Het was dezelfde man die hen in Antwerpen van dancing naar dancing volgde. Hij had haar die avond niet aangesproken of benaderd, maar nu had hij haar al een paar keer vriendelijk toegeknikt. Ze werd doodzenuwachtig van heel die vervelende toestand. Die kerel moest niet denken dat hij haar gemakkelijk zou kunnen versieren omdat ze die avond eens uit haar bol was gegaan. Dat was toch te gek om los te lopen. Ze vroeg zich trouwens af hoe hij in Herentals was terechtgekomen, hij kon immers niet weten dat ze daar woonde.

'Hé, waar zit jij met je gedachten?' Emma kwam net naar buiten bij de bakker en Carla was bijna op haar gebotst.

'Wat een geluk dat ik je tegenkom, Emma. Niet direct kijken, maar een stukje verderop staat een man die me achtervolgt.'

Emma begon te lachen omdat ze dacht dat Carla haar voor de gek hield. Maar aan haar schichtige blik zag ze dat het haar vriendin ernst was.

'En wat wil je dat ik daar aan doe?'

'Ik weet het niet. Wacht. We nemen afscheid van elkaar, jij gaat die richting uit en ik de andere. Oké? Het is een grote man met grijzend haar.'

'Een overjarige aanbidder! Ziet hij er rijk uit? Misschien valt hij wel op mij.'

'Hou op. Help me liever.' Ze lachte zenuwachtig en gaf een teken dat Emma nu moest weggaan.

Emma vond het een wat kinderachtig gedoe, maar haar nieuwsgierigheid was gewekt. Na een uitdrukkelijk gespeeld afscheid ging ze de kant op waar Carla vandaan kwam. Eerst zag ze niemand die aan de beschrijving voldeed en ze was al van plan om Carla er eens goed mee te plagen en het verhaal te vertellen op hun volgende bijeenkomst, toen ze de man zag staan, een beetje verdoken aan de ingang van het supermarktje. Hij keek inderdaad in de richting van Carla. Ze liep achteloos door, tot vlak bij hem. Eigenaardig, hij kwam haar vaag bekend voor. De man liep nu Carla achterna. Ze deed of ze zich bedacht had en draaide zich om, liep de man haastig voorbij, achter Carla aan, die ondertussen al een eind verderop liep. Emma genoot, dit was veel leuker dan gewoon boodschappen doen!

'Hij was er inderdaad en keek naar jou. Nu volgt hij je. Laat ons uitvinden of hij ons aanspreekt. Kom.'

Voor Carla zich kon verzetten, haakte Emma bij haar in en zette er stevig de pas in. Aan een winkel stopte ze zo bruusk dat Carla haar evenwicht bijna verloor. Toen stapte ze langzaam van de ene kant van de brede etalage naar de andere.

'Wat doe je nu?'

'Kijk je nooit naar spionagefilms? In de weerspiegeling van de ruit kun je zien of je achtervolgd wordt. Als hij eraan komt, spreek ik hem aan.'

Ze wachtten een tijdje, maar de man kwam niet in beeld. Emma draaide zich voorzichtig om en keek de straat af. Heel even dacht ze de man te zien, net voor hij een zijstraat insloeg, maar dat kon ook iemand anders geweest zijn.

'Mislukt. Hij is ons niet gevolgd.'

'Maar goed ook! We hebben ons als idioten gedragen.'

Hoewel ze er nog altijd niet helemaal gerust op was, zag Carla toch ook het gekke van de situatie in.

'Ik heb nog nooit iemand zo slecht zien acteren als jij. Spionagefilm! Laat dat in het vervolg maar aan Tamara over.'

'Lach maar. Slecht geacteerd of niet, ik heb mijn opdracht volbracht. De man was er, hij hield je inderdaad in de gaten en volgde je een eind', lachte Emma. Toen werd ze ernstig. 'Maar wat eigenaardig is, hij komt me vaag bekend voor.'

'Het is dezelfde kerel die me de avond van het concert gevolgd was in de dancings.'

'Denk je? Ik heb die kerel toen niet gezien.'

'Dat zal wel, jij was met geen stok van de dansvloer te krijgen.'

Emma achtte deze opmerking geen antwoord waard. 'Maar hoe verklaar je dan dat hij mij bekend voorkomt?'

'Waarschijnlijk heb je hem toen toch opgemerkt.' Een andere verklaring had Carla er niet voor.

'Het is een knappe man en hij moet iets ouder zijn dan ik. Dus meer iets voor mij dan voor jou. Natuurlijk heb ik hem toen niet opgemerkt. Ik zou hem zeker gevraagd hebben om met me te dansen, reken maar!'

'Doe niet onnozel.'

'Maar wacht eens! Misschien is het iemand die vroeger in Herentals heeft gewoond? Iemand die ik toen gekend heb.'

'Wie dan wel?'

'Ik weet het niet. Maar het zal me nog wel te binnen schieten.'

'In ieder geval, ik heb hem hier nooit eerder gezien. Waarom achtervolgt hij mij?'

'Dat kan toeval zijn. Als je op bepaalde mensen gaat letten, zie je ze overal.'

'Eerst in Antwerpen en dan in Herentals? Nee, dat kan geen toeval zijn. Ik vind het vreemd, zelfs beangstigend. Wat moet ik nu doen?' Ze keek zenuwachtig rond of ze de man nog ergens zag.

De hele situatie begon Emma op de lachspieren te werken hoewel ze zich probeerde in te houden. Maar toen ze de verschrikte uitdrukking van Carla zag, hield ze het niet meer uit. Carla keek haar verwijtend aan, maar het lachen van Emma was zo aanstekelijk dat ze noodgedwongen begon mee te lachen.

'Oké. Ik ga me er niet meer druk over maken. Toeval kan inderdaad gekke dingen doen. Laten we iets gaan drinken voor ik me helemaal belachelijk voel.'

Op weg naar de taverne keek Carla toch nog eens om. De man was nergens te bespeuren.

* * *

Waarom was hij zo stom geweest om Hugo te beloven dat hij hem zou inlichten als er een inval ging plaatsgrijpen? Hij wist verdomme goed dat hij daarmee zijn carrière op het spel zette.

Maar Emma zou het niet overleefd hebben als Nick zijn pas verworven plaats in de eerste ploeg verloren had. Bovendien had hij toen pas een controle uitgevoerd in het bedrijf en niets verdachts opgemerkt.

Hij was vooral gezwicht omdat hij bang was voor de weerslag die Marie-Anne zou ondervinden van een onverwachte inval van de overheidsdiensten in haar bedrijf. En dat laatste had de doorslag gegeven. Hij had de belofte gedaan om Marie-Anne te beschermen en nu werd hij voor een verscheurende keuze gesteld.

Hij had zojuist vernomen dat de Speciale Inspectie al een hele tijd bezig was met een diepgaand, geheim onderzoek naar het bedrijf van Hugo. Ze beschikten over een lijvig dossier: verdenkingen van een facturencarrousel, geknoei met in- en uitvoer én met Europese subsidies, witwassen van misdaadgeld, betrokkenheid van Hugo in drugshandel!

Dat laatste kon hij niet geloven. Maar de kans dat er een inval zou komen werd nu heel reëel, al zou het nog een tijdje duren omdat er zoveel diensten en instanties bij het onderzoek betrokken waren.

Hij maakte zich zorgen over Marie-Anne. Hij was er zeker van dat ze niets vermoedde. Haar boekhouding was perfect in orde en hij was ervan overtuigd dat ze te eerlijk was om dergelijke dingen verborgen te kunnen houden. Maar dat zou zijn diensten niet beletten om, als er bij de inval inderdaad bewijzen gevonden werden, ook Marie-Anne te arresteren. Dat de vrouw van wie hij elke dag meer ging houden, die nooit uit zijn gedachten was, aangehouden zou worden als een crimineel en beschuldigd zou worden van zaken waaraan ze geen deel had, vond hij onrechtvaardig.

Hij wist dat hij veel te sentimenteel was. Altijd al geweest. Maar deze wanhopige, allesomvattende liefdessmart die zijn doen en denken beheerste, was hem nooit eerder overkomen.

Toen hij Emma had leren kennen, was hij een schuchtere, net afgestudeerde klerk op het kadaster. Zij was meid voor alle werk bij een notaris waar hij voor zijn werk af en toe kwam. Nog altijd kon hij zich kwaad maken over het feit dat haar moeder, een verbitterde en levensmoeë weduwe, haar gedwongen had daar op haar zestiende te gaan werken. De greep van de strenge vrouw op haar dochter was dermate sterk dat toen ze stierf nog voor Emma meerderjarig was, Emma er gewoon niet aan dacht het hondenleven bij de notaris de rug toe te keren.

Sinds hun eerste kennismaking had de toen nog verlegen en schichtige Emma hem het prettige gevoel gegeven dat hij bijzonder was. Hij had aan die bijna kinderlijke bewondering niet kunnen weerstaan. Toen hij haar vroeg om met hem te trouwen, had ze onmiddellijk ja gezegd. Ze was hem zo dankbaar dat hij achteraf nooit met absolute zekerheid geweten had of ze niet uitsluitend had toegestemd om haar uitzichtloze betrekking in het notarishuis te kunnen opgeven.

Zijn huwelijk had standgehouden en hij had twee prachtige kinderen. Daar was hij Emma dankbaar voor. Maar met Emma zelf was het nooit goed gekomen. De niet-aflatende indoctrinatie van haar moeder in verband met alles wat maar neigde naar het lichamelijke, had ook bij Emma hiertegen een diepgeworteld verzet veroorzaakt. In het begin van hun huwelijk was ze nog te onzeker om hem iets te weigeren en gebruikte ze allerlei uitvluchten om de frequentie van hun lichamelijk samenzijn te beperken. Hij van zijn kant probeerde geduldig te zijn en haar gevoelens zo veel mogelijk te sparen. Ze zou wel bijdraaien, had hij gedacht.

Maar nadat Nick geboren was, had ze kordaat alle lichamelijke intimiteit geweigerd. Ze biechtte op dat ze elke seconde van hun seksuele contact gehaat had en dat haar moeder haar geleerd had dat ze dit mocht en moest weigeren zodra ze een kind had. Ze hadden nu een baby, dus seks was niet meer nodig, voegde ze eraan toe, haar moeder napratend. Van dat standpunt was ze niet meer af te brengen.

Hij stemde toe omdat hij dacht haar te kunnen ompraten als ze de pijn en ongemakken van de bevalling vergeten zou zijn. Maar hoe hij de maanden erna ook pleitte en smeekte, hij kon haar niet overtuigen de intieme kant van hun huwelijksleven te hervatten. De frustratie groeide tot hij op een avond, in een niet al te sobere toestand na een avondje uit, zich aan haar had vergrepen. Hij was haar man en hij had rechten, had hij met zijn dronken kop gebruld. Haar blik van intense walging zou hij nooit vergeten. De ijzige stilte die de daaropvolgende dagen en weken heerste in huis en haar angst en afkeer voor de minste aanraking, hadden hem doen beseffen dat zijn kansen om Emma ooit tot andere gevoelens te brengen, voor altijd verkeken waren. De gefrustreerde en verwrongen geest van haar moeder had onherstelbare schade toegebracht. Maar de schuld lag ook bij hem. Zijn onbehouwen gedrag die ene avond had Emma ervan overtuigd dat haar moeder gelijk had. Hij had zich bij het onvermijdelijke neergelegd en zijn belofte haar niet meer aan te raken vernieuwd. En er zich van dan af ook aan gehouden...

Niemand wist iets van hun problemen. Naar buiten toe wekte Emma immers de indruk niet om een flirt verlegen te zijn en ze had zich op die manier een losse reputatie aangemeten. Maar ze gruwde van elke vorm van lichamelijk intimiteit. Ze zorgde prima voor de kinderen en was een prachtige moeder, maar zelfs hen knuffelen deed ze zelden of nooit.

Ook na de geboorte van Katja, negen maanden na de verkrachting, had hij zijn belofte gehouden. Niet zonder klagen evenwel, zelfs niet zonder af en toe opstandig te worden, maar hij had Emma nooit meer gedwongen.

In de loop der jaren waren zijn verlangens minder geworden. Het herinnerde hem aan de woorden van een pater die beweerde dat een man kon wennen aan het celibaat en dat het met de tijd gemakkelijker werd. Hij moest hem nu gelijk geven. Hij was zich er uiteindelijk in gaan schikken. Hij had de kinderen, die zijn troost waren, op zijn werk ging het uitstekend want bevorderingen bleven niet uit, en met enthousiasme wierp hij zich op zijn activiteiten bij Taxandria. Emma deed alles wat in haar macht lag om hem een gelukkig thuis te geven en ze was een schitterende kameraad. Ze hadden een evenwicht gevonden en hij had zich, ondanks alles, een tevreden man gevoeld.

Tot hij Marie-Anne leerde kennen. Marie-Anne, die huwe-lijkstrouw heel ernstig nam en bij hem uitsluitend vriendschap en troost zocht maar die verdrongen gevoelens in hem wakker had gemaakt. Sindsdien werd hij gekweld door lust- en angst-dromen. Al de frustraties en kwelduivels die hij dacht overwon-nen te hebben, kwamen sterker dan ooit terug. Het was ironisch dat de twee vrouwen in zijn leven hem allebei dwongen tot een onthouding die hem gek maakte.

Maar hij kon en wilde zijn vriendschap met Marie-Anne niet opgeven. Hij had aanvaard haar platonisch lief te hebben en trachtte zoveel mogelijk te genieten van de korte, kostbare ogen-blikken van hun samenzijn. Al waren deze momenten vol van frustratie, ze waren de lichtpunten in zijn leven.

Nu stond hij voor een verschrikkelijk dilemma. Waarschuwde hij Hugo niet, en brak hij dus zijn belofte, dan zou Hugo onmo-gelijk tijdig de nodige maatregelen kunnen treffen om Marie-Anne te beschermen. Waarschuwde hij Hugo wel, dan zou hij zijn huwelijk, het geluk van zijn kinderen én zijn carrière op het spel zetten.

Hoe kon hij een dergelijke keuze maken?

* * *

Carla was eerst verbaasd dat Johan aan de telefoon was. Maar toen hij vertelde dat Els in het ziekenhuis was opgenomen en dat ze gevraagd had om haar te bellen, was haar verbazing in paniek omgeslagen.

'Toch geen ongeluk?'

'Nee. Maar ze is er ernstig aan toe. Ze is totaal uitgeput.'

'Uitgeput? Een jong ding als Els?'

'Ja, Carla. Neem me niet kwalijk dat ik je bij de voornaam noem, maar ik heb al zoveel over jou en je vriendinnen gehoord dat ik het gevoel heb dat ik jullie ken. Ze praat voortdurend over jullie. Ze heeft me uitdrukkelijk verboden haar ouders en zussen te waarschuwen, maar stond erop dat ik jou zou bellen. Ik moest je vragen of je het ook aan de anderen wilde zeggen.'

'Dat zal ik zeker doen. Maar hoe kan Els zo uitgeput zijn?'

'Het komt allemaal wel goed met haar en het spijt me dat ik niet duidelijker kan zijn maar ik moest beloven niets te zeggen. Ze wil het jullie zelf uitleggen. Daarom vroeg ze of jullie langs zouden kunnen komen.'

'In het ziekenhuis?'

'Ja. Alle vier en zo vlug mogelijk. Kun je het organiseren?'

'Ik denk het wel. Of liever, ik weet het zeker. Ik bel vanavond nog iedereen op. Ons clubje komt morgen bijeen. Kan dat voor het ziekenhuis? Want dat zou dan pas na zeven uur zijn. Tamara werkt laat.'

'Geen enkel probleem. Als je me laat weten hoe laat jullie komen, zal ik jullie beneden opvangen en naar haar kamer brengen. Ze heeft jullie echt nodig. Tot morgen.'

Ze zaten in de cafetaria van het ziekenhuis te wachten op Tamara. Die had gebeld dat ze onderweg was maar in de file zat.

'Ik heb aan Hugo gevraagd of hij via Taxandria iets meer wist. Maar Koen heeft daar zelfs niet gezegd dat Els in het ziekenhuis is opgenomen.'

'Verwondert me niets, Marie-Anne. Nick vertelde daarnet nog dat die Koen een echt ettertje is. Onlangs is hij zelfs op de vuist gegaan met twee andere spelers, zijn beste vrienden nota bene. Het bestuur heeft moeten dreigen met sancties. Fred heeft ook geen goed woord voor die kerel over.'

Tamara kwam binnen. 'Sorry. Ik heb me echt gehaast. Weten jullie al iets?'

Bij Els aangekomen, hadden ze het even moeilijk om hun ontzetting te verbergen. Els zag er doodziek uit. Ze begroetten haar aarzelend en stonden wat onwennig met hun bloemen in de hand. Els probeerde hen op hun gemak te stellen.

'Bloemen! Dat was niet nodig, ik vroeg júllie langs te komen. Maar toch bedankt. Sorry dat ik de bijeenkomst van vanavond verknoei.'

Haar stem klonk zwak en ze moest zich zichtbaar inspannen om verstaanbaar te praten. Emma stelde haar meteen gerust. Ze dachten er zelfs niet aan om bijeen te komen om plezier te maken terwijl zij in het ziekenhuis lag.

'Dus heb je de weegschaal niet meegebracht, Tamara?'

Els zag er zo ellendig uit dat niemand durfde te lachen bij haar poging om de sfeer wat op te vrolijken.

'Grapje! Ik mag en kan immers niet uit bed komen. Maar ik wil wel met jullie over diëten praten.'

'Zolang je maar weet dat onze vriendschap veel belangrijker is dan dat stomme weegschaalgedoe. Vertel ons liever wat er aan de hand is.'

'Natuurlijk, Carla. Ik wacht alleen nog even tot Johan terugkomt. Hoe is het in het nieuwe huis?'

'Prima!' Ze kon Els en de anderen moeilijk vertellen dat ze kapot was van de zorgen over de dreigementen van Jos. Dus praatte ze maar over de kinderen die genoten van het feit dat ze elk een eigen kamer hadden.

Johan kwam de kamer weer binnen en knikte naar Els. Hij had haar aangespoord tot dit gesprek en wist dat ze nu rekende op zijn steun. En toen begon ze met horten en stoten aan haar verhaal over haar eetprobleem. Ze spaarde zichzelf niet en vertelde in detail door welke hel ze was gegaan. Tot ze een paar dagen geleden volledig uitgeput was ingestort.

Iedereen zat met groeiend ongeloof te luisteren. Hoe was het mogelijk dat ze niets hadden gemerkt? Ze voelden zich schuldig. Vooral Tamara omdat ze het gewichtsverlies van Els wel had opgemerkt, maar er nooit iets over had gezegd.

'Het spijt me. Niet alleen dat ik jullie aan het schrikken heb gebracht, maar vooral dat ik jullie heel die tijd heb voorgelogen. Ik had mezelf niet meer onder controle en wilde niet inzien dat er iets mis was met me. Gelukkig heeft Johan me de ogen geopend. Zeg me dat jullie niet boos zijn, alsjeblieft.'

'Natuurlijk zijn we wel boos.' De anderen keken verwonderd en zelfs een beetje ongerust naar Carla. 'Omdat je twijfelt aan onze solidariteit. Ik weet niet wat de anderen ervan denken, maar ik vind het heel moedig dat je dit allemaal aan ons opbiecht. Ik weet niet of ik dat zou kunnen.'

'Carla heeft gelijk. En het is belangrijk dat je erover praat. Het betekent dat je het probleem erkent en wil overwinnen. Misschien kunnen wij je daarbij helpen. En nu jij het voorbeeld gegeven hebt, ga ik jullie ook iets vertellen dat ik nog aan niemand gezegd heb. Dan kun jij boos zijn op mij.'

Iedereen keek verbaasd naar Emma. Even had ze spijt dat ze erover begonnen was, maar ze kon nu niet meer terug. 'Het gaat over Katja. Ze heeft Fred en mij onlangs verteld dat ze lesbisch is. We hebben daar heel slecht op gereageerd en ik durfde het jullie niet vertellen. Sorry.'

Carla besloot dat ze niet kon achterblijven en zei dat ze ook iets verzwegen had. Ze vertelde dat ze besloten had haar huwelijk met Jos nog een laatste kans te geven. Maar ze was bang dat de anderen haar beslissing zouden afkeuren na alles wat er voorgevallen was. Vooral Marie-Anne, die zoveel voor haar gedaan had en die nu waarschijnlijk erg teleurgesteld zou zijn.

'Maar nee. Het is jouw keuze, Carla, en die moeten wij respecteren. Ik wou dat ik een beetje meer was zoals jij. Jij geeft ondanks al je zorgen de moed niet op. Ik wel.'

'Je gaat ons toch niet vertellen dat jij ook een geheim hebt?' Emma vond dat het nu wel mocht ophouden. Het leek wel een kettingreactie.

'Niet echt een geheim. Maar wel iets waar ik nooit over praat. Misschien is het nu wel het juiste moment ervoor. Ik heb voor jullie verzwegen dat ik er verschrikkelijk onder lijd dat Hugo en ik geen kinderen hebben. Ik probeer me sterk te houden maar er gaat geen maand voorbij zonder tranen en slapeloze nachten. Dat probeer ik telkens voor iedereen te verbergen maar ik heb mijn verdriet wel aan Carla en aan Tamara toevertrouwd. Ik heb hen toen telkens gesmeekt er niet met jullie over te praten. Dat spijt me. Ik bedoel, als Els haar probleem onder ogen ziet en wil aanpakken, dan moet ik die moed ook kunnen opbrengen.'

Tamara besefte dat zij de enige was die haar geheimen niet kon opbiechten. Niemand zou aanvaarden dat ze Marie-Anne bedroog met Hugo. En na de biecht van Marie-Anne over haar wanhopige, onvervulde kinderwens, kon ze ook haar zwangerschap voorlopig beter maar geheim houden.

Om een einde te maken aan de gesprekken over de uitwisseling van intieme geheimen, vroeg ze dan maar aan Johan hoe ze Els praktisch zouden kunnen helpen. Ze had het erg druk met haar werk, maar ze beloofde dat ze er tijd voor zou vrijmaken. De anderen vielen haar meteen bij. Het was immers niet meer dan normaal dat ze voor elkaar klaarstonden op moeilijke momenten. Ze waren vriendinnen!

Els zou eerst nog een tijd in het ziekenhuis moeten blijven tot ze voldoende aangesterkt en hersteld was. Maar zodra ze thuis was, zou de moeilijkste periode voor haar aanbreken en zou ze meer dan ooit behoefte hebben aan hun hulp. Dan had ze haar vriendinnen het meest nodig, legde hij uit. Net zoals een alcoholist de AA nodig had op momenten dat hij dreigde terug te vallen. Het medisch team dat Els behandelde, zou hun een brochure meegeven en eventuele vragen graag beantwoorden. De meeste mensen wisten weinig van de ernst van dergelijke problemen af.

Het belangrijkste was dus dat Els wist dat ze op hen kon rekenen, dat ze er niet alleen voorstond. Dat er altijd iemand zou zijn die naar haar zou luisteren en haar zou steunen. Dat laatste bracht hem bij iets waar ze haar praktisch mee konden helpen. Koen had haar uit het appartement gezet en voorlopig stonden haar spulletjes bij hem veilig. Maar wanneer ze het ziekenhuis mocht verlaten, moest Els een nieuw onderkomen vinden.

Ze beloofden allemaal uit te kijken naar een geschikt appartement en Carla bood onmiddellijk aan dat ze bij haar kon logeren tot ze iets gevonden hadden. Het huis van opa was zo groot, ze zou echt niet in de weg lopen. Toen ze hierover verder met Els wilden praten, zagen ze dat het voor vandaag genoeg was geweest. Els lag uitgeput in de kussens met gesloten ogen.

Hoofdstuk 8

Ze moesten het ziekenhuis verlaten via de spoedafdeling aangezien de hoofdingang gesloten was. Hier en daar kwamen ze op
de gang een patiënt tegen die een avondwandelingetje deed of
stiekem een sigaretje stond te roken. Maar het was vreemd rustig
in de anders zo drukke gangen. Ook hun groepje was ongewoon
stil. Er was zoveel gezegd in de kamer van Els, zoveel blootge-
legd, dat ze allemaal in gedachten verzonken waren.

Maar Emma zou Emma niet zijn als ze geen manier vond om
deze bedrukte stemming te doorbreken. Bij een van de wacht-
kamers stond een rolstoel en in een oogwenk reed Emma met
Tamara als patiënte door de gangen. Ze maakten de gekste
capriolen en Marie-Anne probeerde vruchteloos het tweetal wat
in te tomen. Uiteindelijk zetten ze buiten adem de rolstoel
lachend aan de kant en begaven zich naar de parking. De frisse
lucht deed hen goed en veegde de laatste muizenissen weg zodat
niemand nog zin had om direct naar huis te gaan. Ze besloten
dan maar iets te gaan drinken en samen te bespreken hoe ze het
best de hulp voor Els konden organiseren.

'Willen jullie geloven dat ik hier nog nooit geweest ben!' Emma
keek verbaasd rond in het gezellige cafeetje dat ze niet ver van
het ziekenhuis gevonden hadden. 'Het ligt natuurlijk een beetje
van het centrum af, maar ik dacht toch alle horecazaken in
Herentals te kennen. Dit dus niet.'

Deze even onverwachte als verhelderende verklaring van
Emma werd op algemeen gelach onthaald.

'Ik vraag me toch wel af of dat weeggedoe geen nefaste invloed
op Els heeft gehad. Had ons clubje zich minder beziggehouden

met diëten en onze slanke lijn, dan was Els misschien vroeger met haar probleem naar een dokter gegaan.' Tamara zat er nog altijd mee dat ze het grote gewichtsverlies van Els nooit vermeld had.

'Ga ons nu niet vertellen dat het allemaal onze schuld is', protesteerde Marie-Anne, die zich duidelijk beter voelde na haar emotionele bekentenis van daarstraks.

'Ieder van ons moet zelf weten hoe ver ze wil gaan en wat ze wil bereiken. Niemand dwingt je te diëten. Ik dacht zelfs dat Els er niet aan meedeed en zich alleen woog om erbij te horen', voegde Emma eraan toe.

'Dat is het juist! Het was me al een paar maal opgevallen dat ze wel erg veel afgevallen was.'

'Bedoel je dat ze elke keer magerder werd? Dat kind was al graatmager toen we begonnen! Waarom heb je ons niets gezegd?'

'Ik ben de dokter niet.' Tamara keek Emma boos aan. 'Ik noteer alleen het gewicht en maak de grafieken. Je zei daarnet zelf dat elk voor zich maar moet beslissen wanneer ze genoeg heeft gedaan aan haar gewichtsprobleem. Verdomme zeg!'

Carla bemiddelde. 'Toe, Tamara, zo bedoelt Emma het niet.'

'Natuurlijk niet. Sorry, Tamara. Achteraf gezien is het natuurlijk gemakkelijk praten.'

Tamara knikte maar zat er zichtbaar nog mee.

'Het heeft geen nut ruzie te maken of schuldgevoelens te krijgen', ging Carla verder. 'Het probleem van Els dateert van voor ons clubje en we hadden toch niets kunnen doen. Jullie hebben gehoord wat Johan zei. Eerst moest ze zelf toegeven dat ze een eetprobleem had voor ze kon worden geholpen. Tamara kon dat gewichtsverlies trouwens niet beoordelen. Gewichtsproblemen zijn voor iedereen anders. Laten we nu liever bespreken hoe we het gaan aanpakken in plaats van onnodig te kibbelen.'

Ze besloten een rooster op te stellen zodat Els in het ziekenhuis elke dag iemand zou zien. Elke week zouden ze proberen samen op bezoek te gaan om haar te tonen dat ze er nog altijd bij hoorde.

'Maar wat doen we als ze weer thuis is? Waar dat dan ook zal zijn. Johan suggereerde een soort van permanente bereikbaarheid. Tamara, Carla en ik werken. We kunnen Emma daar niet alleen voor laten opdraaien.'

'We zullen even afwachten tot we met dat team gesproken hebben. Zij zullen ons wel raad geven. Maar ik zal ook aan Ilse vragen om mee te helpen. Binnenkort is het vakantie en ze vond Els sympathiek. Ze scheelt maar een paar jaar met haar.'

'Goed idee! Ik zal het ook aan Katja vragen. Die is erg sociaal en was altijd een toevlucht voor vriendinnen met problemen.' Emma zweeg verschrikt. Zouden de anderen dit niet verkeerd interpreteren? Haar vriendinnen wisten nu dat Katja lesbisch was.

'Dat is een prachtidee.' Carla voelde aan dat Emma een steuntje kon gebruiken. 'Katja helpt mij geweldig met Ilse en Hilde. De meisjes zijn blij als ze komt. Ze vertellen haar al hun liefdesperikelen. Katja weet meer over hun vriendjes dan ikzelf. Ze heeft echt een positieve invloed op hen.'

Emma keek opgelucht en dankbaar naar Carla. Waar maakte ze zich toch zorgen over? God, wat was ze blij dat ze er openlijk over gesproken had. Ze zou straks aan Fred vertellen hoe goed het clubje gereageerd had, dan zou hij misschien minder somber kijken. Want wat haar van nature ongecompliceerde man de laatste tijd dwarszat, moest wel heel ernstig zijn. Hij lag te woelen in zijn bed en was al enkele nachten, heel voorzichtig om haar niet wakker te maken, opgestaan. Ze hoorde hem dan beneden rondlopen alsof hij nergens rust kon vinden. Ze had er hem nog niets over gezegd maar hij werkte hard en had zijn nachtrust nodig. Hij moest dus ophouden met piekeren over Katja. Het ging immers goed met haar. Hun dochter was niet veranderd. Ze zou hem vertellen over het probleem van Els. Dat was pas verschrikkelijk. Wat zouden haar ouders in angst zitten! Waar maakten zij en Fred zich in godsnaam druk over?

* * *

'Je bent zo vroeg thuis? Dat is niet je gewoonte. Ruzie in het clubje?' Werner veranderde vlug van zender toen Tamara binnenkwam, want ze ergerde er zich aan dat hij altijd naar sportprogramma's zat te kijken.

'Ik heb je toch gezegd dat we op ziekenbezoek gingen. We hebben geen echte clubbijeenkomst gehad.'

'Sorry, dat klopt. Het liefje van Koen Dewitte, is het niet?'

'Ex-liefje! Hij heeft haar gedumpt nu ze ziek is.'

'Verwondert me niets. Die kerel is een achterbakse en arrogante smeerlap. Maar hij speelt verdomd goed voetbal. Jammer, want hij brengt onrust in de ploeg.'

'Hoezo, onrust?'

'Och, weet je. Mannen onder elkaar. Hij heeft de neiging zijn maten aan te zetten tot zogezegd stoere daden. Een joint roken, met hun auto's racewedstrijden houden op de openbare weg, de macho uithangen bij het vrouwelijk schoon.' Hij besloot haar niets te vertellen over zijn verdenking van dealen en gebruik van harddrugs. 'Verwende vedettestreken heeft die jongen.'

'Staat hij weer in de ploeg? Ik dacht dat Nick Verbist zijn plaats had ingenomen.'

'Tijdelijk. Koen zit momenteel op de bank, hij is nog niet fit genoeg voor een volledige match. Dat hij überhaupt kan spelen, is mij trouwens een raadsel. Die kerel moet ongevoelig zijn voor pijn.'

'Hij is voor meer dingen ongevoelig. Els dumpen net nu ze het zo zwaar heeft. Ze heeft anorexia of boulimie, ik weet het niet precies. Het is in elk geval erg gesteld met haar, maar dat heeft hem niet belet om gewoon haar spullen buiten de deur te zetten terwijl ze in het ziekenhuis lag.'

'Ik zei toch al dat het een smeerlap is!'

'Ik vond het eigenlijk wel een toffe kerel. Iets vinniger dan de meeste spelers. Die zijn nog te verlegen om drie woorden achter elkaar te zeggen.'

'Omdat ze onder de indruk zijn van je roem, schat. Maar vergis je niet in Koen Dewitte. Daar is iets essentieels mis mee. Het zou me niet verwonderen als die nog eens in de problemen komt.'

'Wat voor problemen?'

'Ik kan niet in detail gaan, beroepsgeheim. Maar ik raad je aan uit zijn buurt te blijven. Net zoals je beter ook een tijdje uit de buurt van Hugo Van Dijck blijft. Ik heb gehoord dat die de laatste tijd rare dingen doet.'

'Hugo? Nooit! Hugo is een schat.' Hij bekeek haar verbaasd en ze nam wat gas terug. 'Als ik ooit een filmcarrière kan starten dan zal dat alleen aan hem te danken zijn. Hij heeft er zich vrijblijvend voor ingezet.'

'Hugo Van Dijck, vrijblijvend? Geloof dat maar niet.'

Tamara, plots op haar hoede, bleef met het glaasje sherry in de hand dat ze net ingeschonken had, staan.

'Waarom zeg je dat zo sarcastisch? Wat zou Hugo dan wel van me willen voor zijn hulp?' Ze hoorde zelf hoe raar haar stem klonk. Alsof ze een toon te hoog zat.

'Zei ik dat hij iets van je wil? Ik bedoel dat die man nooit iets vrijblijvend doet. Daar is hij veel te uitgekookt voor. Aan dat eventuele filmcontract van jou zal voor hem een aardig centje vastzitten. Pas maar op dat zijn aandeel niet ten koste van jezelf gaat.'

Tamara haalde opgelucht adem en haar opgejaagde hartslag zakte terug naar een rustiger tempo. Ze ging in de fauteuil zitten en nipte aan haar sherry terwijl ze deed alsof ze naar Werner luisterde die het had over de sponsoring van Taxandria en zijn vermoedens dat daar iets mis mee was, dat hij vermoedde dat Hugo een verborgen agenda had. Maar het drong allemaal nauwelijks tot haar door. Ze wist perfect hoe ze de aandachtige echtgenote moest spelen zonder echt te horen wat hij zei. Dat idiote voetbal altijd. Voor haar kon Taxandria barsten. Ze had andere dingen aan haar hoofd.

Toen ze zich in de badkamer klaarmaakte om te gaan slapen en in de spiegel keek terwijl ze haar reinigingscrème aanbracht, vroeg ze zich af hoe Hugo zou reageren wanneer ze tijdens hun volgende ontmoeting zou vertellen dat ze een kind, mogelijk zijn kind, verwachtte. Als hij positief reageerde, kon ze plannen beginnen te maken. Ze zouden natuurlijk moeten wachten tot de baby geboren was voor ze zekerheid hadden over het vaderschap. En mocht blijken dat het kind niet van Hugo was maar van Werner, had ze in ieder geval het bewijs geleverd dat ze zwanger kon worden. Wat Marie-Anne na al die jaren huwelijk nog altijd niet was gelukt. Als Hugo echt kinderen wilde, zou dat zwaar doorwegen bij zijn beslissing om voor haar te kiezen en van Marie-Anne te scheiden.

Terwijl Tamara de laatste sporen van haar make-up verwijderde, zag ze zich nog binnen een jaar als echtgenote van een der belangrijkste bedrijfleiders van het land én als succesvolle filmvedette die haar soapverleden volledig zou doen vergeten. Want Hugo zou, ambitieus als hij was, haar carrière blijven stimuleren ondanks het kind.

Werner lag al in bed en leek te slapen. Een moment bekroop haar het akelige, wrange gevoel van medelijden. Ze wilde er het liefst niet aan denken hoe hij zou reageren als zij hem verliet. Maar ze troostte zich onmiddellijk met de gedachte dat Taxandria en zijn praktijk hem wel zouden helpen om de schok te boven te komen. Ze had het recht meer van het leven te verlangen dan wat hij haar kon bieden.

* * *

'Hoe kon je, mama? Na alles wat er gebeurd is.'

Carla wist niet wat ze moest antwoorden. Ze kon de kinderen toch niet vertellen dat hun vader haar en iedereen die haar geholpen had, bedreigde. Het was belangrijk dat ze nog een beetje respect voor hem koesterden.

'Iedereen heeft recht op een tweede kans, Ilse. Papa zegt dat hij zijn les geleerd heeft uit hetgeen gebeurd is.'

'Dat zal wel! Hij sloeg je bijna het ziekenhuis in.'

'Je mag niet overdrijven. Je vader had het toen erg moeilijk. Hij had er zo op gerekend een eigen zaak te kunnen beginnen met de erfenis van opa. Je weet hoe graag hij bij de gemeente weg wil.'

'Een eigen zaak! Een café om nog meer te kunnen drinken, bedoel je.'

'Nu is het genoeg!'

Ilse haalde ontmoedigd haar schouders op omdat haar moeder niet naar haar goede raad wilde luisteren. Hilde van haar kant had tot nu toe nog geen woord gezegd. Zoals de laatste dagen wel meer gebeurde, zat de weerspannige tiener in een hoekje. Haar hele lichaamstaal schreeuwde het uit dat ze met niks en met niemand nog iets te maken wilde hebben.

Met Erik had Carla gisterenavond al gepraat. Hij was haar oudste en ze had hem om zijn steun gevraagd. Aanvankelijk had hij geaarzeld en zelfs weigerachtig gereageerd, maar uiteindelijk had hij beloofd haar te helpen om zijn zusjes te overtuigen.

Ze keek afwachtend naar hem in de hoop dat hij zijn belofte van gisteravond waar zou maken. En ofschoon hij er nog altijd moeite mee had, bezweek hij onder haar smekende blik.

'Misschien heeft papa inderdaad zijn les geleerd. Bovendien is opa er niet meer om altijd ruzie over te maken. Mama heeft gelijk. Ze moet hem nog een kans geven.'

Carla zweeg wijselijk over de plannen van Jos om het huis van opa te verhuren. Ze moest er de notaris trouwens nog over spreken, want bij de lezing van het testament had ze door de shock niet echt goed begrepen wat ze wel en niet kon doen met het huis. Had Marie-Anne haar er niet op gewezen, dan had ze er zelfs niet aan gedacht dat ze hier kon wonen. Ze hoorde tot haar grote voldoening dat Erik zijn uiterste best deed om Ilse en Hilde te overtuigen dat er hier in het huis van opa nu ook meer ruimte voor hen was en ze dus niet op elkaars lip zouden leven en vooral dat papa zich in de toekomst zou beheersen en geen geweld meer zou gebruiken.

'Maar binnenkort zijn wij allebei het huis uit, Erik. Dan staat mama er alleen voor. Wie gaat haar helpen als het toch weer misgaat?' opperde Ilse, die gewaar werd dat ze terrein verloor nu haar broer haar niet steunde.

'Hilde is er ook nog. Ze wordt binnenkort zeventien. Je moet haar niet blijven behandelen als een kind.' Hij keek even naar zijn jongere zusje, dat voor zich uit starend in een fauteuil zat met de benen helemaal tegen zich opgetrokken en haar armen er als in een kramp omheen geklemd. 'Is het niet, Hilde? Jij zult mama wel helpen als er problemen zouden zijn.'

De reactie was onverwacht heftig.

'Nee! Dat zal ik niet en dat wil ik ook niet! Ik haat het hier! Het is allemaal de schuld van mama! Zij wilde hier komen wonen! Alles is jouw schuld, mama! Ik haat je! Ik haat je! Ik wou dat ik dood was!'

Hilde stormde de kamer uit en ze hoorden hoe ze de deur van haar slaapkamer met een harde klap achter zich dichtsloeg. Ze keken elkaar onthutst aan, niet goed wetend hoe het nu verder moest. Carla voelde dat ze lijkbleek was geworden. Even dacht ze dat ze zou flauwvallen, zo erg was ze geschrokken van de woeste uitval van haar dochtertje. Ze voelde hoe de tranen langzaam over haar wangen liepen maar was niet in staat ze te stoppen.

Erik verloor zijn zelfbeheersing en riep dat hij genoeg had van die herrie hier in huis en dat hij in het vervolg in de kazerne bleef. Waarop Ilse hem onder de neus duwde wie dan zijn vuile was zou doen. Was dat niet de reden waarom hij nu nog naar huis kwam? Erik vloekte binnensmonds maar moest bekennen dat er een grond van waarheid schuilde in hetgeen zijn zuster zei, en zweeg verder maar.

Ilse bekeek hem boos omdat hij de hele toestand nog erger had gemaakt en geen moeite deed om zich bij mama voor zijn onbeheerst gedrag te excuseren of om haar te troosten. Ze ging zelf naar mama toe, die stil zat te huilen en blijkbaar geen kracht meer had om zich te herstellen.

'Trek het je niet aan, mama. Hilde heeft gewoon kuren. Ze loopt al een hele tijd als een donderwolk rond. Je kunt niet met haar praten of ze begint te roepen en te gillen. Een late aanval van pubertitis', probeerde ze met een grapje. 'Ze zal wel bijdraaien wat papa betreft. Ik weet dat ze af en toe een babbeltje met hem maakt na school. Haar uitval daarnet is hoogstwaarschijnlijk het gevolg van een ruzie met een van die idiote vriendinnen van haar. Of met dat griezelig vriendje met wie ze optrekt.'

'Griezelig vriendje? Welk vriendje? Waarom weet ik daar niets over?'

Ilse beet op haar lip. Shit, nu had ze het toch verraden en ze had nog wel geheimhouding beloofd. 'Gewoon iemand uit onze vroegere wijk, mama. Je weet dat Hilde daar nog altijd rondhangt.'

'Waarom noem je hem griezelig? Bovendien, Hilde is nog veel te jong om een vriendje te hebben.'

'Veel zal dat niet voorstellen. Kalverliefde.'

'Ik vroeg je waarom je hem griezelig noemt.'

Ilse aarzelde. Die jongen had een slechte reputatie. Hij was ouder dan zijzelf, maar toch trok die kerel altijd met van die jonge meisjes op. Er werd beweerd dat hij zijn handen niet kon thuishouden. Ze had er Hilde over aangepakt maar die had gereageerd met hysterisch gegil en daarom had ze het er maar bij gelaten. Hilde was kordaat genoeg om zichzelf te verdedigen! 'Het is een groezelig type. Hij werkt in een garage', probeerde ze er zich vanaf te maken.

'Groezelig is niet griezelig. Vooruit, je weet meer dan je zegt.'

Als mama die toon aannam, was er geen ontwijken aan.

Carla gaf Ilse er duchtig van langs dat ze het voor haar verzwegen had. Had haar dochter dan geen verantwoordelijkheidsgevoel? Wat als er met Hilde iets gebeurde? Wanneer Ilse ten slotte ter verdediging inriep dat ze er wel met Erik over gesproken had, werd Carla nog bozer. Beseften ze dan allebei niet dat ze op hen, haar oudste kinderen, moest kunnen rekenen?

Erik en Ilse bekeken elkaar met iets van hopeloosheid in hun blik. Waarom maakten volwassenen altijd alles direct zo moeilijk en ingewikkeld?

* * *

'Vind je het erg als ik erbij kom zitten?'

Katja keek verrast op. Ze had een vrije dag en zat achterin de tuin op de schommelbank te genieten van het mooie weer. Naast haar lagen een boek en een aantal tijdschriften, maar ze had nog niet de energie opgebracht om ze ter hand te nemen.

'Natuurlijk vind ik het niet erg, mama. Wacht, ik zal wat opschuiven.'

'Ik ga eerst een drankje halen. Heb je geen trek in een lekker vers vruchtensapje met veel stukjes fruit? Ik moet voor mijn dieet een snack nemen, dan is dat meteen ook gebeurd.'

'Ja, doe me maar een vruchtensapje. Ik schuif intussen de bank wat meer onder de boom.' Ze wist dat mama het nooit lang uithield in de volle zon.

Even later zaten ze samen te genieten van een heerlijke vruchtendrank. Zoals altijd had mama het mooi opgediend, met slingers van besjes en een spiesje met stukjes vers fruit. Er dreven twee muntblaadjes in haar glas.

'Je meent het echt met dat dieet, niet?' vroeg ze terwijl ze gretig het suikerrandje van haar glas aflikte. Mama's glas had geen suikerrandje.

'Het is prettig dat mijn kleren nu makkelijker zitten. Maar ik besef dat ik nooit meer echt slank zal worden. De menopauze doet vreselijke dingen met je lichaam, weet je. Het lijkt wel of alles wat ik eet zich vastzet op mijn borsten en buik. Toch is er al bijna tien kilo af.'

'Tien kilo! Ik had geen idee. Wat goed van je!'

Emma was zichtbaar trots door de spontane felicitatie van haar dochter. Eventjes praatte ze verder over haar dieet. Ze vertelde over de problemen van Els en over de bekentenis die ze gisteren gedaan had. Hoe ze hen gevraagd had haar te helpen. En vooral hoe moeilijk Els het volgens de dokters zou hebben om het eetprobleem te overwinnen.

'Wat erg voor haar. Ze moet zowat mijn leeftijd hebben, niet?'

'Een jaar of twee ouder, vier- of vijfentwintig schat ik. Maar ze ziet er inderdaad piepjong uit. Met Ilse van Carla schiet ze ook goed op. Daarom dacht ik dat jullie haar allebei zouden kunnen helpen. Toen ik het Carla voorstelde, vond ze het in elk geval een goed idee. Wij zijn allemaal heel wat ouder dan Els, weet je. En nu ze het zo moeilijk heeft, zou het leuk zijn als ze ook contact had met mensen van haar eigen leeftijd.'

'Denk je dat Ilse en ik haar mogen opzoeken in het ziekenhuis?'

'Ik ga er vandaag nog naartoe en zal het haar vragen. We hebben een beurtrol afgesproken zodat Els niet het gevoel krijgt er niet meer bij te horen.'

'Jullie hebben een tof clubje, niet?'

'Niet alleen maar een clubje. We zijn vriendinnen geworden. Echte vriendinnen die voor elkaar door het vuur zouden gaan, daar ben ik zeker van.'

'Blijkbaar wel. Dat verwondert me een beetje. In het begin was het jullie toch uitsluitend om het diëten te doen?'

'Ja, het is echter voor ieder van ons veel meer geworden. Gek, maar soms heb ik het gevoel dat we allemaal veranderd zijn. Tamara is nu gewoon Tamara, een van ons, en niet de bekende vedette. Van Marie-Anne dacht ik dat ze een verwaande, stijve trut was. Maar nu weet ik dat ze eerder bescheiden en verlegen is. En bereid om iemand uit de nood te helpen. Je had moeten zien hoe ze zich om Carla bekommerde. Carla zelf, die zich altijd onzeker en bang toonde, is nu bij ons helemaal opengebloeid. Het is alsof we allemaal op een positieve manier veranderd zijn. Natuurlijk hebben we onze zorgen en onze problemen nog, maar we verzwijgen ze niet, kroppen ze niet meer op. Alles is bespreekbaar geworden.'

Emma zweeg plots en nam een van de tijdschriften en begon er achteloos in te bladeren. Maar ze voelde dat de blik van Katja vragend op haar gericht was. Ze legde het tijdschrift naast zich neer en besloot het onbespreekbare niet te ontwijken.

'Ik kwam je eigenlijk zeggen dat ik het hen verteld heb en dat ze goed hebben gereageerd. Je weet wel, dat je…' Waarom kon ze dat woord niet over de lippen krijgen? Katja kwam haar te hulp.

'Dat ik lesbisch ben? Dat is heel lief en moedig van je, mama. Ik ben er blij om en ik neem aan dat je over de ergste schok heen bent.'

'Ja. Toen ik gisteren Els daar zag liggen, doodziek en geestelijk helemaal in de war, dacht ik dat ik gelukkig mocht zijn dat jou en Nick zoiets ergs nooit is overkomen. Jullie zijn allebei gezond en gelukkig. Dat hoop ik tenminste.'

'Wij zijn oké, mama. Ik weet van Nick dat hij graag iemand zou leren kennen en dat hij hoopt op een vaste plaats in het team, maar dat komt allemaal nog wel. Dan kan hij trouwen en zorgen voor kleinkinderen voor jullie. Dat zou papa erg gelukkig maken.'

Het deed Emma pijn te horen dat Katja automatisch dacht dat kleinkinderen Fred meer plezier zouden doen dan haarzelf. Maar ze was inderdaad nooit een vertroetelende moeder geweest en het was logisch dat haar dochter veronderstelde dat ook het grootmoederschap haar niet echt zou liggen.

'Ik hoop het. Er is tegenwoordig zo weinig dat papa plezier doet.'

'Hij is inderdaad somber,' zei Katja, 'maar ik ben er zeker van dat het niets te maken heeft met het feit dat ik lesbisch ben. Papa heeft me daarover aangesproken en hij heeft het volledig aanvaard. Hij drong er zelfs op aan dat ik nog wat geduld moest hebben met jou. Ze zal wel bijdraaien, heeft hij er nog lachend aan toegevoegd.'

'Wat is er dan toch met hem?' vroeg Emma in de hoop van haar dochter een antwoord te krijgen. Maar dat kwam niet. Ze zocht zelf naar een mogelijke verklaring. 'Ofwel is er iets op Taxandria dat hem dwarszit ofwel heeft hij problemen op het werk en durft hij me er niet over te vertellen.' Ze aarzelde even. 'Ziek is hij niet. Als dat zo was, zou ik het wel gemerkt hebben.' Ze keek Katja gerustgesteld aan en glimlachte. 'Mannen kunnen zoiets moeilijk verbergen.'

'Waarom vraag je hem niet gewoon op de man af wat er scheelt? Misschien wacht hij daar juist op. Dan kun je hem helpen en hem opbeuren. Jij verstaat perfect de kunst om iedereen op slag goedgehumeurd maken. Mijn vriendinnetjes waren allemaal stikjaloers dat ik een moeder had die altijd zo opgewekt was, altijd goedlachs! Ik was dan erg trots op je.'

Even bleef het stil. Kinderen hadden een naïef beeld van hun ouders, dacht Emma. Problemen en spanningen ontgingen hen volledig.

'Vroeger ging ik niet zo vrolijk door het leven, al deed ik soms wel alsof. Voor ik papa kende, had ik een heel moeilijke tijd, weet je. Maar hij heeft mij zo goed opgevangen dat ik mijn goede humeur niet langer hoefde te veinzen maar dat het langzaamaan een tweede natuur werd. Ik heb heel veel aan hem te danken, Katja. Hij heeft me door dik en dun gesteund.'

'Hoezo?'

'Sorry, meisje, maar je vader en ik praten daar niet over. Maar één ding moet je weten: je vader is de beste en braafste man op de hele wereld. Ik heb het hem niet gemakkelijk gemaakt en toch is hij altijd achter me blijven staan. En dat zal hij ook altijd met jullie doen. Op hem zul je altijd kunnen rekenen. Wat er ook gebeurt. Vergeet dat nooit.'

* * *

De huisdokter was een nog jonge kerel. Ilse sprak heel graag met 'Rik' en Mieke was gewoon gek op hem. Hij maakte altijd wel even tijd voor een grapje en had altijd een of ander snoepje voor haar op zak.

Nu had Carla hem geroepen voor Hilde, doorgaans de gezondste van haar bende. Op een stille wenk van hem had ze de slaapkamer verlaten. Rik wilde even alleen met Hilde praten. Ze twijfelde of ze boven op de gang zou blijven wachten, maar toen ze hoorde hoe hij rustig met haar sprak en haar snikken langzaam bedaarde, ging ze toch maar naar beneden. Blijkbaar was het haar aanwezigheid die haar dochter veranderde in een hysterisch gillend monster.

Wat ze ook had geprobeerd, ze was er niet in geslaagd Hilde te kalmeren. Carla begreep niet waarom Hilde zich tegen haar keerde en de schuld van al de problemen met Jos in haar schoenen schoof. Temeer omdat Hilde in tegenstelling tot haar andere drie kinderen het juist altijd moeilijker had gehad met het dictatoriale gedrag van haar vader. En omdat ze zich tegen hem bleef verzetten, had ze er dikwijls van langs gekregen. Carla had een zwak voor haar en Hilde wist verduiveld goed dat ze van haar moeder meer gedaan kreeg dan de anderen. Ze deed Carla denken aan een cactusbloempje, mooi en lief, maar als je het probeerde aan te raken, prikte je je vingers aan scherpe stekels. Nochtans klikte het meestal tussen haar en Hilde. Haar gedrag van vandaag was dus uitermate onrustwekkend.

Ze hoopte dat Rik van het gesprek iets wijzer zou worden. Hilde had op een gegeven moment zelfs met zelfmoord gedreigd. Ze wist wel dat in een dergelijke toestand van hysterie je dat soort dreigementen niet al te letterlijk moet nemen, maar toch maakte Carla zich zorgen. Ze had altijd geprobeerd de kinderen zoveel mogelijk van de problemen af te schermen. En dat was misschien niet zo verstandig geweest, want Hilde reageerde toch wel extreem op de verhuizing en nu weer op de terugkomst van haar vader. De tijdelijke scheiding had ze blijkbaar moeilijker verteerd dan op het eerste gezicht leek. In ieder geval moest het probleem van Hilde eerst opgelost worden voor ze Jos kon toelaten terug te komen. Het welzijn van de kinderen ging voor, daar zou ze onder geen enkele bedreiging van afwijken.

Ze hoorde Rik uit de slaapkamer komen en ze moest zich inhouden om niet halsoverkop naar hem toe te lopen en hem met haar vragen te bestormen. Ze mocht vooral Hilde niet de indruk geven dat ze hem wilde uithoren. Rik zou haar wel vertellen wat er scheelde, hier in de grote zonnige keuken waar ze zich elke dag meer thuis voelde.

* * *

Hopelijk werd deze week beter dan de vorige. Eerst was er Tamara geweest die haar helemaal van streek bracht door dat gedwongen bezoek aan de kinderkamer, de kamer die zelfs Hugo nooit betrad. Dan had ze nog een paar dagen lopen piekeren over haar verzoek voor die opnames, wat inbreuk op haar privacy zou betekenen. Ze wilde helemaal niet dat er in hun huis gefilmd werd, en zeker niet in die kamer. Ze had echter niet zomaar durven weigeren. Gelukkig was Tamara er tot nu toe niet op teruggekomen. Daarna was er die trieste toestand met Els en het onomkeerbare feit dat ze toen openlijk had gepraat over haar eigen verdriet. Op een of andere manier maakte haar bekentenis het verdriet wel gemakkelijker om dragen, maar ook definitiever. Het was bijna of ze er zich nu maar finaal bij moest neerleggen dat ze geen kinderen kon krijgen en verder moest met haar leven.

Maar ze zou Fred vandaag ontmoeten in het cafeetje langs de fietsroute en ze had uitgekeken naar hun samenzijn, een lichtpunt in al haar zorgen. Fred zou haar, alleen al door zijn aanwezigheid, weer moed geven. Daarom had ze naar deze afspraak toegeleefd.

* * *

'Ik ben niet zeker. Het is te vroeg om het vast te kunnen stellen bij een gewoon onderzoek. Maar ik heb bloed afgenomen en zal een test laten uitvoeren. Binnen drie dagen weten we het definitief.'

'Rik, dat kan niet! Hilde is nog maar een kind. Je zit volkomen fout. Dit is gewoon belachelijk.' Ze hoorde zelf dat haar toon kwetsend was, maar de dokter scheen er geen aanstoot aan te nemen.

'Het is mogelijk dat ik me vergis, ik sluit dat niet uit. Maar Hilde is geen kind meer. Ze is lichamelijk volwassen. En al gedraagt ze zich op dit moment als een losgeslagen puber, de hysterie is niet gespeeld. Ze is doodsbang voor iets. Een zwangerschap zou dit kunnen verklaren.'

'Maar nee. Ik heb haar vandaag verteld dat Jos terugkomt. We zijn overeengekomen de scheiding uit te stellen en ons huwelijk nog een kans te geven. Daarom is ze zo over haar toeren.'

'Het kan zijn dat de oorzaak daar ligt. Maar ik betwijfel dat.'

'Mijn dochter kan niet zwanger zijn, zeg ik je! Dat kan gewoon niet!' Ze besefte dat ze riep, maar de gedachte was te verschrikkelijk om zelfs maar in overweging te nemen.

Rik wachtte even, gaf haar de tijd om te kalmeren en ging toen rustig verder. 'Ik begrijp dat het een schok voor je is en ik kan geen medisch bewijs leveren op dit ogenblik. Maar mijn intuïtie als dokter laat mij niet dikwijls in de steek. De bloedtest zal vlug zekerheid geven. Want indien mocht blijken dat ze zwanger is, moeten we zo vlug mogelijk maatregelen nemen.'

'Maatregelen?' Carla was helemaal de kluts kwijt.

'Eerst en vooral moet er een uitgebreid doktersonderzoek komen waar veel vragen beantwoord zullen moeten worden: hoe is ze zwanger geworden? Werd ze misbruikt? Als ze onbeschermde seks heeft gehad, zijn er dan andere gevolgen? Er is meer dan alleen maar een ongewenste zwangerschap waar we rekening mee moeten houden. Daarom is tijd een belangrijke factor.'

Carla antwoordde niet. Ze was aan de grote keukentafel gaan zitten met haar hoofd tussen haar handen. Toen ze na een poos weer opkeek en hem wanhopig aanstaarde, schrok Rik. Ze zag er opeens veel ouder uit. Hij had al een tijd sterke vermoedens van mishandeling en was opgelucht toen ze hem onlangs vertelde dat ze ging scheiden van haar man. En nu dit weer! Hij had medelijden met deze moedige vrouw. Maar nu ging Hilde voor. En daarom moest hij Carla overtuigen maatregelen te nemen zodra ze zekerheid hadden. Maar voor hem stond het nu al vast dat Hilde zwanger was. Nog geen zeventien, een kind nog, zwanger én doodsbang.

Toen ze wat van de schok bekomen was en zichzelf weer onder controle had, was Carla naar de kamer van Hilde gegaan. Deze keer kreeg ze wel toegang. Rik had haar iets gegeven om te kalmeren. Toen Carla bij haar op het bed kwam zitten en haar in haar armen nam, had Hilde gehuild en bood ze zelfs haar excuses aan voor haar gedrag. Op aanraden van Rik had ze Hilde geen vragen gesteld. Laat háár praten, had hij gezegd. De kans dat ze dichtklapte, zou anders te groot kunnen zijn. Carla had Riks raad opgevolgd en langzaamaan was Hilde beginnen te praten over de verhuizing en dat ze het er nog altijd moeilijk mee had omdat ze haar vrienden miste. Het feit dat papa nu ook hier zou komen wonen, was gewoon te veel geweest. Ze vertelde dat ze hem af en toe zag en dat hij haar dan altijd zei dat hij hen miste. Maar hij wilde haar uithoren en dan was ze bang dat hij boos zou worden op haar als ze weigerde iets te zeggen. Hierop was ze opnieuw beginnen te huilen en Carla had haar proberen gerust te stellen. Als papa boos werd, om welke reden dan ook, zou mama haar in bescherming nemen.

Uiteindelijk was ze rustig geworden en Carla verliet opgelucht de kamer. Een tijdje nadien was Hilde naar beneden gekomen voor het avondeten. Er was een sciencefictionfilm op tv waar ze samen met Ilse en Erik naar gekeken had. De avond was verder zonder spanningen verlopen. Nu waren ze allemaal naar hun kamers en eindelijk kon Carla het masker van de onbezorgde moeder laten vallen.

Als Rik gelijk had en Hilde zwanger was, hoe zou Jos daarop reageren? Zij hoopte dat hij haar zou helpen om hun kind zo goed en zo kwaad als het ging op te vangen. Dat ze haar samen zouden bijstaan. Maar ze vermoedde eerder dat dit weer de aanleiding zou zijn om de stoppen te doen doorslaan. Carla kon nu al raden dat hij haar de schuld zou geven. Haar vrij losse manier van opvoeden was hem altijd al een doorn in het oog geweest.

De zwangerschap zou hij dankbaar aangrijpen om al zijn woede en wrok op haar bot te vieren, daar was Carla zo goed als zeker van.

'God,' bad ze, 'laat dit niet waar zijn. Laat mijn kind deze afschuwelijke nachtmerrie niet hoeven meemaken. Ze is nog jonger dan ik toen ik door die hel ging. Ik smeek je, laat dit niet gebeuren. Als er iemand gestraft moet worden, straf mij dan, maar niet mijn kind.' Carla wiste haar tranen weg en besefte plots dat ze zich de dag niet meer kon herinneren dat ze voor het laatst gebeden had.

* * *

Ze had haar best gedaan om er heel sexy uit te zien. Ze had ervan geprofiteerd dat ze vandaag geen opnames had en ze kon zichzelf dus uitgebreid in de watten leggen. Intens met haar lichaam bezig zijn, het vertroetelen, gaf haar daarna altijd een extra sensuele uitstraling. Ze was dan ook niet verbaasd dat Hugo na hun dineetje zo vlug mogelijk met haar alleen wilde zijn. Door vermoeidheid en de spanningen van zijn werk was zijn prestatie de laatste keer aan de zwakke kant geweest en nu wilde hij natuurlijk zijn mannelijkheid kunnen bewijzen.

De vrijpartij was dit keer gewoon krankzinnig lekker. Ze gingen allebei tot het uiterste om van elkaar te genieten. Ze kwam zo dikwijls klaar dat ze er misselijk van werd. Uitgeput viel Hugo in een diepe slaap. Dit keer vond ze het niet erg, want het gaf haar de tijd om rustig de rest van de avond voor te bereiden. Als hij wakker werd, was het grote moment aangebroken en zou ze hem vertellen dat ze zwanger was. En als ze zich in wat ze van Marie-Anne vernomen had, niet vergiste, zou hij dolgelukkig zijn. Ze vond trouwens dat hij dat verdiende. Een man die zich van niets had opgewerkt tot een topmanager, had het recht een dynastie te starten. Als Marie-Anne hem die niet kon geven, hoefde hij zich daar niet in te schikken. Zij zou die rol wel van haar overnemen. Ze zou hem een kind schenken en de ideale vrouw voor hem zijn. Niet zijn zakenpartner. Ze had Hugo dikwijls genoeg horen klagen dat de zaak het enige was dat hem en Marie-Anne nog aan elkaar bond. Met haar zou zijn leven één grote uitdaging worden. Elk zouden ze hun eigen carrière voortzetten. Haar bekendheid zou hem nog meer prestige geven en iedereen zou naar hen opkijken als het perfecte paar. Hun kinderen zouden, met zijn verstand en haar charme, het imperium van hun vader uitbouwen tot een alom gerespecteerde multinational!

'Wat lig je zo te lachen? Je kijkt als een kat die net een kan met melk gevonden heeft.'

Ze strekte zich lui uit. Het was een goed teken dat hij haar naar zich toe trok want knuffelen zoals ze met Werner deed na een vrijpartij, zat er bij Hugo zelden in. Met een zucht van tevredenheid nestelde ze zich in zijn armen. Nu of nooit, dacht ze!

'Heb je niets speciaals aan mij gemerkt?'

'Dat je nog heter was dan anders?'

'Ik ben altijd heet als ik bij jou ben. Ik bedoel aan mijn lichaam.'

'Dat was perfect zoals altijd. Een echte seksmachine! Ik kan er niet genoeg van krijgen.' Hij greep naar haar borsten maar ze weerde hem af.

'Even niet. Ik wil met je praten!'

'Kort dan! Ik voel dat ik vandaag onverzadigbaar ben!'

'Er is iets dat ik je moet opbiechten. Ik wilde er eerst honderd procent zeker van zijn voor ik het je vertelde. Ik ben zwanger.'

Hij reageerde niet, bleef haar gewoon aankijken. Drong het niet tot hem door?

'Ik verwacht een baby, Hugo. Ik ben bij de gynaecoloog geweest en die heeft het bevestigd.'

'Neem je de pil niet?'

'Nee. Vroeger wel, maar ik vergat ze nog wel eens. Aangezien er nooit iets gebeurde, ben ik er op een gegeven ogenblik gewoon mee gestopt. Ik dacht dat ik niet zwanger kon worden.'

'Vond je dat erg?'

'Nee, helemaal niet. Wat vind je ervan?'

'Wat ik ervan vind? Van wat?'

'Dat ik zwanger ben natuurlijk!'

'Het zal een tijdje lastig zijn, ik zie ons geen seks hebben zoals daarjuist terwijl jij met een dikke buik rondloopt. En voor je filmcarrière is het ook niet het beste moment. Maar als jij een kind wilt, wie ben ik dan om je tegen te houden?'

'Ik wil een kind. Ik wist het eigenlijk zelf niet, maar sinds ik zwanger ben besef ik dat ik het altijd gewild heb.'

'Dan is het prima.'

'Is dat alles wat je te zeggen hebt?'

'Wat wil je dan dat ik zeg? Sorry, schat, maar ik kan niet goed volgen.'

'Hugo, ik ben al zolang getrouwd met Werner, nam nooit de pil en werd nooit zwanger. Met jou is het na enkele weken al zover. Snap je niet dat dit kind jouw kind is?'

Hugo begon hartelijk te lachen. Maar toen hij zag dat ze heel verschrikt naar hem keek, hield hij onmiddellijk op.

'Sorry! Maar je vergist je. Het kind is niet van mij.'

'Hoe kun je zoiets zeggen? Wekenlang hebben wij erop los geneukt zonder de minste voorzorgen, maar toch weet jij met stellige zekerheid dat het jouw kind niet is?'

'Klopt.'

'Bedoel je omdat ik misschien nog met andere mannen naar bed ging?'

'Nee. Ik zeg alleen dat het mijn kind niet is.'

Tamara was helemaal de kluts kwijt. Het liet hem verdomme koud, hij bleef er gewoon onverschillig bij! Normaal zou hij nu toch minstens te kennen moeten geven dat hij een beetje blij was. Geschrokken, akkoord, maar ontkenning en onverschillig- heid, dat kon ze niet begrijpen.

'Waarom zeg je zoiets? Wil je me kwetsen?'

'Maar nee. Maak er nu geen drama van. Je wilde een kind, je krijgt een kind. Prima! Alleen ben ik de vader niet. Daar ben ik zeker van.'

'Maar waarom dan niet in godsnaam?'

Hij aarzelde. Maar gezien de ernst van de situatie en de spanning die op het gezicht van Tamara te lezen stond, besloot hij haar de volle waarheid te vertellen.

'Ik heb me jaren geleden al laten steriliseren. Ik kan dus geen kinderen verwekken.'

'Leugenaar!'

'Waarom zou ik liegen?'

'Je bent een dikke leugenaar! Ik weet dat jij en Marie-Anne wanhopig proberen een kind te krijgen en dat het aan haar ligt dat het niet lukt! Hoe durf je me zo te beliegen?'

'Marie-Anne wil wanhopig een kind. Ik niet!'

Ze zweeg verbijsterd. Het bloed trok uit haar gezicht weg, dat ondanks haar make-up lijkbleek werd. Had ze hem wel goed verstaan? Dit was toch waanzin? De kinderkamer, de tranen, de intense wanhoop van Marie-Anne! Nooit tevoren had ze iemand zo ongelukkig gezien als toen. Daarom herhaalde ze wat ze juist had gezegd, nu met wanhoop in haar stem en bijna tegen beter weten in.

'Maar Marie-Anne heeft het me zelf verteld! Hoe kun je dergelijke verachtelijke leugens vertellen?'

En toen barstte hij los.

'Ik had je verdomd verboden met Marie-Anne over kinderen krijgen te praten!'

'Zij begon erover. Ze heeft het ook de anderen verteld.'

'Dat zal wel! Denk je echt dat ik dat geloof? Je zei daarnet zelf dat je al een tijdje wist dat je zwanger was. Je hebt gewoon willen uitvissen hoe ik zou reageren. Voor hetzelfde geld was ik een kinderhater.'

'Ben je dat?'

Hij was even de kluts kwijt. 'Nee. Ik wil alleen geen kinderen.'

'Maar waarom? Wil je dan geen erfgenaam voor alles wat je hebt opgebouwd? Iemand die jouw werk kan voortzetten?'

'Nee. Ik wil genieten hier en nu! Wat later gebeurt, kan mij geen barst schelen.'

'Ik geloof je niet! Je bent gewoon bang dat ik eisen ga stellen! Dat ik je kostbare geld ga afpakken. Hou je smerige geld, rotzak, maar het is jouw kind! Durf het niet te ontkennen!'

Ze was nu zo van streek dat ze alle zelfcontrole verloor en even zag Hugo de echte vrouw die achter de opgepoetste, glitterende Tamara verborgen zat. Een volkskind dat zich in het nauw gedreven voelde en gemeen werd.

'Tamara, kalmeer nu eens verdomme! Straks staat alles hier op stelten. Luister, ik lieg niet. Ik kan geen kinderen krijgen. Ik wil er ook geen.'

'Maar Marie-Anne...'

'Marie-Anne weet niet dat ik geen kinderen kan krijgen.'

'Je liegt! Smeerlap! Ik draag jouw kind en jij wilt het niet toegeven. Wat zou je ervan denken als ik naar Marie-Anne stap en haar zeg dat ik het kind draag waar zij al die jaren naar snakt.'

'Dan maak ik je kapot!'

Niet zozeer wat hij zei als wel de toon waarop, snoerde haar de mond. Het was alsof ze werd ondergedompeld in ijskoud water. Ze kreeg even geen adem.

'Heb je me begrepen? Ik maak je kapot als je hier één woord over zegt tegen Marie-Anne. Of tegen wie dan ook. Je wilde een kind en je bent getrouwd. Je bent dus uitstekend gecoverd. Waarom dan per se mij dat vaderschap in de schoenen willen schuiven?'

'Maar ik dacht...'

'Je dacht verkeerd. Ik heb me laten steriliseren zodra ik daar het geld voor had. Nog geen jaar nadat ik de school verliet.'

'Hoe kan dat nu? Wie doet nu zoiets? Waarom?'

'Oké. Ik zal het je vertellen. Maar ook dit blijft tussen ons. Ik heb een kind gehad, een zoontje, toen ik achttien was. Het was gehandicapt en het is enkele maanden later gestorven. Ik heb toen besloten dat ik zoiets nooit meer wil meemaken. Ik wil geen kinderen! Begrepen?'

Tamara's hoofd tolde. Haar oren suisden en ze werd overvallen door een vlaag van misselijkheid. Het leek of haar eigen stem van heel ver kwam.

'Je had een kind?'

Hij knikte.

'Weet Marie-Anne dat?'

'Dat zijn jouw zaken niet. Ik herhaal het nog één keer. Als je ook maar met één woord rept over dit gesprek tegen Marie-Anne of tegen wie dan ook, dan laat ik je kapotmaken. Ik heb er de middelen én de connecties voor, wees gerust.'

Ze bekeek hem met afschuw. Deze man was niet dezelfde met wie ze daarnet uren had liggen neuken, van wie ze had gedroomd zijn vrouw te worden, zijn levenspartner.

Hugo onderschepte haar blik waarin zoveel afgrijzen stak dat hij er beter aan deed op zijn tellen te passen. Als ze in wanhoop bij Werner alles zou opbiechten, was hij nog verder van huis. Hij moest haar nog een tijdje aan het lijntje houden en haar dan voorzichtig laten vallen.

'Kijk, Tamara schat, laten we vergeten wat er gezegd is. We hebben het toch goed samen, of niet? Er is geen enkele reden waarom dat niet zo kan blijven. Jij hebt je carrière en ik mijn bedrijf. Het klikt tussen ons en we kunnen elkaar nog heel wat plezier bezorgen. Alleen is je kind van Werner. Of van iemand anders.' Hij lachte toen ze kwaad naar hem keek. 'Oké. Van Werner dus. Maar dat is geen reden om boos te zijn op mij. Ik heb je nooit exclusiviteit gevraagd, noch beloofd.'

'Maar...'

'Tamara, ik zal dit gesprek aan de verwarring in je hormoonhuishouding wijten als je er nu eindelijk mee ophoudt. Er zijn twee alternatieven, aan jou de keuze: of je zet alles op stelten met je wilde verhalen met alle gevolgen voor je carrière, je reputatie en je...' Hij liet een korte stilte, de rest kon ze zelf wel invullen. 'Of je vertelt je man gewoon dat hij vader gaat worden. We zetten onze relatie op dezelfde voet voort en er is niks gebeurd. Ik blijf je helpen met je carrière en Marie-Anne blijft hier volledig buiten. Maak je keuze, Tamara. En denk vooral niet dat ik het niet meen. Als hier slechts één woord van naar buiten komt, zul je ervoor boeten op een manier die je zelf niet kunt voorstellen. Ik zou niet willen dat je kind met een trauma geboren wordt.'

* * *

Marie-Anne wachtte vol ongeduld tot Hugo thuis zou komen. Het kon haar niet meer schelen dat het al laat was, ze moest antwoord krijgen op haar vragen. Desnoods zou ze de hele nacht blijven wachten.

Fred was tijdens hun ontmoeting somber geweest. Verontrust had ze hem gevraagd of er problemen waren met Emma. Fred ontkende dat er een probleem was. Met Emma, noch met iets anders. Hij probeerde wel hun oude vertrouwelijkheid en vrolijkheid te hervinden, maar het bleef bij een poging. Een paar maal had hij het gesprek op Hugo gebracht, terwijl hij anders zoveel mogelijk vermeed hem in hun gesprekken te vernoemen. Het leek wel of hij haar ondervroeg. Vragen over de gemoedstemmingen van Hugo en of die de laatste tijd zenuwachtig was. Over de handel met het vroegere Oostblok en in hoever zij van die transacties op de hoogte was. Marie-Anne had de vragen lachend afgewimpeld. Ze was niet van plan de weinige kostbare tijd die ze samen hadden te verkwisten met over de zaak of over Hugo te praten. Fred drong niet verder aan, maar ze voelde dat iets hem dwars bleef zitten en dat hij geen open kaart met haar speelde. Door al zijn vragen vermoedde ze dat het iets met Hugo of met de zaak te maken had, en niet met Emma zoals ze eerst gedacht had.

Maar dat was niet alles! Kort nadat ze terug op het bedrijf was, had ze bezoek gekregen van Werner. Die had er maar omheen zitten draaien. Hij vroeg haar allerlei dingen over het sponsoren van Taxandria. Of die sponsoring belangrijk was voor Hugo en waarom hij dat deed. Hoe ze het zakelijk praktisch regelden en boekhoudkundig verwerkten. Hij drukte zelfs verbazing uit dat die sponsoring door de belastingen zomaar aanvaard werd.

Ze moest duidelijk hebben laten merken dat ze zijn vragen

niet apprecieerde want hij excuseerde zich voor zijn vrijpostigheid. Waar het in feite om ging was dat een van zijn patiënten, een kapitaalkrachtige man, hem had gepolst of het waar was dat Taxandria geen andere sponsors meer zocht en dat Hugo exclusiviteit had afgedwongen. Omdat hij dacht dat de beweringen van die man nergens op sloegen, had hij voorzichtig navraag gedaan bij een paar mensen van Taxandria. Daar gingen ook geruchten rond dat Hugo inderdaad exclusiviteit had om te sponsoren. Nu Hugo zich bezighield met de filmcarrière van Tamara, had hij het niet meer dan correct gevonden om Hugo op de hoogte te brengen van de plannen van die andere kandidaat-sponsor. Voor wat hoort wat, had hij er verlegen lachend aan toegevoegd.

Marie-Anne, die toen al zenuwachtig op haar stoel had zitten draaien, had gezegd dat zij niet op de hoogte was van een exclusiviteitscontract. Het zou haar trouwens ten zeerste verwonderen dat Taxandria dat zou aanvaarden. Hugo sponsorde stevig, maar niet voldoende om dergelijke eisen te kunnen stellen. Waarschijnlijk wilde het bestuur er niet voor uitkomen wie hun andere belangrijke sponsors waren. Werner wist toch ook wel dat er heel veel zwart geld gebruikt werd in die zaken. In hun boekhouding stond de sponsoring echter officieel geboekt. Als hij nog verdere vragen had, dan kon hij die beter aan Hugo stellen.

Pas nadat Werner vertrokken was, drong het tot haar door dat ze hem niet gevraagd had wat hij in feite bedoelde met die opmerking over 'Hugo die zich bezighield met de carrière van Tamara'. Tegen haar hadden Hugo noch Tamara daar ooit iets over gezegd. In het begin was ze bang geweest dat Hugo zich aangetrokken zou voelen tot Tamara en had ze hem erover aangesproken. Hij had echter luid ontkend en sprak over Tamara altijd op een denigrerend toontje. Hij vond haar dom en oppervlakkig; net wat je van een soapactrice kon verwachten. Ze had Tamara nog verdedigd. Volgens haar verborg ze zich achter Bianca, maar de echte Tamara was heel anders. Ze was trouwens een echte vriendin geworden. Hij had haar uitgelachen met dat clubje en had haar verzocht hem zo weinig mogelijk bij dat gedoe te betrekken. Daarna waren ze er niet meer op teruggekomen.

En waar sloeg die verwarde uitleg van Werner over de sponsoring op? Als Hugo het alleenrecht tot sponsoren van Taxandria zou bedingen, moest hij voor veel hogere bedragen sponsoren dan officieel geboekt werd. Bedragen die ze in hun bedrijf niet konden verantwoorden. Ze vermoedde al een tijdje dat niet alle inkomsten uit het Oostblok correct werden aangegeven. Maar Hugo zei dat het om onbelangrijke bedragen ging en dat hij dat geld ginder nodig had. In het voormalige Oostblok werd geen enkele zaak afgesloten zonder dat er onder tafel geld van eigenaar verwisselde. Hij hield dat echter strikt gescheiden van de zaak hier en zou nooit iets ondernemen dat het bedrijf in gevaar kon brengen. Ze had hem altijd vertrouwd, maar nu twijfelde ze.

Als Hugo inderdaad groot geld stak in Taxandria, was het voor haar duidelijk dat hij in het Oostblok dingen deed die niet te verantwoorden waren. Dan nam hij risico's en loog hij bewust tegen haar. En als ze er dieper over nadacht, ging het zelfs niet meer over zwart geld, maar over fraude!

Misschien had de sombere stemming van Fred daar wel iets mee te maken? Als er bij de overheid vermoedens bestonden dat Hugo op grote schaal knoeide, kwam Fred immers in een vervelende situatie terecht. Zijn belofte aan Hugo om hem te waarschuwen bij grotere controles, zijn angst dat zij hier in betrokken zou worden en zijn beroepsloyauteit, maakten het wel erg moeilijk voor Fred. Hij zou moeten kiezen voor zijn job.

Toen ze Hugo een paar uur later hoorde thuiskomen, was ze zo overstuur dat ze hem amper de tijd gunde binnen te komen. Onmiddellijk overstelpte ze hem met vragen over de sponsoring van Taxandria. Over eventuele fraudes of problemen met het Oostblok en de mogelijke controles. Toen ze ook nog begon over zijn betrokkenheid in de filmcarrière van Tamara, barstte de bom. Hugo was razend. Nog nooit had ze hem zo boos gezien. Ze keek ontdaan toe hoe de man van wie ze nog altijd zielsveel hield, tegen haar tekeerging.

Hoe durfde ze hem op die manier te verwelkomen! Hij werkte zich te pletter tot laat in de avond. Voor zijn liefhebbende echtgenote die hem niet eens de tijd gunde om tot rust te komen en hem liever bestookte met allerlei onzin. Hoe kon ze zo stom zijn te luisteren naar mensen die alleen maar jaloers waren op zijn succes. Laat de belastingen komen, brulde hij, én de BTW, én alle andere overheidsdiensten! Hij vertikte het verantwoording af te leggen over al zijn handelingen. Hij pikte dat niet!

Hij raasde door de kamer, sloeg met beide vuisten op tafel en keilde een paar stoelen tegen de vlakte. Toen hij uitgeraasd was, liet hij zich in een fauteuil vallen en bleef onbeweeglijk zitten, met zijn hoofd in zijn handen, een toonbeeld van ellende.

Voor ze het wist, zat ze op haar knieën voor hem en smeekte om vergeving. Natuurlijk vertrouwde ze hem, dat had ze toch altijd gedaan. Maar er gingen geruchten...

Ze moest zich verdomme niet zo laten opjutten, snauwde hij. Dat ze liever keek naar hetgeen ze in die enkele jaren samen hadden opgebouwd. Dat kon je niet bereiken zonder af en toe een of ander idioot regeltje aan je laars te lappen. Of speelde ze de onnozele onschuld! Zij kon beter een filmcarrière beginnen in plaats van Tamara. Want dat gerucht klopte inderdaad. Hij had Tamara in verband met haar filmaspiraties beloofd een paar van zijn relaties aan te spreken. Dat Marie-Anne daar nu een drama van maakte, kon hem niet schelen, want het was haar eigen schuld. Zij had hem in contact gebracht met dat stomme clubje. De laatste tijd was ze daar verdomme meer in geïnteresseerd dan in haar eigen huwelijk. Het was zijn schuld niet dat een van die stomme grieten hem niet met rust liet omdat ze dacht dat ze met zijn hulp iets kon bereiken wat ver boven haar mogelijkheden lag. En dacht Marie-Anne nu echt dat hij zich met dat soort vrouwen zou afgeven? Hij had wel wat meer nodig dan een vrouw die alleen met zichzelf bezig was. Dat Marie-Anne daar

maar de nodige lessen uit trok en ophield met altijd te jammeren over kinderen en over haar immens verdriet. Het was niet
omdat ze in dat clubje zat, dat ze zich tot hun niveau moest ver-
lagen.

Hij stond bruusk op en verliet de kamer terwijl zij als verlamd
geknield bleef zitten. Aan de deur draaide hij zich om en vroeg
ijskoud of ze hem voortaan dergelijke tragikomische toestanden
wilde besparen. Hij probeerde naar best vermogen hun bedrijf
te runnen en had daarvoor al zijn tijd en energie nodig. Hij was
dus niet van plan zijn krachten te verspillen aan oeverloze discussies en ruzies. Bovendien waren ze geen twintig meer en
hoefden ze niet constant op elkaars lip te leven. Hij kon geen
zaken doen en tegelijk kijken of zijn vrouw wel akkoord ging
met wat hij deed. Als Marie-Anne hem die vrijheid niet gunde,
kon hij net zo goed alles opgeven. En daar bedoelde hij niet
alleen hun bedrijf mee, maar ook hun huwelijk! Aan haar om
haar conclusies te trekken.

Hij sloeg de deur achter zich dicht en bleef even staan om diep
adem te halen. Hopelijk was dit hoofdstuk hiermee definitief
afgesloten en had hij de twee vrouwen, die hij, zij het om heel
verschillende redenen, zo nodig had, weer op het juiste spoor
gezet.

* * *

'Ze zag er vreselijk uit. Ik schrok me te pletter.'
Carla was aan de beurt geweest om vanavond bij Els langs te
gaan. Emma kon niet omdat de bijeenkomst bij haar plaatshad,
en Tamara en Marie-Anne konden niet vanwege hun werk. Ze
had ertegenop gezien en zelfs overwogen om niet te gaan. Ze had
genoeg zorgen aan haar hoofd om zich ook nog die van Els te
moeten aantrekken. Maar achteraf bekeken, was ze echt blij dat
ze toch gegaan was. Toen ze in het ziekenhuis aankwam, constateerde ze geschrokken dat Els er slecht uitzag, en voelde ze zich
beschaamd dat ze zo egoïstisch gereageerd had. Na haar korte

bezoek, dat Els zichtbaar had uitgeput, had ze nog even met Johan gesproken. De maag en darmen van Els waren door het braken en de laxeermiddelen erger aangetast dan ze dachten. Ze had vandaag maagbloedingen gehad. Het zou dus veel langer duren voordat ze naar huis zou mogen gaan. Maar hun bezoekjes, hoe kort ook, waren erg belangrijk. Ze mochten Els vooral niet loslaten want dan zou ze misschien de moed opgeven om te blijven vechten.

Dat was het verslag dat Carla de club meedeelde toen ze bij Emma thuis aankwam. De stemming werd er niet vrolijker op. Tamara zag eruit alsof ze al een paar dagen niet geslapen had en Marie-Anne had ook al kringen onder haar ogen. Alleen Emma zag er goed uit. Beter dan ooit eigenlijk. Het viel op dat ze inderdaad veel afgevallen was. Ze stond dan ook te trappelen om als eerste op de weegschaal te staan.

Tamara vulde lusteloos de fiches in.

'Roep Fred nu maar binnen, Emma. Misschien kan hij de stemming wat opvrolijken. Ik weet niet wat we mankeren, maar het lijkt nergens op vandaag.'

Zelf was ze nog steeds in shock na haar avond met Hugo. Ze wist nog altijd niet of ze hem moest geloven. Als het waar was dat hij zich had laten steriliseren dan had hij Marie-Anne al die jaren onder het verdriet van haar kinderloosheid gebukt laten gaan. Dat was onnoemelijk wreed! Als Hugo daartoe in staat was moest ze het zeer voorzichtig spelen. In ieder geval zou ze nog wachten om Werner te vertellen dat hij vader zou worden en er dan op vertrouwen dat hij zou geloven dat ze zijn kind verwachtten. Ze wist immers dat er geroddeld werd over haar en Hugo.

Na de euforie over haar zwangerschap leek het nu plots of haar wereld was ingestort. Ze mocht Hugo in geen geval tegen zich in het harnas jagen want dat zou meer dan het einde van een kans op een filmcontract betekenen. Ze twijfelde er geen ogenblik aan dat de dreigementen van Hugo om haar te breken gemeend waren. Ze moest dus zowel tegen Werner als tegen Marie-Anne haar mond houden over die sterilisatie. Maar als ze terugdacht aan de emotionele momenten in die lege kinderkamer, voelde ze zich een verraadster.

Fred kwam aarzelend binnen. Omdat iedereen al aan tafel had plaatsgenomen, ging hij op de enige lege stoel zitten, toevallig die naast Marie-Anne. Het was of zijn huid vol gevoelige sensoren zat die elke beweging van haar opvingen. Nooit was hij zich zo bewust geweest van zijn zware lichaamsbouw als nu. Wat moest ze wel denken van zijn plompe lijf, zij die de elegantie zelf was? Hoe heerlijk het was om op haar verliefd te zijn, zo smartelijk was het ook. Hij kon nog net op tijd een diepe zucht onderdrukken.

'Oké! Nu is het genoeg. De eerste die nu nog een zuur gezicht trekt, wordt gestraft. Ik weet niet wat jullie allemaal bezielt, maar in godsnaam, kan het wat vrolijker, ja? Of moet ik daar eerst voor op mijn hoofd gaan staan?'

'Als je ons eerst eens een lekker glaasje wijn inschonk', stelde Carla voor. 'Misschien ligt het aan het weer?'

Alsof het afgesproken was, begon iedereen commentaar te geven op het vreselijke Belgische weertje. En hoe stom dit onderwerp ook was, het deed het uitstekend als ijsbreker.

'Daarnet had ik voor het eerst het gevoel dat we echt een soort Weight Watchers-bijeenkomst hadden. Iedereen maar piekeren over zijn gewicht en geen plezier. Dat is niets voor mij.' Emma ging weer zitten en zette de fles op tafel. Er zou meer dan één glaasje witte wijn nodig zijn om deze begrafenisstemming te verjagen.

'Ik denk dat de mensen die naar dat soort bijeenkomsten gaan ook wel lol maken. Net als wij, vrouwen onder elkaar. Wat het voor ons momenteel zo moeilijk maakt, is het gevoel dat Els door ons clubje in de miserie is gekomen.'

'Maar dat is niet waar...'

Carla gaf een teken aan Emma dat ze nog niet uitgesproken was. 'Natuurlijk is het niet waar. Daar hebben we het al over gehad. Maar wat ik zeggen wilde, is dat het de eerste keer is dat we bijeenkomen zonder haar en dan op de koop toe vernemen dat het slecht met haar gaat. Sorry, Emma. Maar ik vrees dat zelfs jij de stemming er vanavond niet in gaat krijgen.'

'Wacht tot jullie de taart proeven die ik gemaakt heb!'

'Taart! Ben je gek geworden?'

'Dieettaart, dames! Ik heb het recept in een dieetboek gevonden. Ik heb het deze week al een keer geprobeerd, en Fred en de kinderen vonden het fantastisch. Het is op basis van magere kwark, vers fruit en surrogaatsuiker.'

'Prachtig! Dit zal me een opkikkertje geven, en dat kan ik gebruiken.'

'Zware week gehad, Tamara?'

'Lange opnames.' Even was ze in de verleiding om hen te vertellen dat ze zwanger was, maar dat kon ze niet maken. Eerst moest ze natuurlijk Werner op de hoogte brengen. 'Maar binnenkort ga ik het misschien toch een beetje rustiger aan doen.'

'Ik vind toch dat we moeten uitkijken dat we niet overdrijven met diëten. Zeker iemand zoals jij, Tamara. Je bent niet te dik en je werkt zo hard. Eet maar twee stukken taart, je verdient het.'

De opmerking van Marie-Anne werd op gejoel onthaald. Carla zei dat ze er alleen op uit was om ook twee stukken taart te krijgen, want ook Marie-Anne had diëten niet echt nodig en ook zij werkte hard.

'Heel goed gezien, Carla. Allemaal linke trucjes', lachte Emma.

Het startsein voor plagerijen was daarmee gegeven en de stemming zat er weer helemaal in. Fred werd gefeliciteerd met de nieuwe slanke Emma en reageerde met te zeggen dat hij ook recht had op twee stukken taart aangezien hij flink wat kilo's kwijt was en ook hij hard werkte. Marie-Anne daagde hem uit op de weegschaal te gaan staan, dan kon hij een volgende keer dat excuus niet meer gebruiken om meer taart te krijgen. Fred nam de uitdaging met plezier aan op voorwaarde dat hij haar gewicht mocht weten, wat Marie-Anne lachend weigerde. Het viel Emma op hoe haar Fred plots helemaal opleefde. Het leek wel of het contact tussen hem en Marie-Anne anders was dan dat met de anderen. Fred noch Marie-Anne waren mensen die zich gemakkelijk lieten verleiden tot plagerijtjes. En nu zaten ze elkaar te jennen als... Nee, dit was idioot. Haar Fred keek nooit naar andere vrouwen. Daar was hij veel te verlegen en te gesloten voor.

Maar haar aandacht was gewekt en de hele avond hield ze hen in de gaten. Ze betrapte hen op kleine aanrakingen en hun lichaamstaal wees op een verregaande vertrouwelijkheid die niet te verklaren was door de enkele, vluchtige ontmoetingen waarvan zij op de hoogte was.

Emma voelde haar hart in haar keel bonzen. Ze mocht niets laten merken want misschien bestond dit alleen maar in haar verbeelding. Ze wist echter van Carla dat het tussen Marie-Anne en Hugo de laatste tijd niet zo best ging. Omdat ze vrij zeker was dat Hugo en Tamara een relatie hadden, had ze Carla daarover eens voorzichtig gepolst. Die had iets gezegd over de grote druk waaronder Hugo en Marie-Anne stonden door de voortdurende groei van hun bedrijf. Bovendien leed Marie-Anne erg onder het feit dat ze niet zwanger werd. Logisch dat het zijn weerslag had op haar huwelijk. Hugo was een vlotte kerel die graag zijn pleziertjes had, maar warm of hartelijk kon je hem onmogelijk noemen.

Emma was er zich van bewust dat Marie-Anne gemakkelijk zou kunnen bezwijken onder de warme aandacht die Fred zo gul kon geven. Ze herinnerde zich nog heel goed hoe zij in het notarishuis uitkeek naar zijn komst en snakte naar zijn warme glimlach. Fred was een van die weinige mensen die oprecht begaan was met degenen die op hem een beroep deden zonder daarbij te denken aan beloning of persoonlijk profijt. Hij was altijd vriendelijk en opgewekt en de goedheid zelve. Dat verklaarde ook zijn grote populariteit in Herentals en bij Taxandria.

Hij had destijds haar leven volledig veranderd en zij had hem daarvoor bitter weinig in de plaats gegeven. Ze hadden twee prachtige kinderen en een perfect onderhouden huis, dat wel. En samen een druk uitgaansleven hier in Herentals waar ze overal welgekomen gasten waren. Maar voor de rest...

Hoe graag had ze hem daarin willen toegeven. Maar ze kon het niet. Ze kon 'dat' niet uit vrije wil ondergaan. Omdat Fred tijdens hun verloving zo kuis en tactvol was geweest, had ze in haar naïeve onwetendheid gedacht dat hij ook geen behoefte had aan seks. Ze wist toen zo weinig van die dingen af. Het enige dat ze van haar moeder geleerd had, was dat seks slecht en verdorven was en dat elke fatsoenlijke vrouw het verachtte en slechts aanvaardde om een kind te krijgen. Dat Fred keer op keer terugkwam voor meer was voor haar dan ook onbegrijpelijk en ze verkrampte zowel geestelijk als lichamelijk van afschuw. Toen hij haar eenmaal met dronken geweld gedwongen had, weigerde ze verder elk lichamelijk contact. Geschokt als hij was door zijn eigen gedrag had hij zich erbij neergelegd. Gelukkig vulden de kinderen hun leven en langzaamaan hadden ze een evenwicht gevonden waarin kameraadschap het seksuele verving.

Maar nu was er misschien een andere vrouw in zijn leven. Een jongere en veel aantrekkelijkere vrouw die ernaar snakte kinderen te krijgen en die door haar man bedrogen werd.

Ze besefte dat ze Fred aan Marie-Anne zou kunnen verliezen. Ze kon zo weinig doen om de man van wie ze hield vast te houden, omdat ze niet in staat was om hem te geven waar hij recht op had.

Hoofdstuk 9

Had ze niet genoeg aan haar hoofd dat ze ook nog voortdurend moest uitkijken voor die man die haar overal volgde? Dit weekend was ze hem al tweemaal tegengekomen en telkens probeerde hij oogcontact met haar te maken. Omdat Mieke er toen bij was, had ze hem genegeerd in plaats van hem eens duchtig aan te pakken. Nu reed ze met Hilde naar de dokter en ze merkte dat hij haar zelfs met zijn wagen achtervolgde. Ze keek voortdurend in de achteruitkijkspiegel en probeerde de nummerplaat te lezen. Ze ging die kerel aanklagen voor stalking!

'Mama!'

Net op tijd remde ze. 'Sorry! Ik was in gedachten. Ben je oké?'

'Ja. Maar als ik niks gezegd had, was je gewoon door dat rode licht gereden. Waarom zit je de hele tijd achteruit te kijken?'

Zou ze het erop riskeren en het haar vertellen? Hoe voorzichtig Carla de laatste dagen met haar ook was omgegaan en hoe ze ook haar best deed om haar te helpen, depressief was Hilde nog altijd en ze ontweek elke vorm van gesprek. Carla besloot het er toch op te wagen. Tenslotte had het niet rechtstreeks iets met de toestand van haar dochter te maken. En bovendien, zo kon het niet langer. Ze moest weten of ze zich dit inbeeldde of niet.

'Kijk jij eens. Er is een auto die me volgt.'

'Doe niet gek, mama.'

'Nee! Ik meen het. Ik heb hem al een paar keer gezien.'

'Hem?'

'De man die met die auto rijdt. Hij volgt me overal. Ik zou zijn nummerplaat moeten hebben. Kun jij eens kijken?'

Hilde was nog kind genoeg om het avontuurlijke aspect meteen aan te voelen. Ze maakte haar gordel los, draaide zich om en ging op haar knieën zitten om de auto beter te kunnen zien. 'Pas wel een beetje op hoe je rijdt, mama! Daarnet ging ik bijna door de ruit en toen had ik mijn gordel nog om.'

'Ik let wel op. Probeer de nummerplaat te zien en te onthouden. Het is die blauwe auto, hij heeft net wat meer afstand van ons genomen.'

Ze vertraagde bij het volgende licht en stopte toen.

'Ik kan de nummerplaat niet zien. Die kleine wagen staat er juist voor. Shit! Ik geloof dat die vent me gezien heeft. Shit!'

Carla negeerde voor een keer haar taalgebruik. 'Ga weer zitten anders stopt hij misschien. Het is belangrijk dat we zijn nummerplaat kunnen noteren. Dan kan ik te weten komen wie hij is.'

Ze naderde het volgende licht, waar ze moest afslaan om naar de huisdokter te rijden. 'Hier moeten we rechts afslaan. Nu moet hij ofwel naast ons komen staan als hij rechtdoor gaat, ofwel achter ons komen staan als hij ons wil blijven volgen. Dit is je kans! Kijk goed naar het nummer.'

Voor het eerst deze week was Hilde weer de Hilde van altijd. Ze had een levendige fantasie en kon verhalen verzinnen alsof ze het allemaal zelf had beleefd. Ze had zich nu helemaal in het achtervolgingsavontuur gestort en had ze gedurfd dan was ze uit de auto gesprongen om de nummerplaat van die man te noteren.

'Hij vertraagt, mama! Shit, die kerel sluit gewoon niet aan! Shit, nu kan ik zijn nummer niet zien. Niet doorrijden, blijf staan!'

'Dat kan ik niet, het is groen. En wil je dat sh-woord achterwege laten!'

'Langzaam! Sh...'

'Hilde!'

Terwijl Carla de straat indraaide, ging Hilde ontgoocheld weer zitten. 'Langzaam had ik gezegd, mama. Je draaide veel te vlug de straat in. Nu heb ik zijn nummer niet.' Ze klikte haar gordel vast en haar stem verraadde dat ze het allemaal vreselijk spannend vond. 'Het is inderdaad verdacht. Die kerel volgde jou.

Anders zou hij net achter die wagen naast ons gestopt zijn. Hij hield opzettelijk afstand omdat ik naar hem keek en hij niet herkend wilde worden.'

'Ik zei het je toch. Ik kom die kerel overal tegen.'

'Maar je kent hem niet?'

'Emma dacht dat het iemand uit Herentals was.' Ze kon Hilde moeilijk vertellen dat hij haar was gevolgd tijdens een kroegentocht in Antwerpen!

'Emma! Heeft die hem ook al gezien? Wat spannend allemaal! Misschien is hij verliefd op jou.'

'Hilde!'

'Dat kan toch. Je ziet er tegenwoordig weer knap uit.'

Ze glimlachten kwajongensachtig naar elkaar en heel even was er weer dat vertrouwde gevoel van samenhorigheid.

'Volgende keer stap ik gewoon op hem af, dan is het meteen opgelost. Kom, we zijn er.'

Carla stopte voor het huis van de dokter. Het was alsof plots een rolluik werd neergelaten en ze in het donker zaten. Het vrolijke meisje van daarnet keek weer somber en nukkig en haar vijandige en weerbarstige houding nam weer de bovenhand. Carla zuchtte en hoopte vurig dat uit de uitslag zou blijken dat Rik zich vergist had. Jos zou deze week bij hen intrekken in het huis van opa en ze durfde zelfs niet stil te staan bij de gedachte hoe hij zou reageren als Hilde inderdaad zwanger was.

* * *

Het gebouw van de opnamestudio lag er nog rustig bij. De draaidag zou pas over een uurtje beginnen. Nog een paar weken hard doorwerken en de acteurs mochten eindelijk gaan genieten van een welverdiende vakantie. Alleen de mensen die de volgende reeks opnames moesten voorbereiden en de administratieve diensten bleven daarna nog een tijdje doorwerken.

In haar postbakje lag een bericht dat ze zich vóór de opnames bij de producer moest melden. Omdat ze een van de hoofdpersonages vertolkte, was het belangrijk en ook normaal dat de productieverantwoordelijken met haar de verhaallijnen en haar aandeel daarin voor het volgende seizoen bespraken.

Ze had die bespreking niet zo vlug verwacht. Pech dus, want dan moest ze vandaag al beslissen of ze hem ging vertellen dat ze zwanger was. Ze had gehoopt dat nog wat te kunnen uitstellen. Alles was zo verward in haar hoofd en ze had Werner nog altijd niet op de hoogte gebracht. Ze schonk een kopje koffie in en ging naar haar kleedkamer. Ze zou proberen alles op een rijtje te zetten vóór ze zich meldde bij de producer.

Het zou verstandig zijn, dacht ze, als ze haar zwangerschap langs officiële weg meedeelde. De wet beschermde haar tegen ontslag zodra ze een dokterscertificaat binnenbracht. Maar als ze dat nu al deed, zouden ze haar nog uit de nieuwe reeks kunnen schrijven. Dan hielp zelfs die wettelijke bescherming niet aangezien haar contract maar liep zolang Bianca in de reeks voorkwam.

Het was dus beter om nog even te wachten. Als de verhaallijnen voor het volgende seizoen eenmaal vastgelegd waren, zou het veel moeilijker zijn haar uit de reeks te halen. Maar ondertussen had ze dan geen wettelijke bescherming mocht iemand te weten komen dat ze zwanger was en het aan de productieleiding doorgeven.

Kon ze nu maar met Werner overleggen. Even overwoog ze hem te bellen, maar hem aan de telefoon vertellen dat ze een kind verwachtte, was niet ideaal.

Ze moest het dus alleen zien op te lossen. Ze probeerde zich voor te stellen hoe meneer Mertens, haar baas, zou reageren, want zelfs na al die jaren samenwerking had ze er geen idee van. Aan de ene kant ging hij er prat op dat zijn bedrijf één grote familie vormde en behandelde hij het personeel op een joviale, bijna vaderlijke manier. Maar aan de andere kant kon hij ook bikkelhard zijn en zonder de minste wroeging iemand op staande voet ontslaan. Voor het zwangerschapsverlof zou ze ongeveer vier maanden afwezig zijn tijdens het volgende draaiseizoen.

Door haar tijdelijke afwezigheid in te bouwen in de verhaallijnen was dat wel op te vangen, maar dan moest ze hem wel zo vlug mogelijk haar zwangerschap melden.

Waar ze echt voor vreesde, was dat hij zou zwichten voor de negatieve reacties van de kijkers. Kijkcijfers waren immers doorslaggevend. Het risico dat haar fans zouden afhaken als Bianca moeder werd, was groot. Haar personage van onverbeterlijke bitch zou immers aan geloofwaardigheid inboeten.

Voor haar persoonlijk was er dus een groot risico aan verbonden. Haar marktwaarde als actrice zou verminderen of zelfs volledig verdwijnen. Want ondanks het feit dat ze beschouwd werd als een van de meest succesvolle actrices uit het Vlaamse soapwereldje, wist ze dat, als ze eenmaal aan de kant was gezet, ze vlug in de vergeethoek zou terechtkomen.

Haar koffie was op en nog altijd had ze geen beslissing genomen. De opnames begonnen voor haar pas na de middagpauze en ze was van plan geweest hier in de rust en de stilte van haar kleedkamer haar tekst in te studeren. Maar in deze stemming van verwarring en twijfel kon ze niet werken. Ze moest naar de baas toe gaan en een beslissing nemen.

Ze stond op en keek in de grote spiegel. Ze vroeg zich af wie de baas zou zien wanneer ze zijn kantoor binnenkwam. De piekerende Tamara, die niet meer wist welke kant ze uit moest of Bianca, de verleidelijke en zelfverzekerde bitch die alle mannen gek maakte.

* * *

Hoewel Hilde nog stilletjes zat te huilen, was het hysterische tekeergaan achter de rug. Carla zat trillend van de zenuwen op haar stoel en dronk van het glas water dat Rik haar vlug had aangereikt toen ze lijkbleek was geworden. Ze had het gevoel dat iemand haar een uppercut gegeven had en ze durfde amper te bewegen uit angst het bewustzijn te verliezen.

Rik ging achter zijn bureau zitten en keek beurtelings van de een naar de ander. Hij had geprobeerd het zo voorzichtig mogelijk te vertellen, maar dit soort berichten kon niet anders dan heel hard aankomen. Je kon een kind van zestien moeilijk vertellen dat ze een 'beetje zwanger' was en dat het allemaal wel vlug beter zou gaan. Maar de eerste schok was blijkbaar verwerkt en nu moest hij proberen hen aan het praten te krijgen. Tijd was belangrijk in deze zaken.

'Ik denk dat we nu even moeten praten. Oké?'

De blik van wanhoop waarmee Hilde hem aankeek, was zo schrijnend en de ogen van haar moeder stonden zo radeloos dat hij het er zelf even moeilijk mee kreeg. Maar hij moest hen voorbereiden op wat onvermijdelijk komen zou.

'Weet je vriendje al iets?' probeerde hij het gesprek op gang te brengen.

'Ik heb geen vriendje.'

'Volgens Ilse wel,' weerlegde Carla bitter, 'eentje uit de wijk en die ouder is dan jij. Was hij het?'

Rik gaf een teken aan Carla dat ze het rustig aan moest doen. Als Hilde dichtklapte, kwamen ze helemaal niets meer te weten.

'Ik ben niet boos, Hilde, alleen geschrokken. Maar ik moet het weten, dat begrijp je toch. Als je vriendje de vader is, dan moet hij zo snel mogelijk op de hoogte gebracht worden.'

'Hij is mijn vriendje niet. Ik haat hem! Ik haat hem!'

De kracht achter deze uitval deed zowel Rik als Carla opkijken. De dokter nam het woord.

'Bedoel je dat je boos op hem bent omdat hij geen voorzorgen nam om dit te voorkomen?'

Geen antwoord.

'Hebben jullie ooit over de mogelijkheid van een zwangerschap gepraat?'

Zelfde reactie, alleen het snikken werd intenser. Carla kon het niet langer aanzien. Ze wist dat ze kalm moest blijven, maar zo kwamen ze nergens.

'Stop daarmee! Als je volwassen genoeg bent om te willen vrijen, moet je ook maar volwassen genoeg zijn om er de gevolgen van te dragen.'

'Ik wilde dat helemaal niet. Het is vies. Ik haat hem!'

Rik gaf Carla een teken dat ze hem alleen aan het woord moest laten. Hij kwam achter zijn bureau vandaan en ging tot bij Hilde, die helemaal ineengekrompen zat te snikken.

'Bedoel je dat hij je ertoe gedwongen heeft?'

Schouderophalen en meer gesnik.

'Waar is het gebeurd, en wanneer?' Ze antwoordde niet. 'Het moet nu ongeveer een week of vijf geleden zijn. Klopt dat?'

Ze knikte.

'Waar waren jullie toen het gebeurde?'

Carla kon zich niet bedwingen.

'Niet thuis, als je dat zou denken. Die kerel heeft nooit ook maar één stap binnen gezet. Zelfs Ilse heeft nog nooit een jongen mee naar huis gebracht. Jos zou dat niet dulden. We voeden onze kinderen strikt op.'

Rik beduidde haar dat ze moest zwijgen. Hij knielde naast Hilde en nam haar handen zachtjes weg van haar gezicht.

'Luister, Hilde. Als hij je gedwongen heeft, dan moet je ons dat vertellen. Niemand heeft het recht dat van je te eisen.'

'Ik wist niet wat hij van plan was', fluisterde ze huilend. 'Ik wist niet dat mensen dat deden als ze niet in bed lagen. Ik dacht dat hij me alleen wilde zoenen. Al mijn vriendinnen hadden al dikwijls gezoend en ik nog niet.'

'Toen je begreep wat hij wilde, heb je je dan verzet?'

'Hij was te sterk. En het was allemaal zo vlug voorbij.' Toen keerde ze zich naar Carla, smekend. 'Niet boos zijn, mama. Ik kon er echt niet aan doen. Het deed pijn en het was vies. Ik was zo bang dat je me niet meer graag zou zien omdat ik zoiets verschrikkelijk slechts had laten doen.'

Carla liep naar haar toe en knielde bij haar dochtertje neer. 'Ik zal jou altijd graag zien, niets of niemand kan dat veranderen.'

'Hij had me gezegd dat hij me zou verraden bij papa als ik iets tegen jou zou zeggen. Hij weet dat ik bang ben van papa.'

Over haar hoofd heen wisselden Rik en Carla een veelzeggende blik. Dat probleem zouden ze later moeten aanpakken, niet in het bijzijn van Hilde.

'Waarom vertel je ons niet rustig wat er gebeurd is. Zonder iets te verzwijgen. Dan kunnen we je zo goed mogelijk helpen.'

Tijdens het schokkende verhaal voelde Carla een diepe woede opkomen. Die rotzak had het leven van haar dochter vernietigd voor enkele seconden smerige lust. Als een beest had hij genomen wat hij dacht dat hem toekwam. Omdat hij haar wat aandacht had gegeven, dacht die etter dat hij rechten had op het meest intieme dat een jong meisje bezit. Elke vezel van haar lichaam verzette zich tegen dit arrogante misbruik van een onschuldig kind. Ze liet het aan Rik over de ondervraging voort te zetten, zelf zou ze haar emoties niet in bedwang kunnen houden. Zeker niet toen ze hoorde hoe naïef haar dochtertje geweest was. In tranen en met een fluisterstemmetje vertelde ze hoe ze in paniek was geraakt omdat ze gebloed had. Al was het bloeden daarna gestopt, ze had dagen niet geslapen uit angst dat ze inwendig zou doodbloeden. Het had immers zo verschrikkelijk pijn gedaan. Ze vertelde ook hoe ze keer op keer een bad genomen had omdat ze zich vuil bleef voelen. Maar ze kreeg de geur van die jongen niet weg.

Toen Rik haar nogmaals vroeg waarom ze niets gezegd had tegen haar moeder, keek ze eerst verschrikt naar Carla maar omdat ze haar bemoedigend toeknikte, zei ze ten slotte.

'Omdat mama me uitdrukkelijk verboden had die avond het huis te verlaten. Maar ik ben echt niet naar de wijk gegaan. Hij was naar het huis van opa gekomen. Bij het schuurtje, helemaal aan de achterkant aan het veldwegje.'

Carla voelde de tranen achter haar ogen opwellen bij het horen van deze eerlijke, kinderlijke reactie maar bedwong zich en knikte dat ze moest doorgaan met haar verhaal.

Langzaamaan waren de blauwe plekken en de pijn weggetrokken. Maar het gevoel vies te zijn was gebleven en ze kon niet goed meer eten en slapen. Toen mama vorige week vertelde dat papa zou terugkomen, was ze doodsbang geweest dat hij zou merken dat ze veranderd was. De jongen had haar gezegd dat een man altijd zag wanneer een vrouw er klaar voor was. Daarom had hij haar uitverkoren en ze moest er trots op zijn dat ze nu vrouw was en geen kind meer. Maar wat als papa dat ook zou zien? Hij zou boos worden en nooit meer van haar houden...

Op dit moment was het alleen nog nauwelijks verstaanbaar gefluister dat ze uitbracht. Ze keek naar haar moeder, haar ogen één grote smeekbede om begrip en vergeving.

Carla drukte haar tegen zich aan in een allesomvattende moederliefde.

'Ik ben blij dat je ons dit allemaal verteld hebt, schat. Dat was heel moedig. Je moet nooit bang zijn dat we niet van je houden, dat zullen we altijd doen. Nu je ons verteld hebt wat er gebeurd is, kunnen we je helpen.'

'Maar het zal nooit meer hetzelfde zijn, is het niet?'

Carla boog het hoofd als teken van bevestiging van het onherroepelijke. Weer voelde ze woede opkomen. Een machteloze woede die haar bijna verstikte. Maar ze vermande zich toen ze de angst zag in de ogen van haar dochtertje, een angst die ze op haar leeftijd niet zou mogen kennen. Angst voor wat komen zou en wat haar verstand op dit ogenblik ver te boven ging.

'Alles komt goed, schat. Zolang je ons maar vertrouwt. Het zal niet gemakkelijk zijn, maar alles komt goed.'

Boven het hoofd van Hilde vond ze de ogen van Rik. Heel even keken ze elkaar aan en een zee van ellende overspoelde haar. Beiden wisten ze maar al te goed wat er nog allemaal te gebeuren stond. Voor Hilde was de hel nog maar net begonnen.

* * *

Tamara kwam van de kapster en nam plaats in de stoel om zich door Kim, het make-up meisje, te laten schminken. Ze legde haar script op haar schoot, leunde achterover tegen de hoofdsteun, en sloot haar ogen om duidelijk te maken dat ze haar tekst wilde memoriseren terwijl Kim de Bianca-look aanbracht. Vandaag geen gezellige babbel, ze moest nadenken. Het interview met meneer Mertens was heel anders gelopen dan ze had verwacht.

Toen ze in zijn kantoor kwam en hij haar vriendelijk had gegroet, was ze met een benepen hartje op het puntje van haar stoel gaan zitten. Maar nog voor het gesprek begonnen was, kwam de productieleider binnen met een verzoek van een van de acteurs. Die vroeg om in het begin van het volgende seizoen tijdelijk uit het verhaal te worden geschreven omdat hij een toneelopdracht in een of ander theater had aanvaard. De productieleider had hem gezegd dat er volgens hem geen bezwaar zou zijn en vroeg nu de bevestiging van zijn goedkeuring aan de baas.

De reactie van meneer Mertens was bijzonder heftig en Tamara, die ondertussen had zitten nadenken in welke bewoordingen ze haar zwangerschap zou meedelen, vergat op slag alles.

De baas eiste dat het personage van die onverantwoordelijke acteur stante pede en definitief uit de soap geschreven werd. Dachten die acteurs en actrices nu echt dat ze zich alles konden permitteren? Marionetten waren het, meer niet! Ze moesten springen als hij aan de touwtjes trok of verdwijnen. Er waren er genoeg om hun plaats in te nemen, zonder kapsones. Bovendien was niemand anders dan hijzelf gemachtigd om beslissingen te nemen. Waagde de productieverantwoordelijke het nog één keer om eigengereid op te treden, dan kon ook hij gaan.

Pas toen hij uitgeraasd was en de productieleider was afgedropen, merkte hij Tamara weer op, die ontdaan naar hem had zitten kijken. De pater familias kwam weer tevoorschijn.

Gelukkig waren er nog mensen met beroepseer, zoals Tamara Zaman. Op haar kon hij altijd rekenen, dat wist hij. Zij kwam niet om de haverklap bij hem aankloppen met idiote verzoeken. Of om hem met allerlei problemen of futiliteiten lastig te vallen. Daarom had hij de scenarioschrijvers opgedragen prachtige verhaallijnen voor haar uit te werken. Daarna bracht hij haar enthousiast op de hoogte wat voor onheil Bianca in de volgende reeks allemaal zou aanrichten. Tamara kon gerust zijn, er zou over Bianca gesproken worden in Vlaanderen!

Na deze bewieroking en al deze beloftes kreeg ze het woord zwangerschap onmogelijk over de lippen. Ze had dus gezegd dat alles oké was, geen enkel probleem en dat ze met spanning uitkeek naar het volgende seizoen. Bij het afscheid had hij haar drie kussen gegeven en gezegd dat hij haar loyale houding ten zeerste apprecieerde!

Shit! Loyaal? Na de vakantie zou hij vlug merken dat ze haar zwangerschap had verzwegen en dat ze helemaal niet zo loyaal was. Waarom had ze hem toch niet verteld wat er gaande was, of hem een attest van de dokter onder de neus geduwd? Ze was verschrikkelijk stom geweest. Nu zou hij zeker een of andere slinkse manier vinden om haar te ontslaan, zwanger of niet.

Wat zou ze kunnen doen om na de geboorte aan het werk te blijven, desnoods bij een ander productiehuis, tot ze een filmcontract had? Als Hugo haar tenminste nog een filmcontract wilde bezorgen. Ze hadden elkaar nog ontmoet en op seksueel vlak waren er geen problemen geweest, maar ze had het gevoel dat hij minder geïnteresseerd was in haar én in het promoten van haar carrière.

Hij had haar er ook op gewezen dat haar zwangerschap vereiste dat ze nog voorzichtiger waren. Het was nu gevaarlijker dan ooit als hun relatie aan het licht kwam. Hij kon niet dulden dat zijn naam werd genoemd in verband met haar zwangerschap. Hij had haar terloops gevraagd of ze nooit overwogen had haar zwangerschap te beëindigen en verklaarde eventueel bereid te zijn haar daarbij te helpen.

Nu vroeg ze zich af of ze het kind inderdaad nog wilde. Want er hing nu wel een heel duur prijskaartje aan vast. Ze bracht niet alleen haar relatie met Hugo in gevaar en haar toekomstige filmcarrière, maar nu ook haar job als soapactrice. Abortus werd inderdaad een optie.

Maar ze voelde er zich niet gelukkig mee. Ze had zich er de laatste dagen voortdurend op betrapt dat elke zwangere vrouw haar opviel. Verleden zondag was ze op de terugweg van de bakker zelfs even gestopt bij een zaak voor babyspullen. Gelukkig was de winkel gesloten want ze had waarschijnlijk niet aan de drang kunnen weerstaan om binnen te gaan.

Ze besefte wel dat ze het moederschap nog altijd opvatte als een glansrol die haar onverwacht in de schoot werd geworpen en dat ze de realiteit van het moederschap nog altijd van zich afschoof. Maar waar ze ook mee bezig was, op de een of andere manier stond haar zwangerschap altijd centraal en leek die met alles een verband te hebben. Bovendien hield een abortus ook risico's in. Het was de eerste keer dat ze zwanger werd in al die jaren zonder voorbehoedsmiddelen. Stel dat ze daarna toch een kind zou willen en niet meer zwanger raakte.

En dan was er Werner. Ze bedroog hem wel af en toe en de relatie met Hugo ging verder dan haar andere avontuurtjes, maar toch hield ze van hem. Als hij ooit te weten zou komen dat ze zwanger was geweest van zijn kind en abortus had gepleegd zonder er met hem over te praten, zou dat het einde van hun huwelijk kunnen betekenen. Haar carrière was dat risico misschien niet waard.

Ze had er geen flauw idee van hoe Werner zou reageren op haar zwangerschap. Hij had het zo druk met zijn praktijk en met Taxandria. Ze praatten nooit meer over kinderen. Misschien zag hij het zelfs niet zitten om nog aan een gezin te beginnen.

Ze kwam er niet uit. Ze zou iemand om raad moeten vragen maar kon bij niemand terecht. Haar familie zou Werner ongetwijfeld meteen op de hoogte brengen. En haar collega's zouden gretig van de gelegenheid gebruik maken om bij de baas op een goed blaadje te staan en gaan klikken over haar zwangerschap, of het bericht doorspelen aan de pers.

De meest geschikte persoon was Carla. Ze was warm en hartelijk en altijd bereid om te helpen. Ze besloot zo vlug mogelijk bij haar langs te gaan en haar om raad te vragen.

Een pluspunt was dat Carla ooit ongewenst zwanger was geweest. Tamara herinnerde zich nog levendig het schandaal dat toen op school was losgebarsten. Carla zou haar dus niet meteen met de vinger wijzen als ze een abortus overwoog. Had ze toen zelf een ingreep laten doen, dan was ze nooit met die bruut getrouwd geweest en had ze veel meer kunnen bereiken in haar leven. Carla zou begrijpen dat ze bang was om alles te verliezen waar ze zo hard voor had gewerkt.

Wat haar weer bij de vraag bracht of haar carrière wel zo belangrijk was om er een abortus voor te laten uitvoeren. Soms verlangde ze ernaar alles in de steek te laten en Bianca te vergeten. Niet meer doen alsof, maar zichzelf zijn. Alleen nog Tamara... Of Tamara echter zonder Bianca kon voortbestaan, was een vraag waarop ze geen antwoord had.

* * *

De politie had haar verzekerd dat het dossier met de grootste discretie behandeld zou worden. De jonge dader, die inmiddels was opgepakt en ondervraagd, had er zelf ook alle belang bij de zaak niet aan de grote klok te hangen. Maar er zou waarschijnlijk een rechtszaak volgen en lekken naar de pers waren helaas altijd mogelijk. Carla realiseerde zich dan ook dat ze onverwijld Jos op de hoogte moest brengen. Ze had hem gebeld en wachtte op zijn komst. De kinderen waren naar bed gegaan, en dit keer zonder de minste tegenspraak of gezeur. Ilse en Mieke voelden wel dat er iets aan de hand was maar Carla had Hilde op het hart gedrukt te zwijgen.

Hilde was doodmoe. De verklaring bij de politie, het doktersonderzoek door de politiearts gevolgd door nog meer ondervragingen hadden haar uitgeput. Rik had het gelukkig voorzien en enkele pillen meegegeven. Zonder morren had ze er na hun thuiskomst eentje van genomen en was snel daarna in slaap gevallen. Mieke en Ilse waren niet lang daarna ook naar boven gegaan. Het huis was ongewoon stil zo vroeg in de avond.

Hoe kon het leven van haar dochter in korte tijd zo ontsporen? vroeg Carla zich radeloos af. Was ze als moeder tekortgeschoten? Welke oplossing was de beste voor Hilde? Er waren natuurlijk geen goede oplossingen voor een zestienjarig zwanger meisje, maar ze moest een uitweg vinden die haar kind de minste schade zou berokkenen.

De vragen tolden door haar hoofd terwijl ze bezig was met het maken van deeg. Een tijdje geleden had ze in de kantine van het bedrijf getrakteerd op zelfgemaakte cake en taart. Het was een succes geweest en nu maakte ze op bestelling regelmatig allerlei dingen klaar. Ze had altijd al graag gekookt, en nu zeker, in deze grote ruime keuken van opa waar een prachtige Aga stond, een pronkstuk dat hij ooit vanuit Engeland had ingevoerd. Ze herinnerde zich nog hoe ook haar moeder altijd in de weer was aan die Aga. Nu wist ze dat een dergelijk fornuis vooral door professionele koks gebruikt werd. Ze had er in het begin aan moeten wennen, maar koken leidde altijd haar gedachten af en ze voelde zich er goed bij. Dat ze er ook nog een flink centje extra mee verdiende, was dankbaar meegenomen. Ze had natuurlijk eerst Marie-Anne om toestemming gevraagd. Maar die maakte helemaal geen bezwaar. En zo was het personeel een gretige afnemer geworden van haar taarten, cakes, slaatjes en pastagerechten. Ze werd er goed voor betaald want ze vonden het lekkerder en gezonder dan bij de traiteur.

'Het ruikt hier lekker!'

Jos was via de keukendeur binnengekomen en stond glimlachend toe te kijken hoe ze de twee cakes die al gebakken waren uit de oven haalde.

'Is dit voor het feest van de terugkeer van de verloren echtgenoot?'

'Gewoon een paar dingen die ik verkoop op het werk.'

Ze zag onmiddellijk aan zijn gezicht dat hij dat geen goed idee vond. Een eerste teken dat haar vrijheid voortaan beperkt zou worden, dacht ze. Maar het was een kleine prijs die ze graag zou betalen als ze er Hilde mee kon helpen. Ze moest zich er nu vooral voor hoeden om met Jos in discussie te gaan, maar hem integendeel trachten te overtuigen dat ze voor Hilde de beste oplossing moesten zoeken. Dat woede en geweld alleen maar tot nog meer ellende zouden leiden.

'Ga zitten, Jos. Ik zet deze twee taarten in de oven en dan kunnen we praten.'

Hij knikte en keek wat rond. Ze was erin geslaagd de keuken een heel andere sfeer te geven dan in de tijd van die oude zak, stelde hij tot zijn tevredenheid vast. In ieder geval ging hij het vandaag rustig houden. Alhoewel hij een tijd veel in cafés had rondgehangen en nog meer dan voordien zijn gang had kunnen gaan, was de periode dat hij en Carla niet samenwoonden, hem bitter tegengevallen. Maar zodra hij goed en wel zijn rechtmatige plaats hier in huis had ingenomen en de scheiding definitief was stopgezet, zou hij de touwtjes weer strak aantrekken. Gedaan met al die vrijheid en eigenzinnigheid. Een eigen inkomen maakte haar zelfstandig en dat duldde hij niet. Zij én de kinderen moesten opnieuw beseffen wie de baas was. Maar eerst zou hij haar wat paaien en zich kalm houden. Zonder haar medewerking en goedkeuring kon hij immers met dit huis niets beginnen en was het onmogelijk om zijn werk bij de gemeente op te geven.

'Zijn de kinderen al naar bed?'

'Mieke en Hilde waren moe. Ilse zit nog wat te studeren op haar kamer. Ze heeft binnenkort haar eindexamens.' Carla ging zitten.

'Ik wil dat je me belooft kalm te blijven als ik het je vertel.'

Ze zag dat hij op slag van houding veranderde. Jos kon het niet verdragen dat iemand hem zei wat hij moest doen.

'Het heeft niets te maken met de scheiding.'

'Ik dacht al dat die idiote vriendinnen je weer hadden omgepraat.'

Hij was nog niet vergeten dat die trut van Hugo Van Dijck haar had geholpen om de scheiding aan te vragen. Zodra hij weer stevig in het zadel zat, zou hij dat clubje eens vertellen wat hij van hen dacht en zeggen dat ze niet meer welkom waren in zijn huis.

Carla liet de opmerking zonder commentaar voorbijgaan al wist ze dat haar vriendinnen voor Jos een probleem zouden blijven vormen. Hilde ging nu voor.

'Er is iets gebeurd met Hilde en het is heel ernstig.'

Hoezeer ze ook haar best deed om zich te bedwingen, haar ogen vulden zich met tranen. Jos schrok, en ze herkende in zijn bezorgde blik weer de man op wie ze ooit verliefd was geworden. In de tijd dat hij haar had getroost en opgevangen. Het was pas vanaf het ogenblik dat opa hem de toegang tot zijn huis had ontzegd en geweigerd had hem geld te geven, dat het tussen haar en Jos verkeerd was beginnen te lopen.

Ze kon zich beheersen en vertelde over het vriendje van Hilde waarvan ze wist dat Jos al op de hoogte was aangezien hij haar 's avonds al eens gezien had met het groepje waartoe die jongen ook behoorde. Ten slotte, terwijl ze probeerde haar emoties zoveel mogelijk te verbergen, vertelde ze hem van de zwangerschap. Hij bleef haar vol ontzetting en ongeloof aanstaren.

'Dat kan niet. Hilde is nog maar een kind.'

'Ze is zestien.'

'Maar hoe... waar?' stamelde hij. Het duurde echter niet lang of hij hervond zijn agressiviteit. 'Verdomme! Heb je dat stuk ongeluk hier binnengelaten?'

'Nee, Jos. En begin niet te roepen. Als we niet kunnen praten en overleggen, kunnen we Hilde niet helpen. Als je om haar geeft, en ik weet zeker dat je dat doet, dan moet je nu kalm blijven.'

'Kalm blijven! Slaag moeten ze krijgen, allebei. Je hebt haar toch voorgelicht? Ze had moeten weten welk risico ze liep. En zeker met die kerel! Hij is ouder dan zij. Wacht tot ik hem in mijn handen krijg.'

'Hilde heeft dit niet gewild.'

'Natuurlijk niet. Geen enkel meisje wil ongewild zwanger worden. Maar als ze willen neuken, moeten ze hun voorzorgen nemen!' Hij aarzelde even, want hij had Carla destijds opzettelijk zwanger gemaakt. 'De dag van vandaag zijn er genoeg middelen om te voorkomen dat je zwanger wordt. Zo moeilijk is dat nu niet meer.'

'Ik heb het niet over de zwangerschap. Hilde wilde helemaal geen seks. Die kerel heeft haar misbruikt.'

'Misbruikt?'

Ze zag hem wit wegtrekken. Hij sloot even de ogen alsof hij de waarheid niet onder ogen wilde zien.

'Verkracht. Hij heeft Hilde verkracht, Jos.'

Dit ging zijn bevattingsvermogen te boven. Zijn dochtertje, een kind nog, verkracht door dat stuk onbenul uit de wijk? Zijn stem klonk moeizaam.

'Ben je daar zeker van?'

'De politie heeft haar uren ondervraagd en zij twijfelen er niet aan. Die kerel is momenteel op het politiebureau voor verhoor. Ik heb gevraagd dat ze ons inlichten wanneer hij een bekentenis heeft afgelegd. Omdat Hilde het aan niemand verteld heeft, zal het echter moeilijk te bewijzen zijn.'

'De politie? Waarom ben je naar de politie gegaan? Kon je dat allemaal niet binnenshuis houden? Ik zou godverdomme wel met hem afgerekend hebben.'

Ze negeerde zijn verwachte, agressieve reactie, en bracht hem verder op de hoogte. De hysterische buien van Hilde die ze eerst aan de verhuizing had geweten. Het eerste bezoek van de huisdokter en zijn vermoedens. Vermoedens die intussen door het lab waren bevestigd. Het gesprek bij Rik vanmorgen en het verhaal van Hilde. Al de andere gebeurtenissen van de voorbije dag die ze zelf nog niet kon verwerken. Toen ze vertelde dat Hilde vooral bang was geweest dat mama en papa niet meer van haar zouden houden, brak hij. Met zijn hoofd op zijn armen geleund snikte hij het uit, terwijl ze zelf huilend naast hem zat. Twee ouders herenigd in een verscheurende wanhoop om hun kind, maar niet in staat elkaar te troosten.

* * *

Emma bleef hem verschrikt aankijken. Dat was het dus wat Fred zo erg dwarszat de laatste tijd. Niet voor niks dat hij niet kon slapen.

'Heeft hij echt gedreigd dat hij Nick uit de eerste ploeg zou zetten?'

'Niet met zoveel woorden. Maar ik twijfel er niet aan dat er zonder steun van Hugo aan de opstelling van Nick vlug een einde zal komen.'

'Hij speelt toch goed?'

'Daar gaat het niet over, Emma. Natuurlijk speelt hij goed, maar er zijn er meer die goed spelen. Normaal beslist de trainer wie opgesteld wordt. Maar nu werd de opstelling van Nick in de eerste ploeg door Hugo aan hem opgedrongen, wat door de man absoluut niet wordt gewaardeerd.'

'Weet je zeker dat Hugo met opzet Nick gesteund heeft om jou te dwingen? Is het geen inbeelding? Misschien was het omdat hij ons nu beter heeft leren kennen en ik bevriend ben met Marie-Anne?'

'Onzin. We kennen Hugo al jaren. En dat je nu met Marie-Anne bevriend bent, verandert daar niets aan.'

'Wat ga je doen?'

'Ik weet het niet. Daarom vertel ik het je allemaal. De inval komt er zeker en lang zal het niet meer duren. Er bestaan sterke vermoedens van het witwassen van geld en drugshandel.'

'Dat geloof ik niet!'

'Neem het van me aan, Emma. Het gaat hier niet zomaar om wat fraude met de boekhouding of belastingontduiking. Dit is een heel ernstig dossier.'

'Dan moet jij je handen ervan afhouden. Nick zal het wel overleven.'

'Daar twijfel ik niet aan. Maar het zal hard aankomen en als hij niet goed reageert, kan zijn carrière als voetballer erdoor gekraakt worden.'

Na een korte aarzeling ging hij verder.

'En dan is er nog Marie-Anne.'

'Marie-Anne heeft met dat geknoei niks te maken. Daar ben ik honderd procent zeker van. Ze is zo eerlijk als goud.'

'Goed, maar het is ook haar bedrijf. Ze zal sowieso in het schandaal betrokken worden. De politie zal haar gebruiken om Hugo te breken.'

'Hugo breken ze niet zomaar. Die is keihard.'

'Ja, maar Marie-Anne is dat niet. Ze is...' hij aarzelde weer even. 'Ze is heel kwetsbaar. Zij is het die ik wil beschermen, niet Hugo. Hugo krijgt wat hij verdient. Marie-Anne is slachtoffer. Een verblijf in de gevangenis zou haar breken, haar kapotmaken. Zelfs indien het maar voor het onderzoek was.'

Emma zag dat Fred zijn emotie moeilijk de baas kon en dat bevestigde haar eerdere vermoedens. Er was inderdaad iets tussen hem en Marie-Anne. Waarschijnlijk was het allemaal heel braaf en platonisch, dat wel. Fred was veel te onzeker om iets met een vrouw als Marie-Anne te durven beginnen. Of vergiste ze zich in hem?

'Maar je hebt de macht toch niet om het onderzoek en die inval tegen te houden?'

'Nee. Maar als ik Hugo op voorhand waarschuw, kan hij haar alsnog in bescherming nemen. Hij kan in elk geval haar eerste paniekreactie opvangen. Misschien kan ze op het laatste moment zelfs bewijzen verzamelen dat ze er niets mee te maken heeft.'

Emma twijfelde eraan. Als Marie-Anne niets van die toestanden afwist, had ze ook geen toegang tot eventuele bewijzen. Zo dwaas zou Hugo wel niet geweest zijn. Hugo was een geslepen kerel die er wel voor gezorgd zou hebben zich aan alle kanten in te dekken.

'Ben je zeker dat de overheidsdiensten bewijzen zullen vinden?'

'Nee. Maar zelfs dan zal het zijn reputatie én de zaak geen goed doen. Ze zijn van plan hem te breken als ze hem niet kunnen aanklagen. Het zal een uitputtingsslag worden. De media zullen erop afkomen als aasgieren.'

'En wanneer plannen ze die inval?'

'Weldra, maar de juiste datum is nog niet vastgesteld.'

'Dus je wilt Hugo pas op de hoogte brengen zodra je die kent?'

'Precies. Dan kan hij ervoor zorgen dat Marie-Anne er niet is. Misschien kan ze voor een tijd naar het buitenland.'

'Dat doet ze niet. Zo laf is ze niet. Trouwens dat zou zeker het bewijs zijn dat ze iets te verbergen had. Dat de grond onder haar voeten te warm werd.'

De wanhoop in zijn blik sprak boekdelen. Een verliefde man kijkt als een kalf, dacht ze niet zonder sarcasme. Het is echt ontroerend. Maar tot jaloezie en leedvermaak mocht ze zich nu niet laten verleiden. Marie-Anne was haar vriendin en Fred haar echtgenoot. Beiden waren in gevaar.

'Je beseft toch dat je carrière afgelopen is als bekend wordt dat jij Hugo op de hoogte bracht?'

Hij boog het hoofd. Het was een onmogelijke, uitzichtloze situatie. Dat mocht en kon hij Emma en de kinderen niet aandoen. Hij bracht zelfs de carrière van Nick als belastingcontroleur in gevaar. Ze zouden hém het verraad van zijn vader zwaar kunnen aanrekenen.

'Ik wil alleen maar Marie-Anne beschermen.'

Emma zuchtte. Ze kende haar Fred door en door. Hij zou zichzelf desnoods willen opofferen maar ging tegelijkertijd kapot van angst dat hij door Marie-Anne te helpen ook zijn gezin zou schaden. Verstandig als ze was, begreep ze dat ze hem een duwtje in de juiste richting moest geven.

'Mijn vraag is of je haar op deze manier echt beschermt.'

Hij keek verbaasd op.

'Misschien zou je Marie-Anne persoonlijk op de hoogte moeten brengen. Is het niet beter voor haar dat Hugo ontmaskerd wordt?'

'Hoe bedoel je?'

'Je zegt zelf dat je ervan overtuigd bent, net zoals ik, dat ze niet in die smeerlapperij betrokken is. Misschien kan ze naar de politie gaan en Hugo aangeven en haar volle medewerking verlenen. Volgens mij is dat voor haar de enige manier om niet in moeilijkheden te raken.'

'Maar ze houdt van Hugo. Dat kan ik haar niet aandoen!'

'Ik betwijfel of hun relatie nog zo goed is. Als ze ontdekt dat hij een drugshandelaar is en meer van dat fraais, zou het me niet verbazen dat ze hem wil verlaten. Zeker als het eindelijk tot haar doordringt dat hij haar achter haar rug om in gevaar heeft gebracht. Je kunt haar in ieder geval voor de keuze plaatsen zodat ze zelf kan beslissen. Of ze stapt naar de politie en ze redt haar vel, of ze zwijgt en gaat mee ten onder.'

Fred zweeg. Daar had hij nog niet aan gedacht. Het enige dat door zijn hoofd had gespookt was dat hij Marie-Anne moest beschermen tegen de brutaliteit van de inval. Maar Emma had gelijk. Marie-Anne was te eerlijk om Hugo te kunnen blijven steunen.

Wat hem uiteindelijk te wachten stond wanneer uitkwam welke rol hij in die hele affaire gespeeld had, was voor hem nu reeds een uitgemaakte zaak. Maar zou Emma dat kunnen aanvaarden?

'Voor mij betekent het sowieso het einde van mijn carrière. Mijn indiscretie zal beschouwd worden als een zware professionele fout, met onmiddellijk en oneervol ontslag tot gevolg en een gerechtelijk onderzoek.'

'Indien je indiscretie uitkomt. Geloof me, Marie-Anne is verstandig genoeg om je op haar beurt te beschermen.'

Als ze werkelijk om Fred gaf, zou Marie-Anne meer reden hebben om hem in bescherming te nemen dan Hugo, die uitsluitend aan zichzelf dacht.

'Als je niets doet, zie ik Hugo in staat om uit wraak jou in zijn verklaringen te betrekken in de zaak. Ik denk dat Marie-Anne je beste kans is. Het is duidelijk dat ze je heel erg graag mag.'

Toen ze hem strak bleef aankijken zonder enig teken van verwijt of verdriet in haar ogen, ontweek hij haar blik en boog schuldig het hoofd.

* * *

Eindelijk kwam er schot in de zaak. In het begin had het bestuur zijn vermoedens als belachelijk afgedaan en Werner er zelfs van beschuldigd dat hij Taxandria schade wilde toebrengen door de hoofdsponsor in een slecht daglicht te plaatsen. Maar na lang aandringen werd er toch besloten over te gaan tot een onaangekondigd en grondig onderzoek van de kleedkamer. Alle spelers zouden ook aan een bloedtest onderworpen worden. Het resultaat was verbijsterend. Er werden niet alleen drugs gevonden in de kleedkamer van de spelers maar zelfs bij het kantinepersoneel. De betrokkenen werden ondervraagd en spoedig bleek dat Hugo hen inderdaad af en toe van drugs voorzag. De raad van bestuur vergaderde nu in het geheim om te beslissen over de te nemen sancties, want men wilde het risico niet lopen dat de pers er lucht van kreeg.

'Elke speler die is betrapt, moet onmiddellijk voor een tijdje geschorst worden!'

De voorzitter, Firmin Van Bouwel, was diep geschokt dat het misbruik van drugs zelfs tot in zijn geliefde Taxandria was doorgedrongen. Alhoewel hij een bekende meubelfabriek annex winkel bezat, was hij een heel eenvoudig man gebleven die Herentals een goed hart toedroeg. Hij was net over de zestig en zijn kleine gedrongen gestalte met bijbehorend bierbuikje en kalende kruin, gaf een te druk en te gulzig geleefd leven aan. Maar drugs waren in zijn leefwereld even vreemd als een maanwandeling. Taxandria was zijn grootste trots en hij voelde zich dan ook diep gekwetst dat iemand deze smeerlapperij in zijn ploeg had durven introduceren.

'Ik weet niet of dat contractueel zomaar kan', merkte de trainer voorzichtig op. Hij keek met vragende blik naar de secretaris, Vic Doorslagers. Hij was een van de vele Nederlanders die in het Herentalse een fiscale toevlucht had gezocht en er inmiddels actief deelnam aan het openbare leven. Hij had de contracten tussen Taxandria en Hugo over de leasing van een aantal spelers nagepluisd.

Doorslagers verklaarde met zijn nasale stemgeluid dat nog

steeds even Nederlands klonk als op de dag dat hij hier kwam wonen, dat de spelers door Hugo via een door hem opgerichte nv waren aangekocht. Het bestuur stond bijgevolg machteloos. Alleen Hugo kon de spelers zonder opzegperiode uit de ploeg verwijderen en eventueel aan een andere club doorverkopen. En zelfs indien het bestuur tot schorsing zou overgaan dan nog had de club het geld niet om de geschorste spelers te vervangen. Met de ploeg die dan nog overbleef en zonder Hugo als sponsor, om nog niet te spreken van de enorme schadevergoeding die hij kon eisen wegens contractbreuk, waren ze binnen een jaar hun licentie kwijt.

'Dat is waanzin!' Werner, die van het contract inhoudelijk niet op de hoogte was, wond zich danig op. 'Waarom hebben jullie dergelijke clausules aanvaard? Het komt er gewoon op neer dat Hugo Van Dijck Taxandria volledig in zijn greep heeft!'

De trainer zag het echter vanuit een ander standpunt. Voor hem telden alleen de uitslagen. Tenslotte deelde hij in het succes van de ploeg dat vooral aan de door Hugo aangekochte spelers te danken was.

'Jij schijnt te vergeten dat Taxandria zonder zijn sponsoring nog altijd een klein provinciaal ploegje zou zijn. Wij hadden die spelers nooit zelf kunnen kopen. Het enige nadeel is dat ze inderdaad bij hem onder contract zijn en niet bij ons. Dus is het ook logisch dat hij de enige is die hen kan schorsen.'

'Maar dat zal hij nooit doen want dan snijdt hij in zijn eigen vlees', voegde Doorslager eraan toe. 'Als Hugo die spelers wil aanbieden aan een andere club, mogen ze hun marktwaarde niet verliezen. Integendeel, hij ziet hen als een investering en zal er een flinke winst aan over willen houden.'

'Dan gaan we naar de politie en dienen een klacht in omdat we drugs gevonden hebben. Als er een officieel onderzoek komt, heeft hij geen greep meer op de spelers.'

De voorzitter bekeek Werner meewarig. Hoe geschokt hij ook was over het druggebruik, Taxandria mocht niet in gevaar worden gebracht.

'Dan zijn we én die spelers én Hugo kwijt. Het schandaal zou het einde van Taxandria betekenen, Werner.'

'Met andere woorden, voorzitter, Hugo heeft de club inderdaad volledig in zijn macht?'

'Daar komt het op neer, ja. Maar kijk ook eens waar het ons gebracht heeft. We klimmen elk jaar een afdeling hoger! De pers ziet ons nu al als een ploeg eerste klasse waardig. En het stadion is er dankzij zijn investeringen klaar voor: belichting, fitnessruimte, oefenvelden, beveiliging, VIP-loges!'

Werner begon stilaan te vermoeden dat de zaak nog veel erger was dan hij vermoedde.

'Moment! Die investeringen in de gebouwen en de inrichting, zijn die misschien met gelijkaardige contracten geregeld als de aankoop van die spelers?'

De manier waarop de bestuursleden allemaal naar Doorslagers keken, zei genoeg.

'Dus is Hugo Van Dijck virtueel eigenaar van Taxandria?'

Geen antwoord.

'En jullie spelen een marionettenrol? Zelfs u, mijnheer Van Bouwel? Na alles wat u al die jaren voor Taxandria hebt gedaan?'

De oude voorzitter zat onrustig op zijn stoel te draaien en deed een krampachtige poging om zich te verdedigen.

'Het bestuur zorgt voor de dagelijkse gang van zaken. Maar we moeten hem in al onze beslissingen kennen.'

'Ik kan het niet geloven! Taxandria overgeleverd aan een schurk die er niet voor terugdeinst drugs te verkopen aan zijn eigen spelers. Een ploeg die al meer dan zeventig jaar bestaat en waar de hele streek als één man achter staat!'

Niemand van de raad van bestuur had zin om zijn lakse houding door een persoonlijke woordje te rechtvaardigen. Alleen de trainer probeerde even zijn positie duidelijk te maken. Hij was met de gang van zaken nooit gelukkig geweest, maar hij werd goed betaald, dankzij de sponsoring van Van Dijck. Daarom, verklaarde hij, had hij zijn mond moeten houden.

Werner besloot niet verder aan te dringen.

'Dus we staan inderdaad machteloos.'

'Ik zal met hem praten', stelde de heer Van Bouwel zonder veel overtuiging voor. 'Misschien houdt hij met die drugstoestanden op wanneer hij verneemt dat we ervan op de hoogte zijn.'

'Dat is niet genoeg, voorzitter. Kunnen we hem wettelijk niets doen?' vroeg Werner in een laatste wanhopige poging om de vergadering tot actie te bewegen. 'Jullie beseffen toch dat het hier gaat om een ernstig vergrijp? Op het dealen van drugs staat gevangenisstraf. Als we hem niet aangeven bij de politie, zijn wij verdomme medeplichtig.'

'Als Hugo ten onder gaat, gaat Taxandria mee ten onder. Dan bestaat Taxandria niet meer. Wil jij daarvoor verantwoordelijk zijn?'

De nuchtere vaststelling van de voorzitter zette Werner aan het denken. Als Taxandria inderdaad ophield te bestaan en hij daarvan de schuld kreeg, zou zijn praktijk daar ongetwijfeld sterk onder lijden.

'Ik begrijp dat je geschokt bent en geloof me als ik zeg dat wij dat ook zijn. Ik had nooit kunnen denken dat Hugo dat spul hier zou binnenbrengen. Hij moet toch weten dat hij daarmee zijn eigen kansen om die jongens met veel winst door te verkopen, schaadt. Maar misschien zien we het allemaal verkeerd. In feite is Hugo Herentals al jaren ontgroeid. Hij doet zaken over de hele wereld. Waarschijnlijk vindt hij druggebruik helemaal niet zo dramatisch als wij, eenvoudige mensen. Of, hij denkt dat hij het wel onder controle kan houden.'

'Hij gebruikt zelf ook, voorzitter. Naar eigen zeggen, met mate. Ik zei toch al dat hij het me ooit heeft aangeboden.'

'Zeg nou zelf! Dat is toch een duidelijk bewijs dat Hugo drugs niet ernstig neemt. Zou hij er anders zo openlijk voor uitkomen? In de vroegere Oostbloklanden, waar hij het meest zaken mee doet, zijn drugs en het verhandelen van drugs dagelijkse kost.'

De voorzitter vond het tijd om een standpunt in te nemen en onderbrak het betoog van de secretaris.

'Allemaal goed en wel, Doorslagers, maar we zullen onze spelers duidelijk stellen dat drugs en voetbal niet samengaan. We zijn hier niet in het Oostblok en we zijn ook niet helemaal machteloos.'

Hij keek nadrukkelijk in de richting van Werner die naar zijn vingers zat te kijken en zich bij de gang van zaken scheen te hebben neergelegd.

'Als de trainer niet tevreden is over hun prestaties, kan hij hen vervangen. Ze zullen vlug genoeg voelen dat we het menen. Ook Hugo zal het vlug doorhebben en hopelijk ziet hij dan het onverantwoorde van zijn houding in. Laten we niet vergeten dat hij van Taxandria bezeten is, om zijn eigen woorden in een recent interview te citeren. We moeten hem echter heel voorzichtig aanpakken. Niemand van ons wil immers het einde van de club op zijn geweten hebben.'

* * *

Carla was blij dat Jos, die naar zijn werk moest, niet aanwezig zou zijn bij het gesprek dat ze met Hilde had gepland. Al had Jos zich gisterenavond vrij goed kunnen beheersen, ze voelde dat zijn woede onderhuids broeide en het was te riskant om in zijn aanwezigheid de verschillende opties met Hilde te bespreken voor ze een beslissing namen.

Haar eerste nacht met Jos was moeizaam verlopen. Ze hadden nog uren zitten praten. Jos eiste dat er zo vlug mogelijk een abortus kwam. Geen sprake van dat hij zijn dochter door dat stuk crapuul in heel Herentals te schande liet maken. Maar Carla vond dat Hilde recht op inspraak had. Abortus kon later tot ernstige gewetensproblemen leiden en was ook niet zonder risico. Ze opperde ook de mogelijkheid om het kindje af te staan voor adoptie. Terwijl ze Jos liet doorrazen of ze zo idioot was te hopen dat door het afstaan van haar kind Hilde misschien van gewetensproblemen gespaard zou blijven, speelde ze voor het eerst met de gedachte om het kindje zelf op te voeden.

Die gedachte had haar de hele nacht niet meer losgelaten. Diep in haar hart verlangde ze ernaar dit kleine wezentje dat zo liefdeloos verwekt was, te koesteren. Zij en Jos konden het adopteren en dan zou Hilde onbelemmerd haar leven kunnen voortzetten. Terwijl haar eigen leven weer zinvol zou zijn met een baby voor wie ze dagelijks mocht zorgen. Want Carla twijfelde er niet aan dat Jos, nu hij opnieuw zijn gezag kon laten gelden, haar zou verbieden om nog buitenshuis te gaan werken. Hij zou nooit dulden dat zij financieel zelfstandig was. Dat had hij haar vannacht duidelijk gemaakt. Daarom was ze van plan Marie-Anne, liever vandaag nog dan morgen, daarvan op de hoogte te brengen voor Jos de kans kreeg het op zijn eigen brutale manier te doen. Ze kende hem maar al te goed en wist dat hij Marie-Anne niet vergeven had dat ze haar had geholpen. Ze wilde een confrontatie tussen beiden tot elke prijs vermijden.

Toen ze eindelijk naar bed waren gegaan, had Jos zijn rechten als echtgenoot opgeëist. Hoewel ze ertegen opzag, was ze bereid geweest alles te doen om hem te ontspannen en een crisis te voorkomen, en had hem zijn zin gegeven.

Vroeger had ze seks gelaten over zich heen laten gaan. Zelden kwam er voor haar genot bij te pas maar gelukkig dronk Jos te veel om seksueel erg actief te kunnen zijn. Zelf was ze meestal te moe om het te missen. Vannacht had ze echter al haar innerlijke kracht moeten aanboren om de afschuw die haar overviel te verbergen. Sinds de dood van opa en de daaropvolgende tijdelijke scheiding was ze blijkbaar meer veranderd dan ze zelf dacht. Willoos en gelaten zijn lusten ondergaan, bleek sinds haar nieuwe zelfstandigheid een bijna onmogelijke opgave geworden. En hoewel ze zich met ijzeren wil gedwongen had om het spel te spelen tot het bittere einde, had ze de misselijkheid en lichamelijke afkeer nauwelijks kunnen bedwingen. Toen ze uren later nog wakker lag, realiseerde ze zich dat ze nu pas begon te begrijpen wat Hilde overkomen was. Wat het betekende als je als vrouw werd gebruikt. Want dat was wat Jos deed, hij gebruikte haar. Buiten het feit dat ze zijn comfort verzekerde, waren zij, noch haar gevoelens, voor hem van enig belang.

Maar nu moest ze die gedachten uit haar hoofd zetten. Het was heel belangrijk dat ze Hilde in het komende gesprek steunde en al haar liefde gaf.

Hilde kwam binnen. In haar nauwsluitende jeans en flodderend T-shirt zag ze er nog jonger uit dan ze werkelijk was. Kennelijk was ze zich nog altijd niet ten volle bewust in wat voor diepe ellende ze was terechtgekomen. Zoals de meeste kinderen vertrouwde ze erop dat haar ouders de problemen zouden oplossen.

'Ik vind het raar dat ik niet naar school moet.'

'Het is maar tijdelijk. Laten we hopen dat je zo snel mogelijk de lessen kunt hervatten. Het is nu nog belangrijker dan ooit dat jij je studie afmaakt.'

'Waarom?'

Kon ze haar dochter zeggen dat haar kansen op een goed huwelijk erg klein waren?

'Omdat je sterk en moedig moet zijn. Wat gebeurd is, heb je niet gewild, maar dat kunnen we niet bewijzen. Je zult dat door je gedrag moeten doen. We kunnen dit immers niet geheimhouden, dat besef je toch?'

Hilde knikte. Eigenlijk miste ze de school, maar de gedachte dat haar leerkrachten of erger haar klasgenootjes binnenkort zouden weten wat er gebeurd was, vond ze verschrikkelijk.

'De politie zou toch discreet zijn?'

Carla moest even slikken. Hoeveel illusies zou ze haar kind nog moeten ontnemen?

'Jurgen zal voor de rechter moeten komen. Zijn advocaat zal proberen je in een slecht daglicht te plaatsen. Ik zei het je al, het is moeilijk te bewijzen dat...'

Hilde boog het hoofd, ze snapte wel wat mama wilde zeggen. Zouden de mensen echt denken dat ze het gewild had? Haar eerste kusje, pas een paar weken geleden, kon je amper een kus noemen. Voor ze hier naartoe verhuisden, was ze niet eens geïnteresseerd in jongens. Het was al erg genoeg om al die jaren een broer te hebben die je altijd pestte en een oudere zus die constant verliefd was, en dan nog wel elke week op een andere jongen. Ze had zich eigenlijk altijd voorgenomen zich met al die toestanden niet bezig te houden.

'Moeten we hem aanklagen?'

'De politie is al op de hoogte, het onderzoek loopt. Laten we hopen dat hij bekent, dan zal de zaak, gezien jouw jeugdige leeftijd, achter gesloten deuren behandeld worden. Als hij niet bekent, zouden we eventueel onze klacht kunnen intrekken. Maar vooraleer we een dergelijke beslissing nemen, moet je goed beseffen wat de mogelijke gevolgen kunnen zijn. Het is niet denkbeeldig dat de mensen dan zullen zeggen dat het je eigen schuld was. En dan denkt die kerel misschien dat hij nog meer meisjes zo kan behandelen. Zou jij je dan niet schuldig voelen?'

'Natuurlijk.' Dan voegde ze er met tranen in haar stem aan toe: 'Maar niemand zal nog mijn vriendin willen zijn!'

'Toch wel. Je zult een moeilijke tijd doormaken, maar dat zal slijten. Mensen vergeten zo vlug.'

Hilde was daar helemaal niet zo zeker van. Ze dacht terug aan een klasgenootje dat haar een paar jaar geleden had verteld dat Hildes ouders hadden moeten trouwen. Ze was eerst boos geworden en had het meisje verweten een leugenaarster te zijn. Maar toen ze naderhand de periode had uitgerekend tussen hun huwelijksdatum en de geboorte van Erik, wist ze dat het klopte. Nadien had ze de bittere opmerkingen van opa tegen mama beter begrepen. Natuurlijk was zwanger zijn voor je trouwde tegenwoordig minder erg. Maar ze was zwanger en had zelfs geen vriendje. Ze zouden denken dat ze met iedereen meeging. Bovendien, trouwen wilde ze toch niet. Want 'dat' zou ze nooit meer doen. Nooit! Het was vies en het deed pijn.

'Luister, Hilde. We moeten praten over de verschillende mogelijkheden die er zijn. Je weet dat papa en ik alles zullen doen om dit zo draaglijk mogelijk te maken. Maar er zijn dingen die wij niet in jouw plaats kunnen beslissen. Denk dus heel goed na.'

* * *

Nadat ze haar auto had geparkeerd op de parking van het bedrijf, moest ze even blijven zitten, zo moe voelde ze zich opeens. Ze draaide het raam open voor wat frisse lucht en keek met weemoed naar het gebouw waar ze zo graag werkte.

De beslissing die ze nu moest nemen, viel haar erg zwaar. Ze had echter geen keuze. Ze moest Jos, tegen haar zin in, laten zien dat hij weer de baas was in huis. Alleen op die manier maakte ze een kans hem te overtuigen. En dat zou nodig zijn, want Hilde wilde de zwangerschap niet beëindigen. De opvoeding bij de strenge zusters én de lessen van de godsdienstlerares hadden ertoe bijgedragen dat ze abortus als mogelijke oplossing had afgewezen. Temeer omdat ze waarschijnlijk ook had aangevoeld dat ook zij zelf die optie niet verkoos.

'Carla? Ik dacht dat jij vrij had genomen?'

'Gezinsproblemen. Maar ik zou dringend Marie-Anne moeten spreken. Is ze vrij?'

De secretaresse zag dat er vandaag geen babbeltje in zat en drukte onmiddellijk op de intercom met het verzoek of mevrouw Van Dijck even tijd had voor Carla. Het duurde niet lang of Marie-Anne kwam haastig haar kantoor uit.

'Natuurlijk heb ik tijd voor je. Kom binnen. Wat is er? Heb je de problemen over de scheiding eindelijk uitgepraat met Jos?'

Dat excuus had Carla gebruikt om vrij te vragen. Ze vertelde Marie-Anne nu dat Jos in werkelijkheid maar een klein deel was van de hel waar ze de laatste dagen door was gegaan. Ze probeerde haar verhaal zo sereen mogelijk te doen, maar dat hield ze maar gedeeltelijk vol. Toen ze merkte dat Marie-Anne zelf haar emotie niet kon bedwingen, brak ze. Marie-Anne sloot haar in haar armen en voor het eerst sinds de dokter zijn vermoeden over de zwangerschap van Hilde kenbaar had gemaakt, vond Carla troost. Een tijdje later was ze voldoende gekalmeerd om het gesprek voort te zetten.

'Je begrijpt dat ik niet kon komen werken.'

'Natuurlijk niet! Maak je daar geen zorgen over.'

'Ik vind het zo verschrikkelijk erg dat ik je moet teleurstellen na alles wat je voor me hebt gedaan. Maar ik kan in de huidige omstandigheden niet blijven werken.'

'Waarom niet? Je neemt vrijaf tot het ergste voorbij is. Geen tijdsdruk. Ik los het ondertussen wel op met de onderhoudsfirma die vroeger voor ons werkte. Maar we zullen je missen. Het personeel begon nu al te klagen dat ze hun lekkere lunch en toetjes moesten missen.'

'Ik geloof dat je me niet goed begrepen hebt, Marie-Anne. Ik ben gekomen om mijn ontslag in te dienen.'

'Maar Hilde gaat toch weer naar school, wat ze ook beslist. Waarom zou jij dan thuisblijven?' Carla boog het hoofd en zweeg. 'Ik snap het. Jos dwingt je hiertoe. Is dat de prijs die je moet betalen om de vrede te bewaren?'

'Jos en ik zijn weer bij elkaar. Hilde heeft nu haar beide ouders nodig.'

'Zelfs als de kans op een gewelddadige woede-uitbarsting van haar vader tikt als een tijdbom?'

'Jos heeft beloofd nooit meer geweld te gebruiken.'

Marie-Anne wist niet wat ze hoorde. Hoe kon Carla zo stom zijn zich te laten strikken door de mooie praatjes van een man als Jos.

'Geloof je hem?'

Carla haalde haar schouders op. Ze was moe van het denken en het piekeren.

'Ik moet hem een kans geven. De zorgen over Hilde zullen ons opnieuw dichter bij elkaar brengen. Hij is heel erg geschrokken dat ik die echtscheiding aanvroeg.'

'Dus je gaat ze stopzetten?'

'Ja. Jos mag zich daarover niet opwinden. Ik moet alles doen om het hem de komende maanden zo gemakkelijk mogelijk te maken. Niet alleen voor Hilde, ook voor de rest van mijn gezin.'

'Je offert jezelf op, Carla. Is dat echt nodig?'

'Zou jij dat niet doen voor je kind?'

Marie-Anne bleef het antwoord schuldig. Tegen dit argument had ze geen verweer. 'Goed. Ik zal alles in orde brengen. We kunnen in gezamenlijk overleg je arbeidscontract beëindigen.'

'Bedankt. Voor alles, Marie-Anne. Wat er ook gebeurt, ik zal je altijd dankbaar blijven voor wat je voor me hebt gedaan.'

Nadat Carla was vertrokken, stond Marie-Anne aan het raam en keek haar na. Hoe onrechtvaardig was het leven! Terwijl zij al die jaren lang vruchteloos probeerde, werd Hilde in deze onmenselijke omstandigheden wel zwanger. Een ongewenst kindje dat waarschijnlijk zijn moeder nooit zou kennen. Marie-Anne wist wat dat betekende, al had zij tenminste nog een vage herinnering aan haar moeder.

* * *

'Ga je nu nog weg?'

Werner stond in de deuropening van de badkamer naar haar te kijken. Ze had net een douche genomen. De badkamer geurde naar de etherische olie die ze gebruikt had om haar lichaam te verwennen.

'Even naar Marie-Anne. Ik blijf niet lang.'

'Marie-Anne? Waarom?'

Tamara keek hem verbaasd aan. Werner die om tekst en uitleg vroeg?

'Carla heeft daarnet gebeld. Ze kan onze bijeenkomst niet bij haar laten doorgaan. Gezinsproblemen. Ik wil horen of Marie-Anne iets meer weet. Misschien kunnen we haar helpen.'

'Kun je dat niet per telefoon doen? Je ziet er moe uit.'

Ze draaide zich geïrriteerd om. Ja, ze was moe. Het was een lange dag geweest, maar normaal kon ze dat goed verbergen. Het was niet nodig dat Werner haar dat onder de neus wreef.

'Ik doe het liever persoonlijk.'

Ze was klaar en verliet naakt de badkamer. Werner liet haar passeren en volgde haar naar de kleedkamer. Zoals hij altijd deed wanneer hij er tijd voor had, genoot hij ook nu van het moment dat ze zich aankleedde. Hij vond de manier waarop ze dat deed ongelooflijk sensueel.

'Zie je Hugo nog wel eens? In verband met je filmcarrière, bedoel ik.'

'Momenteel niet. Waarom?'

'Zomaar. Je weet dat ik niet graag heb dat je met hem omgaat. Ik vertrouw die kerel niet.'

'Hou daarover op, wil je? Help me liever om mijn jurk dicht te ritsen.'

Ze kwam voor hem staan en hij probeerde de rits op te trekken.

'Het gaat niet.'

'Zit de rits vast? Shit!'

'Nee, ze gaat gewoon niet dicht. Ik denk dat je aangekomen bent.'

Hij schrok van haar reactie. Kwaad trok ze het jurkje over haar hoofd, smeet het op de grond en pakte ruw een jeans uit de kast.

'Wil je me nu alleen laten? Je werkt me op de zenuwen. Zo raak ik nooit klaar en ben ik nog later thuis.'

'Kalm aan! Je moet niet boos zijn. Een extra kilootje zal je niet misstaan. Bovendien, de opnames zijn toch bijna afgelopen. Op het einde van je vakantie kun je weer een van je mirakeldiëten volgen en dan is het direct weer dik in orde.' Hij lachte om zijn woordspeling maar Tamara bleef boos kijken. 'Toe, Tammie, doe niet flauw. Het is toch grappig? Jij die altijd je gewicht hebt gehouden, komt, nu je lid bent van dat weegclubje, eindelijk bij!'

Toen ze even later weg was, schonk hij zich met bevende handen een glas whisky in. Het had moeite gekost grapjes te maken en te doen of er niets aan de hand was. Hij had al een tijdje het nare gevoel dat het lichaam dat hij zo door en door kende, veranderde. Maar nu had hij zekerheid. Misschien wist Tamara het zelf nog niet, maar hij was er zeker van dat ze zwanger was.

En dat was het werk van die smeerlap, dat kon niet anders. Al die jaren zonder voorbehoedsmiddel en nu plots zwanger? Wat kon hij doen voor Tamara als ze tot die onthutsende vaststelling kwam? Ze zou zich vreselijk zorgen maken over haar carrière. En wat indien ze voor Hugo koos? Wat stond haar dan niet te wachten? Die man had geen scrupules.

Een withete woede maakte zich van hem meester. Als hij Tamara verloor, maakte hij Hugo kapot!

'Ik kan het nog altijd niet geloven. Verkracht?'

'Het zal niet meer lang duren of iedereen praat erover. Je begrijpt dat het nu niet het moment is om bij haar thuis onze bijeenkomst te houden.'

'Nee, natuurlijk niet.'

'Daarom stelde Carla voor dat we allemaal bijeenkomen bij Els in het ziekenhuis. Ze ging ook bij Emma langs om haar op de hoogte te brengen voor het schandaal de ronde deed.'

'Hoe oud is Hilde?'

'Zestien.'

'Ik hoop dat ze die kerel levenslang vastzetten.'

'Als hij ontkent, zullen ze het moeilijk kunnen bewijzen. Ze verzweeg wekenlang wat er gebeurd is. De huisdokter ontdekte de zwangerschap toevallig.'

Tamara zuchtte. Wat was dat voor een crazy toestand? Iedereen werd zwanger behalve Marie-Anne die dat zo erg wilde.

'Ik heb ook iets op te biechten en ik heb jouw raad nodig.' Ze twijfelde even, maar zette toch door. Ze moest er met iemand over kunnen praten en er met Carla over spreken was nu onmogelijk geworden. 'Ik ben ook zwanger.'

'Wat!'

'Als ik die zwangerschap laat doorgaan, riskeer ik mijn rol in de soap te verliezen. Dan mag ik een kruis maken over mijn carrière.'

'Maar je krijgt een baby, is dat niet veel meer waard?'

'Ik weet het niet! Daarom kom ik raad vragen. Ik heb die moederwens niet zoals jij. Denk je dat ik abnormaal ben?'

Marie-Anne lachte ondanks alle verwarde gevoelens die haar plots overvielen.

'Maar nee. Jij bent alleen zo erg met andere dingen bezig dat je er nooit bij hebt stilgestaan. Bianca slorpt je helemaal op.'

'Ik weet het. Soms ben ik zelfs bang dat Tamara niet meer bestaat.'

'Ze bestaat en ze is een goede vriendin van me.'

Marie-Anne nam de beide handen van Tamara in de hare en hield ze stevig vast om haar te laten voelen dat ze inderdaad echte vriendinnen waren.

'Wat vind je dat ik moet doen?'

'Hoezo?'

'Moet ik mijn carrière opgeven? Jij weet beter dan wie ook wat het betekent als je iets hebt opgebouwd in je leven waarvoor je hard hebt gewerkt. Zou je dat allemaal zomaar kunnen opgeven voor...' Ze hield zich tijdig in. Natuurlijk zou Marie-Anne dat doen. Waarom zei ze toch altijd van die domme dingen?

'Ik begrijp dat het voor jou als actrice moeilijker ligt. Onze zaak blijft draaien, ook als ik er niet fulltime bij betrokken zou zijn. Maar waarom zou je stoppen met acteren? Je kunt je carrière daarna toch gewoon voortzetten? Er zijn wel meer actrices die zwanger worden. De tijdschriften staan er vol van. Het is trouwens een van de redenen waarom ik ze nooit koop. Het zou me nog meer pijn doen.'

'Maar misschien zijn het betere actrices dan ik. Ik ben maar een soapvedette.'

'Vertel geen onzin. Bianca is al jaren heel geliefd bij het grote publiek. Ze is een vaste waarde. Zeg gewoon tegen je baas dat je zwanger bent, misschien schrijft hij je tijdelijk uit de reeks.'

'Nee. Ik heb hem deze week gesproken.'

'Je hebt hem op de hoogte gebracht?'

'Nee. Dat is het juist.'

Ze vertelde hoe het gesprek was verlopen. Marie-Anne begreep dat Tamara door haar zwangerschap te verzwijgen zich in een ongunstige positie had gewerkt. Maar alles was nog niet verloren, vond ze. Ze gaf haar de raad haar baas te vertellen dat ze nu pas had vastgesteld dat ze zwanger was. Ze had dus volledig te goeder

trouw gehandeld toen ze hem tijdens hun onderhoud verzekerde dat alles in orde was. Ze moest er vooral de nadruk op leggen
dat haar zwangerschap gratis publiciteit was voor de soap. En
waarom zou hij er geen speciale verhaallijn voor uitwerken? De
bitch Bianca die zwanger werd, dat zou pas een story zijn!

De gedrevenheid waarmee Marie-Anne haar strijdplan uiteen-
zette, kon Tamara niet enthousiast maken. Ze besefte immers
dat het ook thuis helemaal niet goed zat.
    'Ik heb zelfs Werner nog niets verteld.'
    'Dan is uitstellen het domste wat je kunt doen. Het is ook zijn
kind. Hij zal je zeker helpen om de juiste beslissing te nemen.'
    'Ik apprecieer heel erg dat je me probeert te helpen. Ik besef
hoe moeilijk dit voor je moet zijn.'
    Ze had plots veel zin om Marie-Anne te vertellen over de steri-
lisatie van Hugo. Maar de angst dat Hugo zijn levensbedreigen-
de woorden ten uitvoer zou brengen, weerhield haar ervan.

* * *

Els voelde zich stilaan beter. Ze was met infuus en al samen met
haar vriendinnen mee naar de cafetaria getrokken, waar het
gezelliger en minder rumoerig was dan in haar kleine kamertje.
    Ze probeerde het gesprek van haar vriendinnen te volgen, die
intussen koffie hadden besteld. Het zal wel aan haar gelegen
hebben omdat ze er met haar gedachten niet bij was, maar het
viel haar op dat ze stiller waren dan gewoonlijk. Zelfs Emma was
minder spraakzaam. De omgeving veroorzaakte dit waarschijnlijk ook wel. Wat zou ze blij zijn als ze het ziekenhuis kon verlaten. Johan had haar beloofd dat hij voor alles zou zorgen. Ze wist
echt niet wat ze zonder hem zou beginnen. Van Koen had ze
niets meer gehoord, maar in de krant had ze gelezen dat hij nog
altijd invaller was. Zijn blessure was dus blijkbaar nog niet hersteld. Ze hoopte maar dat hij haar met rust zou laten met zijn eis
om hem opnieuw medicijnen te bezorgen.

Ze probeerde zich weer op haar vriendinnen te concentreren, die echter meer aandacht schenen te hebben voor hun kop koffie dan voor elkaar. Wat haar ook opviel was dat ze, sinds zij in het ziekenhuis lag, in haar bijzijn nooit over diëten spraken. Waarschijnlijk uit tact. Ze hoopte maar dat de dokters haar niet te veel deden aankomen met al die infuses.

'Els, stop eens met dagdromen. Ik moet jou en Emma iets vertellen. Marie-Anne en Tamara zijn al op de hoogte. En ik zou niet graag willen dat jullie het via derden vernamen. Het is vertrouwelijk.'

Carla vertelde wat er met Hilde gebeurd was. Gesteund en omringd door haar vriendinnen kon ze haar tranen de vrije loop laten. Toen ze haar verhaal gedaan had, schrok ze dat Els ook zat te huilen, de tranen liepen gewoon over haar wangen.

'Sorry, dat ik je overstuur heb gemaakt. Misschien had ik er beter niets van kunnen zeggen nu je nog ziek bent.'

'Nee. Je deed wat je moest doen. Je mag zoiets verschrikkelijks als een verkrachting niet alleen verwerken. Ik weet dat beter dan wie ook. Mijn stilzwijgen heeft me uiteindelijk vernietigd, niet de verkrachting.'

Een lange stilte volgde.

Hoofdstuk 10

Op het moment dat ze zijn schrikreactie zag, besefte Marie-Anne dat haar bezorgdheid terecht was. Hugo probeerde de zaak nog te minimaliseren, maar de asgrauwe kleur rond zijn ogen verraadde een innerlijke onrust die ze bij hem zelden waarnam. Veel was er niet meer gezegd daar hij naar een afspraak moest die niet verzet kon worden. Ze had hem laten gaan, maar hij had haar moeten beloven om haar 's avonds volledig op de hoogte te brengen.

Na zijn vertrek had ze al haar afspraken van die middag afgezegd, bewust van het feit dat ze zich toch niet zou kunnen concentreren. Nu wachtte ze op zijn thuiskomst, vast van plan de hele toestand tot op de bodem uit te spitten, hoe hevig Hugo zich ook zou verzetten. Ook zij had immers al die jaren geleefd voor het bedrijf en er al haar krachten aan gewijd. Dat werd trouwens door Hugo altijd als argument gebruikt om haar kinderwens op de lange baan te schuiven. Het bedrijf ging voor alles! Ze zou dus niet tolereren dat hij hetgeen ze hadden opgebouwd in gevaar bracht door snel winstbejag of door risicovolle belastingontduiking. Want dat was het natuurlijk wat ze op het spoor waren gekomen.

Toen Emma en Fred haar de stuipen op het lijf hadden gejaagd met de waarschuwing dat alle overheidsdiensten samen een inval in het bedrijf hadden gepland, had ze eerst geërgerd alles als onzin afgewimpeld. Ze had Hugo nagepraat en had zich, ondanks de gekwetste blik van Fred, smalend uitgelaten over kleine ambtenaartjes die jaloers waren op geslaagde zakenmensen zoals zij en Hugo. Over de kleingeestigheid van de overheidsadministratie met haar overvloed van regels en beperkingen waar niemand nog wijs uit werd. Maar toen ze de blikken zag die Emma en Fred met elkaar wisselden, waarin duidelijk medelijden merkbaar was, besefte ze plots dat ze haar nog niet alles hadden verteld.

Toen ze na veel aandringen vernam waarvan Hugo verdacht werd, was haar ergernis in bitterheid omgeslagen. Dat Fred en Emma, die ze als haar vrienden beschouwde, aan een dergelijke roddelcampagne geloof hechtten, had haar diep gekwetst en dat had ze hen dan ook onomwonden gezegd.

Voor ze boos wegging, zag ze nog net dat Emma probeerde om Fred te troosten, die stamelend bleef herhalen dat hij Marie-Anne alleen had willen beschermen.

Onmiddellijk nadat Hugo naar zijn afspraak vertrokken was, had ze zijn bureau doorzocht. Zoals ze had verwacht, had ze niets gevonden. Geen spoor van het witwassen van misdaadgeld, geen enkel bewijs van frauduleuze handel of geknoei met Europese subsidies. En zeker geen aanwijzingen die drugshandel deden vermoeden. Die beschuldiging was werkelijk te gek om los te lopen. Hugo haatte drugs, net zoals zij. Daar hadden ze het in hun studententijd vaak genoeg over gehad.

Ze besefte natuurlijk wel dat Hugo, indien hij in dergelijke zaken betrokken zou zijn, daar geen bewijzen van in het bedrijf zou laten rondslingeren. Ze had haar zoektocht dus voortgezet in de villa. Tot haar ontzetting vond ze goed weggestopt achter in de kluis inderdaad een hoeveelheid drugs. Voor het eerst was ze beginnen te twijfelen of er in het verhaal van Fred en Emma dan toch geen grond van waarheid zat.

Ze hoorde Hugo thuiskomen en legde gauw het zakje met de drugs midden op de tafel. Hugo kwam de woonkamer binnen. Zijn gezicht had nog altijd die vaalgrijze kleur en het zenuwtje naast zijn linkeroog dat slechts te zien was wanneer hem iets niet beviel, trok snel samen. Hij kwam naar de tafel toe en keek onbewogen naar de drugs. Het was ijzig stil in de kamer en geen van beiden wenste blijkbaar als eerste te spreken.

'Waarom zeg je niets? Hoe verklaar je dit?' vroeg ze boos omdat hij dit machtsspelletje speelde, terwijl ze de drugs met een gebaar van minachting naar hem toe schoof.

'Doe niet flauw. Iedereen gebruikt dat spul. Zeker als je voortdurend onder hoge werkdruk staat zoals ik.'

'Ik gebruik niet, en ik sta ook altijd onder druk, of denk je soms van niet? Trouwens, je was daar vroeger radicaal tegen. Wanneer is dat veranderd?'

'Sinds ik het spotgoedkoop kan krijgen. Ik vond het niet waard om daar mijn zuurverdiende geld aan te spenderen. Maar in het Oostblok gooien ze het gewoon naar je hoofd. Dit spul stelt me in staat me te ontspannen na een lange werkdag. Ik gebruik het maar af en toe. Mag het misschien? Ik doe er niemand kwaad mee.'

'Volgens Fred komt die inval er omdat je er, onder meer, van verdacht wordt betrokken te zijn in drugshandel.'

'Toch niet voor een paar gram poeder en wat pilletjes! Je bent toch niet zo naïef om dat te geloven!'

'Ik ben ook niet zo naïef om te geloven dat jij hier openlijk jouw voorraad zou laten rondslingeren! Of wil je me soms wijsmaken dat wat hier op tafel ligt alles is? Als het waar is dat jij drugs meebrengt vanuit het Oostblok en het hier verhandelt, zal de rest wel op een veilige plaats verborgen zijn.'

Hij antwoordde niet en schonk heel rustig een glas whisky in. Maar met zwijgen en doen alsof het allemaal niet zo erg was als men deed voorkomen, zou hij haar niet kunnen afschepen. Marie-Anne was vastbesloten de waarheid te achterhalen.

'En de verdenking dat je misdaadgeld witwast voor je relaties in het Oostblok, is die ook door Fred uit de lucht gegrepen?' Zijn koppige zwijgen was voor haar een duidelijke bekentenis. 'Je beseft toch dat je hiermee ons bedrijf naar de bliksem helpt?'

Ze had hem op zijn zwakke plek geraakt en hij wendde zich woedend tot haar.

'Luister eens goed, voordat je me van alles en nog wat beschuldigt! Ik heb deze zaak opgebouwd, wat zeg ik, uit het niets opgetrokken met mijn eigen handen.'

Ze wilde protesteren maar ze kreeg er de kans niet voor.

'Akkoord, je hebt me geholpen. Wat betreft administratie, boekhouding en al die ambtelijke kloterij verricht je schitterend werk. Maar hoe je in het vroegere Oostblok handel moet drijven, daar heb jij geen flauw benul van. Het enige middel om met die kerels zaken te doen, is risico nemen en je op hun niveau plaatsen.'

Ze bleef hem een ogenblik met open mond aankijken, niet goed wetend wat ze hierop kon antwoorden. Maar ze herstelde zich.

'Dus als jouw contactpersonen misdadigers en drughandelaars zijn, dan word jij, voor de gelegenheid, ook maar een gangster!'

Met een klap zette hij zijn glas neer.

'Verdomme! Wat denk je dat de Belgische overheid doet als ze belangrijke wapencontracten afsluit met obscure landjes? Correcte deals maken met geld dat traceerbaar is? Laat me niet lachen! Je hebt er geen idee van hoeveel handen er bij die deals gesmeerd worden. Het is allemaal één grote koehandel.'

Hij greep de fles whisky en schonk nog een glas in. Ze gaf hem even de tijd om weer rustig te worden. Ze zou een beroep doen op zijn eergevoel, in de hoop dat hij tot bezinning kwam.

'Hugo, je kunt je fatsoensnormen toch niet zomaar over boord gooien omdat anderen dat doen?'

'Denk jij nu echt dat we ons monopolie ginder gekregen hadden als ik me als een moraalridder had opgesteld? Word eens wakker, Marie-Anne! Wij verdienen grof geld dankzij die relaties! Voor mij is de klant koning, punt uit! Dat is mijn norm! Ik help ze om hier hun geld te beleggen en zij zorgen dat wij ginder geen last hebben met de overheid. Voor wat hoort wat. En wat die inval betreft heb ik alles geregeld.'

'Hoe geregeld? Wat bedoel je met geregeld?'

'Ik heb mijn contacten in het Oostblok gebeld en gevraagd om hun invloed in sommige Belgische kringen aan te wenden. Ze hebben ook hier een lange arm. Alles werd al in het werk gesteld om die inval ofwel af te blazen ofwel louter als een formaliteit te laten plaatsvinden. Bedank Fred en Emma voor me. Ze hebben hun werk prima gedaan. De opstelling van Nick in de eerste ploeg was het waard. Alleen hadden ze jou daar niet in moeten betrekken, dat was nergens voor nodig. Ze hadden mij moeten bellen zoals ik het aan Fred gevraagd had.'

Hij wilde de woonkamer verlaten, maar ze liep hem achterna en hield hem tegen.

'Hoe durf je! Het gaat hier ook over míjn zaak en míjn leven. Als jij bezig bent met illegale geldtransacties en met obscure, criminele praktijken dan ben ik daar voor de wet medeschuldig aan.'

Hij wilde zijn hand op haar schouder leggen om haar gerust te stellen, maar ze deed een stap achteruit. Hij glimlachte haar complotterend toe als een kwajongen die zich van geen kwaad bewust is.

'Je wist van niets en je weet nog van niets. Vergeet dit alles en ga voor een tijdje op vakantie, ergens lekker in het zonnetje liggen. Laat die ambtenaartjes maar komen, ze zullen hier niets vinden. Zorg er alleen voor dat Fred de juiste dag nog meedeelt en er kan ons niets gebeuren.'

'Je hebt mijn vrienden misbruikt en onder druk gezet voor jouw smerige zaakjes!'

'Ze waren blij met de kans die Nick kreeg. Bovendien, Fred had ook nee kunnen zeggen. Schei nu uit met je druk te maken. Alles is opgelost.'

Opgelost? Voor hem misschien, maar niet voor haar.

'Ik wil dat je ermee stopt!'

'Stoppen? Waarom dan wel?'

Hij leek echt verbaasd. Het drong dus nog altijd niet tot hem door dat ze afkeurde wat hij deed.

'Ik wil dat je ophoudt met drugs te gebruiken, én te verhandelen. Je zet ook die witwasactiviteiten voor hun smerige geld onmiddellijk stop. Ik wil geen bloed aan onze handen. Begrepen? God weet waar dat geld vandaan komt.'

Zoveel naïviteit deed hem meewarig het hoofd schudden. Dacht ze nu echt dat, als hij ermee kapte, alles blauwblauw zou worden gelaten door zijn vrienden?

'Zelfs als ik dat zou willen, kan ik dat niet. Ze maken me gewoon koud. Het zijn geen kleine kinderen die je kunt vertellen dat je niet meer meespeelt. En zouden ze dat toch aanvaarden, wat ik ten zeerste betwijfel, dan verliezen we in ieder geval ons monopolie en dus onze voorsprong op de concurrentie.'

'We kunnen zaken doen zonder hen. Dat deden we vroeger toch ook?'

'Ja. En dan moeten we ons een heel leven lang uit de naad werken om, in het beste geval, later misschien net genoeg over te houden. Of dacht je misschien toe te komen met een armzalig pensioentje van zelfstandige? Wel, ik denk er niet aan! Ik wil binnen zijn voor ik vijfenveertig ben. Dan kopen we een reusachtig landgoed aan de Zwarte Zee én een jacht en leven we een luxeleventje tot het einde van onze dagen! Die droom ga ik me niet laten afnemen, niet door een stel ambtenaartjes, en ook niet door jouw kleinburgerlijke kortzichtigheid.'

Ze bekeek hem met radeloze ontzetting. Hoe konden ze zo uit elkaar gegroeid zijn? Waar was hun gezamenlijke gedrevenheid gebleven? De plannen die ze hadden gemaakt om samen een bedrijf op te richten dat zou uitgroeien tot een multinational waarvan later hun kinderen, en hun kleinkinderen, trots de fakkel zouden overnemen? Hoe was die droom kunnen ontaarden in deze afschuwelijke smeerlapperij? En hoe kon hij zijn geweten het zwijgen opleggen?

Plots voelde ze zich ijskoud worden. Misschien was dit altijd zijn plan geweest en diende het mooie toekomstplaatje dat hij haar altijd voorgespiegeld had slechts om haar voor zijn kar te spannen. Hij had het nooit erg gevonden dat de start van hun 'dynastie' steeds maar werd uitgesteld. Nu begreep ze plots waarom. Hugo wilde helemaal geen kinderen. Hij wilde snel gewin, ten koste van wie of wat dan ook, zodat hij zo vlug mogelijk een luxeleventje kon gaan leiden. De man met wie ze uit liefde was getrouwd en die jarenlang alles voor haar betekend had, die man herkende ze niet meer. Zijn plaats was ingenomen door iemand die alle waarden waar zij voor stond als onzin van tafel veegde.

Hij zag haar enkel en alleen als een uitvoerende kracht die geen inspraak had in het beleid van hun bedrijf, noch in de keuzes die in hun huwelijk gemaakt werden.

Hoe kon zij met deze man verder leven?

* * *

Niet alleen waren de buitenopnames vandaag technisch moeilijk verlopen, ook het weer zat niet mee. Ze werden geregeld onderbroken door de regen en er blies bij vlagen een nijdige wind waartegen haar zomerse kleding geen bescherming bood. Ze had het de hele dag koud gehad, haar rug deed pijn en haar lichte schoentjes met fijne, hoge hakken waren aan het einde van de dag helemaal doorweekt. Ze voelde zich koortsig. Toen ze onderweg naar huis ook nog in een kilometerslange file terechtkwam, stond het huilen haar nader dan het lachen. Dit leven was niet langer vol te houden.

Het was een rotvak! En dan werd er nog door sommige collega's die in de door hen zelf uitgeroepen betere series meespeelden, neerbuigend op haar neergekeken. Of door theatermakers die zich boven alles en iedereen intellectueel verheven voelden. Soapacteurs waren misschien niet de talentvolste, maar wel de meest professionele, vond Tamara. Fouten of kapsones werden bij een soap niet geduld. De opnames moesten in een hoog tempo gebeuren want elke verloren minuut kostte geld.

Ze kon er beter voorlopig mee ophouden en van de zwangerschap gebruik maken om haar carrière tijdelijk stil te leggen. Ze kwam maar niet tot een besluit. Het ene moment was ze honderd procent zeker dat ze een abortus wilde omdat ze Bianca niet los durfde te laten. En een ogenblik later zat ze te dromen van het moederschap en hield ze sentimentele gesprekken met een baby die op dit ogenblik nog geen vinger groot was.

De beslissing nog langer uitstellen hielp haar geen stap verder. Ze besloot vanavond bij Werner aan te kloppen. Hij zou de knoop moeten doorhakken. Geen uitstel meer! Zij zou haar beslissing om met de zwangerschap al dan niet door te gaan, laten afhangen van zijn reactie. Toonde hij zich opgetogen en gelukkig, dan hield ze het kindje en vroeg ze nog voor de vakantie om uit de serie te worden geschreven. De baas kon barsten met zijn geniale verhaallijnen die hij speciaal voor haar bedacht had! Trouwens, negen kansen op de tien was dat een handige zet van hem om haar te vleien en zonder opslag in dienst te houden.

Wenste Werner het kind echter niet, dan zou hij haar ongetwijfeld steunen bij het ondergaan van de zwangerschapsonderbreking. In haar eentje zou ze het niet aankunnen. In ieder geval, deze toestand van besluiteloosheid kon zo niet langer. Ze voelde zich elke dag slechter. Het verhaal van Carla over hetgeen er met Hilde was gebeurd, had daar natuurlijk toe bijgedragen. Dat een kind van zestien moedig genoeg was om de gevolgen van een ongewilde zwangerschap te dragen, stak schril af tegen haar eigen egoïstische motieven en twijfels. Ze had zich sindsdien dan ook steeds meer beschaamd gevoeld en ze hoopte dat Werner blij zou zijn met het kindje.

Toen de file zich eindelijk had opgelost en ze wat later met een zucht van verlichting thuis aankwam, was Werner nog volop in zijn praktijk bezig. Ze had dus nog ruim de tijd om een verkwikkend bad te nemen en zo alle spanningen van de dag van zich te laten afglijden. Daarna trok ze een nachtjapon aan die niet té veel aan Bianca deed denken, want dat zou Werner als een invitatie kunnen opnemen. Ze wilde praten, geen seks. Maar te huiselijk gekleed mocht ook niet, want dan zou hij daaruit kunnen concluderen dat ze zich al bij haar nieuwe rol van braaf huismoedertje had neergelegd. Hij moest zelf beslissen wat hij wilde, zonder dat ze hem op welke manier dan ook beïnvloedde. Het was wel typisch voor de verwijdering die langzaam tussen hen was ontstaan dat ze geen flauw vermoeden had hoe hij zou reageren op het nieuws. Hun drukke leven en vooral haar relatie met Hugo hadden hen in korte tijd ongemerkt uit elkaar gedreven. Gelukkig had Hugo het de laatste tijd zo druk dat hun afspraken steeds zeldzamer werden. Ze voelde instinctmatig dat hun verhouding ten einde liep en ze hoopte dat het zou aflopen zonder ruzie of schandaal. Hij bleef een te bruikbare relatie met veel connecties. Ze zou hem ooit nog nodig kunnen hebben.

'Waarom zit jij hier zo in het donker? Scheelt er iets?' Werner deed de schemerlamp in de woonkamer aan. Ze had helemaal niet opgemerkt dat het donker was geworden.

'Ik was aan het dromen. Heb je al gegeten?'

'Ja. Maar een borrel wil ik wel. Hoe was je dag?'

'Rot! Slecht weer en geknoei met het geluid en de belichting. Ik snap ook niet dat ze van die lange dialogen schrijven voor buitenopnames. Je krijgt haast nooit de kans om die vlekkeloos op tape te zetten. Er is altijd wel hier of daar een hapering in de tekst, of het geluid deugt niet omdat er een vliegtuig overkomt of een auto voorbijraast of ergens een trein voorbij dendert.'

Werner moest glimlachen om haar gezeur, maar hij begreep het wel. Hij gaf een teken met de fles of zij ook een glaasje wenste.

'Nee. Ik neem zo meteen wat warme melk. Ik voel me rillerig.'

'Je ziet er inderdaad pips uit. Toch geen kou gevat?' Hij wachtte haar antwoord niet af maar liet zich naast haar in de sofa vallen en zei plagend: 'En hoe is jouw dag geweest, mijn lieve Werner? Goed, Tamara, maar ik ben ook moe.'

Ze gaf hem speels een duwtje, en hij ging ernstig verder. 'De patiënten worden steeds veeleisender. Het lijkt ook of de mensen altijd maar langere werkdagen maken. Straks moet ik het spreekuur nog de hele nacht laten doorgaan.'

'Wil je gaan slapen of kunnen we nog wat praten?'

Hij bekeek haar verbaasd. Het klonk als een verwijt dat het zo lang geleden was dat ze nog echt met elkaar gepraat hadden. Hij herstelde zich.

'Natuurlijk kunnen we praten. Dat doen we trouwens al.'

'Echt praten, bedoel ik. Ik...'

Dat ze haar ogen afwendde, was een slecht teken. Hij hield zijn adem in. Ze ging hem zeggen dat ze hem in de steek ging laten voor Hugo, dacht hij. Indien er een kansje was dat Hugo haar gelukkig zou maken, zou hij er zich misschien nog mee kunnen verzoenen. Maar hij kon nu al voorspellen dat Hugo haar zou breken. Eén jaar met hem, en ze zou niet meer weten wie ze was.

'Ik weet niet goed hoe ik moet beginnen, Werner.' Ze bekeek hem smekend.

Ik verdom het om haar te helpen, dacht hij opstandig, terwijl hij zijn glas leegdronk en vlug een tweede inschonk om haar blik te ontwijken. Ze moet zelf maar met haar probleem voor de dag komen! Hij ging haar er niet om vragen zijn leven te vernietigen.

'Het is niet erg. Enfin, dat denk ik toch niet', zei ze geforceerd opgewekt.

Nu begreep hij het niet meer.

'Vooruit, Tamara, voor de dag ermee. We zijn allebei moe. Stop met eromheen te draaien.'

Ze slikte even. 'Ik wil dat je me eerlijk zegt wat je ervan denkt. Oké?'

'Dat doe ik altijd', loog hij.

'Ik ben zwanger.'

Het kwam zo snel en onverwacht dat de woorden tussen hen bleven hangen als een mistlaag die steeds dikker werd. Ze had het vreemde gevoel dat het kouder werd en dat Werner hoe langer hoe verder van haar af zat. Nog nooit had ze zich zo bang en alleen gevoeld.

'Weet je het zeker?' Zijn stem klonk hees.

Ze knikte. 'Ik ben bij de dokter geweest. Ik ben ongeveer elf weken zwanger.'

'Waarom zeg je het me dan nu pas?'

Verdomd, dacht hij, terwijl hij het nieuws probeerde te verwerken, ze heeft eerst Hugo op de hoogte gebracht. Het kind is dus waarschijnlijk van hem en hij wil het niet.

'Ik wist niet hoe jij erover zou denken.'

'Over jouw zwangerschap?'

Of over het feit dat je zwanger bent van iemand anders, voegde hij er in gedachten bitter aan toe. Al die jaren zou hij dolgelukkig geweest zijn met dit nieuws. Maar hij had de hoop op kinderen opgegeven. Tamara zwanger maken was hem niet gelukt. Voor Hugo was het blijkbaar geen probleem geweest.

Tamara voelde paniek in zich opkomen. Hij sprak over 'jouw' zwangerschap, alsof het hem niet aanging. Hij wil de baby helemaal niet, anders zou hij niet zo afstandelijk doen. Hij heeft zelfs nog niet geglimlacht. Ik zal mijn kindje dus weg moeten laten halen. Maar ik wil dat helemaal niet. Ze wist het nu plots absoluut zeker. Ze wilde dit kindje niet opgeven. Ze was niet in staat om te spreken. Een immens verdriet kneep haar keel dicht.

'Je weet dat ik je altijd de vrije keuze gelaten heb. Je hebt recht op je carrière. Aan jou de beslissing of je die wilt onderbreken. Nu je toch zwanger bent na al die jaren, weet ik niet of je nog wel een kind wilt. Je hebt er nooit meer over gesproken. Ik dacht dat Bianca die mogelijkheid definitief had verdrongen. Dus als je de zwangerschap wilt afbreken, zal ik je beslissing respecteren.'

'Maar zou je het erg vinden als ik ermee doorging?' Ze hoorde zichzelf praten, zo ver weg klonk het.

Hij aarzelde geen seconde.

'Natuurlijk niet.' Hij wist dat hij haar nooit zou kunnen opgeven. Zelfs niet als het kind van Hugo was. 'Maar daar gaat het niet om. Heb je er goed over nagedacht? Wat doe je met de rest? Je contract als Bianca? Je filmcarrière waar Hugo zo hard aan werkt? Dat zijn allemaal vragen die je jezelf moet stellen nu.'

'Hugo heeft hiermee niets te maken. Ik wil doen zoals andere vrouwen die zwanger zijn. Mijn carrière opschorten en me een tijd fulltime bezighouden met moeder te zijn. Maar alleen als jij naast me staat.' Het laatste voegde ze eraan toe met een klein stemmetje, bijna als een kind dat haar vader smeekt haar niet in de steek te laten.

Zijn hart sloeg van vreugde enkele slagen over. Ze had haar keuze dus gemaakt! Het was Hugo die aan het kortste eind trok! Oké, de prijs een kind van Hugo groot te brengen, was hoog. Maar het was het waard hem te betalen als hij daarmee Tamara terugkreeg. Zijn ogen vulden zich met tranen en door zijn ontroering heen glimlachte hij naar haar.

'Weet je zeker dat je moeder kunt worden terwijl je er zo verdomd verleidelijk uitziet als jij?'

Hij zag dat de spanning van haar afviel en opende zijn armen. Toen ze zich tegen hem aanvlijde en zijn hand voorzichtig op haar buik legde, fluisterde hij iets in haar oor. Ze lachte, een en al verleiding nu. Maar niet de brutale verleiding van Bianca, nee, die lieftallige verleiding waarmee de jonge Tamara hem destijds had veroverd.

'De dokter heeft gezegd dat het geen kwaad kan.'

Pas toen ze een tijdje later naar boven gingen, dacht Werner weer aan Hugo. Hopelijk zouden zijn financiële geknoei en zijn drugshandeltje vlug worden ontmaskerd. Pas dan zou hij zich veilig voelen.

* * *

Hilde zat met een koppige, gesloten uitdrukking op haar gezicht naast haar terwijl ze naar het ziekenhuis reden. Nadat Carla de schooldirectie op de hoogte had gebracht, was ze enkele dagen gewoon naar school gegaan. Alles was goed verlopen en het ergste leek voorbij. Maar ondertussen was het verhaal in de stad uitgelekt en een aantal mensen koos partij voor Jurgen. Er werd beweerd dat niet Jurgen achter haar, maar Hilde achter hem gelopen had. Dat haar gedrag het gevolg was van Jos' en Carla's slechte voorbeeld door apart te gaan wonen. Jos was met iemand van zijn werkploeg bijna op de vuist gegaan omdat die een dubbelzinnige grap over de kwestie had gemaakt. Om het allemaal nog wat erger te maken waren er gisterenavond toen

Hilde, samen met Mieke, van school naar huis kwam, een stel jonge kerels op brommertjes naast de twee meisjes komen rijden. Ze hadden allerlei smerige dingen geroepen en vieze gebaren gemaakt. Totaal van streek waren ze thuisgekomen, Mieke hysterisch huilend en Hilde trillend van woede en zo wit als een doek. Gelukkig was Jos nog niet thuis en had ze de kinderen kunnen kalmeren.

Maar nu vertikte Hilde het nog naar school te gaan. Ze zou in augustus wel proberen mee te doen aan de herexamens, had ze beloofd. Dan was de zaak hopelijk zo goed als vergeten. Misschien zou Jurgen door de knieën gaan en bekennen, had ze eraan toegevoegd. Carla twijfelde aan die mogelijkheid. De politie was er zeker van dat de versie van de feiten van Hilde de juiste was, maar zonder bewijzen konden ze niets doen. Het was het woord van Hilde tegen dat van Jurgen. Zij en Jos hoopten dat het getuigenis van Hilde voor de rechtbank de doorslag zou geven.

Vanmorgen had Hilde echter doodkalm geëist dat haar ouders de klacht introkken. Carla was hierover niet in discussie gegaan. Ze had gebeld naar Els, haar de zaak uitgelegd en gevraagd of zij eens met Hilde wilde praten. Haar openhartigheid had Carla geholpen de pijn en de angst van Hilde beter te begrijpen, daarom durfde ze nu een beroep te doen op haar daadwerkelijke hulp. Els had meteen toegezegd.

Toen ze de parking van het ziekenhuis opreden, deed ze eindelijk haar mond open.

'Wat heeft Els eigenlijk? Ze ligt al een tijd in het ziekenhuis, niet?'

'Ja. Al enkele weken. Ze heeft een eetprobleem. Ze kon niet meer eten en was erg verzwakt. Nu leren ze haar opnieuw te eten en proberen ze de schade die ze aan haar lichaam toebracht, te herstellen.'

'Hoe stom is dat nu! At ze echt helemaal niet?'

'Zo ongeveer. Ze heeft iets heel ergs meegemaakt en er met niemand over durven praten. Zij dacht dat het haar schuld was geweest en dat iedereen haar zou veroordelen. Daarom kon ze

niet eten. Ze heeft er jaren mee rondgelopen. Ze was al haar zelfvertrouwen kwijt.'

Hilde zweeg. Ze dacht aan die weken dat ze niets verteld had
aan mama. Toen kon ze ook niet eten. Wat zou Els hebben meegemaakt? Toen ze was komen helpen met de verhuizing was ze
lief geweest. Een beetje stil maar aardig. Ze had amper met haar
gepraat, maar Ilse wel en die zei dat het een tof meisje was. Ilse
was niet veel jonger dan Els en had haar al een paar keer in het
ziekenhuis opgezocht. Naderhand waren er dan fluisterge-
sprekken over met mama. Ze had dat gedoe volledig genegeerd.
Ze was toen trouwens nog erg boos op mama omdat die had willen verhuizen. Nu wou ze dat ze nooit van haar leven in die wijk
had gewoond. Dan had ze Jurgen nooit leren kennen. Kon ze
zich maar voor altijd in het huis van opa verbergen. Het was de
enige plek waar ze zich nog veilig voelde.

Carla parkeerde de auto en ze gingen het ziekenhuis binnen.
Even dacht Hilde met schrik dat ze hier binnen een aantal maanden een kindje zou moeten krijgen. Soms leek het een leuk idee,
een baby die niemand je kon afpakken en waarmee je kon spelen
zoveel je wilde. Maar aan de andere kant was ze doodsbenauwd
voor de bevalling en alles wat daarbij kwam kijken. Mama zei
wel dat ze zich geen zorgen hoefde te maken, maar toch. In zie-
kenhuisseries gebeurden er altijd zulke vreselijke dingen met
zwangere vrouwen dat ze telkens vlug wegzapte. Alleen al van
dat gegil en gehijg werd ze bloednerveus.

'Dag Els! Je ziet er beter uit vandaag!'

Hilde vond dat mama fel overdreef want ze schrok zich te
pletter. Els zag er vreselijk uit. Bleek en mager met donkere kringen onder haar ogen. Maar ze lachte en wenkte om bij haar aan
het bed te komen zitten.

'Jij bent Hilde, is het niet? Ik herinner me je nog van toen bij
de verhuis.'

'Ja.' Ze begon te vrezen dat dit al even erg ging worden als al
die huishoudelijke klussen van mama. Wat moest ze in godsnaam zeggen tegen een mens die er zo ellendig uitzag? Net een

levend lijk. Ze hoopte maar dat Els en mama met elkaar zouden beginnen te praten. Er lagen wat magazines op de vensterbank. Van die dikke met een glanscover. Die kochten ze thuis nooit. Papa vond dat weggegooid geld. Daar zou ze zich ondertussen wel mee kunnen bezighouden.

Els keek naar Carla en knikte geruststellend. Even praatten ze samen over hun vriendinnen.

Hilde nam niet deel aan het gesprek maar zat met interesse te kijken naar al de dingen in de ziekenkamer. Ze had niet meteen naar die mooie magazines durven te grijpen. Ze vroeg zich af of ze ook op een dergelijke kamer zou liggen als de baby kwam en waarvoor die buizen boven het bed zouden dienen. Zuurstof waarschijnlijk, dat had ze wel eens gezien op tv, met zo'n gek plastic maskertje. Maar waarvoor die andere leiding kon dienen had ze geen idee. Ze probeerde het opschrift te ontcijferen.

'Hilde! Els heeft je al tweemaal iets gevraagd.'

Verschrikt keek ze op. 'Sorry. Wat vroeg je?'

'Of je het al gewend bent in het nieuwe huis? Ik weet dat je er niet graag naartoe verhuisde.'

''t Is oké.'

'Mis je jouw vrienden niet meer?'

'Nee!'

Ze schrok zelf van de kracht waarmee ze het riep. Ze kreeg een waarschuwende blik van mama.

'Sorry, Els. Ik wilde niet schreeuwen.'

'Dat is niet erg. Ik begrijp dat je nog altijd erg van streek bent.'

Hilde keek boos naar mama. Moest ze het nu echt aan iedereen vertellen?

Maar Els bekeek haar zo vriendelijk dat ze begon te praten voor ze het zelf besefte. 'Hoe zou je het zelf vinden als de mensen je beschuldigen? Niemand gelooft mij! Ik word er gek van.'

Zonder dat ze het wilde, begon ze te huilen. Waarom wilde iedereen er de hele tijd over praten? Zij wilde er zelfs niet aan denken.

'Ik bedoelde eigenlijk dat ik dacht dat je nog van streek was door de verhuizing. Ik wilde niet praten over het erge dat je is overkomen. Natuurlijk ben je daar nog kapot van, dat spreekt vanzelf. En dat zal nog een hele tijd duren. Gelukkig heb je mensen die je helpen.'

'Niemand kan me helpen.'

'Hoe bedoel je?'

'Ik moet dit kindje krijgen en niemand kan me daarbij helpen. Dat moet ik alleen doen. Ik ben daar doodsbang voor. Eigenlijk wil ik het helemaal niet. Maar ik wil ook niet dat ze het doodmaken. Dat zou verschrikkelijk zijn.'

'Het is heel moedig van je dat je voor het kindje opkomt. Ik zou nooit zo moedig geweest zijn.'

Hilde keek boos. Wat wist die Els daar nu van? Maar ze ging verder.

'Ik was maar drie jaar ouder dan jij toen ik werd verkracht. Niet door iemand die ik kende, zoals dat bij jou het geval was. Maar door een vreemde, die me ook mishandelde en dreigde me te doden.'

Met ontzetting staarde Hilde haar aan. Toen keek ze naar mama. Was het echt waar wat Els vertelde?

'Ik voelde me zo vies dat ik het aan niemand durfde te vertellen. Ook niet aan mijn ouders of mijn zussen. Ik heb het zelfs niet aan mijn vriend verteld, die ik pas jaren later leerde kennen. Ik probeerde het helemaal alleen te verwerken. Maar het vernietigde alles. Het vergiftigde mijn leven. Ik kom niet meer thuis bij mijn ouders, met mijn zussen heb ik geen contact meer en mijn vriend wil me niet meer. Ik kon er zelfs niet meer door eten. Net voor ik een paar weken geleden instortte, verknoeide het ook nog mijn werk. Terwijl verpleegster zijn altijd het belangrijkste is geweest in mijn leven.'

'Maar waarom kon je het aan niemand vertellen?'

'Omdat ik het mezelf niet kon vergeven.'

'Het was toch jouw schuld niet? Je vraagt er toch niet om dat ze zoiets afschuwelijks met je doen. Ik wist zelfs helemaal niet wat hij precies ging doen. Het deed pijn en het was vies. Ik was zo beschaamd!' Door haar tranen heen zag ze dat ook Els huilde.

Els knikte. 'Zo voelde ik me ook. Ik was zo beschaamd dat het gebeurd was, dat ik geen klacht wilde indienen en niet wilde getuigen. Maar later heeft die man een andere vrouw verkracht en gedood. Ik herkende zijn foto in de krant. Dat maakte het van toen af nog erger om dragen. Ik ben medeschuldig aan wat die vrouw is overkomen.'

'Dat is niet waar!'

'Jawel, Hilde. Omdat ik te veel aan mezelf dacht. Ik wilde niet de herrie en de schande van een proces. Ik wilde niet dat iemand wist wat me was overkomen. Ik dacht dat ze me vies zouden vinden. Ik wilde me verstoppen en nooit meer buitenkomen. Ik trok mijn aanklacht in maar gaf daardoor de dader vrij spel en vernietigde mezelf, langzaam maar zeker. Zes jaar heb ik in een hel geleefd. Dat bedoelde ik toen ik zei dat je gelukkig bent omdat je mensen hebt die je helpen.'

'Maar ze kunnen er niets aan veranderen. Ik ga een kind krijgen en dat wil ik niet. De mensen beschuldigen mij, alhoewel ik er helemaal geen schuld aan heb. Mijn vriendinnen willen niet meer met me omgaan en ik durf niet meer naar school. In de stad durf ik ook al niet meer te komen. Wanneer ik ook nog naar de rechtbank ga, zal het alleen nog erger worden.'

'Misschien. Maar er zullen ook veel mensen zijn die je zullen bewonderen. Voor je moed en je doorzettingsvermogen. Een man die een dergelijke misdaad pleegt, moet gestraft worden. Anders gaan meer mannen denken dat ze ongestraft een vrouw kunnen verkrachten. Is dat wat jij wilt? Zou je het je vriendinnen toewensen? Of je zusjes? Je mama?'

Ontsteld keek Hilde van Els naar mama. Zou de man die mama volgde met de wagen misschien ook zoiets van plan zijn? flitste het door haar hoofd. Ze moest haar straks vragen of ze al naar de politie was geweest. Toen besefte ze dat Els misschien gelijk had en luisterde verder naar wat ze zei.

'Voor dat soort kerels is geen enkele vrouw veilig, Hilde. Daarom moet elke vrouw die dit meemaaakt, sterk zijn en het aanklagen. Je mag je niet verstoppen zoals ik, en het allemaal opkroppen. Praat erover met je vriendinnen. Leg hen uit wat er gebeurd is en hoe het gebeurd is. Dan kunnen zij zich tegen dergelijke dingen wapenen. Laat je hoofd niet hangen. Jij hebt niets verkeerds gedaan. Kijk iedereen in de ogen. Je zult zien dat de meeste mensen je zullen respecteren. Ga naar de rechtbank en klaag hem in het openbaar aan.'

'Ik durf het niet.'

'Dat begrijp ik. Ik durfde het ook niet. Maar nu, na al die jaren, besef ik dat ik mezelf daardoor bijna kapotgemaakt heb. Ik ben al zolang op de vlucht dat ik dacht dat er geen weg terug was. Ik strafte mezelf en vernietigde mijn lichaam. Er zijn nu verscheidene dokters nodig om me weer gezond te maken. Daarom schaam ik me nu nog meer. Niet om wat er gebeurd is. Daar kon ik zelf niets aan doen. Maar omdat ik van mezelf een zielig slachtoffer heb gemaakt in plaats van terug te vechten. Ik ben blij dat ik jou ken, Hilde. Want jij bent moediger dan ik ooit ben geweest. Ik bewonder je en ik hoop dat je het volhoudt. Doe je verhaal in de rechtbank ook voor mij. Alleen door die gedachte voel ik me nu al sterker. Jouw moed waarover je mama me vorige week vertelde, gaf mij voor het eerst sinds lang hoop op herstel. Eindelijk kon ik praten over wat mij overkomen was. Dat heb ik aan jou te danken.'

Ze stak haar hand uit. Hilde aarzelde. Er was nog zoveel dat ze wilde vragen. Maar ze stond op en gaf Els een hand. Die trok haar dichterbij en omarmde haar.

Carla ging stil de kamer uit. Ze wist dat die twee elkaar zouden helpen.

* * *

De voorzitter zat ongeduldig te wachten op Werner Bekaert, die hij in zijn bureau op Taxandria had ontboden. Na de training had de kinesitherapeut nog altijd wat werk met de spelers die met spierpijn of met een lichte kwetsuur van het oefenveld kwamen. De reden dat hij Werner had geroepen, was niet zozeer uit interesse voor de fysieke conditie van de spelersgroep. In dat geval ging hij altijd zelf bij hem poolshoogte nemen. Hij zag dat als een gebaar van vaderlijke bezorgdheid voor zijn jongens.

Nu was zijn bezorgdheid echter omgeslagen in paniek sinds de recente ontwikkelingen, die een zware last dreigden te leggen op de toekomst van zijn Taxandria.

In zijn kantoor prijkten foto's aan de muur die een duidelijk beeld gaven van de evolutie die de club de laatste jaren had doorgemaakt dankzij de schijnbaar onuitputtelijke financiële injecties van sponsor Hugo Van Dijck. Hij had er steeds met trots naar gekeken, nu was hij er niet zo zeker meer van of hij er nog trots op kon zijn. Nochtans waren het stuk voor stuk verwezenlijkingen die vele voorzitters van clubs uit eerste nationale hem benijdden. Met als klap op de vuurpijl de laatste aanwinst, de VIP-loges. De voorzitter kreeg altijd tranen in de ogen als hij de foto's van zijn hernieuwde Taxandria bewonderde.

Zijn verouderde meubelfabriek, een familiebedrijfje, was financieel niet bij machte geweest om de ploeg naar dit niveau te loodsen. Waar zou hij het vele geld vandaan gehaald hebben voor al die vernieuwingen én de aankoop van dure, fulltime profs? Hij was trouwens te oud om al die moderne methodes van leasing, herfinanciering, versnelde afschrijvingen en off-shore toestanden te begrijpen. Zelfs de leasingcontracten die Taxandria met Hugo voor de spelers afsloot, waren voor hem onverstaanbare lectuur. Ze waren opgesteld in een jargon dat hem boven het hoofd ging.

Vroeger gaf hij de spelers met talent gewoon de mogelijkheid bij hem in de fabriek te werken, waardoor ze de nodige faciliteiten kregen om te trainen. De schatbewaarder hield de summiere kasboekhouding bij na zijn uren en er was altijd wel een beetje geld in de zwarte kas. Toen was alles nog eenvoudig en was hij heer en meester over Taxandria en de spelers en de supporters waren als zijn kinderen.

Maar dat was allemaal veranderd en hij had voor de negatieve kanten van die ingrijpende veranderingen de ogen gesloten. Sinds die vergadering over drugs die ontdekt waren bij de spelers, voelde hij zich diep ongelukkig en bleef hij liever eenzaam in zijn bureau. Hij schaamde zich dat hij het zover had laten komen.

Hij vroeg zich voortdurend wanhopig af of hij met Hugo een verrader in huis had gehaald en zijn eigen troetelkind de doodsteek had toegediend. Indien hij eerlijk was met zichzelf, moest hij toegeven dat hij nog slechts in naam voorzitter was. Hugo betaalde de meeste rekeningen en nam dus de beslissingen. De door Hugo aangestelde secretaris, een Nederlander, was hoofd van de administratie. De externe accountants maakten hun verslagen zo ingewikkeld dat ze zijn verstand ver te boven gingen. De raad van bestuur vergaderde nog wel, maar alleen om Hugo's voorgekauwde beslissingen goed te keuren.

En hij had dat allemaal laten gebeuren om Taxandria vlugger door te laten breken naar eerste nationale. Uit trots. Om eindelijk iets meer te zijn dan de eenvoudig gebleven meubelfabrikant. Nu was zijn eigen Taxandria een bedrijf geworden waarvan hij noch de regels, noch de gedurfde financieringen begreep.

Vandaag had hij dan ook nog vernomen dat het bedrijf van Hugo elk ogenblik door de overheid gescreend kon worden omdat er ernstige verdenkingen waren van allerhande misbruiken. Indien er een schandaal losbarstte, zou Taxandria daarin betrokken kunnen raken.

Er werd op de deur geklopt.

'U had me nodig, voorzitter?'

De vraag werd voorzichtig gesteld. Waar was de tijd dat iedereen, van de schilder van de lijnen op het grasveld tot de boekhouder, vrij zijn kantoor in en uit liep?

'Ja, Werner. Kom binnen en ga zitten, jongen.' Hij wachtte even tot Werner had plaatsgenomen. 'Ik zal met de deur in huis vallen. Maar ik verwacht volledige discretie. Oké?'

Werner knikte. De voorzitter zag er slecht uit, alsof hij al een paar dagen niet geslapen had. Wel, hij was niet alleen.

'Het heeft onrechtstreeks verband met het probleem waar je ons in die spoedvergadering over informeerde.'

Werner knikte, zoveel had hij al wel vermoed.

'Via, via, je weet hoe dat gaat hier in Herentals, heb ik vernomen dat het bedrijf van Van Dijck eerstdaags onverwacht bezoek mag verwachten van een aantal overheidsinstanties. Het betreft uiteraard geen vriendschappelijk bezoek.'

'Heeft dat te maken met de drugs die wij gevonden hebben?'

'Dat denk ik niet. Enfin, daar heeft mijn bron niets over gezegd. Ik denk dat Hugo eerder iets te veel aan fantasierijk boekhouden doet. Je weet zelf hoe hij is. Regels en overheidsvoorschriften zijn er voor idioten, zegt hij altijd, met wat verbeelding en schranderheid kun je er veilig tussendoor laveren. Braaf zijn is goed voor de sukkelaars, heb ik hem wel eens horen zeggen.' Hij lachte grimmig omdat hij plots besefte dat Hugo met die sukkelaars waarschijnlijk ook hem had bedoeld.

'Ik heb daar bij het bestuur nooit iemand tegen horen ingaan.' Werner zag dat de voorzitter eventjes het hoofd boog onder deze onrechtstreekse beschuldiging.

'Dat klopt. We hebben ons door Hugo laten overdonderen. Maar hij heeft van een klein provinciaal ploegje dan ook een ploeg gemaakt die meetelt.'

'Maar die nu in gevaar komt als blijkt dat de sponsoring niet op een correcte manier gebeurd is?'

'Mogelijk. Alhoewel het volgens mij allemaal niet zo verschrikkelijk kan zijn. Ik ben geen expert, maar onze accountants hebben de zaken van onze kant toch altijd goedgekeurd. Zij zouden toch niet toegelaten hebben dat Hugo de ploeg in gevaar bracht?'

'Laten we hopen. Maar het lijdt geen twijfel dat indien het fout gaat met zijn bedrijf, we Hugo als sponsor zullen verliezen.'

'Waarschijnlijk. Mijn bron had het over een gezamenlijke inval van alle diensten! Volgens hem zou het wel eens een groot schandaal kunnen worden.'

'Ben je zeker van je bron? Is die goed geïnformeerd?'

'Je mag gerust zijn. Hij is hoofd van een van de diensten die bij de inval betrokken zijn.'

Het begon Werner duidelijk te worden wie de voorzitter bedoelde. Maar hij wilde meer te weten komen en deed alsof hij argwanend stond tegenover de persoon in kwestie.

'Geloof je die man zo maar? Het zou ook een tactiek kunnen zijn van iemand die Taxandria schade wil berokkenen. Ons succes wordt door velen met lede ogen aangezien. Wat als het allemaal leugens zijn? Als jij erop reageert, zou dat een breuk met Hugo kunnen betekenen. Misschien is het dat wat beoogd wordt.'

'Onmogelijk. Mijn informant is al heel zijn leven lang actief in Taxandria. Ik acht hem een toegewijde medewerker, beschouw hem zelfs als een vriend. Nee, Werner, wees gerust, hij zou zijn eigen carrière niet op het spel zetten door ons te informeren indien hij niet vreesde dat Taxandria in het schandaal zou worden meegesleept. Het is een zeer integer iemand.'

Het was Fred dus, zonder enige twijfel. Werner vermoedde al een tijdje dat die meer wist over Hugo. Het was hem opgevallen dat hij op vergaderingen telkens afwezig was als het over zaken ging die Hugo op de agenda had gezet. Fred runde zijn jeugdafdelingen met echte bezorgdheid voor het welzijn van zijn jonge spelertjes. Maar voor de rest vermeed hij in de bestuurszaken betrokken te worden. Werner had altijd gedacht dat het aan de bescheidenheid van Fred lag. Maar voor het hoofd van een van de belastingdiensten hier in Herentals, was de omvang die de sponsoring van Hugo had aangenomen misschien net iets té opvallend geweest en dus gevaarlijk om erin betrokken te zijn.

'Wat ga je nu doen?'

De voorzitter zuchtte. Hij wou dat hij dat zelf wist. Eigenlijk riep hij zijn bestuursleden een voor een bij zich in de hoop een antwoord op deze vraag te krijgen. Het was een tactiek die hij al jaren toepaste als iets zijn pet te boven ging. Meestal werkte het prima.

'Ik denk dat ik met Hugo ga praten. Wat denk jij daarvan?'

'Brengt dat jouw bron niet in gevaar als het bij de overheid uitlekt dat Hugo geïnformeerd werd?'

'Taxandria gaat voor. Ik zal mijn bron niet vernoemen natuurlijk. Maar misschien kan Hugo nog dingen regelen voor de bom barst. Ik heb niet heel mijn leven al mijn energie in Taxandria geïnvesteerd om het nu allemaal in één klap kwijt te raken.'

Werner wist dat Firmin Van Bouwel veel meer had geïnvesteerd dan dat. Zijn zoons hadden zijn bedrijf verlaten omdat ze niet akkoord gingen met de manier waarop hun vader de winst van het familiebedrijf stelselmatig in een voetbalploeg stak in plaats van in de uitbreiding van hun goedlopende zaak.

'Als ik u was, zou ik uiterst voorzichtig zijn, voorzitter. Hugo is volgens mij een gevaarlijk iemand. Gewetenloos ook, anders had hij de jongens niet van drugs voorzien.'

De voorzitter knikte. Ook voor hem was dat een onbegrijpelijke zaak. Hugo wilde met Taxandria doorbreken naar eerste nationale. Het was allemaal zo verwarrend. Maar één ding was wel duidelijk voor hem: Taxandria moest beschermd worden. Voor te veel mensen was de stadsploeg de enige ontspanning na een zware werkweek. Hij hoorde zelf elke week in zijn fabriekshal hoe de club het onderwerp van enthousiaste gesprekken was. Ondervond hoe de productieprestaties bijna afgestemd waren op het resultaat van de eerste ploeg. De mensen die bij hem werkten, hadden het over hún spelers. Hij mocht ze dat niet afnemen.

'Ik zal het zeer voorzichtig en discreet aanpakken. Je mag gerust zijn. Bedankt.' Hij gaf een teken naar de deur. 'De spelers die verzorging nodig hebben, zullen zich afvragen waar je blijft. Zijn er nog problemen voor de opstelling van zondag?'

Na een kort gesprekje over de diverse blessures, verliet Werner het kantoor van de voorzitter.

Het belangrijkste op dit ogenblik was Fred polsen over die geruchten van een inval in het bedrijf van Hugo. Indien de voorzitter de informatie aan Hugo zou doorspelen, zette hij de carrière van Fred op het spel en dat verdiende die niet. Fred was een goed mens. Werner vond het dan ook zijn plicht om hem op de hoogte te brengen van het gevaar dat hij liep. Want de voorzitter was te zeer met het lot van de club begaan om de gevolgen van zijn loslippigheid voor Fred te kunnen inschatten.

* * *

Het gesprek gisteren met Els had Hilde weer moed gegeven en toen ze samen met haar moeder de ontbijttafel afruimde, had ze haar beloofd dat ze met de rechtszaak tegen Jurgen door zou gaan. Ze wilde zich voortaan ook niet meer wegstoppen. Els had gelijk, het was niet haar schuld dat Jurgen haar had aangerand. En ze mocht bij de mensen zeker niet de indruk wekken dat ze zich schaamde want dan zouden ze de verkeerde conclusies kunnen trekken.

Carla had haar rustig laten uitpraten. Ze wist dat de confrontatie met Els een diepe indruk had gemaakt op Hilde. Haar dochter was sterk en koppig, en dat zou haar nu van pas komen als ze de mensen recht in het gezicht moest kijken. Wat haar meer zorgen baarde, was dat Hilde helemaal geen idee had wat een zwangerschap en een geboorte inhielden. Ook haar kennis over de verzorging van de baby was vrij beperkt. Nochtans was ze toch al acht jaar oud toen Mieke geboren werd. Maar zoals alle kinderen op die leeftijd herinnerde ze zich alleen de mooie momenten uit die periode, de wandelingen met de kinderwagen, het doopfeest, de eerste verjaardagsfeestjes. Haar leeftijd was trouwens ook een probleem. Hoe zou dit jonge, nog niet volgroeide lichaam reageren op de ingrijpende veranderingen die het zou ondergaan en hoe kon ze haar dochtertje daarop voorbereiden?

Gelukkig had ze nog even tijd. Het was niet nodig haar meteen met alle problemen tegelijkertijd te confronteren. Het was een hele opsteker dat Hilde al voor een deel haar normale levendigheid had teruggevonden. Ze babbelde honderduit terwijl ze samen de bedden verschoonden.

'Sorry, wat vroeg je?' Ze besefte dat haar dochter haar ongeduldig stond aan te kijken.

'Ben je doof aan het worden, mama? Ik vraag me af of je wel iets gehoord hebt van alles wat ik daarnet gezegd heb.'

'Als je wat ouder wordt, heb je het recht een beetje verstrooid te zijn', reageerde ze lachend. Ze gooide het hoofdkussen, dat ze net van een nieuwe sloop had voorzien, naar haar dochter, die haar prompt van antwoord diende en er ontstond een kort kussengevecht. Toen Carla buiten adem met een handgebaar liet verstaan dat het welletjes was en het hoofdkussen aan haar kant gladstreek en op de juiste plaats legde, herhaalde Hilde ernstig haar vraag.

'Ik vroeg of je nu al iets gedaan had aan die griezel die je overal volgt? Je ging hem toch aangeven bij de politie?'

'Nog niet. Er is ook zoveel gebeurd de laatste tijd.'

'Je doet het toch?'

'Ik heb nog altijd zijn nummerplaat niet. Het lijkt me ook een waanzinnig verhaal. Misschien geloven ze me zelfs niet.'

'Mij geloofden ze eerst ook niet. Maar toch moet ik doorgaan met mijn aanklacht. Jij moet dat ook doen. Die man kan gevaarlijk zijn.'

'Ik heb niet dat gevoel, maar het kan. Je hebt gelijk, waarom niet. Maar als hij iets kwaads in de zin had, dan zou hij waarschijnlijk al tot actie zijn overgegaan. Misschien is hij me gevolgd omdat ik hem aan zijn overleden vrouw doe denken, weet ik veel!'

'Lach er niet om, mama. Toen we naar de dokter gingen, was je zo in de war dat je bijna een ongeluk veroorzaakte. Die man hoeft zelfs niets te doen om gevaarlijk te zijn. Het feit dat je constant naar hem zit uit te kijken, is al genoeg.'

'Je hebt alweer gelijk. Hij maakt me inderdaad vreselijk zenuwachtig met zijn geheimzinnige gedoe. Weet je wat, we moeten vandaag toch naar die aardige inspecteur die zich met jouw dossier bezighoudt, dan zal ik het hem vertellen. Jij kunt mijn getuige zijn, je zag de man en merkte zijn verdachte gedrag immers ook op. Misschien weet die inspecteur wat ik kan doen.'

Terwijl ze verder het bed opmaakten en ze verstrooid luisterde naar de verhalen van haar dochter, besefte ze dat ze inderdaad
niet echt bang was voor die man. Wel intrigeerde hij haar. Ze
ergerde er zich vooral aan dat hij zich niet voorstelde. Als hij werkelijk contact met haar zocht, dat hij dan gewoon op haar toe
stapte en zijn mond opendeed. Meer dan hem afwijzen, kon ze
niet. Zover ze wist was er nog nooit een man gestorven aan het
oplopen van een blauwtje. Ze besloot straks nog even met Emma
te bellen voor ze naar het politiebureau gingen. Misschien had
ze zich intussen herinnerd waar ze die kerel vroeger nog had
gezien.

* * *

Emma maakte koffie in de keuken terwijl ze probeerde van daaruit het gesprek met Marie-Anne, die in de woonkamer aan de
tafel zat, toch aan de gang te houden.

Marie-Anne zag er erg bleek en moe uit. Ze had eerst gebeld
om te vragen of ze mocht langskomen. Dat zou ze normaal nooit
gedaan hebben. Marie-Anne wist dat ze altijd welkom was. Maar
na de beschuldigingen die ze hen de vorige keer naar het hoofd
had geslingerd, was Anne-Marie nu duidelijk opgelucht dat
Emma geen bezwaren had gemaakt. Fred was er nog niet, maar
Emma verwachtte hem elk ogenblik.

Arme Fred, zuchtte ze toen ze terugdacht aan wat hij haar had
bekend nadat Marie-Anne die dag kwaad vertrokken was. Hij
was volledig ingestort. Als een kind had hij gehuild. Emma had
hem laten uithuilen, getroffen door het verdriet van haar sterke
beer van een man.

Toen hij tot rust gekomen was, hadden ze een lang en goed
gesprek gehad. Fred had bekend dat hij verliefd was op Marie-
Anne. Maar had gezworen dat er niets was gebeurd. Hij had
Emma niet bedrogen, herhaalde hij steeds. Maar hij kon het niet
helpen dat de gedachten aan Marie-Anne hem niet loslieten. Hij

stond 's morgens op en dacht aan haar en ging 's avonds slapen met hetzelfde pijnlijke verlangen.

Hoewel Emma geschokt was door het feit dat haar vermoedens werden bevestigd, was ze er toch in geslaagd haar ontsteltenis voor hem te verbergen. Ze besefte maar al te goed dat ze op het punt had gestaan Fred te verliezen. Maar tegelijkertijd was er ook dat immense gevoel van opluchting geweest dat hij, ondanks haar afwijzing van zijn lichamelijke verlangens, nog steeds van haar hield.

Daarom had ze hem ook kunnen troosten, zonder jaloezie te tonen, zonder hem verwijten te maken. Ze hadden er zelfs samen om kunnen lachen, al was het niet uitbundig, dat grote, sterke Fred bekend had nog erger verliefd te zijn dan een losgeslagen tiener.

Fred had zich ook erg schuldig gevoeld dat hij door Marie-Anne en Hugo op de hoogte te willen brengen van de nakende inval, zijn baan op het spel zette en dat hij zo het welzijn van zijn gezin in gevaar bracht. Maar Emma had hem verzekerd dat hij er goed aan had gedaan Marie-Anne te waarschuwen! Zij dreigde immers in misdadige praktijken verwikkeld te raken waaraan ze niet schuldig was. De heftige, boze reactie van Marie-Anne op de beschuldiging aan het adres van Hugo had Emma nogmaals overtuigd dat haar vriendin nergens van op de hoogte was.

Fred zat er ook mee dat hij het huwelijk van Marie-Anne in gevaar had gebracht door haar zijn gevoelens kenbaar te maken. Op dat punt kon Emma hem geruststellen, over het huwelijk van Hugo hoefde hij zich geen zorgen te maken. Dat deed Hugo zelf ook niet, had zij er schamper aan toegevoegd. Fred had haar niet-begrijpend aangekeken. Wist hij dan niet dat Hugo al een hele tijd een verhouding had met Tamara? Had hij nog niet opgemerkt hoe die arme Werner daaronder gebukt ging? Nog iemand die te laat in de gaten had gekregen wat voor iemand Hugo werkelijk was.

'Emma?'

Marie-Anne stond in de deuropening.

'Sorry, ik was aan het dromen. De koffie is zo klaar. Kom maar hier zitten. We kunnen net zo goed hier op Fred wachten. Hij eet trouwens altijd iets wanneer hij thuiskomt. Hoewel zijn eetlust de laatste dagen niet zo denderend is. Maar ja, hoe zou dat komen?'

Marie-Anne sloeg haar ogen neer onder de verwijtende blik van Emma.

'Het spijt me.'

'Mij ook. Vooral omdat we vriendinnen zijn. Dat dacht ik toch.'

'Dat zijn we ook, Emma. Daarom is het juist zo erg. Ik weet dat het geen excuus is, maar er is niets gebeurd tussen mij en Fred. Dat zweer ik je.'

'Nog niet, bedoel je. Het zou er wel van gekomen zijn, of vergis ik me? Hoe zou je dat met onze vriendschap verzoend kunnen hebben?'

Het zwijgen van Marie-Anne was een duidelijk antwoord.

'Maak je maar niet te veel zorgen. Ik ben ook niet helemaal onschuldig.'

Marie-Anne keek verbaasd op.

'Heeft Fred het je niet verteld?' vroeg ze met hoorbare spanning in haar stem.

Ze schudde het hoofd van nee.

Emma haalde opgelucht adem. Fred had haar afwijzing voor alle seksueel contact gemakkelijk kunnen gebruiken om Marie-Anne in zijn bed te krijgen.

'Ik ga geen details geven. Maar er is tussen mij en Fred een probleem dat we al jaren meeslepen. Daardoor krijgt Fred niet waar hij recht op heeft. Het is volledig mijn schuld en ik heb er nooit iets aan willen doen.'

'Fred houdt van je, Emma. Daarom ging hij erg gebukt onder zijn gevoelens voor mij. Maak je echter geen zorgen meer. Wat vanaf het begin Fred en mij tot elkaar aantrok, had niets te maken met passie of seks. Het was gewoon omdat we zo goed met elkaar konden opschieten, met elkaar konden praten. Met

Hugo voel ik me altijd alleen. Wij zijn nooit echt samen als man en vrouw. Als we dan al met elkaar praten gaat het over de zaak of over zijn plannen, nooit over ons. Wat mijn plannen zijn, of wat ik verlang, komt zelden aan bod. Fred daarentegen kan erg goed luisteren.'

Emma zweeg. Hoe graag ze Marie-Anne ook zou zeggen dat Hugo haar niet waard was en dat ze hem beter kon verlaten, ze moest zwijgen. Zij had het recht niet iemand anders te veroordelen. Niet na al het onrecht dat zij Fred had aangedaan. Ze wist dat Hugo, net als zij, ook een moeilijke jeugd had gekend, al deed hij alsof hij dat uit zijn geheugen had gebannen.

'Wat ga je nu doen, Marie-Anne?'

'Ik beloof je dat ik Fred nooit meer zal ontmoeten.'

'Doe niet onnozel, daar had ik het niet over. Pas op, je moet me niet verkeerd begrijpen. Ik wil Fred niet verliezen. Maar als Fred me wil bedriegen, kan ik hem daar niet van weerhouden. Eerlijk gezegd heb ik daar misschien zelfs het recht niet toe. Ik hoop alleen dat het niet gebeurt.' Marie-Anne knikte en Emma ging verder. 'Ik had het over de inval in het bedrijf. Wat ga je doen?'

Marie-Anne aarzelde. Het zou zo gemakkelijk zijn alle schuld op Hugo te schuiven, zichzelf wit te wassen en in veiligheid te brengen. Maar dat kon ze, ondanks alles, niet doen.

'Hugo zegt dat er geen problemen zullen zijn.'

Emma trok haar wenkbrauwen op. 'Hoezo?'

'Hij kan alle beschuldigingen weerleggen.'

Marie-Anne wist dat ze Emma wat voorloog. Hugo was voor haar een vreemde geworden. Een gewetenloze man die haar steeds meer met afschuw vervulde.

* * *

Jos was met een vreselijk humeur thuisgekomen. Hij kon het niet verkroppen dat er onder zijn werkmakkers over zijn dochter en zijn gezin geroddeld werd. Carla had de kinderen een teken gegeven stil te zijn, hem met rust te laten en zo vlug mogelijk na het eten naar hun kamer te gaan, de beste manier om te voorkomen dat zijn humeur omsloeg in agressie. Ze kwam weer in de woonkamer nadat ze haar meisjes welterusten had gekust.

Vanavond wilde ze met Jos overleggen of ze de baby zelf konden houden en grootbrengen. Dat Hilde de zwangerschap wilde voldragen, had hij alleen aanvaard omdat hij bang was dat hij en Carla in Herentals over de tong zouden gaan als ze voor abortus kozen. Maar hij wilde dat ze het kindje meteen na de geboorte voor adoptie afstond. Carla ging hem nu proberen te overtuigen dat ze zelf het kindje zouden houden. Dat zou niet gemakkelijk gaan, maar het feit dat ze dan weer aan huis gebonden zou zijn, kon misschien voor hem de doorslag geven. Ze ging van dat argument handig gebruik maken.

De inspecteur was vanmiddag heel geduldig geweest met Hilde, die nogmaals haar verklaringen had herhaald en hij had haar niet op tegenspraak in haar verhaal kunnen betrappen. Hij was zelf vader en ergerde zich mateloos aan de arrogantie van de kerel die Hilde had misbruikt. Maar hij moest onpartijdig blijven, zei hij, want elk foutje in het onderzoek kon in een rechtszaak fatale gevolgen hebben.

Toen hij met Hilde klaar was, had Carla haar verhaal gedaan over de stalker. Hij had geduldig geluisterd en een paar vragen gesteld, maar het was duidelijk dat zijn interesse verslapte van het ogenblik dat hij begreep dat het niets met zijn zaak, de verkrachting van Hilde, te maken had. Hij had Carla wel de raad gegeven de nummerplaat van de vermoedelijke stalker te noteren. Hij zou dan nagaan of de eigenaar van de auto een gerechtelijk dossier had. Veel meer kon hij niet doen, er waren immers geen bedreigingen. De man had Carla zelfs nog niet aangesproken. Misschien waren die ontmoetingen louter toeval. En bij deze conclusie had hij het gesprek afgesloten.

Ze had spijt dat ze er met de inspecteur over had gesproken. Ze vreesde een beetje dat hij het verhaal van Hilde nu ook anders zou gaan bekijken. Wat als hij dacht dat zowel moeder als dochter een te rijke fantasie hadden? Maar daar was niks meer aan te veranderen en Hilde was in ieder geval gerustgesteld wat de stalker betrof. Haar dochter had al genoeg aan haar hoofd om zich daar ook nog mee bezig te houden.

In de woonkamer zat Jos hardop commentaar te geven op de panelleden van een spelprogramma. Hij kon niet tv kijken of hij moest over alles en over iedereen zijn mening kwijt. Soms ging hij zover dat hij met hen een eenrichtingsdiscussie begon. Het was vervelend, maar soms wel grappig. Vooral als hij zich echt druk begon te maken. Ze had het altijd een beetje gek gevonden dat een volwassen man zo tekeer kon gaan tegen een stom televisiescherm. Maar ze had geleerd er niets over te zeggen. Beter dat hij zich afreageerde op het scherm, dan op haar en de kinderen. Om hem niet te storen begon ze al aan de voorbereidingen voor enkele quiches. De volgende keer zou het clubje bij haar bijeenkomen en ze had besloten hen te verrassen met verschillende groentequiches, bereid met vetarme kaas en light room. De eieren kon ze niet vervangen maar ze had het aantal uit het recept, gehalveerd. Het tekort ving ze op door haar groentebereidingen extra lekker te maken en op een originele manier te kruiden.

'Ben je nu alweer aan het koken? Het lijkt wel of je er niet mee kunt ophouden.'

'Hier, proef maar eens. Een nieuw recept voor quiche.' Ze sneed wat van de quiche af die ze vanmiddag al gebakken had en presenteerde het op een bord. 'Een glaasje wijn?'

'Waarom niet.'

Hij genoot ervan dat ze de laatste dagen zo onderworpen, zo gedienstig deed. Haar gezaag over gaan werken en over die stomme club was nu tenminste afgelopen. En hij moest toegeven dat ze de zaak met Hilde goed aanpakte. Hijzelf zou niet geweten hebben hoe hij dat kind moest helpen. Maar daarnet had hij Hilde boven horen stoeien met Mieke, net of er niks aan de hand was. Er was dus toch nog iets dat Carla kon oplossen zonder dat hij het allemaal moest voorkauwen.

Carla ging naast hem zitten aan de hoek van de tafel.

'Ik heb vandaag nog een goed gesprek gehad met Hilde', zei ze na een korte stilte, terwijl ze zijn glas nog eens bijschonk. 'Over de adoptie.'

Hij antwoordde niet, dus ging ze verder.

'Ze heeft het er moeilijk mee dat ze het kindje nooit meer zal terugzien na de adoptie. Ze voelt zich daar schuldig over.'

'Daar is niets aan te doen.'

'Misschien wel.'

Nu kreeg ze zijn volle aandacht.

'Ik heb er met haar nog niet over gesproken omdat ik eerst met jou wilde overleggen. Maar misschien zouden wij de baby kunnen adopteren en zelf grootbrengen? Dan kan Hilde verder gaan met haar eigen, jonge leven en toch niet alle contact met haar kindje verliezen.'

Als verstomd bekeek hij haar met zijn mond vol quiche. Toen slikte hij door. 'Ben je nu helemaal kierewiet geworden? We hebben al vier kinderen! Is dat niet genoeg?'

'Overdrijf niet. We hebben ze allemaal gewild.'

'Jij hebt ze gewild. Jij bleef maar zagen om zwanger te zijn. Als het aan mij gelegen had, hadden we er na het tweede mee gestopt.'

'Maar zou het je geen pijn doen dat we ons eerste kleinkind niet zouden zien opgroeien? Dat we dat aan vreemden moeten afstaan en nooit zullen weten hoe het zich ontwikkelt?'

'Ik voel geen enkele band met dat kind. Als ik de rest van mijn leven geconfronteerd moet worden met het kind van die smerige snotneus uit de wijk, dan word ik gek. Het geroddel zal dan ook blijven duren. Vergeet het. Je weet niet waarover je praat.'

'Dat kind kan er toch niet aan doen? Het krijgt al een slechte start omdat het niet gewenst is.'

'Daar weet een baby niets van. Kijk maar naar Erik. Die wensten we ook niet en we hebben nooit problemen met hem gehad.'

'Wat zeg je? Natuurlijk wensten we Erik. Ik ben nooit zo gelukkig geweest als met ons eerste kindje.' Ze zag de afkeer in zijn blik. 'Jij dan niet?'

'Nee. Ik wilde wachten met kinderen. Een eigen zaak beginnen. Maar om die oude klootzak te overtuigen ons te laten trouwen en af te dokken, moest ik je wel zwanger maken.'

Carla kreeg het gevoel dat het bloed in haar lichaam stolde. Heel even kon ze geen adem krijgen. Haar stem was nauwelijks hoorbaar, terwijl ze haar woorden wikte. 'Bedoel je dat je me toen opzettelijk en bewust hebt zwanger gemaakt?'

'Dacht jij dat ik zo stom was om dat per ongeluk te doen? Ik wist toen al lang hoe ik mijn voorzorgen moest nemen als ik wilde neuken. Jij was nog een snotneus, je wist van niets.'

'Maar...'

Het kon er bij haar niet in dat Jos toen willens en wetens haar toekomst verkwanseld had. Ze had kunnen studeren, iets maken van haar leven. Ze hadden toch later kunnen trouwen, als ze meerderjarig waren? Dan had opa het niet meer kunnen beletten, misschien had hij Jos dan zelfs wel aanvaard!

'Wat sta je daar nu zo stom te gapen? Ik ben er hard genoeg voor gestraft. Ik zat aan jou vast en de ouwe bleef op zijn geld zitten. Zelfs nu hij gecrepeerd is kan ik er nog niet bij, godverdomme!'

Carla kon geen woord uitbrengen. Het was of zijn stem een echo was die eindeloos doorgalmde. Na enkele ogenblikken, die haar een eeuwigheid leken, vond ze haar spraak terug.

'Jos, ik was amper zeventien! Ik was veel te jong om moeder te worden.'

'Het is toch allemaal goed afgelopen? Heb je nog een stukje quiche? Ik was daarstraks te moe om te eten.'

Als een automaat sneed ze een nieuwe punt uit de quiche en schoof die op het bord dat hij omhoog stak. Ze had de grootste moeite om helder te denken. Waarom smeet ze de quiche niet in zijn gezicht?

Hij had dus nooit van haar gehouden. Zelfs toen niet. Hij had haar heel bewust zwanger gemaakt om via haar het geld van opa te pakken te krijgen. Opa had dus altijd gelijk gehad. Wat moest hij wel van haar gedacht hebben dat ze zo verblind was geweest en in elke ruzie de kant van Jos koos?

Stop, zei ze tegen zichzelf terwijl ze vocht om haar kalmte te herwinnen. Ze mocht hier niet verder op ingaan. Ze moest aan de kinderen denken, én aan het kindje van Hilde. Dit was niet het geschikte moment om ruzie te maken met Jos over hun huwelijk.

'Wat denk je erover?'

'Over wat?'

'Dat wij het kindje van Hilde zouden houden.'

'Dat heb ik je toch gezegd. Nooit! Je moet er dus ook niet over doorzeuren. Ik heb plannen voor de toekomst. Volgens mensen die ik heb geraadpleegd, zouden we geld kunnen lenen met dit huis als waarborg. Dan kunnen we een café overnemen in het centrum. Een kind kan dus zeker niet, begrepen? Ik wil dat je in de zaak werkt.'

Ze probeerde iets te zeggen maar blijkbaar had haar stem haar opnieuw in de steek gelaten. Ze zag dat Jos opstond. Hij moest blijven zitten, dan kon ze proberen verder op hem in te praten. Maar ze kreeg geen woord over haar lippen, die droog en koortsig aanvoelden.

'Ik ga in de woonkamer zitten. Als ik mijn buik vol heb, vind ik al die keukengeuren niet meer zo aangenaam. Maar het doet me plezier te zien dat je graag kookt. In het café dat ik ga openen, wil ik ook snacks en misschien wel een menu aanbieden. Wanneer ik je tegenwoordig in de keuken zo druk bezig zie, weet ik dat ik me daar alvast geen zorgen meer over hoef te maken. Ik heb gehoord dat de meeste koks echte dieven zijn als ze voor een baas werken. Dat probleem is dus al opgelost. Je zult je handen vol hebben met je huishouden en de zaak. Dus zet dat kind definitief uit je hoofd. Bel zo snel mogelijk de adoptiedienst en zorg dat alles geregeld is.'

Zonder haar de kans te geven nog iets te zeggen, nam hij zijn glas en de nog halfvolle fles rode wijn mee naar de woonkamer.

Hoofdstuk 11

Ondanks de toenemende spanningen met Jos en de toestand met Hilde, besloot Carla het weeg-avondje bij haar thuis toch te laten doorgaan. Ze had nu al een paar keren moeten afzeggen, straks zouden ze nog denken dat ze haar vriendinnen niet wilde ontvangen. Gelukkig had ze de bijeenkomst kunnen plannen op de avond dat Jos uitging met zijn werkmakkers. Voor hij thuis was, zou iedereen al lang vertrokken zijn.

Ze had de quiches aangevuld met enkele lekkere aperitiefhapjes en slaatjes en een kwarktaart met veel fruit erin. Het kleine buffet zag er heel appetijtelijk uit en ze popelde om haar gasten te ontvangen.

Toen ze vanmiddag naar de supermarkt was geweest om de witte wijn die haar vriendinnen zo graag dronken, had ze de man opnieuw gezien. Maar deze keer was het niet hij die haar volgde, zij had hem als eerste opgemerkt. Hij duwde onhandig een boodschappenkarretje met enkele aankopen voor zich uit en ze besloot hem te volgen en hem op veilige afstand te observeren. Helaas ging het na enkele minuten al mis en merkte hij haar op. Nog voor ze ervandoor kon gaan, knikte hij haar vriendelijk toe met een wat verlegen maar warme glimlach. Ze was zo geschrokken dat ze zelfs niet had teruggeknikt. Ze had zich omgedraaid en was in de tegenovergestelde richting vlug weggegaan. Toen ze wat later schichtig omkeek, zag ze dat de man zich naar de kassa begaf zonder verder enige aandacht aan haar te besteden. Vreemd genoeg voelde ze zich plots teleurgesteld.

De nieuwe ontmoeting intrigeerde haar, maar voor het eerst had ze niet meer dat bedreigende gevoel. Hij had haar immers vriendelijk toegelachen en toen ze daar niet op ingegaan was, had hij niet verder aangedrongen. Misschien was het dan toch een geheime aanbidder! Een paar maanden geleden zou ze dat niet voor mogelijk hebben gehouden. Nooit zou een man nog in haar geïnteresseerd zijn, dat had Jos haar goed ingeprent. Maar dankzij het dieet had ze helemaal geen moeite meer om haar gewicht in de gaten te houden. Ze zag er dan ook heel wat beter uit. Vandaag nog had ze kledingstukken naar een naaister moeten brengen om ze te laten innemen. Terwijl ze vroeger niets meer had om te dragen omdat ze te dik was, slodderden nu haar kleren rond haar afgeslankte heupen en borsten zodat het geen gezicht meer was. Nog een beetje geduld en ze zou de kleren van Ilse kunnen dragen! Ze had al stiekem een jeans gepast en het scheelde nog maar een paar centimeter!

Misschien was de waardering die ze dacht in de ogen van de man te hebben opgemerkt, dus gemeend? In ieder geval had ze aan de ontmoeting op een of andere manier een blij gevoel overgehouden en dat had ze nog steeds.

Ook met Hilde ging het de laatste dagen een beetje beter. Wat Carla nog wel verontrustte, was dat ze de zwangerschap totaal negeerde. Dat negeren zou weldra niet meer mogelijk zijn wanneer er merkbare veranderingen in haar lichaam plaatsvonden. Hopelijk zou ze haar toestand dan kunnen accepteren en verwerken terwijl ze die nu hardnekkig trachtte te verdringen. Maar Carla wilde, liever dan er met Hilde over te praten, alles even laten rusten. Maandag ging Hilde weer naar school. Ze was strijdlustig en vastbesloten zich door niemand meer van streek te laten brengen. Ze had zelfs gestudeerd in de hoop toch nog een aantal examens te kunnen afleggen zodat de druk van de herexamens wat minder zou zijn.

Een koude windvlaag bracht haar weer tot de realiteit.

'Doe jij je deur nooit op slot?' Emma kwam vlug binnen want het was hard beginnen te regenen. 'Ik dacht dat jij zo bang was voor die griezel die je overal volgt?'

'Ah, Emma! Daar ben je al. Bang, ik? Nee, ik wist toch dat jullie kwamen. Het is hier trouwens een veilige en rustige buurt.

Iedereen komt hier via de keuken, alleen de koning komt door de voordeur.' Ze gaven elkaar lachend een zoen.

'Alles oké met je?'

'Ik denk het toch.'

Carla keek haar vragend aan, want echt overtuigend klonk het antwoord van Emma niet.

'Alleen wat echtelijke zorgen. Maar we praten er samen over en dat is meer dan we de laatste jaren deden.'

'Goed van jullie! Met Jos is praten onbegonnen werk. Het lijkt wel of hij telkens watten in zijn oren stopt. Hij hoort gewoon niet wat ik zeg.'

'Gedraagt hij zich nu een beetje?'

'Voorlopig heb ik geen klachten. Maar ik voel dat de spanningen zich in hem opstapelen en lang zal het niet meer duren of het komt tot een uitbarsting, vrees ik. Het probleem met Hilde heeft daar natuurlijk mee te maken', voegde ze er verontschuldigend aan toe.

'Maar het is geen excuus om agressief te worden! Dat was de voorwaarde om je echtscheiding stop te zetten, weet je nog wel? Laat je dus niet doen! Je hebt je rechten.'

Voor ze kon antwoorden, kwam Marie-Anne samen met Tamara binnen. Carla nam hun drijfnatte jassen aan en hing ze over een paar keukenstoelen om te drogen. Terwijl ze zich over het slechte weer beklaagden, werden druk zoenen gewisseld. Het ontging haar nochtans niet dat Emma en Marie-Anne onwennig deden tegenover elkaar, terwijl Tamara, gewoon in jeans en een sportief truitje, extra uitbundig was.

Ze kenden elkaar nu goed genoeg zodat dergelijke details Carla meteen zouden opvallen. En toch hadden ze nog kleine geheimpjes voor elkaar. Emma zou nooit vertellen wat haar echtelijke problemen precies waren, daar was Carla zeker van. Hoe open van karakter ze ook was, over haar relatie met Fred sprak ze nooit.

Tamara was bij Els geweest en deed iedereen van haar de groetjes. Het ging beter met haar en ze sprak voor het eerst over haar vertrek uit het ziekenhuis. Carla besefte dat het gesprek met Hilde blijkbaar ook voor Els therapeutisch was geweest.

Marie-Anne snoof de lekkere geuren op en keek geïnteresseerd naar het grote ouderwetse kookfornuis. 'Wat een prachtig ding is dat toch! Waar komt het vandaan, Carla?'

'Ik weet het niet. Maar ik weet wél dat mijn oma een kokkin was en de feesten van rijke families verzorgde. Het is een Aga waarop je heerlijk kunt koken én het ding verwarmt tegelijkertijd de keuken! Eerst had ik er wat moeite mee omdat het zoveel plaats inneemt, maar nu zou ik het niet meer kunnen missen.'

'Het is in elk geval een heel duur ding dat je alleen vindt in gespecialiseerde zaken die van die chique keukens installeren. Het is de koningin der fornuizen en komt uit Engeland.'

'Dat kan best zijn, Marie-Anne, maar ik ben meer geïnteresseerd in wat Carla erop heeft klaargemaakt. Het ruikt hier inderdaad onwaarschijnlijk lekker.' Emma wendde zich tot Carla. 'Je bent toch niet vergeten dat we allemaal op dieet zijn?'

'Dieet? Welk dieet?' vroeg Marie-Anne met een onschuldig lachje. 'Ik moet bekennen dat ik er de laatste tijd niet meer zoveel aandacht aan schenk. En toch nog altijd vermager.'

'Nadat je een tijd een streng dieet hebt gevolgd, neemt het hongergevoel af. Kijk maar naar mij. Ik vermager ook nog altijd en het kost me helemaal geen moeite meer.' Emma draaide rond om zich te laten keuren en hield de tailleband van haar rok van zich af om te laten zien hoe los die wel zat.

'Genoeg, opscheppers!' onderbrak Tamara de demonstratie. 'Laten we vlug op de weegschaal gaan staan want ik het water loopt in mijn mond van al dat lekkers. Ik zal ook maar meteen bekennen, voor jullie me dadelijk uitlachen en commentaar geven, dat ik ben aangekomen. Maar ik trek het me niet aan!' Ze voorkwam hun vragen met een geruststellend gebaar. 'Ik vertel jullie straks wel waarom. Vooruit, wie begint?'

Ze gingen alle vier achtereenvolgens op de weegschaal staan, Tamara noteerde zoals gewoonlijk de resultaten en gaf daarna verslag: 'Carla, twee en een halve kilo minder. Het record van vanavond. Bravo! Emma, min één kilo vijfhonderd. Dat kan beter', plaagde ze. Emma wilde protesteren maar Tamara ging gewoon verder. 'Marie-Anne, net geen halve kilo kwijt. Dus je valt ondanks je gebrek aan eetdiscipline inderdaad nog af. Pas toch maar op of je komt weer aan en je staat volgende keer met rode kaken.'

Marie-Anne haalde haar schouders op.

'En dan het belangrijkste: Els heeft me trots verteld dat ze twee kilo is aangekomen! Dat moest ik voor haar noteren met heel veel uitroeptekens erbij.'

Wat ze dan ook deed terwijl de anderen toekeken, blij om dit signaal dat Els eindelijk een positief zelfbeeld kreeg.

'Moment! En jijzelf?' vroeg Carla toen Tamara vervolgens haar notities opborg.

'Dat vertel ik pas bij een drankje. Het is te belangrijk om zomaar tussendoor te vertellen.'

Carla begon meteen de hapjes te serveren die ze als voorgerechtje had klaargemaakt. Daarna schonk ze ieder een glaasje witte wijn uit en ze wachtten in spanning op wat Tamara te vertellen had.

'Ik zal maar met de deur in huis vallen', besloot Tamara na een korte aarzeling. 'Na al die jaren huwelijk, ben ik, zij het vrij onverwacht, zwanger.'

Omdat er niet onmiddellijk reacties kwamen, ging ze opgewekt verder. 'Ik ga tijdelijk ophouden met acteren en me de eerste drie jaar uitsluitend met mijn kindje bezighouden. Met andere woorden, bye, bye Bianca, hier is de nieuwe Tamara!'

Marie-Anne besefte dat iedereen zich inhield om Tamara te feliciteren en werd opnieuw overvallen door een immense pijn en onmacht. Niet alleen omdat haar verlangen naar een baby zo uitzichtloos was geworden, maar ook omdat haar vriendinnen probeerden met haar gevoelens rekening te houden.

'Geen zorgen over mij. Ik wist het al en ik ben heel blij voor Tamara. Echt!' Met tranen in de ogen stond ze op en ging Tamara omhelzen. Ze gaven elkaar een extra warme knuffel waarna de anderen opgelucht haar voorbeeld volgden en op hun beurt Tamara in hun armen sloten.

Het was een uniek, emotioneel moment waarin ze de vreugde van het moederschap met elkaar deelden. Die wonderbaarlijke gebeurtenis die vrouwen over heel de wereld met elkaar verbindt, zowel in blijdschap als in verdriet.

Daarna borrelde de spirit van vrouwen weer op en Tamara, die zoals altijd ervan genoot het middelpunt van de belangstelling te zijn, moest honderduit vertellen hoe ze zich voelde en wanneer het kindje kwam. Alleen Emma zat er wat stil bij. Ze vroeg zich af of Hugo of Werner de vader was? Missschien wist Tamara het zelf niet eens. Maar aangezien ze zich geen zorgen bleek te maken, zou alles wel in orde zijn.

Ondertussen had Carla iedereen bediend van het warme en koude buffet en het werd stil rond de gezellige keukentafel. Het enige dat je nog hoorde, was het geluid van bestek dat tegen de borden tikte. Carla werd er ongemakkelijk van.

'Jullie zijn zo stil? Is het niet lekker?'

Haar vraag werd prompt beantwoord door woorden van waardering dat het buitengewoon lekker was, dat ze meer wilden weten over de recepten en hoe ze het moesten klaarmaken. Toen bleek dat het ook nog best meeviel wat calorieën betrof, kon het enthousiasme niet op. Iedereen wilde een tweede portie en Carla glunderde.

'Kook je echt zonder kookboek?' vroeg Tamara.

'Ja. Pas op, ik lees wel kookboeken om nieuwe ideeën op te doen. Maar koken doe ik zuiver op gevoel.'

'Ongelooflijk. Dit is professioneel werk. Hier moet je wel de hele week mee bezig geweest zijn, of niet?'

'Helemaal niet. Ik heb hoogstens een keer of twee wat receptjes uitgeprobeerd. Maar het koken zelf heb ik pas vanmiddag gedaan. En ik ben nog gaan winkelen ook.'

'Wel, proficiat. Je zou kok kunnen worden. Of een traiteurszaak openen. Of tv-kokkin worden en boeken uitgeven. Kind, je zou binnen een paar jaar schatrijk worden! Heb je nooit zin gehad om er je beroep van te maken?'

'Niet echt, Emma. Ik zat ook direct in de kleine kinderen. Maar toen ik nog bij Marie-Anne werkte, kookte ik wel een beetje voor het personeel.'

Marie-Anne maakte van de gelegenheid gebruik om haar extra in de bloemetjes te zetten, en ook om te zeggen dat ze het jammer vond dat Carla het werken had opgegeven.

'Ze praten er nog altijd over. Carla wordt gemist in het bedrijf. Ze deed haar werk prima. Van mij mag ze direct terugkomen.'

'Ik zou wel willen. Maar Jos is er erg tegen. En met die toestand met Hilde blijf ik voorlopig beter thuis. Ik zou het ook liever anders willen. Ik vond het zalig elke dag onder de mensen te zijn.'

'Waarom begin je niet hier thuis als traiteur? Mensen komen wel naar hier als ze weten wat voor lekkere dingen je klaarmaakt. En je zou kunnen cateren op feestjes.'

'Dat zou fantastisch zijn. Maar Jos heeft helaas andere plannen. Hij wil een café beginnen in het centrum.'

Ze merkte dat de anderen stiekem blikken van verstandhouding met elkaar wisselden.

'Ik moet hem helpen in de zaak. De nodige croque-monsieurs maken, en de afwas doen, schoonmaken en als ik me gedraag, mag ik zelfs wel eens soep maken.' Ze hoorde hoe bitter ze klonk en probeerde het af te zwakken. 'Hij denkt er zelfs aan om een dagschotel te serveren. Dan kan ik mijn kooktalent toch ook demonstreren?'

'Een dagschotel klaarmaken kan iedereen, jij kunt veel meer en beter. En wat gaat Jos ondertussen doen? Aan de toog zitten zagen en zuipen met de klanten en jou je laten doodwerken?'

Iedereen keek verbaasd naar Emma, die zelden zo agressief uit de hoek kwam. Ze verdedigde zich dan ook meteen.

'Het is toch waar. De slechtste cafébaas is een cafébaas die drinkt. Als ik Carla was, zou ik me met hand en tand verzetten tegen dat idee. Café houden is hard werk, het verdient slecht in verhouding tot de werkuren en het is fataal voor je gezinsleven.'

Marie-Anne en Tamara traden Emma bij. Ook zij vonden dat

een traiteurszaak Carla betere toekomstperspectieven bood. Bovendien, Jos had werk bij de stad. Dat gaf zekerheid en een goed pensioen. Hij zou het daar beter bij houden.

'Ik weet dat allemaal wel. Maar Jos wil altijd overal de baas zijn. Dus "mijn" traiteurszaak kan ik sowieso vergeten. Ik hoop alleen dat ik hem het café uit zijn hoofd kan praten, want ik ben inderdaad bang voor zijn agressie als hij gedronken heeft.'

'De klanten zullen dat niet pikken zoals jij altijd hebt gedaan.'

Emma zag dat de botte, maar niettemin juiste opmerking van Tamara voor Carla hard aankwam en besloot het gesprek op een ander onderwerp te brengen. Carla kon het ook niet helpen dat haar man een bruut was.

'Hoe zit het intussen met het onderzoek naar die kerel die je achtervolgt? Ben je daar al iets mee opgeschoten?'

Iedereen wilde daar natuurlijk het fijne van weten. Carla liet het verhaal aan Emma over en zorgde ondertussen dat de glazen gevuld werden. Marie-Anne en Tamara herinnerden zich nu inderdaad de man van hun avondje uit in Antwerpen en Carla moest lijdzaam hun plagerijen ondergaan. Dat hij zo verlegen was, kwam zeker door het feit dat ze zich die avond allemaal zo uitdagend hadden gedragen. Ja, Carla ook! Ze moest dus niet komen klagen als ze die man hitsig had gemaakt. En ze kon maar beter uitkijken, wie weet wat die kerel van plan was. Maar Carla was er na de ontmoeting van vandaag zo goed als zeker van dat hij geen slechte bedoelingen had en inderdaad een soort stille aanbidder was. De glaasjes wijn volgden elkaar in hoog tempo op. Terwijl de taart werd aangesneden, kwamen ze overeen om goed uit te kijken naar de geheimzinnige man en, als ze er de kans toe kregen, zouden ze hem aanspreken. Het mysterie moest opgelost worden.

De lekkere taart waarvoor Carla weer geprezen werd, bracht het gesprek opnieuw op het oprichten van een eigen zaak met alle voordelen, maar ook met alle problemen die dat meebracht. Toen de rompslomp van de administratie ter sprake kwam, wees Marie-Anne erop dat een eigen zaak beginnen niet te onderschatten viel. Ze kon erover meepraten, voegde ze er ernstig aan toe. Ze had zich al de hele avond afgevraagd hoe zij de op til zijnde inval in hun bedrijf zou kunnen aankaarten. Dit was dé kans. Ze vreesde dat haar vriendinnen het haar zouden verwijten als ze het nieuws via de Herentalse roddelkanalen zouden vernemen, of erger nog via Emma die haar mond had voorbijgepraat. Ze bracht hen liever zelf op de hoogte en vertelde dat hun bedrijf momenteel door de overheidsdiensten nauwlettend gecontroleerd werd. Als je als zelfstandige veel geld begon te verdienen, kon je dat natuurlijk verwachten, was de uitleg die ze eraan gaf.

'Ben je zenuwachtig?' vroeg Tamara, die zich niet kon voorstellen dat je door al die toestanden niet doodsbang werd. Ze haatte alles wat met geld of belastingen te maken had. Werner regelde dat allemaal voor haar en het was al voldoende dat hij er iets over zei om haar helemaal van streek te maken.

'Natuurlijk. Maar ik weet dat ik niets fouts heb gedaan. Toch niet opzettelijk. Dus zal het wel meevallen. Maar als je handel drijft met het vroegere Oostblok ben je nooit zeker van hetgeen je te wachten staat. Wat die ginder allemaal uitspoken! Ik vermoed dan ook dat de problemen zich daar zullen voordoen. Hugo regelt die kant van de zaak en ik hoop dat hij niet het slachtoffer wordt van hun mentaliteit.'

Ze zag de geruststelling in de blik van Emma, die haar met een knikje aanmoedigde.

'Dus, schrik niet te erg als er gekke dingen verteld worden over mij, Hugo en ons bedrijf. Hecht er geen geloof aan. Wat er ook gebeurt, ik zal jullie eerlijk over de gang van zaken inlichten.'

'Niet nodig', suste Carla. 'We weten allemaal dat jij nooit met opzet iets verkeerds zou doen.'

Ze twijfelde of ze Marie-Anne op de hoogte moest brengen van het telefoontje van Hugo dat ze had afgeluisterd. Stel je voor dat het onderzoek niet over de bedrijfsadministratie ging, maar over zijn verdachte connecties. Ze besloot, vanavond althans, nog te zwijgen.

Tamara was erg stil geworden. Nu snapte ze waarom Hugo de laatste tijd zo weinig tijd had om haar te zien. Hij had dus problemen op de zaak. Als het niet zo rampzalig was voor Marie-Anne, zou ze bijna gaan wensen dat de overheid inderdaad bezwarende dingen vond. Dan zou hij wel moeten inbinden. Misschien zelfs de gevangenis in moeten. Dat zou nog niet zo slecht zijn want ze voelde zich nog altijd heel onbehaaglijk over de manier waarop hij haar bedreigd had. Alles wel beschouwd had ze zelfs nog het liefst dat hij geen nieuwe afspraken met haar maakte. Ze moest nu in de eerst plaats aan haar kindje denken.

Arme Marie-Anne, als ze eens wist... Niet alleen verzweeg Hugo zijn sterilisatie, hij bedroog haar met andere vrouwen. Want geloven dat zij de enige was bij wie hij aan zijn trekken kwam, zo dom was ze niet. En nu was ze er ook zeker van dat hij smerige zaakjes deed achter haar rug om. Ze was dikwijls getuige geweest van geheimzinnige telefoontjes en zakelijke afspraakjes op te late uren en op heel rare locaties. Ze had altijd vermoed dat daar een geurtje aan zat. Maar toen had ze dat wel spannend gevonden.

Terwijl Emma haar glaasje wijn leegdronk en Carla, die zich haastte om bij te schenken, glimlachend liet begaan, dacht ze aan Fred. Ze hoopte dat alles goed zou aflopen voor hem. Het zou zo oneerlijk zijn mocht zijn carrière bij de belastingen in gevaar gebracht worden omdat hij Hugo geïnformeerd had. Hij had het immers alleen gedaan om Nick een kans te geven in de eerste ploeg en om Marie-Anne te beschermen tegen die mogelijke inval.

Ze werd elke dag trotser op Fred en wilde echt proberen iets te doen aan haar probleem. Ze wilde hem immers niet verliezen. Ze had beloofd dat ze bereid was, samen met hem, in therapie te gaan. Maar hij moest haar tijd gunnen om aan het idee te wennen en een goede dokter te zoeken. De angst voor de gesprekken drukte zwaar op haar, maar telkens als ze haar belofte wilde intrekken, dacht ze eraan hoe Fred zichzelf al heel zijn leven wegcijferde en besloot ze vol te houden. Ze moest een voorbeeld nemen aan Els. Die had het ook heel moeilijk met haar therapie, maar maakte toch geleidelijk aan vorderingen en had zelfs Hilde kunnen helpen. Ze moest volhouden want ze wilde in geen geval Fred verliezen. Ze besefte nu maar al te goed hoe reëel de kans was geweest dat ze hem aan Marie-Anne had moeten afstaan.

Toen ze eindelijk aanstalten maakten om naar huis te gaan, was het al laat. Het was Marie-Anne opgevallen dat Carla, ondanks de gezellige sfeer, zenuwachtig naar de klok begon te kijken. Omdat ze dacht dat Carla een ontmoeting tussen Jos en haar vriendinnen liever wilde vermijden, had ze als eerste het sein gegeven om op te stappen. Carla pakte voor elk nog een stuk quiche en een stuk taart in.

Terwijl ze in de keuken elk spoor van het gezellige avondje zorgvuldig deed verdwijnen, dacht Carla hoe leuk het zou zijn als Jos erbij was geweest. Zoals Fred en Hugo de vorige keren. Misschien dat de vele lofbetuigingen van haar vriendinnen hem eindelijk tot betere gedachten zouden hebben gebracht. Zodat hij zou beseffen dat ze wel degelijk iets waard was. Jos was echter momenteel niet te vertrouwen. Hij had haar haar greep naar zelfstandigheid na de dood van opa nog steeds niet vergeven. Zijn agressie hield hij onderdrukt, maar die was niet verdwenen.

* * *

Fred volgde aandachtig de jonge spelers die een oefenpartijtje speelden. Er waren een aantal beloftevolle kereltjes bij die luid werden aangemoedigd door enkele ouders die nu al dachten dat hun kind een toekomstige Beckham was. In principe had Fred daar niets op tegen, maar al te vaak werden hun aanmoedigingen ontsierd door onsportieve opmerkingen wanneer een tegenstander hun wonderkind de bal afsnoepte of een fout tegen hem beging. Er zat in elk geval genoeg jong talent in de club, stelde hij met terechte trots vast. Tenslotte was dat ook een beetje zijn werk. Hopelijk zouden de problemen die Taxandria ongetwijfeld te wachten stonden geen al te nadelige invloed hebben op de succesvolle jeugdwerking. Er was zoveel inspanning en geduld voor nodig om jongeren op te leiden en ze vervolgens in eigen rangen te houden als ze eenmaal een bepaald niveau hadden bereikt. Fred mocht gerust van zichzelf zeggen dat hij een goede kijk had op talent uit eigen kweek. Dat er sinds Hugo hoofdsponsor was geworden steeds meer aangekochte spelers opgesteld werden in de eerste ploeg, spelers waarvoor Taxandria een leasecontract met hem afsloot, vond Fred een onverstandig sportief beleid. Talentvolle elementen van eigen kweek zagen door die aankopen hun kans om door te stoten aan hun neus voorbijgaan. Persoonlijk vond hij die leasingcontracten trouwens een soort moderne vorm van slavenhandel. De jongens verdienden een redelijk inkomen, dat wel, maar het was Hugo die de contracten afsloot en die het grote geld opstreek bij eventuele transfers.

'Heb je straks even tijd voor me?'

Fred werd uit zijn gedachten opgeschrikt door de stem van Werner.

'Nog een paar minuutjes en de training is hier afgelopen. Ik kom naar de kantine. Bestel maar alvast.'

Na zijn gesprek met de voorzitter besefte Werner dat er zware onweerswolken boven Taxandria hingen. Hij ging naar de kantine, bestelde twee biertjes en zocht een rustig plekje waar ze ongestoord konden praten.

De laatste tijd gebeurde het wel vaker dat hij en Fred in de kantine samen nog iets dronken. De vriendschap die gegroeid was tussen hun echtgenotes had ook hen dichter bij elkaar gebracht. Bovendien speelde de bezorgdheid over de toekomst van Taxandria die ze samen deelden een belangrijke rol.

'Jeugdwerking zou gemakkelijk zijn als er geen ouders waren. Heb je ze weer bezig gehoord? En dan proberen wij die jonge voetballers sportiviteit bij te brengen.'

Fred ging zitten en nipte van het drankje dat Werner voor hem had besteld.

'Ik ben bij de voorzitter geweest', begon Werner het gesprek zonder omwegen. 'Heeft hij jou ook bij zich geroepen?'

'Nee. Maar ik kan me voorstellen waarover het ging. De problemen met onze sponsor?'

Werner knikte.

'Het verbaast me dat de voorzitter daar openlijk over spreekt. Het is een gevoelig onderwerp.'

'Je moet van onze voorzitter geen finesse verwachten, Fred, dat weet je zelf ook wel. Het is een man zonder de minste diplomatische, juridische of fiscale bekwaamheid, die, gelukkig voor hem, al jaren een goedlopend bedrijfje heeft. Dankzij de juiste voormannen die het voor hem leiden en omdat hij zo slim is geweest de geldinbreng in zijn zaak privé te houden.'

'Dat is ook de reden dat zijn zonen eruit zijn gestapt. Het ontbreekt hem aan expansiedrift. Conservatief van de ergste soort.'

'Daarom is het zo verbazend dat hij Taxandria bij wijze van spreken met haar en huid heeft overgeleverd aan Hugo, die wel bezeten is door expansiedrift. Tot in het extreme toe.'

'De liefde voor Taxandria doet gekke dingen met de mensen van Herentals. Vergeet het niet, in hun ogen zijn we toekomstige competitie- en bekerwinnaars. Onze voorzitter is de grote voortrekker van die groep dromers. Hoe bescheiden hij ook is in het runnen van zijn bedrijf, zo ambitieus is hij voor zijn club. Ik geloof dat hij koste wat het kost zijn zonen wil bewijzen dat hij het wél groots kan zien.'

'Onder invloed van Hugo?'

'Ja. Alhoewel de droom voor Taxandria ook bij hem heel diep zit. Maar zonder Hugo zou zijn droom niet te realiseren zijn. Daarom heeft Hugo zoveel macht in handen gekregen.'

'En daar ligt nu net het probleem, is het niet?'

Er viel een stilte. Fred maakte zich zorgen dat de voorzitter te veel aan Werner had verteld. Hij had hem uitdrukkelijk om discretie gevraagd, zijn job kwam in gevaar als zou uitlekken dat meerdere mensen op de hoogte waren van de nakende inval in het bedrijf van Hugo. Hij besloot de knoop door te hakken.

'Sponsoring zoals we die nu kennen bij Taxandria, kan altijd ernstige problemen veroorzaken. En ik heb de voorzitter daar dan ook op gewezen.'

'Juist. Maar dat is niet wat hij me vertelde.'

Fred trok zijn ruige wenkbrauwen op en Werner ging verder.

'Luister, ik ga open kaart met je spelen. Ik vrees dat discretie onze voorzitter vreemd is. Hij liet me tijdens ons gesprek duidelijk verstaan dat Hugo, en Taxandria dus ook, eerstdaags problemen met de overheid kan verwachten. Hij impliceerde dat iemand met een hoge functie bij de belastingen daarover uit de biecht had geklapt. Iemand die ook in het bestuur van Taxandria zit.'

De reactie van Fred sprak boekdelen. Zijn gezicht trok wit weg en met een diepe zucht zette hij zijn glas neer.

'Pas op, Fred. Hij ging niet zover dat hij een naam noemde. Maar als hij die informatie zo gemakkelijk verdervertelt, dan loopt die informant natuurlijk gevaar. Zeker als hij Hugo ook geïnformeerd zou hebben. Of heb ik het verkeerd?'

Fred knikte nauwelijks merkbaar.

'Maar iemand die gewaarschuwd is, kan maatregelen nemen tegen de loslippigheid van onze brave maar naïeve voorzitter, niet?'

Weer knikte Fred, terwijl hij langzaam weer wat kleur kreeg.

'Dan wil ik er verder geen woorden meer aan vuilmaken. Weet in elk geval dat ik het verschrikkelijk zou vinden als iemand als Hugo anderen met zich zou meesleuren in de vernieling.'

'Bedankt, Werner. Ik zal onmiddellijk maatregelen nemen. Maar ik ben bang dat de gevolgen voor Taxandria catastrofaal zullen zijn. En dat spijt me vooral voor mensen zoals jij die zich met hart en ziel inzetten voor de ploeg.'

'Voor mij is het een deel van mijn baan als kinesitherapeut. Voor jou is het bijna een levenswerk waar je terecht trots op mag zijn. Dat is veel erger.'

'Tot voor kort was ik ook trots. Nu begin ik me steeds meer zorgen te maken. Het zit goed fout met Hugo en dus ook met Taxandria. En het gaat hier niet alleen over wat belastingontduiking, geloof me.'

Nu was het de beurt aan Werner om bezorgd te kijken. Hij dacht onmiddellijk aan Tamara. 'Weet Emma van al die toestanden?'

'Ja. Maar die kan zwijgen.'

'Ook tegen haar vriendinnen? Het klikt goed in dat groepje.'

'Emma zal nooit iets doen of zeggen dat mij in gevaar brengt. Maar ik vind het vreselijk dat iemand als Marie-Anne door Hugo...'

Hij maakte zijn zin niet af maar Werner wist waar hij op doelde. Marie-Anne was veel te goed voor een man als Hugo.

'Niets aan te doen, helaas. En, Fred, als ik jou was zou ik de voorzitter toch intomen. Je waarschuwing heeft hem zodanig geschokt dat hij niet meer weet wat te doen. Wijs hem op zijn zwijgplicht voor het te laat is.'

'Ik ga nu meteen naar hem toe. Bedankt dat je me hebt gewaarschuwd.'

Werner wuifde het dankwoord weg.

Fred haastte zich naar het bureau van de voorzitter. Voor Werner was de zaak hiermee afgesloten, maar voor hemzelf nog lang niet. Als hij er zonder kleerscheuren afkwam, mocht hij al blij zijn. Het kon nu niet anders of de inval moest versneld doorgaan zonder dat de accountants van Taxandria nog de gelegenheid zouden krijgen om een of ander voor te bereiden, zoals hij de voorzitter eerst gesuggereerd had. Maar vooral zonder Hugo te informeren over het tijdstip, ondanks het feit dat hij het, onder druk weliswaar, beloofd had. Zelfs Marie-Anne zou hij niet inlichten, al deed deze beslissing hem nog zo veel pijn.

Alleen als hij de inval onmiddellijk liet plaatsvinden, kon hij misschien camoufleren dat de actie op voorhand was uitgelekt.

Zo niet zou het er heel slecht kunnen uitzien voor hem en zijn gezin.

* * *

'Ik wil niet dat je achter mijn rug om mensen uitnodigt. Dat weet je verdomd goed! Al wat ze doen is roddelen over ons.'

Een onschuldige opmerking van een buurvrouw die had gezien dat Carla gisteravond bezoek had gekregen, was de aanleiding geweest om Jos op stang te jagen. Hij had natuurlijk weer gedronken na het werk en zat tijdens het eten de hele tijd af te geven op Carla en de kinderen. Zijn houding werd met de minuut agressiever en Carla spoorde met schichtige blikken de kinderen aan dat ze moesten voortmaken met eten, want je kon zo aanvoelen dat er een uitbarsting op komst was.

'Ik wilde je daar niet mee lastigvallen', probeerde ze hem te kalmeren terwijl ze haar stem zo onderdanig mogelijk liet klinken. 'Je had net je avondje uit met je werkmakkers.'

'Toch een vreemd toeval, vind je niet? Juist op de avond dat jij die trutten uitnodigt, ben ik niet thuis. Hoe zou dat toch komen?'

Op zijn sarcastische uitlatingen wilde Carla liever niet reageren, zo ervaren was ze wel geworden in dergelijke situaties. Maar hij bleef haar maar uitdagen, zijn geliefkoosde tactiek.

'Je gaat me toch niet proberen wijs te maken dat die bijeenkomst pas op het laatste ogenblik en geheel onverwacht uit de lucht is komen vallen?'

'Maar nee. Het moet me gewoon ontgaan zijn dat ik het je niet verteld heb. Sorry, Jos.'

'Horen jullie dat?' Hij richtte zich tot de kinderen. Ze durfden niet op te kijken. 'Het is jullie moeder gewoon ontgaan dat ze hier een troep vreemden had uitgenodigd. Terwijl ik haar klaar en duidelijk heb verboden nog met die stomme wijven om te gaan. En dan hoopt ze dat ze er zich vanaf kan maken met gewoon een sorry!'

'Het is toch niet zo erg, papa', kwam Hilde sussend tussenbei-
de, ondanks de dwingende blik van Carla dat ze zich erbuiten
moest houden. 'Het was maar een avondje met vriendinnen. Ze
hebben waarschijnlijk de hele tijd gezeurd over hun gewicht.
Meer niet.'

'Bemoei je er niet mee, snotneus. Het is niet voor niks dat je in
de problemen zit. Een avondje onder vriendinnen! Jij had ook
maar een avondje met je vriendje, is het niet? Of moet ik zeggen,
een avondje onder je vriendje! Je bent geen haar beter dan zij.'

'Laat haar erbuiten, Jos!' riep Carla.

'Hou je smoel, godverdomme!' en met één hand veegde hij
een aantal borden, glazen en bestek van tafel.

Mieke begon te jammeren en vluchtte, gevolgd door Ilse, de
keuken uit. Net op het ogenblik dat Hilde ook wilde wegglip-
pen, greep Jos haar in de nek. Ze schreeuwde het uit van pijn en
angst.

'Laat haar los! Ze heeft je niets misdaan. Ik ben de schuldige.
Werk je woede op mij uit.'

'Jullie sleuren allebei mijn naam door het slijk! Jij en die slet
hier! Dat hoerenjong dat zich laat bepotelen en nu met de gevolgen zit. Denk je dat ik niet gezien heb hoe ze in de wijk met haar
kont naar de jongens staat te draaien? Zo moeder, zo dochter!
Hoeren!'

Met volle kracht duwde hij Hilde van zich af en keerde zich nu
tegen Carla, die zijn slagen wanhopig met haar armen probeerde
op te vangen, terwijl ze achteruitweek.

'Heel mijn leven heb je naar de kloten geholpen! En nu wil je
dat ik opdraai voor een bastaard! Nooit! Ik verzuip dat jong! Dat
doen ze met een nest katten ook.' Hij draaide zich plots om naar
Hilde, die dichterbij gekomen was in een poging haar moeder te
beschermen. 'Heb je me gehoord, stuk ongeluk!'

'Laat mama met rust! Ik ben niet bang! Zatlap!'

'Wat!' Jos keerde zich nu tegen Hilde. 'Hoe durf je! Hoerenjong!' Hij sloeg haar met volle kracht in het gezicht, waarna hij
een reeks slagen uitdeelde die haar deden ineenkrimpen van de

pijn. Het leek erop dat ze net als haar moeder alleen de slagen wilde ontwijken en ze willoos zou laten begaan. Maar plots kwam haar hele lichaam in opstand en alle frustratie die ze de laatste weken had moeten verbijten, ontplofte in een uitzichtloos verzet tegen de brute macht van haar vader. Hysterisch gillend sloeg ze wild met gebalde vuisten naar hem.

'Zuiplap! Hiervoor zul je boeten! Je gaat eruit! We willen je hier niet meer! Trap het af!'

Jos, verrast door zoveel ongecontroleerd geweld van zijn dochter, stond een ogenblik perplex en liet de vuisten van Hilde op hem neerbonken. Maar toen greep hij haar met een immense kreet van vervloeking bij de polsen. Het was ijzingwekkend. Geparalyseerd begon Hilde te jammeren van angst, van helse pijn.

'Laat haar met rust, Jos. In godsnaam, denk aan het kindje.'

Als antwoord kreeg Carla een harde, droge vuistslag in het gezicht waarop ze hevig uit haar neus bloedend neerzeeg. Hilde, die hij had losgelaten, wilde naast haar moeder knielen om haar te helpen. Maar Jos gaf Hilde die kans niet en greep haar bij het haar en sloeg haar, keer op keer, volop in het gezicht. Toen ze zich bukte in een radeloze poging om haar gezicht te beschermen, terwijl ze verwoed naar hem stampte om hem op een afstand te houden, haalde hij extra hard uit en de slag kwam op haar buik terecht. Een scherpe gil en een seconde lang leek de wereld stil te staan. Toen gleed ze, zonder nog een kik te geven, tegen de kast onderuit. Haar gezicht werd asgrauw en haar ogen draaiden weg tot alleen het wit nog zichtbaar was.

'Je hebt haar vermoord!' gilde Carla terwijl ze op haar knieën naar haar dochtertje toe kroop. Toen hoorde ze de sirene van een politiewagen aanzwellen. Godzijdank. Jos rende naar de keukendeur waar hij in de armen liep van de gealarmeerde politiemensen. Ilse had de politie gebeld.

* * *

Op de spoedafdeling hadden Carla en Hilde de eerste zorgen toegediend gekregen. Carla vreesde eerst dat haar neus gebroken was, maar dat was gelukkig niet het geval. Hilde kreeg een hechting boven haar wenkbrauw en haar ogen waren gezwollen. Maar toen werd vastgesteld dat ze bloed verloor en er misschien een miskraam dreigde, was er een vrouwenarts bijgeroepen. Na het onderzoek, waar Carla zelf niet bij aanwezig mocht zijn, kwam de dokter haar vrij koel melden dat de zwangerschap wel in gevaar was, maar dat er toch een kansje was dat het goed kwam. Hij aarzelde even en vroeg toen heel bedachtzaam of Carla het misschien verkoos dat hij meteen ingreep? Gezien de leeftijd van de jonge moeder waarschijnlijk de beste oplossing, opperde hij. Een geluk bij een ongeluk misschien?

Carla had hem ontsteld aangekeken, niet begrijpend wat hij bedoelde. Nauwelijks zijn ongeduld verbergend, had hij haar uitgelegd dat hij met een ingreep de zwangerschap onmiddellijk kon beëindigen. Dat was momenteel medisch verantwoord, al konden ze de zaak nog op zijn beloop laten. Aan Carla dus de keuze. Wilde ze dat hij de natuur zijn gang liet gaan, met de kans dat de bloeding stopte en het vruchtje zich verder kon ontwikkelen, of koos ze voor de ingreep hoewel die nog niet echt noodzakelijk was. Toen hij haar radeloosheid zag, voegde hij er geërgerd aan toe dat ze niet meteen een antwoord hoefde te geven. Hij zou over een halfuurtje terugkomen en Hilde dan opnieuw onderzoeken. Maar daarna moest zij definitief beslissen. In ieder geval zou Hilde tot morgen in het ziekenhuis moeten blijven. Hij zou haar naar een kamer laten brengen.

Ze deed het nodige om Hilde zo comfortabel mogelijk op de kamer te installeren en dacht na over wat ze moest doen. Wat eerst zo hopeloos ingewikkeld was, leek plots zo eenvoudig. De ingreep was gerechtvaardigd en het zou zoveel problemen oplossen nu ze er alleen voorstond om Hilde door de komende maanden te helpen. Want haar huwelijk met Jos was definitief voorbij en dat had hij ook begrepen toen hij werd afgevoerd door de politie. Morgen zou ze haar advocaat bellen om de procedure weer op te starten. Hij moest onmiddellijk een verbod vragen dat Jos het huis, ja zelfs de straat nog mocht betreden. Nooit zou ze hem nog vertrouwen of bij de kinderen kunnen laten.

Maar ze moest nu eerst aan Hilde denken en dit dilemma oplossen. Zij alleen moest de beslissing nemen. Of zou ze er Hilde in betrekken? Haar mee laten beslissen? Kon een kind van amper zestien een dergelijke keuze maken? Nee, de beslissing was haar verantwoordelijkheid en ze zou die verantwoordelijkheid nemen ook.

De gedachten flitsten door haar hoofd. Een abortus die wettelijk en medisch verantwoord was, leek dé gedroomde oplossing voor deze ongelukkige zwangerschap. Maar wat als er iets fout ging tijdens de ingreep? Hilde zag er zo kwetsbaar uit. En elke medische ingreep hield een risico in. Maar ook de geboorte was niet zonder risico. Dus bleef er alleen nog de vraag of ze het recht had dit leventje dat nog een kans had, die kans te ontnemen?

Stel dat opa haar destijds verplicht had zich te laten aborteren, dan was Eric er nooit geweest, haar enige zoon! Ze zou het zichzelf nooit hebben vergeven.

Hoe dan ook, ze zou de beslissing alleen moeten nemen en die ook alleen moeten verwerken. Daar kon ze niemand anders mee belasten, al snakte ze naar iemand aan wie ze raad kon vragen. Ze was zo verschrikkelijk in de war. Schuldgevoelens en opluchting losten elkaar af. Enerzijds was er een kindje dat ze een levenskans ontnam, anderzijds was er de kans op een normale jeugd voor Hilde. Zijzelf noch haar moeder hadden die kans gehad. En hoe verschrikkelijk waren de gevolgen voor hen beiden niet geweest? Bij haar moeder had het zelfs tot zelfmoord geleid. Nu moest zij de juiste keuze maken voor Hilde.

Mama, dacht ze, help me de juiste beslissing te nemen. Wat zou jij doen als je in mijn plaats was? Wat zou je gedaan hebben als je nog had geleefd toen Jos me zwanger had gemaakt? Help me, mama!

Toen de dokter terugkwam om Hilde nogmaals te onderzoeken, stelde hij geen vragen maar bekeek haar indringend. Even aarzelde ze nog, grauw van spanning en vermoeidheid. Dan knikte ze bevestigend.

'Weet u het zeker?'

'Ja, dokter. Het is het beste.'

'Waarschijnlijk. Dan ga ik nu tot de ingreep over?'

Ze knikte opnieuw ja. Gewetensnood snoerde haar keel dicht.

Een uurtje later lag Hilde alweer in de kamer, nog doezelig van de verdoving. Carla had haar even gerust kunnen stellen maar ze wist niet of er veel tot Hilde was doorgedrongen. Gek genoeg vroeg ze wel wanneer ze nu naar school zou kunnen gaan om examens te doen. Daarna was ze in slaap gesukkeld.

Carla bleef nog een tijdje bij haar zitten. Af en toe streelde ze zacht haar hand. Hilde leek nog een kind zoals ze daar lag. Kwetsbaar en onschuldig. Ze zou nu tenminste normaal kunnen opgroeien als jonge vrouw. Al zou het geestelijk litteken nooit helemaal verdwijnen, daar was Carla zeker van. Net zoals bij haar het litteken van haar mislukte huwelijk ook nooit weg zou gaan. Maar Hilde kreeg nu de kans om een goede levenspartner te vinden.

Samen met haar kinderen zou ze de kracht vinden om opnieuw te beginnen. En ze zou zich door niets of niemand meer laten tiranniseren. Zij had recht op een leven zonder agressie, zonder vernederingen. En haar kinderen hadden recht op een normale jeugd.

Er lag nog een toekomst voor haar open. Een hoopvolle toekomst.

* * *

Het was een nachtmerrie. En het werd alsmaar erger. De recherche was overal in de villa met de huiszoeking bezig, ook in het bedrijf krioelde het nu van ambtenaren en rechercheurs van allerlei diensten. Toen ze omstreeks zes uur vanmorgen de wagens met gillende sirenes de oprit had horen oprijden, had ze onmiddellijk beseft wat er aan de hand was. Al leek het haar onwaarschijnlijk, ja zelfs onzinnig, dat het met een dergelijk machtsvertoon moest gebeuren. Dachten ze nu echt dat zij en Hugo zich met geweld zouden verzetten? Was het de bedoeling geweest om hen onverhoeds te overvallen, dan waren ze er schitterend in geslaagd. Vooral Hugo, die er altijd steevast van overtuigd was geweest dat hij de precieze datum en exacte uur waarop de inval zou plaatsgrijpen tijdig van Fred zou krijgen, was met verstomming geslagen. Plots voor een voldongen feit geplaatst, ging hij vloekend en tierend tekeer dat Fred zou boeten voor deze stommiteit. Marie-Anne hoopte dat het slechts een eerste schrikreactie van hem was geweest. Zelf was ze er zeker van dat Fred haar gewaarschuwd zou hebben als hij dat enigszins had gekund. Hadden ze niet dankzij hem wat tijd gehad om zich hierop voor te bereiden? Maar dat het op dergelijke overrompelende, brutale manier zou gebeuren, had ze zich nooit, zelfs niet in haar afschuwelijkste nachtmerries, kunnen voorstellen.

Gelukkig bevond de villa zich vlak bij het bedrijf en waren er weinig buren op dat vroege uur getuige van de massale inval. Intussen was waarschijnlijk heel Herentals al op de hoogte, maar niemand kon dichterbij komen door het politiekordon dat rond het bedrijf en de villa had postgevat. Een dergelijke machtsontplooiing zag je alleen in Britse series waar het politieapparaat voor elke misdaad de grote middelen inzette. Maar dit was geen tv. Dit was bittere realiteit. Het speelde zich hier af, bij hen, in hun villa, in hun bedrijf. Het verwezen, asgrauwe gezicht van Hugo, die manu militari werd afgevoerd in een gesloten politiewagen, was voor haar een duidelijk teken dat de inval gefundeerd was.

Of toch niet?

Eerst wilden ze haar ook voor ondervraging wegbrengen. Maar ze had na lang aandringen en na enkele telefoontjes over en weer van een zenuwachtige districtcommissaris die de hele operatie leidde, verkregen dat ze het personeel te woord mocht staan. Onder toezicht en begeleiding van twee inspecteurs ging ze nu van de villa naar het bedrijf, waar het personeel in een doodse stilte afwachtend stond toe te kijken.

Toen ze de met tweekleurige linten afgebakende zone naderden, vertraagde ze haar stap. Als een veroordeelde die naar de galg wordt geleid.

Op de parking stonden verscheidene anonieme lichte vrachtwagentjes en een aantal politiewagens. Mannen brachten dozen met documenten, pc's en zelfs stalen uit de toonzaal naar buiten. Ze zag door de ramen dat in haar kantoor alle kasten werden leeggehaald. Ze voelde zich misselijk worden en moest tegen de tranen vechten. Maar ze wilde het personeel niet laten weggaan zonder op zijn minst een poging te hebben gedaan om hen gerust te stellen. Of ze haar nu zouden geloven of niet. Ze vermande zich en stapte resoluut naar de afscheiding. Daar bleef ze staan, nog steeds tussen de twee inspecteurs in. Alle ogen waren op haar gericht.

Nog nooit had ze zich zo vernederd gevoeld. Al die mensen met wie ze langzamerhand een vertrouwensband had gekregen, zouden vernemen dat er achter hun rug duistere zaken waren gebeurd. Dat hun baan door schandelijk winstbejag in gevaar werd gebracht.

Als advocate wist ze dat je zo weinig mogelijk moest zeggen tot je advocaat aanwezig was, en de politie had dat recht gerespecteerd. Ze had een oude studiegenoot mogen bellen en hij had haar beloofd om haar bij te staan. Het was heel vreemd, nu ze in de schoenen van de betichte stond, leek het alsof al haar vakkennis haar in de steek liet. Maar hoe vernederend het voor haar ook was, ze had raad én steun nodig.

'Ik heb toestemming gekregen om jullie even toe te spreken.'

Haar stem klonk hees en haar keel was zo droog dat het zelfs pijn deed als ze slikte.

'Waar is Hugo?' riep plots een van de arbeiders die het kennelijk op de zenuwen begon te krijgen. 'Durft hij niet mee te komen?'

'Hugo is al vertrokken om verhoord te worden. Zo dadelijk nemen ze mij ook mee. We werken bereidwillig mee aan het onderzoek.'

'Wat is er eigenlijk aan de hand?' riep iemand.

'De inval maakt deel uit van een algemeen onderzoek naar onze bedrijfsvoering en naar de in- en uitvoer vanuit het vroegere Oostblok in het bijzonder. Het is minder dramatisch dan het eruitziet.'

'Het hele bedrijf wordt onderzocht! Je gaat ons toch niet proberen wijs te maken dat het om een kleine BTW-ontduiking gaat?' klonk het cynisch, gevolgd door instemmend gemompel van enkelen in de groep.

'In zoverre de gegevens waarover ik beschik juist zijn, is de boekhouding in orde. Maar internationale handel met het vroegere Oostblok is een ingewikkelde toestand. Maak jullie alsjeblieft niet te veel zorgen.'

Het gemompel van daarnet ging over in luid commentaar waartussen ook hier en daar hoongelach opsteeg.

'Onze jobs zijn zijn in gevaar, verdomme! Wij hebben geen miljoenen op de bank staan zoals jullie!'

'Al ons geld zit in dit bedrijf.'

'En in Taxandria! Heeft het daar misschien iets mee te maken? Mijnheer Hugo moest zo nodig een eerste klas ploeg hebben!'

Dit smalende verwijt vond weerklank en iedereen gaf zijn eigen mening te kennen.

Natuurlijk! Dat ze daar nog niet aan gedacht had. Ook die sponsoring zouden ze nu volledig uitpluizen. Ze wilde antwoorden maar de inspecteur naast haar hield haar tegen.

'U moet afsluiten, mevrouw Van Dijck.'

Ze knikte en maakte een gebaar met haar hand in een poging om het rumoer te bedaren.

'Ga naar huis. Ik hoop dat dit vlug opgelost zal zijn. Jullie lonen blijven doorlopen.'

'Als er tenminste nog geld overblijft nadat de belastingen jullie hebben uitgekleed! De gewone mens is altijd de dupe van de smeerlapperij van de bazen.'

Het was een van de vrachtwagenchauffeurs die regelmatig van en naar het Oostblok reed. Zou die meer weten, vroeg Marie-Anne zich angstig af.

'Wat er ook gebeurt, ik heb privé-geld dat ik van mijn moeder heb geërfd. Ik doe jullie hier formeel de belofte dat jullie desnoods uit dat fonds vergoed worden.'

Er ging, zij het aarzelend, een goedkeurend gemompel door de groep. Een van de voormannen van het werkhuis kwam naar voren.

'Maak u niet ongerust, madammeke Van Dijck. Maar u moet begrijpen dat we erg geschrokken zijn. Laat die paar zwartkijkers maar zeveren. Wij weten dat u recht in uw schoenen staat. Wij vertrouwen u.'

Velen knikten instemmend en dat deed Marie-Anne goed.

'Ik vertrouw erop dat alles vlug opgehelderd zal zijn en dat we allemaal snel weer aan het werk kunnen.'

Haar stem brak bij de laatste woorden. Ze draaide zich bruusk om en ging vlug naar de politiewagen die klaarstond om haar weg te brengen. Toen ze wilde instappen en ze zich ergerde aan het beschermende gebaar van een inspecteur opdat ze haar hoofd niet zou stoten aan de dakrand, hoorde ze een zwak applaus inzetten. Marie-Anne wilde, dankbaar om de steun, nog even omkijken, maar de inspecteur maande haar aan in te stappen. Het leek wel alsof ze in een voor haar slecht aflopend detectiveverhaal was terechtgekomen!

Gelukkig vertrok de wagen, nadat de beide inspecteurs links en rechts van haar hadden plaatsgenomen, onmiddellijk. Ze was aan het einde van haar krachten. Ze keek strak voor zich uit en dwong zich ertoe met opgeheven hoofd rechtop te blijven zitten. Ze mocht de mensen die haar daarnet gesteund hadden, niet teleurstellen. Als ze nu toegaf aan haar wanhoop, zouden ze dat kunnen zien als een teken dat alles verloren was.

Toen het personeel plaatsmaakte voor de politiewagen en ze stapvoets voorbijreden, hoorde ze dat het applaus opnieuw begon en zelfs sterker werd. Dit zou haar de kracht geven om voor deze mensen tot het uiterste te vechten. Hugo had niet het recht het personeel of haar dit aan te doen.

* * *

Omdat er zo vroeg 's ochtends bijna niemand aanwezig was in de gebouwen van Taxandria, verliep de inval daar veel discreter. Er was ook geen machtsontplooiing zoals in het bedrijf van Hugo. Fred was blij dat hij er niet bij aanwezig had hoeven zijn. Zijn dienst had bij de taakverdeling de opdracht gekregen de documenten bij Taxandria op te halen. Maar hijzelf ging de gebouwen niet in. Hij bleef buiten staan en coördineerde de actie, zijn collega's van de inspectiedienst die zijn band met de voetbalploeg kenden, hadden daar alle begrip voor. Machtsvertoon was nu trouwens nergens voor nodig en alle documenten en computerfiles zouden op een ordelijke en correcte manier worden meegenomen. Fred had een kort gesprek gehad met de voorzitter, die in allerijl was aangekomen en hem gevraagd om de nodige sleutels van kluizen aan de rechercheurs te overhandigen. In de ogen van de oude man stond onbegrip en de prangende vraag waarom Fred hem niet gewaarschuwd had.

In ieder geval was de bal voor Taxandria – figuurlijk dit keer – nu aan het rollen. Fred hoopte vurig dat het onderzoek zou meevallen en prees zich gelukkig dat hij zich al die jaren afzijdig had gehouden van de bestuurszaken. Zijn werk met de jeugdploegen was zijn passie. Al zijn frustratie kon hij daarin kwijt. Taxandria was zelfs een prima bindmiddel gebleken tussen hem en Emma. En net nu ze wat naar elkaar toe groeiden, liep het misschien slecht af met Taxandria. Emma zou dat verschrikkelijk vinden, ze was een hevige supporter. En Nick zou zijn droom om ooit in eerste nationale te spelen kunnen vergeten. Hijzelf zou niet meer weten wat hij aan moest met zijn vrije tijd.

En dan was er, boven alles, de angst dat zou uitlekken dat hij de betrokkenen had ingelicht over de nakende inval. Wat als hij werd ontslagen?

Fred zuchtte diep. Zijn hele bestaan was plots in wankel evenwicht. Van Marie-Anne was hij zeker dat ze hem nooit zou verraden. En de voorzitter had hij alleen maar gewaarschuwd dat er mogelijk iets mis kon zijn met de sponsoring van Hugo. Maar zou Hugo hem niet verraden? Als hij zou verklaren dat hij door Fred op de hoogte was gebracht van de geplande controle, zou dat onherroepelijk het einde van zijn carrière betekenen.

Hugo zelf zou er niets mee winnen, maar zijn wraak zou zoet zijn. Hugo was een complex iemand. Een straatvechter die zich verborg achter het imago van de welgestelde, geslaagde zakenman. Een in het nauw gedreven, gewond wild dier dat beschikte over een overlevingsdrang die voor iedereen die in zijn buurt kwam levensgevaarlijk was.

* * *

Ze zaten samen in de tuin van het ziekenhuis, net zoals toen op die dag dat ze totaal uitgeput aan Johan had opgebiecht wat er met haar scheelde. Wat leek dat lang geleden! Ze keek glimlachend naar hem en zag in zijn ogen dat hij hetzelfde dacht.

'Ik had gelijk toen, niet?'

'Hoe bedoel je?'

'Dat je sterk genoeg was om je erdoor te slaan.'

'Alleen dankzij jou.'

'Onzin. Je bent veel sterker dan je denkt. Kijk maar eens hoe je Hilde hebt geholpen.'

'Arm kind. Zo jong en al zoveel meegemaakt.'

'Ze komt het wel te boven. En daar heb jij voor een groot deel aan bijgedragen.'

'Ze was zo blij dat ze me zag daarstraks. Ze wilde niet praten over wat er gebeurd was, maar vertelde opgewekt dat ze nu weer naar school zou gaan. Carla had me al gewaarschuwd dat ze de zwangerschap ver van zich af hield.'

'Zoals jij deed met wat jou overkomen was?'

'Met de verkrachting, bedoel je. Hoor je het? Ik kan dat woord nu zelfs gewoon uitspreken.'

Hij trok haar glimlachend iets dichter naar zich toe.

'Ik heb Carla beloofd dat ik met Hilde zal blijven praten zolang het nodig mocht zijn. Ze moet die zwangerschap en de miskraam onder ogen durven te zien. Anders doet ze precies hetzelfde als ik toen. Het is vreselijk. Op de duur kun je niet meer met jezelf leven omdat er zoveel in je omgaat dat je niet kunt verwerken. Het is een verstikkend gevoel dat ik zelfs mijn ergste vijand niet toewens.'

Ze haalde diep adem. Ze voelde zich veilig en gelukkig hier, samen met Johan in de mooie tuin. Het deed haar goed om weer buiten te zijn. Sinds enkele dagen begon ze ernaar te verlangen om het ziekenhuis te kunnen verlaten. Ze wist wel dat ze nog een tijd in therapie zou moeten blijven, maar ze wilde weer op eigen benen staan. Weer een normaal leven hebben, ook al waren er nog zoveel praktische problemen op te lossen. Ze slaakte een diepe zucht en Johan nam haar handen en draaide haar naar zich toe.

'Niet zuchten. Anders heb ik helemaal de moed niet meer.'

'Moed? Hoezo? Wat is er?'

'Ik moet je wat vragen.'

Ze keek zo verschrikt dat Johan zich een beetje schuldig voelde. Wat was ze nog onzeker om zo vlug van streek te zijn.

'Het is niets erg, Els. Ik ben gewoon bang voor je antwoord.'

'Hoezo?'

'Er hangt heel veel van af.'

'Heeft het met de therapie te maken? Doe ik iets verkeerd?'

'Maar nee. Je doet het prima. Dat is het juist.'

'Johan, hou op met in raadsels te praten. En dat voor iemand die mij altijd zegt dat ik de dingen niet mag opkroppen. Vooruit, voor de dag ermee.'

'Ik heb met het diensthoofd van je afdeling gepraat. Je mag in de loop van volgende week het ziekenhuis verlaten.'

'Meen je dat? Dat is fantastisch nieuws! Ben je er niet blij om?'

'Ja, maar...'

'Wat? Oh, ik snap het. Luister, ik weet dat je me beloofde dat ik tijdelijk bij jou kon logeren wanneer ik het ziekenhuis zou verlaten. Maak je niet ongerust. Ik hou je niet aan die belofte als je er geen zin in hebt. We zijn toch vrienden? Ik wacht gewoon hier in het ziekenhuis tot ik iets gevonden heb.'

Hoewel ze probeerde niets te laten merken, zakte de moed Els in de schoenen. Ze hield van Johan. Urenlang lag ze naar hem uit te kijken. Eerst had ze niet beseft waarom. Ze was in het begin immers door de therapie veel te veel met zichzelf bezig. Maar nu ze zich sterker voelde en haar ouders, zussen en vriendinnen op bezoek kwamen, was Johan eigenlijk de enige naar wie ze echt uitkeek. Elk ogenblik met hem samen leek wel in haar geheugen gegrift. Daarom wilde ze zo snel mogelijk weg hier. Ze wilde dat Johan haar niet meer als een patiënt zag. Zelfs vriendschap was voor haar niet meer voldoende. Als vrouw wilde ze hem veroveren, om hem dan nooit meer los te laten.

Maar aan dat plan leek nu brutaal een eind gekomen. De warmte en de aandacht die hij haar gegeven had, was blijkbaar slechts een professionele houding geweest. Zonder Johan zou het moeilijk worden. Maar als hij afstand wilde nemen en zijn eigen leven leiden, dan moest ze hem daar vrij in laten.

'Het is echt geen probleem. Ik zal mijn vriendinnen vragen of ze een appartementje voor me zoeken en ik ga tijdelijk bij Carla logeren. Dus trek het je niet aan. Je hebt al genoeg voor me gedaan.'

'Je bent inderdaad helemaal genezen!'

Ze keek hem verward aan terwijl ze haar best deed om haar ontgoocheling te verbergen.

'Kijk niet zo verschrikt. Ik pak het misschien onhandig aan en het is waarschijnlijk ook niet het juiste moment. Ik wil je niet onder druk zetten, dat moet je heel goed beseffen...'

'Stop! Betuttel me zo niet. Zeg wat je te zeggen hebt. Ik ben niet meer ziek en je hoeft me dus niet te sparen. Wat goed is voor jou, is oké voor mij. Je bent mijn vriend, daar kan niets of niemand wat aan veranderen.'

'Dat is het juist. Ik wil niet meer je vriend zijn.' Hij greep haar handen en trok haar naar zich toe. 'Ik wil veel meer. Ik hou van je. Ik wil dat je mijn vrouw wordt. Zonder jou heeft het leven voor mij geen zin.'

Haar ogen werden groot en vulden zich met tranen.

'Ik had niet het recht je hiermee nu al te overvallen. Ik hou van je maar ik wil je de ruimte geven die je nodig hebt. Ik kan wachten.'

Ze trok hem naar zich toe en plots wist ze wat ze moest doen. Al de menselijke warmte, alle vrouwelijke tederheid en liefde die ze de voorbije jaren had verdrongen, maakten weer deel uit van haar persoonlijkheid. Haar lichaam verzette zich niet langer meer tegen haar gevoelens, maar was opnieuw bereid die met een ander mens te delen. Met haar omhelzing kuste ze al zijn angst weg.

* * *

Emma was wanhopig ongerust nu ze wist dat Hugo ondervraagd werd. Misschien verraadde hij wel dat Fred hem had ingelicht over de verdenkingen die op hem rustten.

Toen ze gehoord had dat de inval vanmorgen al had plaatsgevonden, wist ze meteen waarom Fred haar daar niets over had gezegd. De voorzitter was loslippig geweest en Fred had de actie onmiddellijk moeten laten doorgaan om zijn baan te redden. Zij was het die erop had aangedrongen dat hij Taxandria waarschuwde voor nakende problemen. Indien Fred zijn baan verloor, was het dus haar schuld. Omdat zij de plaats van Nick in de eerste ploeg veilig wilde stellen.

De hele ochtend had ze kamers schoongemaakt die nochtans volledig in orde waren, de tuin die er perfect uitzag een beurt gegeven en alles wat er nog maar een beetje gedragen uitzag, gewassen. Toen ze werkelijk niets meer in huis vond dat haar gedachten kon afleiden, besloot ze te gaan winkelen. Het was dat of gek worden. Naar Carla kon ze niet gaan want die zou in het ziekenhuis bij Hilde zijn. Tamara ging vandaag nog een laatste keer naar de opnamestudio, had ze aan de telefoon vernomen toen ze met elkaar gebeld hadden. En Marie-Anne was voorzover ze wist meegenomen door de politie en ging waarschijnlijk op dit ogenblik door een hel.

Plots bleef ze staan. Voor het eerst sinds ze thuis was weggegaan en eigenlijk doelloos op wandel was door de straten, drong er iets van wat ze zag tot haar door. Daar was, juist voorbij de krantenwinkel, de man die Carla altijd volgde! Dit was haar kans! Zonder te letten op de boze reacties van de mensen die ze opzij duwde, zette ze het op een lopen. Net voor hij een winkel wilde binnengaan, hield ze hem staande. Hij draaide zich verschrikt om.

'Wie bent u en wat doet u hier?'

Door al haar zorgen klonk haar stem veel bozer dan ze bedoeld had. De man herstelde zich en bekeek haar verbaasd.

'Sorry?'

'Nee, ik moet sorry zeggen. Ik heb natuurlijk niet het recht u zo maar aan te spreken. Maar ik kan het u uitleggen. Hebt u even tijd?'

Tot haar verrassing knikte de man instemmend. Het leek wel of hij zelfs graag met haar wilde praten. Waarom niet, dacht ze? Had Carla de laatste keer dat ze over hem gepraat hadden, niet gezegd dat ze niet geloofde dat hij enig kwaad in de zin had. Integendeel, ze vond hem blijkbaar aardig. En inderdaad, de man zag er vriendelijk uit. En weer had ze ergens dat vage gevoel dat ze hem van vroeger kende.

'Mag ik u een kopje koffie aanbieden om het goed te maken dat ik u zo heb laten schrikken? Op de hoek is een taverne. Mijn naam is Emma, Emma Verbist.'

'Dat weet ik. We hebben elkaar al eens ontmoet. En ik ga graag met u mee, maar op één voorwaarde, dat ik mag trakteren. Ik hoopte al lang op een nieuwe ontmoeting. U moet me helpen. Ik weet me geen raad meer.'

Even later stond er een kop koffie voor haar en keek ze in ogen die haar vreemd genoeg vertrouwd leken.

'U zei dat u me kent? Waarvan dan wel?'

'Van hier. In Herentals.'

'Ik dacht ook dat ik u kende. Maar ik weet het niet precies. Is het misschien op Taxandria dat ik u ontmoet heb?'

'Nee. Het dateert van jaren geleden. Ik heb bijna drieënveertig jaar gevaren op de lange omvaart. Ik kwam pas onlangs voor het eerst terug naar Herentals.'

'Was u het die we gezien hebben in die dancing in Antwerpen?'

'Ja. Die club wordt wel eens bezocht door mannen die zich eenzaam voelen, zoals wij zeemannen wanneer we aan wal zijn. Zeker in je eigen land wanneer je niemand meer hebt. Maar ik wist niet dat u me daar ook opgemerkt had. Jullie waren zo uitgelaten dat het haast onmogelijk was om ernaast te kijken. Het was een plezier om jullie bezig te zien.'

'Maar toen een van ons u in de gaten kreeg, bent u ervandoor gegaan.'

'Dat klopt. Ik stond ook plots oog in oog met mijn verleden.'

'U herkende iemand uit ons groepje?'

'Nee. Uw vriendinnen zijn te jong. Ik kan ze nooit gekend hebben. Ik vertrok vierenveertig jaar geleden en sindsdien ben ik nooit meer in Herentals geweest. Tot nu.'

'Ik woon al mijn hele leven hier, en dat is, helaas, al meer dan vierenveertig jaar.'

'Daarom juist denk ik dat u de enige bent die het raadsel voor mij kan oplossen, mevrouw.'

'Zeg maar Emma.'

'Goed, Emma. Ik ben René. René Vervoort. Zegt die naam u iets?'

'Vaag. Maar...'

Tevergeefs probeerde ze zich te herinneren waarom die naam haar zo bekend in de oren klonk. De man glimlachte naar haar, een beetje verlegen onder haar onderzoekende blik. Plots zag ze in die blik een gelijkenis met... Nee! Dit kon niet, dacht ze.

'Hoe was uw naam alweer?' vroeg ze, zenuwachtig.

'René Vervoort. Vierenveertig jaar geleden was ik hulpje bij een bakker. U werkte toen bij een notaris en u zag er altijd zo bedrukt uit. Ik herinner me dat ik medelijden met u had als ik daar brood leverde. Herinnert u zich dat verlegen jongetje nog?'

'Nee, het spijt me. Maar ik zag wel even een gelijkenis met iemand. Maar dat moet echter een vergissing zijn. Hebt u nog familie in Herentals?'

'Nee. Ik was enige zoon en mijn ouders waren toen al overleden. Ik werd uit Herentals weggejaagd. Ik weet het, nu klinkt dat waanzinnig maar vierenveertig jaar geleden niet. Ik werd toen tot over mijn oren verliefd op de dochter van een zekere Pieters. Hij vond mij, de arme ouderloze bakkersgast, niet goed genoeg voor zijn dochter en heeft me uit Herentals verdreven. Hij was hier destijds een machtige en invloedrijke figuur. Ik trok naar Antwerpen en monsterde aan bij een compagnie ter lange omvaart. Tot ik jullie daar zag ben ik nooit meer naar Herentals teruggekeerd. Toen werd mijn heimwee te groot. Ik heb intussen vernomen dat die Pieters onlangs is gestorven. Maar zijn dochter moet verhuisd zijn. Van haar heb ik geen spoor meer gevonden. Ze zal wel getrouwd zijn natuurlijk en verhuisd naar een andere stad. Het was haar geest die ik dacht te zien in het sportpaleis. Toeval waarschijnlijk, of een ver nichtje of zo. Maar de gelijkenis was zo frappant dat het mij niet losliet en ik jullie gevolgd ben naar die dancings. U had ik ook herkend. Daarom wist ik dat jullie uit Herentals kwamen. Kort daarna kwam ik naar hier. Ik wilde afrekenen met mijn verleden. Ik blijf definitief aan wal en probeer weer aanknoping te vinden.'

'Bleef u echt zo lang weg uit angst voor die man?'

'Ja. Vergeet niet, ik was jong, arm, eenzaam en Pieters was rijk en kende iedereen. Ik vergeef het mezelf nog altijd niet dat ik me door hem op de vlucht heb laten drijven. Maar ik was onervaren en bang. Ik wou dat ik u kon vertellen wat er toen gebeurd is. Maar dan zou ik het vertrouwen schenden van iemand die ik heel erg lief heb gehad. Zelfs na al die jaren kan ik dat niet doen.'

'Dat hoeft ook niet. Ik denk dat ik weet hoe alles in elkaar zit. En ik heb u het een en ander te vertellen. Maar bij me thuis, onder vier ogen. Komt u maar mee. Ik denk dat ik een verrassing voor u in petto heb.'

Hoofdstuk 12

'U heeft geen poot meer om op te staan, Van Dijck. Uw vrienden uit het Oostblok hebben u aan ons overgeleverd. De grond werd te heet onder hun voeten.'

Hugo antwoordde niet. Hij kon het gewoonweg niet geloven. Verklikt door diegenen van wie hij dacht dat hij ze in zijn macht had? Nochtans hadden ze veel, zo niet alles aan hem te danken. Hij had hen geholpen binnen te dringen in het Belgische bedrijfsleven. Hij had deuren voor hen geopend die anders voor hen gesloten waren gebleven. En daarom had hij al die tijd in de waan verkeerd dat ze volledig van hem afhankelijk waren. Niets konden ze hem weigeren. Ze waren als pionnen op zijn schaakbord en hij, de grootmeester, was aan zet en aan de winnende hand.

Maar sinds vanmorgen stond zijn wereld op instorten. Hij werd niet langer behandeld met het respect dat hem als gevierde ondernemer overal tot nog toe te beurt viel, maar als een crimineel. Urenlang werd hij geconfronteerd met een hele reeks zware overtredingen. Ze legden hem bewijzen voor van zwendel die hij nochtans perfect georganiseerd meende te hebben. Ze hadden lijsten van zijn illegale uitvoer en invoer, lijsten van onrechtmatig teruggevorderde BTW op inkopen die nooit hadden plaatsgehad. Documenten die alle details gaven van miljoenen subsidies die op basis van vervalste gegevens aan zijn bedrijf waren uitbetaald, zowel door de Belgische overheid als door de Europese Unie werden onder zijn neus geduwd. Er zou een enorme terugvordering volgen en het was uiterst twijfelachtig dat de firma dat zou overleven.

Maar de grootste schok en waarschijnlijk de doodsteek, kwam

aan het einde van de dag toen de rechercheurs die de belasting-, BTW- en Europese overtredingen onderzochten, plaatsmaakten voor rechercheurs van de gerechtelijke politie. Die hadden bewijzen in handen dat hij drugs geleverd had en misdaadgeld had witgewassen. Het kon niet anders of ze hadden hem maandenlang gevolgd en afgeluisterd. Dat zijn relaties uit het Oostblok daaraan hadden meegewerkt, stond vast.

Het verraad was dus al een hele tijd geleden begonnen. Hij, de grootmeester, bleek in het schaakspel slechts een doodgewone pion te zijn die genadeloos was opgeofferd toen belangrijkere stukken op het bord hun hachje wilden redden. Hij was geliquideerd zonder één enkele vorm van waarschuwing. Dit was het einde van al zijn toekomstdromen.

'Als u schuld bekent en meewerkt aan het onderzoek, zal de rechter daar rekening mee houden, Van Dijck. Ontkennen heeft geen nut meer. U ziet toch ook dat ons dossier tegen u ijzersterk is.'

Al reageerde hij niet meer zo arrogant als vanmorgen toen hij nog rekende op hulp van zijn relaties, toch weigerde hij nog steeds te antwoorden op hun vragen. Hij was vastbesloten dat vol te houden zolang hij niet uitvoerig met zijn advocaat had overlegd. Hij wist dat ze het recht hadden hem een tijdlang te ondervragen onder secreet. Het enige wat hem dus op dit ogenblik overbleef, was de ondervragingen ondergaan en nergens op antwoorden. Maar lang zou hij deze uitputtende tactiek niet meer kunnen volhouden. Hij was aan het einde van zijn krachten.

'Uw vrouw wordt ook ondervraagd en zij werkt veel beter mee.'

Hugo kon een glimlach nauwelijks onderdrukken. Hoopte die inspecteur nu echt dat hij daar in zou trappen? Marie-Anne was van niets op de hoogte. Voor haar waren de cijfers van de boekhouding de correcte. Of dacht die inspecteur misschien dat Marie-Anne de ladingen stinkend leer zelf ging controleren bij aankomst in het bedrijf? Ik heb haar net zo goed voor de gek gehouden als jullie, dacht hij. Het was weliswaar een magere troost maar toch gaf het hem in de gegeven omstandigheden een zeker gevoel van trots.

'Als u spreekt, laten we haar direct naar huis gaan. Want toen we haar daarstraks ondervraagden, zag ze eruit of ze elk ogenblik kon instorten. Dit is hét moment om haar te helpen.'

Hugo moest op zijn tanden bijten om hen niet in hun gezicht uit te lachen. Dachten die kerels nu werkelijk dat hij idioot was? Het enige dat hij wilde was dat ze ophielden met al hun gezeik, dan kon hij een strategie uitdokteren. Maar telkens als hij op het punt stond om een plan uit te broeden, begonnen de ondervragingen opnieuw en spatten zijn ideeën als zeepbellen uit elkaar.

'We zijn er trouwens van overtuigd dat uw vrouw niets afwist van uw handel en wandel. Maar zolang u niet spreekt, blijft zij verdacht en wordt ze niet vrijgelaten.'

Terwijl de rechercheur maar niet ophield met op zijn gemoed te werken, probeerde Hugo te bedenken of hij bepaalde dingen niet in de schoenen van Marie-Anne kon schuiven. Een vrouw kreeg altijd meer begrip, ook voor de rechtbank. Niet de fraudes, dat zou hij niet kunnen bewijzen, maar in het strafrechtelijk dossier misschien? De drugs? Marie-Anne was niet zo erg stabiel. Ze had vroeger enkele depressies doorgemaakt. Nee, ze hadden video-opnames van zijn onderhandelingen met zijn drugsleverancier. Ook dat kon hij niet hard maken. Maar misschien kon hij hen wijsmaken dat zij het was die drugs gebruikte en dat hij daar als liefhebbende echtgenoot voor bezweken was. Kortom, dat het spul voor haar was bestemd. Verdomme, dat was het! Dit zou zijn redding kunnen betekenen. Zo was het begonnen, en daarna was het van kwaad naar erger gegaan! Toen de maffia uit het Oostblok hem eenmaal in zijn greep had, kon hij hun natuurlijk niets meer weigeren. Om zijn vrouw te helpen had hij zichzelf en zijn bedrijf in gevaar gebracht, niet uit winstbejag. Een stel goede advocaten zou met die gegevens een prachtige verdedigingsstrategie kunnen uitstippelen. Als zij het handig speelden, zou hij zich van de drugshandel en het witwassen van drugsgeld kunnen vrijpleiten. Maar hij had tijd nodig om alles te wikken en te wegen. De rechercheurs die elkaar aflosten met de ondervraging bleven echter maar doordrammen. Waarom lieten ze hem niet met rust, godverdomme! Zo kon hij niet denken!

* * *

Carla, Tamara en Emma zaten samen met Els in de cafetaria van het ziekenhuis. Vanaf het ogenblik dat ze vernomen hadden wat er met Marie-Anne gebeurd was, hadden ze voortdurend met elkaar gebeld. Ze maakten zich zorgen en betreurden het dat ze niets voor hun vriendin konden doen.

'Fred mag en wil er niet over praten. Maar ik ken hem door en door en weet dat het er heel ernstig uitziet. Hij is totaal van streek door die zaak. Als het alleen om Hugo ging, zou hij zich niet zo ongerust maken. Ik vrees dus dat het ook voor Marie-Anne slecht zal aflopen.'

'Onzin, Emma. Marie-Anne heeft er niets mee te maken!'

'Dat denk ik ook. Maar zal ze dat kunnen bewijzen? Of zie jij Hugo spontaan alle schuld op zich nemen, Carla? Hij is nu niet bepaald het type man dat zich bereidwillig en grootmoedig gaat opofferen, of wel?'

Niemand had blijkbaar veel vertrouwen in de bereidwilligheid van Hugo om zijn vrouw in bescherming te nemen en te helpen. Hun stemming daalde tot onder het vriespunt. Ze zaten met sombere gezichten voor zich uit te staren, tot Carla plots de stilte verbrak.

'Ik voel me zo schuldig. Ik had Marie-Anne misschien kunnen helpen.' Ze was het huilen nabij.

Emma keek haar onderzoekend aan en vond dat de schuldige reactie van Carla om meer duidelijkheid vroeg.

'Nu moet je ook niet overdrijven. Wat kon jij eraan veranderen?' Toen snapte ze het plotseling. 'Dat is waar ook! Je hebt daar gewerkt. Weet jij misschien iets dat Marie-Anne zou kunnen helpen?'

'Misschien. Als ze mij geloven.'

'Waarom zouden ze dat niet? Je hebt er toch geen belang bij te liegen, of wel?'

'Natuurlijk niet. Maar...' ze aarzelde. 'Sorry, ik denk dat ik er beter over kan zwijgen. Ik durf me niet in een dergelijke zaak te mengen. Het zou gevaarlijk kunnen zijn. Geloof me, er zit meer achter dan jullie denken.'

Carla had al te veel gezegd. Hun nieuwsgierigheid was geprikkeld. Emma maakte zich kwaad.

'Dus je bent bang en je verkiest daarom Marie-Anne aan haar lot over te laten? Wie gaat haar dan helpen als wij het niet doen? Hugo? Vergeet het. Integendeel. Als hij de schuld op haar kan schuiven, zal hij het niet laten.'

'Overdrijf nu niet', zei Tamara, die vond dat Emma nu wel wat ver ging. 'Ze is toch zijn vrouw!'

'Ja. En zij zou hem zeker nooit in de steek laten. Maar hij is van een ander kaliber!'

Dit antwoord van Carla deed Emma naar Tamara kijken.

Tamara wendde het hoofd af om de stekende blik van Emma te ontwijken.

Els had er stil bij gezeten. Ze leefde in een soort van euforie vanwege Johan. Toch wilde ze niet achterblijven om haar mening te zeggen.

'Ik kan best begrijpen dat Carla bang is. Ik voelde me ook nooit op mijn gemak bij Hugo. Zo heb ik ook altijd vermoed dat hij een slechte invloed had op Koen. Er zat veel meer achter de manier waarop Hugo met zijn spelers omging. Veel meer dan alleen maar het feit dat ze bij hem onder contract stonden. Ik vrees dat Koen ook in de problemen komt.'

'Best mogelijk. Maar dat is dan zijn keuze geweest, Els.'

Emma richtte zich ook tot de anderen.

'Jullie weten waarschijnlijk wel dat ze vandaag ook bij Taxandria zijn binnengevallen. Dat is natuurlijk geen toeval. De connectie is duidelijk. Hugo heeft veel geld geïnvesteerd in de club én in spelers. Dat zal nu allemaal uitgevlooid worden. Ik denk dat niet alleen Koen, maar veel mensen in Herentals slecht zullen slapen vannacht.'

'Die stomme voetbalploeg kan me geen barst schelen! Ik denk alleen aan Marie-Anne. Zij zit onschuldig in de gevangenis. Het maakt me ziek.' Carla kon haar tranen niet langer bedwingen. De laatste maanden hield de ellende niet meer op. Soms had ze het gevoel dat ze de grens bereikt had en dat ze niets meer kon hebben of ze stortte in. 'Ik weet dat Marie-Anne de laatste tijd erg ongelukkig was, en ik dacht dat het vooral kwam doordat ze de hoop had opgegeven ooit zwanger te worden. Maar wat nu gebeurt, is zo mogelijk nog erger. Ze zal eraan kapotgaan, dat weet ik zeker. Het bedrijf is haar leven en ze heeft een heel goede band met het personeel met wie ze heel familiaal omging. Ik denk zelfs dat ze op die manier haar kinderloosheid compenseerde.'

'Kunnen wij echt niets doen voor Marie-Anne? Zij was altijd de eerste om ons te helpen, of niet soms?' Tamara keek haar vriendinnen smekend aan.

'Ik ben bang van niet. Trouwens, wat als we ons vergissen en ze toch op de hoogte was van het geknoei van Hugo?'

'Emma! Zeg zoiets niet!' Carla protesteerde zo luid dat iedereen in de cafetaria geschrokken in haar richting keek. Zelf verbaasd over haar uitval, temperde ze onmiddellijk haar stem. 'Sorry. Maar ik kan het gewoon niet langer verdragen dat er aan haar eerlijkheid getwijfeld wordt. Ik weet zeker dat ze onschuldig is. Ik heb het Hugo namelijk zelf horen zeggen.'

Alle ogen waren gespannen op haar gericht.

'Ik weet niet of ik er goed aan doe het te vertellen. Maar ik heb jullie raad nodig.'

Carla bracht hen uitvoerig op de hoogte van het telefoongesprek dat ze, zonder het te willen, afgeluisterd had in het archief van het bedrijf. Dat Hugo tijdens het gesprek meermaals had laten horen dat hij louche zaken deed, maar ook dat Marie-Anne nergens van wist en nergens in betrokken was. Dat hij erop rekende dat zijn vriendjes uit Oekraïne hem uit de problemen zouden halen wanneer de overheid in België zou ingrijpen.

'Dus hij wist dat er problemen zouden komen? En toch deed hij niets om te beletten dat Marie-Anne opgepakt werd? Hoe kon hij!' Els was ervan ondersteboven.

Mijn Fred riskeerde zelfs zijn job om haar te beschermen, dacht Emma bitter.

Tamara had ontzet naar Carla geluisterd en besloot niet langer te zwijgen. 'Ik denk dat Hugo nergens voor terugdeinst. Of nee, ik denk het niet, ik weet het.'

Ze zuchtte diep want het zou haar zonder twijfel zwaar aangerekend worden. Maar ze zette moedig door.

'Ik moet jullie iets bekennen. Het is best mogelijk dat jullie daarna niets meer met me te maken willen hebben, maar ik wil Marie-Anne helpen. Ik heb dus ook jullie raad nodig. Want als ze mocht weten wat ik weet, zou ze zich onmiddellijk van Hugo distantiëren. Alleen twijfel ik eraan of ik het haar moet vertellen.'

'Marie-Anne gaat nooit van Hugo weg. Zij is de getrouwheid in persoon', weerlegde Carla vastberaden. 'Al breng je haar het bewijs van zijn schuld zwart op wit, dan nog zal ze hem blijven steunen. Dat is trouwens de reden waarom ik aarzel of ik de politie moet inlichten over hetgeen ik gehoord heb. Ze zou het me misschien nooit vergeven dat ik Hugo heb beschuldigd.' Carla keek Tamara bijna uitdagend aan, zo zeker was ze van de trouw van Marie-Anne.

Tamara liet Carla even de tijd om weer kalm te worden. Daarom begon ze eerder voorzichtig.

'Toch ben ik bang dat Marie-Anne, als ze verneemt wat ik jullie nu ga vertellen, niet langer meer achter Hugo zal staan.'

Er viel een ijzige stilte. Toen vertelde Tamara van haar verhouding met Hugo. Over de louche zaakjes en de plaatsen waar hij handel dreef. Over de dreigementen die hij had geuit en de toespelingen die hij maakte op zijn connecties met het misdaadcircuit waarmee hij haar in zijn macht had gehouden toen hun relatie voorbij was. Maar dat Hugo geen kinderen kon krijgen, verzweeg ze. Zo ver durfde ze niet te gaan. Zelfs nu hij in de gevangenis zat, was ze nog altijd bang van hem.

Na haar verhaal had blijkbaar niemand zin om als eerste te reageren. Tamara zelf leek opgelucht en wachtte eerder gelaten hun mogelijke vragen af. Uiteindelijk was het Carla die de spits afbeet. Je kon het verwijt en het onbegrip in haar stem horen. Haar stem klonk niet luid maar intens.

'Hoe kon je Marie-Anne zo bedriegen, Tamara? Ze is je vriendin.'

'Toen waren we nog niet zover. Hugo en ik hadden al een afspraak na onze tweede ontmoeting. Ons clubje was nauwelijks van start gegaan. Daarna was het al te laat. Bovendien, het is voorbij nu. Het was maar een avontuurtje. Ik wilde haar huwelijk niet in gevaar brengen.'

'Ik zag Hugo inderdaad die keer al een afspraak maken met Tamara. Het was duidelijk dat hij geen nee zou aanvaarden.'

Iedereen keek verbaasd naar Emma. En Tamara vroeg zich af hoe ze erachter was gekomen.

Carla zuchtte en scheen over haar eerste emotionele reactie heen te zijn en te berusten. 'Oké, het is gebeurd en niet meer te veranderen. Wie zijn wij om Tamara te veroordelen? Iedereen doet stommiteiten in zijn leven. Kijk maar naar mij. Jullie hebben me allemaal afgeraden de scheiding stop te zetten en Jos weer in huis te nemen. Toch deed ik het, met alle bekende gevolgen.' Emma wilde haar onderbreken maar Carla gaf een teken dat ze niet uitgesproken was en ging verder. 'Maar Marie-Anne op de hoogte brengen van de huwelijksontrouw van Hugo met Tamara, lost niets op. Hoe erg het ook is, het zal haar niet vrijpleiten en het zal haar nog ongelukkiger maken.'

'Dat klopt', zei Emma. 'Maar Tamara kan het de politie vertellen en vragen dat ze het voor Marie-Anne verzwijgen. Ze zullen wel luisteren naar wat Tamara te vertellen heeft over wat ze gezien en gehoord heeft in de periode dat ze met Hugo omging. Indien Tamara natuurlijk bereid is haar verhouding aan de politie op te biechten. Ik kan begrijpen dat ze haar huwelijk met Werner niet in gevaar wil brengen.'

Ze keken Tamara aan alsof het lot van Marie-Anne in haar handen lag. Dat wilde ze niet. Ze was zwanger en alles ging net zo goed tussen haar en Werner. Dat kon ze niet op het spel zetten voor Marie-Anne. Verdomme, waarom had ze zich door Hugo zo in de nesten laten werken?

Carla zag de tweestrijd die Tamara doormaakte en kwam haar te hulp. 'Ik weet niet wat Tamara gaat doen. Dat is trouwens haar zaak. Wij mogen haar niet onder druk zetten. Er staat voor haar te veel op het spel.'

Tamara zag dat Emma en Els instemmend knikten. Godzijdank dat haar vriendinnen begrip hadden voor haar moeilijke positie. Ze moest op haar tanden bijten om niet als een klein kind te gaan huilen. Sinds haar zwangerschap had ze het moeilijker dan gewoonlijk om haar emoties te beheersen.

'Maar ik heb dankzij de bekentenis van Tamara een beslissing genomen', ging Carla verder. 'Ik ga morgenvroeg naar de politie en vertel wat ik gehoord heb tijdens het bewuste telefoongesprek van Hugo. Marie-Anne is onschuldig en ik kan getuigen dat ik dat persoonlijk van Hugo gehoord heb. Misschien kan het haar helpen, of Marie-Anne me dat achteraf nu kwalijk neemt of niet. Het verhaal van Tamara heeft me overtuigd dat ze beter af is zonder Hugo. Ook al beseft Marie-Anne dat waarschijnlijk nog niet. Of wil ze het niet beseffen.'

Op weg naar huis schoot het Emma plots te binnen dat ze, door de commotie rond de inval bij Hugo en op Taxandria, Carla was vergeten te spreken over haar ontmoeting met René Vervoort. Nochtans had ze hem beloofd Carla zo snel mogelijk aan hem voor te stellen. Maar dat kon, na meer dan veertig jaar, ook nog wel even wachten. Marie-Anne ging nu voor alles. Vanavond ging ze daarom Fred aan de tand voelen of de informatie waarover Carla en Tamara beschikten, Marie-Anne daadwerkelijk zou kunnen helpen. Ze had zich daarstraks zelfs niet van de indruk kunnen ontdoen dat Tamara meer wist dan ze kwijt wilde. Misschien zou de politie haar kunnen overtuigen alles te vertellen. Maar dan moest zij met de hulp van Fred er wel voor zorgen dat Tamara inderdaad naar de politie ging.

Tamara voelde zich bevrijd van een zware last nu ze haar verhouding met Hugo eindelijk aan haar vriendinnen had bekend. Dat ze ondanks alles nog redelijk goed hadden gereageerd, stemde haar optimistisch. Ze besefte dat ze de moeilijkste stap nog moest zetten door alles op te biechten aan Marie-Anne zelf, als alles eenmaal achter de rug zou zijn. Maar er was niet alleen de reactie van Marie-Anne waarvoor ze bang was. Wat als de politie vernam dat ze een relatie had gehad met Hugo? Misschien raakte ze zelf in de rechtszaak betrokken. En dan waren er nog de dreigementen van Hugo zelf...
Er was nog een andere kant aan het probleem. Als Werner via de politie haar verhouding met Hugo te weten kwam, zou hij zeker gaan twijfelen aan zijn vaderschap. Dat moest ze ten koste van alles vermijden. Er zat dus niks anders op dan Werner alles zo snel mogelijk op te biechten. Niet alleen haar verhouding, maar ook het feit dat Hugo voor Marie-Anne geheim hield dat hij zich had laten steriliseren. Alleen dan zou Werner zekerheid hebben dat het kindje niet van Hugo kon zijn. Ze vertrouwde erop dat hij haar het avontuur met Hugo zou vergeven. Werner had haar in het verleden al zoveel stommiteiten vergeven.
Gelukkig wist ze met zekerheid dat het kindje van Werner was. Nu pas besefte ze welk risico ze had gelopen. Ze had alleen aan haar eigen plezier gedacht. Haar roekeloze gedrag had haar haar huwelijk kunnen kosten en het leven van haar ongeboren kind.
Ze nam een beslissing. Als straks het gesprek met Werner gunstig verliep en hij haar de verhouding met Hugo vergaf, zou ze Marie-Anne proberen te spreken en haar verhouding met Hugo opbiechten. Maar dat niet alleen. Ze zou haar ook vertellen wat Hugo haar al die jaren had aangedaan in verband met haar kinderwens. Ze mocht niet langer zwijgen.

Toen ze thuiskwam, was Werner nog in zijn praktijk. Omdat er geen wagens meer voor het huis stonden en ook het licht in de wachtkamer niet brandde, veronderstelde ze dat er geen patiënten meer waren. Ze ging dus rechtstreeks naar zijn praktijk. Want als ze de kans kreeg om er nog langer over na te denken, zou ze misschien de moed niet meer kunnen opbrengen om alles op te biechten.

Werner zat met zijn hoofd tussen zijn handen aan zijn bureau, dat bezaaid lag met voorschriften en afrekeningen. Hij hoorde haar zelfs niet binnenkomen, zo diep was hij in gedachten verzonken.

'Stoor ik?'

Hij schrok op en toen hij zich naar haar keerde, zag ze dat hij er heel moe uitzag. Voor het eerst in al die jaren besefte ze dat Werner ouder was dan zij en dus ook kwetsbaarder. Kon ze toch maar beter niets zeggen? Marie-Anne had geld om goede advocaten te betalen, waarom zou zij haar huwelijk moeten riskeren, net nu alles zo goed ging?

Werner stond op en legde al de paperassen met een slordig gebaar op een hoop. Administratief werk was niet meteen zijn meest geliefde bezigheid maar het hoorde erbij, zei hij altijd met een verveeld gezicht. De onverwachte thuiskomst van Tamara was een dankbaar excuus om ermee te stoppen.

'Laten we naar binnen gaan. Ik ben moe en heb behoefte aan een stevige borrel.'

Zonder op haar te wachten ging hij de gang door en naar de woonkamer. Ze schonk hem een borrel in. Daarna ging ze naar de keuken en schonk voor zichzelf een groot glas melk in. Werner bekeek haar toen ze weer de woonkamer inkwam en glimlachte.

'Kalk voor het kleintje?'

'Zoiets. Ik lust helemaal geen melk, maar nu smaakt het me.'

'Zolang je geen augurken met chocolade of zo begint te eten, zie ik geen probleem', probeerde hij er een grapje van te maken. Hij had het er moeilijk mee dat ze zo rustig reageerde op de arrestatie van Hugo, haar minnaar. Alsof het de doodgewoonste zaak van de wereld was. Dat was het voor hem niet. Hij had de hele avond zitten piekeren, en zich afgevraagd hoe ze zou reageren op de feiten die zich vandaag in het bedrijf van Hugo hadden afgespeeld. Hij had zich in elk geval op het ergste voorbereid. Ze zou zeker geschokt zijn dat de man van wie ze hield, de vader van haar kind, nu in de gevangenis zat. Maar het tegendeel was waar. Ze leek heel kalm, vastberaden zelfs. Misschien wist ze meer van de duistere zaakjes waarin Hugo betrokken was. Hopelijk was ze er niet zelf bij betrokken, want dat was zijn grootste vrees.

Maar nee, ze gedroeg zich heel normaal. Een paar rode vlekken op haar wangen verraadden misschien enige opwinding. Maar daar had ze wel eens meer last van als ze van haar vriendinnen terugkwam. Waarschijnlijk de drukte van vrouwen onder elkaar.

'Was het een beetje gezellig vanavond?'

'Wat een stomme vraag! Marie-Anne is naar de gevangenis gebracht. Zij is onze vriendin. Wij zijn er zeker van dat zij onschuldig is en niets te maken heeft met wat Hugo heeft uitgehaald. Het was dus allesbehalve een prettige bijeenkomst. We hebben ons suf gepiekerd hoe we haar kunnen helpen.'

Met moeite kon hij zijn verbazing verbergen. Tamara die zich zorgen maakte over haar rivale?

'Hebben jullie iets gevonden?'

'Carla heeft een tijd geleden per ongeluk een gesprek afgeluisterd waarin Hugo aan iemand vertelde dat Marie-Anne van zijn louche zaken niet op de hoogte was. Ze wil dat morgen aan de politie gaan vertellen.'

'Moedig van haar.'

'Ik zou ook zo moedig moeten zijn.'

Hij bekeek haar verschrikt.

'Werner, ik smeek je. Maak je niet boos en laat me alles vertellen. Je moet me helpen. Ik heb me weer in de nesten gewerkt.'

Zonder nog langer te aarzelen vertelde ze hem het hele verhaal. Hoe Hugo haar overrompeld had sinds de eerste ontmoeting. Dat ze vooral gerekend had op zijn hulp voor haar carrière, maar dat ze ook voor hem bezweken was. Dat ze elkaar regelmatig hadden ontmoet. En dat ze Werner dus bedrogen en belogen had maar dat ze daar nu spijt van had.

Werner zei niets. Maar de vage sporen van de ouder wordende man die ze daarstraks had menen op te merken, leken opeens diep in zijn gezicht gegrift.

'Ik heb al een tijd geleden met hem gebroken. Hij bedreigde me en ik ben bang van hem. Hij vertelde me iets dat Marie-Anne misschien zou kunnen helpen. Maar hij voegde eraan toe dat als ik het ooit aan iemand zou zeggen, hij me zou weten te vinden.'

Omdat Werner nog steeds niets zei, ging ze verder.

'Marie-Anne wil al jaren zwanger worden. Maar het lukt niet. Ze lijdt er verschrikkelijk onder. Echt, Werner, je kunt je niet voorstellen hoe belangrijk het voor haar is. Vooral omdat Hugo haar deed geloven dat hun kinderloosheid aan haar lag.'

Ze zag hoe de kleur langzaam uit zijn gezicht wegtrok. God, nu dacht hij zeker dat hun kindje van Hugo was. Hoe kon ze het zo stom aanpakken. Vlug vervolgde ze.

'Toen we uit elkaar gingen, vertelde Hugo me echter dat hij jaren geleden een vasectomie heeft laten doen. Hij wou en wil geen kinderen. Ik mocht het aan niemand vertellen, zeker niet aan Marie-Anne. Daarom bedreigde hij me.'

Ze zag dat hij moeite had om de feiten tot hem door te laten dringen.

'Begrijp je het dan niet? Als Marie-Anne zou vernemen dat hij haar op die wrede manier jarenlang bedrogen heeft in wat voor haar het belangrijkste in haar leven is, zou ze hem zeker onmiddellijk al haar steun ontzeggen. Daarom is het zo belangrijk dat ik het haar nu toch vertel. Misschien kan ze zichzelf redden als ze door heeft wat voor een smeerlap hij is.'

Ze wilde verder gaan maar Werner onderbrak haar ongeduldig. 'Dus Hugo kan geen kinderen maken?'

'Werner! Dat vertel ik je toch juist. Hij heeft zich al jaren geleden laten steriliseren!'

Ze snapte niet waarom hij zo suffig deed. Eerst reageerde hij niet toen ze vertelde dat ze hem maandenlang bedrogen had, en nu ging hij suffig zitten doen over die sterilisatie.

'Maar het kindje dan?'

Nu was zij het die hem dwaas zat aan te staren. 'Waar heb je het over?'

'Jouw kind? Is dat dan niet van hem? Ik heb altijd gedacht van wel!' Werner wist niet of hij moest huilen of lachen. Hij deed het alle twee.

* * *

Geen van beiden hadden ze goed geslapen. Toen Carla even voor acht uur belde met de vraag of ze mocht langskomen om over Marie-Anne te praten, had Emma meteen toegegezegd. Ze had trouwens zelf ook iets te vertellen, had ze gezegd.

Even later stond Carla bij Emma aan de deur. Bij het tweede kopje koffie was Carla ervan overtuigd dat ze inderdaad zo snel mogelijk naar de politie moest gaan. Fred had bevestigd dat het belangrijk was dat zij en Tamara allebei een verklaring zouden afleggen.

'Niemand kan jullie dwingen natuurlijk, maar hij denkt dat het Marie-Anne zou kunnen helpen', besloot Emma haar relaas van haar gesprek met Fred.

'Ik ga nog deze morgen naar de politie. Maar ik zal eerst bij Tamara langsgaan. Als ze bereid is een verklaring af te leggen, kan ik haar meenemen en haar steunen. Voor haar ligt het immers veel moeilijker.'

'Ik geloof niet dat je haar zult kunnen overtuigen een verklaring af te leggen. Stel dat Werner het te weten komt. Trouwens, hoe weet Tamara met zekerheid of haar kind van Werner is?'

Carla bekeek haar geschokt. 'Je bedoelt dat het evengoed van Hugo zou kunnen zijn?'

Emma knikte. 'Het kan.'

'Arme Marie-Anne! Tamara zwanger van het kind waar zij

altijd zo naar verlangd heeft! Dat zal haar nog meer in de ellende duwen, daar gaat ze aan ten onder!' Carla had tranen in de ogen bij de gedachte aan zoveel onrecht.

'En arme Werner!' Emma zuchtte. Er was geen eenvoudige oplossing. Ondanks wat Fred gezegd had, was het dus misschien toch beter dat Tamara niets opbiechtte.

'Praat met Tamara, Carla. Vraag of ze met zekerheid weet dat het kind van Werner is. Hugo nam misschien zijn voorzorgen. In dat geval kan ze naar de politie gaan. Een verhouding die voorbij is, zal Werner haar wel vergeven. Maar indien er twijfel mogelijk is over het vaderschap, moet zij – en moeten wij allemaal – zwijgen als het graf. Om Marie-Anne te sparen.'

'Akkoord', besliste Carla. 'Ik rijd nu naar Tamara.' Ze ging al naar de deur toen haar iets te binnen schoot. 'Er was nog iets dat je moest vertellen, zei je daarstraks aan de telefoon.'

Emma keek haar niet-begrijpend aan. Ze was nog volop met haar gedachten bij Tamara.

'Emma! Sta niet te suffen. Wat moest je me nog vertellen? Zeg me niet dat het nog meer slecht nieuws is. Daar heb ik de laatste tijd meer dan mijn portie van gehad.'

'Nee, nee! Het is goed nieuws. Enfin, dat denk ik toch. Ik heb met je geheimzinnige stalker kennisgemaakt.'

'Wat! Wanneer?'

'Ik heb zelfs koffie met hem gedronken. Door al die toestanden vergat ik het je te vertellen.'

'En?'

Emma aarzelde even. Dit was niet zo eenvoudig.

'Ga eerst zitten.'

'Waarom? Zoveel tijd heb ik niet als ik nog bij Tamara langs moet voor ik naar de politie ga.' Carla bekeek haar ongeduldig. 'Vooruit, vertel me alles wat je weet.'

'Zoals je wilt. Zegt de naam René Vervoort je iets?'

'Nee. Heet die man zo?'

'Ja. Hij beweert dat hij je moeder heel goed gekend heeft.'

'Dat is fantastisch! Dan wil ik zeker met hem praten. Opa

heeft alles gedaan om haar systematisch uit mijn leven te verwijderen. Ik mocht nooit over haar spreken, nooit iets over haar vragen. Ik heb zelfs geen fotootje van haar, niets. Hij liet haar lichaam verassen en verstrooien. Er is dus zelfs geen graf. Soms lijkt het of niemand haar gekend heeft. Als ik vragen stel, krijg ik geen antwoord of slechts vage algemeenheden.'

'Hij wil ook met jou praten. Maar er is meer dat je eerst moet weten. Ga zitten.'

'Kom op, Emma. Doe niet zo geheimzinnig. Denk aan Marie-Anne! Elke minuut langer in de cel is een verschrikking.'

Emma besefte dat ze het verkeerd had aangepakt, maar daar was nu niets meer aan te veranderen. 'René Vervoort was bang voor je opa. Daarom is hij meer dan veertig jaar niet meer in Herentals geweest.'

'Bang voor opa? Dat geloof je toch zelf niet? Ik weet beter dan wie ook dat opa een dominante man was en overal wel iets in de pap te brokken had. Maar iemand zomaar uit Herentals verbannen? Kom nu!'

'René Vervoort had een reden om heel bang te zijn voor je opa.'

Carla bekeek haar argwanend. Emma was er wat omheen aan het draaien. 'Vertel me nu maar wat hij je gezegd heeft: wie hij is, hoe hij mijn moeder gekend heeft en waarom hij bang was van opa. Geen omwegen meer, Emma.'

'Weet je zeker dat je niet wilt gaan zitten?'

Carla keek zo boos dat Emma niet verder aandrong en van wal stak.

'René Vervoort was ooit het vriendje van je moeder. Hij is meer dan waarschijnlijk jouw vader en dat zal dan ook de reden geweest zijn dat opa hem uit Herentals verjaagd heeft.'

Net op tijd kon ze Carla, die lijkbleek was geworden, opvangen. Ze hielp haar te gaan zitten, liep naar de gootsteen en vulde een glas met water.

'Carla, kind! Ik zei je toch dat je moest gaan zitten. Vooruit, drink.'

Carla probeerde iets te zeggen, maar haar stem bracht geen geluid voort. Nadat Emma haar voorzichtig had laten drinken, lukte het haar eindelijk.

'Is die man mijn vader?'

'Mogelijk wel, ja. Waarschijnlijk zelfs. Maar dat heb ik hem nog niet verteld. Hij heeft nooit geweten dat je moeder zwanger was. Opa heeft hem met je moeder betrapt in hetgeen men toen nog "compromitterende omstandigheden" noemde. Hij liet hem de keuze, ofwel verdwijnen en nooit meer terugkomen, ofwel aangegeven worden bij de politie voor inbraak en verkrachting van een minderjarige. Hij was maar een arme bakkersjongen en kon tegen opa niet op. Hij moest noodgedwongen Herentals verlaten en besloot om te gaan varen.'

'Dus hij koos de gemakkelijkste weg. Hij liet mama in de steek en liet alle banbliksems en woede van opa op haar neerkomen. Niet erg heldhaftig.'

'Hij wist niet dat ze zwanger was. Hij wilde terugkomen als je moeder ouder was en hij wat geld gespaard had. Hij heeft haar tientallen brieven gestuurd maar nooit een antwoord gekregen. Na een tijd heeft hij haar opgegeven, maar hij is nooit getrouwd. Hij heeft geen gemakkelijk leven gehad. Hij was een weeskind en had niemand om hem te steunen. Maar hij is je moeder nooit vergeten. Hij dacht dat ze gelukkig getrouwd zou zijn. Toen hij jou zag, dacht hij dat je misschien familie van haar was en dat je hem zou kunnen vertellen wat er met haar gebeurd is.'

Carla was haar emotie niet meer meester en de tranen liepen over haar wangen. 'Heb je hem verteld dat ik zijn dochter ben?'

'Nee, dat zei ik je toch. Wel dat je moeder jong gestorven is van verdriet. Hij was er kapot van.'

'Weet hij dat ze zichzelf...'

'Nee. Jij moet beslissen wat je hem wilt vertellen, Carla. Maar hij is een heel lieve man. Ik herinner me hem nu ook van vroeger. Ik zie hem nog altijd rondrijden op zijn grote bakkersfiets. Ik werkte toen bij de notaris. Hij was altijd beleefd tegen me en gaf me af en toe stiekem een krentenkoek.'

Ze zwegen en waren in gedachten weer even in het verleden. Carla kwam het eerst terug tot de werkelijkheid.

'Wat heb je met hem afgesproken?'

'Dat ik je op de hoogte zou brengen van het feit dat hij jouw moeder zocht. En dat ik het aan jou zou overlaten om contact met hem op te nemen als je dat wenste. Hij zou zich graag definitief hier in Herentals vestigen. Hij is helemaal alleen, maar hier heeft hij tenminste enkele mooie herinneringen, zei hij.'

Carla voelde medelijden met de man die even eenzaam was geweest als zij. 'Opa heeft veel op zijn geweten. Hij heeft het leven van mijn moeder tot een hel gemaakt, heeft mijn vader verjaagd en heeft mijn jeugd verknoeid. Daarna heeft hij ook nog mij en Jos uit elkaar gedreven.'

'Je opa was een diep ongelukkige man. Hij miste zijn vrouw heel erg en kon het waarschijnlijk niet verwerken dat hij zijn enige dochter niet had kunnen beschermen.'

'Hij haatte haar!'

'Liefde en haat liggen dicht bij elkaar.'

Ja, dacht Carla. Nu begrijp ik dat. Beide gevoelens had ik ook voor Jos. Maar haar liefde was dood. Er bleef slechts minachting over.

'Je opa heeft altijd voor je gezorgd. Hij had je ook kunnen afstaan voor adoptie. Niemand zou hem dat verweten hebben.'

'Maar hij hield me gevangen! Het was nooit goed genoeg wat ik deed.'

'Misschien was hij bang dat hij ook jou niet zou kunnen beschermen? Wat hem uiteindelijk ook niet gelukt is, niet?'

'Ik moest toch ergens wat genegenheid en liefde zoeken!' Carla boog het hoofd en veegde met haar hand de tranen weg die op de tafel vielen.

* * *

Enkele dagen later mocht Marie-Anne naar huis, onder strikte voorwaarden weliswaar. Maar dat kon haar niet schelen. Weg uit de gevangenis was alles wat op dat ogenblik voor haar telde. Over het verloop van het onderzoek werd haar weinig of niets meegedeeld. Hugo, die nog altijd op secreet was gesteld, had ze nog niet gezien. Maar via de advocaten had ze vernomen dat het er voor hem niet zo goed uitzag. Hij was, buiten de fraudes in het bedrijf, ook officieel in beschuldiging gesteld van het witwassen van misdaadgeld en het dealen van drugs. Tegen Marie-Anne liepen alleen de aanklachten in verband met belastingen, BTW en de subsidies. Volgens haar advocaat zou echter spoedig blijken dat ze te goeder trouw had gehandeld en dat ze slechts de gegevens had doorgegeven die haar via haar man werden doorgespeeld. Bij hun ondervraging had het personeel zich achter Marie-Anne geschaard. Uit getuigenissen bleek dat er op grote schaal geknoeid was met leveringsbonnen, invoerbewijzen enzovoort. Maar daar was de administratieve afdeling nooit van op de hoogte geweest.

In ieder geval zou het bedrijf niet meer te redden zijn en Marie-Anne zou alles verliezen wat ze samen met Hugo had opgebouwd. Hopelijk zou ze vrijuit gaan. In dat geval zouden haar persoonlijke gelden en bezittingen gevrijwaard blijven. Ook bestond er nog een kleine kans dat de curators, na de uitspraak van het frauduleuze bankroet, een overnemer zouden vinden. Marie-Anne hoopte dat op die manier het grootste deel van het personeel aan het werk kon blijven. Het spook van de werkloosheid in de regio was reëel en dat haar bedrijf daar medeschuldig aan zou zijn, daarvoor voelde ze zich persoonlijk verantwoordelijk.

Van de gevangenis was ze per taxi rechtstreeks naar het kantoor van haar advocaat gereden om het dossier grondig met hem te bespreken. Daarna had hij haar aan de villa afgezet, waar ze voorlopig nog kon verblijven, maar waaruit niets mocht verdwijnen. De gerechtsdeurwaarders hadden bezwarend beslag gelegd en een volledige inventaris opgesteld. Die had ze moeten ondertekenen voor ze de gevangenis mocht verlaten.

Toen haar advocaat vertrokken was, begaf ze zich naar de kinder-kamer en ging in de grote schommelstoel zitten. Ze voelde zich leeg. Het enige waartoe ze zich in staat voelde, was troosteloos heen en weer wiegen met het speelgoedbeertje tegen zich aan geklemd. Na een tijdje maakte de leegte plaats voor een oneindig verdriet. Ze ging naar de kist waar ze al de spulletjes bewaarde die ze voor hun baby al had gekocht en scheurde alles aan stukken.

Haar kinderwens was over. Zelfs als Hugo zou vrijkomen, zou ze met hem geen kind meer willen. Zijn bedrog en verraad waren zo onmenselijk wreed dat weinig van wat hen beiden ooit ver-bond, nog overbleef. Ze was niet alleen de kans op een baby kwijt, maar ook de man van wie ze gehouden had en het vertrou-wen in de toekomst.

Maar ze was eerlijk genoeg om toe te geven dat dat zowel haar fout was als die van Hugo. Ze moest blind zijn geweest om niet te zien hoever hij bereid was te gaan om als zakenman te slagen. Ze had in haar taak als echtgenote gefaald aangezien ze niet had gezien met wat voor duistere, criminele zaken hij bezig was. Ze had hem tot andere gedachten kunnen brengen, hem tegen zichzelf kunnen beschermen.

Ze was dus geen goede echtgenote en ze zou ook geen goede moeder voor haar kind geweest zijn. Haar vader had gelijk gehad haar weinig aandacht en liefde te geven. Ze was te stom om aan-dacht en liefde te verdienen. Ze had zich met hart, lichaam en ziel aan Hugo gegeven, maar hem niet kunnen helpen. Die mis-lukking zou ze voortaan met een eenzaam en kinderloos leven betalen. Het was de prijs voor haar liefde voor Hugo. Een liefde die ze nog steeds niet kon en wilde afsluiten.

Het was al laat op de avond toen ze eindelijk de kinderkamer verliet. Ze ging naar de donkere woonkamer en dacht na over hoe het nu verder moest.

Ze zou proberen alle zaken zo goed mogelijk af te handelen en als Hugo vrijkwam, of liever, de dag dat hij vrijkwam, zouden ze opnieuw van nul beginnen.

Maar niet hier, niet in Herentals!

De enige eis die ze aan Hugo zou stellen was dat hij haar bewees dat hij geen drugs nodig had en er dus ook geen meer zou verhandelen. Zodra hij uit de gevangenis was, zou zij ervoor zorgen dat hij met beide voeten op de grond bleef. Geen grootheidswaanzin meer. Ze konden met haar geld ergens een kleine zaak opstarten. Het was te nemen of te laten.

Als hij daarmee geen vrede nam, zouden hun wegen scheiden. Ze was echter zeker dat hij haar voorwaarden zou aanvaarden. Want via de advocaten had hij haar meer dan eens verzekerd dat hij van haar hield, en dat ze hem moest blijven steunen. Dat ze moest blijven geloven in hem, ondanks alle fouten die hij had gemaakt en waarvoor hij haar om vergiffenis vroeg. Dat had haar diep ontroerd.

Het had haar ook verrast dat Hugo zijn fouten zo openhartig toegaf. Ze wist beter dan wie ook hoe trots hij was. Het feit dat Hugo zijn fouten inzag, had haar overeind gehouden. Hugo was niet de man die ze altijd gedacht had dat hij was. Eerlijk, onbesproken. Maar hij was nog altijd haar man en hij hield van haar. Samen zouden ze overleven.

Er werd gebeld aan de voordeur. Niemand wist dat ze vrijgelaten was. Hoewel, stel dat de pers er inmiddels achter was gekomen dat ze haar hadden laten gaan? Ze besloot niet open te doen, even te wachten en dan alle luiken te sluiten. Wat ze nu nodig had, was nachtrust. Ze was zo intens moe dat zelfs het ademhalen haar zwaar viel.

Plots ging haar gsm. Het was Tamara. Ze nam niet op en na een tijdje stopte het bellen. Ze wachtte nog even om zeker te zijn dat niemand meer aan de voordeur stond en ging toen de luiken sluiten. Enkele seconden later hoorde ze het seintje dat er een sms was binnengekomen. Geërgerd wilde ze haar gsm afzetten. Snapten ze dan niet dat ze niemand wilde zien of spreken? Maar omdat de afzender toch niet kon weten of ze het berichtje las of niet, drukte ze toch maar op 'lees'.

Tamara vroeg om haar te spreken. Carla was bij haar en ze zaten in de auto op de parking van het bedrijf. Ze zouden desnoods een uur wachten. Als Marie-Anne dan nog niet geantwoord had, gingen ze weg. Maar ze zouden terugkomen. Wat ze te vertellen hadden, was te belangrijk.

Ze wiste het bericht en zette de gsm af. Ze wilde niemand zien, niemand spreken. Ze begreep wel dat haar irritatie vooral aan vermoeidheid te wijten was, maar na al die drukte om haar heen in de gevangenis, had ze er behoefte aan om alleen te zijn.

Ze ging naar de badkamer en nam een douche in de hoop de vernederingen van de voorbije week weg te wassen. Maar het leek of ook haar levenskracht wegstroomde met het water.

* * *

Voorzitter Firmin Van Bouwel zag er jaren ouder uit dan de laatste keer toen hij Werner, net voor het schandaal losbarstte, bij zich had geroepen.

Werner nam plaats in de bezoekersstoel en wachtte tot de voorzitter uit zijn sombere gedachten kwam. Hij begroette Werner met een zwakke glimlach.

'U hebt me geroepen, voorzitter?'

'Ja. Bedankt dat je gekomen bent, Werner. Er zijn er veel die de weg naar mijn kantoor blijkbaar niet meer kunnen vinden.'

Werner kon de bitterheid van de voorzitter begrijpen, maar het was ook een logische reactie van al degenen die met Taxandria begaan waren. Hoewel pers en publieke opinie het erover eens waren dat Hugo Van Dijck iedereen belazerd had, waren er ook heel wat mensen in Herentals die het de voorzitter kwalijk namen dat hij met Hugo in zee was gegaan. En van het moment dat het ernaar uitzag dat Taxandria, ondanks het behalen van de kampioenstitel, haar hard bevochten plaats in de hogere afdeling niet zou kunnen innemen, hadden velen de voorzitter de rug toegekeerd.

'Is er nog nieuws?' Werners vraag was meer bedoeld om het gesprek op gang te brengen.

'Niet veel. Alleen als we een nieuwe sponsor vinden, kan de zaak gered worden.'

'Maar we waren toch te goeder trouw?' Werner hoorde zelf ook wel dat zijn opmerking een zeer zwak argument was. Maar hij wilde de voorzitter een hart onder de riem steken.

'Ik wel. Maar nu blijkt dat onze accountants hun werk niet erg grondig hebben gedaan en niet hebben opgemerkt dat onze schatbewaarder door Hugo betaald werd om onfrisse dingen te doen. De boekhouding is dus voor een groot gedeelte vals en dat gaat ons heel veel geld kosten aan achterstallige belastingen en boetes.'

'Ik had al geruchten in die richting gehoord. Maar misschien valt het allemaal nog mee.'

De voorzitter liet met een cynisch lachje horen dat hij niet meer in sprookjes geloofde. 'Een aantal tegoeden werd al geblokkeerd en we moeten bezuinigen om het seizoen af te kunnen maken. Ik vind het erg dit te moeten vragen, Werner, maar zou je bereid zijn een tijd onbetaald je werk te doen? Ik zou het je niet vragen als het niet nodig was, maar anders moet ik de jongens zonder verzorging laten spelen. En dat wil ik liefst vermijden.'

'Geen probleem, voorzitter. Het zijn nog maar twee matchen. Bovendien, nu de spelers van Hugo er niet meer bij lopen, is het aantal dat verzorging nodig heeft vrij beperkt. Mogelijke gevallen met ernstiger letsel worden vergoed door het ziekenfonds, dus dat vormt zeker geen probleem.'

Hij hoorde de voorzitter een zucht van verlichting slaken. Daarna verzonk hij weer in gedachten en zat onbeweeglijk, de ogen op zijn lege bureau gericht. Zijn stoel met brede armleuningen en hoge rugsteun leek plotseling veel te groot en te ruim voor hem. Toen hij weer opkeek, zag Werner dat de man tranen in zijn ogen had.

'Was dat alles?' vroeg hij aarzelend.

De voorzitter knikte en probeerde te glimlachen.

'Geef de moed niet op, voorzitter. Nu is iedereen boos en

geschokt, maar Taxandria is heilig voor de mensen in Herentals. Er zal wel een nieuwe sponsor komen opdagen. We gaan naar tweede, verdomme!'

'Of we houden op te bestaan. Welke sponsor zal daar nog zijn geld in willen steken?'

Hierop wist ook Werner geen antwoord. Na enkele ogenblikken van ongemakkelijke stilte, stond hij op en ging naar de deur. Daar draaide hij zich om.

'In ieder geval, op mij kunt u blijven rekenen. Ik weet dat u het allemaal goed bedoelde. Hugo praatte iedereen omver. U kon hem heel moeilijk weerstaan. Hij zat vol zelfvertrouwen en maakte grootse plannen. Te grootse plannen.'

De voorzitter knikte slechts.

* * *

Het had veel moeite gekost, maar uiteindelijk was alles geregeld. Ze zou Hugo kunnen spreken. Niet alleen hun advocaten maar ook iemand van de recherche zou daarbij aanwezig zijn. De advocaten hadden er wel voor gewaarschuwd dat alles wat gezegd werd, op tape zou worden opgenomen en eventueel tegen hen gebruikt zou kunnen worden. Tot haar verbazing was Hugo ook met deze voorwaarden akkoord gegaan. Gelukkig maar, want slechts onder die conditie had de onderzoeksrechter zijn toestemming gegeven.

Nu ze hier zat te wachten voelde ze zich, vreemd genoeg, heel rustig. De sporen van wat ze de laatste vierentwintig uur had meegemaakt, hadden haar gezicht getekend. Toch voelde ze zich sterk. En wat ze Hugo te zeggen had, stond duidelijk voor haar vast.

Toen hij werd binnengebracht, bleef ze star voor zich uit kijken. Pas nadat iedereen was gaan zitten en de voorwaarden van het gesprek waren voorgelezen en opgenomen, keek ze hem aan. Hij glimlachte, met een warmte die ze helemaal niet verwacht had. Een felle, bijna aan pijn grenzende emotie ging door haar heen en ze moest enkele malen heel diep inademen om zich te kunnen beheersen.

'Hoe gaat het met je, Marie-Anne? Je ziet er moe uit.'

'Het gaat. En jij?'

'Onkruid vergaat niet', grapte hij. 'Het eten is niet al te slecht maar het comfort laat te wensen over.' Toen veranderde hij van toon. 'Maar ik maak me zorgen over jou. Heb je de dokter al geraadpleegd? Je neemt toch niet te veel medicijnen? Je weet dat je daar heel voorzichtig mee moet zijn.'

Ze keek hem niet-begrijpend aan. Waar had hij het in godsnaam over? Ze nam zelden of nooit medicijnen. Behalve tegen een grieperig gevoel of voor kleine ongemakken.

'Ik heb geen dokter nodig, Hugo.'

'Dat zeg je altijd, maar ik weet hoe moeilijk het voor je was, én nog is.'

'Hoe bedoel je?'

'Daar kan ik nu niet over praten, dat begrijp je toch wel?' Hij gaf haar een teken in de richting van de rechercheur die het gesprek volgde, alsof hij haar attent wilde maken op iets belangrijks. Marie-Anne bleef hem verstomd aankijken, te verbaasd over zijn abnormale gedrag om te kunnen reageren. Ze begreep er niets van. Toen hij plots zijn hand uitstak om haar hand in de zijne te nemen, deinsde ze achteruit. Ze deed het zo bruusk dat het niet veel scheelde of ze viel met stoel en al tegen de grond.

'Je bent zo gespannen. Je doet toch weer geen domme dingen?'

Opnieuw die blik naar de rechercheur. Plots had ze het door. Hugo voerde verdomme een nummer op! Ze begreep niet direct waar hij naartoe wilde, maar dit was een prachtig geacteerd stukje theater. Indien ze niet de informatie had gehad waarover ze nu beschikte, zou ze ervoor gevallen zijn. Gek genoeg deed het haar even harddop lachen. Hugo reageerde onmiddellijk

'Zie je, dat bedoel ik nu juist, die gemoedswisselingen! Dat is waarvoor je zo moet oppassen! Je weet dat het signalen zijn!'

Marie-Anne verstarde. Heel haar lichaamskracht balde zich

samen en plots, geheel onverwacht, kwam het tot een uitbarsting. Ze sloeg zo hard met haar vuist op de tafel dat iedereen verschrikt reageerde.

'Stop, Hugo! Wat je ook van plan bent, stop ermee. Je bereikt er niets mee.'

'Maar...'

'Laat me uitspreken. Ik heb dit onderhoud aangevraagd omdat ik je het een en ander heb mee te delen. Ik wil jouw leugens en cowboyverhalen niet meer aanhoren. Dat heb ik al die jaren al genoeg gedaan.'

'Marie-Anne! In godsnaam! Je weet hoe intens ik van je hou, wat ik allemaal voor je gedaan heb.'

Ze zag hoe hij weer met een snelle blik probeerde in te schatten of de rechercheur en de advocaten zijn act geloofden.

'Stop de show, Hugo. Niemand trapt er nog in. En ik weet met zekerheid dat je nooit van me gehouden hebt.'

Hij richtte zich rechtstreeks tot de rechercheur. 'Ziet u nu wat ik bedoel? Totaal ontoerekeningsvatbaar. Dan wit, dan zwart. Ze moet tegen zichzelf beschermd worden voor ze ook nog iemand anders meesleurt in de ellende, zoals ze dat, ongewild, met mij heeft gedaan.'

Marie-Anne begon te lachen met een schorre lach waarin woede en ergernis, wanhoop en verdriet klonken. Ze hield op toen ze voelde dat de argwanende blik van de rechercheur op haar bleef rusten en ze de onrustige reactie van haar advocaat zag. Ze herstelde zich.

'Sorry, heren, ik kom ter zake en dan zult u alles begrijpen.'

Ze keerde zich weer naar Hugo. Koel en zakelijk.

'Ik kom je melden dat ik een lang gesprek gehad heb met Carla en Tamara. Vooral wat Tamara me te vertellen had, was bijzonder interessant.'

Hij was even de kluts kwijt. Die stomme soaphoer! Daar zou ze voor boeten! Maar hij herstelde zich vlug op een luchtige toon.

'Dat was een slippertje! Meer niet! Dat mens is zo hoerig als wat! Je kent me toch, daar bezwijk ik voor.'

'Je slippertjes raken me niet meer. Zelfs niet de smeerlapperij die je met ons bedrijf hebt uitgehaald. Je drugconnecties, je witwaspraktijk, het kan me niet meer raken. Maar één ding vergeef ik je nooit.'

Ze zweeg even terwijl ze hem recht in de ogen keek. Op zijn slaap zag ze kleine zweetdruppeltjes verschijnen.

'De mensonwaardige leugen die van ons huwelijk één schijnvertoning heeft gemaakt. Die vergeef ik je nooit. Ik schaam me dat ik je ooit mijn jawoord heb gegeven.'

Aan zijn asgrauwe huidskleur zag ze dat er paniek opdook, maar hij probeerde haar toch nog het zwijgen op te leggen.

'Rechercheur, ik eis dat dit gesprek onmiddellijk beëindigd wordt. U ziet zelf dat mijn vrouw totaal in de war is. Ik ben er zeker van dat haar drugsverslaving hier de oorzaak van is. Nu ik haar er niet meer van kan voorzien, zinkt ze hoe langer hoe dieper weg. Begrijpt u nu waarom ik me heb laten verleiden om haar te helpen? U ziet toch zelf hoe onstabiel ze is.'

'Doe geen moeite, Hugo. Ik heb nooit drugs gebruikt en mijn bloed is de voorbije jaren tijdens al die onnodige onderzoeken voor mijn zogezegde onvruchtbaarheid dikwijls genoeg onderzocht dat het niet moeilijk zal zijn om dat te bewijzen. Bovendien zullen het personeel en mijn vrienden graag voor mij getuigen. Het is jouw woord tegen het mijne. Ik ben er zeker van dat mijn woord zwaarder zal wegen dan dat van jou.'

'Marie-Anne, wees redelijk. Denk aan alles wat ik voor je heb gedaan!'

'Jij voor mij? Denk je echt dat ik naïef ben? Het is typisch voor jouw verachtelijke mentaliteit dat je op deze lage manier probeert jezelf te redden door een deel van de schuld in mijn schoenen te schuiven. Want dat is het wat je van plan was, niet? Maar de vlieger gaat niet op. Ik vind het jammer dat ik niet meer informatie heb over je fraudes en je duistere praktijken. Over het weinige dat ik ervan weet, heb ik daarnet een verklaring afgelegd. Van nu af weiger ik nog verder je advocaten te betalen. Ik betwijfel of ze nog zullen staan te trappelen om je in deze hopeloze zaak te verdedigen, ondanks het slimme trucje van mijn zogenaamde drugsverslaving.'

'Maar...'

'Zwijg! Maak je situatie niet nog hopelozer dan ze al is. Morgen zet ik de scheiding in. Niet omdat je geknoeid hebt en daardoor ons bedrijf hebt geruïneerd. Ook niet omdat je Taxandria hebt meegesleept in je ondergang. En ook niet omdat je me ontelbare keren hebt bedrogen.'

Ze haalde diep adem voor ze verder ging. Hugo zag lijkbleek. De rechercheur staarde haar sprakeloos aan. De advocaten leken wassenbeelden.

'Maar dat jij me al die tijd, maand na maand, liet lijden onder mijn kinderloosheid en mijn vermeende onvruchtbaarheid, terwijl je nog voor ons huwelijk een vasectomie hebt laten uitvoeren, dat heeft mij doen inzien dat de man van wie ik gehouden heb, nooit heeft bestaan. Om iets dat er nooit bestond, kun je ook niet treuren.'

'Waar heb je het over?'

'Je lijdt toch plots niet aan geheugenverlies? Je herinnert je toch nog de vasectomie die je voor ons huwelijk hebt laten uitvoeren en waarover je al die jaren nooit met een woord tegen me hebt gerept, terwijl je verdomd goed wist hoe ik naar een kind verlangde.' Hij zag krijtwit en alle bravoure was verdwenen. 'Ik wil nooit meer iets met je te maken hebben.'

Hij deed nog een schuchtere poging om iets te zeggen, maar zag in dat zijn leugens niets meer zouden oplossen. Marie-Anne stond op en wendde zich tot de rechercheur, die ook was opgestaan.

'Bedankt voor uw geduld. Voor mij is dit gesprek afgelopen. Wilt u zo vriendelijk zijn mijn advocaten een kopie van het transcript van de tape te bezorgen?'

De rechercheur knikte en sprak op de tape in dat mevrouw Van Dijck het lokaal nu zou verlaten.

'Sorry, correctie! Niet mevrouw Van Dijck verlaat het lokaal. Mevrouw Van Dijck bestaat niet. Marie-Anne Goossens is mijn naam. U en uw collega's mogen erop rekenen dat ik alles zal doen om het gerechtelijk onderzoek zo gemakkelijk mogelijk te maken. Zodra mijn naam gezuiverd is, wil ik mijn werk als advocate weer opnemen. Want in tegenstelling tot de verdachte Van Dijck, is er voor mij nog wel een toekomst. Tot ziens, heren.'

Marie-Anne verliet met opgeheven hoofd het lokaal, zonder de roerloze man aan de tafel nog een blik te gunnen.

Hoofdstuk 13

Met een gevoel van opluchting plaatste Carla de laatste serveer-schotels in plastic bakken, die ze daarna op elkaar stapelde. Aan-gezien ze er wijselijk voor had gezorgd dat het dessert in buffetvorm werd geserveerd, was haar werk nu zo goed als klaar. Zo kon ze tenminste ook wat mee gaan vieren. Ze voelde zich er eigenlijk te moe voor, maar dat haar kookkunst de hele middag naar waarde was geschat, maakte veel goed.

Gelukkig dat ze niet zelf voor de drank hoefde in te staan, want dan zou ze de hele avond in de weer moeten blijven. Ze werkte nu met een drankencentrale die ook enkele obers ter beschikking stelde. Ze strekte haar pijnlijke rug. Ze zou toch spoedig voor een vaste medewerker moeten zorgen. De aanvra-gen voor feestjes, dineetjes en thema-etentjes bleven maar bin-nenstromen en hoewel ze schitterende hulp had van haar partner, zou ze het werk niet lang meer de baas kunnen.

Terwijl ze de eerste cake aansneed, drong plots het geluid van de feestvierende mensen tot in de keuken door. Ze richtte zich op en glimlachte naar Marie-Anne, die de keuken in kwam. Typisch voor haar om de feestdrukte te ontlopen zo gauw ze er de kans toe zag. Ze knipoogde naar haar en werkte verder.

Marie-Anne nam een krukje en ging een eindje van de tafel af zitten om Carla niet te storen bij haar werk. Ze keek bewonde-rend toe hoe handig en professioneel Carla bezig was, alsof ze haar hele leven lang een traiteurszaak had gerund. Ze zag er goed uit in haar zwarte jurkje en witte gesteven lange koksschort.

'Ze zijn allemaal vol lof over het eten. Maar eigenlijk is het een schande dat je ons elke keer wilt vetmesten.'

'Dat valt nog mee, zo te zien. Je weegt in ieder geval geen gram te veel.'

'Maar mijn dijen en heupen...'

Carla liet haar niet uitspreken. 'Die zijn zoals ze moeten zijn. Stevig en vrouwelijk. Die veranderen niet meer, leg je daar dus maar bij neer. Net zoals ik moet aanvaarden dat ik altijd volslank zal zijn, met de klemtoon op "vol". Hoe graag ik ook een maatje achtendertig zou willen dragen, tweeënveertig "plus" is een realistischer streefgetal. In ieder geval zien we er allebei stukken beter uit dan toen we elkaar voor het eerst ontmoetten. Herinner je het je nog?'

Ze bekeken elkaar even glimlachend, maar toen ernstig. Het bleef korte tijd stil.

'Hoe is het op je werk?' vroeg Carla, om een eind te maken aan hun gemijmer.

Marie-Anne fleurde meteen op. 'Fantastisch! Ik geniet van elk moment. Maar het gaat er wel hectisch aan toe. Er is een berg werk in te halen. Het is een doorlopende en zenuwslopende strijd om een evenwicht te vinden tussen een correcte jeugdbescherming enerzijds en het beperken van de jeugdcriminaliteit anderzijds. De jeugdrechters hebben het moeilijk. Niemand heeft blijkbaar begrip voor wat ze proberen te doen. Zelfs in de regering is er geen eenstemmigheid over de aanpak en de pers keert zich om de haverklap tegen hen. Gelukkig heeft al die drukte ook haar voordelen. De dagen vliegen voorbij, én de avonden, want ik neem meestal bergen werk mee naar huis.'

Terwijl ze enthousiast verder vertelde over haar werk, dacht Carla terug aan de dag waarop zij en Tamara een totaal ontredderde Marie-Anne hadden ingelicht over hetgeen ze wisten over Hugo. Het telefoongesprek in het archief en zijn verhouding met Tamara. Maar vooral het afschuwelijke geheim van zijn sterilisatie.

Marie-Anne had haar wanhoop uitgeschreeuwd. In haar bijna

hysterische woede om zijn verraad hadden ze haar in bedwang moeten houden om te voorkomen dat ze zichzelf zou verwonden als een wild dier in levensnood.

Na het gesprek met Hugo in de gevangenis was er een vreemde, ijzige kalmte over haar gekomen die haar onbereikbaar maakte voor elke troost of steun. Ze hadden zich zorgen gemaakt over haar geestelijke gezondheid. Uiterlijk functioneerde ze normaal. Ze handelde de sluiting van het bedrijf af, getuigde sereen tijdens het proces en verhuisde naar een appartement in het centrum. Ze zonderde zich af van alles en iedereen. Alleen doordat ze geduldig en onvermoeibaar op haar bleven inpraten, slaagden ze erin te voorkomen dat ze alle contact met haar vriendinnen verloor.

Gelukkig had ze een drietal weken geleden, op aanraden van een oud-studiegenoot, een stage aangenomen bij de jeugdrechtbank. Sindsdien ging het beter. Het was alsof ze door haar werk voor kansarme jongeren minder tijd kreeg om te treuren over de kinderen die Hugo haar ontzegd had. Er waren nog ogenblikken van opstandig verdriet, maar ze was op weg naar herstel. Het deed Carla deugd haar zo enthousiast bezig te horen.

'Overdrijf toch maar niet. Ik heb de indruk dat ze veel te veel dossiers naar jou doorschuiven. Ze profiteren van je werklust.'

'Dat moet jij moet juist zeggen. Sinds je met die traiteurszaak bent gestart, gun je jezelf nauwelijks tijd om te ademen. Is het nog altijd zo druk?'

'De zaak loopt als een trein. Als René er niet was, had ik al lang personeel in dienst moeten nemen. Nu redden we het voorlopig nog met de hulp van freelancers. En de kinderen dragen ook hun steentje bij. Mieke is bijvoorbeeld onze expert in het glazuren van taarten. Alleen zit er soms meer glazuur op haar snoet dan op de taart.'

Ze moesten er allebei hartelijk om lachen. Tijdens piekmomenten was de grote keuken voor hun clubje een vertrouwde plek geworden. Ieder had om beurten al wel eens moeten inspringen. Maar de laatste tijd begon het allemaal wat vlotter te lopen. Carla was veel beter georganiseerd en veel zelfverzekerder geworden.

'Gaat het goed tussen jou en René?'

In het begin was het voor Carla niet gemakkelijk geweest. Terwijl René niet ophield zijn onverhoopte dochter te overstelpen met liefde en aandacht, worstelde Carla met een intens gevoel van boosheid omdat hij haar moeder destijds in de steek had gelaten.

'Het gaat beter nu we zakenpartners zijn. Vader en dochter word je zo maar niet met een vingerknip, toch niet op onze leeftijd. Ik voelde me door zijn aanwezigheid...' ze aarzelde.

'Gevangen?' vulde Marie-Anne aan.

Carla knikte. Na de moeilijke jaren met opa en daarna de al even moeilijke periode met Jos, had de verstikkende liefde van René haar overvallen. Ze had zich ertegen verzet, uit angst dat ze, door zijn vaderlijke liefde te aanvaarden, opnieuw haar onafhankelijkheid zou moeten prijsgeven. Ze wist dat ze René daarmee gekwetst had, maar ze wilde zichzelf niet nog eens verliezen.

'Maar door onze samenwerking in de zaak, staan we nu op gelijke voet. We zijn niet alleen vader en dochter, we zijn ook partners. En dat is voor mij een zekere geruststelling. Af en toe botsen we nog wel eens, maar al met al kunnen we erg goed met elkaar opschieten. De kinderen zijn dol op hem.'

'Dat zal wel. Hij lijkt wel de altijd vrijgevige kerstman.'

'Hij wilde de verloren tijd inhalen. Ik heb hem moeten afremmen, wat hij me trouwens niet in dank heeft afgenomen. Daarom ben ik blij dat hij nu zijn eigen flat heeft en hij zijn plan om bij ons te komen wonen, heeft laten varen. Ik geloof trouwens dat ik nooit meer met een man wil samenwonen. In wat voor relatie dan ook. Ik laat me toch altijd maar overdonderen en onderdrukken.' Ze grinnikte. 'Het zal wel aan mij liggen zeker. Wat denk je, Marie-Anne, ben ik een geboren slachtoffer voor de mannelijke dominantiedrang?' vroeg ze vol zelfspot.

Maar Marie-Anne reageerde ernstig. 'Misschien wel. Jij geeft je altijd voluit. Je wilt altijd voor iedereen paraat staan, voor iedereen zorgen. En daar betaal je dan voor door jezelf en je eigen verlangens weg te cijferen. Maar eigenlijk ben jij de sterkste van ons allemaal. Besef je dat? Kijk maar eens naar wat je hebt mee-gemaakt. Ieder normaal mens zou het allang hebben opgegeven. En, waar sta jij vandaag? Aan het hoofd van een succesvolle zaak ondanks de zorgen van een eenoudergezin. Een gezin dat boven-dien op rolletjes loopt. Jij hebt geen man nodig om het te red-den.'

'Mogelijk. Ik kan inderdaad mijn plan trekken. Maar dat is slechts één aspect van me. Het klopt dat ik ervan hou om voor iedereen te zorgen. Ik geniet ervan mijn gezin te verwennen en de klanten zo goed mogelijk te bedienen en vind het niet erg als ik daardoor mezelf tekortdoe. Maar als ik met iemand moet leven die me dag in dag uit bekritiseert of me op de vingers kijkt, verlies ik mijn wilskracht, mijn zelfvertrouwen en mijn drive. Tot er uiteindelijk niets meer van me overblijft. Ik heb dat mee-gemaakt met opa en daarna met Jos. Ik wil het niet opnieuw beleven. Dus in mijn leven geen man meer op vaste basis. Ook René niet.'

'Heb je hem dat kunnen uitleggen?'

'Min of meer. Hij bedoelde het natuurlijk allemaal goed, maar ik kon het niet aan. Die verloren jaren kunnen we toch niet meer inhalen en onze verhouding zal nooit worden wat ze ooit geweest had kunnen zijn. Hij heeft zich er blijkbaar bij neerge-legd. Ik begin zelfs een beetje van zijn overweldigende aandacht te genieten. Hij kan soms zo trots op me zijn. Zijn liefde verstikt me niet meer, ze verrast me eerder. Ik kan mezelf blijven, ook als hij in de buurt is. En dat heb ik aan jou te danken.'

'Onzin. Het voorstel kwam van René, ik was slechts de tussen-persoon.'

'Het was een goed voorstel. Ik ben je dankbaar dat je het ver-dedigde en dat je ons hielp de naamloze vennootschap als even-waardige partners op te starten. De taakverdeling is ideaal. René houdt zich bezig met de klantenwerving, de aankopen en het innen van de facturen. Dat laatste was voor mij een verschrikking. Ik kan het nog altijd niet geloven dat mensen zoveel geld willen betalen voor wat voor mij nog altijd een hobby is.' Marie-Anne wilde haar onderbreken maar Carla gaf haar de kans niet. 'Ik meen het. Ik kook zo graag dat ik me soms schuldig voel wanneer ik daarvoor geld moet vragen. Maar René heeft daar geen moeite mee. Integendeel! Hij vindt dat ik veel te weinig vraag.'

'Hij weet waarover hij praat. Gek trouwens dat René ook zo goed kookt. Van een scheepskok op vrachtschepen verwacht je nu niet meteen de fijnste keuken.'

Carla lachte. 'Het zit me inderdaad van twee kanten in het bloed. Zowel mijn grootmoeder als mijn vader! Ik was gewoon voorbestemd om dit te doen!'

'En dat proef je ook!' zei Marie-Anne nagenietend van de laatste kruimels van het stukje cake dat Carla haar had toegeschoven als voorproefje op het dessertbuffet.

'Heb je nog iets gehoord van Hugo?' vroeg Carla na een korte stilte. Ze wist dat Marie-Anne wachtte op de documenten die de kerkelijke vernietiging van hun huwelijk mogelijk moesten maken. De geheimgehouden sterilisatie gaf haar hiertoe het recht.

'Alle documenten zijn eindelijk getekend. Het zal niet lang meer duren of ik ben nooit getrouwd geweest.'

'Voor de kerk?'

'Én voor de wet. Die scheiding gaat nog sneller. Die neemt nog maar zes maanden in beslag. Gek toch dat je een wettelijke band die je aanging voor het leven, kunt verbreken in minder dan een half jaar en voor slechts enkele honderden euro's.'

Al deed ze of ze zich had neergelegd bij het einde van haar huwelijk, toch ging er geen dag voorbij zonder dat ze zocht naar de redenen waarom het fout was gegaan. Hoe had ze kunnen geloven dat Hugo van haar hield?

Ze moest vechten tegen de tranen en tegen de wanhoop die haar opnieuw dreigde te overvallen. Maar ze herstelde zich. Vandaag was het feest. Hugo zou geen kans krijgen het voor haar te verknoeien.

'Je redt het wel, Marie-Anne.' Carla legde haar arm troostend om de schouders van haar vriendin, van wie ze het intense verdriet aanvoelde. 'Je mag de moed niet opgeven. We zijn allebei door een hel gegaan, maar allebei vonden we de moed om ons lot weer in eigen handen te nemen. Het kan ons alleen nog maar beter gaan. Daar ben ik zeker van!'

* * *

Els keek tevreden toe hoe haar ouders met die van Johan druk in gesprek waren. Wat een geluk dat ze gekozen hadden voor dit informele samenzijn en niet voor een traditionele huwelijksfeest met alles erop en eraan. Liefst van al waren ze in alle stilte getrouwd, maar haar ouders noch de ouders van Johan konden zich met dat idee verzoenen. Dus hadden ze een compromis gesloten. Ze waren met een eenvoudige ceremonie in het gemeentehuis getrouwd en voor het feest hadden ze de VIP-loges gehuurd op Taxandria. Carla zorgde voor de catering en Johan en zijzelf hadden de ruimte versierd. Het resultaat was prachtig, Johan was zo handig in die dingen. Je merkte bijna niet dat je hier in een voetbalstadion zat, al loog het uitzicht op het voetbalveld via de panoramische ramen er natuurlijk niet om. Maar de loges waren gezellig ingericht, met alle voorzieningen. De club van haar kant was blij met de extra inkomsten.

Voor de tafelschikking hadden ze zich niet gehouden aan de voor een huwelijk gebruikelijke U-vormige opstelling. Hun feest moest gewoon een gezellig samenzijn worden, geen plechtig gedoe. Ze hadden kritiek verwacht, maar het bleek een succes. Overal zag Els mensen in geanimeerd gesprek en er werd heel wat afgelachen.

Samen met Johan, die druk omringd was door haar taterende zussen, ging ze zo dadelijk de bruidstaart aansnijden. Ongelooflijk hoe hij haar familie had ingepalmd, dacht ze. In enkele maanden tijd was hij voor haar ouders de zoon geworden die ze altijd hadden gewenst en voor haar zussen de broer die ze altijd hadden gemist. Van de afgunst die haar zussen toonden bij het voorstellen van Koen destijds, was bij de kennismaking met Johan niets te bespeuren geweest. Integendeel, haar zussen deelden volop in haar geluk.

De herinnering aan Koen gleed als een donkere schaduw over haar tot nu toe stralend gezicht. Ze wist dat hij weg was uit Herentals. Af en toe keek ze in de sportpagina's van de kranten om te zien of zijn naam ergens bij een of andere ploeg opdook. Tot nu toe was dat niet het geval. Zou hij de strijd tegen zijn verslaving aan pijnstillende middelen verloren hebben? De opgelopen blessure had hij immers veel te zwaar belast. Mogelijk herstelde die zelfs nooit meer. Arme Koen, voetbal was alles voor hem geweest. Gelukkig voor hem was nooit bekend geworden dat hij drugs had gedeald.

Els had aan haar vriendinnen bekend dat zij Koen, onder dwang, aan pijnstillende middelen geholpen had. Maar die ellendige tijd was voorbij. Ze begreep nog steeds niet dat ze zich door Koen zo had laten intimideren en chanteren. De Els van toen herkende ze niet meer. Johan had haar weer zelfvertrouwen gegeven. Ze had opnieuw haar waardigheid gevonden. En haar vriendinnen hadden haar daarbij geholpen, ondanks hun eigen problemen.

Ze was dan ook erg blij dat ze vandaag allemaal op het feest waren. Niemand wilde ontbreken. En dan te bedenken dat ze zich nog geen jaar geleden in dezelfde ruimte bitter en eenzaam had gevoeld. Nu was ze omringd door één grote familie. Het gaf haar zo'n heerlijk gevoel dat ze ervan zuchtte.

'Alles oké, Els?'

Ze knikte naar Johan en stond op. Het was tijd om de huwelijkstaart aan te snijden. Ze nam zijn hand in de hare en vlijde zich tegen hem aan, haar echtgenoot, haar partner en haar collega.

* * *

Emma hielp Carla de restanten van de taarten te herschikken op enkele grote borden. In de loop van het avondfeest zouden liefhebbers zich daarover wel ontfermen. In de zaal werden ondertussen de tafels en stoelen verplaatst zodat er een dansvloer vrijkwam.

'Jij hebt jezelf vandaag echt overtroffen, Carla. Dit was tiptop! Fred raakt er maar niet over uitgepraat.'

Carla reageerde op het compliment met een glimlach. 'Bedankt. Lief van Johan en Els om ons daarnet in hun speech zo te bedanken, vind je niet? Het verraste me eerlijk gezegd. Ze spreekt niet graag over die slechte periode.'

'Dat ze er zo in het openbaar op zinspeelt, betekent dat ze het verwerkt heeft. Ze is zelfverzekerd geworden.'

'Net als wij allemaal. Als ik bedenk hoe we toen waren, bij de opening van de VIP-loges. Gefrustreerd, onzeker en kilo's te zwaar! Al zou ik dat toen nooit hebben toegegeven. Zelfs Tamara was onzeker. Maar ze stopte het weg achter dat flirterig gedoe van Bianca.'

'Onzeker misschien, ja, maar niet te dik. Kijk nu eens. Ze is enorm! En nog vier weken te gaan! Ik hoop dat het allemaal goed zal aflopen met de geboorte.'

'Natuurlijk, Carla. Waarom niet? Al is ze al achter in de dertig, ze is gezond en Werner let wel op dat ze geen domme dingen doet.'

'Een echtgenoot kan inderdaad soms praktisch zijn.'

Geen van beiden wilden ze daar verder nog commentaar over kwijt.

'Vanaf vandaag zijn er weer drie van de vijf getrouwd. Het was een hele tijd dat alleen jij en Fred, en Tamara en Werner dat waren. Toen het er bij Tamara aan een zijden draadje hing, zag het er zelfs naar uit dat we een vrijgezellenclubje zouden worden', mijmerde Carla hardop. 'Hoe is het nu tussen jou en Fred?'

'Elke dag een beetje beter.'

Emma had uiteindelijk haar probleem aan Carla uitgelegd. Die had haar eerst niet willen geloven. Was Emma frigide?

Emma die zo graag met gepeperde grapjes uitpakte?

Carla wist toen nog niets van Emma's jeugd en de manier waarop haar moeder haar geïndoctrineerd had. Hoe ze in de armen van Fred gevlucht was om een einde te maken aan haar werk als meid in het grote notarishuis, maar niet in staat was geweest hem ook haar lichaam te geven. Desondanks was hun huwelijk hecht gebleven. Tot Fred op Marie-Anne verliefd was geworden. Haar weigering om seks te hebben, mocht niet langer haar huwelijk bedreigen en daarom had ze besloten er iets aan te doen.

De therapie die ze sindsdien samen met Fred volgde, verliep moeizaam. Elke kleine stap op weg naar het herstel bleek voor haar een enorme opgave. Fred was echter een geduldige man en sinds kort was hun huwelijk eindelijk volledig. Wat niet betekende dat er geen moeilijke momenten meer waren.

'We gaan nog maar af en toe naar de therapie. En dan vooral omdat Fred zo graag zou hebben dat ik in staat zou zijn om een orgasme te krijgen. Terwijl ik al blij ben dat ik hem een orgasme kan bezorgen.'

'Misschien komt de rest vanzelf wanneer jullie lichamen aan elkaar vertrouwd worden. Als jullie ontspannen kunnen genieten van de nieuwe intimiteit.'

'Ik hoop het. Niet dat ik een orgasme ooit gemist heb. Wat je niet kent, kun je niet missen. Maar ik besef nu wat ik Fred al die jaren heb aangedaan. En dat verdiende hij niet.'

'Het is en was jouw schuld niet, Emma.'

'Nee. Dat zegt de therapeute ook altijd.' Ze keek even naar Carla. 'Was seks altijd leuk voor jou?' vroeg ze.

'Niet altijd. Jos was dikwijls brutaal. Hij wilde altijd bewijzen dat hij heer en meester was. Ook in bed. Terwijl ik verlangde naar wat geknuffel en wat warmte. Ik heb dat in mijn jeugd zoveel moeten missen.'

'Natuurlijk. Mis je het nu? Ik bedoel seks.'

'Ja... en nee. Ik heb het ook zo druk met de zaak.'

'Maar je doet het prachtig. We zijn allemaal zo trots op je.'

'Hoe is het nu met de kinderen?' vroeg Carla, die nu even niet over de zaak wilde praten.

'Dat gaat schitterend. Nick en zijn vriendin hebben deze week een stuk bouwgrond gekocht in Olen. Een echt koopje. Nu zitten ze samen uren te tekenen en te schetsen hoe hun droomhuis eruit moet zien. Ze zullen natuurlijk nog moeten sparen voor ze kunnen beginnen te bouwen. Maar in de weekends gaat Nick samen met Fred het terrein al bouwklaar maken. Er moet nog het een en ander afgebroken worden. Ze zijn van plan om zoveel mogelijk zelf te doen om kosten te sparen en omdat ze het een uitdaging vinden. Typisch voor mannen die heel hun leven achter hun bureau zitten. Ze kunnen geen spijker in de muur slaan, maar toch willen ze de stoere bouwvakker uithangen. Ik zal al maar een voorraadje zalf tegen spierpijn en schaafwonden aanleggen.'

Ze moesten er allebei om lachen.

'En Katja? Ze ziet er erg gelukkig uit met Elke.'

'Elke is een schat van een vrouw en een heel goede moeder voor Sofietje. Fred en ik hebben aanvaard dat Katja lesbisch is. Zeker als we haar en Elke zo samen zien, begrijpen we het beter. En dankzij Sofietje hebben we nu toch een beetje een kleindochter. Als ze in Herentals komen wonen, mag ik op haar passen na school.'

'Gaan ze dan hier komen wonen? Ik dacht dat Fred...'

'In het begin wilde hij niet dat ze in Herentals wisten dat zijn enige dochter lesbisch was. Maar ook bij hem is er veel veranderd. Door de gesprekken met de therapeute is hij vrouwen anders gaan bekijken. Weet je, mannen van zijn generatie hebben nooit geleerd dat vrouwen heel anders in elkaar zitten dan zijzelf. Boeken zoals "Vrouwen zijn van Venus en Mannen van Mars" werden toen nog niet geschreven, of gelezen! Maar hij doet zijn best. En sinds het probleem met Hugo is hij veel minder bang om wat de mensen van hem zullen zeggen. Zie maar eens hoe vlug dat schandaal is uitgestorven. Niemand praat er nog over.'

'Maar het is nog lang niet vergeten. Heeft Fred op zijn werk problemen gehad omdat hij Hugo en Marie-Anne over die controle ingelicht had?'

'De onderzoeksrechter is niet ingegaan op die beschuldigingen van Hugo die hij waarschijnlijk uit de lucht gegrepen vond. En met Taxandria gaat het nu ook weer beter. Daar heeft hij ook een tijd erg over gepiekerd.'

Het had er inderdaad naar uitgezien dat Taxandria ten onder zou gaan aan de enorme schulden die de voorzitter door toedoen van Hugo had opgestapeld. Maar dat was niet alles. Hij had ook bedragen geïnvesteerd in Taxandria die zijn bedrijf niet kon missen. In Herentals vreesde men dat het faillissement van het oude meubelbedrijf, en dus verlies van arbeidsplaatsen, onvermijdelijk was. De eens op handen gedragen Firmin Van Bouwel durfde niet meer in het openbaar te verschijnen.

Maar plots kwamen de zonen van de oude voorzitter hem te hulp. Samen brachten ze nieuw kapitaal in, namen het bedrijf over en vormden het om in een nv met een sterke raad van bestuur onder leiding van de oudste zoon.

Ook in Taxandria hadden ze ingegrepen. De jongste zoon, die een bedrijf had dat tuinomheiningen over heel de wereld uitvoerde, was nu hoofdsponsor van Taxandria en had een groot gedeelte van de schulden overgenomen. In overleg met de Belgische Voetbalbond werd besloten Taxandria niet te laten overgaan naar de hogere afdeling. Eerst moesten de schulden tot normalere proporties teruggebracht worden. Na heel wat gemor en protest werd de beslissing van het nieuwe beleid uiteindelijk door de supporters gesteund. Het nieuwe seizoen verliep prima. Taxandria had de storm overleefd en was er zelfs versterkt uit gekomen.

* * *

'Gaat het nog, schat?'

Werner bekeek Tamara bezorgd toen ze van de dansvloer

kwam. Ze kon geen woord uitbrengen, wuifde hem geruststellend weg en liet zich met een diepe zucht naast Emma, Carla en Marie-Anne op een stoel neervallen. Ze wist wel dat ze het in haar toestand rustig aan moest doen, maar het was al zo lang geleden dat ze nog eens uit de bol was gegaan. Maanden zat ze nu al thuis. Ze had de babykamer ingericht, babyspulletjes gekocht en boeken over kinderverzorging verslonden. Yoghurt gegeten, aan zwangerschapsgymnastiek gedaan en haar steeds dikker wordende buik ingesmeerd met speciale olie tegen zwangerschapsstriemen.

Maar ze was meer dan alleen maar een zwangere vrouw. Overal waar ze vroeger kwam, was zij het middelpunt van de belangstelling geweest. Overal keken de mannen naar haar, had ze aanbidders. Nu leek het wel of alle belangstelling alleen uitging naar haar dikke buik. Men vroeg haar niet hoe zij het maakte, men informeerde naar de baby! Zelfs Werner deed eraan mee. Het ging zo ver dat hij, wanneer hij haar een plezier wilde doen, in plaats van bloemen een knuffeldier voor de babykamer meebracht. En sinds ze wisten dat de baby een jongen was, had ze moeten dreigen met hongerstaking om hem te beletten op zolder een volledig elektrisch treincircuit te installeren en daar zijn vrije tijd door te brengen! Tamara zelf bestond schijnbaar niet meer, behalve dan als toekomstige moeder van de baby.

Vanavond was het echter anders. Ze voelde zich goed en bruiste van de energie. De vreemde, ongemakkelijke spanning die ze de laatste dagen gevoeld had in haar buik was sinds vanmorgen verdwenen. Ook haar seksuele energie was terug, daar was ze zich heel goed van bewust. Ze wist dat ze ondanks haar dikke buik, die ze nooit probeerde te verbergen maar brutaal accentueerde door haar kleding, er goed uitzag. Ze besefte dat ze er zelfs nooit zo vrouwelijk had uitgezien en de blikken van de mannen logen er dan ook niet om. Ze genoot ervan dat ze naar haar keken terwijl ze danste. Ze had nog niets van haar aantrekkingskracht verloren. Ook al was ze acht maanden zwanger!

De trage dansen sloeg ze echter over. Intiem dansen met een

dikke buik ertussen, daar begon ze niet aan. Behalve met Werner dan, maar die zat weer te praten met Fred over dat eeuwige voetbal. Sinds die twee samen in het bestuur zaten, deden ze alsof ze met hun beiden heel Taxandria moesten runnen. Mannen!

'Dansen jullie niet?' vroeg ze haar vriendinnen toen ze op adem gekomen was en haar glas wijn in één teug had leeggedronken.

'Met wie dan wel? Zie ons hier zitten! Muurbloemetjes! Niemand die ons vraagt.'

Emma lachte om het antwoord van Carla, maar vond dat het inderdaad tijd was om in actie te komen.

'Tamara heeft gelijk. Komop, we vliegen er nog eens in zoals toen die avond in Antwerpen.' Ze sprong op alsof ze zich klaarmaakte voor een dansmarathon.

'Dat was een avondje uit, Emma. Dit is een huwelijksfeest. Dat is niet hetzelfde.'

'Doe niet flauw, Marie-Anne. Er is muziek en er is een dansvloer. Meer hebben we niet nodig. Komop, allemaal samen en we halen Els ook op de vloer. Ze heeft nu genoeg in de ogen van Johan gekeken. Kom, we zullen als clubje eens laten zien wat we waard zijn.'

Zonder pardon trokken Tamara en Emma hen van hun stoelen en mee naar de dansvloer. Daarna haalden zij ook Els erbij en voor ze het wisten, stonden ze met hun vijven in het midden van de dansvloer en werden aangemoedigd door de omstanders. De diskjockey speelde er onmiddellijk op in met een swingend muziekje. Haar reputatie als fuifnummer alle eer aandoend ging Emma natuurlijk het hevigst tekeer. Maar ook Tamara liet zich niet onbetuigd. Zelfs Marie-Anne liet zich, na een aarzelend begin, meevoeren op het jagende ritme.

Toen Tamara plots op de grond ging zitten, sloeg niemand er acht op. Ze dachten dat het gewoon een van haar trucjes was om aandacht te trekken. Maar toen Tamara ineengekrompen bleef zitten, besefte Carla dat er iets mis was. Ze boog zich over haar heen terwijl ze de anderen een teken gaf dat ze moesten stoppen met dansen.

'Wat is er? Heb je je pijn gedaan?'

Tamara antwoordde niet maar kreunde.

'Marie-Anne, haal Werner en zeg dat hij naar hier komt. En roep Johan.'

'Laat mij maar even.' Els knielde naast Tamara zonder zich erom te bekommeren dat ze haar lange witte bruidsjapon zou bevuilen. 'Tamara, kun je zeggen wat je voelt?'

'Pijn... Mijn buik... Hevige pijn!'

'Blijf rustig en probeer te ontspannen. Het zou een spierkramp kunnen zijn.' Els richtte zich tot de omstanders die zich verdrongen om te kijken wat er met Tamara aan de hand was. Begrepen ze dan niet dat ze alleen maar hinderden?

'Willen jullie alsjeblieft even weggaan en ons wat privacy geven?'

Johan kwam samen met Werner naar hen toe. Ze baanden zich een weg tussen de gasten, die terug naar hun tafels gingen.

'Wat is er gebeurd? Wat heeft ze?' Werner kwam nauwelijks uit zijn woorden. 'Tamara, wat is er?'

'Geen paniek. Dat helpt haar niks vooruit. Jullie kunnen het best even naar het ziekenhuis. Wil jij bellen, Johan? Werner, waarschuw haar huisdokter en haar gynaecoloog. Wij brengen haar ondertussen voorzichtig naar de hal. Marie-Anne, zorg ervoor dat haar handtas meegaat.'

Stap voor stap hielpen ze Tamara naar de uitgang. Werner was intussen al telefonerend naar buiten gegaan om zijn wagen te halen.

Tamara omknelde krampachtig de hand van Carla uit vrees dat ze elk ogenblik flauw zou vallen. De pijn was vreselijk. Alles duizelde voor haar ogen. Had ze maar niet zo wild gedanst. Waarom had ze niet aan de baby gedacht!

'Ik kan als bruid onze gasten niet alleen laten. Maar misschien valt het nog mee en zijn jullie over een halfuurtje weer thuis. Bel ons, oké?'

Maar die opbeurende woorden geloofde Els zelf niet. De hevige, plotselinge pijn een maand voor de geboorte voorspelde weinig goeds. Ze had bovendien gezien dat Tamara bloed verloor.

Marie-Anne zocht de huissleutels in de handtas van Tamara. Ze wist waar haar koffertje stond om bij de geboorte mee te nemen.

'Ik haal je koffertje bij je thuis en breng het naar het ziekenhuis.'

Tamara knikte zonder eigenlijk te beseffen wat er gezegd werd. In de hal stond Fred al te wachten met een plaid die hij onmiddellijk om haar heen wikkelde.

Werner reed de auto tot voor de ingang. Fred tilde haar op, droeg haar als een baby naar de wagen en legde haar voorzichtig op de achterbank. Tamara greep bij een nieuwe pijnscheut wanhopig Carla bij de hand die dan maar noodgedwongen op haar hurken naast haar ging zitten. Emma nam vooraan plaats naast Werner, die vertrok nog voor ze haar deur kon dichttrekken.

'Ga terug naar je gasten, Els, je mag jullie feest hierdoor niet laten verknoeien', zei Marie-Anne met aandrang. 'We houden je op de hoogte.'

Els, Johan en Fred bleven nog even in de deuropening staan kijken tot de auto van Marie-Anne de parking had verlaten.

'Komaan, naar binnen jullie twee. Tamara is in goede handen.'

Fred dreef hen als twee kleine kinderen terug de zaal in.

* * *

Enkele uren later zaten de vier vriendinnen samen met Johan en Fred en een doodsbleke en hypernerveuze Werner in de wachtkamer. Els, die na het vertrek van de laatste gast onmiddellijk naar het ziekenhuis was gekomen, probeerde hem nog maar eens gerust te stellen.

'Je mag niet meteen het ergste vrezen, Werner. Een keizersnede is geen ongewone ingreep. Je zult zien, alles komt goed.'

Tamara was in de operatiekamer. Nog voor ze in het ziekenhuis waren aangekomen, was de bloeding niet meer te stelpen geweest. Toen de opgeroepen gynaecoloog haar onderzocht, besloot hij onmiddellijk tot een keizersnede over te gaan. Tamara verloor te veel bloed en het leven van het kindje was in gevaar.

Els had hen verzekerd dat een keizersnee vrij vlug ging en dat ze spoedig nieuws zouden krijgen. Maar Tamara was al meer dan twee uur in de operatiekamer en nog altijd hadden ze geen bericht gekregen.

'Er is iets met het kindje... Het was te mooi om waar te zijn om op mijn leeftijd nog vader te worden', zei Werner.

Johan legde troostend zijn arm om zijn schouders.

'Zo mag je niet denken. Er kunnen zoveel oorzaken zijn dat het zo lang duurt.'

'De zwangerschap moest nog minstens vier weken duren.'

'Een kindje van acht maanden oud is perfect leefbaar.'

De deur ging open en de dokter kwam binnen. Hij was nog gekleed in de groene operatiekleding. Hij keek wat verbaasd naar al dat volk in de wachtruimte.

'Mijnheer Bekaert.'

Werner veerde op en struikelde van verbouwereerdheid over zijn eigen voeten. Fred en Johan konden hem nog net opvangen.

'Dokter?'

'Kan ik u even alleen spreken?'

'Oh god, er is iets mis. Ik wist het, ik wist het.'

Als één man stonden ze opeens rond Werner. De dokter, die een dergelijke overrompeling niet had verwacht, schrok even. Maar het was in de huidige omstandigheden misschien niet slecht dat de vader goed omringd was, dacht hij.

'Uw zoontje is een uurtje geleden geboren en maakt het goed. Hij weegt iets meer dan twee kilo en ademt zelfstandig. Het ziet er een vechtertje uit. U kunt hem zo meteen zien op de afdeling prematuren.'

'En Tamara?'

De aarzeling van de dokter deed de spanning nog meer stijgen.

'Uw vrouw heeft veel bloed verloren en is op intensieve. De placenta was gescheurd. En er waren complicaties. De volgende uren zullen bepalend zijn.'

Marie-Anne zette een stapje naar voren.

'Kunnen wij iets doen, dokter? Bloed geven misschien?'

Wat een knappe vrouw, dacht de dokter terwijl hij haar terloops opnam.

'Bedankt dat u het voorstelt, mevrouw. Maar momenteel is onze voorraad toereikend.'

De dokter overzag even het groepje dat om hem heen stond geschaard.

'Sorry, maar bent u allemaal familie? Alleen familie wordt toegelaten in de wachtkamer van intensieve.'

Weer was het Marie-Anne die het woord nam.

'Wij zijn haar vriendinnen, dat betekent voor ons meer dan familie, dokter', pleitte ze.

Hij bekeek haar glimlachend en kon niet beletten dat zijn blik een seconde langer dan normaal op haar bleef rusten. Wat een ogen! Hoe kon hij deze vrouw iets weigeren?

'Goed. We zullen een uitzondering maken. U kunt samen in de wachtkamer wachten. Maar alleen mijnheer Bekaert mag binnen op intensieve. Daarna kunt u samen naar de baby gaan kijken. Als u me wilt volgen, mijnheer Bekaert, dan breng ik u naar uw vrouw.' Hij aarzelde even. 'Ik moet u waarschuwen dat ze buiten bewustzijn is en machinaal beademd wordt. Ze had een hartstilstand tijdens de hysterectomie, die helaas noodzakelijk was.'

Het woord hartstilstand kwam aan als een mokerslag. Marie-Anne schoot onmiddellijk toe.

'Moed houden, Werner. We blijven bij je.'

* * *

Het duurde drie dagen alvorens voor Tamara het ergste gevaar geweken was. De hele tijd losten de vriendinnen elkaar af in het ziekenhuis. Els en Johan waren slechts na veel aandringen op huwelijksreis naar Napels vertrokken.

Twee dagen bleef de toestand uiterst kritiek. Tot driemaal toe probeerden de dokters de beademing stop te zetten, maar telkens zagen ze zich verplicht hun poging te staken. Sinds gisteren ademde Tamara echter weer op eigen kracht en vandaag was de wond van de tracheotomie voor de beademing gesloten. Maar ze was nog niet bij bewustzijn geweest.

Werner week alleen van haar bed om naar zijn zoontje te gaan kijken. Tot nu toe was hij nog niet ingegaan op de uitnodiging van de verpleegsters om hem even in zijn armen te houden. Hij kon alleen denken aan Tamara. Haar verliezen was een ondraaglijke gedachte. Hij leefde van minuut tot minuut en alleen de steun van Fred, Emma, Carla en Marie-Anne hield hem overeind.

Ook nu zat hij naast het bed met de roerloze hand van Tamara in de zijne. Aan de andere kant van het bed zat Marie-Anne.

'Heeft ze nog altijd niet gereageerd?'

'Nee.'

'Wat zeggen de dokters daarvan?'

'Dat het niet abnormaal is. De semi-comateuze toestand kan een soort van verdedigingsmechanisme zijn. Haar lichaam heeft een enorme shock doorstaan.'

Het klonk zo moedeloos dat ze begreep dat hij ten einde raad was.

'Je mag de moed niet opgeven. Tamara is een vechter. Ze komt terug. Ze zal jou en de baby niet in de steek laten.'

Werner antwoordde niet maar boog het hoofd. Een tijdje bleef het stil tussen hen. Marie-Anne dacht aan het jongetje een verdieping lager. Niemand die tijd had voor hem, die hem wat warmte en liefde gaf.

'Werner, weet je wat ik denk?'

Werner haalde de schouders op. Hij was zo moe van al het denken en piekeren dat het hem eigenlijk niet meer kon schelen wat anderen ervan dachten.

'Ik denk dat Tamara zich schuldig voelde. Dat ze dacht dat haar uitgelaten dansen de oorzaak was van de problemen. Dat ze daarom instinctief niet wakker wil worden. Dat ze de confrontatie niet aandurft. Een van de laatste dingen die ze zei voor ze het bewustzijn verloor was dat het haar eigen schuld was indien ze de baby zou verliezen.'

Werner boog nog wat dieper het hoofd. Het hoe en waarom had allemaal geen zin.

'Ze ging heel onstuimig tekeer op de dansvloer voor iemand die hoogzwanger was. Iedereen die toen die avond aanwezig was moet dat gedacht hebben.'

Hij antwoordde weer niet en Marie-Anne ging verder.

'Maar haar dokter vertelde mij dat het er niets mee te maken had. Dat een normale zwangerschap door die inspanningen geen problemen zou ondervonden hebben.'

'Haar dokter? Welke dokter? Wanneer en waarom heb jij met haar dokter gesproken?'

'Haar gynaecoloog. Ik ontmoette hem gisteren beneden in de cafetaria en we raakten in gesprek.'

'En beweert hij dan dat de placenta niet door het dansen is gescheurd?'

'Die placenta scheurde omdat er iets mis ging toen het kindje indaalde. Dat komt af en toe voor. Volgens de dokter heeft het feit dat ze zo fit en gezond was haar en de baby juist geholpen dit te overleven.' Ze aarzelde even. 'Je dacht toch niet dat het allemaal haar schuld was?'

Werner knikte, niet in staat om iets te zeggen. De hel die hij de laatste dagen was doorgegaan, was niet te beschrijven. Natuurlijk hoopte hij dat hij Tamara terugkreeg. Maar hij was ook razend op haar omdat ze zich zo stom had gedragen. Door haar onverantwoordelijke gedrag had ze haar eigen leven en dat van hun baby in gevaar gebracht. Maar als Marie-Anne de waarheid vertelde...

'Ben je zeker dat het klopt wat je zegt?'

'Ja, Werner. Karel en ik hebben het er uitgebreid over gehad.

Ik moet eerlijk bekennen dat ik ook mijn twijfels had over haar gedrag op de dansvloer.'

'Karel?'

'De gynaecoloog. Karel Dua.' Ze wendde verlegen haar blik af. 'We zijn samen iets gaan eten. Het is een aardige man.'

'Je hoeft jezelf niet te verontschuldigen. Ik kan je niet vertellen hoe belangrijk het voor me is wat je me zegt. Je kunt je niet voorstellen wat er sindsdien allemaal door mij heen is gegaan.'

De omvang van wat Werner had doorgemaakt drong nu pas echt tot Marie-Anne door. Ze stond op.

'Ik laat jullie alleen. Je moet met haar praten. Zeg haar dat het haar schuld niet was. Dat het kindje in orde is. Dat het haar nodig heeft. Dat jij haar nodig hebt. Praat met haar, Werner, en hou niet op tot je haar daarvan overtuigd hebt. Ze zal je horen, daar ben ik zeker van. Echte liefde kan alles overwinnen, zelfs deze schijnbaar ondoordringbare muur van comateuze slaap.'

Toen Werner zacht tegen Tamara begon te praten, verliet ze de kamer. Hopelijk deed ze geen kwaad met deze leugen om bestwil. Ze kon het niet langer aanzien dat de liefde van Werner te pletter liep tegen de lichtzinnige oppervlakkigheid van Tamara. Hun kindje had zijn ouders nodig, zijn beide ouders.

Epiloog

Omdat haar huis de grootste woonkamer had en vooral ook over de meest praktische keuken beschikte, hadden ze besloten hun speciale bijeenkomst bij Carla te laten plaatsvinden. Alles was zo geregeld dat ze het huis voor hen alleen hadden.

Om te voorkomen dat iemand voor al het werk zou opdraaien, was er besloten dat voor deze uitzonderlijke gelegenheid niemand voor gastvrouw zou spelen en dat ze allemaal samen het eten zouden bereiden. Gezellig samen in de grote keuken tijdens het koken werd de witte wijn duchtig aangesproken en toen ze eindelijk aan tafel gingen, was de stemming dan ook opperbest.

De tafel was feestelijk gedekt. Op een serveertafeltje stond een mooie verjaardagskaart met één kaars als teken dat ze een jaar geleden voor het eerst in de VIP-loges bijeengekomen waren.

Emma tikte driftig tegen haar glas voor stilte.

'Als oudste eis ik het recht op om vandaag als eerste het woord te voeren. Ik laat die eer dus niet aan Carla, die, zoals we allemaal wel weten, het beste kookt. Ook niet aan Marie-Anne, die, zoals men nu op de jeugdrechtbank ondervindt, van ons allen het beste haar mondje kan roeren. Noch aan Tamara, die er weer schitterend uitziet, ondanks het feit dat die wolk van een baby pas twee maanden oud is. Zelfs niet aan Els, die zo straalt van geluk dat de patiënten in het ziekenhuis verplicht zijn hun zonnebril te dragen in bed.'

Als om zeker te zijn dat Emma niet overdreef, keken ze elkaar even onderzoekend aan. Ze mochten tevreden zijn. Ondanks alles wat er gebeurd was, zagen ze er goed uit. Dat ze allemaal iets feestelijks hadden aangetrokken en hun make-up extra hadden verzorgd, verhoogde nog hun vrouwelijke charme.

'Voor ik jullie ga vragen het glas champagne te heffen, wil ik even terugblikken op het voorbije jaar. Om niet in detail te gaan, denk ik dat we het als volgt kunnen samenvatten: het was verdomme geen gemakkelijk jaar maar we hebben het overleefd!'

Haar trotse woorden werden op geestdriftig applaus onthaald, waarna ze verderging.

'Maar het belangrijkste is dat ook onze vriendschap dit moeilijke jaar heeft overleefd. Meer zelfs! Als ik jullie vergelijk met de vrouwen die een jaar geleden voor het eerst bij elkaar zaten en afspraken maakten om te pogen hun gewicht onder controle te houden, zie ik nu vrouwen die niet alleen letterlijk wat aan hun gewicht hebben gedaan, maar ook figuurlijk veel overtollige gewicht hebben afgeschud. Het resultaat is er dan ook naar. Tamara, een stralende jonge moeder maar nog verleidelijker dan ooit. Els, weer volop aan de slag in het ziekenhuis en overgelukkig in haar huwelijk. Marie-Anne, die de laatste tijd onwaarschijnlijk veel geheimzinnige afspraakjes heeft, en die we daarmee het allerbeste wensen.'

Marie-Anne ontsnapte niet aan enkele pittige opmerkingen en plagerijtjes. Want hoewel ze mordicus bleef beweren dat het er tussen haar en dokter Dua louter vriendschappelijk aan toe ging, hadden ze allemaal allang in de gaten dat er iets moois bloeide.

'Ook Carla is niet langer het dikkerdje dat bij de opening van de VIP-loges schotels met toastjes aanbood. Ze maakt die trouwens nu zelf en ze zijn dus ook veel lekkerder. Ik ben, uiterlijk dan, misschien het minst veranderd van ons allemaal. Maar ik ben veel intenser gaan leven. En dat heb ik grotendeels aan jullie te danken.'

Ze keek even met extra warmte naar Carla en Marie-Anne.

'Wij hebben dus allemaal in de positieve zin een grondige verandering ondergaan. We zijn sterker, vastberadener en opener geworden. We hebben geleerd ons verdriet én onze vreugde met elkaar te delen. Toegegeven, er was een beetje te veel van het eerste. Maar het feit dat we het konden delen, maakte het voor ieder van ons draaglijk. Een toost op ons, de vijf vrouwen die in één jaar tijd aan gewicht hebben verloren, maar inhoudelijk aan gewicht hebben gewonnen.'

Ze klonken de glazen en dronken gretig van de bubbels. Niet alleen omdat ze zo graag champagne lustten, maar vooral omdat ze hun emotie konden wegspoelen. Toen iedereen zijn glas neerzette en het even stil werd, vroeg Carla of ze het voorgerecht nu mocht opdienen.

'Moeten we ons eerst niet wegen?' vroeg Tamara, terwijl ze haar fiches tevoorschijn haalde.

'Dat is niet eerlijk. Jij hebt er zo te zien geen moeite mee. Ik begrijp niet hoe je zo vlug je figuur hebt teruggevonden. Hoe doe je het verdomme?'

'Dat zou jij toch moeten weten, Carla. Baby, borstvoeding, luiers, slechte nachten, lange dagen... Zegt jou dat niets meer? Niet dat ik me beklaag. David is een schatje. En ik doe ook regelmatig aan fitness. Ik heb natuurlijk het voordeel het aan huis te kunnen doen in de praktijk van Werner, daarom houd ik het ook vol.'

'En het feit dat er knappe voetballers over de vloer komen, heeft daar niets mee te maken zeker?' plaagde Emma.

'Kan best zijn, Emma. Alleen het resultaat telt. Vooruit, Carla, haal de weegschaal. We kunnen onmogelijk onze verjaardag vieren en ons niet aan onze traditie houden.'

Toen ze zich hadden gewogen, werden ze allemaal door Tamara, zoals ze dat uitdrukte, 'licht genoeg bevonden'. Zelfs Els was een beetje afgevallen, maar dat was niet erg. Ze was sinds haar huwelijk een paar kilo verdikt en nu ze weer aan het werk was, gingen die er weer af.

Ze vergeleken voor de aardigheid hun gewicht op verschillende tijdstippen in het voorbije jaar. Het riep allerlei herinneringen op. Tamara had niet alleen hun gewicht genoteerd, maar ook waar de bijeenkomsten hadden plaatsgehad en wat ze toen gegeten hadden. Ze herinnerden zich de specifieke sfeer waarin elk van die bijeenkomsten was verlopen. Op die manier deed het kaartsysteem dienst als een soort van gemeenschappelijk dagboek van alles wat ze samen hadden doorgemaakt. Ze werden er stil van toen ze met het voorbije jaar werden geconfronteerd.

'Zijn we nu helemaal knetter geworden, of is er iets mis met de champagne? Wat is dit nu voor een feestje? We hebben al een minuut lang niets meer gezegd. Dat moet een record zijn!'

Opgelucht dat Emma de stilte had verbroken, begonnen de vrouwen allemaal tegelijk te praten. Plagerijen wisselden af met discussies, ernstige gesprekken met humor. Het lekkere eten werd gesmaakt, de wijn gedronken en toen kwam het moment om de taart aan te snijden.

'Wie krijgt de eer?' vroeg Carla.

Ze keken elkaar vragend aan.

'Allemaal samen dan maar?' stelde Marie-Anne voor.

Ze probeerden lachend het mes, op gevaar van in hun hand te snijden, allemaal samen te pakken te krijgen. Het plechtige moment was bijna aangebroken toen Carla met een gil het mes losliet. Iedereen keek verschrikt naar haar. Had ze in haar vingers gesneden?

'We moeten eerst de kaars nog uitblazen!'

Na hun lachbui gaven ze Carla gelijk. Ze schaarden zich vlug rond het tafeltje waarop de kaars met het verjaardagskaartje prijkte.

'Op onze vriendschap?' stelde Emma voor.

'Op onze vriendschap!' klonk het als uit één mond.

Vriendschap ondanks haar bedrog met Hugo besefte Tamara, bedrog dat haar door Marie-Anne en de anderen vergeven was.

Vriendschap, dacht Marie-Anne, ondanks de verliefdheid van Fred die Emma haar vergeven had.

Onwankelbare vriendschap, wist Carla. Ondanks het feit dat ze haar werk bij Marie-Anne zomaar in de steek had gelaten en ondanks haar getuigenis tegen Hugo.

Vriendschap, ondanks al mijn leugens, mijn zwakte en mijn somberheid, dacht Els.

En in deze cirkel van vriendschap bliezen ze het kaarsje uit.

Vijf vrouwen die samen elkaars verdriet hadden gedeeld, maar die ook samen veel gelachen hadden en veel plezier hadden gemaakt. Maar vooral vijf vrouwen die door de steun van de vier andere gegroeid waren. Vijf vrouwen die de plaats die hen toekwam, hadden opgeëist. Die de liefde die ze in zich hadden, nu combineerden met een sterk gevoel van onafhankelijkheid en eigenwaarde. Moderne vrouwen, zelfstandig maar zorgend, carrièrebewust maar opgaand in hun gezin, liefhebbend maar niet onderworpen.

Ondanks enkele kilootjes minder, vrouwen van gewicht.

Dankwoord

Op de laatste bladzijden van mijn boek, schrijf ik over dankbaarheid.

Misschien tonen we in het dagelijkse leven te weinig onze dankbaarheid, meestal uit angst dat ze vals zal klinken. Daarom wil ik langs deze weg alle vrouwen die mijn levensweg doorkruist hebben, bedanken voor datgene wat ze voor me betekend hebben.

Vrouwen kunnen elkaar met weinig of geen woorden vernietigen, maar ze kunnen elkaar ook ontzettend veel geven. Ik was zo gelukkig vooral het tweede te ervaren.

Bedankt, zussen, schoondochter, vriendinnen, studiegenoten, buurvrouwen, medewerkers en collega's voor jullie vriendschap en steun. Voor de gezellige gesprekken, de openhartigheid, het gedeelde plezier en het gedeelde verdriet. Het gaf mijn leven een meerwaarde.

Maar toch gaat ook voor dit derde boek mijn grootste dank naar mijn man Guido, die me, onder meer, de titel van dit boek aanreikte. Je hebt me niet alleen begeleid, aangemoedigd en gesteund. Je verbeteringen waren van onschatbare waarde en je werkkracht en inzet hebben me ontroerd. Dank je, Guido. Dit boek is een vrouwenboek, maar toch ook een beetje het jouwe.

Last but not least, gaat mijn dank naar alle medewerksters van de uitgeverij. Ook jullie behoren tot de vrouwen voor wie ik dit boek geschreven heb.